MING

书包里的

SHUBAO LI DE

ZHU

《书包里系列丛书》编委会 编

插画设计 冯薪羽

云南出版集团

YNK 云南科技出版社

·昆明·

图书在版编目（CIP）数据

书包里的名著 / 《书包里系列丛书》编委会编. --
昆明 : 云南科技出版社, 2019.4（2021.5 重印）
ISBN 978-7-5587-2083-3

Ⅰ. ①书… Ⅱ. ①书… Ⅲ. ①文学欣赏－世界－少儿
读物 Ⅳ. ① I106-49

中国版本图书馆 CIP 数据核字（2019）第 072484 号

书包里的名著

《书包里系列丛书》编委会　编

责任编辑：唐坤红
　　　　　洪丽春
助理编辑：张　朝
责任校对：张舒园
责任印制：蒋丽芬

书　号：ISBN 978-7-5587-2083-3
印　刷：北京长宁印刷有限公司天津分公司
开　本：787mm × 1092mm　1/16
印　张：39.25
字　数：907千字
版　次：2019年4月第1版　2021年5月第2次印刷
定　价：58.00元

出版发行：云南出版集团公司　云南科技出版社
地　　址：昆明市环城西路609号
网　　址：http://www.ynkjph.com/
电　　话：0871-64190889

目录

中国名著

《西游记》吴承恩……2
《水浒传》施耐庵……9
《三国演义》罗贯中……17
《红楼梦》曹雪芹……24
《论语》孔子弟子……35
《朝花夕拾》鲁迅……41
《呐喊》鲁迅……47
《骆驼祥子》老舍……58
《繁星·春水》冰心……65
《寄小读者》冰心……70
《冰心儿童文学全集》冰心……72
《女神》郭沫若……74
《子夜》茅盾……81
《家》巴金……90
《雷雨》曹禺……100
《围城》钱钟书……108

目录

《叶圣陶童话》叶圣陶…… 117
《呼兰河传》萧红…… 119
《上下五千年》林汉达…… 126
《草房子》曹文轩…… 130
《我要做个好孩子》黄蓓佳…… 139
《中国兔子德国草》周锐…… 142
《红雨伞·红木屐》彭懿…… 145
《魔法学校》葛竞…… 149
《白棉花》莫言…… 154

世界文学名著

《简·爱》夏洛蒂·勃朗特…………160

《呼啸山庄》艾米莉·勃朗特…………165

《傲慢与偏见》简·奥斯汀…………174

《爱玛》简·奥斯汀…………180

《名利场》威廉·梅克比斯·萨克雷…………185

《雾都孤儿》查尔斯·狄更斯…………191

《大卫·科波菲尔》查尔斯·狄更斯…………199

《金银岛》罗伯特·路易斯·史蒂文森…………209

《德伯家的苔丝》托马斯·哈代…………215

《蝴蝶梦》达夫妮·杜穆里埃…………221

《鲁滨孙漂流记》丹尼尔·笛福…………225

《爱丽丝漫游奇境记》刘易斯·卡罗尔…………232

《格列佛游记》乔纳森·斯威夫特…………237

目录

《牛虻》艾捷尔·丽莲·伏尼契…… 244

《红字》纳撒尼尔·霍桑…… 250

《嘉莉妹妹》西奥多·德莱塞…… 259

《海狼》杰克·伦敦…… 267

《教父》马里奥·普佐…… 273

《飘》玛格丽特·米切尔…… 278

《哈克贝利·芬历险记》马克·吐温…… 285

《汤姆·索亚历险记》马克·吐温…… 291

《高老头》奥诺雷·德·巴尔扎克…… 297

《欧也妮·葛朗台》奥诺雷·德·巴尔扎克…… 307

《悲惨世界》维克多·雨果…… 316

《巴黎圣母院》维克多·雨果…… 327

《三个火枪手》亚历山大·仲马…… 335

《基督山伯爵》亚历山大·仲马…… 343

《茶花女》亚历山大·小仲马…… 352

《红与黑》司汤达…… 360

《包法利夫人》居斯塔夫·福楼拜…… 369

《漂亮朋友》居伊·德·莫泊桑…… 380

《娜娜》爱弥尔·左拉…… 386

《约翰·克里斯朵夫》罗曼·罗兰…… 392

《神秘岛》儒勒·凡尔纳…… 399

《格兰特船长的儿女》儒勒·凡尔纳…… 406

《海底两万里》儒勒·凡尔纳…… 413

《昆虫记》让·亨利·卡西米尔·法布尔…… 418

《小王子》圣埃克苏佩里…… 423

《复活》列夫·尼古拉耶维奇·托尔斯泰…… 433

《安娜·卡列尼娜》列夫·尼古拉耶维奇·托尔斯泰…… 440

目录

《父与子》伊凡·谢尔盖耶维奇·屠格涅夫……………… 448
《克雷洛夫寓言》伊·安·克雷洛夫………………………… 454
《钢铁是怎样炼成的》奥斯特洛夫斯基……………………… 457
《童年》玛克西姆·高尔基………………………………… 464
《吹牛大王历险记》鲁道尔夫·埃里希·拉斯培等…… 473
《少年维特之烦恼》约翰·沃尔夫冈·冯·歌德……… 477
《格林童话集》格林兄弟…………………………………… 484
《木偶奇遇记》卡洛·科洛迪……………………………… 491
《爱的教育》埃迪蒙托·德·亚米契斯…………………… 497
《斯巴达克斯》拉法埃洛·乔万尼奥里…………………… 505
《尼尔斯骑鹅旅行记》拉格洛芙…………………………… 514
《长袜子皮皮》林格伦……………………………………… 520
《变形记》弗兰兹·卡夫卡………………………………… 525
《审判》弗兰兹·卡夫卡…………………………………… 530

6

《好兵帅克》雅洛斯拉夫·哈谢克…… 535

《堂吉诃德》塞万提斯…… 543

《戈拉》拉宾德拉纳特·泰戈尔…… 551

《百年孤独》加夫列尔·加西亚·马尔克斯…… 558

《安徒生童话》汉斯·克里斯汀·安徒生…… 570

《伊索寓言》伊索…… 577

《天方夜谭》阿拉伯民间故事…… 582

《万花筒》依列娜·法吉恩…… 587

《窗边的小豆豆》黑柳彻子…… 590

《猜猜我有多爱你》山姆·麦克布雷尼…… 596

《红星照耀中国》埃德加·斯诺…… 600

《假如给我三天光明》海伦·凯勒…… 606

《总有一天会长大》托摩脱·蒿根…… 611

《随风而来的玛丽阿姨》帕·林·特拉芙斯…… 614

PART 01
第一部分

中国名著

《西游记》吴承恩

名著导读

【主要故事情节】

东胜神洲傲来国有一花果山，山顶一石，产下一猴，自称“美猴王”。石猴求师学艺，得名孙悟空，学会七十二般变化，一个筋斗可行十万八千里。他盗得定海神针，化作如意金箍棒，重一万三千五百斤。又去阴曹地府，把猴属名字从生死簿上勾销。玉帝欲遣兵捉拿，太白金星建议，把孙悟空招入天界给他封个官职，将其约束在天上。玉帝封他为弼马温。当猴王得知弼马温只是个管马的小官后，便打出天门，返回花果山，自称“齐天大圣”。玉帝派天兵天将捉拿孙悟空，美猴王连败巨灵神、托塔天王父子。孙悟空又被请上天封为“齐天大圣”。玉帝怕他闲来无事，惹是生非，便命他管理蟠桃园。他偷吃了蟠桃，搅闹了王母娘娘的蟠桃宴，盗食了太上老君的金丹，逃离天宫。玉帝又派天兵捉拿。孙悟空与二郎神赌法斗战，不分胜负。太上老君用暗器击中孙悟空，猴王被擒。经刀砍斧剁，火烧雷击，丹炉煅炼，孙悟空毫发无伤，还在太上老君的丹炉里炼成了“火眼金睛”。玉帝请来佛祖如来，才把孙悟空压在五行山下。如来派观世音菩萨去东土寻一取经人，来西天取经，劝化众生。观世音点化陈玄奘去西天求取真经。唐太宗认玄奘作御弟，赐号三藏。唐三藏西行，在五行山，救出孙悟空。孙悟空被戴上观世音的紧箍，唐僧一念紧箍咒，悟空就头痛难忍。师徒二人西行，在鹰愁涧收伏白龙，白龙化作唐僧的坐骑。在高老庄，收伏猪悟能八戒，猪八戒做了唐僧的第二个徒弟；在流沙河，又收伏了沙悟净，沙和尚成了唐僧的第三个徒弟。师徒四人跋山涉水，西去求经。观世音菩萨欲试唐僧师徒道心，和骊山老母、普贤、文殊化成美女，招四人为婿，唐僧等三人不为所动，只有八戒迷恋女色，被菩萨吊在树上。在万寿山五庄观，孙悟空等偷吃人参果，推倒仙树。为了赔偿，孙悟空请来观世音，用甘露救活了仙树。白骨精三次变化，欲取唐僧性命，都被悟空识破。唐僧不辨真伪，又听信八戒谗言，逐走悟空，自己却被黄袍怪拿住。八戒、沙僧斗不过黄袍怪，沙僧被擒，唐僧被变成老虎。八戒在白龙马的苦劝下，到花果山请回孙悟空，降伏妖魔，师徒四人继续西行。乌鸡国国王被狮精推入井内淹死，狮精变作国王。国王鬼魂求告唐僧搭救，八戒从井中背出尸身，悟空又从太上老君处要来金丹，救活国王。牛魔王的儿子红孩儿据守火云洞，欲食唐僧肉。悟空抵不住红孩儿的三昧真火，请来菩萨降妖。菩萨降伏红孩儿，让他做了善财童子。西梁女国国王欲招唐僧做夫婿，悟空等智赚关文，坚意西行，唐僧却被毒敌山琵琶洞蝎子精摄去。悟空请来昴日星官，昴日星官化作双冠子大公鸡，才使妖怪现了原形。不久，唐僧因悟空又打死拦路强盗，再次把他撵走。六耳猕猴精趁机变作悟空模样，抢走行李关文，又把小妖变作唐僧、八戒、沙僧模样，欲上西天骗取真经。真假二悟空从天上杀到地下，菩萨、玉帝、地藏王等均不能辨认真假，直到雷音寺如来佛处，才被佛祖说出本相，猕猴精被悟空打死。师徒四人和好如初，同心协力，赶奔西天。在火焰山欲求铁扇公主芭蕉扇扇灭火焰。铁扇公主恼恨悟空把她的孩子红孩儿送往洛伽山做童子，不肯借。悟空与铁扇公主、牛魔王几次斗智斗法，借天兵神力，降伏三怪，扑灭了大火。比丘国王受白鹿变化的国丈迷惑，欲用1111个小儿的心肝做药引，悟空解救了婴儿，打退妖邪。寿星赶来把白鹿收回。灭法国王发愿杀一万僧人，孙悟空施法术，把国王后妃及文武大臣头发尽行剃去，使国王回心向善，改灭法国为钦法国。在天竺本国，唐僧被月宫玉兔变化的假公主抛彩球打中，欲招为驸马，悟空识破真相，会合太阴星君擒伏了玉兔，救回流落城外弧布寺的真公主。

师徒四人历经千辛万苦终于来到灵山圣地，拜见佛祖，却因不曾送人事给阿傩、伽叶二尊者，只取得无字经。唐僧师徒又返回雷音寺，奉送唐王所赠紫金钵做人事，才求得真经，返回本土。不想九九八十一难还缺一难未满，在通天河又被老鼋把四人翻落河中，湿了经卷，至今《佛本行经》不全。唐三藏等把佛经送还大唐首都长安，真身又返回灵山。三藏被封为旃檀功德佛，悟空被封为斗战胜佛，八戒受封净坛使者，沙僧受封金身罗汉，白龙马加升为八部天龙，各归本位，共享极乐。

【作者简介】

吴承恩（约1500—1583），字汝忠，号射阳山人，吾淮才士也。汉族，淮安府山阳县人（现淮安市淮安区人）。祖籍安徽，以祖先聚居枞阳高甸，故称高甸吴氏。现存明刊百回本《西游记》均无作者署名，提出《西游记》作者是吴承恩的首先是清代学者吴玉搢（jìn），吴玉搢在《山阳志遗》中介绍吴承恩：“字汝忠，号射阳山人，吾淮才士”，“及阅《淮贤文目》，载《西游记》为先生著”。吴承恩自幼敏慧，博览群书，尤喜爱神话故事。在科举中屡遭挫折，嘉靖中补贡生。嘉靖四十五年（1566年）任浙江长兴县丞。由于宦途困顿，晚年绝意仕进，闭门著书。

【作品简介】

《西游记》是中国古代第一部浪漫主义章回体长篇神魔小说，中国古典四大名著之一。这部小说以“唐僧取经”这一历史事件为蓝本，通过作者的艺术加工，深刻地描绘了当时的社会现实。全书主要描写了孙悟空出世及大闹天宫后，遇见了唐僧、猪八戒和沙僧三人，西行取经，一路降妖伏魔，经历了九九八十一难，终于到达西天见到如来佛祖，最终五圣成真的故事。

【创作背景】

《西游记》创作于明朝嘉靖时期（1522—1566），距今已有四百多年了。《西游记》是吴承恩中年时期写成初稿，后来经过润饰而成。他对前代多年积累下来并在民间流传的有关唐僧取经的文学作品和故事进行艺术再创造，并且把原来的以唐僧取经为主的故事，改为以孙悟空为主的战天斗地史。《西游记》以丰富瑰奇的想象描写了师徒四众在遥迢的西方途上和穷山恶水冒险斗争的历程，并将所经历的千难万险形象化为妖魔鬼怪所设置的八十一难，生动地表现了无情的山川险阻，并以降妖伏魔歌颂了取经人排除艰难的战斗精神，可以说《西游记》是一部人战胜自然的凯歌。

【思想主题】

本书赞扬了以孙悟空为主的师徒四人不畏艰险、百折不挠的可贵精神。表达了人战胜自然的豪情壮志，同时也宣扬了惩恶扬善的主题。在这无数充满斗争的幻想情节中，意味深长地寄寓了广大人民反抗恶势力，要求战胜自然、困难的乐观精神，曲折地反映了封建时代的社会现实。

【写作特色】

第一，善于说故事，可读性强；第二，善于塑造人物形象，活灵活现，它所塑造的孙悟空、猪八戒等人物使人过目不忘；第三，全书充满了天马行空的想象和大胆奇特的夸张。

【主要人物及其事件】

唐僧：小说里的唐僧是虚构的人物，与历史上的真实人物玄奘法师是有区别的。小说里的唐僧，俗姓陈，小名江流儿，法号玄奘，号三藏，被唐太宗赐姓为唐。原为佛祖第二弟子金蝉子投胎。他是遗腹子，由于父母凄惨、离奇的经历，自幼在寺庙中出家、长大，在金山寺出家，最终迁移到京城的著名寺院中落户、修行。唐僧勤敏好学，悟性极高，在寺庙僧人中脱颖而出。最终被唐太宗选定，前往西天取经。在取经的路上，唐僧先后收服了三个徒弟：孙悟空、猪八戒、沙僧。

孙悟空：又名孙行者，外号美猴王，号称齐天大圣。是东胜神洲傲来国花果山灵石孕育迸裂见风而成之明灵石猴。在花果山中，有一群猴子指着花果山水帘洞洞口说了一声，有谁敢进去，为我们寻个安家之地，不伤身体者，我等拜它为王，石猴借此机会将“石”隐去了。后历经八九载，跋山涉水，在西牛贺洲灵台方寸山拜菩提老祖为师，习得七十二般变化之本领。此后，孙悟空大闹天宫，自封为齐天大圣，被如来佛祖压制于五行山下，无法行动。五百年后唐僧西天取经，路过五行山，揭去符咒，才救下孙悟空。孙悟空感激涕零，经观世音菩萨点化，拜唐僧为师，法号

行者，同往西天取经。取经路上，孙悟空降妖除怪，屡建奇功，然而三番两次被师傅唐僧误解、驱逐。

终于师徒四人到达西天雷音寺，取得真经。孙悟空修得正果，加封斗战胜佛。孙悟空生性聪明、活泼、勇敢、忠诚、疾恶如仇，在中国民间文化中已经成为机智与勇敢的化身。

猪八戒：又名猪刚鬣、猪悟能、猪烈刚、呆子。原为天宫中的天蓬元帅，因调戏嫦娥，被罚下人间。但错投了猪胎，长成了猪脸人身的模样。在高老庄抢占高家三小姐高翠兰，后被孙悟空降伏，跟随唐僧西天取经。修得正果后的封号为净坛使者。猪八戒的兵器是九齿钉耙。猪八戒只会三十六种变化。猪八戒这个形象是吴承恩塑造得很成功的形象，它虽好吃懒做，却是孙悟空的左膀右臂。虽然自私，却讨人喜欢。

沙和尚：又名沙悟净、沙僧。原为天宫中的卷帘大将，因在蟠桃会上打碎了琉璃盏，惹怒王母娘娘，被贬入人间，在流沙河畔当妖怪（塘虱精），后被观世音菩萨收服，命沙和尚拜唐僧为师，保他去西天取经，负责挑担。使用的兵器是降妖宝杖。书中又将沙和尚称为“沙僧”。修得正果后被封为金身罗汉。

【名家点评】

“然作者虽儒生，此书则实出于游戏，亦非语道，故全书仅偶见五行生克之常谈，犹未学佛，故末回至有荒唐无稽之经目，特缘混同之教，流行来久，故其著作，乃亦释迦与老君同流，真性与元神杂出，使三教之徒，皆得随宜附会而已。”

——鲁迅

【作品影响】

《西游记》是中国神魔小说的经典之作，被列为明代四大奇书之一，是古代长篇浪漫主义小说的巅峰。自《西游记》之后，明代出现了写作神魔小说的高潮。有朱星祚的《二十四尊得道罗汉传》，许仲琳的《封神演义》等。《西游记》不但有续作、仿作，对后世的小说、戏曲、宝卷、民俗都产生影响，清朝子弟书里都有《西游记》的鼓词，可见影响之大。同时，《西游记》也备受西方人士的关注，译介较为及时。19世纪中叶，法国汉学家泰奥多·帕维把《西游记》中的第九回（“陈光蕊赴任逢灾，江流僧复仇报本”）和第十回（“游地府太宗还魂，进瓜果刘全续配”）译成法文。第九回译文题名为《三藏和尚江中得救》，第十回译文标题为《龙王的传说：佛教的故事》。译文皆刊于巴黎出版的《亚洲杂志》。1912年法国学者莫朗编译的《中国文学选》一书出版，收录了《西游记》第10、11、12三回的译文。12年后，即1924年，莫朗译成《西游记》百回选译本，取名《猴与猪：神魔历险记》，当年在巴黎出版。这是出现最早的较为系统的《西游记》法文译本。

【作者小趣闻】

巧骂“皇兴”

吴承恩的父亲吴锐原来是个小商人，幼时嗜书如命，常常站在课堂外面的窗户底下偷听讲课，在店里时常抱书吟哦，因此有人给他取个外号叫“吴痴子”。由于家庭生活困难，吴锐读书未成，他把自己的希望完全寄托在儿子身上，从小就教吴承恩读书、写字、画画。小承恩天资聪慧，又肯用功学习，诗词曲赋样样精通，还能写一手好字，很小就以“神童”之名誉满乡里。

但与老师和父亲的愿望恰恰相反，吴承恩对“四书”“五经”远远不如对野史稗言、故事传说兴趣大。平时父母给的零用钱，他全部积攒起来到市场上去买野史、笔记、小说之类的书籍看，还常常一个人躲到僻静地方，读得津津有味。有时忘记了吃饭，忘记了睡觉，急得父母到处找他。待找到他以后，发现读的又是不“正经”的书，免不了一阵呵责。

吴承恩读书如醉如痴，入迷着魔。把父亲那种嗜书如命的脾性全部继承了过来，邻里乡亲看他一天从早到晚总是呆呆地读书，因他父亲有“吴痴子”之名，便喊他“小痴子”。吴承恩全然不理会这些，仍然到处搜集各种神奇的书看。

博览群书，使吴承恩博学多才，因此乡间百姓的结婚的喜颂、丧事的吊文、做寿的祝词及春节时的对联多是请他写，吴承恩也总是有求必应，写得又快又好。

有一天，淮安的一个粮商叫张皇兴的慕名前来请吴承恩，要他为“皇兴粮行”写一副祝颂的对联。这位粮商平素欺行霸市，常常缺斤少两，谁敢稍有不满，他便横鼻竖眼，拳打脚踢，当地群众恨透了他。吴承恩也早就听说了这个人，心里种下了不满的种子。他拿定主意用对联来骂骂这位奸商，于是欣然应允，挥笔写道：皇兴大粮行，慈凤楚城扬。横联是：去四首。

张皇兴一看，喜不自胜，连连道谢，私下以为吴承恩是称赞他以慈善为本，名扬乡里呢，于是请裱糊匠裱好，恭恭敬敬地悬在中堂。他哪里知道吴承恩捉弄了他。原来，如果按照

横批把上下联前两个字的部首去掉之后，正成了：王八大粮行，心歹楚城扬。乡亲们暗中知道了底细，无不拍手称快。

【常考知识点】

1.《西游记》是长篇章回体神话小说，是古典神话小说中成就最高、最受喜爱的小说。

2.《西游记》的作者是吴承恩，字汝忠，号射阳山人，明代人。

3.《西游记》中有许多脍炙人口的故事，请写出几个自己喜欢的故事情节：大闹天宫、三打白骨精、真假美猴王等。

4.《西游记》中所写天下所分的四大部洲分别是：东胜神洲、西牛贺洲、南赡部洲、北俱芦洲。

5.《西游记》全书共一百回，孙悟空自号齐天大圣。

6."东胜神洲海外有一国土，名曰傲来国。海中有一名山，山上有一仙石，受日月精华，遂有灵通之意。内遇仙胎，一日迸裂，……"这段话出自四大名著之一的《西游记》。

7.填人名，补足歇后语。

猪八戒照镜子——里外不是人

猪八戒见高小姐——改换了头面

孙悟空钻进铁扇公主肚里——心腹之患

唐僧念紧箍咒——痛苦在后（猴）头

孙悟空坐天下——毛手毛脚

猪八戒吃人参果——不知啥滋味

8.古典文学名著《西游记》中，孙悟空最具有反抗精神的故事情节是：大闹天宫。

9.《西游记》中的人物刻画得各有特点，请各写出一个以沙僧和猪八戒为核心展开的故事情节：木叉奉法收悟净、大战云栈洞。

10.说一说孙悟空的人物性格特点。

疾恶如仇、神通广大，机智勇敢、广结朋友、急躁但有正义感、重感情、讲义气。

《水浒传》施耐庵

名著导读

【主要故事情节】

《水浒传》主要描写的是北宋末年，以宋江为首的一百零八条好汉在山东梁山泊聚义的故事。

九纹龙史进因为得罪了官府，被人告发，出于无奈，只得投奔外乡。后来碰到了一个下级军官鲁达，二人在酒楼谈天，得知酒楼卖唱父女受当地恶霸郑屠的欺凌，鲁达仗义赠银，发送父女回乡，并主动找上门去，三拳打死了郑屠。事后弃职逃亡，转去五台山出家，法名“智深”，鲁智深受不了佛门清规戒律的约束，寺中长老只得介绍他去东京（开封）大相国寺看管菜园。在此期间，他在偶然的情况下结识了东京八十万禁军教头林冲。

当朝高太尉之子高衙内贪恋林冲妻子的美貌，设计陷害林冲，诬陷他“带刀”进入白虎堂，将他发配沧州，并企图在途中杀掉林冲。幸亏鲁智深一路暗中护送，才得以化险为夷。林冲发配沧州后，在忍无可忍的情况下杀了仇人，上了梁山。梁山附近有个当保正的晁盖，得知奸臣蔡京的女婿梁中书派杨志押送“生辰纲”上京，便由吴用定计，约集了其他七名好汉劫了生辰纲，投奔梁山。杨志丢了“生辰纲”，不能回去交差，就与鲁智深会合，占了二龙山。郓城有个好汉叫宋江，他的小妾阎婆惜与人私通。在探知宋江与梁山强盗有来往后，她百般要挟。宋江一怒之下，杀了阎婆惜，逃奔小旋风柴进庄上，结识了武松。武松与宋江分手后，在景阳冈上打死猛虎，成了英雄，之后去

阳谷县当了一名武官，碰巧遇见失散多年的胞兄武大。可是他的嫂子潘金莲却不守妇道，趁武松外出，私通西门庆，毒死武大。武松归后察知其情，杀了二人，给兄长报了仇。事后他被发配孟州，结识施恩，醉打蒋门神，怒杀张都监全家，也转去投二龙山安身。宋江与武松分手后，到了清风寨寨主花荣那里，不久被父亲召回，因被人告发，发配江州。一日酒醉偶题“反诗”，又被判处死刑，幸得梁山弟兄劫法场救出。宋江执意要回家探父，又屡遭危险，终于上了梁山。随后，经过三打祝家庄，出兵救柴进，梁山声势甚大。接着又连续打退高太尉三路进剿，桃花山、二龙山和梁山三山会合，同归水泊。尔后，晁盖不幸中箭身亡，卢俊义经历几多曲折也上了梁山。梁山义军大破曾头市，又打退了朝廷几次进攻，其中好些统兵将领也参加了梁山聚义。最后，梁山共招募了一百零八个好汉，排定了“三十六天罡，七十二地煞”的座次。

面对梁山义军越战越勇的形势，朝廷改变策略，派人招抚。于是，在宋江等人妥协思想的指导下，梁山全体接受招安，改编为赵宋王朝的军队。统治者采用“借刀杀人”的策略，命令梁山好汉前去征辽、征方腊。连年的战事，弄得一百零八条好汉最后只剩下了二十七个人。然而，就是这些幸存者也未能逃脱接踵而至的厄运。统治者眼见梁山好汉们势孤力单，便在封官赏爵后不久，对宋江等人下了毒手：宋江、卢俊义被分别用药酒、水银毒死，李逵又被宋江临死时拉去陪葬，吴用、花荣也在蓼儿洼自缢身亡。一场轰轰烈烈的起义，就这样被扼杀了。

【作者简介】

施耐庵（约1296—1370），原名彦端，字肇瑞，号子安，别号耐庵。泰州兴化人，祖籍苏州，舟人之子，生于兴化白驹镇（今盐城市大丰区），13岁入私塾，19岁中秀才，29岁中举人，35岁中进士。35岁至40岁之间官钱塘二载，后与当道不合，复归苏州。至正十六年（1356）六十岁，张士诚据苏，征聘不应；与张士诚部将卞元亨相友善，后流寓江阴，在祝塘镇教书。71岁或72岁迁兴化，旋迁白驹场、施家桥。朱元璋屡征不应；最后居淮安卒，终年74岁。

【作品简介】

《水浒传》，中国四大名著之一，是一部以北宋末年宋江起义为主要故事背景、类型上属于英雄传奇的章回体长篇小说。全书通过描写梁山好汉反抗欺压、水泊梁山壮大和投降朝廷以及投降朝廷后镇压田虎、王庆、方腊等各路反抗宋朝政府的政治势力，最终走向悲惨失败的宏大故事，艺术地反映了中国历史上宋江起义从发生、发展直至失败的全过程，深刻揭示了起义的社会根源，满腔热情地歌颂了起义英雄的反抗斗争和他们的社会理想，也具体揭示了起义失败的内在历史原因。

【创作背景】

南宋时，梁山英雄故事流传甚广。当时的画家、文学家龚开的《宋江36人赞并序》称：宋江等36人的故事已遍及大街小巷，画家也执笔为他们图形绘影。《水浒传》最早的蓝本是宋人的《宣和遗事》，它着力描写了杨志卖刀、晁盖等结伙劫生辰纲和宋江杀阎婆惜等事，对林冲、李逵、武松、鲁智深等主要人物也都做了描写。宋元之际，还有不少取材于水浒故事的话本。在元杂剧中，梁山英雄已由36人发展到108人。施耐庵把有关水浒的故事和人物整理加工，在创作《水浒传》过程中，忠实地接受了人民的观点，这是《水浒传》之所以取得伟大成就的思想基础。

【思想主题】

深刻揭示了农民起义的社会根源——“官逼民反”“乱自上作”；歌颂农民起义英雄；揭示农民起义失败的必然原因之一；严重的忠君思想在一定程度上削弱了作品的进步意义。

【写作特色】

第一，人物形象鲜明，个个活灵活现：宋江的愚忠、鲁智深的豪爽、武松的霸气等；第二，语言生动；第三，情节生动曲折，林冲的经历、武松的醉打蒋门神等情节，使人看后有一波三折之感。

【主要人物及其事件】

鲁智深（花和尚）：拳打镇关西、倒拔垂杨柳、大闹野猪林。疾恶如仇、侠肝义胆、粗中有细、勇而有谋、豁达明理。

武松（行者）：血刃潘金莲、斗杀西门庆、醉打蒋门神、大闹飞云浦、血溅鸳鸯楼、除恶蜈蚣岭。勇而有谋、有仇必复、有恩必报，是下层英雄好汉中最富有血性和传奇色彩的人物。

吴用（智多星）：智取生辰纲。足智多谋、神机妙算。

林冲（豹子头）：误闯白虎堂、风雪山神庙、火烧草料场、雪夜上梁山。武艺高强、勇而有谋，为人安分守己、循规蹈矩，被逼上梁山。

李逵（黑旋风）：真假李逵、中州劫法场。疾恶如仇、侠肝义胆、脾气火暴、头脑简单、直爽率真。

宋江（及时雨）：私放晁盖、怒杀阎婆惜、三打祝家庄。为人仗义、善于用人，但总想投降朝廷。

杨志（青面兽）：杨志卖刀、智取生辰纲。精明能干、粗暴蛮横。

卢俊义（玉麒麟）：北京城里的员外大户，一身好武艺，棍棒天下无双。被梁山泊吴用用计骗到梁山，坐上了第二把交椅。

公孙胜（入云龙）：七星聚义，又有“白日鼠”白胜加入，遂成“智取生辰纲”之举。石碣村一战，运用所学道术，巧运长风火烧官军战船立下头功，上梁山后助晁盖火并王伦，开水浒寨基业。二次下山大败高廉，石碣天文位列天闲星，与吴用一起共为军师，共辅梁山大业。

花荣（小李广）：是宋江的结义好友，宋江杀阎婆惜之后来到清风寨投奔花荣，花荣一箭射去分开两戟，艺惊众人；满山之人无一不敬佩花荣。后梁山英雄排座次花荣位列百单八将之九，成为梁山泊马军八骠骑将军之首。

【名家点评】

人有其性情，人有其气质，人有其形状，人有其声口。

——清·金圣叹

【作品影响】

《水浒传》是中国历史上第一部用白话文写成的长篇小说，开创了白话章回体小说的先河。《水浒传》问世后，在社会上产生了巨大的影响，成了后世中国小说创作的典范。

明清两朝，出现了多个版本的《水浒传》续作，另有很多小说、戏剧等以《水浒传》中的故事为素材，比如明朝的世情小说《金瓶梅》就是从《水浒传》中武松杀嫂的情节发展而来的。另外，《水浒传》还被翻译成了多种文字，在国外很多国家流传开来，如18世纪流传到日本、朝鲜，朝鲜最早的小说之一《洪吉童传》和日本曲亭马琴的小说《南总里见八犬传》的创作，都受到了《水浒传》的影响。19世纪，《水浒传》又流传到了欧美各国，出现了德语、法语、英语等译本。

【作者小趣闻】

行侠仗义的施耐庵

明朝初年的一天，施耐庵在一座茶山上游玩，正遇见一个恶霸在强夺农夫的茶园。他十分气愤地赶上前去阻止。恶霸见来人理直气壮，只好偷偷地溜了。可是事后，恶霸打听到来人的住处后，便花钱雇了一帮打手，围住施耐庵的居所。施耐庵见此情景，只是微微冷笑，便坦然自若地迈出了门。打手们见他赤手空拳，便一哄而上。其中一个黑脸大汉，手举根铁棒挟着风声朝施耐庵的头顶劈来。施耐庵侧身摆头，一个“顺风扯旗”，让过了棒锋，双手就抓住了铁棒，同时飞起右脚，正好踢在大汉的小腹上，那家伙便滚出一丈多远。施耐庵舞起夺来的铁棒，一阵旋风般的横扫，吓得那帮家伙四处逃窜。

有一年的元宵节，施耐庵上街观花灯。忽然看见一个恶少在街尾侮辱一名妇女。他怒火顿起，用右手将那家伙提起，然后像摔死狗似的将他摔在地上。恶少吓得连连磕头求饶，施耐庵这才饶了他。谁知第二天，那家伙纠集了七八个无赖前来报复。施耐庵不慌不忙地找来一根粗绳，让无赖们用绳子拴住他的双腿，然后叫他们用力拉。可是，尽管他们一个个累得脸红脖子粗，施耐庵的双脚像生了根，纹丝不动。接着，他取出铁棒，一记“乌龙摆尾”，便将身旁的一棵大杨树咔嚓一声打断。无赖们见他有如此功力，才知道是遇上了高手，个个叩头认输了。后来，施耐庵在写《水浒传》时，还将这段亲身经历融进鲁智深在大相国寺降伏众泼皮的情节中去了呢。

【常考知识点】

1.《水浒传》的作者是施耐庵，元末明初人，它是我国第一部章回体长篇白话小说。《水浒传》中共有108将，天罡星36人，地煞星72人。

2.我们所熟知的打虎英雄是《水浒传》中的武松，他在该书中有许多脍炙人口的事迹，如为替兄报仇，血刃潘金莲、斗杀西门庆；在快活林里醉打蒋门神。

3.武松在血溅鸳鸯楼，杀死西门庆等人后，在墙上写下了哪八个字？杀人者，打虎武松也。

4.《水浒传》中“玉环步，鸳鸯脚”是梁山好汉武松的平生绝学。

5.一部《水浒传》，塑造了多少流传百世的英雄形象，点亮了多少闪耀天空的罡煞之星。话说梁山第十四条好汉武松，为兄报仇怒杀西门庆、潘金莲；发配孟州途中，在十字坡酒店结识（母夜叉）孙二娘；醉打蒋门神，替（金眼彪）施恩夺回快活林酒楼；大闹飞云浦，血溅鸳鸯楼，为躲避官府缉捕，削发扮成行者；夜走蜈蚣岭，痛杀王道人……正是：“山中猛虎，见时魄散魂飞；林下强人，撞着心惊胆裂。”

6.绰号豹子头的林冲，原为东京八十万禁军教头，后被高俅设计误入白虎堂，刺配沧州，后雪夜上梁山。

7.《水浒传》中一开始逆来顺受，后来怒而反抗的英雄是林冲；见义勇为、性格最粗犷豪放的是鲁智深。

8.《水浒传》中对林冲恩将仇报的人是陆谦，恩将恩报的人是鲁智深。

9.鲁智深绰号花和尚，他在渭州三拳打死镇关西，在相国寺倒拔垂杨柳，在野猪林救林冲。

10.《水浒传》中大闹野猪林的人是鲁智深；大闹忠义堂的人是李逵；大闹飞云浦的人是武松。

11.《水浒传》中有三大恶霸：一是开肉铺的镇关西，被鲁智深当街所杀；二是开酒铺的西门庆，被武松所杀；三是开药铺的蒋门神，被武松痛打。

12.《水浒传》中有108位好汉，个个都有一段精彩的故事，人人都有一个特征鲜明的外号。

（1）请用一句话写出《水浒传》中你最熟悉的故事：智取生辰纲、三打祝家庄、倒拔垂杨柳、醉打蒋门神、火并王伦、大闹飞云浦、血溅鸳鸯楼。

（2）请写出《水浒传》中你喜欢的一位好汉的外号，并说出此外号表现出的人物特征：鼓上蚤时迁，轻功上乘，善于偷盗；行者武松，武艺高强，有勇有谋，崇尚忠义，有仇必复，有恩必报；呼保义（及时雨）宋江，仗义疏财，有组织和指挥能力，有浓厚忠君思想。

13.“好人有难皆怜惜，奸恶无灾尽诧憎”这两句诗出自古典文学名著《水浒传》，诗中“好人”是指宋江，被人称为“及时雨”。

14.宋江手下五虎将是指关胜、林冲、秦明、宛平、呼延灼。

15.填人名，补足歇后语。

（1）宋江上梁山——官逼民反

（2）李逵打宋江——过后赔礼

16.《水浒传》中这样写道：“山顶上立一面杏黄旗，上书‘替天行道’四字，忠义堂前绣字红旗后面：一书‘山东呼保义’，一书‘河北玉麒麟’”。这段话中的字是宋江和卢俊义两位首领的称谓。

17.《水浒传》中，坚决反对招安的头领有两人，是武松、李逵，主张招安的头领有两人，是宋江、卢俊义。

18.在《水浒传》中，绰号为“智多星”的人是吴用，也被称为“赛诸葛”。他与一伙儿好汉在“黄泥冈上巧施功”，干的一件大事是智取生辰纲。

19.“那七个贩枣子的客人，立于松树旁边，指着这一十五人说道：‘倒也！倒也！’只见这十五个人头重脚轻，一个个面面厮觑，都软倒了。那七个客人从树林里推出这七辆江州车儿，把车子上的枣子丢在地上，将这十一担金珠宝贝都装在车子内，遮盖好了，叫声：‘聒噪！’一直望黄泥冈下推下去。”这段话描述的情节是《水浒传》中的智取生辰纲。

20.我国四大名著中有两部作品塑造了一个足智多谋的军师，一个是《三国演义》中的蜀国军师诸葛亮，一个是《水浒传》中的梁山军师吴用。

21.梁山一百单八将中秀才出身的三人是吴用、萧让、蒋敬。

22.《水浒传》号称黑旋风的是李逵，他所使的武器是两把板斧，此人力大如牛，但险些被冒充他的李鬼所害。

23.有一篇新闻的标题是：纯净水市场“李鬼”泛滥。李鬼出自《水浒传》，在这里指冒牌货。

24.我国第一部歌颂农民起义的长篇章回小说《水浒传》写得荡气回肠，全书的高潮部分是梁山英雄排座次；全书的低潮部分是魂聚蓼儿洼。

25.《水浒传》中身怀绝技的三位英雄：善盗的是鼓上蚤时迁，善射的是小李广花荣，善行的是神行太保戴宗。

26.梁山一百单八将中第一个出场的是史进，他的绰号是九纹龙。

27.梁山一百单八将中绰号含“龙”的：入云龙公孙胜、九纹龙史进、混江龙李俊、独角龙邹润、出林龙邹渊。

28.梁山泊中的三员女将的名字及绰号是：（1）“母大虫”顾大嫂，（2）“一丈青”扈三娘，（3）“母夜叉”孙二娘。

29.《水浒传》中“道服裁棕叶，云冠剪鹿皮……，阵法方诸葛，阴谋胜范蠡，华山谁第一，口口号‘神机’。”这首诗赞的梁山好汉是朱武。

30.《水浒传》中有一个人物，原来是个“浮浪破落户子弟”，只因踢得一脚好球，受到皇帝的赏识，没到半年时间，直抬举他做到殿帅府太尉职事，他把持朝政、无恶不作，这个人是高俅。

31.《水浒传》梁山好汉中以《三国演义》关云长面目为模子，所写的是他的后人关胜。

32.“力健声雄性粗卤，丈二长枪撒如雨，邺中豪杰霸华阳，口口人称‘跳涧虎’。”这首诗赞的是梁山好汉陈达。

33.（1）在《水浒传》中刻画具有惊世骇俗之美，心狠手辣的人物是潘金莲。

（2）《水浒传》中“位列三十六星之末，却机巧灵心，多见识，了身达命，都强似那三十五个”的梁山好汉是燕青。

（3）《水浒传》中唯一以农家子弟身份入伙的好汉是九尾龟陶宗旺。

34.《水浒传》中，放火烧战船，帮助宋江两败高太尉的是刘唐。

35.《水浒传》中“浪里白条”指的是张顺，和他相关的故事有夜闹金沙渡。

36.《水浒传》中“庄前锣鼓响叮当，娇客新来小霸王。不信桃花村外火，照人另样冒火光。”这是写梁山好汉周通。

37.在《水浒传》中，被称为“拼命三郎”的是石秀。

《三国演义》罗贯中

名著导读

【主要故事情节】

《三国演义》整个故事在东汉末年至西晋初的历史大背景下展开。东汉末年，皇帝昏聩无能，宦官专权，朝廷腐败，百姓苦不堪言，进而爆发了大型农民起义——黄巾起义。乱世之中，一代枭雄与英雄人物竞相涌现。是时，袁绍和曹操领众诸侯以平“十常侍之乱”为名冲入皇宫，汉少帝刘辩与陈留王刘协慌乱出逃。在各路诸侯争相寻找刘辩和刘协的过程中，原屯兵凉州的董卓因救驾有功随即掌控朝中大权，废汉少帝，立陈留王刘协为汉献帝。生性残暴的董卓倒行逆施，引发多方愤然。曹操假借圣旨之名，召集群雄联合讨伐董卓，迫使其挟汉献帝至长安。董卓后被其义子吕布所杀。此后，袁绍欲谋长沙太守孙坚手中的传国玉玺，孙坚在逃避途中遭荆州刘表所袭而两相结怨。孙坚在后进攻荆州之时死于战中。与此同时，袁绍与公孙瓒在河北地界争斗，爆发界桥之战。曹操广泛招贤纳才，刘备不断扩充实力。此时，群雄逐鹿中原的雏形初成。

董卓死后，曹操“挟天子以令诸侯”，迎汉献帝于许昌建都，并运用权谋除去了吕布、袁术等人。在其后的官渡之战中，曹操以少胜多大败袁绍，继而一统北方，为此后魏国的建立奠定了坚实的基础。在江东，孙坚之子孙策多年苦心经营，终于称霸江东六郡八十一州。孙策亡故后，其弟孙权继业。孙权在周瑜等人扶持下，为吴国的建立积聚了强大的实力。刘备则与关羽、张飞二人桃园结

义，共同立起辅佐汉室的大旗。刘备在汝南遭曹操战败，投奔荆州刘表。尔后刘备三顾茅庐，请得足智多谋而又心怀天下的诸葛亮辅佐。

曹操统一北方后开始举兵南征，矛头直指荆州和江都。此时，刘表亡故，其长子刘琦守江夏，次子刘琮接管荆州，后投降曹操，荆州于是落入曹操之手。面对曹操南征之势，刘备遣诸葛亮往江东与孙权结盟。诸葛亮凭借机智在江东舌战群儒，最终促成孙、刘联军，并在赤壁之战中通过反间计、连环计、苦肉计等一系列有步骤、有计划的行动，大破曹军，谱写了我国古代战争史上以少胜多的光辉篇章。赤壁大战过后，刘备、孙权转而互争荆州。孙权遣鲁肃向刘备讨还荆州，刘备在诸葛亮的劝谕下多次推辞。周瑜向孙权献计，欲骗刘备前往东吴迎娶孙权之妹孙尚香为妻，进而扣留刘备，威逼诸葛亮以荆州换之。不料周瑜的计谋都被诸葛亮屡屡识破，致使其“赔了夫人又折兵”。周瑜最终在诸葛亮的讥讽中呕血而亡，留下了“既生瑜，何生亮!”的长叹。周瑜死后，吴军忙于与曹军开战。刘备则在诸葛亮的劝说下打败刘璋，夺取西川，并从曹操手中夺得汉中，自封汉中王。

至此，天下大势抵定，三国鼎立局面形成。刘备在巴蜀称帝，史称蜀汉；曹操称霸中原，后由其子曹丕篡汉，改国号为魏；孙权则坐镇江东一方。后东吴与曹魏修好，孙权受封南昌侯。东吴大将吕蒙以白衣渡江之计夺取荆州。此时正在攻打樊城的关羽不得不退守麦城并在突围过程中被擒。关羽宁死不降而被孙权斩首。张飞亦被部下范强、张达所杀，刘备痛心疾首。孙权继而拜陆逊为大都督，大败蜀军。刘备在率败军撤至白帝城之时病倒，并在临终前向诸葛亮托孤。曹丕此时趁机联合东吴、南蛮、羌族和蜀汉降将孟达进攻蜀国。诸葛亮派出马超、赵云等猛将把守关口，又派出李严、邓芝等人说服孟达与东吴。诸葛亮则亲领大军七擒七纵，平定了南蛮孟获之乱。后曹丕病逝，其子曹睿即位。诸葛亮六出祁山，决心为刘备完成匡复汉室的遗愿。在此期间，诸葛亮收复姜维并以己平生所学相授。诸葛亮最终因操劳过度在五丈原病逝。姜维继承诸葛亮遗志，继续兴兵抗魏却被昏主奸臣所害，逃往阆中。魏将邓艾趁蜀国内乱之际发兵进攻，蜀主刘禅不战而降，蜀汉至此灭亡。姜维在司马昭的围攻下身负重伤，拔剑自刎。

东吴孙权死后，内乱不止，吴主孙亮被独揽大权的孙琳所废，孙休被立为帝。孙休联合老将丁奉除掉孙琳将大权夺回手中，但东吴此时也已呈现大江东去之势。在魏国，曹睿死后曹芳继位，司马懿从曹爽手中夺得兵权。后曹芳被废，司马兄弟立曹髦为帝，司马懿之子司马昭独揽大权。后司马昭之子司马炎篡位，改国号为晋，魏国灭。吴国最终被西晋所灭。“天下大势，分久必合，合久必分”，百年战乱终于在此画下句点，西晋开拓了中国历史上又一个大一统的局面。

【作者简介】

罗贯中（约1330—约1400），名本，字贯中，号湖海散人，元末明初小说家，《三国志通俗演义》的作者。山西并州太原府人，其他主要作品有小说：《隋唐两朝志传》《残唐五代史演义》《三遂平妖传》。《三国志通俗演义》（简称《三国演义》）是罗贯中的力作，这部长篇小说对后世文学创作影响深远。除小说创作外，尚存杂剧《宋太祖龙虎风云会》。

【作品简介】

《三国演义》描写了从东汉末年到西晋初年之间近百年的历史风云，以描写战争为主，述说了东汉末年的群雄割据混战和魏、蜀、吴三国之间的政治和军事斗争，最终司马炎一统三国，建立晋朝的故事。反映了三国时代各类社会斗争与矛盾的转化，并概括了这一时代的历史巨变，塑造了一群叱咤风云的三国英雄人物。全书可大致分为黄巾起义、董卓之乱、群雄逐鹿、三国鼎立、三国归晋五大部分。在广阔的历史舞台上，上演了一幕幕气势磅礴的战争场面。

【创作背景】

元末明初，社会矛盾尖锐，农民起义此起彼伏，群雄割据，多年战乱后朱元璋剿灭群雄，推翻元王朝，建立明王朝。其间人民流离失所，罗贯中作为一名杂剧和话本作者，生活在社会底层，了解和熟悉人民的疾苦，期望社会稳定，百姓安居乐业，作为底层的知识分子思考，并希望结束动荡造成的悲惨局面。由此就东汉末年的历史创作了《三国演义》这部历史小说。从晚唐到元末，在民间流行的三国故事愈来愈丰富，这为《三国演义》的创作提供了充分的条件。元末明初，罗贯中在陈寿《三国志》和裴松之注的基础上，吸收民间

传说和话本、戏曲故事，写成《三国演义》。现存最早刊本是嘉靖元年（1522年）刊刻的，称为嘉靖本，题“晋平阳侯陈寿史传，后学罗本贯中编次”。继嘉靖本之后，新刊本大量出现，它们都以嘉靖本为主，只做了些插图、考证、评点和文字的增删、卷数和回目的整理等工作。清康熙年间，毛纶、毛宗岗父子对嘉靖本《三国演义》做了一些修改，主要是整理回目，修正文辞，改换诗文等，内容没有大的改动。

【思想主题】

《三国演义》的主题思想是人们对德治仁政的理想和反对暴政的意愿；是民族思想的反映；是正统思想的反映。《三国演义》以三国争雄为题材，其所展示的帝王将相都是历史上真实的英雄。而作者将他们的性格和功业夸张再现，把他们刻画成非现实的超人。

【写作特色】

罗贯中将来自雅、俗两个不同层面的文化融为一体，并按自己的主体认识、价值观念和艺术好恶加以扭合，从而使作品具有十分丰富的文化蕴涵。在《三国演义》中，既有上层统治阶级意识形态的折光，又沉淀着广大、深沉的民间思想。它是一部形象化的三国兴亡史，同时也是一部民众眼中的政治、军事史。《三国演义》采用浅近的文言，明快流畅，雅俗共赏；笔法富于变化，对比映衬，旁冗侧出，波澜曲折，摇曳多姿；又以宏伟的结构，把百年左右头绪纷繁、错综复杂的事件和众多的人物组织得完整严密，叙述得有条不紊、前后呼应，彼此关联，环环紧扣，层层推进。结构上前后呼应，在紧随主线发展之下，分散之中有集中，首尾一贯，形成一个统一的小说系统。

【主要人物及其事件】

诸葛亮：治国治军的才能和济世爱民、谦虚谨慎的品格为后世各种杰出的历史人物树立了榜样。历代君臣、知识分子、人民群众都从不同的角度称赞他、歌颂他、热爱他，可以说，诸葛亮在历史上的巨大影响已超过了他在三国历史上的政治军事实践。《三国演义》虽然突出了诸葛亮一生性格、品德、功业等的积极方面，但又把它无限夸大，把他描写成智慧的化身、忠贞的代表，并将其神化成了半人半神的超人形象。

刘备：刘备礼贤下士，慧眼识才。在爱才、用才上，尽管刘备、曹操、孙权三人有共同的特点，但刘备比他们两人更胜一筹，在用人方面，毛主席曾对人评价："刘备这个人会用人，能团结人，终成大事。这是他成功的关键。"陈寿也评价刘备为："先主之弘毅宽厚，知人待士，盖有高祖之风，英雄之器焉"。

关羽：历史上的关羽为"万人之敌"一虎将，傲上而不侮下，恩怨分明，以信义著称，但"刚而自矜"，勇猛有余，智略不足。在《三国演义》中，因为他是刘备阵营中的人，又有讲信义的特点，所以就被塑造成"义"的化身。他跟随刘备，不避艰险。下邳被俘，投降曹操，但心系刘备，只是有感于曹操待他甚厚，因而在离曹归刘前为曹操杀了袁绍的大将颜良，解白马之围。

曹操：历史上的曹操性格非常复杂，陈寿认为曹操在三国历史上"明略最优"，"揽申、商之法术，该韩、白之奇策，官方授材，各因其器，矫情任算，不念旧恶"。曹操御军三十余年，但手不释卷，登高必赋，长于诗文、草书、围棋。生活节俭，不好华服。与人议论，谈笑风生。"勋劳宜赏，不吝千金；无功望施，分毫不与"。他是中国历史上杰出的政治家、军事家、文学家。在《三国演义》中，曹操性格品德中这些好的方面被忽略了，而对他残忍、奸诈的一面又夸大了。因此，罗贯中笔下的曹操是奸诈、残忍、任性、多疑的反面人物典型。

周瑜：历史上的周瑜"性度恢廓"，谦让服人，有"雅量高致"。刘备称他"文武筹略，万人之英"。孙权则赞他有"王佐之资"。在《三国演义》中，周瑜成了诸葛亮的垫底人物。写周瑜，是为了抬高诸葛亮。因此，《三国演义》中的周瑜气量狭小，智谋也总是逊诸葛亮一筹，根本不像苏轼所歌颂的周瑜"雄姿英发，羽扇纶巾，谈笑间，樯橹灰飞烟灭"的"千古风流人物"，成了《三国演义》中蒙受最大冤屈的人物。

张飞：刘备义弟，五虎大将中第二位。少时即与关羽共事刘备。曾在虎牢关与关羽、刘备一起迎战吕布。长坂坡桥头上一声吼，吓退曹操五千精骑，入川义释严颜，分定州县，率精兵万多人，败张郃大军。刘备称王后，拜为右将军；称帝后，拜为车骑将军，封西乡侯。公元221年为替关羽报仇，同刘备起兵攻伐东吴。临行前，因被部将范强、张达刺杀，死时只有五十五岁。

赵云：身长八尺，姿颜雄伟，

善骑射，闻名乡里。

【名家点评】

1.看这本书（《三国演义》），不但要看战争，看外交，而且要看组织。

——毛泽东

2.《三国演义》的社会影响，远远超过了它的文学价值。显然，就文学而论，它的人物塑造功夫也确是第一流的，中国后世的小说家都从其中吸取了营养。

——金庸

3.《三国演义》在表现着中国人民艺术天才的许多长篇小说之中占有显著的地位，它可说是一部真正具有丰富人民性的杰作。

——[俄]科洛克洛夫

4.《三国演义》结构之宏伟与人物活动地域舞台之广大，世界古典小说均无与伦比。

——[日]吉川英治

【作品影响】

《三国演义》以75万字的规模，用一种比较成熟的演义体小说语言，塑造了四百多个人物形象，描写了近百年的历史进程，创造了一种新型的小说体裁，这不仅使当时的读者"争相誊录，以便观览"，而且也刺激了文士和书商们继续编写和出版同类小说的热情。自嘉靖以后，各种历史演义如雨后春笋，不断问世，从开天辟地，一直写到当代。据不完全统计，今存明、清两代的历史演义有一二百种之多。《三国演义》名播四海，也受到了外国读者的欢迎。早在明隆庆三年（1569）已传至朝鲜，崇祯八年（1635）有一种明刊《三国志传》就入藏于英国牛津大学。自日僧湖南文山于康熙二十八年（1689）编译出版日文本《通俗三国志》之后，朝鲜、日本、印度尼西亚、越南、泰国、英国、法国、俄国等许多国家都有本国文字的译本，并发表了不少研究论文和专著，对《三国演义》这部小说做出了有价值的探讨和极高的评价。

【作者小趣闻】

沉迷写书

罗贯中写《三国演义》时，因他全神贯注，相传闹有不少笑话：一天，罗贯中的家里人都出去了，他一人专心致志地在写作。一个乞丐来讨吃的，说道："秀才行行好吧，小人已经断粮几天了。"这时他正写到"群英会蒋干中计"中周瑜领蒋干察看后营粮草一段，听说"断粮"，头也没抬，口中喃喃念道："营中粮草堆积如山，即可取之！"说完，仍只顾埋头写书。乞丐听他说后便毫无顾忌地拿了些米走了。

一盗贼也趁火打劫，进屋把米粮全部盗走。妻子回家发现后，着急地说："家里没吃的了，你到底管不管啊？"恰巧此时他刚写完"出陇上诸葛装神"，听妻子说"没吃的了"，不禁搁笔哈哈大笑起来："陇上麦熟，何不食之？"其时麦子还未吐穗，妻子只好借些粮米度日。

【常考知识点】

1.三国中有"三绝"，"义绝"是关羽；"奸绝"是曹操；"智绝"是诸葛亮。

2.三国中有很多人物都有绰号，如"水镜先生"是司马徽；"卧龙"是诸葛亮；"凤雏"是庞统；"小霸王"是孙策；"美髯公"是关羽；"常胜将军"是赵云。

3.《三国演义》中素有"千古奇策"之称的是隆中对。

4.《三国演义》中，为救阿斗在长坂坡杀了魏军七进七出的将军是赵云，长坂坡头退曹军百万兵的将军是张飞，使曹操割须弃袍的将军是马超。

5."三英战吕布"中的三英指的是刘备、关羽、张飞。

6."滚滚长江东逝水，浪花淘尽英雄。是非成败转头空。青山依旧在，几度夕阳红……"这是我国古典文学名著《三国演义》的开篇词。

7.诸葛亮是《三国演义》中的主要人物，请写出小说中有关诸葛亮的三个故事的名称：三顾茅庐、六出祁山、七擒孟获。

8.《三国演义》中有这样一段话："譬犹驽马并麒麟，寒鸦配鸾凤耳，无异周得吕望，汉得张良"，说此话者是徐庶，被赞誉的人是诸葛亮。

9.曹操、孙权、刘备后来分别建立了魏国、吴国、蜀汉。

10.《三国演义》中"桃园三结义"是指哪三个人？他们各自的性格怎样？

刘备：忠厚善良、礼贤下士；

关羽：忠肝义胆、一身正气；

张飞：勇猛粗暴、疾恶如仇。

《红楼梦》曹雪芹

名著导读

【主要故事情节】

《红楼梦》开篇以神话形式介绍作品的由来，说女娲补天之石剩一块未用，弃在大荒山无稽崖青埂峰下。茫茫大士、渺渺真人经过此地，施法使其有了灵性，携带下凡。不知过了几世几劫，空空道人路过，见石上刻录了一段故事，便受石之托，抄写下来传世。辗转传到曹雪芹手中，经他批阅十载、增删五次而成书。

书中故事起于甄士隐。元宵之夜，甄士隐的女儿甄英莲被拐走，不久葫芦庙失火，甄家被烧毁。甄带妻子投奔岳父，岳父卑鄙贪财，甄士隐贫病交攻，走投无路。后遇一跛足道人，听其《好了歌》后，为《好了歌》解注。经道人指点，士隐醒悟随道人出家。贾雨村到盐政林如海家教林黛玉读书。林如海的岳母贾母因黛玉丧母，要接黛玉去身边。黛玉进荣国府，除外祖母外，还见了大舅母（即贾赦之妻邢夫人），二舅母（即贾政之妻王夫人），年轻而管理家政的王夫人侄女、贾赦儿子贾琏之妻王熙凤，以及贾迎春、贾探春、贾惜春和衔玉而生的贾宝玉。宝黛二人初见有似曾相识之感，宝玉因见表妹没有玉，认为玉不识人，便砸自己的通灵宝玉，惹起一场不快。贾雨村在应天府审案时，发现英莲被拐卖。薛蟠与母亲、妹妹薛宝钗一同到京都荣国府住下。宁国府梅花盛开，贾珍妻尤氏请贾母等赏玩。

贾宝玉睡午觉，住在贾珍儿

媳秦可卿卧室，梦游太虚幻境，见“金陵十二钗”图册，听演“红楼梦曲”，与仙女可卿云雨，醒来后因梦遗被丫鬟袭人发现，二人发生关系。沦落乡间务农的京官后代王狗儿让岳母刘姥姥到荣国府找王夫人打秋风。凤姐给了二十两银子。宝钗曾得癞头和尚赠金锁治病，后一直佩戴。黛玉忌讳“金玉良缘”之说，常暗暗讥讽宝钗，警示宝玉。贾珍之父贾敬放弃世职求仙学道，贾珍在家设宴为其庆生。林如海得病，贾琏带黛玉去姑苏，其族弟贾瑞调戏凤姐，被凤姐百般捉弄而死。秦可卿病死。贾政长女贾元春加封贤德妃，皇帝恩准省亲。荣国府为了迎接这大典，修建极尽奢华的大观园，又采办女伶、女尼、女道士，出身世家、因病入空门的妙玉也进荣府。元宵夜，元春回娘家待了一会儿，要宝玉和众姐妹献诗。宝玉和黛玉两小无猜，情意绵绵。书童茗烟将《西厢记》等书偷进园给宝玉，宝玉和黛玉一同欣赏。宝玉庶弟贾环嫉妒宝玉，抄写经书时装失手弄倒蜡烛烫伤宝玉，王夫人大骂赵姨娘。赵姨娘又深恨凤姐，便请马道婆施魔法，让凤姐、宝玉中邪。癞和尚、跛道人擦拭通灵玉，救好二人。黛玉性格忧郁，暮春时节伤心落花，将它们埋葬，称为“花冢”，并作《葬花吟》。恰巧宝玉路过听到，深喜知心。王夫人丫鬟金钏与宝玉调笑，被王夫人赶出投井而死，宝玉结交琪官，贾政大怒，将其打得半死。袭人向王夫人进言，深得王夫人欢心，被王夫人看作心腹，并决定将袭人给宝玉作妾。大观园中无所事事，探春倡导成立诗社，并各人起了名号。第一次咏白海棠，蘅芜君夺魁；第二次作菊花诗，潇湘妃子压倒众人。

刘姥姥二进荣国府，贾母在大观园摆宴，把她作女清客取笑，刘姥姥便以此逗贾母开心。贾母又带刘姥姥游大观园各处。在栊翠庵，妙玉招待黛玉、宝钗饮茶，宝玉也得沾光。由于行酒令，黛玉引了几句《西厢》曲文，被宝钗察觉，并劝解她，二人关系好转。黛玉模仿《春江花月夜》写出《秋窗风雨夕》，抒发自己的哀愁。贾赦垂涎贾母丫鬟鸳鸯，让邢夫人找贾母。鸳鸯不肯，贾母也不愿意，斥责邢夫人。贾赦母子关系更加不好。薛蟠在一次宴席上调戏柳湘莲，被柳毒打，柳怕报复逃往他乡，薛蟠无脸也外出经商。其妾香菱（即英莲）到大观园学诗。薛宝琴、李绮、李纹等几家亲戚的姑娘来到，大观园中作诗、制灯谜，欢乐热闹空前。袭人因母病回家，晴雯夜里受寒伤风发高烧。贾母给宝玉一件孔雀毛织的雀金裘，不慎烧个洞，街上裁缝不能修补。宝玉要为舅舅庆寿，晴雯带重病连夜补好。贾府戏班解散，芳官成为宝玉丫鬟，宝玉为其庆生，众姊妹抽花签行酒令，黛玉为芙蓉花，宝钗为牡丹花。贾敬吞丹丧命，尤氏因丧事繁忙，请母亲和妹妹尤二姐、尤三姐来帮忙，贾琏见二姐貌美，要作二房，偷居府外。二姐和贾珍原有不清白，贾琏知道贾珍想把三姐玩弄，尤三姐将珍、琏大骂，三姐意中人为柳湘莲，贾琏外出办事，路遇薛蟠、柳湘莲。贾琏为柳提媒，柳答应。到京城后，柳先向三姐之母交订礼，遇宝玉闲谈尤氏一家而起疑，又去索礼退婚，尤三姐自刎，柳出家。凤姐知道贾琏偷娶之事，便将计就计装贤惠，将二姐接进府，请贾母等应允。贾琏回来，因办事好，贾赦又赏一妾。凤姐借妾手逼得尤二姐吞金自杀。黛玉作桃花诗，众人议重开诗社，改海棠社为桃花社。史湘云填柳絮词，黛玉邀众填柳絮词。众人放风筝，欲放走晦气，黛玉风筝线断，众人齐将风筝放飞。傻大姐在园中拾到一个绣有春宫画的香囊，王夫人大怒，在王善保家的撺掇下抄检大观园。探春悲愤，认为抄家是不祥之兆，后又因王善保家的掀她衣服，大怒并扇王善保家的一耳光。贾府中秋开夜宴，贾母邀大家一起到凸碧山庄赏月，众人击鼓吃酒。黛玉见贾府中许多人赏月，贾母犹叹人少，不似当年热闹，不觉对景感怀。湘云过来陪她，二人来到凹晶溪馆联诗，湘云联寒塘渡鹤影，黛玉对冷月葬花魂，湘云赞黛玉诗句新奇，妙玉听见亦夸赞，将刚二人的诗誊写出来并结了尾。晴雯被王夫人以勾引宝玉为由，被撵抱恨而死。贾宝玉无可奈何，听小丫头说晴雯当了芙蓉花神后写《芙蓉女儿诔》祭她，后竟成黛玉谶（chèn）语。薛蟠娶妻夏金桂后，在夏挑唆下，薛毒打香菱，薛姨妈不准，夏金桂和婆婆吵闹，薛蟠无法在家，只得外出。迎春出嫁，宝玉心中伤感。贾政逼宝玉上课。

袭人来潇湘馆探口风，婆子说了些造次之话，黛玉甚觉刺心，惊噩梦染上重病。元妃身体欠安，贾母、贾政等前往宫内探视。贾宝玉、妙玉走近潇湘馆，听得黛玉抚琴悲秋之音，后琴弦崩断，宝玉疑惑，妙玉从中预感到黛玉“断弦”的命运。宝玉见晴雯补过的雀金裘，心中悲伤并祭奠她。黛玉听到宝玉定亲的消息，千愁万感，把身子一天天糟蹋起来，杯弓蛇影，一日竟至绝粒。侍书与雪雁说宝玉亲事未定，老太太要亲上作亲，黛玉听了病情转好。贾母知黛玉心事，主张娶钗嫁黛，王夫人、凤姐附和。金桂暗恋薛蝌，与宝蟾借送酒戏之。贾政、王夫人商量娶宝钗的事，宝玉来到潇湘馆，黛玉与其参禅。怡红院海棠冬天开放，贾母办酒席赏花。宝玉丢玉，全家忙乱，请妙玉扶乩（jī）。元妃薨逝。贾家悬赏寻玉。宝玉变疯傻，老太太要给宝玉冲喜，凤姐献调包计。黛玉从傻大姐那里得知宝玉娶亲后迷失本性，咳血病重，焚烧诗稿。宝玉、宝钗成亲。宝玉欲死，宝钗说黛玉已死，宝玉昏死做噩梦。贾府人去潇湘馆哭黛玉。贾母祷天宽宥儿孙。主上宣旨革去贾赦、贾珍世职，发配边疆，贾政袭贾赦的世职。雨村落井下石，包勇醉骂雨村。王夫人将家事交凤姐办理。贾母拿出银两给宝钗过生日，宝玉中途退席经潇湘馆闻鬼哭。宝玉梦黛玉而不得，错把柳五儿当作晴雯。贾母病重。迎春被“中山狼”（孙绍祖）折磨致死，史湘云丈夫得了暴病。贾母寿寝，凤姐办理丧事，可办事力诎，失去人心。鸳鸯自尽殉主。何三引贼盗来贾府，妙玉为贼所抢不知所终。赵姨娘中邪被折磨死。刘姥姥哭贾母，凤姐欲将巧姐托付给她。宝玉找紫鹃表白心思。凤姐死，王仁混闹给凤姐大办丧事，平儿帮贾琏筹钱。甄应嘉进京拜会贾政。贾宝玉与甄宝玉貌像而异，宝玉斥之禄蠹。宝玉病重，和尚送来通灵宝玉，宝玉死而复生。宝玉二历幻境，看淡儿女情长。贾琏看望贾赦，将女儿托于王夫人。惜春出家修行，紫鹃陪伴。宝钗劝勉宝玉，与之辩论赤子之心。贾政回京行至毗陵，雪中见宝玉随僧道而去。香菱难产而死，袭人嫁蒋玉菡。贾雨村遇甄士隐，归结红楼梦。

【作者简介】

曹雪芹（约1715—约1763），名霑，字梦阮，号雪芹，又号芹溪、芹圃，中国古典名著《红楼梦》作者，祖籍辽宁铁岭，生于江宁（今南京），曹雪芹出身清代内务府正白旗包衣世家，他是江宁织造曹寅之孙，曹颙之子（一说曹頫之子）。曹雪芹早年在南京江宁织造府亲历了一段锦衣纨绔、富贵风流的生活。曾祖父曹玺任江宁织造；曾祖母孙氏做过康熙帝的保姆；祖父曹寅做过康熙帝的伴读和御前侍卫，后任江宁织造，兼任两淮巡盐监察御史，极受康熙宠信。雍正六年（1728年），曹家因亏空获罪被抄家，曹雪芹随家人迁回北京老宅。曹家从此一蹶不振，日渐衰微。后又移居北京西郊，靠卖字画和朋友救济为生。经历了生活中的重大转折，曹雪芹深感世态炎凉，对封建社会有了更清醒、更深刻的认识。他蔑视权贵，远离官场，过着贫困如洗的艰难日子。曹雪芹素性放达，爱好广泛，对金石、诗书、绘画、园林、中医、织补、工艺、饮食等均有所研究。他以坚韧不拔的毅力，历经多年艰辛，终于创作出极具思想性、艺术性的伟大作品——《红楼梦》。乾隆十二年（1747年），曹雪芹移居北京西郊，生活更加穷苦，“满径蓬蒿”，“举家食粥酒常赊”。乾隆二十七年（1762年），幼子夭亡，他陷于过度的忧伤和悲痛之中，卧床不起。乾隆二十八年（1763年）除夕（2月12日），因贫病无医而逝。关于曹雪芹逝世的年份，另有乾隆二十九年除夕（1764年2月1日）、甲申（1764年）初春之说。

【作品简介】

《红楼梦》讲的是一个家族的兴衰，一个家族的大小故事。主人公为贾宝玉，他应该是一个柔中稍稍带刚的男子，他的柔有部分是因为环境所致，他们家上上下下几乎都是女性，掌管全家的又全是女子，自然而然地就应了一句话“近朱者赤，近墨者黑”。他们的家族是因为他们家中一女子进宫当了皇帝的宠妃而盛起，于是他们天天吟诗作乐，而其中又有两女子非提不可，那便是薛宝钗和林黛玉。林黛玉生性猜忌，多愁善感，可贾宝玉偏偏就是喜欢她，她身子弱，老祖宗看不上她，便骗贾宝玉与薛宝钗成亲，林黛玉闻讯气死，而当贾宝玉揭开喜帕发现并非林黛玉，而林黛玉又身亡，悲痛欲绝，出家当了和尚。

【创作背景】

《红楼梦》诞生于18世纪中国封建社会末期，当时清政府实行闭关锁国，举国上下沉醉在康乾盛世、天朝上国的迷梦中。这时期从表面看来，好像太平无事，但骨子里各种社会矛盾正在加剧发展，整个王朝已到了盛极而衰的转折点。

在康熙、雍正两朝，曹家祖孙三代四个人总共做了58年的江宁织造。曹家极盛时，曾办过四次接驾的阔差。曹雪芹生长在南京，少年时代经历了一段富贵繁华的贵族生活。但后来家渐衰败，雍正六年（1728年）因亏空得罪被抄没，曹雪芹一家迁回北京。回京后，他曾在一所皇族学堂“右翼宗学”里当过掌管文墨的杂差，境遇潦倒，生活艰难。晚年移居北京西郊，生活更加穷苦，“满径蓬蒿”，“举家食粥酒常赊”。《红楼梦》一书是曹雪芹破产倾家之后，在贫困之中创作的。创作年代在乾隆初年到乾隆三十年左右。《红楼梦》开卷第一回第一段“作者自云”即是曹雪芹自序。在这篇自序中，曹雪芹以真实身份出现，对读者讲述写作缘起。据他自述，他是依托自己早年在南京亲历的繁华旧梦而写作此书。因流落北京西郊，碌碌无为，一事无成，猛然回忆起年少时家里所有的女孩儿，觉得她们的见识才气远远超过自己，不禁深自愧悔。祖上九死一生创下这份家业，当年自己身在福中，却不务正业，不听从父母老师的管教，以致长大后一技无成，半生潦倒。曹雪芹将这段经历和悔悟写成小说，就是要告诉读者，虽然自己罪不可免，但那些女孩儿都是生活中实有其人，万不可为了掩盖自己的罪行而使她们的事迹湮灭无闻。一念及此，心旌荡漾，一切困难都不在话下。何况乡野生活悠闲自在，风光宜人，更令他思如泉涌，下笔如神。曹雪芹自谦才疏学浅，只得用市井白话来写这部小说，意在为那些女孩儿立传，排遣自己的苦闷，兼以供读者把玩赏析。

【思想主题】

《红楼梦》揭露了封建社会后期的种种黑暗和罪恶，及其不可克服的内在矛盾，对腐朽的封建统治阶级和行将崩溃的封建制度做了有力的批判，使读者预感到它必然要走向覆灭的命运，同时小说还通过对贵族叛逆者的歌颂，表达了新的朦胧的理想。在中国文学史上，还没有一部作品能把爱情的悲剧写得像《红楼梦》那样富有激动人心的力量；也没有一部作品能像它那样把爱情悲剧的社会根源揭示得如此全面、深刻，从而对封建社会做出了最深刻有力的批判。

【写作特色】

《红楼梦》最突出的艺术成就，就是“它像生活和自然本身那样

丰富、复杂，而且浑然天成”，它把生活写得逼真而有味道。《红楼梦》里面大事件和大波澜都描写得非常出色，故事在进行，人物性格在显现，洋溢着生活的兴味，揭露了生活的秘密。它的细节描写、语言描写继承发展了前代优秀小说的传统。《红楼梦》的突出成就之一是它“放射着强烈的诗和理想的光辉”。《红楼梦》塑造了众多的人物形象，他们各自具有自己独特的个性特征，成为不朽的艺术典型，在中国文学史和世界文学史上永远放射着奇光异彩。《红楼梦》的情节结构，在以往传统小说的基础上有了新的重大的突破，它改变了以往如《水浒传》《西游记》等一类长篇小说情节和人物单线发展的特点，创造了一个宏大完整而又自然的艺术结构，使众多的人物活动于同一空间和时间，并且使情节的推移也具有整体性，体现了作者卓越的艺术才思。《红楼梦》无论是在思想内容上还是艺术技巧上都具有崭新的面貌，具有永久的艺术魅力，使它足以卓立于世界文学之林而毫不逊色。

【主要人物及其事件】

贾宝玉：荣国府衔玉而诞的公子，前世真身为赤霞宫神瑛侍者，现世贾政与王夫人之次子，阖府捧为掌上明珠，对他寄予厚望，他却走上了叛逆之路，痛恨八股文，批判程朱理学，给那些读书做官的人起名“国贼禄蠹”。他不喜欢“正经书”，却偏爱《牡丹亭》《西厢记》之类的“杂书”。他终日与家里的女孩们厮混，爱她们的美丽纯洁，伤悼她们的薄命悲剧。

林黛玉：金陵十二钗之冠（与宝钗并列），林如海与贾敏之女，宝玉的姑表妹，寄居荣国府。她生性孤傲，多愁善感，才思敏捷。她与宝玉真心相爱，是宝玉反抗封建礼教的同盟，是自由恋爱的坚定追求者。

薛宝钗：金陵十二钗之冠（与黛玉并列），薛姨妈之女，宝玉的姨表姐。她大方典雅，举止雍容。她对官场黑暗深恶痛绝，但仍规谏宝玉读书做官。有一个金锁，与贾宝玉的通灵宝玉被外人称为金玉良缘。

贾元春：金陵十二钗之三，贾政与王夫人之长女，贾府大小姐。因贤孝才德，被选入宫作女史。秦可卿出殡不久，元春晋封贵妃，贾府为了迎接她省亲，建造了大观园。幽闭深宫。

贾探春：金陵十二钗之四，贾政与赵姨娘之女，贾府三小姐。她精明能干，个性刚烈，有“玫瑰花”之诨名。她对贾府的危局颇有感触，用兴利除弊的改革方式来挽救。改革虽成功，但无济大事。

史湘云：金陵十二钗之五，来自四大家族之史家，是贾母的侄孙女。自幼父母双亡，在家一点儿也做不得主。她心直口快，开朗豪爽，心怀坦荡，从未把儿女私情略萦心上。

妙玉：金陵十二钗之六，苏州人氏。因自幼多病，买了许多替身皆不中用，只得入了空门，带发修行。父母亡故后，她随师父进京。师父圆寂后，王夫人赏识她的佛学修为，请她入住大观园栊翠庵。

贾迎春：金陵十二钗之七，贾宝玉的堂姐，是贾赦与妾所生，贾府二小姐。她老实无能，懦弱怕事，有“二木头”的诨名。因贾赦欠了孙家五千两银子还不出，就把她嫁给了孙家。

贾惜春：金陵十二钗之八，宁国府贾珍的妹妹，贾府四小姐，爱好绘画。她一直在荣国府贾母身边长大，由于没有父母疼爱，养成了孤僻冷漠的性格，抄检大观园时，她狠心撵走丫鬟入画。最后看破红尘出家为尼。

王熙凤：金陵十二钗之九，来自四大家族之王家，王夫人的内侄女，贾琏之妻，即宝玉表姐及堂嫂。她精明强干，深得贾母和王夫人的信任，成为荣国府的管家奶奶，她为人处世圆滑周到，图财害命的事也干过不少。

贾巧姐：金陵十二钗之十，贾琏与王熙凤之女。在贾府败落后，险些被卖作使女，幸亏刘姥姥相救，把她带去乡下。

李纨：金陵十二钗之十一，贾珠遗孀，生子贾兰。她是恪守封建礼法的节妇的典型。

秦可卿：金陵十二钗之十二，宁国府贾蓉之妻。长得袅娜纤巧，性格风流，行事又温柔和平，深得贾母等人的欢心。

贾母：来自四大家族之史家，贾府老太太，宝玉祖母。在贾家从重孙媳妇做起，一直到有了重孙媳妇。她凭着自己的精明能干，坐稳了贾家大家长的位置。

【名家点评】

因为《红楼梦》是曹雪芹“将真事隐去”的自叙，故他不怕琐碎，再三再四地描写他家由富贵变成贫穷的情形。我们看曹寅一生的历史，决不像一个贪官污吏；他家之所以后来衰败，他的儿子之所以亏空破产，大概都是由于他一家都爱挥霍，爱摆阔架子，讲究吃喝，讲究场面；收藏精本的书，刻行精本的书；交结文人名士，交结贵族大官，招待皇帝，至于四次五次；他们又不会理财，又不肯节省；讲究挥霍惯了，收缩不回来：以至于亏空，以至于破产抄家。《红楼梦》只是老老实实地描写这一个"坐吃山空""树倒猢狲散"的自然趋势。因为如此，所以《红楼梦》是一部自然主义的杰作。

——胡适

《红楼梦》是我们中华民族的一部古往今来绝无仅有的"文化小说"。如果你想要了解中华民族的文化特点特色，最好的——既最有趣味又最为捷便（具体、真切、生动）的办法就是去读通了《红楼梦》。

《红楼梦》是一部以重人、爱心、唯人为中心思想的书，是我们中华文化史上的一部最伟大的著作。所以他说，《红楼梦》是我们中华民族文化的代表性最强的作品。

——周汝昌

【作品影响】

据不完全统计，在清代以《红楼梦》为题材的传奇、杂剧有近20多种。到了近代，花部戏勃兴，在京剧和各个地方剧种、曲种中出现了数以百计的红楼梦戏。其中梅兰芳的《黛玉葬花》、荀慧生的《红楼二尤》等，成为戏曲节目中的精品。科技发达的时代，电影、电视剧把《红楼梦》普及到千家万户，风靡了整个华人世界。自1924年以来，改编自小说《红楼梦》的各类影视作品超过了25部。每一部作品，都演绎着当时影视人对这部名著内涵的独特理解，而每一次新的拍摄，也都是对前一部作品艺术高度的无形挑战。

《红楼梦》最早流传到海外是在乾隆五十八年（1793），当时由浙江到达日本的一艘船上载有67种中国图书，其中就有《红楼梦》9部18套。 曲亭马琴的代表作《南总理见八犬传》中，八犬士每人出生时身上都有一颗灵珠的构思，很可能是从《红楼梦》中宝玉口含美玉降生得到的启示。1892年，森槐南翻译了《红楼梦》第一回楔子，发表在《城南评论》第2号上。以此为肇始，各种形式的日译本层出不穷，这也使得更多的日本民众能够走近这部来自中国的名著。直到20世纪30年代，许多日本人到中国留学时，都还在用《红楼梦》学习标准的北京话。两个多世纪里，"日本红学"的学术文章和译作从数量上看一直都在国外红学中占据领先地位。

1800年就有中朝文对照全译本，1981年法文版在法国出版，在社会中引起了“红楼梦”热潮，过后，美、英、西班牙都相继出版“红楼梦”，在西方世界影响巨大，备受好评。

【作者小趣闻】

给人物命名

《红楼梦》中贾府来了几个清客，曹雪芹写到这里时，想在名字上讽刺他们，于是就把其中一个取名为“胡斯赖”。但这个“胡斯赖”是什么很多人都不知道。其实，这是香山地区的一种水果，这种水果是当地人用苹果和槟子嫁接而成，样子非常漂亮，可味道却很干涩，只适合在果盘里摆着装样子。樊志斌说：“传说中曹雪芹也是在香山知道这种水果的，给清客取这个名字就寓意他们是外表光鲜但没什么内在的人。”

【常考知识点】

1.贾府的四春分别是：孤独的元春、懦弱的迎春、精明的探春、孤僻的惜春，取“原应叹息”之意。

2.“机关算尽太聪明，反误了卿卿性命”指的是（ C ）。

A.薛宝钗　B.林黛玉　C.王熙凤　D.探春

3.下列说法中不正确的两项是（ AD ）。

A.贾元春是荣府的二小姐，因为德才兼备，被晋封为凤藻宫尚书，加封贤德妃。

B.《红楼梦》里有句话说：“一个是阆苑仙葩，一个是美玉无瑕”，其中“阆苑仙葩”指的是贾宝玉，“美玉无瑕”指的是林黛玉。

C.水月庵的智能私逃进城，找至秦钟家下看视秦钟，不料被秦业发现。秦业将智能逐出，将秦钟痛打一顿，自己也被气死了。

D.秦氏死前给凤姐托梦。凤姐心中似戳了一刀。宝玉听说秦氏死了吓了一身冷汗。

E.王熙凤协理宁国府，宁国府中都总管来升说凤姐“是个有名的烈货，脸酸心硬，一时恼了，不认人的”。

4.《红楼梦》又名《石头记》《金玉缘》《情僧录》等。

5.《红楼梦》中金陵十二钗都有谁?

金陵十二钗有林黛玉、薛宝钗、贾元春、贾探春、史湘云、妙玉、贾迎春、贾惜春、王熙凤、巧姐、李纨、秦可卿。

6.《红楼梦》的作者是清代小说家曹雪芹，小说以贾宝玉和林黛玉的爱情悲剧为中心，写当时具有代表性的贾、史、王、薛四大家族的兴衰来揭露封建社会后期的种种黑暗和罪恶。

7. “满纸荒唐言，一把辛酸泪，都云作者痴，谁解其中味。”这是我国古典文学名著《红楼梦》的开卷诗。

8.《红楼梦》原名《石头记》，该书以贾宝玉和林黛玉的爱情悲剧为核心，以四大家族的兴衰史为轴线，浓缩了整个封建社会的时代内容。

9.补全下列歇后语。

刘姥姥进大观园——满载而归

王熙凤害死尤二姐——心狠手毒

千里搭长棚——没有不散的筵席

10.下列贾宝玉在太虚幻境看到的判词，请指出这些判词分别预示了哪个女子的命运。

①可叹停机德，堪怜咏絮才。玉带林中挂，金簪雪里埋。（林黛玉/薛宝钗）

②根并荷花一茎香，平生遭际实堪伤。自从两地生孤木，致使香魂返故乡。（香菱）

③凡鸟偏从末世来，都知爱慕此生才。一从二令三人木，哭向金陵事更哀。（王熙凤）

④才自精明志自高，生于末世运偏消。清明涕泣江边望，千里东风一梦遥。（贾探春）

⑤枉自温柔和顺，空云似桂如兰。堪羡优伶有福，谁知公子无缘。（袭人）

⑥勘破三春景不长，缁衣顿改昔年妆。可怜绣户侯门女，独卧青灯古佛旁。（贾惜春）

《论语》孔子弟子

名著导读

【主要故事情节】

《论语》的篇名通常取开篇前两个字作为篇名；若开篇前两个字是“子曰”，则跳过取句中的前两个字；若开篇三个字是一个词，则取前三个字。篇名与其中的各章没有意义上的逻辑关系，仅可当作页码看待。学而第一（主要讲“务本”的道理，引导初学者进入“道德之门”）；为政第二（主要讲治理国家的道理和方法）；八佾第三（主要记录孔子谈论礼乐）；里仁第四（主要讲仁德的道理）；公冶长第五（主要讲评价古今人物及其得失）；雍也第六（记录孔子和弟子们的言行）；述而第七（主要记录孔子的容貌和言行）；泰伯第八（主要记录孔子和曾子的言论及其对古人的评论）；子罕第九（主要记录孔子的言论，重点为孔子的行事风格，提倡和不提倡做的事）；乡党第十（主要记录孔子的言谈举止、衣食住行和生活习惯）；先进第十一（主要记录孔子的教育言论和对其弟子的评论）；颜渊第十二（主要讲孔子教育弟子如何实行仁德，如何为政和处世）；子路第十三（主要记录孔子论述为人和为政的道理）；宪问第十四（主要记录孔子和其弟子论修身为人之道以及对古人的评价）；卫灵公第十五（主要记录孔子及其弟子在周游列国时关于仁德治国方面的言论）；季氏第十六（主要记录孔子论君子修身，以及如何用礼法治国的言论）；阳货第十七（主要记录孔子论述仁德，阐发礼乐治国之道的言论）；微子第十八（主要记录古代圣贤事迹，孔子众人周游列国中的言行及周游途中世人对于乱世的看法）；子张第十九（主要记录孔子和弟子们探讨求学为道的言论以及弟子们对于孔子的敬仰赞颂）；尧曰第二十（主要记录古代圣贤的言论和孔子对于为政的论述）。

【作者简介】

《论语》是孔子及其弟子的语录结集，由孔子弟子及再传弟子编写而成。此书主要记录孔子及其弟子的言行，较为集中地反映了孔子的思想，是儒家学派的经典著作之一。

【作品简介】

《论语》是儒家的经典之作，是一部以记言为主的语录体散文集。早在春秋后期孔子设坛讲学时期，其主体内容就已初始创成；孔子去世以后，他的弟子和再传弟子代代传授他的言论，并逐渐将这些口头记诵的语录言行记录下来，因此称为“论”；《论语》主要记载孔子及其弟子的言行，因此称为“语”。清朝赵翼解释说：“语者，圣人之语言，论者，诸儒之讨论也。”其实，“论”又有纂的意思，所谓《论语》，是指将孔子及其弟子的言行记载下来编纂成书。现存《论语》20篇，492章，其中记录孔子与弟子及时人谈论之语约444章，记孔门弟子相互谈论之语48章。

【创作背景】

面对春秋战国那样的乱世，知识分子大都很不满意，于是纷纷思考救国救民、解决社会矛盾的方针路线。各自的想法大不相同，于是形成不同的学说流派。在孔子为代表的儒家之外，先后出现了道家、墨家、法家等不同流派。这些流派之间，相互批评，展开了激动人心的学术争鸣，于是有所谓“百家争鸣”的局面出现。春秋战国之交的“百家争鸣”，是一个思想大爆炸的时代，是中国思想史上第一个黄金时期。中国传统中很多光辉的思想主张，都产生于那个时代。以孔子为代表的儒家，即是“百家争鸣”中最重要的一个学术流派。经过历史的淘汰和选择，儒家思想在汉武帝之后成为中国统治阶级意识形态的核心。

【思想主题】

作为儒家经典的《论语》，其内容博大精深，包罗万象。《论语》的思想主要有三个既各自独立又紧密相依的范畴：伦理道德范畴——仁，社会政治范畴——礼，认识方法论范畴——中庸。仁，首先是人内心深处的一种真实的状态，这种真的极致必然是善的，这种真和善的全体状态就是“仁”。孔子确立的仁的范畴，进而将礼阐述为适应于仁、表达仁的一种合理的社会关系与待人接物的规范，进而明确“中庸”的系统方法论原则。

【写作特色】

《论语》多为语录，但都辞约义富，有些语句、篇章形象生动。通过记录的形式来传达思想主张，还运用了比喻、对偶、反证等修辞手法。语言简洁精练，含义深刻，《论语》以记言为主，它以言简意赅、含蓄隽永的语言，记述了孔子的言论。《论语》中所记孔子循循善诱的教诲之言，或简单应答，点到即止；或启发论辩，侃侃而谈；富于变化，娓娓动人。又善于通过神情语态的描写，展示人物形象。

【名家点评】

半部《论语》治天下。

——宋代开国宰相赵普

【作品影响】

《论语》是仅次于《圣经》的世界第二大畅销出版物。

20世纪80年代末，75位诺贝尔奖获得者相约法国巴黎，联袂宣言：“如果人类要在21世纪生存下去，必须回头到2500年前汲取孔子的智慧。”

随着经济全球化的到来，一个文化全球化的时代即将到来，中华传统文化将在文化全球化的进程中担当起举足轻重的作用。作为中华传统文化的核心代表和孔子思想学说的重要载体，《论语》必定为知识经济熏染的时人含英咀华。

南怀瑾先生言：孔子学说与《论语》的价值，无论在任何时代、任何地区，对它的原文本意，只要不故加曲解，始终具有不可毁的不朽价值，后起之秀，如笃学之，慎思之，明辨之，融会有得而见之于行事之间，必可得到自证。

《论语》记到孔子晚年的学生曾参的死为止，其中保留着孔子生平

思想学说的重要材料，尤其是教育思想和教学活动的重要材料。它是我国一份十分重要的文化遗产，也可以说，它可作为中国历史上最早的一部教育书。《论语》和《大学》《中庸》《孟子》合称为“四书”，是封建社会读书人的必读书。《论语》内容涉及很广，哲学、政治、教育、文学、艺术乃至立身处世之道等。文字简短，精练质朴，含义很深，不少句子被人们当作格言而奉行，是我国现存最早用语录体记录的古籍。它是研究孔子思想的重要依据，在我国思想史、文化史和教育史上有很深广的影响，在文学史上占有重要地位。

【作者小趣闻】

孔子的一位学生在煮粥时，发现有肮脏的东西掉进锅里去了。他连忙用汤匙把它捞起来，正想把它倒掉时，忽然想到，一粥一饭都来之不易啊，于是便把它吃了。刚巧孔子走进厨房，以为他在偷食，便教训了那位负责煮食的同学。经过解释，大家才恍然大悟。孔子很感慨地说：“我亲眼看见的事情也不确实，何况是道听途听呢？”

【常考知识点】

1.把空缺的句子补上。

（1）择其善者而从之，其不善者而改之。

（2）学而不思则罔，思而不学则殆。

（3）三人行，必有我师焉。

2.给下列加点的字注音。

人不知而不愠（yùn）

不亦说乎（yuè）

思而不学则殆（dài）

3. 给下列加点字选择正确的解释。

（1）不亦说乎（B）

A.说话　B.高兴，愉快　C.话语

（2）人不知而不愠（A）

A.恼怒　B.烦恼　C.熟识

（3）温故而知新（B）

A.原因　　B.旧的，学过的　　C.事故

4. 翻译下面的句子。

（1）学而不思则罔，思而不学则殆。

只学习而不思考，就会迷惑不解；只思考而不学习，就会在学业上陷入困境。

（2）温故而知新，可以为师矣。

温习学过的知识会有新的领悟，凭借这样就可以当老师了。

5.给下面的句子划分朗读节奏。（划两处）

学 而 不 思/ 则 罔，思 而 不 学/ 则 殆。

6.《论语》是儒家经典著作，是记录孔子及其弟子言行的语录体的书。它与《大学》《孟子》《中庸》合称为四书，共二十篇。

7.下列加点的“之”字的用法与其他三项不同的一项是（　D　）。

A.择其善者而从之

B.学而时习之

C.下车引之

D.黄鹤楼送孟浩然之广陵

8.下列句子按内容分类正确的一项是（　C　）。

①人不知而不愠。②温故而知新，可以为师矣。③学而不思则罔，思而不学则殆。　④三人行，必有我师焉。⑤三十而立，四十而不惑。⑥学而时习之。⑦逝者如斯夫，不舍昼夜。⑧吾日三省吾身。⑨不义而富且贵，于我如浮云。

A.①②④/③⑤⑨/⑥⑦⑧　　B.①⑤⑧⑨/②⑥/③④⑦

C.②③⑥/④⑤⑦/①⑧⑨　　D.①②③/⑥⑦/④⑤⑧⑨

9.根据提示填空。

（1）认为应该虚心求教、博采众长的句子是：三人行，必有我师焉。择其善者而从之，其不善者而改之。

（2）关于培养宽厚胸怀的句子是：士不可以不弘毅，任重而道远。仁以为己任，不亦重乎？死而后已，不亦远乎？

（3）论述学习和思考的辩证关系的句子是：学而不思则罔，思而不学则殆。

10.诸子百家的思想源远流长，影响至今。从下列诸子的名言中你悟出了怎样的人生道理？

九层之台，起于累土。——老子 事情的成功是由小到大逐渐积累而成的。

不以规矩，不能成方圆。——孟子 不遵守规则、制度就办不好事，办事要遵守规则、制度。

《朝花夕拾》鲁迅

名著导读

【主要故事情节】

①《狗·猫·鼠》描写了作者仇猫的原因，取了“猫”这样一个类型，讽刺了生活中与猫相似的人。

②《阿长与山海经》记述作者儿时与阿长相处的情景，表达了对她的怀念感激之情。

③《二十四孝图》重点描写了在阅读“老莱娱亲”和“郭巨埋儿”两个故事时所引起的强烈反感，揭露了封建孝道的虚伪和残酷，揭示了旧中国儿童的可怜的悲惨处境。

④《五猖会》以赶会为背景，描写了封建制度对儿童天性的束缚和摧残。

⑤《无常》通过描写无常救人反遭毒打事件，表达了旧时代中国人民绝望于黑暗的社会，愤慨于人世的不平。

⑥《从百草园到三味书屋》描述了作者儿时在家中百草园得到的乐趣和在三味书屋读书严格但不乏乐趣的生活，揭示儿童广阔的生活趣味与束缚儿童天性的封建书塾教育的尖锐矛盾。

⑦《父亲的病》重点回忆儿时为父亲延医治病的情景，描述了几位“名医”的行医态度、作风、开方等种种表现，揭示了这些人巫医不分、故弄玄虚、勒索钱财、草菅人命的实质。

⑧《琐记》回忆了隔壁家表面对孩子好，其实是暗中使坏的衍太太，描写了她是一个自私自利、奸诈、坏心眼的妇人。

⑨《藤野先生》记录作者在日

本留学时期的学习生活及他决定弃医从文的原因，表达了对藤野先生深切的怀念。

⑩《范爱农》描述了范爱农在革命前不满旧社会、追求革命，辛亥革命后又备受打击迫害的遭遇，表现了对旧民主革命的失望和对这位正直倔强的爱国者的同情和悼念。

【作者简介】

鲁迅（1881—1936），原名周树人，字豫山，后改豫才，“鲁迅”是他1918年发表《狂人日记》时所用的笔名，也是他影响最为广泛的笔名，浙江绍兴人。中国现代伟大的无产阶级文学家、思想家和革命家，中国现代文学的奠基人。毛泽东曾评价：“鲁迅的方向，就是中华民族新文化的方向。”鲁迅一生在文学创作、文学批评、思想研究、文学史研究、翻译、美术理论引进、基础科学介绍和古籍校勘与研究等多个领域都具有重大贡献。他对于五四运动以后的中国社会思想文化发展具有重大影响，蜚声世界文坛，尤其在韩国、日本思想文化领域有极其重要的地位和影响，被誉为“二十世纪东亚文化地图上占最大领土的作家”。

【作品简介】

《朝花夕拾》里作者鲁迅用夹叙夹议的方法，以青少年时代的生活经历为线索，真实生动地叙写了自己从农村到城镇，从家庭到社会，从国内到国外的一组生活经历，抒发了对往昔亲友和师长的怀念之情，同时也对旧势力、旧文化进行了嘲讽和抨击。

【创作背景】

1925年，鲁迅在北京担任大学讲师期间，因支持学生运动而受到当时所谓“正人君子”的流言攻击和排挤。1926年，北洋军阀政府枪杀进步学生，制造“三一八”惨案。作者鲁迅写下《纪念刘和珍君》等一系列文章，热情支持学生的正义斗争，控诉北洋军阀政府的残暴，结果遭到当局的通缉而不得不远走厦门避难。《朝花夕拾》中的作品虽然都是在追忆往事，但也是“借题发挥”，影射、讥

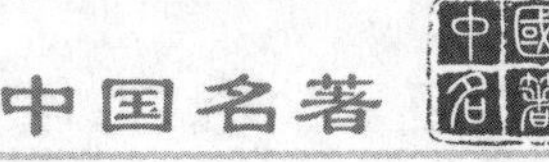

讽当时的社会现实。《朝花夕拾》作于1926年2月至11月，共10篇。前5篇写于北京，后5篇写于厦门，曾先后发表在《莽原》半月刊上，总题为《旧事重提》。1927年5月成集时，改名为《朝花夕拾》，并作了《小引》，7月又写了《后记》，1928年由北京未名社印行。

【思想主题】

①具有强烈的反封建思想，具有对封建教育、封建道德、封建顽固派的批判意识。

②表现对亲友和师长的崇敬、怀念之情。作者通过对青少年时期生活片段的回忆，记叙他所接触到的一些人物的感人事迹，塑造一批栩栩如生的人物形象，如长妈妈、藤野先生、范爱农等，赞颂他们身上表现出的优秀品质，表达了对他们的深切怀念之情。

③批判封建思想、封建制度对青少年的毒害思想。这些散文以"我"为线索，通过作者的亲身经历，看到封建社会、封建教育制度对青少年身心健康的摧残，使他们受到极大的伤害，表现作者强烈的反封建的战斗精神。作者无情地批判封建孝道的愚昧和残忍，揭露其虚伪性和欺骗性。

④揭露思想文化战线上资产阶级文人的本质。鲁迅一生都用手中的笔做武器，和资产阶级文人进行毫不妥协的战斗，揭露他们的丑恶形象，也反映了他的韧性的战斗精神。

⑤作者以炽烈的感情和浓重的笔墨，揭示了一个时代的各个侧面。作者揭示了19世纪末20纪初半殖民地半封建的中国社会生活的各个侧面，真实地再现了当时的历史情景。

【写作特色】

①在对往事深情的回忆时，作者无法忘却现实，常插入一些"杂文笔法"（即对现实的议论），展现了作者真实而丰富的内心世界。

②常摄取生活中的小细节，以小见大，写人则写出人物的神韵，写事则写出事件的本质。

③作者在批判、讽刺封建旧制度、旧道德时，多用反讽手法。表面上很冷静地叙述事件的始末，其实是反话正说，在叙述中暗含着"言在此而意在彼"的巧妙讽刺。

④作者在散文中常用对比手法。

⑤把记叙、描写、抒情和议论有机地融合为一体，充满诗情画意，蕴含丰厚。

⑥注意人物的刻画和描写，运用白描的手法，传神地刻画出人物的性格特征，采用了人物的肖像描写、动作描写、语言描写，创造了许多性格鲜明的人物形象。

⑦文集中始终贯穿着一个人物形象“我”——作者自己。

⑧《朝花夕拾》作为鲁迅中年时期的一部回忆性文学作品，具有一定的自传性质，在这其中塑造的人物当中可以较好地找到鲁迅所具有的独特人格之美。文集题材的选取虽然是来自鲁迅的生活经历，但是却并没有像一般的传记那样直接地平铺直叙自己的人生，而是换了另外一种方式进行故事的讲述。自由、洒脱、随性但是却又将自己所欲表达的内容成功地蕴含在了文章中的每一个角落。

【主要人物及其事件】

阿长：出自《阿长与山海经》。阿长是鲁迅儿时的保姆，她睡相不好、喜欢切切察察，而且还踩踏死鲁迅喜爱的隐鼠，这些都使鲁迅对她感到厌烦，但是当她真诚善良的一面表现出来时，如送给鲁迅心心念念的《山海经》，鲁迅不禁心生敬意和感激。阿长是封建社会下一个典型的农村劳动妇女，她粗壮耐劳，真诚善良。

父亲：出自《五猖会》。在《五猖会》中，鲁迅塑造的“父亲”形象似乎不近人情，与现实有些出入，主要是为表达主题而设置。父亲利用孩子爱玩的天性强迫孩子背书，使孩子深受打击，留下心理阴影，从而揭示了封建家长制对于儿童天性的压制和摧残。

藤野先生：出自《藤野先生》。藤野先生是鲁迅留学日本期间极为尊敬的一位良师。他不修边幅，但治学严谨。他正直热忱，热心地关注鲁迅的学习，与当时日本学生对中国留学生的鄙视态度形成鲜明的对比。这些高尚的品质一直激励着鲁迅勇往直前。

范爱农：出自《范爱农》。范爱农是当时社会充满爱国情怀的一群小知识分子的形象代表，他们的命运起伏与时代的发展紧密相连，经历了对黑暗的不满、对革命的期待以及对革命的失望的心路历程，社会的迫害、生活的窘迫又将他们逼入绝境。

【名家点评】

《朝花夕拾》在文体上别有创意，小说笔法与随笔韵致交融在一起，行文各是一番境地。

——中国人民大学文学院院长孙郁

《朝花夕拾》是鲁迅在民间话语空间的闲聊者的形象。

——中国鲁迅学会理事钱理群

在这些散文里，能够明显看到他清醒

的理智，感觉到战斗的光芒。

——现代作家钟敬文

【作品影响】

《朝花夕拾》写的虽然是个人的生活经历和心路历程，是对亲人和师友的缅怀、眷念，但同时又超越于此而表现了一个特定历史时代下中国社会的面貌，提供了丰富、翔实的文献资料。这是一般的回忆散文所不可企及的。因为这些散文中习见的只是一些纯属个人的所谓家务事、儿女情，纯属个人的沉浮起落和情感波澜；主人公仿佛置身世外桃源，一点也看不到身外涌动的时代风云和飘散的炮火硝烟。

有些散文作品有助于了解某个时期一部分知识分子的心态，却难以展示他们所生活的那个时代的整体面貌，《朝花夕拾》则与此不同。由于作者具有远大的志向和博大的襟怀，使作品显示了抒写个人遭遇与关注民族命运的紧密关联，不仅展现了作者个人的足印也展示了一个历史时代的行迹。

【作者小趣闻】

帮助青年

鲁迅在广州时，一个青年受他的感化，随他到了上海。到上海后，鲁迅热情地留他在自己景云里的寓所住，后来那人又让鲁迅给他在上海找个工作。鲁迅很为难的情况下找到郁达夫说实在没办法，须请一家书店报馆名义上请他做事，而每月的薪水三四十元由鲁迅自己拿出，由达夫转交给书店报馆作为月薪发给他。鲁迅对青年的提携帮助程度可见一斑。

【常考知识点】

1.《朝花夕拾》是鲁迅先生1926年所作的回忆散文集，共10篇。

2.鲁迅在《琐记》一文中，用了“乌烟瘴气”一词来讥讽洋务派的办学。

3.《藤野先生》记叙了作者在日本留学时的学习生活，记叙了与藤野先生相识、相处、分别的几个片段，并说明了在仙台医专时弃医从文的一生中重要的经历。

4.鲁迅在《二十四孝图》里，针对“卧冰求鲤”“老莱娱亲”“郭巨埋儿”等孝道故事做了分析，揭示了封建孝道的虚伪和残酷。

5.鲁迅在《藤野先生》中深切表达了对日本没有民族偏见的正直热诚的藤野先生的怀念。

6.《朝花夕拾》中鲁迅先生说起儿时生活常常出现对迎神赛会、看戏等情节的回忆，如《五猖会》。

7.选择题。

（1）“无常”这个“鬼而人，理而情”的形象受到民众的喜爱，主要缘由是（ D ）。

A.形象好看　　B.活泼诙谐

C.能勾摄恶人魂魄　D.公正的裁判是在阴间

（2）《藤野先生》中作者弃医从文的原因是（ C ）。

A.受到日本同学歧视

B.先生不重视自己

C.要拯救国民的精神

D.学医太难

（3）下列文章不属于《朝花夕拾》的是（ A ）。

A.《风筝》　　B.《无常》

C.《父亲的病》D.《藤野先生》

8.判断题。（正确的在括号里打“√”，错误的打“×”）

（1）《狗·猫·鼠》是针对“正人君子”的攻击引发的，嘲讽了他们散布的“流言”，表述了对狗“尽情玩弄”弱者、对人又是一副媚态的憎恶。（ × ）

（2）《琐记》《藤野先生》《范爱农》三篇作品，记述了作者离开家乡到南京、日本求学和回国后的一段经历。（ √ ）

（3）《父亲的病》中为父亲看病的第二个医生是叶天士。（ × ）

（4）鲁迅不喜欢《天演论》。（ × ）

（5）《藤野先生》中藤野先生是一个有偏见的人。（ × ）

9.《父亲的病》中鲁迅描写几位“名医”的行医态度、作风、开方等种种表现，揭示了这些人怎样的实质？

揭示了这些人巫医不分、故弄玄虚、勒索钱财、草菅人命的实质。

10.《无常》中塑造的“无常”这个形象为什么会受到民众的喜爱？

因为人间没有公正，恶人得不到恶报，而“公正的裁判是在阴间”。

《呐喊》鲁迅

名著导读

【主要故事情节】

小说集《呐喊》收录了《狂人日记》《孔乙己》《药》《阿Q正传》《故乡》等14篇小说，反映了从辛亥革命前后到五四时期中国古老农村和市镇的面貌；它描绘了辛亥革命前后到五四时期中国的社会现实，总结了辛亥革命的历史经验教训，深刻地揭露了封建宗法制度和封建礼教吃人的本质和虚伪，痛苦地解剖了中国沉默的国民灵魂，批判了国民的劣根性。

《狂人日记》以第一人称的口吻叙述了一个"狂人"的故事，他害怕所有人的眼光，总觉得人们想害他，想吃掉他。医生给他看病，让他"静养"，他便认为是让他养肥可以多吃肉。他记得大哥曾对他讲过"易子而食""寝皮食肉"之事，然后想起"妹子"死时，大哥劝母亲不要哭，便认为妹子是被大哥吃了。"狂人"越反抗"吃人"，越被认为是"疯子"，当他完全失望于改造周围环境时，他也"痊愈"了，去某地当候补官了。小说中的"狂人"实际上是觉醒的知识分子形象，他周围都是被封建礼教侵蚀了灵魂的人，他所害怕和反抗的则是封建传统吃人的惯例。

《孔乙己》讲述了一个没有考上秀才的读书人的悲惨遭遇。主人公孔乙己是个心地善良的人，但他在科举制度毒害下，除了满口"之乎者也"之外，一无所能，穷途潦倒，成了人们取笑的对象。为生活所迫，他偶尔做些小偷小窃的事，终于被打断

了腿，在生活的折磨下默默死去。小说通过对人物性格和遭遇的生动描写，揭露了封建科举制度的腐朽，鞭挞了封建教育对知识分子心灵的戕害。

《药》表现了现代史上重大而发人深思的主题。作品描述华老栓用被统治者杀害的革命者夏瑜的鲜血蘸成“人血馒头”为儿子治病的故事。一个革命者为民众的解放而慷慨牺牲，他的鲜血却被民众当作治病的灵药，这种强烈的反差，有力地揭示了旧民主革命与民众的严重隔膜，揭露了长期的封建统治给人民造成的麻木和愚昧。

《明天》中单四嫂子的儿子宝儿得了病，单四嫂子为他四处求医，盼望着“明天”宝儿的病就能好。但是“明天”到来了，病魔无情地夺去了宝儿的生命。明天是什么，是希望还是绝望，单四嫂子不得而知，但失去宝儿后的孤独与痛苦却是真实的。

《一件小事》的主人公“我”，是五四时期具有进步倾向的知识分子。虽然不能将其判定为革命者，但在他的身上确实有着许多体现出革命民主主义者思想情绪的特点：关心祖国的前途和民族的命运，痛恨北洋军阀的反动统治，尤为厌恶腐朽不堪的孔孟之道。但他身上也有一定弱点，对劳动人民尚缺乏深刻的认识和正确的判断。然而，车夫的所作所为却使他极为震惊，“我”在进行自我审视、自我省察、自我灵魂拷问中发现了“我”作为知识分子自身的“小”来。

《头发的故事》讲述了主人公N先生剪掉辫子后的一系列遭遇。N先生是一个有觉悟、有理想的人，因为觉得不方便而剪去了辫子，却遭到了周围人的蔑视和厌恶，因此他深感中国的守旧和顽固——“造物的皮鞭没有到中国的脊梁上时，中国便永远是这样的中国，决不肯自己改变一支毫毛。”

《风波》写朝廷上换了皇帝和没换皇帝对村里人思想的风波。揭示了农村人，也就是在封建思想摧残下的中国人安于现状、不问世事、没有拯救自己命运的思想，没有人的价值的认识。

《故乡》描写鲁迅冒着严寒回到了他阔别七八年的故乡的所见所闻，深刻揭露出封建等级制度给人的心灵造成的伤害。20世纪20年代中国农村日甚一日的破产景象在这个最初的印象中得到了形象的反映。但给“我”印象最深的，却是在这种生活背景下产生的人与人之间的“隔膜”，灵魂上的疏远，心灵上的毁灭。

《阿Q正传》中，阿Q姓名籍贯不详，以做短工度日。阿Q自尊又自卑，对受居民尊敬的赵太爷和钱太爷独不崇奉，不是想自己“先前阔”，就是想“儿子会阔多了”，他总能在精神上获胜。被王胡揍了一顿，又被“假洋鬼子”打了一棍，想着“儿子打老子”便忘却了；调戏小尼姑便觉晦气全消。但这却勾起了他的欲望，尽管严守“男女之大防”，但又压不住自然的本能，就对吴妈叫着“我和你困觉”，被秀才的大竹竿打了一顿，阿Q的爱情梦被打破，随即生计又成问题，于是打定进城。回来时获得村里人一时的敬畏，但人们探听底细后又对他“敬而远之”。得知革命党进村，本是“深恶痛绝”，但一看举人和村里人都怕他们，便有些神往，然而阿Q却一直没弄懂革命，直到被抓、被杀。临死前的遗憾是画押的圈不圆。小说深刻地表现了封建文化窒息下形成的中国国民的劣根性，阿Q则是这种国民性弱点的集中表现。“精神胜利法”是阿Q的主要特征。

《端午节》的主人公方玄绰是小官吏又兼做教员，早年也曾觉醒过，后来却消沉了。他严于责人，宽于责己，思想严重退坡，喜欢“差不多说”的“精神胜利法”。

《白光》是描写没落的旧式知识分子的小说。主人公陈士成参加科举考试，考了十六回，回回落榜，也没有捞到秀才，终于变得精神失常，最后投湖自尽，了结了自己的一生。鲁迅通过对这个人物的描写揭露了封建科举制度和封建教育的本质，对人物本身也做了彻底的否定。

《兔和猫》描写一个家庭主妇三太太在夏天给她的孩子们买了一对小白兔，小说就围绕着兔的出现和消失展开起伏曲折的故事情节，表达了作者对弱小的同情，对随意欺凌弱小者的憎恨。

《鸭的喜剧》以鲁迅与俄国盲诗人爱罗先珂住在一起时的生活为素材，表现出两人深厚的友谊，同样也是爱的抒情。

《社戏》叙述“我”的三次看戏。开篇用近三分之一篇幅写“我”在北京的两次看京戏，后用三分之二的篇幅写“我”小时候在故乡去赵庄看一场社戏。两次看京戏都窝窝囊囊心绪极坏，而看社戏却是意趣盎然永生难忘。三场戏发生在两个地点：都

市和乡村。有意味的是，三场戏都枯燥乏味，三场戏都没看到什么，看戏的“我”三次都中途告退，但作者的心情却截然相反。北京的两次看戏叙述中，透露的是一种沉重的压抑感。整篇小说的感情基调就是都市和乡村的对立，表现了作者对农村生活的衷心向往和对农民的深厚感情。

【作品简介】

《呐喊》是现代文学家鲁迅的短篇小说集，收录鲁迅于1918年至1922年所作的14篇短篇小说，1923年由北京新潮社出版，现编入《鲁迅全集》第1卷。小说集真实地描绘了从辛亥革命到五四运动时期的社会生活，从革命民主主义出发，抱着启蒙主义目的和人道主义精神，揭示了种种深层次的社会矛盾，对旧时中国的制度及部分陈腐的传统观念进行了深刻的剖析和比较彻底的否定，表现出对民族生存浓重的忧患意识和对社会变革的强烈希望。

【创作背景】

20世纪初，中国正遭受世界列强的侵略，国家动乱，人民生活艰苦。以孙中山为首的革命派渐渐确立了彻底推翻清王朝统治的政治路线，青年鲁迅则正致力于建构自己的思想启蒙纲领。孙中山领导的辛亥革命深入人心，青年鲁迅也认识到革命的重要性，并且以各自的语言、各自的表述方式响应革命，随后发生了五四新文化运动。1911年辛亥革命推翻了清政府的专制统治，中华民国临时政府在南京成立，鲁迅应邀到南京教育部任职，不久随政府迁到北京。但辛亥革命并没有完成反帝反封建的任务，各派军阀窃取了革命成果，军阀混战，民不聊生。鲁迅本希望能为教育事业的革新贡献力量，但根本无事可做，内心无比孤独和苦闷。1915年9月，《青年杂志》（即《新青年》）创刊，是新文化运动开始的标志。当时《新青年》的编辑钱玄同来向鲁迅约稿。鲁迅从1917年俄国十月革命中看到“新世纪的曙光”，俄国十月革命的胜利给中国送来了马克思列宁主义，鲁迅受到极大鼓舞。鲁迅相信只要“大嚷”起来，就有“希望”唤醒“熟睡”的人们，就有毁坏那关着“熟睡”人们的黑暗的“铁房子”的希望。鲁迅答应了钱玄同的邀请开始写文章，鲁迅对《新青年》的编辑们怀着尊敬与赞赏，又感到他们“或许是感到寂寞”，所以他要“呐喊”，“聊以慰藉那在寂寞里奔驰的猛士，使他不惮于前驱”。1918年5月，鲁迅在《新青年》上发表了第一篇白话小说《狂人日记》，随后又连续写了十几篇短篇小说，1923年鲁迅将1918年至1922年创作的15篇小说辑成《呐喊》，其中《不周山》一篇后收入《故事新编》中。作者鲁迅曾说："既然是呐喊，则当然须听将令的了。"因而，《呐喊》是听革命前驱的将令的作品，也就是服从于"五四"反帝、反封建和新民主主义革命的"遵命文学"。

【思想主题】

①控诉践踏生命的封建传统。作者鲁迅在《呐喊·自序》中清楚表明了写作这组小说的用意，就是以大声的呐喊惊起被密闭在"铁屋子"里熟睡而不知死亡将至的民众，呼唤大家齐心合力毁坏这"铁屋子"，以争取新的生命。为达此目的，作者鲁迅自觉地接受在写作中"须听将令"的要求，更多地表现出热血的愤怒与激情、畅快的讽刺和揶揄，尽量在阴暗的色调中给前进的人留有一线希望。

②深刻揭露封建制度、封建礼教的"吃人"本质。对封建制度及封建礼教进行极其深刻的揭露、批判是《呐喊》最为鲜明的思想主题。这一主题几乎贯穿《呐喊》中的所有作品。

③深入剖析国民及民族的劣根性。改造"国民精神"是鲁迅一生的奋斗目标，他对中国民族及国民普遍的劣根性给予强烈的关注。他一方面深刻剖析了国民劣根性的思想本质后进行强烈的批判，另一方面又不停地向愚昧的民众发出呐喊，希望他们能认识并改造这些"国民的劣根性"。然而现实让作者深感无奈与悲凉，对于国民，作者一方面"哀其不幸"，另一方面又"怒其不争"。

④描写激烈的社会矛盾下苦苦挣扎的知识分子的命运。作为一名知识分子，进行灵魂上的自我剖析是鲁迅崇高的精神品质之一。他的这一品质也反映在他所创作的作品中。《呐喊》创作于中国民主革命风起的1919年前后。在激烈的社会矛盾斗争中，接受一定民主思想的知识分子阶层同样处于苦苦挣扎的艰难境地。

⑤反映辛亥革命背景下的农村生活和农民的精神风貌。农村生活和农民形象在《呐喊》中也占有显著的地位，尤其是辛亥革命背景下的农村生活和农民形象。

【写作特色】

①人物创作手法的多样性。在

人物创作上，作者运用了多种手法来刻画人物，塑造了一批具有鲜明个性特征的典型人物。

②艺术表现手法的多样性。《呐喊》在艺术表现手法上，主要以现实主义手法为主，但在客观的叙述之中也能感受到作者浓烈的感情。作者以现实主义精神，高扬鲜明的理性批判旗帜，直击国民的各种病苦及病根，意图引起国民的注意；体现了其现实主义艺术手法的运用高妙而精到。在坚持现实主义手法的同时，作者又敢于大胆运用浪漫主义手法和象征主义手法来作为现实主义手法的补充，既丰富了小说表现艺术的内涵，又扩充了小说表现生活、思想内容的容量。

③作品结构样式的多样性。1923年茅盾在谈论鲁迅时说到，首先，《呐喊》里的十多篇小说，几乎一篇有一篇的新形式。其小说大多截取生活的横断面，以一个或几个生活场面、片段连缀而成。但在叙事方式上，有第一人称的，也有第三人称的；在行文顺序上，有以顺叙为主，也兼有倒叙的；在行文线索上，有单线发展的，也有双线交织的。在小说体式上，则更加多样。

④《呐喊》风格独特，喜剧与悲剧相交织，层次丰厚，令人回味无穷。《孔乙己》《阿Q正传》是悲剧与喜剧交融的典范，这样的悲喜剧交融实际上体现了人的情感、情绪本身的丰富性。《呐喊》尽管包含着重大的写作主题，却完全没有为了观念而抽空生活，而是真正做到了以生活为本，以活生生的人为本，自然地呈现出观念。俄国小说家契诃夫所创造的“含泪的微笑”、美国文学中的“黑色幽默”等，都是世界文学史上悲喜剧风格交融的经典。鲁迅在《呐喊》中所创造的悲喜剧风格交融与之相比毫不逊色，既为民族文学开辟了新的独特的风格境界，又融合了民族传统文学水乳交融、不着痕迹、含蓄蕴藉的特点。此外，小说的语言在富有鲜明的民族特色的同时又形成了独特的个人风格，创造了现代文学语言的典范。在他的小说作品中，无论是叙述语言还是人物语言，都在吸收中国古代白话小说语言和外来语言富有表现力的因素的基础上，进行艺术加工。鲁迅的艺术语言精练纯净、生动传神、真实朴素，增强了小说的艺术表现力和感染力。

【主要人物及其事件】

狂人：《狂人日记》中的“狂人”——最先觉醒的叛逆者，革新者形象。“狂人”实际上是一种象征性的文化性格符号，是作者鲁迅运用双层建构的特殊艺术方式塑造的具有“双象性”特点的艺术形象。《狂人日记》中的“狂人”，一方面的确有着生理和心理病态，是一个受迫害致狂的精神病患者；另一方面，“狂人”又是一个叱咤风云的反封建的“精神界战士”，独醒的清醒者。两种层次的艺术形象在“吃人”这一核心点上互相扭结，互相依存，互相渗透，形成艺术叠影，将“病狂”和“清醒”统一起来。

孔乙己：《孔乙己》中的孔乙己——封建科举制的殉葬者形象。孔乙己是一个善良而诚恳的知识分子，然而却被封建思想所毒害。他从科举的阶梯上跌落下来，又不屑于同劳动者为伍，成为不上不下的“穿长衫而站着喝酒的唯一的人”，因穷而偷，由偷而被打断腿，最后悲惨地被黑暗社会所吞没。孔乙己被封建意识腐蚀，完全丧失了自我意识，没有觉悟，不思振作，到了无可救药的地步。作者鲁迅虽寄予无限的同情和哀怜，但不得不把他作为封建科举制的殉葬者而沉痛鞭挞。

阿Q：《阿Q正传》中的阿Q——中国国民劣根性的典型代表，他的性格是充满矛盾的。鲁迅后来曾经说过：阿Q“有农民式的质朴、愚蠢，但也很沾了些游手之徒的狡猾”。一方面，他是一个被剥削了劳动的很好的农民，质朴、愚蠢，长期以来受到封建主义的影响和毒害，保持着一些合乎“圣经贤传”的思想，也没改变小生产者狭隘守旧的特点；另一方面，阿Q又是一个失掉了土地的破产农民，到处流荡，被迫做过小偷，沾染了一些游手之徒的狡猾。阿Q性格的某些特征是中国一般封建农村里普通农民所没有的，既瞧不起城里人，又瞧不起乡下人；从自尊自大到自轻自贱，又从自轻自贱到自尊自大，这是半殖民地半封建社会这样典型环境里典型的性格。出现在阿Q身上的“精神胜利法”是其最为典型的性格。

七斤：《风波》中的七斤——毫无民主主义觉悟的落后农民的典型。他是当地著名的见过世面的“出场人物”，甚至于受到众人尊敬，有“相当的待遇”的。然而他听到皇帝坐龙庭的消息后的垂头丧气、对妻子责骂时的隐忍、迁怒于女儿时的内心郁闷，实际上却显示着他是一个麻木胆怯、愚昧鄙俗的人。

闰土：《故乡》中的闰土——

被苦难的生活现实和森严的封建等级制度碾碎了的农民的典型形象。作者借助三个对比，透过肖像、衣着、心理、神态、语言、动作等方面的描写，刻画出前后两个不同时期里闰土的不同形象，展示了中国农民的多灾多难、凄苦悲凉的不幸命运。少年闰土：健康、活泼、天真、勇敢、机智、无忧无虑、聪明伶俐，且饱含着生命力。而三十年后，闰土变得呆滞、麻木、沉默、迟钝、早衰、自卑。

华老栓：《药》中的华老栓——中国20世纪初长期生活在封建统治者“愚民政策”下既勤劳善良又愚昧麻木的无知、落后的民众形象。他勤劳、善良、俭朴，生活十分艰辛，地位低下，盖的是“满幅补丁的夹被”，“两个眼眶都围着一圈黑线”，还要对客人“笑嘻嘻的”。为了给儿子治病，不惜拿出长期辛勤积攒下的钱，他愚昧、无知、麻木，深信着人血馒头能治病，为能买到这种“药”感到“爽快”“幸福”。只关心着儿子的痨病，完全对革命者的牺牲无动于衷，对刽子手却毕恭毕敬。这一形象令人既同情他的处境和悲惨遭遇，又悲叹他的愚昧落后，从而使人们对封建统治阶级愚弄人民的罪恶有了更清醒的认识。

【名家点评】

这是中国最好的一本小说。

——李大钊

在中国新文坛上，鲁迅君常常是创造“新形式”的先锋。《呐喊》里的十多篇小说几乎一篇有一篇新形式，而这些新形式又莫不给青年作者以极大的影响，必然有多数人跟上去试验；《呐喊》的题目、体裁、风格，乃至里面的思想都是极新奇的，是一个新辟的天地。

——茅盾

《呐喊》是最近数年来中国文坛上少见之作。那样的讥诮的沉挚，那样的描写深刻，似乎一个字一个字都是用刀刻在木上的。

——现代文学评论家郑振铎

【作品影响】

《呐喊》是中国现代小说的开端与成熟的标志，开创了现代现实主义文学的先河。作品通过写实主义、象征主义、浪漫主义等多种手法，以传神的笔触和“画眼睛”“写灵魂”的艺术技巧，形象生动地塑造了狂人、孔乙己、阿Q等一批不朽的艺术形象。深刻反映了19世纪末到20世纪20年代间中国社会生活的现状，有力揭露和鞭挞了封建旧恶势力，表达了作者渴望变革、为时代呐喊、希望唤醒国民的思想，奠定了鲁迅在中国现代文学史和现代文化史上的地位。

【作者小趣闻】

讲轶事

名流免不了常被邀请做演讲，鲁迅也不例外。他演讲时旁征博引，妙趣横生，常常被掌声和笑声包围。有一次他从上海回到北平，北师大请他去讲演，题目是《文学与武力》。有的同学已在报上看到不少攻击他的文章，很为他不平。他在讲演中说："有人说我这次到北平，是来抢饭碗的，是'卷土重来'，但是请放心，我马上要'卷土重去'了。"一席话顿时引得会场上充满了笑声。

爱书情结

鲁迅先生从少年时代起，就和书结下了不解之缘，他一生节衣缩食，购置了多册书本。他平时很爱护图书，看书前总是先洗手，书脏了就小心翼翼地弄干净。他自己还准备了一套工具，订书、补书样样都会。一本破旧的书，经他整理后，往往面目一新。他平时不轻易把自己用过的书借给人，若有别人借书，他宁可另买一本新书借给人家。

【常考知识点】

1.鲁迅先生一生创作的小说收在三个集子中，它们分别是《呐喊》《彷徨》《故事新编》。

2.根据你的理解，说说鲁迅将小说集定名为"呐喊"的原因有哪些。

唤醒沉睡麻木的国民；聊以慰藉在寂寞里奔驰的勇士，使他不惮于前驱。

3.判断题。（正确的打"√"，错误的打"×"）

（1）《狂人日记》通过狂人的叙述，揭露了中国社会几千年的文明史，实质上是一部吃人的历史。披着"仁义道德"外衣的封建家庭制度和封建礼教，其本质是吃人。（ √）

（2）《呐喊》真实地描绘了从辛亥革命到五四时期的社会生活，揭示了种种深层次的社会矛盾，对中国旧有制度及陈腐的传统观念进行了深刻地

剖析和彻底的否定，表现出对民族生存浓重的忧患意识和对社会变革的强烈渴望。（√）

（3）鲁迅的《呐喊》中的很多篇章运用外貌、语言、动作和心理描写，塑造了典型环境中的典型人物，比如阿Q、孔乙己、祥林嫂等。（×）

（4）《呐喊》是鲁迅先生的一部短篇小说集。其中《狂人日记》描写了一个“迫害狂”患者的精神状态和心理活动，狂人说的每一句话都是疯话，但是话里又包含着深刻的道理。（√）

（5）《呐喊》是伟大的鲁迅先生1918年至1922年所写的14篇短篇小说的结集。取名为“呐喊”，意在为革命“喊几声助助威”，以鼓舞“奔驰的猛士，使他不惮于前驱”。（√）

4.请简要归纳小说《孔乙己》的主题思想。

孔乙己无疑是个科举制度的牺牲品。他一味追求功名，只会“之乎者也”，不懂任何营生。屡试不第，便生活无着，形同乞丐，最后终于在生活逼迫和丁举人之流的摧残下悲惨地死去了，这当然是对科举制度的一种揭露和谴责。从小说的实质看，主要是通过人物在封建统治下的不幸遭遇和真实而常见的生活画面，暴露了孔乙己本人及周围群众冷漠麻木、不知觉悟的精神状态。

5.夏瑜、九斤老太、闰土、单四嫂子、陈士成这些人物分别出自鲁迅小说集《呐喊》中的哪篇作品？

分别出自《呐喊》中的《药》《风波》《故乡》《明天》《白光》。

6.《呐喊》是鲁迅所作的短篇小说集，收录了共14篇短篇小说，它们是《社戏》《端午节》《孔乙己》《头发的故事》《药》《明天》《一件小事》《风波》《阿Q正传》《故乡》《白光》《兔和猫》《鸭的喜剧》《狂人日记》。

7.《狂人日记》是中国现代文学史上第一篇白话小说。小说的主人公是日记的“作者”——狂人，他总是害怕被人活生生地吃掉，他认定现实是个吃人的世界，封建社会是吃人的社会。

8.请简析鲁迅作品《药》的主题。

《药》的深刻主题是：由于受封建统治阶级长期的压迫和麻痹，人民陷入愚昧和无知的境地。如果说华老栓是因为受封建迷信而造成小栓的死亡悲剧，那么，革命者夏瑜的遭遇则是一个更大的悲剧。人们对夏瑜反对封建统治的革命行动丝毫不理解，夏瑜对群众落后状态的深切同情，反被人们骂为“发疯”，对夏瑜的流血牺牲，人们漠不关心，冷淡到以他的血来作为治病的药，这是多么可悲的无知和麻木!这反映了尚未觉醒的群众与革命先驱者之间存在着可悲的隔阂。小说通过这两个悲剧，挖掘出资产阶级旧民主主义革命的深刻的历史教训，揭示了民主革命必须启发群众觉悟的重大问题。

9.“曲笔”是指不拘泥于事物真实情况的写法，《呐喊》中就有一些“曲笔”，试举一例加以分析说明。

在《药》的瑜儿的坟上凭空添上一个花环。《药》这篇小说，既写了华夏两家由于愚昧麻木所造成的家破人亡的悲剧，也写了革命者由于脱离群众而不被理解的悲哀，整个作品弥漫着一股凄清、阴冷、窒息、压抑的色调，尤其是结尾关于坟场环境的描写，更是让人感到阴森恐惧。可是，“瑜儿坟上”的一圈花环，这清白、零星的小花给作品增添了一点热度和亮色，暗示着革命者流血牺牲，后继有人，给人以信心和希望，人们有理由相信，夏瑜的同情者和继承者们一定会发扬夏瑜精神，光明终究有到来的时候。另一方面也不可讳言，这“花环”是“平添”上去的，所谓“平添”不仅指小说前面无伏笔可寻，清末也没有用花环寄托哀思的习俗，还指不够恰当地拔高了严重脱离群众的旧民主主义革命者的历史地位。

《骆驼祥子》老舍

名著导读

【主要故事情节】

祥子来自农村，是个破产的青年农民，勤劳、纯朴、善良，保留着农村哺育他、教养他的一切，却再也不愿意回农村去了。从农村来到城市的祥子，渴望以自己的诚实劳动买一辆属于自己的车。做个独立的劳动者是祥子的志愿、希望，甚至是宗教，凭着勤劳和坚忍，他用三年的时间省吃俭用，终于实现了理想，成为自食其力的上等车夫。但刚拉半年，车就在兵荒马乱中被逃兵掳走，祥子失去了洋车，只牵回三匹骆驼。祥子没有灰心，他依然倔强地从头开始，更加克己地拉车攒钱。可是，还没有等他再买上车，所有的积蓄又被侦探敲诈、洗劫一空，买车的梦想再次成为泡影。当祥子又一次拉上自己的车，是以与虎妞成就畸形的婚姻为代价的。但好景不长，因虎妞死于难产，他不得不卖掉人力车去料理丧事，至此，他的人生理想彻底破灭了。再加上他心爱的女人小福子的自杀，吹熄了心中最后一朵希望的火花。连遭生活的打击，祥子开始丧失对于生活的任何企求和信心，再也无法鼓起生活的勇气，不再像从前一样以拉车为自豪，他厌恶拉车，厌恶劳作。被生活捉弄的祥子开始游戏生活， 每天吃喝嫖赌。为了喝酒，祥子到处骗钱，堕落为“城市垃圾”。最后，靠给人干红白喜事做杂工维持生计。祥子由一个“体面的、要强的、好梦想的、利己的、个人的、健壮的、伟大的”底层劳动者沦为一个“堕落的、自私的、不幸的、社会病胎里的产儿，个人主义的末路鬼”。

【作者简介】

老舍（1899—1966），原名舒庆春，另有笔名絜青、鸿来、非我等，字舍予。因为老舍生于阴历立春，父母为他取名“庆春”，大概含有庆贺春来、前景美好之意。上学后，自己更名为舒舍予，含有“舍弃自我”，亦即“忘我”的意思。北京满族正红旗人，中国现代小说家、作家，语言大师、人民艺术家，新中国第一位获得“人民艺术家”称号的作家。代表作有《骆驼祥子》《四世同堂》、剧本《茶馆》。老舍的一生，总是忘我地工作，他是文艺界当之无愧的“劳动模范”。1966年，由于受到“文化大革命”运动中恶毒的攻击和迫害，老舍被逼无奈之下含冤自沉于北京太平湖。

【作品简介】

《骆驼祥子》讲述的是中国北平城里的一个年轻好强、充满生命活力的人力车夫祥子三起三落的人生经历。

【创作背景】

《骆驼祥子》以20世纪20年代的旧北京为背景。祥子所处的时代是北洋军阀统治的时代。《骆驼祥子》中的背景世界是黑暗的、畸形的、失衡的中国旧社会，人民过着贫苦的生活，祥子只是广大劳苦大众的一个代表。他们虽然有了一定的自由，但不得不为生计而奔波，贫穷又剥夺了他们手里仅有的可怜的自由。1936年，老舍的一位山东大学朋友谈起他雇用车夫的经历与见闻：一位车夫买了“洋车”不久又卖掉，如此三起三落，最后还是受穷。当时老舍觉得该题材可以写成一部小说。新文学诞生以来，胡适、鲁迅等作家都先后写过人力车夫，但都是从知识分子的角度以俯视的姿态表达对车夫的同情，并未深入其内心和灵魂深处去体味车夫的人生。老舍因出身贫苦市民家庭，从小就与下层民众接触，对劳苦大众的生活状况和心理有着较深入的了解，这一切都为老舍创作《骆驼祥子》提供了材料来源。老舍的朋友随

后又说起另外一个车夫的故事，他被军队抓去了，哪知转祸为福，乘着军队转移之际牵回三匹骆驼，这便是《骆驼祥子》故事的原型。老舍决定把骆驼与车夫结合到一起，用骆驼引出主人公祥子的出场。老舍把祥子放到了自己熟悉的北平。

【思想主题】

《骆驼祥子》的主题思想即半殖民地半封建的中国社会底层劳苦大众的悲苦命运是共同的。旧中国的军阀势力，为了抢夺利益而引发战乱，人民生活困苦，处于社会底层的祥子等劳动人民的生活更加艰辛。黑暗腐败的社会现实是造成祥子悲惨命运的根本。《骆驼祥子》通过人力车夫“祥子”一生三起三落，最终沉沦的故事，揭露了半殖民地半封建的中国社会底层人民的悲苦命运。祥子的遭遇，证明了半殖民地半封建的时代里的劳动人民想通过自己的勤劳和个人奋斗来改变处境是根本不可能的。祥子的一生，反映了20世纪20年代中国破产农民在“市民化”过程中的沉沦，因而祥子的悲剧不仅仅是他个人的悲剧，而是包含着更为深刻的文化和时代因素。作者带着对民族、文化的出路的关切来剖析祥子的命运，既从传统文明中的积极因素出发批判现代畸形文明的负面效应，为传统美德的沦落而痛惜，又不满于祥子身上所积淀的民族文化的劣根性；既诅咒那个“把人变成鬼”的黑暗的社会和制度，又痛心于无知、愚昧的善良民众在病态的旧社会的堕落。

【写作特色】

作者将中国传统叙事方法与外国文学景物铺排、心理描写相结合，塑造了一系列活灵活现的人物形象。其中主人公祥子和虎妞更是反映出旧社会的黑暗，悲剧色彩是《骆驼祥子》的一大特色。小说中不仅祥子，就是专横跋扈的刘四爷，骄奢泼辣的虎妞，善良坚强的小福子等都走向了绝望的境地。另一特点是对人物心理刻画细腻深入。祥子沉默寡言，作者用了大幅的心理描写展现他的性格特点和思想变化过程。凭着对北平下层人物的了解和对小人物的熟悉，运用纯朴的语言，把下层社会的民众心理刻画得生动形象。作者运用经过加工和提炼的北京口语方言，传神地刻画出北平下层人物的言谈举止，使作品具有浓郁的地域文化色彩和市井气息。在文章中大量地运用了对比与讽刺的手法，突出主题，使文章更加饱满、充实，批判了当时那个封建社会的黑暗与龌龊，使人身临其境，对文章产生极大的兴趣。此外，文章中有大部分的细节描写与心理描写，将一个个人物刻画得鲜活传神。

【主要人物及其事件】

祥子： 十八岁，身材高大，年轻力壮的洋车夫。为全书灵魂人物。祥子是一个个性格鲜明的普通车夫，在他身上具有劳动人民许多优良的品质。他善良纯朴，热爱劳动，对生活具有骆驼一般的积极性和坚韧的精神，但他也不讲理，满嘴谎话，好占便宜，还出卖人命。平常好像能忍受一切委屈，但在他的性格中也蕴藏有反抗的要求。他一贯要强和奋斗，不安于卑贱的社会地位。但祥子被旧社会摧残压迫，他的愿望一次又一次地被这个黑暗的社会所打破。祥子的悲惨生活深深揭露了旧中国的黑暗，反映了当时军阀混战、黑暗统治下的北京底层贫苦市民生活于痛苦深渊中的图景。

虎妞： 车厂老板刘四爷的女儿，三十七八岁。虎妞是一个流氓资本家的女儿，她长得虎头虎脑，外表丑陋，小说中说她像一个大黑塔，不讲仁义，粗俗凶悍。她在书中是一个有些矛盾的人物，一方面她是一个财主的女儿，可是另一方面她又是一个车夫的妻子。她待人泼辣，用祥子的话来说，她做哥们儿好，但难把她当作一个女人看待。对外人她不讲理，但是对祥子，她的确是真心爱他的。她想在祥子身上找回被自私父亲剥夺的青春。

刘四爷： 六十九岁，人和车行的老板，为人苛刻，祥子的雇主。旧社会的袍哥人物，改良办起了车场，为人耿直，性格刚强，从不肯在外场失面子。因为愧于女儿虎妞，凡事都让她几分，可他实在不愿辛苦成果被祥子继承去，就跟女儿闹翻了，后来变卖了一些车享福去了。直到祥子偶然拉他才知道女儿死了，真正感到了孤独。

曹先生： 祥子的雇主，爱好传统美术，因为信奉社会主义，所以待人宽和，被祥子认为是“圣人”。由于当局说他教书时的思想过激而被认为是革命党，逃到上海去避了避风头又回到了北平。后来又愿意帮助祥子重新生活。

高妈： 心地善良、为人要强的老妈子，乐于助人，经历了不幸，学会了在旧社会最底层生活的方法。有自己的想法，常常开导祥子，是一个

祥子很佩服的人。她保留了大多数劳动人民的善良、质朴，生活教会了她在社会上为自己找到生路，做事也仔细有心眼，是适应了旧社会的为数不多的劳动人民。

老马：一个一辈子要强，最后无法拯救自己小孙子的车夫。他是将来的祥子的缩影，性格要强，身强力壮，但是没有保住小孙子，眼睁睁看着小孙子死在了自己的怀里。随后，他把这辈子的所有财产——一辆破车给卖了，最后只能靠卖点东西维持自己的生活。他和祥子一样无法摆脱命运，最后悲惨地死在街头。

小福子：一个善良的、可悲的人物，先是被父亲卖给了一个军官，军官被调走后她又回到了娘家，母亲已被父亲打死，父亲又酗酒成性，家里没有经济来源，看着两个弟弟挨饿被迫走上了卖身的道路。最后被父亲卖到了窑子里，等不到祥子接她，不堪非人的待遇，自己上吊自杀了。

二强子：一个自暴自弃的车夫，把自己女儿卖了买了车，又风光了一阵，等钱用完了就喝了酒在家发脾气，结果将自己的妻子打死了，卖了车办完事，又开始拉车，天天喝得烂醉，家里的两个孩子也不管。女儿回来后，还逼着女儿卖身养活一家人，时常回家找女儿要钱，要了钱又去喝得烂醉。

孙侦探（孙排长）：在祥子第一次买上车后，因一次冒险拉活，被大兵们逮捕，不但丢了车，还得天天伺候这些当兵的，这些个兵的头头就是孙排长，这时孙排长还并未露面。祥子第二次遇到孙排长的时候是在曹先生被搜查的时候，此时孙排长已经成了孙侦探，可成为侦探的他依然摆了祥子一道，从祥子这儿把他所有的积蓄全都搜刮走了。祥子最后的堕落是因为梦想的破灭，原因有很多，可这个姓孙的就直接地两次使祥子的梦想破灭。

【名家点评】

《骆驼祥子》中的语言质朴、简单，没有进行大量华丽的修辞与描写。书中没有生僻字，而且在用语上注重现代白话文的用语习惯，在很大程度上方便了读者的阅读，这也是《骆驼祥子》广泛流传的原因之一。

——中国作家网

【作品影响】

歌剧版《骆驼祥子》是中国国家大剧院的原创中国歌剧。1982年，凌子风将《骆驼祥子》小说改编为同名电影。

【常考知识点】

1.祥子是老舍的长篇代表作《骆驼祥子》中的一个人物形象。这部作品描写来自农村的淳朴健壮的祥子，到北平谋生创业，三次买车又三次失去，并终于堕落到生活的谷底的故事。

2.《骆驼祥子》中祥子与车是这部小说的基本线索，与祥子有着密切关系的女主人公是虎妞。

3.老舍的作品独具一格，作品语言以北京话为基础，是京味小说的源头。

4.《骆驼祥子》中，祥子最大的梦想是有一辆自己的新车。

5.《骆驼祥子》中，祥子前后有什么变化？你认为造成这种变化的原因是什么？

祥子开始是“体面的，要强的，好梦想的，利己的，个人的，健壮的，伟大的”，而后来变成了“堕落的，自私的，不幸的”。这是由封建社会黑暗腐朽的社会制度造成的。

6.《骆驼祥子》作者是老舍，原名舒庆春，满族，北京人，有“人民艺术家”的称号。

7.《骆驼祥子》中祥子的出身是（ A ）。

A.农民　B.工人

C.医生　D.教师

8.《骆驼祥子》中祥子失去土地后流落到哪里拉车？（ A ）

A.北平城　B.上海

C.南京　D.天津

9.老舍作品与茅盾、巴金的长篇创作一起，构成现代长篇小说艺术的三大高峰。

10.《骆驼祥子》中，作者在小说一开头就说“骆驼”是祥子的外号，那么骆驼在小说中起什么作用？和祥子有什么外在的和内在的关系？

小说开头祥子被兵抓去，士兵们牵来几匹骆驼，使祥子动了逃跑的念头，骆驼的出现救了祥子的命，此后骆驼成为祥子的精神安慰和寄托，卖骆驼买车，使祥子的最高理想和追求得以实现，使祥子得到“骆驼祥子”的外

号。可见骆驼与祥子有着千丝万缕的紧密联系，贯穿全篇。而“骆驼祥子”的外号其实反映出祥子的性格特征：吃苦耐劳、沉默寡言、有股“干倔的劲儿”，从而使祥子成为一个有理想、有抱负、有干劲、有忍耐的人，而且拥有失败后再从头来过的强大精神力量。

《繁星·春水》冰心

名著导读

【诗歌内容】

《繁星·春水》（注：《繁星·春水》是两本诗集，一本叫《繁星》，一本叫《春水》，后被合并为一本）是冰心早期的两部诗集，其中《繁星》收短诗164节，《春水》收短诗182节。这都是作者“随时随地的感想和回忆”，是“零碎的思想”的汇集。这些诗从特殊的侧面传播了“五四”思想开放的自由空气。“爱的哲学”是诗集的核心，对于母爱、童心和自然的赞美是诗集的主题曲。用短小轻便的文字形式，书写突发的感触和瞬间的喟叹，是冰心小诗的艺术特色。按其内容可分为三类：

①对甜蜜母爱的歌颂。冰心用最炽烈的语言讴歌母亲，把母爱宣扬为至诚至大，至高至上的威力，把母亲宣扬为孕育着一切的“万有之源”，而当不安宁的心灵需要安慰和归宿的时候，母亲又成为最安全的寄予之所。

②对纯真童心的咏叹。冰心对纯真童心的歌颂，是她宣扬的母爱向另一个方向的自然延伸。她喜爱一切幼小的、稚嫩的、芽苗一样的事物。她视儿童为世界上最纯真、最可爱的朋友，以童真之美善反衬社会的丑恶及世风的堕落。

③对自然的热爱和赞美。冰心崇尚自然，热爱自然，这与她对母爱的宣扬一脉相承。她是自然的女儿，在她的心中，“深蓝的天空”“闪烁的繁星”“无声的树影”“粉红的荷花”“淡白的花”“深红的果”……

无不散发出生命的气息，意象丰繁而情思专一。

【作者简介】

冰心（1900年10月5日—1999年2月28日），女，原名谢婉莹，福建长乐人，中国民主促进会（民进）成员。中国诗人，现代作家、翻译家、儿童文学作家、社会活动家、散文家。笔名冰心取自“一片冰心在玉壶”。1919年8月的《晨报》上，冰心发表了第一篇散文《二十一日听审的感想》和第一篇小说《两个家庭》。1923年出国留学前后，开始陆续发表总名为《寄小读者》的通讯散文，成为中国儿童文学的奠基之作。在日本被东京大学聘为第一位外籍女讲师，讲授“中国新文学”课程，于1951年返回中国。1999年2月28日21时12分，冰心在北京医院逝世，享年99岁，被称为“世纪老人”。

【作品简介】

《繁星·春水》是冰心在印度诗人泰戈尔《飞鸟集》的影响下写的著名小诗集。从内容上来看，大致包括三个方面：歌颂母亲与童真；崇拜和赞颂大自然；思考与感悟人生。这些诗兼采中国古典诗词和泰戈尔哲理小诗之长，善于捕捉刹那间的灵感，以三言两语抒写自己内心的感受和思考，将自己的思想和诗中描绘的具体形象有机融合，形式短小而意味深长；充盈着女性特有的柔性纤柔，带有“满蕴着温柔，带着忧愁”的抒情风格；语言轻柔雅丽，意味隽永。

【创作背景】

《繁星·春水》的内容，是诗人冰心平时随便记下的“随时随地的感想和回忆”。后来，她受到泰戈尔的《飞鸟集》的启发，觉得自己那些三言两语的小杂感里也有着诗的影子，这才整理起来，而成为两本小诗集。冰心在当时大约不会想到，她这两本含蓄隽永、富于哲理的小诗集的出版，竟会使那么多青年的久已沉默的心弦受到拨动，从而在她的影响下，促使“五四”以来的新诗进入了一个小诗流行的时代。这两本诗集用冰心自己的话来说，是将一些“零碎的思想”收集到一本诗集里。这两本诗集是冰心生活、感情、思想的自然酿造，在中外享有很高的声誉。

【思想主题】

冰心的《繁星·春水》所表达的三大主题：母爱，童真，自然。在《繁星·春水》里，冰心虽然仍旧在歌颂母爱，歌颂亲情，歌颂童心，歌颂大自然，但是，她却用了更多的篇幅，来含蓄地表述她本人和她那一代青年知识分子的烦恼和苦闷。她用微带着忧愁的温柔的笔调，述说着心中的感受，同时也在探索着生命的意义，表达着要认知世界本相的愿望。

【写作特色】

①短小精悍，真实自然，在看似随意的描写中蕴藏着人生的哲理，达到了内容与形式的和谐统一。

②真情实感的流露，不在人工的斧凿，而取之于天然，天使也获得了真实的自然美。

③语言直白自然，不加雕饰，在三言两语间包含着耐人寻味的情感体验。

④富有诗情画意，格调自然柔和。

⑤想象的丰富和联想的开阔，词句的清丽和笔力的准确。

【名家点评】

茅盾：《冰心论》：“一片冰心安在，千秋童稚永存。”

冰心的诗集《繁星·春水》被茅盾称为“繁星格、春水体”。

【作者小趣闻】

第一篇文章发表之后，刘放园表兄鼓励冰心，说她能写，让她再写，同时还不断地寄《新潮》《新青年》《改造》等十几种新出的杂志给她看。鲁迅发表在《新青年》杂志上的小说《狂人日记》给冰心很大的震动，这时她看课外书的兴味又突然浓厚起来，从书报上知道了杜威和罗素，也知道了托尔斯泰和泰戈尔。这时也才懂得小说里有哲学，她的爱小说的心情，又显著地浮现了。经过一段时间的酝酿，冰心写了一篇小说《两个家庭》，描写了两个家庭由于教育与文化背景的不同，走上了两条生活的道路。小说写好后，她很羞怯地寄给刘放园表兄。

《起名字》这篇小说，用冰心为笔名。一来是因为冰心两字，笔画简单好写，而且是莹字的含义；二来是她太胆小，怕人家笑话批评。冰心这两个字，是新的，人家看到的时候，不会想到这两字和谢婉莹有什么关系。稿子寄去后，

她连询问的勇气都没有！但是，三天之后，居然登出了，小说在《晨报》上登出来了，并且是连载三天，署名为冰心女士。冰心打电话到报社，询问为何要在“冰心”后面加上“女士”，但木已成舟，不能更改。所以后来，冰心往往也以“冰心女士”的笔名发表文章，出版著作。

【常考知识点】

1.冰心原名谢婉莹，是著名的小说家、诗人、散文家、儿童文学家。

2.冰心于1923年发表的两部诗集是《繁星》《春水》，创作上受到印度诗人泰戈尔的影响，其诗歌作品，在当时吸引了很多青年的模仿。

3.“五四”以后进行新诗创作取得较高成就的除冰心之外，还有郭沫若、闻一多等，他们的代表作分别有《女神》《红烛》等。

4.冰心的《繁星》诗中发人深省的格言式小诗触目皆是，如“成功的花，人们只惊羡她现时的明艳!然而当初她的芽儿，浸透了奋斗的泪泉，洒遍了牺牲的血雨”。

5.《繁星·春水》中的诗篇表现出诗人对于母爱、童真、自然的见解。

6.《繁星·春水》是冰心在印度诗人泰戈尔的《飞鸟集》的影响下写成的诗集。内容大致包括对母爱和童真的歌颂，对自然的崇拜和赞颂。

7.阅读《繁星·春水》里的一首小诗，完成练习。

寂寞增加郁闷，
忙碌铲除烦恼——
我的朋友！
快乐在不停地工作里。

（1）诗中“增加”一词用得好，好在哪里？

“增加”的意思是在原有的基础上又增加了，而不是只在寂寞中才有郁闷，准确生动。

（2）这首诗告诉我们一个什么道理?

工作可以消除郁闷、烦恼，带来快乐。告诫我们要努力工作，让人生充满快乐。

8.冰心的诗集《繁星·春水》是人们公认的小诗最高成就，被茅盾称为“繁星格”“春水体”。

《寄小读者》冰心

名著导读

【作品简介】

《寄小读者》是中国青年出版社1923年出版的图书，作者冰心，主要记述了海外的风光和奇闻异事，同时也抒发了她对祖国、对故乡的热爱和思念之情。

世界上有很多小孩，天天盼着自己长大——长成大人。然而有一个很著名的大人却想做回小孩。她说："有一件事，是我常常用以自傲的：就是我从前曾是一个小孩子，现在还有时仍是一个小孩子。"这个大人就是冰心。冰心是我国著名的女作家、诗人，她很喜欢孩子，为孩子们写了许多散文、诗歌和小说。上面那句话，就是她在《寄小读者》中，对孩子们说的。在她的文章中，时常出现花朵、小草、清流、流星这些小巧轻灵的名字，冰心看到这些平凡的自然之物，就像一般人看到的一样，但是她又看到了一般人看不到的东西。

【创作背景】

1923年，冰心于燕京大学毕业，准备前往美国威尔斯利女子大学留学。此时《晨报》副刊开设了由她倡议的"儿童世界"专栏，于是她撰写了《给儿童世界的小读者》，刊登在7月29日的"儿童世界"上。此后至1926年留学回国，冰心共撰写了29篇通讯以及《山中杂记》10则。1926年5月，这些通讯结集成《寄小读者》，由北新书局出版。

【思想主题】

《寄小读者》主要记述了海

外的风光和奇闻异事，同时也抒发了她对祖国、对故乡的热爱和思念之情。

【写作特色】

用通讯的形式，采取和小朋友谈天的亲切口气，赞美自然、祖国、母爱，文笔清丽、优雅，童心、稚趣跃然纸上，是中国较早的现代儿童文学作品。作品的抒情色彩主要表现在融情入景，情景相生。

【作品影响】

《寄小读者》可以说是中国近现代较早的儿童文学作品，冰心女士也因此成为中国儿童文学的奠基人。冰心的“爱的哲学”，在《寄小读者》中得到充分表现，影响了一代代少年儿童。本书以爱温暖世界的心房，以爱融化冰封的灵魂，以爱传递耀眼的光芒，是优美文笔与澄净心灵的完美结合。

【常考知识点】

1.冰心原名谢婉莹，是著名的小说家、诗人、散文家、儿童文学家。

2.“春江水暖鸭先知”是宋朝苏轼的诗句，在冰心笔下有着同样的诗句：“人在廊下，书在膝上，拂面的微风里，知道春来了。”

3.冰心的诗有丰富而深刻的哲理，并恰当地运用对比，如：“言论的花开得愈大，行为的果实结得愈小”。

《冰心儿童文学全集》冰心

名著导读

【创作背景】

还记得吗，《再寄小读者》的话语；还记得吗，暗夜里一个小女孩，双手捧给你一盏橘黄色的小橘灯……作为我国现代和当代文坛上具有重要影响的文学大师，冰心曾以《寄小读者》《小橘灯》《樱花赞》《再寄小读者》等脍炙人口的作品为中国儿童文学的发展做出了杰出贡献，影响了几代读者。到了晚年，85岁高龄的她进入创作的新高潮，连续发表《空巢》《万般皆上品》《关于男人》等大量作品，再令世人瞩目。

为了让一代代少年儿童和广大读者集中阅读和品味冰心的儿童文学作品，编者编辑出版了这部《冰心儿童文学全集》。

【思想主题】

她的作品以歌颂自然、歌颂母爱、歌颂一切美好的东西为思想内核，她思想中深切的爱心和对人生中美的追求，使她的作品渐渐地形成了清新、细腻、隽永的风格，感人至深，净化着读者的心灵。她的一生都在为孩子们写作，为他们留下了无数作品。她用女性那特有的温婉细腻去描述孩子们的童真、两小无猜的情感、无阶级差别的友谊。

【写作特色】

刻画人物形象时，作者较少浓墨重彩和精雕细刻，常用素描的手法，淡淡数笔，人物形象就浮现在水面上。

在艺术表现上，作者善于借鉴

和使用抒情手法。

作者往往喜欢用第一人称的叙事手法，以“我”为线索，倾诉所见、所闻、所感，使读者感到真实。

【名家点评】

作品中显示了作者的女性，使你咀嚼到温柔、细腻、暖和、平淡、爱。

——张天翼

冰心女士所写的爱，乃离去情欲的爱，一种母性的怜悯，一种儿童的纯洁，在作者作品中，是一个道德的基本，一个和平的欲求。

——沈从文

在我上小学的时候有三本书曾经特别地打动过我，一个是意大利的作者写的《爱的教育》，其中最动人的是《六千里寻母》。一本是《木偶奇遇记》，匹诺曹的命运使我牵肠挂肚。再有就是北新书局出版的《冰心全集》了。这一类的书我长大以后并没有看过许多，但是它们毕竟把善良、爱心、向上的种子撒到了我心里。

——王蒙

【常考知识点】

1.冰心受到泰戈尔作品中爱的哲学的影响，不但主张要爱自己的母亲、爱所有的儿童，而且主张要爱一切的大自然。

2.冰心散文文笔清新温婉，蕴含诗意，有着明丽雅隽的语言，自由、流转的结构。以美为理想，以母爱和儿童、自然之爱为主题。

3.冰心体是主要以文体形式来表达冰心散文的特色的名词，就是以“行云流水”的文字，说自己心中要说的话，倾诉自己的真情。

《女神》郭沫若

名著导读

【诗歌内容】

《女神》运用神话题材、诗剧体裁、象征手法等来反映现实。其中《女神之再生》象征着当时中国的南北战争。诗人说过："共工象征南方、颛顼象征北方，想在这两者之外建设一个第三中国——美的中国。"不过，诗人早期的社会理想是模糊的。他曾说过："在初自然是不分质的，只是朦胧地反对旧社会，想建立一个新社会。那新社会是怎样的，该怎样来建立，都很朦胧。"因此，女神要去创造新鲜的太阳，但仍是一个渺茫的创造，只是理想的憧憬，光明的追求。但在五四时期，它曾给了广大青年以力量的鼓舞。《女神》的艺术网络是多样化的统一。激情如闪电惊雷，火山喷发；柔情如清风明月，涓涓流泉。而《女神》中的代表诗篇《天狗》其艺术风格当属前者。这首诗写于郭沫若新诗创作的爆发期，正是青年郭沫若情感最炽烈的时刻。这首诗的风格是强悍、狂暴、紧张的。

一开始诗人便自称"天狗"，它可吞月、吞日、吞一切星球。而"我便是我了"则是个性获得充分张扬所带来的自豪感。所以它是诗人在五四精神关照下对个性解放的赞歌，也正因有了冲决一切束缚个性发展的勇气后，个性才得以充分发扬，五四新人才具有无限的能量："我是全宇宙底Energy底总量！"这样的五四新人将会改变山河、大地、宇宙。"我飞奔，我狂叫，我燃烧……"诗句所释放出的情感力量像猛烈的飓风、奔腾的激流，在那个时代产生了强烈的冲击波。“我飞跑”则是令人振奋的呐喊，充分展示五四时期个性解放的痛苦历程。总之，《天狗》是五四时期奏起的一曲惊心动魄的精神赞歌，是五四时期人们第一次从诗歌中听到的勇猛咆哮的时代声音。“天狗”那可吞掉“一切的星球”的豪迈气概，正是五四时期要求破坏一切因袭传统、毁灭旧世界的精神再现。而《天狗》只是《女神》创作中诗人情感与艺术碰撞、融合、激溅出的一朵小小的浪花。可见，《女神》创作想象之丰富奇特，抒情之豪放热烈堪称诗界一绝。它所具有的无与伦比的浪漫主义艺术色彩将是照彻诗歌艺术长廊的一束耀眼光芒；它的灼人的诗句就像喧嚣着的热浪，轰鸣着狂飙突进的五四时代的最强音。

【作者简介】

郭沫若（1892—1978），原名郭开贞，字鼎堂，号尚武，乳名文豹，笔名沫若、麦克昂、郭鼎堂、石沱、高汝鸿、羊易之等。1892年11月16日出生于四川乐山沙湾，毕业于日本九州帝国大学，现代文学家、历史学家、中国新诗奠基人之一、中国科学院首任院长、中国科学技术大学首任校长、苏联科学院外籍院士。1914年，郭沫若留学日本，在九州帝国大学学医。1921年，发表第一本新诗集《女神》；1930年，他撰写了《中国古代社会研究》。1949年，郭沫若当选为中华全国文学艺术会主席。曾任中国科学院哲学社会科学部主任、历史研究所第一所所长、中国人民保卫世界和平委员会主席、中日友好协会名誉会长、中国文联主席等要职，当选中国共产党第九、十、十一届中央委员，第二、第三、第五届全国政协副主席。1978年6月12日，因病长期医治无效，在北京逝世，终年86岁。

【作品简介】

《女神》，郭沫若作。收入1919年到1921年之间的主要诗作，连同序诗共57篇，多为诗人留学日本时所作。其中代表诗篇有《凤凰涅槃》《女神之再生》《炉中煤》《日出》《笔立山头展望》《地球，我的母

亲！》《天狗》《晨安》《立在地球边上放号》等。在诗歌形式上，突破了旧格套的束缚，创造了雄浑奔放的自由诗体，为“五四”以后自由诗的发展开拓了新的天地，成为中国新诗的奠基之作。今有人民文学出版社1957年本，后又重印多次。

【创作背景】

1921年，出版诗集《女神》。因此，《女神》可以说是郭沫若最早的诗歌集，作品中最早的大约写于1916年。还有一部分写于1923年，绝大部分写于1919年和1920年两年间。当时作者正在日本留学，目睹日本强盛和中国落后的现状，同时在十月革命与马克思主义的影响下，促使诗人写了这些向往自由与社会主义理想的诗篇。

【思想主题】

《女神》是“五四”狂飙突进精神的典型体现，它的思想内容集中在如下三个方面：

①个性解放、争取圆满人格的强烈要求。在文学上，要求张扬自我，尊崇个性，以自我内心表现为本位。个性解放的呼声通过对“自我”的发现和自我价值的肯定表现出来。

②反抗、叛逆与创造精神的歌唱。反抗、叛逆表现在：《女神》诞生之时整个中国是一个黑暗的大牢笼，这激发了诗人反抗的、叛逆的精神。

③爱国情思的抒发。从《女神》中的《炉中煤》的年轻女郎，《凤凰涅槃》中更生的凤凰等形象，不难看出诗人对于祖国的深沉眷念与无限热爱。

【写作特色】

①浪漫主义精神。浪漫主义重主观，强调自我表现。《女神》是“自我表现”的诗作，诗中的凤凰等，都是诗人的“自我表现”。诗中的“自我”主观精神，是强烈的反抗、叛逆精神，是追求光明的理想主义精神。

②喷发式宣泄的表达方式。浪漫主义以直抒胸臆为主要表达方式，诗中的直抒胸臆表现为喷发式的宣泄，《凤凰涅槃》等诗最典型地体现这一表达特点。

③奇特的想象和夸张。如从民间天狗吞月的故事，想象为天狗把全宇宙都吞了，“如大海一样地狂叫”等。这种极度夸张的奇特想象最能表现强烈的个性解放要求和对旧世界的反抗、叛逆精神。

④形象描绘的方式上，具有英

雄主义的格调。

⑤语言方面，带有强烈的主观性的色彩。一些描写自然的语句中，染上诗人当时的主观感觉。

⑥《女神》常使用比喻、象征的手法，借助某一形象来寄托、抒发自己的感情，使感情能够得到淋漓尽致的表达，这是郭沫若诗歌浪漫主义的主要特征。

⑦《女神》的豪放风格是新诗中豪放派的先驱。在《女神》中虽也有“丽而不雄”的风格的作品，但能代表《女神》特色的，是惠特曼式的“雄而不丽”的风格。它的想象新奇，语言粗犷，气势磅礴，声调激越，笔调恣肆。它的美是一种壮美，男性的阳刚之美。

【主要人物及其事件】

《女神》里有一个贯穿始终的“抒情主人公形象”，可以视为郭沫若“自我表现”的产物，但这“自我”是与他心目中的整个宇宙、整个世界、整个人类社会融为一体的。在他的诗里，内与外，主体与客体，个人与社会，人与自然已经消失了界限，整个宇宙都在诗人内心情感与情绪的波动中辉映涌动着，而诗人的情感与情绪又在整个宇宙中滚涌着、流泻着。《女神》中自我抒情主人公首先是“开辟鸿荒的大我”，即五四时期人们心目中觉醒的、新生的中华民族形象。郭沫若有着先于同时代任何作家的敏锐的洞察力，他最先感受到了五四运动中中国的新生和民族的觉醒。如《凤凰涅槃》，象征着古老中华民族的凤凰正经历着伟大的涅槃，浴火重生，诗中凤歌与凰歌以葬歌的形式结束了中华民族历史上最黑暗的一页，再以凤凰更生歌吟唱着一个自由的新时代的到来。

【作品影响】

《女神》以崭新的思想内容、豪放的自由诗体以及浪漫主义的艺术风格为中国现代诗集开创了新的诗风，为自由体诗开拓了新的天地。作品中还充分表达了郭沫若对自我的崇尚和对自然的礼赞。此外，作品中所表现的“五四”狂飙突进的时代精神及宏大风格是相适应的，且形式上是自由的。

总之，《女神》在中国新诗发展史上的意义和贡献在于它集中而强烈地表现了冲破封建枷锁、扫荡旧世界的狂飙突进的五四时代精神，是鲁迅所张扬的“摩罗诗力”的具体体现。奇特雄伟的想象扩大了新诗的表

现领域，创造了全新的现代诗歌抒情主人公的自我形象。创作形式自由多变，大量采用比喻、象征手法，以人格化的自然为主，也化用了古代神化、历史故事甚至西洋典故，形象选择巧妙、贴切而新颖，证明新诗在艺术上足以充分表现新的时代与生活，在许多方面超过了旧诗。

【作者小趣闻】

郭沫若登台演死尸

郭沫若一生写了许多脍炙人口的话剧作品，但他曾经在自己的作品中扮演过一个特殊的角色却鲜为人知。

1941年，郭沫若的话剧作品《棠棣之花》在重庆上演，主要演员包括江村、舒绣文、张瑞芳等明星。根据剧情，第五幕需要一位演员扮演死尸躺在舞台上。为了正式演出时能在舞台上亲自观察演出效果，郭沫若自告奋勇出演这一角色。演出中，整整半个多小时，他神情庄重，态度严肃，直挺挺地躺在台上一动也不动。

演出取得了巨大成功，获得了观众阵阵掌声。郭沫若对艺术一丝不苟的态度赢得了演职人员的敬佩。

【常考知识点】

1.《女神》的作者是郭沫若，连同序诗共有57篇。

2.郭沫若在《炉中煤》中用“炉中煤”比喻什么？

“炉中煤”比喻诗人像熊熊燃烧的炉火一样的爱国赤心，诗的副标题“眷念祖国的情绪”正是“炉中煤”的喻义所在。用“活埋在地底多年”的煤比喻曾长期深深地埋藏在诗人心里的爱国感情，这爱国感情到了五四时期才从心里奔放出来，像煤一样“重见天光”。

3.为什么说《凤凰涅槃》是民族觉醒的诗宣言？

这是因为本诗借凤凰“集香木自焚，再从死灰中更生”的古老传说，表现了强烈的爱国激情和反帝反封建的时代精神。诗人通过凤与凰这两个壮美而崇高的意象，大胆否定黑暗现实的一切，扬弃因袭的自我，严厉斥责浅薄猥琐的群丑，热烈向往新鲜、净朗、华美、芬芳的新世界，体现了追求解放民族的精神和战斗的乐观主义的气概，充分表达了作者积极破坏旧事物创造现世光明的进步的社会理想。主体形象凤凰，不仅是年青诗人的化身，也是民族和祖国的象征。所以有人说，《凤凰涅槃》是民族觉醒的诗的宣言。

4.诗歌《天狗》有什么样的艺术特色？

①比喻新颖生动。天狗本来只存在于民俗传说中，而诗人却将其拿来作为崇尚歌颂的偶像。②想象大胆奇特。天狗的形象在传说中带有很大模糊性，而在诗中则具化成为有着无限能量、充分得以解放了的个性“我”的形象。③感情奔放激越。诗中全篇都以“我”的口吻来写，诗人以天狗自喻，通过天狗气吞宇宙的非凡之势来抒发内心豪情。诗歌自始至终贯穿着强烈的感情，具有浓厚的主观色彩。④讲究韵律和节奏感。这首诗在语言形式上也极有特点，诗人多采用简短的句式，并将其与叠句、排比等手法结合起来，造成一种强烈的旋律、急促有力的节奏和摧枯拉朽般逼人的气势。

5.郭沫若诗《凤凰涅槃》中凤凰自焚后，群鸟“哈哈”唱歌，这表现了什么？

“群鸟歌”反衬了凤凰的崇高精神，这群鸟也是当时社会形形色色的反动军阀、政客、野心家的象征，它们因凤凰的自焚而欣喜若狂，但凤凰很快就要再生，那些跳梁小丑的黄粱美梦很快就会化为泡影。

6.下列对郭沫若及作品表述不正确的两项是（BE）。

A.郭沫若是中国当代著名的文学家、思想家、革命活动家、考古学家，他在诗歌及历史剧创作方面均取得了很高的成就。

B.《女神》是郭沫若的代表诗集，诗歌形式自由活泼、风格雄奇壮美，具有瑰丽的浪漫色彩，《炉中煤》《天上的街市》等均是其中的名篇。

C.《凤凰涅槃》是《女神》中的代表作，该诗抛弃了传统诗词对于纯意境的追求，传达了像凤凰涅槃般在旧的毁灭中寻找再生的“五四”精神。

D.郭沫若的历史剧创作常借用“史事”讽喻“今事”，《屈原》《虎符》《蔡文姬》等剧本，成功地塑造了具有鲜明个性的典型形象。

E.《女神》是一部杰出的浪漫主义诗集，是我国文学史上第一部不朽的诗歌作品，开了一代新诗风。奠定了新诗运动的基础。

7.简析《女神》中抒情主人公“我”的形象与特点。

《女神》中抒情主人公“我”是个“开辟洪荒的大我”，是五四时期觉醒的中华民族的自我形象。这个自我，或是吞食日月的“天狗”，创造新太阳的“女神”，自焚更生的“凤凰”，或是立在地球边上放号的巨人，提起太平洋，把地球推倒的勇士；这个自我，是追求个性解放，与民族、大众三位一体的“我”。其所抒之情必然是汪洋恣肆、奔放豪迈的，语调也是大气磅礴、粗犷雄浑的，加之以“郭沫若”式的渲染，便犹如海涛奔涌、雷霆万钧、狂风疾雨，充满阳刚、雄浑之美。

8.诗剧《女神之再生》中“女神之再生”象征什么？请具体分析。

《女神之再生》是《女神》中的重点诗剧，运用了神话的题材、诗剧的体裁、象征的手法来反映现实。“女神之再生”是象征着当时中国的南北战争。诗人说过：“共工象征南方、颛顼象征北方，想在这两者之外建设一个第三中国——美的中国。”不过，诗人早期的社会理想是模糊的。他曾说过：“在初自然是不分质的，只是朦胧地反对旧社会，想建立一个新社会。那新社会是怎样的，该怎样来建立，都很朦胧。”因此，女神要去创造新鲜的太阳，但仍是一个渺茫的创造，只是理想的憧憬，光明的追求。但在五四时期，它曾给了广大青年以力量的鼓舞。

9.《女神》这本诗集主要反映了什么样的精神世界？

《女神》是“五四”狂飙突进精神的典型体现，它燃烧着对一切旧秩序、旧传统、旧礼教的大胆否定和无情诅咒，海啸般地呼喊着创造与光明，民主与进步。通观整部《女神》，反抗、爱国、创造是贯穿诗集的基本思想内容：第一，追求个性解放的彻底反抗精神；第二，向往理想社会，无限思念祖国的爱国主义精神；第三，歌咏自然风光，充满向上进取的不断创造精神。

10.诗歌《凤凰涅槃》的浪漫主义特色是什么？

《凤凰涅槃》的浪漫主义特色，主要表现为强调表现自我，注重抒发自我的内心感受，追求美妙的想象，展现革命的理想。一、以火山爆发式的革命诗情和大胆绮丽的想象，来表现革命的理想。二、以神话传说为题材，使诗作的构思富有浓烈的幻想色彩，便于发挥丰富的想象力。

《子夜》茅盾

名著导读

【主要故事情节】

开丝厂的吴荪甫带乡下的父亲吴老太爷避战乱来到上海，扑朔迷离的都市景观使这个足不出户的老朽——吴老太爷深受刺激而猝死。吴府办丧事，上海滩有头有脸的人都来吊唁。他们聚集在客厅，打听战况、谈生意、搞社交。善于投机的买办资本家赵伯韬找到吴荪甫和他的姐夫杜竹斋，想拉拢他们联合资金结成公债大户“多头”，想要在股票交易中贱买贵卖，从中牟取暴利。杜竹斋心下犹疑，赵伯韬遂向他透露了用金钱操纵战局的计划。

吴、杜决定跟着赵伯韬干一次。这次合作，小有波澜而最终告捷。因为金融公债上混乱、投机的情形妨碍了工业的发展，实业界同仁孙吉人、王和甫推举吴荪甫联合各方面有实力的人办银行，做自己的金融流通机关，并且希望将来能用大部分的资本来经营交通、矿山等几项企业。这正合吴荪甫的心意，他的野心很大，又富于冒险精神。他喜欢和同他一样有远见的人共事，而对那些半死不活的资本家却毫无怜悯地施以手段。

很快地，益中信托公司就成立起来了。这时，吴荪甫的家乡双桥镇发生变故，农民起来反抗，使他在乡下的一些产业蒙受损失。工厂里的工潮此起彼伏，也使他坐立不安。为对付工人罢工，吴荪甫起用了一个有胆量、有心计的青年职员屠维岳。他先是暗中收买领头的女工姚金凤，瓦解了工潮的组织。当事发之后，姚金凤

被工人看作资本家的走狗，而工潮复起的时候，吴荪甫假令开除姚而提升那个把事情捅出去的女工。这样一来，姚的威信恢复，工人反而不肯接受对她的处置。接着，作为让步，吴收回成命，不开除姚，并安抚女工给予放假一天。吴荪甫依计而行，果然平息了罢工。交易所的斗争也日渐激烈，原先吴荪甫与赵伯韬的联合转为对垒和厮拼的局面。益中信托公司，作为与赵相抗衡的力量，形成以赵伯韬为“多头”和益中公司为“空头”之间的角斗。赵伯韬盯上吴荪甫这块肥肉，想趁吴资金短缺之时吞掉他的产业。几个回合较量下来，益中因亏损八万元栽了跟头而停下来。此时吴荪甫的资金日益吃紧，他开始盘剥工人的劳动和克扣工钱。新一轮的罢工到来，受到牵制的屠维岳分化瓦解工人组织的伎俩被识破，吴荪甫陷入内外交迫的困境。赵伯韬欲向吴荪甫的银行投资控股。吴决心拼一把，他甚至把自己的丝厂和公馆都抵押出去作公债，以背水一战，他终于知道在中国发展民族工业是何等困难。个人利害的顾虑，使他身不由己地卷入了买空卖空的投机市场中。公债的情势危急，赵伯韬操纵交易所的管理机构为难卖空方吴荪甫。几近绝望的吴荪甫把仅存的希望放在杜竹斋身上。千钧一发之际，杜竹斋倒戈转向赵伯韬一边。吴荪甫彻底破产了。

【作者简介】

茅盾（1896年7月4日—1981年3月27日），原名沈德鸿，笔名茅盾、郎损、玄珠、方璧、止敬、蒲牢、微明、沈仲方、沈明甫等，字雁冰，浙江省嘉兴市桐乡市人。中国现代著名作家、文学评论家、文化活动家以及社会活动家。

茅盾出生在一个思想观念颇为新颖的家庭里，从小接受新式的教育。后考入北京大学预科，毕业后入商务印书馆工作，从此走上了改革中国文艺的道路，他是新文化运动的先驱者、中国革命文艺的奠基人之一。他的代表作有小说《子夜》《春蚕》和文学评论《夜读偶记》。

1981年3月14日，茅盾自知病将

不起，将稿费25万元人民币捐出设立茅盾文学奖，以鼓励当代优秀长篇小说的创作。

【作品简介】

《子夜》，原名《夕阳》，中国现代长篇小说，约30万字。茅盾于1931年10月开始创作，至1932年12月5日完稿，共十九章。有些章节分别在《小说月报》和《文学月报》上发表过。20世纪30年代的中国，尽管民生凋敝、战乱不止，在都市化的上海却是另一番景象。这里，有纸醉金迷的生活，有明争暗斗的算计，有趋炎附势的各色人物。小说以1930年5、6月间半殖民地半封建的旧上海为背景，以民族资本家吴荪甫为中心，描写了当时中国社会的各种矛盾和斗争。

【创作背景】

《子夜》的写作意图与当时中国社会性质的论战有关。当时大致有三个论点：一是认为中国社会依然是半殖民地半封建的性质，工人、农民是革命的主力，革命领导权必须掌握在共产党手中；二是认为中国已经走上了资本主义道路，反帝、反封建的任务应该由中国资产阶级来担任；三是认为中国的民族资产阶级可以在既反对共产党所领导的民族、民主革命运动，也反对官僚买办资产阶级的夹缝中取得生存与发展，从而建立欧美式的资产阶级政权。在这种历史条件下，在人们启蒙的文学领域无疑迫切需要一部划时代的正确分析中国现状和出路的作品出现。就作者本人而言，茅盾始终秉承“文学表现人生”的创作主张，这种主题的创作也正与此吻合。基于这种社会现实、政治需求和作者立场等因素的推动而产生《子夜》的主题——以吴荪甫为代表的民族资产阶级“企业王国”的最终失败告诉我们中国并没有走上资本主义道路，而中国民族资产阶级也无法引领中国革命，中国的最终出路要通过无产阶级领导的工农群众的革命来实现。

【思想主题】

《子夜》是茅盾的里程碑式的现实主义力作。

作品以“子夜”为名，象征着中国黎明前最黑暗的社会现实。它通过对中国30年代初期各种错综复杂的社会生活及社会矛盾的全景式、大规模的艺术描写，特别是对中国民族资产阶级的处境和前途的生动描写，艺术、准确而深刻地揭示了当时中国的

社会性质：即中国不可能在帝国主义侵略下走上独立发展的资本主义道路，只能是越来越殖民地化。

在军阀混战、农村经济被严重破坏，帝国主义加紧侵略，使中国民族工商业空前危急的社会大动荡、大危机、大转变的政治局势下，中国民族资产阶级在同帝国主义和国内反动派支持下的买办资产阶级的角斗中，最终只能走向买办化或破产的历史命运，从而以艺术的形式回击了托派鼓吹的中国走向资本主义社会的谬论。

【写作特色】

①作品题材。《子夜》所概括的社会生活纷繁万状，事件如波，此起彼伏；场面如链，交叉出现；人物如星，忽闪忽逝，但整个人物事态的展开又条贯井然，纷而不乱。《子夜》蛛网式的密集结构，表现社会变迁的复杂内容，这种庞大结构所展示的组织人物与事件的办法之多，叙事角度的变化之繁，足以证明茅盾丰富的创作经验和对素材的驾驭能力。

②情节结构。《子夜》的情节结构，茅盾处理得相当成功，各条线索齐头并进，中心突出，既相对独立，又纵横交织，使生活内容和众多的人物、事件有机地结合在一起，成为一个艺术的整体，像一座纵横交错又浑然一体的建筑群。

③人物塑造。《子夜》中的人物塑造主要是“典型环境”中的“典型性格”的塑造。茅盾在人物塑造中，关注的不是人物的性格、命运、精神状态等，而是他们所体现的时代特色，是时代、阶级和政治思想斗争在人物身上所铭刻的烙印，是他们所具有的社会意识形态性。他笔下的人物是“一定的阶级和倾向的代表”，因而也是他们时代的一定思想的代表。这种强烈的时代色彩，鲜明的意识形态性，是茅盾创造人物的根本原则。

④真实准则。茅盾执着于现实人生，倾心于艺术的真实，在他的文学作品中，“真实”永远是他的一条准则。他对自然主义大力弘扬与倡导，并对与之相近的现实主义怀着虔诚的捍卫热情，他力图避免当时文坛上的“左倾”机械论的通病。生活实感正是茅盾最为关切的，在他看来，充实的生活比正确的观念和纯熟的技术更重要。

⑤史诗性质。中国小说历来受到“史传”传统和“诗骚”传统的深刻影响与渗透。茅盾的《子夜》依然处在这两大传统互动的框架之中，

一方面，茅盾为意识形态化的历史观念提供鲜明的、形象化的历史图景，深入地解释了30年代国内经济斗争、阶级斗争的现实，得出的是符合无产阶级意识形态的历史结论。另一方面，茅盾也没有忘记“言志抒情”的“诗”的功能，他将个人的、感性的历史经验编织在对具体人物的塑造中，他在作品中寄予了人文反思、人道批评。史诗性的现实主义创作有更大的规模与气势，反映一个历史时期更为广阔、更为复杂的社会面貌，因而更能显示出这个时代的本质特征。

【主要人物及其事件】

吴荪甫：吴荪甫是长篇小说《子夜》的主人公，是30年代中国民族资本家的典型。作者用了许多笔墨，把他放到30年代中国错综复杂的阶级斗争和社会关系中，放在典型环境中塑造了这一个民族资本家的典型。由于中国民族资产阶级是半殖民地半封建的资产阶级，因此，一方面他们受到帝国主义的压迫和封建主义的束缚，于是同帝国主义和封建主义有矛盾；但是另一方面，他们在经济上和政治上具有软弱性，所以他们又没有彻底的反帝反封建的勇气。民族资产阶级的这种双重性，决定了他们在大敌当前的时候必须联合工农对敌，所以具有一定的革命性；在工农觉悟起来的时候，他们又要联合敌人反对工农，所以又具有作为反革命助手的反动作用。吴荪甫就是这种既有榨取工人血汗仇视农民运动的一面，又有抵抗帝国主义、买办阶级，发展民族工业愿望的一面，具有双重性的复杂人物形象。

赵伯韬：赵伯韬是一个骄横奸诈、凶狠残酷、荒淫腐朽的买办资本家的典型形象。他凭借美国金融资本和蒋介石反动政权的力量操纵了交易市场，他施展种种狡诈、毒辣的手段对民族工业进行排斥、打击和控制，迫使民族资产阶级投降帝国主义，走向买办化，从而使中国的经济变为殖民地经济。他倚仗着强硬的后台，表现出目空一切、不可一世的气势，富有胆略和财力的民族资本家吴荪甫在他眼里，不过是一个谈笑就可以打垮的对手。为了实现金融资本支配民族工业的阴谋，他处处跟吴荪甫过不去，常常施展小计，意图使吴荪甫陷入困境后将其打败。他在金融界兴风作浪，为所欲为；在生活上也极端荒淫腐朽，他自己恬不知耻地说能“扒进各式各样的女人”，不论是聪明无知、年仅十七的冯眉卿，也不论是风骚能干的年轻寡妇刘玉英，还是轻佻放荡的交际花徐曼丽，都是他的玩物，都是他空虚的精神生活的寄托。他道德上的堕落和性格上的骄横奸险构成了统一体，充分暴露了买办资产阶级政治上的反动性、经济上的掠夺性和道德上的腐朽性。

屠维岳：屠维岳是吴荪甫在工厂里的得力走狗。他精明能干，一出场就给人留下了深刻的印象。在吴荪甫面前他侃侃而谈，表现出毫无畏葸的态度。他很惯于使用软的手段收买工人，他在工人群众的罢工怒潮面前，用尽花言巧语，妄图蒙蔽工人群众，骗取信任。倔强、阴沉、胆子忒大是他性格的主要特点，但在强大的工人力量面前，他不能不慑惮、畏惧。他采用开除走狗姚金凤、提升薛宝珠为稽查的卑劣伎俩，来迷惑工人群众的视线，抵制工人运动。当他的“平乱”愿望还未达到的时候，他凶恶的面貌就已暴露无遗。屠维岳的身上有着吴荪甫的影子，可以说屠维岳的形象，无论是他的刚强、机智、胆量这一方面，还是他的阴险、毒辣这一方面，都是对吴荪甫形象起到一种补充和衬托作用。

【作品影响】

《子夜》的问世，为中国无产阶级革命文学在长篇创作方面的发展起了开辟道路的作用，同时也表明了茅盾先生的创作已进入了成熟时期。80多年来，《子夜》不仅在中国拥有广泛的读者，且被译成英、德、俄、日等十几种语言，产生了广泛的国际影响。

【名家点评】

这是中国第一部写实主义的成功的长篇小说……应用真正的社会科学，在文艺上表现中国的社会关系和阶级关系，《子夜》不能不说是很大的成绩。

——瞿秋白

笔势具如火如荼之美，酣姿喷薄，不可控抟。而其细微之处复能婉委多姿，殊为难能可贵。

——吴宓

【作者小趣闻】

茅盾背《红楼梦》

1926年的一天下午，开明书店老板章锡琛请沈雁冰（茅盾）、郑振铎、夏丏尊及周予同等人吃饭。

酒至半酣，章锡琛说：“吃清

酒乏味，请雁冰兄助兴。”沈雁冰酒兴正浓，便说：“好啊，以何助兴？”章锡琛说：“听说你会背《红楼梦》，来一段怎么样？”沈雁冰表示同意。

于是郑振铎拿过书来点回目，沈雁冰随点随背，一口气竟背了半个多小时，一字不差。同席者无不为他的惊人记忆力所折服。

【常考知识点】

1.下列对作品故事叙述不正确的两项是（CD）。

A.吴荪甫在家里为父亲吴老太爷办丧事，就在这次聚会上，赵伯韬找到吴荪甫和他的姐夫杜竹斋，拉拢他们联合资金结成公债大户，想要在股票交易中贱买贵卖，从中牟取暴利。

B.吴荪甫决意要在公债市场上同赵伯韬较量。他收买赵伯韬的姘头刘玉英，笼络交易所经纪人韩孟翔，将益中公司的抵押款和办厂的资金聚拢，甚至连住宅也押上了。但由于收买方和合伙人杜竹斋倒戈相向，致使他功败垂成，倾家荡产，险些自杀。

C.办好吴老太爷的丧事后，吴荪甫收到了家乡发来的电报，知道家乡正在发生农民暴动，吴荪甫开始为他在家乡双桥镇的当铺、钱庄、米厂之类的资产担忧。他的脸上显出连老太爷过世都没露出过的忧愁。

D.吴荪甫异样地狂笑着，站起身来就走出了那书房，一直跑上楼去。现在知道什么都完了，他倒又镇静起来了。吴荪甫彻底破产了，绝望得甚至想自杀。但他告诉丁医生自己没事，随后就叫妻子赶快收拾，晚上就上轮船，他将携着全家人到北京避难。

E.在工潮复起时，屠维岳设置了反间计，让吴荪甫假令开除姚金凤，提升出卖姚金凤的女工薛宝珠，女工们觉得姚金凤是被冤枉的，转而拥护姚金凤，而后吴荪甫假意收回开除成命并给女工们放假一天作为让步，平息了工潮。

2.《子夜》中赵伯韬是买办资本家，美国垄断资产阶级的走狗，并与蒋介石政权有很深的关系，他操纵着上海金融市场，故意与吴荪甫作对，想方设法扼杀中国民族工业。

3.《子夜》中，在吴老太爷丧事上，在公债场上素有“魔王”之称的赵伯韬此时也秘密登门拜访吴荪甫及其姐夫杜竹斋，拉拢他们联合资金结成公

债大户“多头”。

4.简析《子夜》的结构特点。

《子夜》的结构特点是宏大而严谨。最主要的是，结构线索以吴荪甫为中心，以吴荪甫为一切矛盾的焦点，以吴荪甫联系着各种人物、事件。吴赵冲突是作品的结构主线，描写重点。结构严谨还表现在：篇首吴老太爷葬礼，作品的主要人物都调集到吴公馆，小说的主要事件也都做了交代，这是高度的艺术概括力，是经济而又集中的结构方法。

5.简述《子夜》中赵伯韬这一人物形象。

赵伯韬是一个骄横奸诈、凶狠残酷、荒淫腐朽的买办资本家的典型形象。他凭借美国金融资本和蒋介石反动政权的力量，操纵了交易市场。他施展种种狡诈、毒辣的手段对民族工业进行排斥、打击和控制，迫使民族资产阶级投降帝国主义，从而使中国的经济变为殖民地经济。他倚仗后台强硬，目空一切，不可一世，在生活上也极端荒淫腐朽。在他身上充分体现了买办资产阶级政治上的反动性、经济上的掠夺性和道德上的腐朽性。

6.《子夜》，原名《夕阳》，中国现代长篇小说，约30万字，作者是茅盾。

7.判断题。（判断正确的打“√”，错误的打“×”）

（1）茅盾的《子夜》一开始就写了吴老太爷由于思想守旧，一到上海就受到强烈的刺激。机械的噪音、耀眼的霓虹灯、熏人的香气、时髦的男女，都令他神经发疼，一进吴府大门，他就因脑出血而断了气。这一情节无疑显示了新生事物力量之强大。（×）

（2）《子夜》是著名作家茅盾的长篇小说，书中主人公吴荪甫虽然拼尽了全力但最后还是落得众叛亲离的结局：婚姻上，妻子刘玉英与他感情冷淡，貌合神离；家庭里，四小姐不听规劝，离家出走乃至回到乡下；事业上，收买的内线韩孟翔、林佩瑶背叛了自己，姐夫杜竹斋在关键时刻反戈一击，直接导致了他的失败。（×）

8.《子夜》中吴荪甫所说的“三线作战”指的是什么？

①化解镇压裕华丝厂的罢工，维持正常运作；②整顿收购的八个小厂，裁员去冗，减少预算，加强管理；③在公债市场上，打败赵伯韬，打破经济

封锁。其中，公债市场上的斗争是当务之急，也是最冒险的一线。

9.小说以“子夜”命名有什么含义？

“子夜”即半夜，既已半夜，离黎明就不远了，作者运用象征手法反映出小说的故事发生在黎明前最黑暗的旧中国社会，同时也表达了作者对中国人民即将冲破黑暗走向黎明的坚决信心，“子夜”高度概括了小说的时代背景和思想内容。

10.简述《子夜》中吴荪甫这个人物的思想性格特征。

他有鲜明的矛盾性格：精明强干，想振兴民族工业，但根本目的则是个人利益；憎恨帝国主义及买办资本家，但他又镇压工农运动；他同官僚买办资本家矛盾重重，也同中小民族资本家结下了许多矛盾；他既有革命性的要求，又有妥协性的一面。

《家》巴金

名著导读

【主要故事情节】

18岁的高觉民和弟弟高觉慧都是热衷于新思想的青年。觉民与姑妈的女儿琴表妹相爱，觉慧也有着自己的心上人——鸣凤，觉新是两兄弟的大哥，也是高家的长房长孙，他深爱着表妹，却接受了父亲以抽签的方式为他选定的李家小姐瑞珏，像一个傀儡似的订婚、结婚。婚后一个月就去父亲做董事的西蜀实业公司做事，完全放弃了自己的理想。

一年以后，父亲去世，觉新挑起了家庭的重担，但整个家庭之间的钩心斗角令他厌恶，他只有小心翼翼地避免与他们发生冲突。好在他新婚的妻子瑞珏美丽而善良，给了他许多安慰，他们的儿子海儿的出世，更令觉新感到欢欣，他决心把自己已丢弃的抱负放在儿子身上来实现。两年以后爆发了五四运动，新的思想唤醒了他那久已逝去的青春。但他仍不如两个弟弟进步，常被他们嘲笑为“作揖主义者”和“无抵抗主义者”。

觉慧由于跟同学们一道参加了向督军请愿的活动，被高老太爷训斥了一顿，不允许他再出门。而年逾古稀的高老太爷却娶了一个花枝招展、妖里妖气的陈姨太，觉慧觉得他不像祖父，倒像是敌人。这些日子里，觉新经常在夜里吹箫，仿佛在倾吐着内心的哀怨，原来他晓得了梅从宦宾回来的消息。元宵节到了，由于军阀混战，张姑太太只好带着琴和梅逃到高公馆。觉新与梅相遇，二人互诉衷肠，泪流满面。两天后，街上又传出要发生抢劫的消息，大家纷纷外出避难，只剩下觉新一人留下看家。抢劫并未发生，三四天后避难的人也都陆续回来了。梅和觉新等人聚在一起打牌，觉新心乱如麻，常常发错牌。梅谎称有事回到房中痛哭，瑞珏赶来安慰她，二人互诉心曲，成为好朋友。

战争结束了，觉慧瞒着家人参加了《黎明周报》的编辑工作，撰写介绍新文化运动的文章。他觉得自己与家庭的关系越来越疏远了，只有想到鸣凤，他才会感到一些亲切。高老太爷把鸣凤像送东西一样赠给冯乐山做小妾，鸣凤怀着一线希望去找觉慧，埋头写文章的觉慧丝毫没有察觉到鸣凤脸色的变化，鸣凤几次欲言又止，恰好觉民来了，鸣凤只好流着泪离去。觉民把鸣凤的事告诉觉慧，觉慧急忙冲出门外寻找鸣凤，但没能找到。原来，鸣凤已经喊着觉慧的名字投湖自尽了。鸣凤的死使觉慧陷入了经常的悲哀与自责，他更加憎恶这个黑暗的社会了。

不久，《黎明周报》被查封，觉慧等人又筹办了内容相似的《利群周报》，报刊内容依旧言辞激烈，矛头指向整个旧制度。另外，他们还设立了阅报处，积极宣传新思想。

高老太爷的66岁寿辰到了，公馆里连唱了三天大戏，高家的亲朋好友都来祝寿，冯乐山也带婉儿来看戏（鸣凤投湖后，高老太爷又把三房的丫头婉儿送给了冯乐山），婉儿向淑华等人哭诉自己在冯家所受的折磨。高老太爷刚过寿辰，就催着觉民和冯乐山的侄女结婚，觉民不愿像大哥那样充当傀儡，跑到同学家藏了起来。他逃婚的消息被高老太爷得知后，高老太爷勃然大怒，他命令觉新立即找回觉民，并威胁要和觉民断绝祖孙关系。觉新让觉慧带信劝觉民回家，觉民回信劝他不要再制造出第二个梅表姐，觉新流泪了，他觉得没有一个人能理解他。他去为觉民讲情遭到祖父的一顿臭骂，他不敢再说什么，只好再去找觉慧劝他去找回觉民，觉慧嘲讽他懦弱无用。觉新生气至极，又听到了梅去世的消息，这对他无疑是一个更大的打击。他匆忙赶到钱家，面对梅的尸体绝望地痛哭。觉慧没有流泪，但他对这个黑暗社会的憎恶更强烈了。一天，高老太爷房里闹成一团，原来五房克定在外面讨小老婆的事暴露了，五太太到老太爷房里哭诉。高老太爷怒气冲天，重重地责罚了克定，但是，一种从未感到过的幻灭和悲哀感也沉重地压上了他的心头。觉慧也和爷爷一样感觉到这个家庭正一天天地走上衰落之路，一切已经无可挽回了。

高老太爷病倒了，但他的病并没给这个家庭带来什么大的变化，各房的人们依旧在笑、在哭、在吵架、在争斗。看到医药已经对他的病产生不了什么效力，陈姨太和克明三兄弟便去请来道士，拜菩萨、祭天、捉鬼，闹得一塌糊涂，使高老太爷的病雪上加霜。觉慧坚决不许到自己房里去捉鬼，还把克明和觉新痛骂了一顿。濒临死亡的高老太爷变得和善亲切起来，他让觉慧找回觉民，也不再提和冯家的婚事，觉民、觉慧的斗争取得了胜利。高老太爷对孙子们说了几句话，就去世了。第二天，高家兄弟们就为财产分割的事情吵了起来。瑞珏生产第二个孩子的日期就要到了，嫉妒、憎恨瑞珏的陈姨太借口“血光之灾”，要求瑞珏去城外生养。高家克字辈担心背上不孝的骂名，也对陈姨太的要求予以赞成，他们让觉新照办。觉民、觉慧劝哥哥反抗，但觉新却流着泪答应了这一切，瑞珏只好搬到城外一间久已没人住过的又阴暗又潮湿的小屋里去生产。

四天后，觉新来看瑞珏，正听到她在屋里凄惨的喊叫声，觉新想冲进去守在她身边，陈姨太却吩咐不许觉新进产房，没有人敢来为他开门。瑞珏叫着觉新的名字痛苦地死去了，两人临死都未能见上最后一面。觉新终于醒悟，夺去他心爱的两个女人正是“全个礼教，全个传统，全个迷信”，但他仍然没有决心反抗。觉慧对这个家庭的一切已经忍无可忍了，他要出走，觉新去征求长辈们的意见，得到的是他们的一致反对。觉慧绝不屈服，他表示“我是青年，我不是畸人，我不是愚人，我要给自己把幸福争过来”。觉新反复考虑后，决心支持觉慧并为他准备了路费。黎明时分，觉慧告别觉新、觉民和朋友们，乘船离家到上海去了。在那里，他将开始自己新的生活。

【作者简介】

巴金（1904年11月25日—2005年10月17日），男，汉族，四川成都人，祖籍浙江嘉兴。巴金原名李尧棠，另有笔名佩竿、极乐、黑浪、春风等，字芾甘，中国作家、翻译家、社会活动家、无党派爱国民主人士。

巴金1904年11月出生在四川成都一个封建官僚家庭里，五四运动后，巴金深受新潮思想的影响，并在这种思想的影响下开始了他个人的反封建斗争。1923年巴金离家赴上海、南京等地求学，从此开始了他长达半个世纪的文学创作生涯。巴金在“文革”后撰写的《随想录》，内容朴实、感情真挚，充满着作者的忏悔和自省，巴金因此被誉为“二十世纪中国文学的良心”。

【作品简介】

《家》，中国作家巴金的长篇小说，《激流三部曲》中的第一部，其他两部为《春》《秋》，最早于1931年在《时报》开始连载，原篇名为《激流》。开明书局于1933年5月出版首本《家》单行本，该小说描写了20世纪20年代初期四川成都一个封建大家庭的罪恶及腐朽，控诉了封建制度对生命的摧残，歌颂青年一代的反封建斗争以及民主主义的觉醒。

《家》写的是四川成都一个封建官僚地主家庭。小说写了觉新、觉民、觉慧兄弟三人不同的思想性格和生活道路，写了几对年轻人——觉新与钱梅芬、李瑞珏，觉民与琴，觉慧与鸣凤之间的恋爱、婚姻纠葛；写了他们不同的遭遇；写了学生请愿，觉慧被关禁闭，兵变惊乱，鸣凤、梅芬、瑞珏相继惨死，觉民逃婚，觉慧出走的故事。

【创作背景】

据巴金自述，他要写的应该是一般的封建大家庭的历史，他写《家》的动机也就在这里。《家》也是巴金在哥哥李尧枚的鼓励下写的。

1929年7月，李尧枚自川来沪看望巴金，谈了家庭里的种种事情，气愤而又苦恼。巴金告诉他，要写一部反映大家庭生活和家中男女青年不幸遭遇的小说，大哥即表支持，后又写信来大加鼓励：“你要写我很赞成，我简直喜欢得了不得，我现在向你鞠躬致敬。”这使巴金大受鼓舞，抱定心志创作《家》，不负“我一生中爱得最多而又爱我最深”的大哥的殷切期望，让大哥早日从沉重的封建枷锁中解脱，他表示“读到我的小说，也许会觉悟，也许会毅然地去走新的路”。故事中的高觉新的形象更是以哥哥李尧枚为原型塑造的，然而可惜的是，才写到第六章时，接到家里

来电，大哥终因受不住巨大压力而服毒自杀了。巴金悲痛欲绝："万不想大哥连小说一个字也没有能看到。""没有挽救他，我感到终生的遗憾。我只有责备自己。"李尧枚的死，更坚定了巴金早日写好《家》的决心：对那吃人的封建制度，我一定要用全力打击它！他拿起笔写了小说的第七章《旧事重提》。《家》由上海开明书店正式出版时，巴金写了序《呈献给一个人》，这"一个人"正是他的大哥李尧枚。

【思想主题】

巴金的小说《家》以家作为封建专制王国的缩影，无情地揭露了封建大家庭的罪恶和腐朽，展现了封建大家庭中道德沦丧、钩心斗角、争权夺利、奢侈堕落等丑陋现象，有力地控诉了封建专制制度对年轻人的压制和摧残，同时热情地描写了封建家庭中年轻一代的觉醒和反抗，歌颂了他们向封建家庭及封建制度做斗争的叛逆精神。

作品通过上述描写，从根本上揭示了封建家庭、封建制度必然走向崩溃的历史发展趋势。《家》在艺术结构上成功地用家庭作为社会的缩影，通过解析家庭进而剖析社会，以小见大，并具有浓厚的生活意蕴。作品成功地塑造了封建家庭中不同性格、不同遭遇的人物形象，特别是觉慧、觉新、瑞珏、鸣凤、高老太爷等，都是典型环境里的典型形象。作品的语言朴素畅达而又充满热情，具有很强的心灵穿透力和审美感染力。

【写作特色】

①典型化的方法。

②写出人物性格的复杂性和多层次性。

③浓郁的抒情色彩。平易、平白的文字，洋溢着浓郁的情感。

④心理描写。例如书中对于鸣凤初恋心态的描写就很好地呈现了这个初恋的女孩子对于异性之爱的既惊又喜，以及青春期的懵懂和羞涩。

⑤作品在语言上也独具魅力。巴金的作品一向语言简洁生动、流畅奔放，具有浓烈的感情色彩。《家》在语言上也同样体现着巴金作品的独特风格。在作品中，作者无论是写人，或是叙事，甚至剖析人物心理，都是带着浓郁的感情色彩，这就使读者在领略人物命运时，一同体味到了作者的喜怒哀乐，使作品具有了格外感人的情感力量。

【主要人物及其事件】

觉慧：受“五四”新思想影响的青年学生代表，封建大家庭“幼稚而大胆的叛徒”，觉新、觉民的弟弟。参加了具体的反封建、反专制的斗争，包括勇敢参与反对封建军阀的斗争，坚决反对“作揖主义”与“无抵抗主义”，蔑视等级制度，与丫头鸣凤相爱，反对包办婚姻，支持觉民逃婚，大胆揭穿迷信的捉鬼、血光之灾等邪说，最后义无反顾地从封建大家庭出走。

高老太爷：封建家长的代表，觉新、觉民和觉慧的爷爷。用封建的礼教专制管理大家庭，给年轻的一代和下层的仆婢带来种种不幸，最后在克安、克定的不肖和觉民、觉慧的反抗中走向灭亡。

觉新：高家的长房长孙，觉民、觉慧的大哥，是一个长期接受封建教育，深受封建礼教制度的迫害，但又渴望幸福生活，具有“双重人格”的人。他同情新思潮又自甘落伍，不满旧礼教又奉行“作揖主义”，具有复杂而丰富的性格内涵。

觉民：高家二少爷，琴的恋人，受“五四”新思想影响的青年学生。他在觉慧帮助下大胆反抗封建家长的包办婚姻，最后取得胜利。

琴：学名张蕴华，觉新姑妈的女儿，受“五四”新思想影响的青年学生，觉民的恋人。

鸣凤：高家的婢女，7年前被卖到高公馆开始做苦事、吃打骂和流眼泪的生活，深爱三少爷觉慧，但高老太爷答应把她送给六七十岁的冯乐山做小老婆，她勇敢反抗，投湖自尽。

梅：原名钱梅芬，觉新兄弟的姨表兄妹。与觉新青梅竹马，相互爱恋，但因家长之间的矛盾而被拆散，后出嫁不到一年便守了寡，因婆家对她不好，在娘家抑郁而死。

李瑞珏：家长们用抓阄的办法为觉新选定的妻子，善良贤惠，高老太爷死后因无法承担迷信的“血光之灾”的责任被迫到城外待产，最后难产而死。

冯乐山：又称冯老太爷，孔教会的头面人物。已经六七十岁了，还向高老太爷要漂亮的丫头鸣凤做姨太太。鸣凤反抗自尽，婉儿被顶替送给他当姨太太。后又向高老太爷提亲，想强行包办自己的侄孙女与觉民的婚事，因觉民等人的大胆反抗未果。

【名家点评】

巴金是一个有热情的有进步思想的作家，在屈指可数的好作家之

列的作家。

——鲁迅

巴老最热烈的感情，就是对劳动人民最真挚的爱，特别是对下层人民深深的同情。

——草婴

【作品影响】

《家》不仅是巴金文学道路上树起的第一块丰碑，也堪称中国现代文学史上最优秀的现实主义杰作之一。《家》入选20世纪中文小说100强（第8位）。

【作者小趣闻】

带病入书

幼年多病的巴金从来没有读过大学。14岁时，他好不容易得到祖父同意进入英语补习学校念书，刚刚一个月，就因病辍学。

1925年，他到北京准备考北京大学，但是体检时发现患有肺病，无奈与北大失之交臂。因此在巴金的作品中，常常有主人公患肺病或其他疾病的描写，并且因患病而发生情绪、思想的变化，《灭亡》中的杜大心等就是如此。写《灭亡》时正是巴金治疗肺病与休养的关键时期，主人公杜大心也就因患有肺病而萌生暗杀军阀以解脱痛苦的念头。

因书得爱

1936年，巴金因为《家》而成为青年心中的偶像，追求他的人很多。有一个女高中生给他写的信最多，他们通信达半年之久，却从未见面。最后，还是女孩在信中提出："笔谈如此和谐，为什么就不能面谈呢？"女孩主动寄了张照片给巴金，然后他们约在一家咖啡馆见面。经过8年的恋爱长跑，年届不惑的巴金与这个名叫萧珊的女孩结为连理。比巴金小13岁的萧珊是第一个也是唯一一个让巴金动情的女人。

嗜书如命

巴金爱书，在文化圈内是出了名的。1949年上海解放前夕，巴金一家生活已很拮据了，但是省吃俭用，他还是要买书。一天，一向依着他的萧珊实在忍不住对他说："家里已经没有什么钱了。"不知道家里到底有没有钱，日子能不能过下去的巴金说道："钱，就是用来买书的。都不买书，写书人怎么活法？"第二天，他又带着孩子们去逛书店了。

【常考知识点】

1.《家》的作者是巴金，原名李尧棠。

2.《家》与《春》《秋》合称为《激流三部曲》。

3.《家》中有道貌岸然的外表，竭力维护封建观念的人是（A）。

A.高老太爷　B.克安

C.克定　D.克明

4.关于《家》，下列说法有误的是（A）。

A.《家》重点描写了三个有着不幸遭遇的女子形象——梅、鸣凤和瑞珏。她们的社会地位是相同的。

B.《家》中，觉慧是高家年轻一代中最激进、最富有斗争精神的人。

C.《家》中觉民、觉慧有着先进的思想、昂扬的斗志，是新时代的新青年。

D.《家》细致地刻画了鸣凤临死前的矛盾心理和求助无门的痛苦，既表现了鸣凤对罪恶世界的恨，又表现了她对觉慧的真挚的爱。

5.觉新是个什么样的人？

觉新是一个新旧参半有着“双重性格”的悲剧人物：一方面他受到了“五四”新思想的熏陶，同情弟弟们的斗争；另一方面，他委曲求全、逆来顺受，长房长孙的地位和封建制度的教养使他怯弱忍让，客观上扮演了一个旧礼教、旧制度的维护者形象。

6.判断题。（正确的打“√”，错误的打“×”）

（1）觉新在旧家庭中是个暮气沉沉的大少爷，与觉慧等年轻人在一起时，他又是一个渴望新生活的青年。他是封建制度的继承者，也是破坏者。（×）

（2）《家》中着力刻画了一系列有着不幸遭遇的女子形象——梅、鸣凤、瑞珏，这几个女子虽然性格不同，但悲剧命运却是相同的。（√）

（3）鸣凤对爱情坚贞不渝，当得知自己将要被作为礼物送到冯家后，暗暗下了殉情而死的决心，她相信“死”字是薄命女子的唯一出路。（√）

（4）《家》的艺术结构类似《红楼梦》，以觉慧等几个年轻人的爱情

和生活追求为情节链条，全面展示一个大家庭的衰亡过程。（√）

（5）《家》中觉新因为与同学们一道向督军请愿，被高老太爷训斥了一顿，不许再出门。（×）

（6）巴金的《家》中，觉新是性格内涵最为复杂的悲剧性典型。他清醒地认识到了自己的悲剧命运，但对封建家长的专制意志处处忍让、顺从，为了维护封建家庭，他付出了惨重的代价。最终，他终于觉醒，毅然投奔了光明。（×）

（7）巴金的《家》重点塑造了善良却柔中有刚的梅、抑郁的瑞珏、贤惠的鸣凤等三位女性形象。（×）

（8）巴金代表作《家》中的觉民屈服于封建专制制度而没有反抗意识；觉新与琴结婚，敢于反抗封建专制制度。（×）

（9）《家》控诉了封建礼教对弱小、无辜、善良的人们的迫害。（√）

（10）瑞珏被高老太爷的陈姨太以避“血光之灾”为由赶到郊外生产，觉新不敢反对。（√）

7.《家》中着力刻画了一系列有着不幸遭遇的女子形象梅、鸣凤、瑞珏，这几个女子虽然性格不同，但悲剧命运却是相同的。作品通过对她们的描写，控诉了封建礼教以及封建道德对弱小、无辜、善良的人们的迫害，强化了全书主旨。

8.简述《家》中觉新和梅的爱情悲剧。

觉新和表妹钱梅芬青梅竹马，但梅的母亲和觉新的继母周氏在牌桌子上有了意见，就拿拒婚来报复。觉新屈从于父亲的意志与瑞珏结婚。不久，梅出嫁，不到一年便守了寡回到了娘家。军阀开战，梅跟着张太太和琴来高公馆避难，与觉新重逢，两人都不能忘情。在矛盾痛苦中，钱梅芬抑郁成疾，吐血而死。

9.请谈谈巴金的《家》中高觉慧的形象。

高觉慧是巴金在《家》中塑造的大胆而幼稚的叛逆形象。他出生于没落的封建大家庭中，深受“五四”新思潮的影响，追求光明、自由、幸福，彻底否定封建礼教制度。他支持觉民逃婚，与丫头相爱，最后又从封建大家庭

走出去。但他有时也有小资产阶级知识分子的狂热，他身上寄托着作家的希望，闪烁着时代的光芒。

10.简要评述《家》中觉民这一人物形象。

觉民性格温和稳健，不好激动，不爱参加社会活动，对学生运动缺乏应有的关注。但作为“五四”新思潮唤醒的年轻一代，他也向往民主自由，当祖父为他一手包办婚姻时，他毅然离家出走，公开反抗，和琴成为小说中唯一一对胜利者。

《雷雨》曹禺

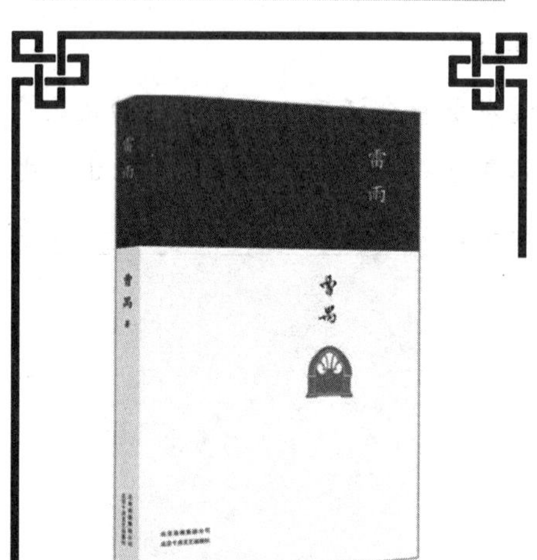

名著导读

【主要故事情节】

这部剧作在两个场景、剧中情节发展不到二十四小时内，集中展开了周鲁两家三十年的恩怨情仇。

三十年前，当周朴园还是一个涉世未深的青年时，他爱上了女佣梅妈的女儿侍萍，并与她有了两个儿子。但后来为了给他娶一位门当户对的小姐，周家逼得侍萍抱着刚出生不久的儿子大海投河自尽。侍萍母子侥幸被人救起后，侍萍带着二儿子流落他乡，靠做用人为生，而大儿子周萍被周家留下。侍萍后又嫁与鲁贵并与之生女四凤。周朴园所娶的那位小姐没有为周家生儿育女便去世，周又娶繁漪，并与之生子周冲。在周朴园封建家长的专制意志下，繁漪过着枯寂的生活。周经营矿山等现代产业，常年在外，繁漪便有机会接近周的大儿子周萍，并与之私通。周萍既慑于父亲的威严，又耻于这种乱伦关系，对繁漪逐渐疏远，并移情于侍女四凤。与此同时，周冲也向四凤求爱。繁漪得知周萍变心后，说服周萍未果。周萍为了摆脱繁漪，打算离家到父亲的矿上去。繁漪找来四凤之母侍萍，要求她将女儿带走。侍萍来到周家，急于把四凤领走，以免重蹈自己当年之覆辙，但又与周朴园不期而遇。

此时大海正在周家矿上做工。在作为罢工代表来与周朴园交涉的过程中，与周萍发生争执，结果遭周萍率众殴打。鲁家一家人回到家中，四凤还在思念周萍。夜晚，周萍跳窗进鲁家与四凤幽会，繁漪则跟踪而至，将窗户关死。大海把周萍赶出，四凤出走。雷电交加之夜，两家人又聚集于周家客厅，周朴园以沉痛的口吻宣布了真相，并令周萍去认母认弟。此时周萍意识到了四凤是自己的妹妹，大海是自己的亲弟弟。四凤羞愧难当，逃出客厅，触电而死，周冲出来寻找四凤也触电而死，周萍开枪自杀，大海出走，侍萍和繁漪经受不住打击而疯，周朴园则一个人在悲痛中深深忏悔。

【作者简介】

曹禺（1910年9月24日—1996年12月13日），中国杰出的现代话剧剧作家，原名万家宝，字小石，小名添甲。汉族，祖籍湖北潜江，出生在天津一个没落的封建官僚家庭里。其父曾任总统黎元洪的秘书，后赋闲在家，抑郁不得志。曹禺幼年丧母，在压抑的氛围中长大，个性苦闷而内向。1922年，入读南开中学，并参加了南开新剧团。

曹禺笔名的来源是因为本姓“萬”（“万”繁体字），为草字头下一个禺，于是他将“萬”字上下拆为“草禺”，又因“草”不像姓，故取谐音字“曹”，两者组合而得曹禺。曹禺是中国现代话剧史上成就最高的剧作家。其代表作品有《雷雨》《日出》《原野》《北京人》。

1996年12月13日，因长期疾病，曹禺在北京医院辞世，享年86岁。曹禺作为中国新文化运动的开拓者之一，与鲁迅、郭沫若、茅盾、巴金、老舍齐名。他是中国现代戏剧的泰斗，戏剧教育家，历任中国文联常委委员、执行主席、中国戏剧家协会常务理事、副主席、中国作协理事，北京市文联主席、中央戏剧学院副院长，名誉院长、北京人民艺术剧院院长等职务。他所创造的每一个角色，都给人留下了深刻的印象。

【作品简介】

《雷雨》是剧作家曹禺创作的一部话剧，发表于1934年7月《文学季刊》。此剧以1925年前后的中国社会为背景，描写了一个带有浓厚封建色彩的资产阶级家庭的悲剧。

剧中以两个家庭、八个人物、三十年的恩怨为主线，讲述了伪善的资本家大家长周朴园，受新思想影响的单纯的少年周冲，被冷漠的家庭逼疯和被爱情伤得体无完肤的女人繁漪，对过去所作所为充满了罪恶感、企图逃离的周萍，还有意外归来的鲁妈，单纯想着爱与被爱的四凤，受压迫的工人鲁大海，贪得无厌的管家等，不论是家庭秘密还是身世秘密，所有的矛盾都在雷雨之夜爆发，在叙述家庭矛盾纠葛、怒斥封建家庭腐朽顽固的同时，也反映了更为深层的社会及时代问题。该剧情节扣人心弦、语言精练含蓄，人物各具特色，是“中国话剧现实主义的基石”，中国现代话剧成熟的里程碑。

【创作背景】

1930年9月，曹禺从天津南开大学考入清华大学外文系插入二年级就读。他从小就喜爱戏剧，曾积极参加剧社演出京剧《打渔杀家》和易卜生的《玩偶之家》等话剧。对戏剧的酷爱使他产生要写一部大戏的强烈愿望，他开始根据自己多年的亲身经历和见闻，构思话剧《雷雨》。1931年，九一八事变爆发，清华大学的学生们组织起抗日宣传队，曹禺担任了宣传队队长。他和宣传队的同学们坐火车到保定去宣传，在火车上遇到了一位姓赵的魁梧大汉，是长辛店铁厂的工人，曹禺从心里钦佩这位工人的爱国之心，他想起自己正在构思的话剧《雷雨》，便有了《雷雨》中鲁大海的人物形象。几经揣摩构思，又用了6个月全神贯注地写作，曹禺终于完成了《雷雨》的最初创作。

1934年7月，《雷雨》首次发表于《文学季刊》1卷第3期。作者在谈到写作意图时说，《雷雨》是在“没有太阳的日子里的产物”。“那个时候，我是想反抗的。因陷于旧社会的昏暗、腐恶，我不甘模棱地活下去，所以我才拿起笔。《雷雨》是我的第一声呻吟，或许是一声呼喊。”（《曹禺选集·后记》）又说“写《雷雨》是一种情感的迫切需要”“仿佛有一种情感汹涌地流来，推动着我，我在发泄着被压抑的愤懑，毁谤着中国的家庭和社会”。

【思想主题】

《雷雨》所展示的是一幕人生大悲剧，是不平等的社会里，命运对人残忍的捉弄。

周朴园的专制、冷酷和伪善；周冲的热情和单纯；繁漪对爱情的深挚乃至略显变态的执着；痛悔着罪孽却又不自知地犯下更大罪孽的软弱的周萍；被侮辱的被捉弄的悲苦的鲁妈……还有家庭的秘密，身世的秘密，所有这一切在一个雷雨夜爆发。最后，有错的、有罪的、无错的、无辜的人，竟然一起走向了毁灭。它讲述了资产阶级周家和城市平民鲁家两个家庭纠结复杂的悲剧故事。一是以周朴园为代表的带有浓厚封建色彩的资产阶级家庭的生活悲剧；二是以鲁妈为代表的城市平民不能把握自己命运，被别人所操控的悲惨境遇。而周、鲁两家复杂的血缘联系，更是突出、生动地反映了两个不同阶层的家庭之间的矛盾。揭露了旧中国旧家庭的种种黑暗现象以及地主资产阶级的专横、冷酷与伪善，反映了中国20世纪二三十年代正在酝酿着一场大变动的社会现实，对受压迫者给予了深切的同情。

【写作特色】

①语言个性鲜明的性格化。作者笔下人物的个性化语言非常突出。如第一幕中对鲁贵语言的刻画，那奸猾的笑容，猥琐的语言，把一个奴才的嘴脸表现得淋漓尽致。在观众们内心刻上了很深的烙印。

②语言丰富深刻的精练美。由于受时间和空间的限制，戏剧语言必须精练。戏剧语言的精练美表现在台词表达内容上的丰富性和深刻性，也就是说，用最经济的语言表达最丰富、最广博的内容，做到以一当十，以少胜多。

③富于感染力的动作性。

④台词耐人寻味的含蓄美。在《雷雨》中，潜台词比比皆是，通过含蓄的语言表达了潜在的意思。

⑤惊心动魄的舞台感。

⑥意韵深厚的诗意和抒情性。曹禺恰以其语言的抒情性构筑着他剧作诗的大厦。也可以说，正是因为一些诗的语言技法如比喻、象征、含蓄等的综合运用，才使他的戏剧语言具有了抒情性。

【主要人物及其事件】

周朴园：周公馆的主人，出身于封建家庭，曾到德国留学，是一个当时所谓的“有教养”的人。三十年前，他还是一个纨绔子弟的时候。他和家里的侍女侍萍生了两个儿子，后来他抛弃了侍萍，变得越来越狡猾和世俗。他在哈尔滨包修江桥的时候，故意让江堤缺口，淹死两千二百个小工，他从每一个死难的小工身上赚得

了三百块钱，就像鲁大海愤怒谴责的那样，他发的是“绝子绝孙的昧心财”。而如今，他又勾结矿上警察开枪打死三十个工人。他梳分头，戴金边眼镜，穿皮鞋，俨然一副煤矿公司董事长姿态，但他又喝普洱茶，吃斋，而且念经，充分显示了他的“伪善”。在家庭生活中，他处处表现得像一个专制的暴君，任何人都是不能违抗的。强迫繁漪喝药的场面，把他极端冷酷、绝对专横的面孔暴露无遗，而他却把这些看作是他对妻儿们的“关心”和“爱护”，因此他不准妻儿们对他有过多的不满。他是酿成家中所有悲剧的罪魁祸首。周朴园的专横自私、冷酷虚伪的性格特征，以及他和繁漪、侍萍和大海之间的矛盾冲突，形象地反映了旧中国家庭的种种黑暗与罪恶，折射出了半殖民地半封建社会复杂的阶级矛盾，揭示了中国资产阶级的封建性特点。周朴园的失败预示了旧制度的崩溃与灭亡。

繁漪：周朴园的妻子，一个漂亮但性情古怪的少妇。繁漪成了专横自私的伪君子的玩物和花瓶，她得不到爱情，更没有幸福，甚至还丧失了做人的尊严。繁漪眉目间流露出忧郁，有时那心中郁积着的火，能燃烧得她的眼神里充满了一个年轻妇人失望后的痛苦与怨愤。在周萍闯进她的生活之后，她不再默默忍耐寂寞了，她把自己的爱情、名誉，乃至生命都交给了周萍。她不顾“乱伦”而狂热地爱着周萍，她的狂热的欲望，表现出的是一种原始的野性。但不久之后，她深深地爱着的周萍又到四凤那里去寻求满足了。她原只是暂时“得救”，现在重又陷入痛苦不幸的深渊。她不堪父子两代人的欺侮与凌辱，她要报复。当她落到“母亲不像母亲，情妇不像情妇”的地步时，她爆发出来的是一种“雷雨”般的性格。她终于敢直接反抗周朴园，敢去揭露周萍的欺骗和不负责任的行为，做一次“困兽的搏斗”。繁漪乖戾阴鸷极端的性格形成，反映了封建势力的罪恶，揭露了专制统治的封建家庭对人性的摧残、扭曲。繁漪在为争取爱情自由而做的绝望反抗和斗争中，虽失去了一切，但有力地撕破和捣毁了周朴园处心积虑建立的家庭的“圆满”秩序，冲击和促进着封建王国的溃败。

鲁侍萍：鲁贵之妻，四凤之母。三十年前，她只有四凤那么大年纪的时候，就被周公馆的大少爷周朴园残忍地遗弃，她被逼得抱着刚刚出生三天的小儿子投河自杀。被人救活后，她嫁给了鲁贵，又生一个女儿四凤。她在熬不尽的辛酸中撑持了三十年的苦难岁月，到了垂暮之年，却还要面对更为残酷的打击，面对她无法承受的灾难。侍萍偏偏发现自己的女儿又在周公馆重蹈着自己的覆辙，她竭力避免和周朴园见面，却又无法避开这种见面，见面之后甚至还曾一度软弱。直到周朴园露出了残忍狠毒的本来面目，她才又清醒过来，重新激发起对周朴园的仇恨，毫不迟疑地撕毁了周朴园写给她的一张五千块钱的支票。使侍萍更为痛苦的是，她渴望一见的别离了三十年的亲生儿子周萍，竟当着她的面，恶狠狠地动手打了自己的胞弟——她带走的另一个儿子鲁大海。她想把四凤带出周公馆，却不料四凤跟周公馆的一个大少爷有了身孕，而这个男人又是四凤的同母异父的哥哥。在遭受了一连串的无法忍受的打击之后，她再也无法承受，她变得痴痴呆呆了。侍萍的悲剧反映了旧中国广大受凌辱受欺压又孤苦无告的劳苦妇女的苦难命运，有力地控诉了旧中国旧时代黑暗而又罪恶的现实。

周萍：周朴园的长子，周家大少爷，一度是继母繁漪的情夫。他精神卑下，意志薄弱，缺少一般人所具有的善良品德。他曾对繁漪表示过不满于父亲周朴园的专横和不尊重女性的行为，繁漪骂四凤是“一个下等女人”的时候，也曾表现出了他的愤怒，四凤、周冲也都由衷地夸他好，在周朴园的三个儿子里，他可能会继承父亲衣钵。这位周公馆的大少爷，不仅早已和继母繁漪发生乱伦的两性关系，还使侍女四凤怀上了他的孩子。他害怕他父亲，害怕社会的舆论，他很自私，只顾个人利益，他更不顾及自己应该对繁漪所负的责任。当他知道自己所诱骗奸污的是自己的亲妹妹的时候，开枪自杀了。

【名家点评】

《雷雨》是一部不但可以演，也可以读的作品。

——巴金

一出动人的戏，一部具有伟大性质的长剧。

——现代戏剧家李健吾

《雷雨》通过其悲剧结局，告诉我们很多“不可以”，比如在情感欲望的追求上不可以随心所欲，在爱情的自主选择上不可以悖逆人伦，在悲剧责任的问题上不可以放弃承担，等等。因为每个人的存在都不是绝对孤立的，这是我们共同的现实。

——中国艺术研究院话剧研究所副所长宋宝珍

【作品影响】

1934年曹禺的话剧处女作《雷雨》问世，在中国现代话剧史上具有极其重大的意义，它被公认为是中国现代话剧成熟的标志，曹禺先生也因此被誉为“东方的莎士比亚”。

【作者小趣闻】

笔耕不辍的曹禺

在曹禺人生的最后八年里，他几乎都是在医院中度过的，但是即使是在医院里曹禺也没有放下自己的工作，始终没有离开创作。

曹禺手边一直有好几个本子，其中有活页本、小笔记本、学生用的横格本等等，里边有他的断想，有日记，有人物的对话，有写出的诗，更多的是他想写的剧本的提纲等。在那段时间曹禺的床头总是放着《托尔斯泰评传》之类的书，曹禺读起来非常认真，有的时候读着读着会突然感慨万千：“我就是惭愧啊，你不知道我有多惭愧。”“我要写出一个大东西才死，不然我不甘。我越读托尔斯泰越难受，你知道吗？”

【常考知识点】

1.《雷雨》是剧作家曹禺创作的一部话剧。

2.下列有关《雷雨》说法不正确的一项是（A）。

A.剧作家曹禺于1934年创作的震惊文坛的处女作——《雷雨》，是中国现代话剧史上的扛鼎之作。它之所以名声斐然，除了其反映现实的深刻性以外，还有最能吸引读者的一点，那就是：个性化的人物语言里往往蕴含着丰富的潜台词。

B.《雷雨》情节线索纵横交错，周萍同繁漪、四凤两人的爱情纠葛是一条明线，周朴园和侍萍的关系则是一条暗线。这两条线索并存，彼此交织，环环相扣，动人心弦。

3.《雷雨》的故事情节充满着错综复杂的矛盾冲突，作者安排了明暗两条线索，一条是周朴园与繁漪，周萍与繁漪、四凤之间的爱情纠葛，另一条是周朴园与鲁侍萍之间的恩怨。

4.《雷雨》的人物语言极富个性。在第二幕周朴园与鲁侍萍、鲁大海的冲突中我们感受到周朴园的盛气凌人，鲁侍萍的抑郁平缓，鲁大海的直截了当。

5.请用三个四字短语概括繁漪的性格特征。

追求自由、行为反常、心理变态。

6.请用三个四字短语概括周朴园的性格特征：唯利是图、专制蛮横、极端虚伪。

7.请用三个四字短语概括周萍的性格特征：生活放荡、玩世不恭、卑怯懦弱。

8.请结合对剧本主题的理解，谈谈以“雷雨”为题的作用。

整个故事的背景、情节都和雷雨有关，故事的高潮、悲剧的发生都集中在雷电交加的狂风暴雨之夜。可以这样说，“雷雨”是整个作品的自然环境。作者以雷雨象征作品的社会环境，告诉人们，在中国半殖民地半封建的沉闷抑郁的空气里，一场改变现实的雷雨即将来临；作者通过封建大家庭的罪恶和工人与资本家之间的矛盾冲突，反映了正在酝酿社会大变动的20年代的中国的社会现实。

9.简要概括《雷雨》中鲁侍萍的人物形象。

侍萍是一个典型的旧中国劳动妇女形象。她善良正直，备受欺辱和压迫，但又始终保持着自己的刚毅顽强，她尝尽了人间的辛酸。

10.《雷雨》中，四凤和周萍的结局各是什么？

四凤触电身亡，周萍也开枪自杀。

《围城》钱钟书

名著导读

【主要故事情节】

《围城》共分九章，大体可以划作四个单元。由第一章至第四章是第一个单元，写方鸿渐在上海和家乡（江南某县）的生活情景，以写上海为主。在这个单元中，方鸿渐和苏文纨的“爱情”纠葛占了重要的分量。苏文纨的倾心相与和方鸿渐的另有所欢，使他们演出了不少半真半假、女真男假的滑稽戏。暴露了苏文纨官宦小姐矜持自负、自作多情，因而落得空对镜花水月的尴尬相；也暴露了方鸿渐纨绔子弟优柔寡断、不更世事而又玩世不恭的浮华相。围绕着他们，作者还写了十里洋场社交生活的各种人物，在美国人花旗洋行里做买办、喜欢人们唤他Jimmy的张吉民，外表时髦、骨子里守旧的董斜川，“对雌雄性别最有研究”的青年哲学家褚慎明，满肚子不老实、自我标榜是“新古典主义”的诗人曹元朗，以及暗中把方鸿渐当作情敌、枉费了心思的赵辛楣，甚至还有生得漂亮、头脑乖巧的唐晓芙等等，他们都在作者笔下显示了各自的性格和色相。他们宴饮会客、谈诗论文以及各种应酬交际是那样内心空虚、百无聊赖以及庸俗不堪，这种生活不会培植健康的爱情，更不会培植健康的理想，本身就是一个有待冲破的“围城”。

第五章可以算作第二个单元，是“过渡性”或“衔接性”的。在这个单元中，在个人生活上分别吃了败仗的方鸿渐和赵辛楣从“爱情”牢笼中冲了出来，他们由假想的情敌变为真正的挚友，共同到湖南平成三闾大学谋事。作者在这一单元里，还为下一单元的闹剧准备了新角色：未来三闾大学的训导长李梅亭、副教授顾尔谦和青年助教孙柔嘉。他们和方、赵结伴由沪启航南下，组成了一个临时的“小社会”。发生在这个“小社会”里的种种矛盾困扰和嬉戏调侃，以及沿途的所见所闻，构成了小说所描绘的现实主义画面的十分精彩的一部分。

第六、七章是第三个单元，主要描写三闾大学里的明争暗斗。上自校长、训导长、各系主任，下至职员、学生，甚至还有家属，都卷入了一场令人头晕目眩的人事纠纷。职业上的排挤，情场上的竞争，堂而皇之地例行公事，见不得人的谣诼诽谤、阴谋诡计，一时间三闾大学成了竞相逐鹿的舞台。一些学者文士粉墨登场，他们之中有李梅亭那样满口仁义道德、满腹男盗女娼的半旧遗老；也有韩学愈那样外形木讷、内心龌龊、伪造学历、招摇撞骗的假洋博士；有高松年那样道貌岸然、老奸巨猾，口称维护教育尊严，其实却是酒色之徒的伪君子；有陆子潇和顾尔谦那样一心攀龙附凤、专事吹拍、浅薄猥琐的势利小人；也有范懿、汪太太那样虽然混迹学府，却只在情场上显露头角、推波助澜的名门女士。总之，活跃在这“新儒林”里的各色人等，虽然用不着再把八股文当作敲门砖，却都扯起一面自认为是最漂亮的旗帜，将真面目掩盖起来，使出浑身解数去追求新的晋身之阶，仿佛自然界的动物蒙上保护色，追求自身的发展一样。自然，他们之中也还有没耗尽两肩正气的某些较好的人物，如虽则荒唐、孟浪，到底还有一些责任感的方鸿渐、赵辛楣，娇弱深沉、很有心计的孙柔嘉等等。这些人物，或像方鸿渐，不失为“可造之才”；或像赵辛楣，终竟有一技之长；或像孙柔嘉，是思虑周密、深藏韬略的女中强者。他们在好的社会里，完全有可能发展为出类拔萃的人才；但在那些乌烟瘴气的环境里，由于缺乏明确的人生目标，倒像19世纪俄罗斯文学中的“多余人”那样，让社会的惰力抵消掉了他们的聪明才智。

第八、九章是第四个单元。方鸿渐和孙柔嘉在返回上海途中结了婚。这对双方来说，都不能算作令人激动的结合，加以失业造成的对于前途的焦虑，使他们婚后不断发生争吵。这种争吵在返沪途中还较为单纯，定居上海后，由于双方家庭和亲

族的介入，矛盾更复杂了，在婆媳、翁婿、妯娌、亲朋乃至主仆之间，一度曾发生了一系列龃龉和纠纷。最后，方、孙的矛盾终因前者辞去报馆资料室主任而面临再次失业时激化了。方鸿渐刚刚建立起来的新家解体，他再次冲出一个“围城”，又来到一个“围城”的入口——他打算投奔在重庆当官的赵辛楣谋取职业，这肯定也是一条前途未卜的坎坷不平的道路。小说在一阵老式自鸣钟的当、当……声中结束。像过去一切杰出的现实主义作品一样，它没有提供什么关于社会和人生出路的明确结论，但他描写的生活本身，“深于一切语言，一切啼笑”。

【作者简介】

钱钟书（1910—1998），江苏无锡人，原名仰先，字哲良，后改名钟书，字默存，号槐聚，曾用笔名中书君，中国现代作家、文学研究家，与饶宗颐并称为“南饶北钱”。

1929年，考入清华大学外文系。1932年，在清华大学古月堂前结识杨绛。1937年，以《十七十八世纪英国文学中的中国》一文获牛津大学艾克赛特学院学士学位。1941年，完成《谈艺录》《写在人生边上》的写作。1947年，长篇小说《围城》由上海晨光出版公司出版。1958年创作的《宋诗选注》，列入中国古典文学读本丛书。1972年3月，六十二岁的钱钟书开始写作《管锥编》。1976年，由钱钟书参与翻译的《毛泽东诗词》英译本出版。1982年，创作的《管锥编增订》出版。1998年12月19日上午7时38分，钱钟书先生因病在北京逝世，享年88岁。

【作品简介】

《围城》是钱钟书所著的长篇小说，是中国现代文学史上一部风格独特的讽刺小说，被誉为“新《儒林外史》”。第一版于1947年由上海晨光出版公司出版。故事主要写抗战初期知识分子的群相。

《围城》故事发生于1920到1940年代。主角方鸿渐是个从中国南方乡绅家庭走出的青年人，迫于家庭压力与同乡周家女子定亲。但在其上大学期间，周氏患病早亡，准岳父周先生被方所写的唁电感动，资助他出国求学。

方鸿渐在欧洲游学期间，不理学业，为了给家人一个交代，方于毕业前购买了虚构的“克莱登大学”的博士学位证书，并随海外学成的学生回国。在船上与留学生鲍小姐相识并热恋，但被鲍小姐欺骗感情，同时也遇见了大学同学苏文纨。到达上海后，在已故未婚妻父亲周先生开办的银行任职。此时，方获得了同学苏文纨的青睐，又与苏的表妹唐晓芙一见钟情，整日周旋于苏、唐二人之间，其间结识了追求苏文纨的赵辛楣。方最终与苏、唐二人感情终结，苏嫁与诗人曹元朗，而赵也明白方并非其情敌，从此与方惺惺相惜。方鸿渐逐渐与周家不和。

抗战开始，方家逃难至上海的租界。在赵辛楣的引荐下，与赵辛楣、孙柔嘉、顾尔谦、李梅亭几人同赴位于内地的三闾大学任教。由于方鸿渐性格等方面的弱点，陷入了复杂的人际纠纷当中，后与孙柔嘉订婚，并离开三闾大学回到上海。在赵辛楣的帮助下，方鸿渐在一家报馆任职，与孙柔嘉结婚。婚后，方鸿渐夫妇与方家、孙柔嘉姑母家的矛盾暴露并激化。方鸿渐辞职并与孙柔嘉吵翻，逐渐失去了生活的希望。

【创作背景】

《围城》写于1944至1946年之间，一发表便被誉为是一部新《儒林外史》。这是一部以旧中国中上层知识分子病态畸形生活为描写对象的幽默而辛辣的讽刺小说。

主人公方鸿渐在书中的年代是1937年夏至1938年冬，正是抗战烽火燃遍神州大地，中国人民奋起浴血抗战，中华民族面临生死存亡的重要关头。方鸿渐等人游离于当时民族革命战争的大潮外，这类灰色的知识分子，在当时旧中国是大量存在的，钱钟书对他们相当熟悉，像他这样在一部长篇小说里对他们做这样集中的讽刺性描写，自有其不可忽视的现实主义的典型意义和不可替代的历史与美学价值。

【思想主题】

《围城》包含着深厚的思想意蕴。

一是社会批判层面。作品通过主人公方鸿渐的人生历程，对20世纪三四十年代国统区的国政时弊和众生

相进行了抨击，包括对上海洋化商埠的腐败堕落、对内地农村的落后闭塞，对教育界、知识界的腐败现象的讥讽。

二是文化批判的层面。这一点，主要是通过对“新儒林”的描写和对一批归国留学生或高级知识分子形象的塑造来实现的。《围城》中的人物，大多患有崇洋症，但骨子里还是传统文化起主导作用。方鸿渐是“新儒林”中尚有正义感的人物，他的出国留洋，目的是“光耀门楣”，好比前清时代花钱捐个官。他懦弱的性格、悲剧的结局，正是传统文化所致。李梅亭、韩学愈、高松年等人的庸俗、卑琐、无聊、虚荣、争斗等劣根性，也是传统文化影响的产物。封建遗老方遯翁不用说了，就是于柔顺之下深藏心机的孙柔嘉，在她的身上仍然可以看到旧式女性的面孔。作品通过这些人物病态性格的剖析，对中国传统文化进行了深刻的反思和批判。

第三个层面则是对人生、对现代人命运的哲理思考，深入到人本的形而上的层次，诸如对人的基本生存处境和人生的根本意义的探讨，对人的基本根性和人际间的基本关系的探讨。钱钟书夫人杨绛在电视连续剧《围城》片头上写道：“《围城》的主要内涵是围在城里的人想逃出来，城外的人想冲进去。对婚姻也罢，职业也罢，人生的愿望大都如此。”小说中也多次点明了“围城”的含义，它告诉人们，人生处处是“围城”，结而离，离而结，没有了局，存在着永恒的困惑和困境。作家在围城中所提出的问题，涉及整个现代文明的危机和现代人生的困境这个带有普遍意义的问题。

【写作特色】

①善用比喻。《围城》中的妙喻有三种，一是真实的写景写事物的形象比喻，读来令人舒畅，感觉恰到好处。二是抽象的思维和感觉运用具体的物象来比喻，或者反行之，读来让人觉得新奇，玄妙。三是利用喻体和本体在价值等级上的强烈反差逻辑性，达到对对象的嘲讽贬抑，使作品更显诙谐、幽默。

②心理描写。钱钟书在《〈宋诗选注〉序》中说，文学作品应该“曲传人物的未吐露的心理”，而《围城》就是他的理论的最好实践。大部分成功的文学作品都一定有成功的心理描写，但钱钟书的心理描写与众不同，关键就在“曲传”“未吐

露”的心理，在方法上，一是以情节曲传心理，并且调动一切表面看来无助或破坏那中心情景的琐屑细节。

【主要人物及其事件】

方鸿渐：方鸿渐是个被动的、无能的、意志不坚定的、经不住诱惑的人，更是一个失败的人，他的失败是因为他面对现代社会残酷的生存竞争和严重的精神危机而缺乏与之对抗所应有的理性、信仰、热情和力量，也因为他还不算是个卑鄙的人，还有点自知之明，有时候还想保持一点做人的尊严。这不上不下的位置是尴尬的。

孙柔嘉：《围城》人物谱里更有独特意义的是孙柔嘉。这个怯生生的小女生，这个似乎没有什么主见的小女生，这个小鸟依人地交付方鸿渐照顾的小女生，却是个最工于心计的人。这种既柔又嘉、却暗自阴柔而且柔能克刚的人，就像一个甜蜜的圈套，掌控着自己的婚姻、生活和命运，也掌控着方鸿渐的婚姻、生活和命运。当她掌控一切后，婚姻、生活和命运，却又似乎全都失控了，这个转折表达了另一个层面的“围城”困境，也使我们无法用三言两语来概括这个人，就像莎士比亚的哈姆雷特是说不尽的一样，她也是说不尽的。

苏文纨：空有苏小妹才名及法国博士帽，却沦落到先与方鸿渐诸人玩爱情与智力的双重游戏，待理想破碎，容颜渐老时草草下嫁，及至为人妇时，又诱惑赵辛楣与之发生私情，演绎了一出人生闹剧。她工于心计，喜欢男人簇拥在自己周围，男人之间越是嫉妒吃醋，她越能欣赏玩味并从中得到所谓的爱情的满足。伪洁与易染使她追求的女性新生活注定是媚俗的。

唐晓芙：唐晓芙之名，大约来自《楚辞·九歌》。诗中“湘君”一节唱道：“采薜荔兮水中，搴芙蓉兮木末。”唐晓芙纯真天然，恰似“出水芙蓉”，她与方鸿渐同属理想青年，是方的最爱。但她偏执于女性彻底解放，竟要求“占领爱人整个生命”，方鸿渐也窥破她“不化妆便是心中没有男人”的私心偏见，于是两人误会不断、喜悲更迭，方鸿渐最终不能随她心愿。可怜一对进步恋人，双双为理想所耽。唐晓芙纵是满腹诗书也枉然，到头来连婚姻都虚无缥缈。

【名家点评】

《围城》是中国近代文学中最有趣、最用心经营的小说，可能是最伟大的一部。

——书评家　夏志清先生

【作品影响】

《围城》是中国现代文学史上一部风格独特的讽刺小说，被誉为“新《儒林外史》”。

【常考知识点】

1.《围城》用现实主义态度和讽刺的手法，描绘了二十世纪半殖民地半封建中国社会所有知识分子群，被誉为“新《儒林外史》”。

2.《围城》这部作品用“鸟笼”“城堡”“围城”等意象来表达人生一种矛盾的窘境。

3.《围城》作者是钱钟书，字默存。自幼深受传统文化教育，十九岁时被清华大学破格录取，与吴晗、夏鼐被誉为“清华三才子”。文学创作方面主要有长篇小说《围城》，短篇小说集《人·兽·鬼》，散文集《写在人生边上》等。

4.《围城》这部小说里，作者运用幽默的语言和毫不留情的讽刺手法，描写了主人公方鸿渐等人在城镇与学校、家庭的一座座“围城”间颠沛流离、无家可归的人生境遇。

5.讽刺艺术一直是《围城》的一大亮点，它的手法灵活多样，比喻、用典、比较、推理等处处见锋芒。请简要分析文中比喻的讽刺手法，并举例说明。

《围城》中的比喻，来源广泛，标新立异，带有深刻的哲理意味，使人在频频发笑的同时认识了深刻的道理。如“一个人的缺点正像猴子的尾巴，猴子蹲在地面的时候，尾巴是看不见的，直到它向树上爬，就把后部供给大众瞻仰，可是这红臀长尾巴是本来就有并非地位爬高的新标识”，这种带有格言味道的比喻对高松年爬上校长地位后就暴露恶劣本性进行彻底的嘲弄与讽刺。再如作者描写一辆破车：“这辆车久历风尘……倚老卖老，修炼成桀骜不驯、怪僻难测的性格，有时标劲像大官僚，有时别扭像小女郎……它生气不肯走了，汽车夫只好下车，向车头疏通了好一会儿，在路旁拾了一团烂泥，请它享用，它喝了酒似的，摇摆地缓行着。”这里作者把老旧的汽车比成摆架子的官僚、闹别扭的女郎，妙趣横生，既把汽车的残破不堪形容得淋漓尽致，又把官僚女郎的丑态揶揄得入木三分，嬉笑怒骂之中别有一番愤世媄俗之情。

6.《围城》小说的主人公方鸿渐是江南某县一个乡绅的儿子，性格善良懦弱。读大学时，他听从父命，与一位银行家的女儿周淑英订了婚。怎奈未婚妻早逝，岳父便资助他去欧洲读了四年书。留学期间，他生活散漫，学无所成，临回国之前，只得买了一个子虚乌有的假博士头衔来搪塞家人。

7.《围城》作者钱钟书着力讽刺了两个方面的内容：一是文化讽刺，二是对人性的解剖。请对这两方面分别举例说明。

《围城》中的文化讽刺更多的是基于中西文化冲突、碰撞的历史平台，而这正是钱钟书的着力点之一。一是以现代文化观照中国传统文化的某些弊端，如方鸿渐的父亲方老先生的迂腐，他推荐的线装书中“中国人品性方正，所以说地是方的，洋人品性圆滑，所以主张地是圆的”之类。二是嘲讽对西方文化的生搬硬套，“活像那第一套中国裁缝仿制的西装，把做样子的外国人旧衣服上两方补丁，照式在衣袖和裤子上做了”，如曹元朗模仿“爱利恶德”（艾略特）《荒原》的《拼盘姘伴》诗，又如买办张先生式的洋泾浜。三是探讨对西方文明和西方文化的吸收中的荒诞，如方鸿渐在家乡中学演讲时所说的，“海通几百年来，只有两件西洋东西在整个中国社会里长存不灭。一件是鸦片，一件是梅毒，都是明朝所吸收的西洋文明。”又如三闾大学中的“导师制”。

8.小说三要素是人物、环境、情节。其中塑造典型的人物形象是最为关键的。人物的描写可以通过语言、动作、肖像、神态、心理活动等方面来刻画。请从某一方面的描写入手，简要谈谈文中的人物描写。

肖像描写是揭示人物性格特征、展示人物精神世界的重要手段之一。《围城》的作者善于捕捉人物的外貌特征，以传神的笔法描绘出具有鲜明个性特征的人物肖像。如“孙小姐长圆脸，旧象牙色的颧颊上微有雀斑，两眼分得太开，使她常带着惊异的表情；打扮甚为素净，怕生得一句话都不敢讲，脸上滚滚不断的红晕”。对孙的外貌来了个轻微的讽刺，大概是表明孙柔嘉脸皮薄，没有见过世面吧，还有点小家子气的意思，看来她一出场就处于不利的位置上。再如“陆子潇教授鼻子短而阔，仿佛原来笔直下来的趋势，给人迎鼻打了一拳，阻止了前进，这鼻孔后退不迭，向两旁横溢”。对

陆子潇的油头粉面、俗不可耐的形象特征的勾勒，极为生动形象。

9.读《围城》后，谈谈给你留下印象最深的一些语言。

如“这一张文凭仿佛有亚当夏娃下身那片树叶的功用，可以遮羞包丑；小小一张方纸能把一个人的空疏愚笨寡陋都掩盖起来”。方鸿渐学无所成，为了回乡有个交代，只好买张假文凭，一张假文凭，却能联想到《圣经》里的亚当夏娃，可真谓思虑深远啊!

10.简析《围城》这一书名的含义。

“围城”象征了主人公方鸿渐、赵辛楣等知识分子在爱情、婚姻、事业上的追求、挣扎、痛苦、幻灭、绝望的艰难生活历程和矛盾心态；从小说的深层意蕴来说，围城是人类生存困境的象征，暗示着一部分知识者陷入精神“围城”的境遇以及人们总是摆脱不了外在束缚的境遇，深切道出了人生在世的无奈和痛苦!

《叶圣陶童话》叶圣陶

名著导读

【作者简介】

叶圣陶（1894—1988），男，原名叶绍钧，字秉臣、圣陶，1894年10月28日生于江苏苏州，现代作家、教育家、文学出版家和社会活动家，有“优秀的语言艺术家”之称。1907年，考入草桥中学。1916年，进上海商务印书馆附设尚公学校执教，推出第一个童话故事《稻草人》。1918年，发表第一篇白话小说《春宴琐谭》。1923年，发表长篇小说《倪焕之》。

1949年后，先后出任教育部副部长、人民教育出版社社长和总编、中华全国文学艺术界联合委员会委员、中国作家协会顾问、中央文史研究馆馆长、中华人民共和国全国政协副主席，第一、二、三、四、五届全国人民代表大会常务委员会委员，民进中央主席。

1983年当选为第六届全国政协副主席。是第一至四届全国人大代表、第五届全国人大常委会委员，第一届全国政协委员、第五届全国政协常委。1988年2月16日在北京逝世，享年94岁。

【作品简介】

《叶圣陶童话》是我国现代儿童文学经典宝库中的珍品，在海内外享有很高声誉，不少作品被收入中小学课本，影响了几代人。叶圣陶的童话虽然写于20世纪上半叶，但集中反

映了当时的时代脉搏以及少年儿童和作家在那个时代的生活、理想和追求，至今仍有重要的现实意义和教育价值。

【思想主题】

叶圣陶的童话写于20世纪上半叶，集中反映了当时的时代脉搏以及少年儿童和作家在那个时代的生活、理想和追求。

【主要人物】

玫瑰，金鱼，含羞草，蚕，蚂蚁等。

【写作特色】

第一，重视细节描写。

第二，语言平实、质朴、精粹。

【作品影响】

《叶圣陶童话》是我国现代儿童文学经典宝库中的珍品，在海内外享有很高声誉，不少作品被收入中小学课本，影响了几代人，至今仍有重要的现实意义和教育价值。

【作者小趣闻】

淡泊名利的叶圣陶

叶圣陶对于名利的淡泊，并不是像有些人那样仅仅停留在口头上，而是一以贯之地渗透在行动中。

1985年，叶圣陶当选为民进中央主席，但第二年就提出了辞职，未获同意。1987年再次提出，为了说服民进中央的朋友们接受他的请求，他亲自送上恳切的书面材料，要求在民进全国代表大会上宣读。三天后，不顾医生劝阻，抱病坚持在大会上公开辞职，并要求全体民进同志严以律己，宽以待人，努力勤奋地为人民工作。

进北京以后，他历任国家出版总署副署长、教育部副部长、中央文史馆馆长等职，按级别属于高干，乘公车理所当然，但他从不随意动用公车，几十年如一日坚持步行或坐公交车上班办公。

私人来往的信函，一律自买或自制信封、信笺，贴自己买的邮票。逢年过节，或者过生日，单位往往派人前来祝贺慰问，有时带点礼物或纪念品，叶老一律婉言谢绝，坚持公和私一定要分明，坚持让人家把礼物带回去。

《呼兰河传》萧红

名著导读

【主要故事情节】

《呼兰河传》共七章，写的是20世纪20年代北方一座普普通通的小城呼兰，以及普普通通的人的普普通通的生活。《呼兰河传》不是为某一个人作传，而是为作者生于斯、长于斯的小城作传。

第一、二章是对呼兰河城风情的描绘。第一章以宏观的俯瞰视角，按照空间顺序勾勒呼兰小城的总体格局：十字街、东二道街、西二道街、若干小胡同，将呼兰固定在了寒冷而荒凉的东北大地上。第二章勾勒呼兰小城的总体面貌：小城人的生活空间局促、逼仄、简陋，城里除了十字街外，还有两条都是从南到北五六里长的街，再就是有些小胡同，街上为人而做的设施不多——几家碾磨坊，几家豆腐店，一两家机房、染缸房，东二道街上唯一的文化设施是两座小学校，西二道街还有一个设在城隍庙里的清真学校。东二道街还有一个赫赫有名的、全城引以为光荣与骄傲的五六尺深的大泥坑，在这里上演了一幕幕让人啼笑皆非的悲喜剧。呼兰河人虽然深受其苦，但一直没有想办法用土去填平，因为这泥坑子施给当地居民两条福利：一是常常抬轿抬马，淹鸡淹鸭，闹得非常热闹，可使居民说长道短，得以消遣；二是居民们可以心安理得地吃又经济、又不算不卫生的瘟猪肉。在呼兰河畔，人们对生活抱着麻木不仁、听天由命的态度，生、老、病、死都没有什么表示。呼兰河人过着卑琐平凡的生活，对生命抱着让人难以置信的漠然态度，而

在对鬼神的精神依附上他们却又保持着极大的热情——也许正因为对现实世界的无奈和无知，才促使他们把最大的希望投注在对遥遥无期的来世的关怀上。呼兰小城有非常齐全的为神鬼服务的设施：几家扎彩铺、老爷庙、娘娘庙，还有龙王庙、祖师庙、城隍庙。相应的便是异彩纷呈的不少精神上的盛举：跳大神、唱秧歌、放河灯、野台子戏、四月十八娘娘庙大会。呼兰河人也就在这些信仰风俗中找到他们的一点卑微的生存的理由和乐趣。

第三、四章是“我”童年的回忆，展现“我”在呼兰河城度过的童年时光。第三章写“我”幼时的生活，总共九个小节，除了第三、第九两个小节外，其余七小节都是以祖父或者祖母开头，中断以前的言语，继续新的言说。第三章是整部小说的重彩油画的聚焦点，描绘了“我家”的后花园。第四章写“我”家，共五小节，除第一小节外，其余四小节的开头分别是：我家是荒凉的、我家的院子是很荒凉的、我家的院子是很荒凉的、我家是荒凉的。每个小节就是一个完整的言说序列。该章节，从“我家”的后面转到前面，以“一进大门”的正面视角为观察点，勾勒前院的整体格局，并按相应的空间顺序，逐一点出几户人家：养猪的、漏粉的、拉磨的、赶车的。第五、六、七章则是由景物转到人物，写出了团圆媳妇、冯歪嘴子、有二伯等一系列悲惨的故事。

第五章承接第四章对租住在西南角小偏房里，以赶车为职业的老胡家的介绍而来，写老胡家小团圆媳妇的悲惨命运。第六章写有二伯。本章节是《呼兰河传》“最像小说”的一章，它从小团圆媳妇，也就是第五章泼墨浇成的黑洞内部开始，将笔墨集中在滑稽中透着悲悯的灰色人物有二伯身上，以极大的耐心和顽强意志，筑造了一条灰色的过渡地带。有二伯既可厌又可怜的品质，恰好和他既住在“我家”，但又不是家庭成员的特殊位置，构成了内在呼应。以第六章的灰色人物有二伯为缓冲和过渡，形成了一片独立而稳定的区域。结尾处，有二伯因“绝后”而生的哭泣，顺势为全书最后一章，即第七章勾画冯歪嘴子一家——焦点是冯歪嘴子小儿子咧嘴一笑中露出的“小白牙”——的命运，营造好了势所必至的运笔方向。冯歪嘴子的两个孩子，“大的孩子会拉着小驴到井边去饮水了，小的会笑了，会拍手了，会摇头了。给他东西吃，他会伸出手来拿。而且小牙也长出来了。”“微微一咧嘴笑，那小白牙就露出来了。”《呼兰河传》到此结束。

【作者简介】

萧红（1911年6月1日－1942年1月22日），中国近现代女作家，“民国四大才女”之一，被誉为“20世纪30年代的文学洛神”。乳名荣华，学名张秀环，后由外祖父改名为张乃莹，笔名萧红、悄吟、玲玲、田娣等。1911年，出生于黑龙江省哈尔滨市呼兰区一个地主家庭，幼年丧母。1932年，结识萧军。1933年，以悄吟为笔名发表第一篇小说《弃儿》。1935年，在鲁迅的支持下，发表成名作《生死场》。1936年，东渡日本，创作散文《孤独的生活》、长篇组诗《砂粒》等。1940年，与端木蕻良同抵香港，之后发表中篇小说《马伯乐》、长篇小说《呼兰河传》等。1942年1月22日，因肺结核和恶性气管扩张病逝于香港，年仅31岁。

【作品简介】

《呼兰河传》是中国作家萧红创作的长篇小说。该作品于1940年9月1日见载于香港《星岛日报》，1940年12月12日，萧红于香港完成《呼兰河传》书稿创作，12月27日全稿连载完。该作品以萧红自己童年生活为线索，把孤独的童话故事串起来，形象地反映出呼兰这座小城当年的社会风貌、人情百态，从而无情地揭露和鞭挞中国几千年的封建陋习在社会形成的毒瘤，以及这毒瘤溃烂漫浸所造成的瘟疫般的灾难。文本中的“呼兰河”，它不是《呼兰府志》所记载的那条流动的呼兰河，而是一座在松花江和呼兰河北岸有固定地理位置的小城。

【创作背景】

萧红写作《呼兰河传》的时间是20世纪30年代末期，而《呼兰河传》故事发生的时间应该是20世纪10年代中期前后，那时，日军还未侵略中国。《呼兰河传》单本的创作，于1938年开始于武汉，1940年完成于香港。1941年底，萧红病危之际要求

骆宾基送她北上：萧红要回到家乡去。萧红曾计划写《呼兰河传》的第二部。

【思想主题】

《呼兰河传》叙述以“呼兰河”为中心场景的乡土人生的小城故事，展示的是“北中国”乡民的生存状态和精神状态，即20世纪10年代中叶前后小镇民众的生态与心态，是一曲国民灵魂改造的挽唱。

呼兰河小城的生存环境封闭窒闷，死气沉沉，除了老胡家的大孙子媳妇“跟人跑了”和有二伯提及的“俄国毛子”这一出一进外，基本上是与外界处于完全隔离的状态。这样偏远闭塞的生存环境必然带来小城物质生活的原始落后以及芸芸众生精神世界的愚昧麻木，而芸芸众生的精神麻木又反过来加剧了小城生存空间的封闭落后。二者互为因果，恶性循环。

【写作特色】

①叙述视角。《呼兰河传》有三重视角，一个是童真童趣的儿童视角——“我”，孩子看不清事件的内涵，于是产生了“陌生化效果”；一个是成年叙述者视角，叙述者是处在一种超然的境界，与小说中人物保持着距离；第三个是萧红视角，萧红视角是居高临下的，读者可能看不见她，但她随时会出来发议论，有时连议论也不发，但读者可以感觉到萧红的情感波动。

②散文化的叙述结构。《呼兰河传》第一、二章主要通过对呼兰城的风土与人情的叙述，展现出一幅大泥坑、跳大神、放河灯、野台子戏、四月十八娘娘庙大会等优美的画卷。第三、四章转换角度，写“我”在后花园的无虑的童年生活和对祖父的无限依恋。第六、七章则又分别以有二伯、小团圆媳妇和磨倌冯歪嘴子为主角讲述他们的悲惨故事。由于该作品并不立足于给某人立传，而是给作者记忆中的呼兰城立传，所以这七章都并无标题作为内在的逻辑联系，彼此之间独立，均可单独列章，且没有贯穿始终的故事情节，除了回忆的“我”外，连贯穿始终的人物也没有。

【主要人物及其事件】

“我”：“我”出生的时候，祖父已经60多岁，“我”长到四五岁，祖父就快70了。“我”是个天真、活泼、可爱、顽皮的孩子。“我”家住了五间房子，“我”站在街上，不是看什么热闹，而是心里边想是不是“我”将来一个人也可以走得很远。“我”想将来是不是“我”也可以到那没有人的地方去看一看。“我家的院子”里住着一群不是“我”家人的几家人：养猪的、漏粉的、拉磨的、赶车的，他们是没有自己的家宅，租“我”家的房子暂住的人。即便是随时要倒塌、破烂不堪的房间，因为租金便宜，也唱着歌斗胆住着。他们被父母生下来，没有什么希望，只希望吃饱了，穿暖了。但也吃不饱，也穿不暖。

有二伯：有二伯是长工，在“我”家一做就是30年，而且没有工钱，“我”家只提供有二伯食宿，所以工作30年，有二伯还是一无所有。有二伯是一个很古怪的人，他与周围的人格格不入，他喜欢和天空的雀子说话，他喜欢和大黄狗谈天。有二伯身处被奴役被蹂躏的地位，十分可怜，但他毫无觉悟，健忘自傲，是个活脱脱的东北阿Q。同是天涯沦落人，他对小团圆媳妇竟然没有一点同情，埋葬了小团圆媳妇之后，他连连夸赞“酒菜真不错”“鸡蛋汤打得也热乎”，欢天喜地如同过年一般，本来是个扛活的却偏偏喜欢别人叫他“有二爷”“有二东家”“有二掌柜的”。这个“二东家”不敢反抗真正的东家，只能对着绊脚的砖头发牢骚。

冯歪嘴子：他是个敢于打破封建传统规矩的奴隶。他勇敢地追求爱情和幸福，要争得做人的权利，力图改变自己的命运，表现出生的坚强和勇气。他敢于和王大姑娘自由恋爱结婚，是需要勇气和胆量的。冯歪嘴子任凭人们奚落，平静地生活着。冯歪嘴子这一个小人物没有过多的言语来强调自己的身份、地位，他知道自己最大的任务就是要解决生存的问题。

祖父：祖父是个慈祥、和蔼可亲、脾气好的人。他常常笑得和孩子似的。他是个长得很高的人，身体很健康，手里喜欢拿着个手杖。他又是一个慈祥、善良的人，遇到了小孩子，每每喜欢开个玩笑。在家里，“我”与祖父的关系最好，常常和祖父在后花园玩。

小团圆媳妇：一个仅仅12岁而被称作14岁的小姑娘；曾经“头发又黑又长，梳着很大的辫子”，曾经“看见‘我’，也还偷着笑”；说碗碟很好看，想坐起来弹玻璃球玩；一点也不害羞，坐得笔直，走得风快，吃饭就吃三碗等。她是一位健康、天真、活泼、单纯的小孩子。

【名家点评】

要点不在《呼兰河传》不像是一部严格意义的小说，而在于这“不像”之外，还有些别的东西——一些比“像”一部小说更为“诱人”的东西：它是一篇叙事诗，一幅多彩的风土画，一串凄婉的歌谣。《呼兰河传》作品中的磨倌冯歪嘴子是他们中间生命力最强的一个——强得使人不禁想赞美他。然而在冯歪嘴子身上也找不出什么特别的东西，除了生命力特别顽强，而这是原始性的顽强。

——中国现代作家、文学评论家 茅盾

【作品影响】

教育部新课标推荐书目。

备受鲁迅、茅盾、夏志清等名家赞誉——以女性的目光洞悉历史的真实，达到对现代文明以及国民灵魂的彻悟。

萧红短暂人生生涯的一部“回忆式”长篇小说——每个人都应该有一座萧红笔下的“后花园”，那里有故乡、亲人、往事，有让一个人走下去的勇气和力量。

【常考知识点】

1.《呼兰河传》是一部童心、诗趣的“灵感”长篇小说。

2.胡家养了个童养媳小团圆媳妇。

3.四月十八娘娘庙大会，也是无分男女老幼都来逛的，但其中最多的是（B）。

A.男子　B.女子

C.孩子　D.儿子

4.关于《呼兰河传》，正确的说法有（A）。

A.是一篇回忆体的小说

B.是成年的作者对童年生活的回忆

C.是生活在现代都市的作者对乡村生活的回忆

5.小团圆媳妇最终因用滚烫的热水洗澡而死，你觉得究竟是谁害死了小团圆媳妇?

封建礼教，封建迷信思想，人们的愚昧、麻木、残忍等。

6.《呼兰河传》这部小说的作者是萧红。

7.呼兰河除了一些卑琐平凡的实际生活之外，还有不少精神上的盛举，如跳大神、唱秧歌、放河灯。

8.《呼兰河传》是萧红在（B）写的。

A.呼兰河　B.香港　C.台湾

9.判断题。（正确的打“√”，错误的打“×”）

（1）二姑母的儿子小名叫“小兰”。（√）

（2）《呼兰河传》中祖父用黄泥裹起来烧了给“我”吃的是掉在井里的鸭子。（×）

（3）《呼兰河传》是萧红在呼兰河写的。（×）

（4）《呼兰河传》的作者萧红，原名张乃莹。（√）

（5）《呼兰河传》主要是作者回忆童年时和慈爱的父亲在一起时的快乐时光。（×）

5.文中“一切都是活了，都是自由的：要做什么，就做什么；要怎么样，就怎么样”，表达了作者什么样的思想情感?

表达了作者对自由自在、无拘无束的生活的怀念和向往。

《上下五千年》林汉达

名著导读

【主要故事】

①开天辟地的神话。②钻木取火的传说。③黄帝战蚩尤。④尧舜让位。⑤大禹治水。⑥神箭手后羿。⑦商汤和伊尹。⑧盘庚迁都。⑨姜太公钓鱼。⑩奴隶倒戈。⑪周公辅成王。⑫国人暴动。⑬骊山上的烽火。⑭囚车里的人才。⑮曹刿抗击齐军。⑯齐桓公九合诸侯。⑰愚蠢的宋襄公。⑱流亡公子重耳。⑲晋文公退避三舍。⑳弦高智退秦军。㉑崤山大战。㉒一鸣惊人的楚庄王。㉓伍子胥过昭关。㉔孔子周游列国。

【作者简介】

林汉达（1900—1972），著名教育家，文字学家，历史学家。著有《东周列国故事新编》《前后汉故事新编》《三国故事》《上下五千年》（与曹余章合著）和《不怕死的太史》等。

曹余章（1924—1996），现代作家，浙江宁波人，曾任上海教育出版社总编等职。著有《上下五千年》《一代名相诸葛亮》等。

【作品简介】

《上下五千年》是外文出版社出版的图书，为现代著名语言学家、教育学家林汉达所著，讲述了中国的史实，上至三皇五帝，下至辛亥革命，是一本集中国发展史、重大历史事件及名人简介为一身的优秀历史读物。作者选择重要和著名的人物和事件，根据史籍材料，加以组织和剪裁，用现代语言写出来，通俗易懂。中国是世界四大文明古国之一，约有五千年的历史渊源，所以“上下五千年”也就代指整个中国历史。

【创作背景】

1958年，林汉达在政治运动中受到冲击，受到不公正对待，被错划为右派。但他不愿白白地消磨时间，继续写了大量的书，他设想了一个大纲，要自己撰写五千年中国历史，可惜他于1972年去世，未能完成计划，只留下一个大纲，列了一百二十则题目，并写就了上古到东汉的一些重大事件、著名战役和著名人物，计五十多篇，共五万多字，离原先准备写到鸦片战争前的计划还有很大距离。

“文革”结束后，上海的少年儿童出版社相关人员慧眼识珠，将林先生的遗稿带回上海，筹划续写工作。这次，少年儿童出版社找到的续作者是曹余章。说是续写，但绝大部分要重起炉灶，因此曹余章也花了很多心血。经过他历时两年的艰巨努力，除了改写和补写了林汉达写的前两册（上古至东汉）外，还续写了三、四、五册，共二百三十八则故事。为了忠于历史，在选材的时候，曹余章查阅了许多史籍原著，包括正、续编的《资治通鉴》，二十四史有关纪传等。正史上没有的，也尽可能去找第一手材料，如写“成吉思汗”，用了第一手史籍《蒙古秘史》的材料；写《欧洲来客马可·波罗》，用了《马可·波罗游记》的材料。

这样，故事则数增加了近四倍，文字则增加到六十多万字，各册的体例、风格和文气等也都能保持一致，从而大体上实现了林汉达先生的遗愿。1985年他又做了一次修订，增加到二百六十三则故事，七十五万字，分上（上古至东汉）、中（三国至唐）、下（宋至清代前期）三册出版。

【思想主题】

本书是一本集中国发展史、重大历史事件及名人简介为一身的优秀历史读物。作者选择重要和著名的人物和事件，根据史籍材料，加以组织和剪裁，用现代语言写出来，通俗易懂。

【写作特色】

本书采用现代语言，通俗易懂。

【主要人物及其事件】

黄帝，大禹，姜太公，重耳，楚庄王，孔子等。

【名家点评】

为孩子选择课外读物，应该主要为孩子提供儿童书中的经典作品。……真正值得细读、精读的一定是那些历经岁月淘洗的出色儿童书。……比如林汉达、曹余章编著的《上下五千年》。

——《新民晚报》

出色历史启蒙读物《上下五千年》，会勾起几代人难忘的青春阅读记忆。……创造了历史普及读物写作的一个高峰。

——《文汇读书周报》

【作品影响】

1991年该书分精华版和平装版发行了第二版。受其影响和启发，有了相关读物《中华上下五千年》，继而又有了《世界五千年》少儿文学读物问世。但是，这些读物，不是真正意义上的历史书，不能和“通史”、断代史、中国史、世界史相提并论。

【作者小趣闻】

林汉达——民国文人风骨

记得有一次林汉达讲述美国林肯的“民有、民治、民享”三大口号，就曾发了一通感叹。他说，这三大口号非常美好，但在中国还行不通，中国还是大地主、大官僚们的大资产阶级的统治，还有帝国主义当“太上皇”，号称“民国”，老百姓连基本人权都没有，还谈得上什么其他的政治权利。

他先后请陶行知、邓初民、翦伯赞、胡子婴、李平心等民主人士、民主教授到学校来讲演。他们讲的几乎都是同一主题：只有政治民主化，教育事业才能得到真正的发展；只有停止内战，恢复和平，让人民安居乐业，教育也才有光明的前途；大学生不能埋头读书，要走出校门去，参加争取民主的运动。

【常考知识点】

1.《上下五千年》的作者是林汉达和曹余章。

2. 判断题。（正确的打“√”，错误的打“×”）

（1）鲧为了治理洪水，长年在外与民众一起奋战，置个人利益于不顾，“三过家门而不入”。他治水13年，耗尽心血与体力，终于完成了治水的大业。（×）

（2）齐桓公钓鱼愿者上钩。（×）

（3）舍：古时行军以三十里为一舍。退避三舍说的是晋文公的故事。（√）

（4）《上下五千年》语言晦涩难懂。（×）

《草房子》曹文轩

名著导读

【主要故事情节】

1962年的一天早晨，一个文弱沉默的女孩儿在白发苍苍的外婆的带领下，怯怯地走进了油麻地小学——那一片黄灿灿的草房子，也第一次走进了桑桑的视野——她们是来找桑桑的爸爸校长桑乔，想把女孩儿转到油麻地小学来读书，桑乔答应下来，从此，桑桑班上有了个名叫纸月的新同学。

纸月的到来，一开始就伴随着她的身世之谜，她的父亲则一直在窃窃议论中若隐若现……可纸月纤弱文雅、善解人意，很快便得到了老师和同学们的喜爱，而桑桑更是时常做出一些莫名其妙又引人瞩目的举动来。

这天，他突然心血来潮，穿着厚厚的大棉袄，在骄阳似火的操场上招摇起来，引起了众人的围观，正在得意之时，校园里出现了一道新的风景线，天生秃顶的同学秃鹤破天荒地戴着一顶白色的太阳帽走来了，大家的注意力一下子全被吸引了过去，满头大汗的桑桑反而被冷落在一边。接着，学校又开始为全公社文艺会演排练节目，纸月顺利地当上了女主角，而满怀信心的桑桑只充当了男主演的B角，A角偏偏又是桑桑一向不服气的班长杜小康。课间，杜小康拉着纸月在温习节目，秃鹤等人跟在一边凑热闹，眼热的桑桑存心捣乱，一把摘掉了秃鹤的帽子，挂在高高的大风车上，引起了一阵轩然大波，爸爸桑乔勃然大怒，吓得桑桑没敢回家，在芦苇中的小船上躲了一夜，结果，桑桑被取消了参加全区小学会操的资格。

被排除在会操行列外的还有秃鹤，原因是桑乔担心他那颗亮闪闪的秃头会影响会操队伍的整体形象，同病相怜的两个人只能在后山上远远地看着洋溢着欢声笑语的校园。

秃鹤长期以来被压抑的反抗性终于爆发了，他决然地占据了挂着大红幅的主席台，眼看上级领导就要到了，情急中，班主任蒋老师只好答应他参加会操，条件是必须戴上一顶帽子。会操开始了，油麻地小学整齐的动作博得了主席台上的频频点头，可校长桑乔终于没能笑到最后，队列中的秃鹤突然摘下帽子远远扔去，任他的秃头在阳光下滑稽地闪闪发亮，领操的女孩儿终于忍不住笑了起来，一时间，整个操场乱了起来，油麻地小学到底丢掉了连续两年的第一名。

秃鹤成功地还击了对他尊严的种种侵犯，可他付出的代价是同学们对他的进一步孤立。至于桑乔，他把为油麻地挽回荣誉的希望，全都寄托在文艺会演上了，可他的得意门生们在彩排中就被一片起哄声轰下台来，他们犯了一个小小的疏忽，演坏蛋杨大秃瓢的王小小竟有一头浓密的黑发！而王父又绝不同意儿子像囚犯一样剃个光头。无奈中，桑乔只好打起儿子桑桑的主意，可桑桑又坚决不演坏蛋，正在这时，柳暗花明，蒋老师发现了一张纸条，秃鹤主动要求担任这个角色。会演如期进行，秃鹤不负众望，一出场就博得了满堂喝彩！而油麻地的另一个节目，由蒋老师和村姑白雀演出的《红菱船》却被迫撤下，原因是白雀的父亲不让她跟暗中相恋的蒋老师见面。于是，桑桑充当起一个新的角色，为蒋老师和白雀姐传递书信。终于有一次，桑桑不慎丢失了白雀姐的回信，而这信偏偏又十分重要，因为白雀父亲正催逼她嫁给别人。热恋中的双方都在苦苦等待着对方的回音，可桑桑偏偏没敢说出事情的真相，于是猜疑和失望越来越浓，终于白雀被迫坐上了大红花轿，把绵绵遗憾沉甸甸地留在了桑桑童稚的心头。

一桩偶然事件让爸爸桑乔走进了故事的中心，阿恕当众一语，石破天惊！桑乔是纸月的爸爸！一直若明若暗的纸月身世之谜似乎水落石出了，只有桑乔自己心中依旧坦然，依旧一如既往地关照着孤女纸月。不久，纸月相依为命的外婆过世了，从此，纸月一如她悄然出现一样，又悄然从油麻地消失了。

杜小康家境富裕，又是班长，一直是桑桑明争暗斗的对象，最让孩

子们垂涎的是，他还拥有油麻地唯一的一辆旧自行车。这一天，连桑桑都没能抵抗住，跟杜小康在麦场上骑起了自行车，骑累了、饿了，两人便烧红薯吃，结果引起一场大火。翌日，当桑乔在全校大会上查找肇事者时，杜小康挺身而出勇敢地承担了全部责任，又一次无心地把桑桑置于悔恨交加的尴尬境地。

不久，杜家出了事，家道中落，杜父大病一场，杜小康含泪辍学，跟着病弱的父亲离开油麻地去放鸭子、摆小摊，在生活的艰辛与贫困中成熟起来，但他心里却时时刻刻都怀念着油麻地小学的桑桑。亲眼看见衣衫褴褛的杜小康在校门外摆小摊，桑桑心里很是难过，便偷偷把桑乔珍藏的奖品笔记本拿出来，为杜小康抄写课本。视荣誉胜过生命的桑乔不知就里，狠狠地揍了他一顿。一时间桑桑昏厥过去，其实桑桑真的病了，一场恶疾已悄然临身，使他也在同学们留恋的目光中离开了课堂。桑桑的病唤起了桑乔的舐犊之情，从此，这位好老师、好校长开始学着去做一个好爸爸，无论风里雨里，他背着儿子走遍城市乡村，求医问药，他发誓要让儿子的人生之路走得长长的……

上天不负有心人，终于，卖茶老人的一贴良药让桑桑生命之火重又燃烧起来。在中药店抓药时，桑桑意外地看见纸月被一个满脸慈爱的高个儿男人领上了远航船，桑桑认定，那男人一定是纸月真正的爸爸！他追叫着纸月，却又停下了脚步，眼看着那艘老轮船载着纸月和她的幸福走远了，这匆匆一瞥便是纸月给油麻地男孩桑桑留下的最后记忆……

【作者简介】

曹文轩，1954年1月出生于江苏盐城，中国儿童文学作家。1977年毕业于北京大学中文系并留校任教。任北京作家协会副主席，当代文学教研室主任、中国作家协会儿童文学委员会委员。

1991年，推出小说《山羊不吃天堂草》。1997年，出版小说《草房子》，并担任改编电影编剧。1999年，出版小说《根鸟》。2005年，推出小说《青铜葵花》。2016年4月

4日，曹文轩获“国际安徒生奖”，同年8月20日，曹文轩在新西兰领取国际安徒生奖，这也是中国作家首次获此殊荣。2017年3月31日，获得2016—2017“影响世界华人大奖”。2017年12月，凭借特殊文体长篇小说《蜻蜓眼》获得首届“吴承恩长篇小说奖”。

【作品简介】

《草房子》是作家曹文轩创作的一部长篇小说。作品中讲述了男孩桑桑刻骨铭心，终生难忘的六年小学生活。这六年，是他接受人生启蒙教育的六年。

小说的故事发生在油麻地，故事中通过对主人公桑桑刻骨铭心的六年小学生活的描写，讲述了五个孩子——桑桑、秃鹤、杜小康、细马、纸月痛苦的成长历程和油麻地的老师蒋一轮、白雀关系的纠缠。六年中，桑桑目睹或直接参与了一连串看似寻常但又催人泪下、感动人心的故事：少男少女之间毫无瑕疵的纯情，不幸少年与厄运相拼时的悲怆与优雅，垂暮老人在最后一瞬间所闪耀的人格光彩，在体验死亡中对生命的深切而优美的领悟，大人们之间扑朔迷离且又充满诗情画意的情感纠葛……这一切，既清楚又朦胧地展现在少年桑桑的世界里。这六年，是他接受人生启蒙教育的六年。

【创作背景】

“我的空间里到处流淌着水，《草房子》以及我的其他作品皆因水而生。”作家曹文轩如是说。曹文轩家住在一条大河边上，这是他最喜欢的情景，他在作品中不止一次地写过这个迷人的句子。“那时，我就进入了水的世界。一条大河，一条烟雨蒙蒙的大河，在飘动着。”流水汩汩，他的笔下也在流水汩汩。曹文轩的父亲做了几十年的小学校长，他的工作是不停地调动的，家随他而迁移，但不管迁移至何处，家永远傍水而立，因为，在那个地区，河流是无法回避的，大河小河，交叉成网，那儿叫水网地区。

那里的人家，都是住在水边上，所有的村子也都是建在水边上，不是村前有大河，就是村后有大河，要不就是一条大河从村子中间流过，四周都是河的村子也不在少数。开门见水，满眼是水，到了雨季，常常是白水茫茫。那里的人与水朝夕相处，许多故事发生在水边、水上，那里的文化是浸泡在水中的。可惜的是，这些年河道淤塞，流水不旺，许多儿时的大河因河坡下滑无人问津而开始变得狭窄，一些过去很有味道的小河被填平成路或是成了房基和田地，水面在极度萎缩。作者很怀念河流处处、水色四季的时代，他已经习惯了那样的湿润的空间。现如今，他虽然生活在都市，但那个空间却永恒地留存在了他的记忆中。于是曹文轩根据自己的亲身感受和经历，在1995年开始创作小说《草房子》。

【思想主题】

《草房子》是一个美好的所在，它让我们想起浪漫、温馨、遥远，想起浪漫的童话。当我们走近曹文轩为我们搭的《草房子》时，我们确实被这气息所弥漫。作者以优美的文笔，描写出已经离我们远去的小学生活，这种看似平常实则并不简单的生活，我们的时代未必经历过，但无疑我们都能体悟得到，那种发生在还未长大却向往长大的少男少女之间的纯真故事，有许多茫动，却也是必然。男孩桑桑刻骨铭心的经历，不幸少年与厄运抗争的悲怆，残疾少年对尊严的坚守，等等，在这所其实并不大的草房子里扑朔迷离地上演，给人以动人心魄之感，有时更会催人泪下。

《草房子》描绘了一幅人与自然和谐共生的美丽画面。首先扑面而来的是优美的田园风光。这里有水网密布，垣篱交错的江南水乡油麻地，有掩映在红色枫树中的金色茅草房，有开满百合花的大峡谷……通过风景描写营造了一个个具有梦幻感的和谐的美丽家园。乡野的纯美与宁静，散落在油麻地竹丛与夕阳下的那片金色的草房子，微风吹动艾叶哗啦哗啦的翻卷声，清风吹拂荷花飘散在空中的清香……这一切都充满了无尽的情趣与诗意。“草房子不是用一般的稻草或麦秸盖成的，而是用从三百里外的海滩上打来的茅草盖的。那些生长在海滩上的茅草受着海风的吹拂与毫无遮掩的阳光的曝晒，一根一根的都长得很有韧性。”“油麻地小学的十几幢草房子，似乎是有规则，又似乎是没有规则地连成一片。它们分别用作教室、办公室、老师的宿舍，或活动室、仓库什么的。在这些草房子的前后或在这些草房子之间，总有一些安排，或一丛两丛竹子，或三株两株蔷薇，或一片花开得五颜六色的美人蕉，或干脆就是一小片夹杂着小花的草丛。这些安排，没有一丝刻意的痕迹，仿佛是这个校园里原本就有的，原本就是这个样子。这一幢幢房子，在乡野纯净的天空下，透出一派古朴来。而当太阳凌空而照时，那房顶上金泽闪闪，又显出一派华贵来。油麻地的草房子美得精致、美得纯粹。”

【写作特色】

作品格调高雅，由始至终充满美感。叙述风格谐趣而又庄重，整体结构独特而又新颖，情节设计曲折而又智慧。荡漾于全部作品的悲悯情怀，在人与人之间的关系日趋疏远、情感日渐淡漠的当今世界中，也显得弥足珍贵、格外感人。通篇叙述既明白晓畅，又有一定的深度，是那种既是孩子喜爱也可供成人阅读的儿童文学作品。

《草房子》格调高雅，展现在许多个方面：一个诗化的主题、一些干净而优美的文字、心灵圣洁的女性形象、一种不同流俗的精神境界，但最主要的方面，却是风景。《草房子》的风景描写，不仅仅是美的调和剂，也是在展示一部自然的圣经。自然与人从根本上具有生命的同质性，甚至高于人的生命，它蕴藏着有关生存、灵性的大智慧，人的很多思想、行动皆是由自然的启发而生成。

【主要人物及其事件】

桑桑：桑桑是《草房子》这部小说贯穿始终的人物，他也是油麻地的见证人，很不幸，作家拿出了最大的苦难来考验他——但也许这反而是一种幸运，因为考验，桑桑才可能得到更多生命的领悟并成为本书的第一主角。桑桑这个人物，以及他的成长经历最能表现作者对情感、悲悯精神的诠释。他推动了蒋一轮与白雀爱的演绎；他对纸月关心并有着朦胧的感情；当众人都排挤秦大奶奶时，他没有；他是杜小康的竞争对手也是最懂他的人。他淘气又善良，鲁莽也细腻。当他得了一种怪病而面临死亡的威胁时，作品的情感内蕴也随之被推向高潮。

他参与的每一个画面都如此温情脉脉和感人：他帮细马看羊，端上一碗水送给一个饥渴的过路人；他甚至为羊为牛为鸽子为麻雀们做任何一件事情；他背着妹妹去古城墙上看风景、唱古谣，尽显可贵的兄长情；严肃的父亲背着他，四处求医，带着他酣畅淋漓地打猎，重拾起曾遗失的父爱；纸月跟随父亲远走他乡，留给他亲手刺绣的红莲书包。桑桑没有死，这种团圆式的结局并没有损坏精神上的崇高感，相反它使人油然而生出一种对生命的敬重和眷恋，对世间真情的渴望与珍惜。

秃鹤： 秃鹤是一个秃顶的孩子。随着日子的流逝，六年级的秃鹤感觉到了自己的秃顶是学生“戏弄”的对象，自尊心受到了伤害，秃鹤为此做出了反常之举：他用不上学来逃避同学异样的眼光；用生姜擦头希望在七七四十九天后长出头发来；用戴帽子的方法企图遮掩自己的秃头。当这些使自己陷入更“糟糕的境地”时，他索性在“广播操比赛”这样的重大日子里，把自己头上的帽子甩向了天空，导致全校的广播操失控，而错失了“第一”的荣誉，“就这样，秃鹤用他特有的方式，报复了他人对他的轻慢与侮辱”。“秃头”陆鹤坚守着人格的尊严，他在学校的文艺演出中活灵活现地出演角色得到了大家的尊重。

杜小康： 杜小康是油麻地首富之家的“天之骄子”，突然之间经历了家境的败落，在被迫辍学后，随父亲远走芦荡养鸭，放鸭失败后，他把五只很大的、颜色青青的双黄鸭蛋全部送给了桑桑。这五只鸭蛋，大概是他从大芦荡带回来的全部财富，而桑桑为了杜小康也把自己心爱的鸽子卖掉了，将钱统统给了杜小康帮助他渡过难关，两人之间的友谊纯洁透明、真挚无私。杜小康在杜家山穷水尽遭到灭顶之灾时，勇敢地站了起来，继承父业，在学校门口摆起了小摊。到最后成长为一个坚强的为家庭生计拼搏的男子汉，留给我们的是他成长中闪光的人格魅力。

细马： 细马是一个领养来的孩子，在一个陌生的世界里，他感觉到了被别人排挤，无法适应新的生活。他选择了逃避，拒绝和同学交谈，选择了与羊为伍，开始了放羊生活。当他能听懂当地的方言时，他用笨拙的“骂人和打架”的方法，希望得到别人的“招惹”，以泄他对在教室里读书的孩子们的嫉妒。在与邱二爷邱二妈的相处中，从最初的冲突排斥到最后与邱二妈相依为命，倔强的细马咽下委屈，当养父母家的房子被水淹没后在本可继承的房产荡然无存之时，毅然挑起了生活重担，立志为妈妈造一座大房子，俨然成长为一个独当一面的男子汉。

【名家点评】

这幅作品富有幽默感，我用一句话概括这幅作品：“水乡风情画，拳拳少儿心”。

——中国作协书记处书记、创联部主任　高洪波读《草房子》真正是一种享受，是一种文学的享受，艺术的享受，是一种真、善、美的享受。

——中国作家协会副主席 樊发稼

【作品影响】

曹文轩的经典长篇小说《草房子》自1997年面世之后，畅销不衰。各个版本累计印次已接近300次，被翻译为英文、法文、日文、韩文等。

《草房子》出版后曾荣获“冰心儿童文学奖”、中国作协第四届全国优秀儿童文学奖、第四届国家图书奖，并入选“百年百部中国儿童文学经典书系”。根据小说改编的同名电影同样引起轰动，获第19届金鸡奖最佳编剧奖、1998年度中国电影华表奖、第4届童牛奖以及影评人奖，还有第14届德黑兰国际电影节评审团特别大奖等。

【作者小趣闻】

“散漫”的曹文轩

在《肩上的童年》中，曹文芳用细致而温婉的笔触娓娓道出他们兄妹情深的往事。可是，她也有过委屈，有过误解，甚至有过怨恨。哥哥太严厉了，尤其是在文学创作上，对自己几乎没有什么实际的帮助，只是开书单，要她多读书。他们的父亲，是乡村小学的老校长，常常把文芳的作品交给曹文轩，交代说：“你给她看看。”曹文轩有的看了，有的甚至不看。他的口头禅是：“先放一放。”

父亲无法忍受曹文轩对小妹妹的“怠慢”，他恨不得早上把文芳的稿子交给曹文轩，晚上就能够发表。曹文轩是一个相对散漫的人，不论谁的稿子交给他，他都一贯表现出“不着急”的样子，总要拖到实在不好意思时才会去看，即便看了，也很少提具体的意见。

【常考知识点】

1.秃鹤的本名叫陆鹤，大家叫他秃鹤是因为他是秃头。

2.桑桑最喜欢的女老师是温幼菊，最喜欢的男老师是蒋一轮。

3.桑桑是油麻地小学文艺宣传队的胡琴手。

4.秃鹤所在的小村子，是个种了许多（A）的小村子。

A.枫树　　B.杏树

C.梨树　　D.桃树

5.油麻地小学因为（D）没有拿到会操第一。

A.桑桑　　B.杜小康

C.纸月　　D.秃鹤

6.《草房子》的作者是曹文轩，他是北京大学的教授。

7.《草房子》中有个热爱土地的秦大奶奶，她有两次落入学校边上的河水里，第一次是因为救乔乔，第二次是因为取水中的南瓜。

8.秃鹤的父亲给秃鹤擦（A）让秃鹤长出头发。

A.姜　　B.茶叶

C.醋　　D.土豆

9.桑桑是（A）的儿子。

A.桑乔　　B.温幼菊

C.蒋一轮　　D.邱二爷

10.判断题。（正确的打“√”，错误的打“×”）

（1）细马很喜欢放羊。（√）

（2）油麻地小学的老师交代各班同学不要去惹细马。（√）

（3）细马想离开油麻地，他就去把自己的户口迁出来了。（×）

（4）桑桑很喜欢听温幼菊唱的无词歌。（√）

（5）桑桑有撕纸的习惯，一个字没写好，就哗地撕掉。（√）

《我要做个好孩子》黄蓓佳

名著导读

【主要故事情节】

小学六年级学生金铃，是一个学习成绩中等，但机敏、善良、正直的女孩子。为了做一个让家长、老师满意的"好孩子"，她做了种种努力，并为保留心中那一份天真、纯洁，和家长、老师做了许多"抗争"。最后，她和同学们一起充满信心地走进升学考试的考场……小说艺术地展示了一个小学毕业生的学校、家庭生活，成功地塑造了金铃、于胖儿、尚海、杨小丽等小学生和妈妈、爸爸、邢老师等大人的形象，情节生动，情感真切，语言流畅，富有鲜明的时代特色和浓郁的生活气息，并能给读者以思考和启迪。

【作者简介】

黄蓓佳，女，1955年6月27日生于江苏如皋市，1982年毕业于北京大学中文系。历任江苏省外事办公室干部，省作协理事、副主席，中国作协第六、七届全委会委员。专业作家，1973年开始发表作品。1984年加入中国作家协会，文学创作一级。代表作品：《夜夜狂欢》《午夜鸡尾酒》《何处归程》《世纪恋情》《含羞草》等。2017年11月16日，她创作的

《童眸》获得2017陈伯吹国际儿童文学奖年度图书（文字）奖。

【作品简介】

《我要做好孩子》主要讲述了主人公金铃为了做个让爸爸妈妈和老师满意的“好孩子”做出了种种努力，并为保留心中那份天真、纯洁，向大人们做了许多“抗争”。这是一部适合少年儿童和家长、老师共同阅读的长篇小说。

【创作背景】

分数并不代表一切，更重要的是一个人是否有高尚的品质。一个人善良、诚实、无私、博爱，不论卑贱、不论成绩，他都是最优秀的好孩子！当然，对学习一样也要十分认真。作者旨在关注和探究小学毕业生的内心世界和生活状态。

【思想主题】

书中的主人公是一个成绩中等，但机敏、善良、正直的女孩子，她为了做个让爸爸妈妈和老师满意的“好孩子”做出了种种努力，并为保留心中那份天真、纯洁，向大人们做了许多“抗争”……

小说艺术地展示了一个小学毕业生的学校、家庭生活，情节生动，情感真切，语言流畅，富有鲜明的时代特色和浓郁的生活气息，并能给读者以思考和启迪。

【写作特色】

小说情节生动，情感真切，语言流畅，富有鲜明的时代特色和浓郁的生活气息，并能给读者以思考和启迪。

【主要人物及其事件】

金铃：金铃的主要特点是“自来熟”、马虎、胆小、丢三落四、好笑、好气、随随便便、大大咧咧、什么都不在乎、比上不足比下有余、不拘小节、散漫随便。老师、家长看到那些总结出来的马虎、丢三落四、随随便便等词语，肯定都觉得金铃是一个“坏孩子”，可是大家读一读作品，一定会改变你的思路，把金铃看成一个“好孩子”！

【作品影响】

这部小说曾获第五届宋庆龄儿童文学提名奖，第六届中宣部精神文明建设“五个一工程”奖，第六届江苏优秀图书特别奖，第四届全国优秀儿童文学奖，第十届全国优秀畅销书奖（少儿类）。这是一部适合少年儿童和家长、老师共同阅读的长篇小说。

【常考知识点】

1.教金铃六年级数学的是张老师，他喜欢扔粉笔头，所以学生都很怕他。

2.数学是金铃最不喜欢也是学得最不理想的学科。

3.金玲所在学区里最好的中学是外国语学校，以下依次是育才中学、第四十九中学、新华街中学。

4.金玲小时候学钢琴学怕了，她逢人就说最恨钢琴。

5.金铃的数学成绩提高的原因是奶奶给她学好数学的信心。

6.《我要做好孩子》的作者是黄蓓佳，主人公金铃是一个胖胖的、11周岁女孩，在新华街小学读六年级，她最大的特点是跟谁都能“自来熟”。

7.金玲的爸爸叫金亦鸣，是大学的副教授，他的家务能力很差，他对金铃的教育主张是任其自然发展。金铃的妈妈叫赵卉紫，她是杂志社编辑。

8.金铃的钢笔字很糟糕，作文写得妙语连珠。金铃最喜欢画美人，她最迷恋和崇拜的一套画书是《美少女战士》。

9.金铃最好的朋友是杨小丽，金玲的同桌是尚海，是个袖珍型的“男子汉”，他在班上以胆小著称，他曾经因为把6月28日说成是宣判日而被老师和家长批得狗血喷头。

10.金铃有一次数学没有考好，数学试卷是杨小丽的妈妈签字的。

《中国兔子德国草》周锐

名著导读

【主要故事情节】

爱尔安是个生长在德国的中国男孩，他和他的德国同学之间常常发生有趣的故事。

①初入幼儿园的时候，虽然对德语一窍不通，但他可以按照中国人的思路，将纸片上的小猴子认作“孙悟空”，而小猪就是“猪八戒”，自己贴画、编故事，很快打开了尴尬局面；每逢10月德国人过灯笼节时，他既唱德国歌，又唱中国童谣，还教小朋友们一起唱；他还曾给大家表演过写中国字、用筷子夹积木……

②在幼儿园玩积木时，娜塔丽一次又一次拿走爱尔安·顾的积木，她以为他一定会大叫并抢回去，否则就“不像个男孩子”。可是爱尔安·顾却想，男孩应该让着女孩，这才像个男孩。这种大度、忍让正是中华民族的处事方式，但这不等于软弱可欺。当幼儿园的男孩子亚历山大兄弟欺负弱小的希腊男孩格奥格时，“爱尔安夺走了树枝，并把它扔在地上……第二天，亚历山大带着尼可来拜爱尔安做师傅”，“爱尔安要求他们答应不用这‘功夫’欺负人”。爱尔安·顾在强势面前的正气和义勇具有中国古代侠客、英雄的风范，而他的“少林功夫”更是名副其实的中国功夫。

③当加入童子军的宣誓仪式结束后，教员齐默曼找到爱尔安说：“我注意到，在宣誓的时候，你没有读出全部誓词。”爱尔安低着头说：“我很愿意像何家麟那样参加童子军

野营，但我还没准备好是信菩萨还是信上帝，如果我心里不信，嘴上却说了，这就是不诚实，也不符合童子军想的说的和做的都一致的规章。”齐默曼很欣赏爱尔安·顾的诚实，欣赏他敢于说真话的勇气，这也正是爱尔安·顾性格的闪光点。

【作者简介】

周锐，1953年生，中国作协会员。已出版专著《周锐童话选》《爸爸的红门》《天吃星下凡》《希尔做猫的师傅》《锯子与手风琴的合奏》等六十多部。获奖八十多项，包括第二、三届全国优秀儿童文学奖，新时期优秀少年文艺读物一等奖，第四、五届宋庆龄儿童文学奖，台湾1994年和1998年的“好书大家读”年度少年儿童读物奖等。

周双宁，现定居德国汉诺威市。曾在《长江日报》、华夏文摘网站等处发表过散文，并应邀为国内出版社撰稿。有个人站登载自己的散文、诗歌及长篇小说等各类作品。

【作品简介】

爱尔安是个生长在德国的中国男孩，他和他的德国同学之间常常发生有趣的故事。戴维过生日最怕表哥来做客，爱尔安就带了四件恶作剧玩具去助戴维一臂之力；一个叫狼的美术教师让学生填写可疑的表格，几个男生立刻展开追踪调查；按照惯例，高中生可以在毕业典礼上任意地捉弄校长、老师；上政治课时，老师让学生自由组织党派，男生和女生间便开始了一场激烈的竞选大赛……

【创作背景】

著名作家兄妹跨国合作的倾情之作！这是一部以“国际合作”的形式完成的作品。一个在德国汉诺威出生并长大的中国男孩爱尔安，他的故事被妈妈通过电子邮件讲述给国内的舅舅周锐，而这个舅舅是一个大名鼎鼎、著作等身的作家，于是，就诞生了独特而有趣的《中国兔子德国草》的故事。

【思想主题】

这是一部从中国人的视点反映西方儿童生活的小说，在一幅幅有趣

的儿童生活画面中折射出东西方文化的异同和碰撞。

【写作特色】

书名《中国兔子德国草》是个明朗的比喻，表明了整本书是讲述同一个地球上截然不同的两种国度下的成长的差异和丰富，是一本很有意思同时又是充满意义的成长小说。它是坦诚、新鲜和俏皮的，是作家周锐通过独特的合作和特别的方法来运行他的想法，一个对所叙述的生活完全陌生的叙述者的视角和一个站在母亲角度的叙述还原的角度，这样的写作双打与其说是一种创造性的介入，不如说更可以形成一种创造性的化学反应，不仅更敏锐细致地呈现出成长故事绵密的质感，还表达出很出人意料的丰富的言外之意，也许这恰恰是一个“只缘身在此山中”的直接的叙述者所不具备的。

【主要人物及其事件】

1.成绩优异、助人为乐的爱尔安。

2.胆小的戴维。

3.时常欺负同学的亚历山大兄弟。

【作品影响】

这本书为国人了解西方少年儿童生活打开了一个窗口。

【作者小趣闻】

不断探索未知世界

周锐从来不是一个凝滞、保持的人，相反他的笔触总是在不断地流动变换，好像越陌生越新鲜的题材领域越能激起他的全部叙述的灵感和能量。外甥生长在德国，于是周锐有了用E-mail向妹妹周双宁搜集素材，将外甥的许多有趣故事写成一本书的念头。这本书不用传统的故事结构，而是每章定一个“话题”，比如男生女生，老师，玩，等等，由妹妹围绕话题提供素材。

【常考知识点】

1.《中国兔子德国草》的作者是周锐。

2.《中国兔子德国草》的主人公是爱尔安。

名著导读

【收录故事】

1.红雨伞·红木屐

2.疯狂绿刺猬

3.星虫

4.妖湖传说

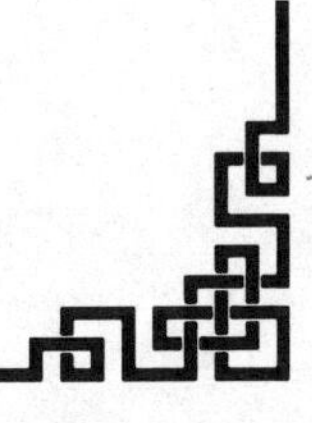

【作者简介】

彭懿，中国作家协会会员，现为上海少年儿童出版社编辑。著有优秀幻想文学理论专著、长篇幻想小说、摄影集以及译著多部优秀作品。

【作品简介】

这是彭懿第一部幻想小说自选集，目的是要在不知不觉中把读者引入一个非现实的世界之中。而且，它不再是一个单纯、美丽的故事了，它拥有了童话所不能比拟的深刻与内涵。

【创作背景】

作者在写了十多年童话之后，认为童话写得有点泛滥了，于是停下笔开始了漫长的寻找，寻找可以写作一生的体裁。这番寻找持续了八年时间，这八年内作者一字未写，作者终于寻找到一种全新的文学样式，就是幻想小说。

【思想主题】

这本《红雨伞·红木屐》以天马行空的想象力构筑了一个色彩奇幻的世界：一个穿着红色木屐的小姑娘，她的红木屐像是一对在田埂上翩飞的蝴蝶。故事有点神秘的气氛，但却传达着对爱的追求，打开这本书就像打开了另一个世界。

【写作特色】

本书以丰富的想象力取胜。

【主要人物】

1.妙子

2.阿木

3.奶奶

4.外婆

5.弟弟

【作品影响】

小学六年级必读书目。

【常考知识点】

1.《红雨伞·红木屐》的作者是彭懿。

2.“我”在新宿地铁口，遇到了一个老婆子，她撑着一把红纸伞，立在雨水中。

我冲出新宿地铁口，一头扎进漫漫的雨雾中。蓦地，一滴璀璨灼了我的眼：只见前头摩天大楼的峡谷之间，飘浮着一粒猩红色的亮点。走近了，挪掉雨水，才看清楚是一位白发飘飘的老婆子，撑着一把红雨伞，立在雨水中。

我与她擦肩而过的时候，听到她在伞下喃喃地说：“今天是妙子回家的日子……”夏季的雨水已经漫过她的脚踝。

《魔法学校》葛竞

名著导读

【主要故事情节】

《魔法学校1——小女巫》：魔法学校开学了，那可是一所神秘好玩的学校。米楠遇到了骑在扶手上的老师，坐在潜水艇里参观校园。教室是一艘沉船，学生们在鱼缸里上生物课。这里还有奇怪的向日葵、打呼噜的枕头……在静悄悄的深夜，半透明的精灵从镜子里悄无声息地钻出；在繁华的街道上空，一对巨大的黑色翅膀缓缓张开，滑翔而过……就在你打开这本书的时候，奇妙的事情正在发生！

《魔法学校2——三眼猫》：米楠破坏了魔法学校不许在校外使用魔法的规定，莫名其妙的怪事接二连三地发生在他身上。电视机里蹦出来一个尖耳朵的主持人，认定米楠会成为伟大人物，并把他卷入一场巨大的阴谋。米楠时常在夜里被怪梦困扰，莫名其妙地施展一些可怕的魔法，他的身体里仿佛隐藏着一头邪恶的怪兽……魔法学校里流言纷飞，这一切都与神兽三眼猫有关！

《魔法学校3——影子面具》：在一个神秘的地方，有一座迷城。男生楚风在一个叫小甜头大侠的小怪物的带领下，进入了魔法学校。楚风的到来在魔法学校引起轩然大波，他似乎跟一个神秘人物——影子王子之间存在着千丝万缕的联系。法力无边的影子王子，是黑暗军团的首领，曾经是魔法学校优秀的学生之一，现在却成了魔法学校的死对头。影子王子期望借助楚风的力量，让他的生命和影子帝国复苏……

《魔法学校4——禁林精灵》：魔法学校旁边的禁林里生活着你从未见过的精灵兽，像比目鱼一样不分开的虎符兽，能制造幻象的魔鼠，像孔雀一样美的罗刹鸟，长着羽毛、号称森林之王的羽蛇……魔法学校的学生们按照惯例每年都要进入禁林寻找失踪的女生蓝牙，迎接米楠他们的将会是希望还是毁灭？

《魔法学校5——黑翼之谜》：新学期一开始，魔法学校里就怪事连连，好像有种神秘力量在四处捣乱。米楠误打误撞闯进了“恐怖之屋”，莽撞地翻开画着奇异符号的大书，一个神秘影子从书里跑了出来……真正的灾难接连不断：朱格格莫名其妙地消失在浓雾里；同学们遭到了邪恶白光的袭击，全都变成石头雕像；米楠和伙伴更被剧毒的库度蜂和巨螯虫围攻；那个神秘的影子就是传说中的黑翼，他拥有无比强大的魔力……魔法学校陷入巨大的危机。

《魔法学校6——精灵宠物店》：不起眼的女生朱格格意外地参加了一次妖精的舞会，得到了一只从鸡蛋似的蛋壳里面孵化出来的宠物小猪。这只蛋猪儿竟然会强大的魔法，可以满足朱格格的各种美丽愿望。

可是随着小蛋猪儿的出现，灾难也随之降临。一个来自妖精世界的全副武装的猎人带着凶猛的大狗正在到处追杀蛋猪儿，为了抓住它，甚至把朱格格的爸爸妈妈也抓去了妖精的世界！为了救出爸爸妈妈，朱格格勇敢地来到妖精的世界……

《魔法学校7——精灵守护神》：魔法学校又开学了！有一位魔法学校的学生设计了一种可以让时间静止的金钟，它威力巨大，若落入坏人手中后果不堪设想，因此被封存。没想到校长的女儿却盗走了它，结果引出了静止世界里的邪恶的乌侠……

《魔法学校8——雪狼魔之谜》：魔法学校来了两个陌生人，那是神秘的猎人艾烈和男孩蓝羽。蓝羽是猎人从巨兽雪狼魔口中救回的男孩，蓝羽的父亲也在那场遭遇战中失踪了。雪狼魔是传说中可怕的怪兽，外形是狼，魔力高强，人们都说他凶猛残暴，是人类的死敌。雪狼魔逐渐逼近学校，甚至入侵校园……学校陷入巨大的危机。

【作者简介】

葛竞，女，出生于1977年，北京人，毕业于北京电影学院文学系，现供职于北京电影学院动画学院。中国作家协会会员，中国作家协会第六次全国代表大会最年轻的代表。

受父亲影响，她9岁开始发表作品，迄今已发表小说、童话、电影剧本、动画片脚本等三百余篇（集），两百多万字。出版有长篇童话和短篇童话集二十余本，近两年创作的《魔法学校》《禁林幽灵》《怪虫危机》《三眼猫》等作品深受小读者的欢迎和喜爱。曾为中央电视台、北京电视台撰写电视剧和动画片脚本。其作品多次获奖，童话集《肉肉狗》获台湾杨唤儿童文学奖评审委员会奖，童话《钟的生日》获陈伯吹儿童文学奖。《人民日报（海外版）》《北京日报》《北京晚报》《北京青年报》《羊城晚报》《中国少年报》《中华英才报》《女友》等报刊曾对葛竞的事迹予以报道。《快乐家教方案——女生葛竞成长历程》一书介绍了平凡女孩葛竞的不平凡，诸多媒体予以转载。

【作品简介】

《魔法学校》系列书包括：《魔法学校1——小女巫》《魔法学校2——三眼猫》《魔法学校3——影子面具》《魔法学校4——禁林精灵》《魔法学校5——黑翼之谜》《魔法学校6——精灵宠物店》《魔法学校7——精灵守护神》《魔法学校8——雪狼魔之谜》，这是一段不期而遇的奇妙故事，一段充满奇幻色彩的校园传奇。这是一场想象力大冒险，故事中到处充满悬念、好奇、冒险与刺激。

《魔法学校》是作者葛竞的第一部长篇小说。在中国地图上没有标出来的地方发现了一间魔法学校，它是一个充满神奇魔力的乐园童话：校长骑着飞翔的自行车悠来荡去；老师能把教室变成超级大鱼缸，学生们在水缸里上生物课；浇花的老头不用水管，而是用大大小小的雷雨云对准花圃花盆放水，分毫不差；每个宿舍根据需要，可以变成一艘潜水艇，开出去巡游变成水城……葛竞的魔法学校从轻松的幻想走向诡异的魔幻色彩，吸引了越来越多的魔法迷们到此修炼。

【创作背景】

作者葛竞创作《魔法学校》的时候，J.K.罗琳也还在构思着《哈利波特》的故事。那年，灵感来自一个小鱼缸。当时葛竞读高三，正戴着眼

镜深陷高考前的题海。她看着小鱼儿自由地游来游去，吐着泡泡，可真是羡慕。于是，一个灵感也冒着泡泡跑进了她的心里——要是能到鱼缸里上一堂生物课该多好玩！就这样，高考之后，她把这个灵感变成了笔下的作品，《魔法学校小女巫》就这样诞生啦！

20年过去了，葛竞已经是北京电影学院的副教授，《魔法学校》的故事也从一本写到了第八本——《魔法学校——雪狼魔之谜》。

【思想主题】

这是一部关于“爱”的作品，引导孩子深刻理解亲情、友情与师生情，给予孩子向上、向善的生命力量。

作者将爱与正义、善与真情这些对于儿童来说抽象又难懂的情感品质在轻快的叙述中予以暗示，引导儿童认识自己、审视世界、领悟人性的真谛。

【写作特色】

作品大胆的想象营造出充满灵动色彩的幻想空间，极具质感却不失幽默的文字传达出的是引人深思的心灵启迪，故事充满张力，读起来欲罢不能。新版精心设计问答题，让孩子在阅读后学到更多的知识。

【主要人物及其事件】

米楠：成绩中等，勇敢，讲义气，虽然有时“勇气大于智慧”把自己陷入危险中。

白依：美丽又有智慧，身材高挑，当之无愧的魔法学校校花。

汪小旺：成绩很好，长着一张“囧”脸，戴一副小圆眼镜。

丁立立：高个子帅哥，是个运动健将，成绩不太好，魔法班体育委员。

蓝羽：又酷又帅，冷静沉默，机警，有决断力，倔脾气一上来，十头牛也拉不回来。

金童童：搞怪小霸王，坏蛋会魔法，比妖怪都可怕。

【作品影响】

《魔法学校》融合侦探、推理、科幻、探险小说的综合元素，丛生的悬念、饱满的高潮、绮丽的幻想，使作品呈现出独特而饱满的文学风貌。穿插精美配图，可读性强，激发孩子们的想象力与创造力，培养坚毅勇敢的性格。《魔法学校》不仅是一套艺术性极高的儿童文学佳作，更是一部有助于少儿性格养成与情绪管理的实用读物。全国多地学校推荐阅读，畅销二十年，销量过百万册，被誉为中国的《哈利·波特》。

【常考知识点】

1.《魔法学校》的作者是葛竞。

2.《影子面具》中，楚风是主人公。

3.朱格格有个偶像，他的绰号是影子王子。

4.蔷薇会使用易容术魔法。

5.招风耳和他的弟弟伤害了一对虎符兽。

6.朱格格在“怪物舞会”上遇到了（ A ）。

A.小北　　B.黑弓猎人　　C.爸爸妈妈

7.（ B ）把楚风送去了魔法学校。

A.老师　　B.小甜头　　C.女巫

8.楚风和蔷薇在黑暗的下水道里发现了一个（ A ）。

A.图书馆　　B.游乐园　　C.地下仓库

9.通向紫色房间的门上有（ C ）的图案。

A.光明世界　　B.动物马戏团　　C.精灵马戏团

10.判断题。（正确的打“√”，错误的打“×”）

（1）黑弓猎人的计划成功了。（ × ）

（2）朱格格在紧急情况下将植物种子吞进肚子里了。（ √ ）

（3）白啦啦有翅膀。（ × ）

（4）大吼哇是游乐场管理员。（ × ）

（5）汪小旺进入了紫色房间。（ √ ）

（6）黏黏是一位记者。（ √ ）

（7）张校长骑的是汗血宝马。（ × ）

（8）哇呜女巫把罗刹鸟送给了楚风。（ √ ）

（9）红羽和银闪在苏醒青铜面具时，是小甜头在捣乱。（ √ ）

（10）朱格格有会跳舞的头发。（ × ）

《白棉花》莫言

名著导读

【主要故事情节】

1973年，我和方碧玉一起到离我们家二十里的棉花加工厂里去干季节性合同工。这是个美差。我能去棉厂是因为我叔叔在那厂里干会计。方碧玉能去棉厂，是因为她已成为我们大队支部书记国家良的那个疤眼儿子国忠良的未婚妻。那年我十七岁，方碧玉二十二岁。我们怀揣着大队里的证明信，背着铺盖卷儿，走出了从未离开过的村庄，踏上了通往县棉花加工厂的车马大道。支部书记的疤眼儿子国忠良像个跟屁虫一样跟在我们背后。他完全有理由跟在我们背后，因为他是方碧玉订了婚的未婚夫。在我们那儿，订婚契约似乎比盖着大红印章的结婚证书还要重要。我不清楚国忠良准确的年龄，估计将近三十岁吧。我恨这个家伙，我几乎把他看作了我的情敌，当然，这字眼既抬举了他也抬举了我自己。我用仇恨的目光斜视着这个身躯高大、俨然一座黑铁塔似的我们村的第一太子。他脸上布满了青紫的疙瘩、马牙、驴嘴、狮鼻、两只呆愣愣的大眼，分得很开，眼皮上有一堆紫红的疤痕，据说是生眼布子落下的。离村已有五里远了，他还没有丝毫回去的意思。方碧玉突然站住，半侧着身子，眼睛注视着路边那些生满了毒虫的疤瘌平柳树，像木头一样用木头般的声音说："你甭送了。"国忠良血液猛然上冲，脸皮变紫，眼皮上那堆肉杂碎变得像成熟的桑葚。他那两只小蒲扇一样的大手下意识地搓着崭新的灰布制服，口唇扭动，发出一些吭吭哧哧的声音。

"你回去吧。"方碧玉说。

"俺……俺娘……俺爹……让俺往远里送送你……"

"回去跟你爹娘说，让他们放心。"方碧玉大步向前走去。

我有些同情地看一眼还在搓衣裳的国忠良，尾随着方碧玉往前走。我甚至无耻地说："忠良大哥，碧玉姐让你回去，你就回去吧。"

昨天夜晚的情景如同翩翩的蝴蝶飞到我的眼前。我家那只芦花毛公鸡学母鸡叫，好运气降临，我的福气逼得家禽都性错乱。爹对我说："支书终于开了恩，放你去棉花加工厂了。吃过晚饭你到支书家去趟，说话小心点，别惹他老人家生气。站着，让坐你也别坐。听仔细了没有？"

我牢记着爹的话，衣袋里装着母亲给我的十个鸡蛋，忐忑不安地往支书家走。十个鸡蛋，让我心疼。支书家的黑狗猛扑上来，吓得我丧魂落魄，紧贴在墙边。是国忠良吆喝退了黑狗，并把我引进了他的家。玻璃罩子灯明亮。支书盘着腿坐在炕上，像一尊神秘的大佛。我喉咙发紧，说话不利索。支书睁开眼，轻蔑地打量着我，使我小肚子下坠，想蹲茅坑。"俺爹说你……叫俺……"我说着看到他摆摆手说你坐下吧，果然是嗓音洪亮，犹如洪钟。老人们说有大造化的人都是声若洪钟。我忘了爹的嘱托，支支吾吾地坐在一把木椅子上。支书说，小子，看在你叔的面子上，我放你一马。我感激不尽，胡乱点头。你们家出身老中农，四七年你家门上贴过封条，你知道吗？你堂叔四七年逃窜到台湾你知道吗？我吓得直冒冷汗。支书说，看在你叔面子上放你一马，我能放你出去就能揪你回来，你不要忘了姓什么！我连连点头。支书说，方碧玉跟你一起去。她是什么人你知道吗？知道就好，你看着她，有什么情况立即回来跟我说，她出了事我找你。我夹着尾巴逃回家，裤裆里湿漉漉的，衣袋里黏糊糊，十个鸡蛋碎了八个。母亲痛骂我，并抡起烧火棍敲打我的头颅。爹宽宏大量地说：算了，别打了，明天他就要去棉花加工厂了。

我竟成了国支书派到方碧玉身边的坐探，真卑鄙。他哪里知道我早就迷恋上了方碧玉。

一只碧绿的蚂蚱落到国忠良裤腿上，裤子也是新的。这个高大魁梧的男人满脸哭相，跟着我们往前走。我距离方碧玉五米远，他距离我五米远。我离方碧玉近，他离方碧玉远。

我暗暗得意。我插在了这一对未婚夫妇之间。道路两边全是一望无际的棉田，经霜的棉叶一片深红，已经有零星的棉桃绽开了五瓣的壳儿，吐出了略显僵硬的白絮，新棉就要上市了。我再不要弯着腰杆子摘棉花了。方碧玉也一样。她穿着一身学生蓝色的军便服，我认为穿着这身衣服她英俊而潇洒，像个知识青年，只可惜衣兜盖上没别上一支钢笔，否则会更像。就那样保持着距离又走了一会儿。方碧玉又一次站住，等到我和国忠良磨蹭到身边，她说："回去问问你爹娘，要是不放心就弄我回去。"

国忠良脸上的变化同前次一样，手的动作也一样。终于他说："那你……走吧……俺爹说，你在他手心里攥着呢，他能弄你出来，也能弄你回去。"

我看到方碧玉一脸激动的表情。她什么也没说，转身就走，果然是自小习练武功的腿脚矫健，腰肢灵活，仿佛全身都装着轴承和弹簧。

我紧着腿脚追赶方碧玉，累得气喘吁吁、浑身臭汗。后来我一回头，发现国忠良还站在那儿，一定是目送我们，阳光照耀着他，使他通体发亮。

为什么一表人才的方碧玉会跟疤瘌眼子国忠良订婚？对此村里传闻很多，有说方碧玉的爹要攀高枝。有说方碧玉要借机跳出农村。有说方碧玉早就被支书睡了，老支书为子辛劳，等等。这些流言蜚语不可不信也不可全信。方碧玉要嫁给国忠良，对我是一个沉重的打击又似乎无所谓。我沉浸在离开农村进工厂的巨大幸福中，尽管是临时工，季节工。

【作者简介】

莫言，原名管谟业，1955年2月17日出生于山东省高密市东北乡文化发展区大栏平安村，中国作家协会副主席、2012年诺贝尔文学奖获得者，亦是第一个获得诺贝尔文学奖的中国籍作家。1981年开始发表作品《春夜雨霏霏》，1984年因《透明的红萝卜》而一举成名。1986年，在《人民文学》杂志发表中篇小说《红高粱家族》引起文坛极大轰动。1987年担任电影《红高粱》编剧，该片获得了第38届柏林国际电影节金熊奖。2011年凭借小说《蛙》获得茅盾文学奖。2012年获得诺贝尔文学奖，获奖理由是：通过幻觉现实主义将民间故事、历史与当代社会融合在一起。2013年担任网络文学大学名誉校长。2014年12月，获颁香港中文大学荣誉文学博士学位。2016年12月，当选中国作家协会第九届全国委员会副主席。2017年11月，莫言获香港浸会大学荣誉文学博士学位。同年12月，凭借作品《天下太平》，获“2017汪曾祺华语小说奖”中的短篇小说奖。

莫言因一系列乡土作品充满“怀乡”“怨乡”的复杂情感，被称为“寻根文学”作家。据不完全统计，莫言的作品至少已经被翻译成40种语言。

【作品简介】

年仅17岁的农村青年马成功，一直迷恋着大他几岁、年轻貌美、正直勇敢、身手不凡的青年女子方碧玉。他们有幸一起离开棉田，来到向往已久的棉花加工厂，结识了多才多艺、风流多情、自命不凡的青年才俊李志高；复员军人孙禾斗；社会垃圾“铁锤子”；干部子女孙红花等人，由此开始了一段崭新忙碌的生活和一段不同寻常的爱情故事……

【创作背景】

由于童年大部分时间在农村度过，莫言自谓一直深受民间故事或传说所影响，故乡高密的一景一物正是他创作的灵感泉源。小时在乡下流传的鬼怪故事，也成为莫言许多荒诞小说的材料。

【思想主题】

《白棉花》通过对苦难时期一代农村青年在爱欲、尊严面前不懈抗争的新写实性书写，深入地挖掘了一个极端年代所引发的不可承受的生命之重、社会之痛。

【写作特色】

以斑斓的色彩，新奇的感觉，丰厚而独特的意象，推出一个类似于马尔克斯的马孔多小镇的高密县东北乡的艺术世界，以至有的评论家评论说，莫言就是中国的加西亚·马尔克斯。对乡村生活的记忆是莫言许多文学作品的素材和背景。

【主要人物及其事件】

方碧玉：自幼与书记愚劣的儿子定亲，后爱上沉默又强悍的李志高，当马成功被同事欺负时，还替他出头，用拳脚修理恶徒，十足是刚柔并济的女中豪杰。

马成功：心中暗恋方碧玉很久，却一直因为她较年长，且有婚约在身，羞于启齿。

李志高：与方碧玉在棉花厂偷情，后抛弃方碧玉与厂长女儿结婚。

【作品影响】

依从内心情绪的流淌和对理性的服膺，将历史的高度与人性深度诉诸娴熟的叙事中，既显示了生活原生态又洋溢着诗意浪漫，既是高度写实又闪耀着理想光芒，既苍凉悲慨又弥漫着青春激情。

【常考知识点】

1.莫言，原名管谟业，2011年凭借小说《蛙》获茅盾文学奖，2012年获诺贝尔文学奖。因一系列乡土作品充满“怀乡”“怨乡”的复杂情感，被称为“寻根文学”作家。

2.以下作品中，（D）不是莫言的作品。

A.《蛙》　B.《红高粱》　C.《白棉花》　D.《骆驼祥子》

3.《白棉花》一书中，方碧玉是主人公，她有情有义，不畏强权，敢爱敢恨，但她的一生是悲惨的。

PART 02
第二部分

世界文学名著

《简·爱》

夏洛蒂·勃朗特

名著导读

【主要故事情节】

简·爱是个孤女，她出生于一个穷牧师家庭。出生后不久，简·爱的父母相继去世。幼小的简·爱被寄养在舅父舅母家里，舅父里德先生去世后，简·爱过了10年倍受歧视和虐待的生活。舅母把她视作眼中钉，并把她和自己的孩子隔离开来，从此，她与舅母的对抗更加公开和坚决了，以致她被送进了罗沃德孤儿院，孤儿院教规严厉，生活艰苦，院长是个冷酷的伪君子。简·爱在孤儿院继续受到精神和肉体上的摧残。由于恶劣的生活条件，孤儿院经常有孩子病死，她最好的朋友海伦不幸患肺结核去世。海伦去世后孤儿院的环境有了很大的改善，简·爱在新的环境下接受了六年的教育，并在这所学校任教两年。由于谭波尔小姐的离开，简·爱厌倦了孤儿院里的生活，登广告谋求家庭教师的职业。桑菲尔德庄园的女管家聘用了她，庄园的男主人罗切斯特经常在外旅行，她的学生是一个不到10岁的女孩阿黛拉·瓦朗，罗切斯特是她的保护人。一天黄昏，简·爱外出散步，邂逅刚从国外归来的主人，这是他们第一次见面。以后她发现她的主人是个性格忧郁、喜怒无常的人，对她的态度时好时坏，整幢房子沉郁空旷。

【作者简介】

夏洛蒂·勃朗特（1816—1855），英国女作家，她与两个妹妹，即艾米莉·勃朗特和安妮·勃朗特，在英国文学史上有“勃朗特三姐妹”之称。夏洛蒂1816年生于英国北部约克郡的一个乡村牧师家庭。母亲早逝，八岁的夏洛蒂被送进一所专收神职人员孤女的慈善机构——柯文桥女子寄宿学校。15岁时转入伍勒小姐的学校读书，并于几年后在此学校当教师。夏洛蒂后来曾做过家庭教师，但最终投身于文学创作的道路。1847年，夏洛蒂·勃朗特出版长篇小说《简·爱》，轰动文坛。1848年秋到1849年，她的弟弟和两个妹妹相继去世。在死亡的阴影和困惑下，她坚持完成了《谢利》一书，寄托了对妹妹艾米莉的哀思，并细致描写了英国早期自发的工人运动。此外，夏洛蒂还有作品《维莱特》（1853）和《教师》（1857），这两部作品均根据其本人生活经历写成。

【作品简介】

《简·爱》是一部具有自传色彩的作品。作品的主人公简·爱是个孤儿，她心地纯正，感情真挚，善于思考，个性倔强。她敢于反抗各种卑鄙邪恶的行为，敢于表达自己强烈的爱憎，敢于捍卫自己独立的人格和尊严。作者通过对她少年时代寄人篱下的生活与寄宿慈善学校的不幸经历的描写，塑造了一个非贵族化的新型的平民阶级的形象。简·爱对贵族罗切斯特的爱，不是建立在金钱、名誉、地位之上，而是有着真挚热切的感情和思想上的共鸣。她冲破阶级鸿沟，蔑视社会习俗，勇敢大胆地爱上罗切斯特并与他结婚，尽管他此时已双目失明。小说引人入胜地展示了男女主人公曲折起伏的爱情经历，歌颂了摆脱一切旧习俗和偏见的精神，成功塑造了一个敢于反抗，敢于争取自由和平等地位的妇女形象。

【创作背景】

作者创作《简·爱》时，英国已是世界上的头号工业大国，但英国妇女的地位并没有改变，依然处于从属、依附的地位，女子的生存目标就是要嫁入豪门，即便不能生在富贵人家，也要努力通过婚姻获得财富和地

位，女性职业的唯一选择是当个好妻子、好母亲。以作家为职业的女性会被认为是违背了正当女性气质，会受到男性的激烈攻击，从夏洛蒂姐妹的作品最初都假托男性化的笔名一事，可以想见当时的女性作家面临着怎样的困境。而《简·爱》就是在这一被动的背景下写成的。

【思想主题】

这本小说是一部具有浓厚浪漫主义色彩的现实主义小说。《简·爱》是一部脍炙人口的作品，一部带有自传色彩的长篇小说。小说中简·爱的人生追求有两个基本旋律：富有激情、幻想、反抗和坚持不懈的精神；对人间自由幸福的渴望和对更高精神境界的追求。这本小说的主题是通过对孤女坎坷不平的人生经历，成功地塑造了一个不安于现状、不甘受辱、敢于抗争的女性形象，反映一个平凡心灵的坦诚倾诉的呼号和责难，一个小写的人成为一个大写的人的渴望。

【写作特色】

大量运用心理描写是《简·爱》的一大特色，全书构思精巧，情节波澜起伏。作者还以抒情的笔法描写了主人公之间的真挚爱情和自然风景，感情色彩丰富而强烈。这部优美、动人并带有神秘色彩的小说，至今仍保持着它独特的艺术魅力。首先，《简·爱》的结构是一种《神曲》式的艺术构架。简·爱经历了地狱的烤炙，炼狱的净化，最后到达可大彻大悟的天国的理想境界。其次，作者运用渲染气氛、噩梦、幻觉、预感来营造地狱的气氛，构筑寓言式的环境。在桑菲尔德，疯女人像鬼魂一样频频出现，暴风骤雨不断袭击庄园。再次，为了赋予一部普通的爱情小说以经典意义和神话的内涵，作者反复引用《圣经》、神话、史诗、古典名著、历史典故、莎士比亚的著作。最后，这部小说的一个很大特点是富有激情和诗意。小说的男主人公罗切斯特和女主人公简·爱男女双方都用诗意的话语来表达各自的激情。

【主要人物及其事件】

简·爱：小说女主人公，一个性格坚强、朴实、刚柔并济、独立自主、积极进取的女性。她出身卑微，相貌平凡，但她并不因此自卑。她蔑视权贵的骄横，嘲笑他们的愚笨，显示出自立自强的人格和美好的理想。她有顽强的生命力，从不向命运低头，最后有了自己所向往的美好生活。简·爱生活在一个父母双亡，寄人篱下的环境，从小就承受着与同龄人不一样的待遇：姨妈的嫌弃、表姐的蔑视、表哥的侮辱和毒打。但她并没有绝望，她并没有自我摧毁，并没有在侮辱中沉沦。所遭遇的种种不幸换回的却是简·爱的无限信心，却是简·爱的坚强不屈的精神，一种不可战胜的内在人格力量。她对自己的命运、价值、地位有独立的思考，对自己的思想和人格有着理性的认识，对自己的幸福和情感有着坚定的追求。从简·爱身上，表现了新女性的形象：自尊、自重、自立、自强，对于自己的人格、情感、生活、判断、选择的坚定理想和执着追求。她是一个不甘忍受社会压迫、勇于追求个人幸福的女性。无论是她的贫困低下的社会地位，或是她那漂泊无依的生活遭遇，都是当时英国下层人民生活的真实写照。作者能够把一个来自社会下层的觉醒中的新女性摆到小说的主人公地位，并对主人公为反抗压迫和社会偏见、力争取独立的人格和尊严、为追求幸福生活所做的顽强斗争加以热情歌颂，这在当时的文学作品中是难能可贵的。一个有尊严和寻求平等的简·爱，这个看似柔弱而内心极具刚强坚韧的女子也因为这部作品而成为无数女性心中的典范。

罗切斯特：桑菲尔德庄园主，拥有财富和强健的体魄，三十六七岁年纪（比简·爱大了将近二十岁），心地善良，表面上看起来有些冷漠，有点顽固，起初在简·爱眼中，他个性格阴郁而又喜怒无常，有一种男子汉气概。他身体强健，不算很英俊，但面孔十分坚毅，有一头浓密的黑卷发和一双又大又亮的黑眼睛。年轻时他被父兄迫害，受骗娶了疯女人伯莎·梅森，那个女人荒淫无度，过着放浪的生活，成天吼叫，罗切斯特非常厌恶她，但由于强烈的责任心和当时的一些要求不能抛弃她。罗切斯特先生为了追求新的生活到欧洲各国旅游，但一直都没有找到自己的心上人，反而频频遭到背叛。后来决心认真生活，便回到了桑菲尔德庄园，认识了家庭女教师简·爱，爱上了她，并向她求婚，但已婚的事实被揭发后，简·爱离开，令他悲痛欲绝。由于疯子妻子的疯狂放火而失去一条胳膊和一只眼睛，另一只眼睛也失明了。最后成为简·爱的丈夫，婚后两年眼睛复明。

【名家点评】

英国作家萨克雷："《简·爱》是一位伟大天才的杰作。"

【作品影响】

《简·爱》是一部具有自传色彩的爱情小说。它一问世，就震动了英国文学界。简·爱的个人奋斗史是对当时英国妇女饱受歧视、没有社会地位的不合理制度的抗议，这在英国文学史上是一个创举，这也正是这部作品在当时的社会引起如此强烈反响的重要原因。

【常考知识点】

1.《简·爱》的作者是英国女作家夏洛蒂·勃朗特。

2.简·爱在做小学教员期间，意外地获得了她叔叔的遗产。

3.小说中简·爱最擅长的技能是绘画。

4.《简·爱》一书中罗切斯特和圣约翰曾要与简·爱结婚。

5.《简·爱》一书中罗切斯特太太是因为跳楼而死的。

6.简·爱在学校认识的第一个朋友是海伦。

7.简·爱的舅妈一家为什么不喜欢简·爱？

舅妈看不起降低身份结婚的简的母亲；舅妈不满舅舅收留简·爱；舅妈一家不喜欢简·爱的性格。

8.简·爱因婚事受阻而离开了自己所爱的人远走他乡，你能说说是什么阻碍了他们的婚姻吗？

因为在婚礼上被人指控罗切斯特早有妻室，就是一直被囚禁在庄园一间阁楼里的疯女人。

9.简·爱为什么没有和罗切斯特结婚？

罗切斯特已经结婚了，而简·爱是有很强的自尊心的人，甚至有点女权主义倾向，即使再爱罗切斯特也不会委曲求全去破坏别人的婚姻。

《呼啸山庄》

艾米莉·勃朗特

名著导读

【主要故事情节】

英格兰北部，有一座几乎与世隔绝的“呼啸山庄”，主人欧肖收养了一个弃儿，取名希斯克利夫，让他与自己的儿女亨德莱和凯瑟琳一起生活。希斯克利夫与凯瑟琳朝夕相处并萌发了爱情，但亨德莱十分憎恶他。老欧肖死后，亨德莱不仅禁止希斯克利夫与凯瑟琳接触，还对他百般虐待和侮辱，这加剧了希斯克利夫对亨德莱的怨恨，也加深了他对凯瑟琳的爱。一天，希斯克利夫认识了邻近的画眉田庄的小主人埃德加·林顿。这个貌似温文尔雅的富家子弟倾慕凯瑟琳的美貌，向她求婚，天真幼稚的凯瑟琳同意嫁给林顿。希斯克利夫知道凯瑟琳出嫁的消息，痛不欲生，愤然出走。数年之后，衣锦还乡的希斯克利夫向亨德莱和林顿进行报复。亨德莱是个生活放荡的纨绔子弟，酗酒、赌博、肆意挥霍家产，终至穷困潦倒，连剩下的家产都抵押给了希斯克利夫，并沦为他的奴仆。希斯克利夫经常拜访画眉田庄，林顿的妹妹伊莎贝拉对他倾心不已，最后随他私奔，但希斯克利夫把她囚禁在呼啸山庄并折磨她，以发泄自己强烈的怨愤。凯瑟琳嫁给林顿以后，看清了丈夫伪善的面目，内心十分悔恨。希斯克利夫的衣锦荣归，更使她悲愧交加。在绝望中她病倒了，并很快就死去了，留下一个早产的女婴——凯蒂。伊莎贝拉趁乱逃了出来，来到伦敦郊外，不久生了一个男孩，取名林顿·希斯克利夫。亨德莱在凯瑟琳死后不到半年便酗酒而死，而他的儿子哈里顿落入希斯克利夫的掌心，希斯克利夫在孩子身上进一步实施报复。12年后，伊莎贝拉病死他乡，希斯克利夫接回儿子，但却非常厌恶他。希斯克利夫趁林顿病危之际，将凯蒂接来，并强迫她与儿子结婚。几天后，林顿死去，希斯克利夫又成了画眉田庄的主人。这时，哈里顿已经23岁了，尽管被剥夺了受教育的权利，缺乏人间的温暖，但他敦厚忠实，风度翩翩。凯蒂对他产生了爱情。这让希斯克利夫大为恼怒，他决心拆散这对恋人。然而，当他再仔细观察他们时，昔日的凯瑟琳和他相爱时的情景浮现眼前，此时此刻，他心头的恨消退了，爱复活了，他不忍心再报复，他要去寻找凯瑟琳。在一个风雪之夜，他呼唤着凯瑟琳的名字，离开了人世。

【创作背景】

艾米莉生性寂寞，自小内向的她，缄默又总带着几分以男性自居的感觉，诚如夏洛蒂所说的："她的性格是独一无二的。"少女时代，当她和姐妹们在家里"编造"故事、写诗的时候，她就显得很特别，后来收录在她们诗歌合集中艾米莉的作品总是如同波德莱尔或爱伦·坡那样被"恶"这一主题所困惑，在纯净的抒情风格之间总笼罩着一层死亡的阴影。在她写作《呼啸山庄》时，这种困惑与不安的情绪变得更加急躁，她迫切需要创造一个虚构的世界来演绎它，把自己心底几近撕裂的痛苦借小说人物之口淋漓尽致地发泄出来。因此，《呼啸山庄》是饱含作者心血与情感的作品。

艾米莉·勃朗特

【作者简介】

艾米莉·勃朗特（1818—1848）19世纪英国作家、诗人，著名的"勃朗特三姐妹"之一。世界文学名著《呼啸山庄》的作者，这部作品是艾米莉·勃朗特一生中唯一的一部小说，奠定了她在英国文学史以及世界文学史上的地位。此外，她还创作了

193首诗，被认为是英国一位天才型的女作家。

【作品简介】

《呼啸山庄》通过一个爱情悲剧，向人们展示了一幅畸形社会的生活画面，勾勒了被这个畸形社会扭曲了的人性及其造成的种种可怖的事件。整个故事的情节实际上是通过四个阶段逐步铺开的。第一阶段叙述了希斯克利夫与凯瑟琳朝夕相处的童年生活：一个弃儿和一个小姐在这种特殊环境中所形成的特殊感情，以及他们对亨德莱专横暴虐的反抗。第二阶段着重描写凯瑟琳因为虚荣、无知和愚昧，背弃了希斯克利夫，成了画眉田庄的女主人。第三阶段以大量笔墨描绘希斯克利夫如何在绝望中把满腔仇恨化为报仇雪耻的计谋和行动。最后阶段尽管只交代了希斯克利夫的死亡，却突出地揭示了当他了解哈里顿和凯蒂相爱后，思想上经历的一种崭新的变化——人性的复苏，从而使这出具有恐怖色彩的爱情悲剧透露出一束令人快慰的希望之光。

【思想主题】

《呼啸山庄》的故事是以希斯克利夫达到复仇目的而自杀告终的。他的死是一种殉情，表达了他对凯瑟琳生死不渝的爱，一种生不能同衾、死也求同穴的爱的追求。而他临死前放弃了在下一代身上报复的念头，表明他的天性本来是善良的，只是由于残酷的现实扭曲了他的天性，迫使他变得暴虐无情。这种人性的复苏是一种精神上的升华，闪耀着作者人道主义的理想。

【写作特色】

艾米莉·勃朗特唯一的小说《呼啸山庄》被认为是英国文学史上最奇特的一本书。所谓奇者，一是文学史上少见，二是作品表现的内容和艺术形式极为独特。确实如此，《呼啸山庄》具有超常的特点，它体现了一种凄厉、恐怖、残酷、神秘的不寻常的美学风格，这种美学风格，首先表现在艾米莉对题材的处理和对主人公希斯克利夫形象的塑造上。作品所描写的复仇故事，这种题材，在欧洲文学史上并不稀奇，著名的《哈姆雷特》便是典型的一例。但希斯克利夫复仇的方式及其残酷性却是独一无二的，他实行的不是一般复仇意义上对仇人肉体上的毁灭，而是从精神上毫不怜悯的折磨和摧残。作者使这一魔鬼般的人物超越了伦理道德的范畴而进入表达激情和意志的生命悲剧的审美领域。艾米莉是一个无视现实潮流，无视读者审美情趣而彻底表达自我的独具个性的作家。因此，她笔下那些趋于极端的、桀骜不驯的、冷酷无情的人物，那种暴烈、顽强、神秘的激情，便为时人所难容。“英国北部的山野荒地”和呼啸山庄粗犷峥嵘的自然力，对惯于欣赏柔风细雨的自然与都市的风情和景致的读者来说，如同艾米莉的人物和情感一样，也让他们感到陌生、可怕，超出了他们的审美视野。但就是这样一部小说，随着时间的推移，被认为是在维多利亚时代小说中“唯一的一部没有被时间的尘土遮没了光辉”的作品，它以伟大独特的风格赢得了读者。读这部作品时，心灵里会激荡着急流奔腾，雷声轰鸣的巨响，还有荒原上的呼呼北风，眼前会呈现粗野、狂暴、凶猛、神秘的希斯克利夫和生硬、任性、倔强、疯狂的凯瑟琳。读此作品时会感到它有一种强烈的、不可阻挡的精神，用美学的话说，这种精神就是粗犷美。

【主要人物及其事件】

希斯克利夫：希斯克利夫是一个极为复杂的人物。一眼望去，他似乎是一个彻头彻尾的恶人，有时甚至是一个罪犯。他插手毁掉亨德莱，又残忍地虐待伊莎贝拉和哈里顿，手段恶毒凶狠。这表明，对这样一个人产生同情本是不可能的。当他行大恶、绑架凯蒂时，他更是公然违反了社会的法律，也践踏了社会的道德准则。

凯瑟琳·欧肖：凯瑟琳·欧肖也是一个复杂的人物。她时而友爱，时而狂暴，时而温柔，时而激动，时而深情款款，时而任性率性。她叫父亲深感绝望，因为不能理解她，他便说没法爱她。她的哥哥觉得他被希斯克利夫剥夺得一无所有，凯瑟琳却在这个黑小子身上看到了自己狂野本性的反映。她与他一起在荒野上玩耍，那里是他们的天然栖息之地，他们迷恋着乡间景色的粗犷美。但是凯瑟琳有一个致命的弱点，她发觉自己无法抗拒画眉田庄的优雅生活，经过山庄的暴风雨后那座可爱的清新的老宅是那样安详。就这样，她被引得背弃了自己心知肚明的真正本性——这种本性与希斯克利夫是一体的——只为那尘世的浮华的缘故。粗俗的希斯克利夫社会地位比她低，所以她决定嫁给埃德加，正是这个决定促成了小说的悲剧。在第十五章她与希斯克利夫重聚的动人场面中，她承认了这个事实。

欧肖先生：欧肖先生只在小说开头短暂地出现过，他是凯瑟琳和亨德莱的父亲。但尽管如此，他仍是个重要的角色。是他把黑黝黝的弃儿希斯克利夫从利物浦带回了山庄，正是他的这一举动推动着故事按着不可避免的方式发展。欧肖先生心甘情愿背着这个孩子从利物浦辛辛苦苦走了许多里地，回到家中他得到的唯一酬谢是全家上下的恶意。这是纯粹的无私之举吗？欧肖先生真正放在心上的，是希斯克利夫的利益还是他自己的利益？他很长时间以来就不满意自己的儿子亨德莱，另一个儿子——名叫希斯克利夫的已经死去。也许正像亨德莱所害怕的那样，第二个希斯克利夫正是要打算用来顶替第一个的，以此来赶走亨德莱。因此很有可能欧肖先生多半只把希斯克利夫当作一个工具，所以这孩子利用别人的技巧——日后他的这种技巧日臻完善——首先是从他的恩主那里学来的。但倘若欧肖自始至终就是想用希斯克利夫来与家人唱对台戏，那么希斯克利夫就从不曾当真有过其他的机会，这个悲剧是躲不掉的。

欧肖太太：欧肖太太在小说中是个次要人物。她为吉卜赛小子希斯克利夫闯入她的家庭而感到不安。也许这比她丈夫那令人生疑的无私更正常些，可以说这是有利于她的说法。

亨德莱·欧肖：亨德莱·欧肖是欧肖先生的儿子，一开始很凶野，后来堕落了。读者理解这个人物要比对他生同情之心容易一些。亨德莱推测是希斯克利夫夺走了他的父亲（尽管事实上他很早就失去父爱了），他只有实实在在地出击篡夺。《呼啸山庄》是一部关于各种各样的继承权的小说，它开头就写了亨德莱未能承接父亲的慈爱。希斯克利夫对亨德莱的报复是想要将后者施加在这年幼孤儿身上的一切迫害旋还于他，那些迫害本身又是对希斯克利夫在其父心中夺其长子地位的报复。（具有象征意义的是，为把希斯克利夫从利物浦带回家，欧肖是以曾许给自己儿女的那些玩具为代价的。）那么，这两人都是被剥夺了权利的人，两人都被夺走了爱，都失去了感受爱的能力。因此在谴责亨德莱时，也应该想一想，他正是颇有出息的哈里顿的父亲。

法兰西斯：法兰西斯是亨德莱从大学带回家来的妻子。她是个病恹恹的笨姑娘，一开始，在山庄看到的一切都让她感到欣喜，但她天性浅薄，不可能对自己将要生活于其中的这个世界的真正的美产生共鸣。她勉强生下儿子哈里顿，随即就撒手人寰，留下亨德莱一人在世上伤心沉沦，成了一心复仇的希斯克利夫容易得手的猎物。

哈里顿·欧肖：哈里顿·欧肖是亨德莱和法兰茜斯的儿子。出乎对其父母略有所知的读者的意料，他成了一个很有出息的人。尽管他被希斯克利夫践踏，还被夺去了一切上进的机会，他却有关切他人的能力——甚至关切他的迫害者——这是使他得到赎救的仁厚的德行。在凯蒂·林顿的帮助下，他奋然去争取获得生来就有的权利，而面对他的奋斗，精疲力竭的希斯克利夫已无力抵挡。那一天，哈里顿大声念出了刻在呼啸山庄门上的姓名。不难看出，他拿到祖上遗产的日子已为时不远。

洛克乌先生：洛克乌先生是希斯克利夫为自己从凯瑟琳手中窃来的产业找到的租户。洛克乌是一个城里人，显然是喜欢热闹的，也很适应文明生活。他因为一桩不幸的恋爱，就起了心思要装成一个离群索居的厌世者。可是直到他碰到业主希斯克利夫，他才知道厌世意味着什么，实际上，他从未真正能够完全理解他那些古怪的北方邻居。在书中，他犯了一些判断错误——他异想天开，以为也许有一天在他和凯瑟琳之间会发生某种关系。不过，像书中其他叙述人一样，他在讲述所见的事实时既精确又忠实，读者因此而得以看到事情的本来面目，并将其与洛克乌对它们的估计做一比较，从而注意到两者之间存在着具有讽刺意义的反差。洛克乌的主要作用之一是提醒读者，在包含呼啸山庄的世界中，的确还有伦敦和巴黎这样的地方。

爱伦·丁恩：又叫纳莉，是那位身子骨硬朗的女管家。《呼啸山庄》的故事大多是从她嘴里听来的。她在山庄和田庄轮流当过仆人。几乎所有的主要人物都先后向她倾诉过心事，所以表面看来她无所不知似乎也有充分的理由。不过，她讲故事的技巧似乎太娴熟了些，艾米莉·勃朗特觉得有必要做些说明，她让洛克乌对女管家那非凡的天才大加赞扬。就像洛克乌一样，纳莉讲述的精确程度并不能说是轻浮，埃德加则是爱昏了头——有一次，她的迟钝冷漠的确影响到了故事的发展：她告诉埃德加，他妻子是在装病，可事实上那是真病。正如一位评论家所指出的那样，纳莉的愚笨是叙述的最重要的一个手段，读者如果希望找到最深处的真相，就不得不直接参与到情节中来。

约瑟夫：约瑟夫是呼啸山庄的老仆人。纳莉说他是“一个最叫人头疼的自以为是的‘法利赛人’，他把一部《圣经》横翻竖看，只为了好把无穷希望往自己身上推，把所有诅咒都扔给邻居们”。实际上，这部小说的一个主要矛盾就在于纳莉和读者对事情有着不同的评价。也许纳莉这一次还有点过于简单化了，因为约瑟夫在书中看上去并不是那么恶毒。当然，他心眼儿窄，又认死理，还一心只顾他那严格的宗教。可是，读者会觉得，约瑟夫最大的特点并不是真心要给人造成痛苦，而是执意恪守一种阴郁、厌弃生活的信条。实际上，在第三十三章中，老头儿发现自己的黑醋栗树被刨掉后，便说自己也被连根拔了，这甚至可能会叫人替他难过。不过，树被移走的确象征着约瑟夫在山庄影响力的终结。他所代表的严厉倔强的本质正被哈里顿和凯瑟琳那深情开朗的本质代替。在黑醋栗树曾经矗立过的地方，从田庄移来的花朵将茁壮成长。

齐拉：齐拉在山庄当女管家时，纳莉正待在田庄。她叙述的事情发生在第三十章中，她被刻画成一个冷漠自私的女人。就因为她是个“本分的仆人”，不愿意多管与她无关的闲事，她没有采取某种行动，甚至不肯仗义执言，而她本可以做这些事来救林顿的命。第三十章的齐拉与第二章的齐拉形成了古怪的对比。在第二章中，她是一个“健壮的女人”，在洛克乌孤立无援之际伸手相助。在塑造次要人物时保持前后合理一致，对一位小说家来说，这是与在塑造主要人物时保持前后合理一致同样困难的事。

坎纳斯先生：坎纳斯先生是山庄附近地方的医生。在英格兰，并非所有的行医者都能被人称作“大夫”。

格林先生：格林先生是当地的律师，是个无耻之徒，他“把自己出卖”给希斯克利夫，没有及时出面替临终的埃德加修改遗嘱。

【名家点评】

“此书非常不完美，但它拥有极少小说家能给你的东西，那就是力量。我没见过一部小说描写爱的痛苦、狂喜、狠心、执着描写得这么令人着魔，16至17世纪的西班牙画家埃尔·格列科（El Greco）有一幅伟大的名画：雷霆大作的乌云下，景色阴暗荒瘠，颀长消瘦的人体呈现扭曲的姿态，被一股阴森森的情绪魅惑，屏息不敢吐气，一道闪电划过铅灰色的天空，使场景带有一股决绝的神秘恐怖的气氛，《呼啸山庄》就让我想起那幅画。”

——英国当代著名小说家及创作家毛姆

【作品影响】

《呼啸山庄》是19世纪英国文学的代表作之一。小说描写吉卜赛弃儿希斯克利夫被山庄老主人收养后，因受辱和恋爱不遂，外出致富。回来后对与其女友凯瑟琳结婚的地主林顿及其子女进行报复的故事。全篇充满强烈的反压迫、争取幸福的斗争精神，又始终笼罩着离奇、紧张的浪漫气氛。此作品多次被改编成电影作品。

【作者小趣闻】

弥留之际

在英国19世纪现实主义女作家盖斯凯尔夫人的著名传记《夏洛蒂·勃朗特传》里，有一段关于艾米莉·勃朗特弥留之际的描写：“十二月的一个星期二的早晨，她起来了，和往常一样地穿戴梳洗，时不时地停顿一下，但还是自己动手做自己的事，甚至还竭力拿起针线活来。仆人们旁观着，懂得那种窒人的急促的呼吸和眼神呆钝当然是预示着什么，然而她还继续做她的事，夏洛蒂和安妮，虽然满怀难言的恐惧，却还抱有一线极微弱的希望。……时至中午，艾米莉的情况更糟了，她只能喘着说：‘如果你请大夫来，我现在要见他。’这时已经太迟了。两点钟左右她死去了。”

【常考知识点】

1.《呼啸山庄》中希斯克利夫的形象分析。

希斯克利夫是英国著名女小说家和诗人艾米莉·勃朗特的代表作《呼啸山庄》中的男主人公。本为欧肖先生拾来抚养的孤儿，因未与心爱的凯瑟琳成亲而开始报复行动，并成为呼啸山庄与画眉田庄的主人，最后绝食而死。他酷似弥尔顿《失乐园》中的撒旦，有着艰深的爱与恨、情与愁，爱得激烈，恨得刻骨。

2.《呼啸山庄》中凯瑟琳的人物形象分析。

《呼啸山庄》中女主人公凯瑟琳是一个复杂、难以琢磨的人物，“宛如来自其他星球”。她这一人物不仅是全书的关键所在，而且自始至终联系着希斯克利夫这一复仇的灵魂，她身上散发出来的光芒甚至超过了希斯克利夫。

3.浅析一下《呼啸山庄》中的多个主题。

①最强烈的爱，最深刻的恨。②探讨了自然和文明的关系。自然和文明的冲突，体现在凯瑟琳的双重人格对自然和文明的选择上的冲突。自然对文明的远距离欣赏，体现在代表文明的伊莎贝拉对希斯克利夫产生了强烈的爱。自然和文明的和解，体现在哈里顿和凯蒂的结合上。③两种爱的模式：“人间的爱”和“超人间的爱”。凯瑟琳和林顿之间是人间的爱，凯瑟琳和希斯克利夫之间是超人间的爱。

4.试述艾米莉·勃朗特的《呼啸山庄》不同于当时作品的突出特点。

第一，它打破了流行的“奋斗—成功”的情节模式，代之为“复仇—毁灭”的新情节，这是对维多利亚时代价值观念的否定。第二，它打破了流行的“绅士淑女”型的人物模式，代之以狂野不羁的新人物。男主人公希斯克利夫虽然外表上不失其绅士风度，但内心却隐藏着“雷电和火”般的激情和“既无礼貌也无教养的野蛮人”心理。他能把两个家族引向毁灭。为了爱情，他也敢打开死人的坟墓而去拥抱情人的尸体。在他身上，专注的爱与专注的恨是交织在一起的，因此其感情的强烈程度是一般人难以想象和承受的。第三，小说还打破了流行的从容体面的风格，代之以狂热恐怖的哥特式风格。荒原、黑暗、尖叫、尸体，加上疯狂的感情、令人震惊的雷电和幽灵般的身影，使整部小说充满了阴森恐怖的气氛。

5.谈一谈《呼啸山庄》的叙事手法。

《呼啸山庄》是第一部采用倒叙手法创作的长篇小说，这在当时是一个创造。艾米莉为了讲清楚发生在两代人身上错综交繁的故事，采用了戏剧性结构。作者首先通过一个外来房客洛克乌先生在风雨交加的深夜，看到凯瑟琳盘旋不去的幽灵的遭遇，逐渐带读者走入一个神秘的封闭世界，紧紧抓住读者心弦，使读者急于揭开山庄的神秘面纱。随着时间推移和房客及老仆人的叙述，以倒叙的方式把故事情节铺陈开来。使文章跌宕起伏，引人入胜，仿佛使读者突地置身于千万丈悬崖之巅，在达到恐惧情绪的顶点时，再缓缓将其带入平安地带。

《傲慢与偏见》

简·奥斯汀

名著导读

【主要故事情节】

小乡绅班纳特有五个待嫁闺中的千金，班纳特太太整天操心着为女儿们物色称心如意的丈夫。新来的邻居宾利是个有钱的单身汉，他立即成了班纳特太太追猎的目标。在一次舞会上，宾利对班纳特家的大女儿简一见钟情，班纳特太太为此欣喜若狂。参加舞会的还有宾利的好友达西。他仪表堂堂，非常富有，收入是宾利的数倍，许多姑娘纷纷向他投去羡慕的目光，但他非常骄傲，认为她们都不配做他的舞伴，其中包括简的妹妹伊丽莎白。达西对宾利说，她（伊丽莎白）长得可以“容忍”，但还没到能引起他兴趣的程度。伊丽莎白自尊心很强，决定不去理睬这个傲慢的家伙。可是不久，达西对她活泼可爱的举止产生了好感，在另一次舞会上主动请她同舞，伊丽莎白同意和达西跳一支舞，达西由此而逐渐对伊丽莎白改变了看法。宾利的妹妹卡罗琳一心想嫁给达西，而达西对她十分冷漠，她发现达西对伊丽莎白有好感后，怒火心烧，决意从中阻挠。达西虽然欣赏伊丽莎白，但却无法忍受她的母亲以及妹妹们粗俗、无礼的举止，担心简并非是钟情于宾利，便劝说宾利放弃娶简。在妹妹和好友达西的劝说下，宾利不辞而别，去了伦敦，但简对他还是一片深情。班纳特先生没有儿子，根据当时法律，班纳特家的财产是只能由男性继承的（注：当时英国女儿可以继承财产，但班纳特家的财产较特殊，详见“限定继承权”），而班纳特家的女儿们仅仅只能得到五千英镑作为嫁妆，因此他的家产将由远亲柯林斯继承。柯林斯古板平庸又善于谄媚奉承，依靠权势当上了牧师。他向伊丽莎白求婚，遭拒绝后，马上与她的密友夏洛特结婚，这也给伊丽莎白带来不少烦恼。附近小镇的民团联队里有个英俊潇洒的青年军官威克汉姆，人人都夸他，伊丽莎白也对他产生了好感。一天，他对伊丽莎白说，他父亲是达西家的总管，达西的父亲曾在遗嘱中建议达西给他一笔财产，从而体面地成为一名神职人员，而这笔财产却被达西吞没了。（其实是威克汉姆自己把那笔遗产挥霍殆尽，还企图勾引达西的妹妹乔治安娜私奔。）伊丽莎白听后，对达西更加反感。柯林斯夫妇请伊丽莎白去他们家做客，伊丽莎白在那里遇到达西的姨妈凯瑟琳夫人，并且被邀去她的罗辛斯山庄做客。不久，又见到了来那里过复活节的达西。达西无法抑制自己对伊丽莎白的爱慕之情，向她求婚，但态度还是那么傲慢，加之伊丽莎白之前便对他有严重偏见，便坚决地谢绝了他的求婚。这一打击使达西第一次认识到骄傲自负所带来的恶果，他痛苦地离开了她，临走前留下一封长信做了几点解释：他承认宾利不辞而别是他促使的，原因是他不满班纳特太太和班纳特小姐们的轻浮和鄙俗（不包括简和伊丽莎白），并且认为简并没有真正钟情于宾利；威克汉姆说的全是谎言，事实是威克汉姆自己把那笔遗产挥霍殆尽，还企图勾引达西的妹妹乔治安娜私奔。伊丽莎白读信后十分后悔，既对错怪达西感到内疚，又为母亲和妹妹的行为羞愧。第二年夏天，伊丽莎白随舅父母来到达西的庄园彭伯里，在管家的口中了解到达西在当地很受人们尊敬，而且对他妹妹乔治安娜非常爱护。伊丽莎白在树林中偶遇刚到家的达西，发现他的态度大大改观，对她的舅父母彬彬有礼，渐渐地她对他的偏见消除了。正当其时，伊丽莎白接到家信，说小妹莉迪亚随身负累累赌债的威克汉姆私奔了。这种家丑使伊丽莎白非常难堪，以为达西会更瞧不起自己，但事实出乎她的意料，达西得知上述消息以后，便想办法替她解决了难题——不仅替威克汉姆还清赌债，还给了他一笔巨款，让他与莉迪亚完婚。自此以后，伊丽莎白往日对达西的种种偏见统统化为真诚之爱。宾利和简经过一番周折，言归于好，一对情人沉浸在欢乐之中。而一心想让自己的女儿嫁给达西的凯瑟琳夫人匆匆赶来，蛮横地要伊丽莎白保证不与达西结婚，伊丽莎白对这一无理要求断然拒绝。此事传到达西耳中，他知道伊丽莎白已经改变了对自己的看法（他日后对伊丽莎白表白：You are too generous to trifle with me.意思是你为人太真诚大方，不会以此来愚弄我），诚恳地再次向她求婚。到此，一对曾因傲慢和偏见而延搁婚事的有情人终成眷属。

简·奥斯汀

【作者简介】

简·奥斯汀（1775—1817），英国女小说家，主要作品有《傲慢与偏见》《理智与情感》等。简·奥斯汀21岁时写成她的第一部小说，题名《最初的印象》，她与出版商联系出版，没有结果。就在这一年，她又开始写《埃莉诺与玛丽安》，之后她又开始创作《诺桑觉寺》，并于1799年写完。十几年后，《最初的印象》经过改写，换名为《傲慢与偏见》，《埃莉诺与玛丽安》经过改写，换名为《理智与情感》，分别得到出版，至于《诺桑觉寺》，作者生前没有出书。以上这三部是奥斯汀前期作品，写于她的故乡史蒂文顿。她的后期作品同样也是三部：《曼斯菲尔德庄园》《爱玛》和《劝导》，都是作者迁居乔顿以后所作。前两部先后出版，只有1816年完成的《劝导》，因为作者对原来的结局不满意，要重写，没有出版过。她病逝以后，哥哥亨利·奥斯汀负责出版了《诺桑觉寺》和《劝导》，并且第一次用了简·奥斯汀这个真名。

【作品简介】

小说描写了小乡绅班纳特五个待字闺中的千金，主角是二女儿伊丽莎白，她在舞会上认识了达西，但是耳闻他为人傲慢，一直对他心生排斥，经历一番周折，伊丽莎白消除了对达西的偏见，达西也放下傲慢，有情人终成眷属。

【创作背景】

《傲慢与偏见》是奥斯汀最早完成的作品，她在1796年开始动笔，取名叫《最初的印象》，1797年8月完成。她父亲看后很感动，特意拿给汤玛士·卡德尔，请他出版，但对方一口回绝，这使得他们父女非常失望。于是简·奥斯汀着手修订另一本小说《理智与情感》。1805年她父亲去世后，奥斯汀太太带着简和她姐姐卡珊德拉搬到南安普顿。直到1809年定居在乔顿城其兄爱德华的汉普夏庄园之后，简·奥斯汀才再度认真提笔。《理智与情感》修订后她自费出书，销量不错。于是她重写《最初的印象》，改名叫《傲慢与偏见》。

【思想主题】

奥斯汀在这部小说中通过班纳特五个女儿对待终身大事的不同处理，表现出乡镇中产阶级家庭出身的少女对婚姻爱情问题的不同态度，从而反映了作者本人的婚姻观：为了财产、金钱和地位而结婚是错误的，而结婚不考虑上述因素也是愚蠢的。因此，她既反对为金钱而结婚，也反对把婚姻当儿戏。她强调理想婚姻的重要性，并把男女双方感情作为缔结理想婚姻的基石。书中的女主人公伊丽莎白出身于小地主家庭，为富豪子弟达西所热爱。达西不顾门第和财富的差距，向她求婚，却遭到拒绝。伊丽莎白对他的误会和偏见是一个原因，但主要的是她讨厌他的傲慢。因为达西的这种傲慢实际上是地位差异的反映，只要存在这种傲慢，他与伊丽莎白之间就不可能有共同的思想感情，也不可能有理想的婚姻。以后伊丽莎白亲眼观察了达西的为人处世和一系列所作所为，特别是看到他改变了过去那种骄傲自负的神态，消除了对他的误会和偏见，从而与他缔结了美满姻缘。伊丽莎白对达西先后两次求婚的不同态度，实际上反映了女性对人格独立和平等权利的追求。这是伊丽莎白这一人物形象的进步意义。从小说看，伊丽莎白聪敏机智，有胆识，有远见，有很强的自尊心，并善于思考问题。就当时一个待字闺中的小姐来讲，这是难能可贵的。正是由于这种品质，才使她在爱情问题上有独立的主见，并促使她与达西组成美满的家庭。在《傲慢与偏见》中，奥斯汀还写了伊丽莎白的几个姐妹和女友的婚事，这些都是陪衬，用来与女主人公理想的婚姻相对照。如夏洛特和柯林斯尽管婚后过着舒适的物质生活，但他们之间没有爱情，这种婚姻实际上是掩盖在华丽外衣下的社会悲剧。

【写作特色】

①反讽。情景反讽是将反讽从语言层面扩展到小说的某一具体情节或场景中，主要指在小说中，故事情节的发展出乎读者意料甚至与读者预期的情景截然相反，但却又在情理之中。比如，小说中的人物命运设置并没有按照人们的预期进行发展，他们的一些言行在特定场合由于智力、思想或认识方面的局限显得十分不合时宜，但这些人物本身又对此浑然不觉，结果事与愿违，从而产生反讽的效果。

②语言。从总体上来说，《傲慢与偏见》中的主人公以贵族、中产阶级为主，其受教育程度相对较高，对于他们来说，家族社交是其成长之中所必须经历的过程，因此，他们所说的话与普通阶层相比具有一定的差异性，以完整的语言形式所表现。

【主要人物及其事件】

伊丽莎白：班纳特家的二女儿伊丽莎白是这个家中最富智慧和最机智的人。伊丽莎白是本部小说中的女主角，也是英国文学中最著名的女性角色之一。她有许多值得钦佩的地方，正如小说中说的她可爱、聪颖、能和任何人优雅地交谈。她的诚实、优雅、富有智慧让她能够从她所属的社会阶层的低俗、无聊中脱颖而出。然而，她犀利的语言和过早地对别人定论也导致了她的迷茫。伊丽莎白不是一个低俗的母亲和一个冷漠的父亲的复制体，也不是几个行为荒诞姐妹的结合体，更不是势力的女性的缩影，当她渐渐地看到达西先生高贵的品质的时候，她才发现自己对达西先生的错误认知。

达西：达西先生是一个富有、殷实、彭伯里庄园地主家的儿子，也是伊丽莎白的男伴。他出身高贵，物质财富丰富，但过于骄傲和过于看重自己的社会地位。他的傲慢使得他在开始的时候给伊丽莎白留下了不好的印象，伊丽莎白的拒绝使得他谦逊了起来。尽管伊丽莎白对他很冷漠，但是达西还是表达了他对伊丽莎白不懈的倾慕，证明了他对伊丽莎白的爱。

简和宾利：简是伊丽莎白的姐姐，宾利是达西最好的朋友，而简和宾利的订婚处在小说的中心位置。简和宾利第一次见面是在麦里屯的舞会上，并且两个人立即被对方吸引，他们的婚姻要比达西和伊丽莎白的靠前很多。他们的性格和天性中有很多相似的地方：都很受人欢迎、都很友善、外貌都很俊美，而且他们彼此已经把对方当作是自己一生的归属。

班纳特夫妇：班纳特太太是一个愚蠢而且轻率的女人。对她来说毫无礼节与美德可言，而且她根本不关心女儿们的道德和思想文化的教育，她唯一的一个困扰就是如何把她的女儿全部嫁出去。她对女儿琳达的婚姻非常满意，却丝毫不责难琳达的可耻行为，也不为琳达给家庭造成的坏影响而担忧。班纳特太太的无修养也直接导致了伊丽莎白的屈辱，口无遮拦的行为也导致了简和宾利先生结婚之后搬离。班纳特先生是个睿智的中年男人，他经常用讽刺、愤世嫉俗但是又很冷漠的口吻和其他人说话。班纳特先生此生最大的错误就是在年轻的时候娶了年轻貌美但又毫无见识、心胸狭隘的妻子。他将自己沉浸在书籍当中，想让自己心理上离开这个家，但却忽视了对女儿们的教育。

【名家点评】

奥斯汀远比她表面上看来的那样更具有深刻的情感。她激发读者去填补语言之外的内容。她提供给读者的看似琐屑，但其中的内涵却足以拓展读者的思维，赋予读者以各种生活场景的永恒形式。

——[英国]弗吉尼亚·伍尔夫

【作品影响】

《傲慢与偏见》这部作品以日常生活为素材，一反当时社会上流行的感伤小说的内容和矫揉造作的写作方法，生动地反映了18世纪末到19世纪初处于保守和闭塞状态下的英国乡镇生活和世态人情，并多次被改编成电影和电视剧。

【常考知识点】

1.《傲慢与偏见》描写了小乡绅班纳特五个待字闺中的千金，主角是二女儿伊丽莎白。

2.《傲慢与偏见》这部作品是以日常生活为素材的。

3.《傲慢与偏见》是英国女小说家简·奥斯汀创作的长篇小说。

《爱玛》

简·奥斯汀

名著导读

【主要故事情节】

爱玛是海伯里村首富伍德豪斯先生的小女儿，她聪明美丽，从小受到家庭教师泰勒小姐的良好教育。父亲的宠爱和无忧无虑的生活环境使她养成了自命不凡的性格。爱玛二十岁那年，泰勒小姐嫁给了附近一位绅士韦斯顿，离开了伍德豪斯家，爱玛在寂寞中认识了当地女子学校的学生哈丽特，与她交上了朋友。哈丽特是个私生女，姿容俏丽，性格温顺，非常可爱。爱玛想方设法把她和青年绅士埃尔顿撮合在一起，叫她拒绝了佃户罗伯特·马丁的求婚。其实埃尔顿的意中人不是哈丽特，而是爱玛本人。埃尔顿本人非常势利，根本就不会看上身世不明的哈丽特。爱玛没有撮合成功，又一次要为哈丽特安排一门亲事，这次她为哈丽特选中的是韦斯顿前妻生的儿子弗兰克。然而弗兰克半年前认识了海伯里村家道中落的贝茨小姐的外甥女简·费尔法克斯，并且互相倾心，私订了婚约，但是两个人并没有公布婚约，爱玛对别人的婚姻干预，引起了她家的老朋友乔治·奈特利的不满。他告诫爱玛应该让恋爱双方自主地处理婚姻大事，别人干预只会把事情搞糟。当弗兰克与简·费尔法克斯公布恋情之后，爱玛难以置信。这也让爱玛开始反思自己的行为，并最终与简·费尔法克斯成了知心好友。奈特利很器重罗伯特·马丁，也经常帮助哈丽特，这样使哈丽特对奈特利产生了崇敬和爱慕的感情。当爱玛发现哈丽特崇拜的对象是奈特利的时候，她大吃一惊，原来她自己一直悄悄地爱着奈特利。奈特利常常指出爱玛的缺点，其实心底里也有意于她。泰勒小姐生了一个女儿，这使爱玛开始向往家庭生活。经过一番周折，奈特利和爱玛终于互吐衷情，罗伯特·马丁在奈特利的帮助下，最后也得到了哈丽特的爱。

【作者简介】

简·奥斯汀（1775—1817），英国女小说家，主要作品有《傲慢与偏见》《理智与情感》等。简·奥斯汀21岁时写成她的第一部小说，题名《最初的印象》，她与出版商联系出版，没有结果。就在这一年，她又开始写《埃莉诺与玛丽安》，之后她又开始创作《诺桑觉寺》，并于1799年写完。十几年后，《最初的印象》经过改写，换名为《傲慢与偏见》《埃莉诺与玛丽安》经过改写，换名为《理智与情感》，分别得到出版，至于《诺桑觉寺》，作者生前没有出书，以上这三部是奥斯汀前期作品，写于她的故乡史蒂文顿。她的后期作品同样也是三部：《曼斯菲尔德庄园》《爱玛》和《劝导》，都是作者迁居乔顿以后所作。前两部先后出版，只有1816年完成的《劝导》，因为作者对原来的结局不满意，要重写，没有出版过。她病逝以后，哥哥亨利·奥斯汀负责出版了《诺桑觉寺》和《劝导》，并且第一次用了简·奥斯汀这个真名。

【作品简介】

《爱玛》是英国女作家奥斯汀的作品中艺术思想最成熟的一部。书中描绘了十几个女性人物，最主要的是三个少女：爱玛、简·费尔法克斯与哈丽特。这三个少女都有奥斯汀理想中的温柔美：外表仪态的端庄优雅、言谈神情的和蔼可亲、性格品质的宽容正直以及必不可少的热情。爱玛以满腔柔情关心爱护着她的家人与朋友，费尔法克斯深情到几乎可以为恋人容忍一切折磨，哈丽特则更是一个多情的姑娘，一年之中全心全意地爱上了三个男子。

【创作背景】

小说创作于奥斯汀来到伦敦照顾弟弟亨利的时候。亨利是一位教士，住在文艺界人士聚居的切尔西的汉斯的家。当时给他看病的是摄政王的一个御医，这位医生也因此知道了《曼斯菲尔德庄园》和其他几部小说作者的秘密。而据说王子一直对这几部匿名出版的小说非常欣赏，在知道这个秘密后，他非常优雅和善地通过他的牧师克拉克先生通知奥斯汀小姐，告诉她如果手上还有新作的话，她随时可以献给王子殿下。《爱玛》就是献给王子殿下的作品。《爱玛》是1814年1月开始动笔写的，1815年3月底写完。在这期间，《曼斯菲尔德庄园》出版后颇受读者欢迎，于是这部《爱玛》在这年年底顺利地问世了。一年多以后，奥斯汀去世，《爱玛》成了她生前最后一部与读者见面的小说。

【思想主题】

在19世纪初，英国流行着一些伤感小说，奥斯汀现实主义的小说使读者闻到一股清新的气息。奥斯汀在小说《爱玛》中讲述的大多是平凡生活中的家庭琐事，作者塑造了一个聪明智慧、思想独立的女性形象。主人公爱玛在男权社会中要求男女思想的平等，有自己明确的婚姻观和价值观。在一定程度上也反映了作者奥斯汀的女性主义观点。奥斯汀以其独特的女性视角，深刻剖析了由男性掌控社会的现实，女性在社会生活中的处境。作者批判了男尊女卑的不公平现象，同时也肯定了女性应有的社会地位。因此，这部小说在一定程度上有着深远的社会现实意义。

【写作特色】

《爱玛》是简·奥斯汀一部优秀的反讽基调格外浓厚的小说。《爱玛》中反讽手法的运用不同于《傲慢与偏见》，在这部小说中，我们见不到像伊丽莎白和达西那样的才智过人、语锋犀利的讽刺主体。应该说女主人公爱玛是作为一系列反讽的对象或牺牲品而存在的，而反讽的主体这一回是由作者和读者联合起来充当的。小说通过爱玛的一个个主观臆想在现实中一次又一次挫败演绎了爱玛从幼稚走向成熟、最终得到幸福的故事。由此可以看出，这部小说的反讽特色不是体现在语言上（或不完全如此），而主要体现在小说的结构中。

因此，结构反讽手法的运用在小说中占突出地位。在小说的结尾，爱玛不再创造她自己想象的世界，她被迫在自身之外的现实世界中找到一个位置。这也是奥斯汀小说大部分女主人公的命运——她们必须被拽回到现实中。爱玛想象的世界一次次被现实所穿透：第一次是埃尔顿向她而不是向哈丽特求婚；第二次是弗兰克·丘吉尔与珍妮·费尔法克斯订婚的消息；最后哈丽特向她表明了对奈特利的爱慕。这些事实使爱玛成为她自己错误判断的讽刺对象。爱玛经历了痛苦的自我发现过程，这也是她从幼稚走向成熟的过程，通过这个过程爱玛完成了自我教育。当她最终得到幸福时，反讽也开始消解。《爱玛》没有惊险骇人的情节，也没有耸人听闻的描述，但是从它娓娓道来、令人陶醉的叙述中，在它谜一般的情节中，在它对人物性格和心理的细致入微的刻画中，读者面前仿佛展开一幅优美而略带夸张的生动画卷。我们好像能看到故事中人物的形象和行为，能听到他们在各种背景下进行的交谈，能感觉到人物的喜悦和忧愁，当时英国社会的林林总总仿佛由读者亲身经历。

【主要人物及其事件】

爱玛：爱玛为女子做媒的方式十分可笑，甚至还有些荒诞，她竭力为地位低下的女子寻找社会地位比较高的配偶，常常是她自己蒙在鼓里，结果与她的愿望恰恰相反，闹出许多始料所不及的笑话。我们或许可以认为，作者这样处理，正是希望引导读者嘲笑当时英国社会上那种普遍的恶习。爱玛是一个聪慧、漂亮、富有、热情、有知识、有地位的姑娘。但是，她却势利、自负、残忍，总是以自己的想法去安排别人的生活。她缺乏仁慈之心又缺乏自知之明。然而，就是这样一个身上带着许多明显缺点的个性鲜明的主人公，在小说中被奥斯汀在不美化她的前提下，将她塑造得受读者喜爱。简·奥斯汀对爱玛这一人物的刻画可以说是其作品中“塑造得最深刻的人物形象”。

奈特利：奈特利先生则以另外的方式帮助别人，譬如在一次舞会上，他看见社会地位低下的哈丽特受到轻蔑的冷遇时，自己挺身而出，维护她的自尊心，协助她度过难堪局面，对谄上欺下的恶劣行径进行打击；他重视哈丽特与其地位相称的马丁之间的真情相爱，并给予恰当的协助，使他们有机会按照自己的愿望喜

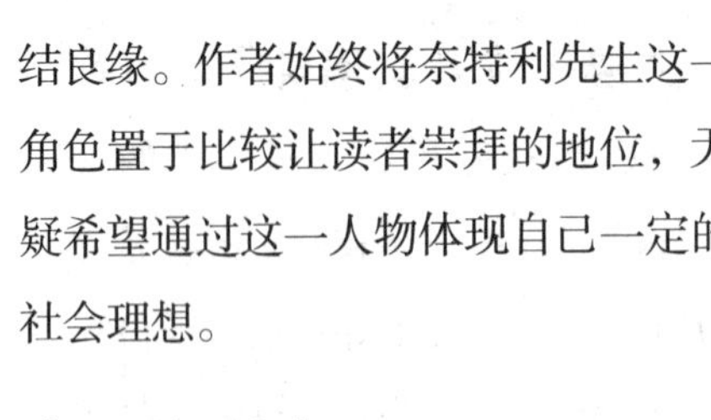

结良缘。作者始终将奈特利先生这一角色置于比较让读者崇拜的地位，无疑希望通过这一人物体现自己一定的社会理想。

【作品影响】

《爱玛》是英国小说家简·奥斯汀的喜剧小说。在首页作者写到爱玛“漂亮、聪明、富有”，但颇“娇纵”。奥斯汀自认为这位主人公“除了我没人会喜欢”，但事实上爱玛是奥斯汀最受欢迎、评价最高的小说之一。该作品多次被搬上银幕。

【常考知识点】

1.奥斯汀是英国18世纪末向19世纪过渡的一位现实主义小说家，她的著名作品有《傲慢与偏见》《爱玛》。

2.《爱玛》是英国女作家奥斯汀作品中艺术思想上最成熟的一部。

3.《爱玛》是简·奥斯汀一部优秀的反讽基调格外浓厚的小说。

4.《爱玛》是简·奥斯汀生前最后一部与读者见面的小说。

《名利场》

威廉·梅克比斯·萨克雷

名著导读

【主要故事情节】

《名利场》以两个年轻女子蓓基·夏泼和爱米丽亚·赛特笠的一生为主线，展示了19世纪初期英国上层社会的生活画面。《名利场》的故事以两条线索展开，从同一个起点出发，相互交织，最后到达同一个终点。其中一条线索讲述善良、笨拙、生活在富有家庭中的女子爱米丽亚·赛特笠；另一条线索讲述机灵、自私、放荡不羁的孤女蓓基·夏泼。两人于1813年乘坐同一辆马车离开平克顿女子学校，都在遭到家庭反对的情况下于1815年结婚，分别嫁给即将参加滑铁卢战役的两名英国军官。新婚不久，那场具有历史意义的战役打响了。爱米丽亚·赛特笠的丈夫战死沙场，蓓基·夏泼的丈夫战后生还。接下来的十年中，蓓基·夏泼生活一帆风顺，在社会的阶梯上不断攀升，直至有幸觐见国王，而爱米丽亚·赛特笠却因父亲破产承受着极大的不幸。到了1827年，命运发生了逆转，蓓基·夏泼的生活落入毁灭的深渊，这其实是罪有应得，爱米丽亚·赛特笠却转而变得富裕幸福。

【作者简介】

威廉·梅克比斯·萨克雷（1811—1863），英国作家，萨克雷是独生子，1811年7月18日出生在印度加尔各答。他父亲是英国人，任职于东印度公司，母亲比父亲要年轻许多。其代表作品是世界名著《名利场》。与狄更斯齐名，为维多利亚时代的代表小说家。还著有《班迪尼斯》等作品。

【作品简介】

《名利场》真实描绘了1810年—1820年摄政王时期英国上流社会没落贵族和资产阶级暴发户等各色人物的丑恶嘴脸和弱肉强食、尔虞我诈的人际关系。故事主角蓓基·夏泼尝过贫穷的滋味，一心要掌握自己的命运，摆脱困境。她不择手段，凭谄媚奉承、走小道钻后门，飞上高枝，构成一个引人关怀又动人情感的故事。

【创作背景】

《名利场》小说的标题出自英国17世纪作家班扬的讽寓体小说《天路历程》，故事取材于英国19世纪初的上层社会。19世纪初期的英国处于维多利亚时代，妇女受到传统道德的约束。当时的英国，正值资本主义经济蓬勃发展的时代，工商业更是成了国家的经济支柱。各种知名的富商大贾狠狠地剥削、压榨着处于最底层的劳工，并主宰着当时的社会。社会底层的贫苦人们与社会上层富得流油的资本家们之间的对比，一边是贫困交加的、吃不上饭的、还深受剥削的老百姓，一边是不断挥霍着堆积如山的资产、不断追名逐利迷失自我的上层人士。当时的社会就是“天下攘攘，皆为利往，天下熙熙，皆为利来”的状态，各种拜金主义，追逐名利、权势、利禄等掺杂在一起，构成了整个社会上人们的生活状态。19世纪三四十年代以后，反映中产阶级的妇女观和家庭观大量涌现，宣称男女有清晰的性别角色分工，即男人属于外面商业和政治的公众世界，女人属于家庭的私人世界。女人是依赖者，管理家庭，是甜蜜的“家庭天使”。而中产阶级是萨克雷所熟悉和重点描绘的对象。萨克雷出生于1811年，他的父亲是东印度公司的收税员。萨克雷4岁时父亲去世，母亲改嫁，他6岁被送回英国读书。母爱的缺乏使萨克雷渴望母爱。在作品创作中，他将母爱写进文本。

【思想主题】

在资本主义社会体制下，人们

变得迷恋金钱、贪得无厌。《名利场》揭露了工业革命完成后的资本家本质，以及金钱在这个社会中占据着独一无二的地位。萨克雷没有发现他那个年代社会腐化的根源，其根源在于资本主义经济关系。资本家依靠劳动人民，但他们自己不劳动，他们就像寄生虫一样。在资本主义社会体制与资本主义经济关系的背景下，诞生了蓓基·夏泼这样出身贫寒但又想在大名利场中改变自己命运的人。英国当时那个投机取巧的社会背景造就出一大批雄心勃勃、厚颜无耻的蓓基·夏泼。

【写作特色】

①叙述视角。在《名利场》中，作者创造了两个视角，一个是傀儡戏的领班，另一个是编剧创造的傀儡戏的世界，这两者相互衬托，相互照应，共同成了故事发生的背景。在傀儡戏领班的眼中，社会就像这傀儡戏一样，不存在道德，而是“名利”，有了名利，任何人都可以被我驱使，当作傀儡；在编剧的眼中，自己编排的傀儡戏，就是社会现实的真实写照。作者正是利用了这两个不一样的视角，来构成了叙述整个故事的全知视角，萨克雷正是通过这个视角，来展示了当时英国的现实社会是以名利为主要的生存工具。

②对照手法。《名利场》的对照手法主要运用于人物形象的塑造上。各色人等纷纷登场：斯丹恩勋爵和毕脱·克劳莱男爵这样的贵族，老赛特笠和老奥斯本这样的新兴资本家，乔斯·赛特笠这样的殖民地官员，还有外交官、教会人士、军官、交际场上的太太们，等等。他们的性情人品、社会地位、命运走向在相互映衬中突显，在差异中又显示出共性，从而勾画出一副“名利场”上的众生相。

【主要人物及其事件】

蓓基·夏泼：利蓓加·夏泼即蓓基·夏泼，她是罗登的太太。她父亲是一个潦倒的图画教师、母亲则是歌舞剧的伴舞者、哥哥乔斯（乔瑟夫）。蓓基·夏泼是一个狡猾奸诈、邪恶自私、虚伪放荡的女人，她道德败坏、诡计多端，堪称当时英国社会势利小人的典型代表。她聪明机智、美丽大方，她不顾一切地利用自身这两项优势以谋得上流社会的稳定地位。蓓基·夏泼是酒鬼图画教师和穷女舞蹈演员的女儿，她的目标是获得财富和高贵的社会地位。

爱米丽亚·赛特笠：爱米丽亚美丽乖巧，生活富足，安于天命，渴望爱情。纨绔子弟乔治·奥斯本是她的感情寄托，“他是她的欧洲，她的皇帝，抵得过联军里所有的君主和本国权势赫赫的摄政王。乔治是她的太阳，她的月亮。”“乔治一到勒塞尔广场，她就仿佛照着了阳光，脸上顿时发亮。她翩然飞来，伏在乔治·奥斯本中尉的胸口上，仿佛此地才是她的家。”她苦恋着的情人在外面打弹子、赌博、嬉戏取乐，她却以为乔治还在骑兵营忙碌着。乔治的姐妹们对她百般挑剔，父亲破产以后，乔治的父亲更是立即与破落的昔日恩人翻脸并撕毁婚约，但是爱米丽亚仍然痴情不改。在忠厚的都宾的斡旋之下，爱米丽亚和乔治秘密结婚。然而她深爱着的乔治得知父亲因此与他断绝关系、断绝他的经济来源以后，充满悔恨地抱怨他的朋友都宾让他成了一个叫花子。结婚不到一个星期，乔治就感到腻味，又开始寻欢作乐。爱米丽亚虽然备受冷落，却依旧一往情深。乔治战死后，她不仅将丈夫看成神灵一样供奉，而且将儿子作为她新的生活希望和全部的生活重心，她不放心家里任何人看护她的儿子。儿子被送到祖父那儿以后，她常常走很远的路，只为看一看儿子窗口透出的灯光。爱米丽亚坚持对乔治的专一，认为“一个女人已经嫁过天使一般的好丈夫，决不愿意再嫁第二回”。她的愚忠和自私令深爱着她的都宾备受折磨，直到利蓓加告诉她乔治的不忠，爱米丽亚才决定与都宾结合，从此过上安逸的生活。

都宾：都宾有正义感，富有同情心，有真挚而深厚的感情。他将爱米丽亚看成完美的天使，误以为爱米丽亚和乔治结婚可以使她得到幸福，于是施压于乔治并进行多方周旋，使他们避开老奥斯本在教堂草草举行了婚礼，尽管都宾自己一直默默地深爱着爱米丽亚。都宾天真地以为世界上所有的男人都会为有爱米丽亚这样的妻子而感到高兴和自豪，并能从这样的婚姻中得到幸福。即使他知道乔治·奥斯本曾经想同利蓓加私奔，抛弃爱米丽亚，他也没有将秘密告诉爱米丽亚，甚至在他同爱米丽亚因为利蓓加而发生冲突的时候也没有说出。在乔治·奥斯本死后，都宾更是无私地保护和照顾着爱米丽亚母子。

乔治·奥斯本：乔治·奥斯本是一个英俊的小伙子，但他的行为与外表极为不符。他的思想腐化，头脑中充满资产阶级享乐主义的念头。乔治用尽一切办法从他父亲那里骗取钱财，他表面上尊重他的父亲，因为老奥斯本掌握他的经济命脉并有权决定他的继承权。爱米丽亚的父亲赛特笠先生对他可谓情深义重，但是当老赛特笠破产的时候，乔治并不在意。只是当他想到这一家的零落，出于对往日快乐时光的怀念，出于廉价的同情，他稍稍显得有些愁闷。他与爱米丽亚结婚也是一样，一方面出于屈尊俯就的怜悯和施舍，另一方面则因为他的好友都宾的催促。

【名家点评】

萨克雷借用班扬的比喻，无非是要提醒世人：早被班扬抨击过的“名利场”不但依然存在，而且有愈演愈烈的趋势。说它“愈演愈烈”，是因为商品在萨克雷的年代已经酿成了“文化”，即侵占并阉割了整个社会的想象力。商品造成大规模的物化这一现象其实伴随着“进步”浊浪的翻腾。一旦纸醉金迷的生活方式被安上“进步”的桂冠，商品文化就会向人类的精神领地长驱直入，造成不可估量的伤亡。

——殷企平（杭州师范大学外国语学院院长）

【作品影响】

《名利场》是19世纪英国批判现实主义作家威廉·梅克比斯·萨克雷创作的长篇小说。作者以圆熟泼辣的手笔，淋漓尽致地描绘了一幅十九世纪英国贵族资产阶级上层骄奢淫逸、钩心斗角的生活图景，无情地揭露了封建贵族荒淫无耻、腐朽堕落的本质和资产阶级追名逐利、尔虞我诈的虚伪面目。1847年1月，萨克雷在刚创办了不到六年的《笨拙周报》上，初次以自己的真名发表了小说《名利场》的前四章，随后按月刊发，一共十九期，到次年7月收官。小说尚未全部发表，已经被公认为是当代杰作。2004年，《名利场》被搬上银幕。

【常考知识点】

1.《名利场》是十九世纪英国批判现实主义作家萨克雷创作的长篇小说。

2.《名利场》的突出艺术成就是善于从环境的变化中描写性格的发展。蓓基·夏泼是英国文学史上第一个具体体现了在变化环境中描写性格发展的

女性形象。

3.狄更斯和萨克雷是英国批判现实主义文学中成就最高的作家，后者的代表作是长篇小说《名利场》。

4.萨克雷在他的《名利场》中，刻画了蓓基·夏波这个小资产阶级野心家的典型。

5.世界文学史上第一部正面描写工人阶级生活和斗争的长篇小说是（A）。

A.《名利场》　　B.《简·爱》

C.《呼啸山庄》　D.《玛丽·巴顿》

6.请用线条把下面外国不同时期作家和其作品连接起来。

萨克雷　　《羊脂球》

莫泊桑　　《名利场》

席勒　　《艰难时世》

狄更斯　　《堂吉诃德》

塞万提斯　　《阴谋与爱情》

7.《名利场》的副标题是“没有主人公的小说”。

《雾都孤儿》

查尔斯·狄更斯

名著导读

【主要故事情节】

小说的主人公奥利弗·崔斯特，是一名出生在济贫院的孤儿，忍饥挨饿，备受欺凌，由于不堪棺材店老板娘、教区执事邦布尔夫等人的虐待而独自逃往伦敦，可刚一到达就受骗误入贼窟。窃贼团伙的首领费金费尽千方百计，企图把奥利弗训练为扒手供他驱使。奥利弗跟随窃贼伙伴“机灵鬼”和贝茨上街时，被误认为偷了一位叫布朗洛的绅士（恰巧是他父亲生前的好友）的手绢而被警察逮捕，后因书摊老板证明了他的无辜，说明小偷另有其人，他才被释放。由于他当时病重昏迷，且容貌酷似友人生前留下的一副少妇画像，布朗洛收留他在家中治病，得到布朗洛及其女管家比德温太太无微不至的关怀，第一次感受到人间的温暖。窃贼团伙害怕奥利弗会泄露团伙的秘密，在费金指示下，塞克斯和南希费尽心机，趁奥利弗外出替布朗洛归还书摊老板的图书的时候用计使他重新陷入了贼窟。但当费金试图惩罚毒打奥利弗的时候，南希挺身而出保护了奥利弗。费金用威胁、利诱、灌输等手段企图迫使奥利弗成为一名窃贼，成为他的摇钱树。一天黑夜，奥利弗在塞克斯的胁迫下参加对一座大宅院的行窃活动，正当奥利弗准备趁爬进窗户的机会向主人报告时，被管家发现后开枪打伤。窃贼仓皇逃跑时，把奥利弗丢弃在路旁水沟之中。奥利弗在雨雪之中带伤爬行，无意中又回到那家宅院，昏倒在门口。好心的主人梅丽夫人及其养女罗斯小姐收留并庇护了他。无巧不成书，这位罗斯小姐正是奥利弗的姨妈，但双方都不知道。在梅丽夫人家，奥利弗真正享受到了人生的温馨和美好，但费金团伙却不能放过奥利弗。有一天一个名叫蒙克斯的人来找费金，这人是奥利弗同父异母的兄长，由于他的不孝，他父亲在遗嘱中将全部遗产给了奥利弗，除非奥利弗和蒙克斯是一样的不孝儿女，遗产才可由蒙克斯继承。为此蒙克斯出高价买通费金，要他使奥利弗变成不可救药的罪犯，以便霸占奥利弗名下的全部遗产，并发泄自己对已去世的父亲的怨恨。正当蒙克斯得意扬扬地谈到他如何和邦布尔夫夫妇狼狈为奸，毁灭了能证明奥利弗身份的唯一证据的时候，被南希听见。南希见义勇为，同情奥利弗的遭遇，冒生命危险，偷偷找到罗斯小姐，向她报告了这一切。正当罗斯小姐考虑如何行动时，奥利弗告诉她，他找到了布朗洛先生，罗斯小姐就和布朗洛商议了处理方法。罗斯小姐在布朗洛陪同下再次和南希会面时，布朗洛获知蒙克斯即他的已故好友埃得温·利弗得的不孝儿子，决定亲自找蒙克斯交涉，但他们的谈话被费金派出的密探听见，塞克斯就凶残地杀害了南希。南希之死使费金团伙遭到了灭顶之灾，费金被捕，后上了绞刑架，塞克斯在逃窜中失足被自己的绳子勒死。与此同时，蒙克斯被布朗洛挟持到家中，逼他供出了一切，事情真相大白，奥利弗被布朗洛收为养子，从此结束了他的苦难的童年。为了给蒙克斯自新的机会，把本应全归奥利弗继承的遗产分一半给他。但蒙克斯劣性不改，把家产挥霍殆尽，继续作恶，终于锒铛入狱，死在狱中。邦布尔夫恶有恶报，被革去一切职务，一贫如洗，在他们曾经作威作福的济贫院度过余生。

【作者简介】

查尔斯·狄更斯（1812—1870），查尔斯·狄更斯全名查尔斯·约翰·赫法姆·狄更斯，英国作家。主要作品有《大卫·科波菲尔》《匹克威克外传》《雾都孤儿》《老古玩店》《艰难时世》《我们共同的朋友》《双城记》等。狄更斯1812年2月7日生于朴次茅斯市郊一个海军小职员家庭，少年时因家庭生活窘迫，只能断断续续入校求学。后被迫到工场做童工。15岁以后，当过律师事务所学徒、录事和法庭记录员。20岁开始当报馆采访员，报道下议院。1837年他完成了第一部长篇小说《匹克威克外传》，是第一部现实主义小说创作，后来创作才能日渐成熟，先后出版了《雾都孤儿》（1838）、《老古玩店》（1841）、《董贝父子》（1848）、《大卫·科波菲尔》（1850）、《艰难时世》（1854）、《双城记》（1859）、《远大前程》（1861）等，1870年6月9日卒于罗切斯特附近的盖茨山庄。狄更斯特别注意描写生活在英国社会底层的“小人物”的生活遭遇，深刻地反映了当时英国复杂的社会现实，为英国批判现实主义文学的开拓和发展做出了卓越的贡献。他的作品对英国文学发展产生了深远的影响。

【作品简介】

该作以雾都伦敦为背景，讲述了一个孤儿悲惨的身世及遭遇。主人公奥利弗在孤儿院长大，经历学徒生涯，艰苦逃难，误入贼窝，又被迫与狠毒的凶徒为伍，历尽无数辛酸，最后在善良人的帮助下，查明身世并获得了幸福。富人的弃婴奥利弗在孤儿院里挣扎了9年，又被送到棺材店老板那儿当学徒。难以忍受的饥饿、贫困和侮辱，迫使奥利弗逃到伦敦，又被迫无奈当了扒手。他曾被富有的布朗洛先生收留，不幸让小扒手发现又入贼窝。善良的女扒手南希为了营救奥利弗，不顾贼头的监视和威胁，向布朗洛报信，说奥利弗就是他找寻已久的外孙儿。南希被贼窝头目杀害，警察随即围剿了贼窝，奥利弗终于得以与亲人团聚。该书揭露许多当时的社会问题，如救济院、童工以及帮派吸收青少年参与犯罪等。

【创作背景】

《雾都孤儿》是英国小说家查尔斯·狄更斯在维多利亚时代的作品。资本主义的发展，使英国成为世界超级大国，但繁华之下，是贫穷和不幸。这种繁荣孕育在危险和肮脏的工厂和煤矿里，阶级冲突越发明显，终于在1836年到1848年中接连爆发。19世纪末期，大英帝国国力逐渐下降。作为一个时代的产物，文学日趋多样化，许多伟大的作家出现在那个时代。《雾都孤儿》写于《济贫法》通过之时，英国正经历一场转变，从一个农业和农村经济向城市和工业国家的转变。《济贫法》允许穷人依赖接受公共援助，却要求他们进行必要的劳动，为了阻止穷人依赖公共援助，逼迫他们忍受难以想象的痛苦。因为贫民院的救援声名狼藉，许多穷人宁死也不寻求公共援助。《济贫法》没有提高穷人阶级的生活水平，却对最无助和无奈的下层阶级施以惩罚。

【思想主题】

①仁爱思想。狄更斯通过《雾都孤儿》塑造了小奥利弗的形象，整部小说揭露各种丑陋的嘴脸及残酷的社会现实，表现了难能可贵的仁爱思想。然后，由于时代及阶级等原因受限，导致狄更斯的仁爱思想具有一定的局限性。首先，狄更斯将导致整个社会人情冷淡的根源归结于一部分人及新济贫法上。作者认为小奥利弗的悲惨是由于济贫院的干事们造成的，没有触及整个资产阶级制度。在这点上，狄更斯倡导的仁爱思想过于单纯。其次，狄更斯认为仁爱是社会万能的解药。所有的问题都可以通过心怀仁爱之心来解决，小奥利弗最后皆大欢喜的结局是因为得到满怀慈善之心的布朗洛搭救。但当时的伦敦除了存在一个小奥利弗外，还有千千万万的跟小奥利弗有同等遭遇的人，不可能每个人都能遇到同样善心的人来搭救。对于这一点，狄更斯并没有提出实质性的良药。最后，狄更斯仍然对资产阶级存有一丝幻想，认为他们能够解救劳苦大众。在小说中布朗洛绅士和罗斯小姐等人都是资产阶级的代表，作者一味地为他们歌功颂德，却忽略了资产阶级的本质。

②种族歧视。真实地反映现实，这是现实主义作家在创作时应该遵循的首要原则。传统观点认为，这一时期的现实主义作家，即批判现实主义作家概括而集中地描写了资产阶级社会典型和本质方面的东西，他们“表现了典型环境中的典型性格”。事实上，就《雾都孤儿》一书中所揭露、描写的社会犯罪现象而言，狄更斯并不是严格按照以上准则来反映英国社会中的犯罪现象的。具体说，当狄更斯把笔墨从官僚机构的“济贫院”转向社会犯罪问题时，他不是从社会的真实现状出发，而在站在种族主义立场上，把以费金为代表的犹太人看成

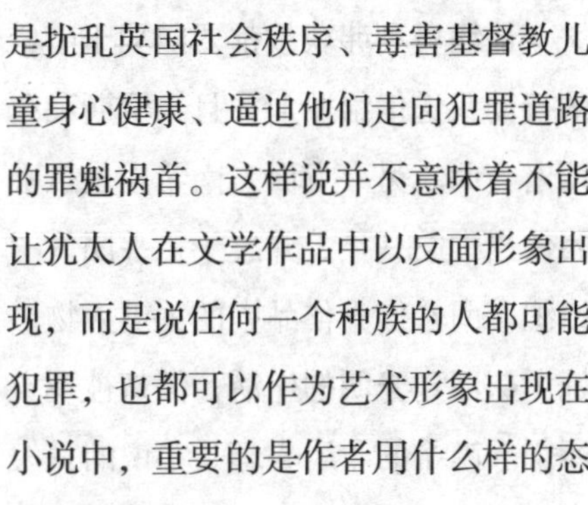

是扰乱英国社会秩序、毒害基督教儿童身心健康、逼迫他们走向犯罪道路的罪魁祸首。这样说并不意味着不能让犹太人在文学作品中以反面形象出现，而是说任何一个种族的人都可能犯罪，也都可以作为艺术形象出现在小说中，重要的是作者用什么样的态度来对待他们。

【写作特色】

《雾都孤儿》中主人公的英文名字为Oliver Twist，而Twist其英文意思是“扭曲，曲折，使苦恼”，这暗示着主人公Oliver的一生很坎坷，要经历很多的痛苦。在这个对社会进行抗议的情节剧式的小说中，奥利弗被当作一个主人公，其目的不是要触动我们的文学敏感性，而是要打动我们的情感。《雾都孤儿》结局由悲到喜、善恶有报，尽管这样的故事结局已经远远地脱离了现实生活，只是作者的美好愿望，可是它却达到了抑恶扬善、教育人的目的。《雾都孤儿》的这种善恶有报的结局以及惩恶扬善的写作意图都和童话创作不谋而合。

【主要人物及其事件】

奥利弗·崔斯特：奥利弗作为《雾都孤儿》的主人公，是一个敏感温柔，但又不失勇敢坚强的男孩。他的真实身份其实是富商的私生子。从小在济贫院生活的他饱受欺凌，但却始终保持了一颗纯真善良的心。当他到伦敦的时候，被带到了费金的家里，虽然费金费劲心思想让奥利弗走向黑暗，但奥利弗始终拥有出淤泥而不染的心灵。奥利弗出生于苦难之中，在黑暗和充满罪恶的世界中成长，但在他的心中始终保持着一方纯洁的天地，一颗善良的心，种种磨难并不能使他堕落，反而更显示出他出淤泥而不染的光彩夺目的晶莹品质。

费金：狄更斯在《雾都孤儿》中成功塑造了费金这个形象。人物一出场，作者就通过惟妙惟肖的形象描写让一个枯瘦如柴、手拿烤叉、长着一大团乱蓬蓬红头发的犹太老头形象跃然纸上。“油光可鉴的长衫”“龇牙咧嘴的怪笑”，这显然不是一个慈眉善目的老者，而是典型的恶人形象，一脸凶相，肮脏龌龊。接下来费金就开始给小奥利弗传授偷盗技巧，想要把他培养成出色的小偷。费金还教唆手下的一些孩子，让他们去行窃、犯罪以满足自己的私欲。犹太老头还用幽闭让孤独忧郁去熏陶一个天真纯洁的心灵，“将毒汁一滴一滴注入奥利弗的灵魂，要把它染黑，让它永远不再恢复原色”。显然费金的行径是邪恶的、无人道的。即使在盗贼团伙中费金也是十足的恶人，当孩子在街上出事奥利弗被抓时，费金大发雷霆、气势汹汹，甚至拳脚相加。直到最后被抓，他还幻想着让前去探视的奥利弗救他出去，丝毫没有悔过的意思。作为小说中恶势力的代表，费金可以说是最龌龊、最令人厌恶和仇恨的，作者对他的描写从外貌到内心，从居住环境到营生方式无一不充满了罪恶与肮脏。身为贼首的他是小窃贼的教唆犯，是贪婪的守财奴，是阴险狡诈的无耻小人。

南希：南希是《雾都孤儿》中最悲惨可怜，让人敬畏的人物角色。在南希小的时候也是个失去双亲的可怜孩子，被扒手团伙收留后从此走上了无奈的扒手之路。随着时间的流逝，在南希长大成人后，一个野蛮粗俗的强盗赛克斯把南希买下做了情妇。南希的一生，都被赛克斯牢牢地攥在自己手中。南希在这部作品中虽然不是最重要的人物，但她却是关键的人物。南希有着谜一样的身世、悲惨的命运，但却有着清水般的品质。南希在善恶之间徘徊，但其人性一直都未泯灭，和南希有着同样遭遇的主人公小英雄——奥利弗的命运息息相关。最终奥利弗获救都要归功于南希的行动：送信给罗斯并且与罗斯和布朗洛会面。另一方面，南希也是扒手团伙当中的一员，并忠于扒手团伙的组织。南希作为作品中的关键人物，她渴望回到光明的生活，但却被现实所困。南希的矛盾心理是小说的一大重要亮点，这样的矛盾交织的心理是成就她性格的另一原因，也是她逃脱不了悲惨命运的重要原因。

【名家点评】

狄更斯是19世纪英国现实主义文学的主要代表。艺术上以妙趣横生的幽默、细致入微的心理分析，以及现实主义描写与浪漫主义气氛的有机结合著称。马克思把他和萨克雷等称誉为英国的“一批杰出的小说家”。

【作品影响】

《雾都孤儿》是英国作家狄更斯于1838年出版的长篇写实小说。该作以雾都伦敦为背景，讲述了一个孤儿悲惨的身世及遭遇。主人公奥利弗在孤儿院长大，经历学徒生涯，艰苦逃难，误入贼窝，又被迫与狠毒的凶徒为伍，历尽无数辛酸，最后在善良人的帮助下，查明身世并获得了幸

福。该书揭露许多当时的社会问题，如救济院、童工以及帮派吸收青少年参与犯罪等。该书曾多次改编为电影、电视及舞台剧。

【作者小趣闻】

狄更斯钓鱼

有个狄更斯钓鱼的段子很有趣。话说，一个星期日，狄更斯到河边去钓鱼，他等了半天也不见一条鱼儿上钩。这时，一个陌生人走过来问道："您是在钓鱼？""是啊！"狄更斯快快地说，"今天运气不佳，昨天就在这里，我钓了十五条鱼呢！""是这样吗？"陌生人说，"您可知道此地禁止钓鱼？我就是负责看守的！"说罢，他从衣袋里掏出一个本子，要对狄更斯罚款。狄更斯答道："您知道我是谁吗？我就是作家狄更斯，您不能罚我的款。刚才我说的是一个虚构的故事，而虚构故事正是作家的职业！"

【常考知识点】

1.《雾都孤儿》是英国作家狄更斯写的。

2.《雾都孤儿》的主人公名奥利弗，他出生在济贫院。

3.富人的弃婴奥利弗，在孤儿院里挣扎了9年。

4.《雾都孤儿》中"雾都"是指城市伦敦。

5.《雾都孤儿》中，奥利弗不堪诺亚的辱骂怒起反抗。

6.《雾都孤儿》中见义勇为，同情奥利弗的遭遇，冒生命危险，偷偷找到罗斯小姐向其报告主人公情况的是南希。

7.贼首费金的结局是：被捕，然后上了绞刑架。

8.奥利弗的同父异母兄长是蒙克斯。

9.《雾都孤儿》真实地反映了当时英国社会中存在的日益严重的贫民问题，整部小说充满了强烈的社会批判精神。作者狄更斯通过小说告诉人们要分清善恶，并且希望人们要懂得爱，懂得去爱别人，整部小说自始至终都洋溢着爱的力量。

10.请简要说说《雾都孤儿》的主要故事情节。

《雾都孤儿》是狄更斯的第一部社会批判小说。富人的弃婴奥利弗在孤儿院里挣扎了9年，又被送到棺材店老板那儿当学徒。难以忍受的饥饿、贫困和侮辱，迫使奥利弗逃到伦敦，又被迫无奈当了扒手。他曾被富有的布朗洛先生收留，不幸让小扒手发现又入贼窝。善良的女扒手南希为了营救奥利弗，不顾贼头的监视和威胁，向布朗洛报信，说奥利弗就是他找寻已久的外孙儿。南希被贼窝头目杀害，警察随即围剿了贼窝。奥利弗终于得以与亲人团聚。

《大卫·科波菲尔》

查尔斯·狄更斯

名著导读

【主要故事情节】

大卫·科波菲尔尚未出世时，父亲就去世了，他在母亲及女仆的照管下长大。不久，母亲改嫁，继父摩德斯通凶狠贪婪，他把大卫看作累赘，婚前就把大卫送到了他女仆的哥哥辟果提先生家里。辟果提是个正直善良的渔民，住在雅茅斯海边一座用破船改成的小屋里，与收养的一对孤儿艾米丽和汉姆相依为命，大卫和他们一起过着清苦和睦的生活。出于对母亲的思念，大卫又回到了继父家，然而继父不但常常责打他，甚至剥夺了母亲对他关怀和爱抚的权利。母亲去世后，继父立即把不足10岁的大卫送去当洗刷酒瓶的童工，大卫从此过起了没有温饱的生活。他历尽艰辛，最后找到了姨婆贝西小姐，贝西小姐生性怪僻，但心地善良，她收留了大卫，让他上学深造。大卫求学期间，寄宿在姨婆的律师威克菲尔家里，与他的女儿艾妮斯结下了深厚的情谊。但大卫对威克菲尔雇用的一个名叫希普的书记极为反感，讨厌他那种阳奉阴违、曲意逢迎的丑态。大卫中学毕业后外出旅行，邂逅了童年时代的同学斯蒂福兹，两人一起来到雅茅斯，拜访辟果提一家。已经和汉姆订婚的艾米丽经受不住阔少爷斯蒂福兹的引诱，竟在结婚前夕与他私奔国外。辟果提先生痛苦万分，发誓要找回艾米丽。大卫回到伦敦，在斯本罗律师事务所任见习生。他从艾妮斯口中获悉，威克菲尔律师落入诡计多端的希普所设计的陷阱，正处在走投无路的境地，这使大卫非常愤慨。此时的大卫爱上了斯本罗律师的女儿朵拉，但两人婚后的生活并不理想，朵拉是个容貌美丽，但头脑简单的“洋娃娃”，贝西姨婆也濒临破产。这时，大卫再次遇见他当童工时的房东米考伯，米考伯现在是希普的秘书，经过激烈的思想斗争，他最终揭露了希普陷害威克菲尔并导致贝西小姐破产的种种阴谋。在事实面前，希普只好伏罪。与此同时，辟果提和汉姆经过多方奔波，终于找到了被斯蒂福兹抛弃后，沦落在伦敦的艾米丽，并决定将她带回澳大利亚，开始新的生活。然而就在启程前夕，海上突然风狂雨骤，一艘来自西班牙的客轮在雅茅斯遇险沉没，只剩下一个濒死的旅客紧紧地抓着桅杆。汉姆见状不顾自身危险，下海救他，不幸被巨浪吞没。当人们捞起他的尸体时，船上那名旅客的尸体也漂到了岸边，那人竟是诱拐艾米丽的斯蒂福兹。艾米丽被汉姆的行动深深地打动了，回到澳大利亚后，她终日在劳动中寻找安宁，并且终身未嫁。大卫终于成了一名作家，朵拉却患上了重病，在辟果提前往澳大利亚前夕便离开了人世。大卫满怀悲痛地出国旅行散心，其间，艾妮斯始终与他保持联系。当他三年后返回英国时，才发觉艾妮斯一直爱着他，两人最终走到了一起，与姨婆贝西、辟果提愉快地生活着。

查尔斯·狄更斯

【作者简介】

查尔斯·狄更斯（1812—1870），查尔斯·狄更斯全名查尔斯·约翰·赫法姆·狄更斯，英国作家。主要作品有《大卫·科波菲尔》《匹克威克外传》《雾都孤儿》《老古玩店》《艰难时世》《我们共同的朋友》《双城记》等。狄更斯1812年2月7日生于朴次茅斯市郊，出身于海军小职员家庭，少年时因家庭生活窘迫，只能断断续续入校求学。后被迫到工场做童工。15岁以后，当过律师事务所学徒、录事和法庭记录员。20岁开始当报馆采访员，报道下议院。

1837年他完成了第一部长篇小说《匹克威克外传》，是第一部现实主义小说创作，后来创作才能日渐成熟，先后出版了《雾都孤儿》（1838）、《老古玩店》（1841）、《董贝父子》（1848）、《大卫·科波菲尔》（1850）、《艰难时世》（1854）、《双城记》（1859）、《远大前程》（1861）等，1870年6月9日卒于罗切斯特附近的盖茨山庄。狄更斯特别注意描写生活在英国社会底层的“小人物”的生活遭遇，深刻地反映了当时英国复杂的社会现实，为英国批判现实主义文学的开拓和发展做出了卓越的贡献。他的作品对英国文学发展产生了深远的影响。

【作品简介】

《大卫·科波菲尔》主要写的是大卫·科波菲尔从小到大的生活。大卫·科波菲尔尚未来到人间，父亲就已去世，他在母亲及女仆的照管下长大。不久，母亲改嫁，继父摩德斯通凶狠贪婪，他把大卫看作累赘，婚前就把大卫送到女仆的哥哥家里。辟果提是个正直善良的渔民，住在雅茅斯海边一座用破船改成的小屋里，与收养的一对孤儿（他妹妹的女儿爱米丽和他弟弟的儿子海姆）相依为命，大卫和他们一起过着清苦和睦的生活。

【创作背景】

狄更斯的童年是不幸的。虽然父母健在，但由于家计窘迫，双亲对他的教育和前途颇为疏忽，所以狄更斯童年在家中孤寂的情况，并不亚于小说中的孤儿大卫。父亲负债入狱，他不得不在十一岁就独立谋生，像大卫在枚·货栈那样去当童工。随后也像大卫一样，在律师事务所做学徒，学习速记；当记者，采访议会辩论……小说中有的段落，几乎是作家全部从自传中移植而来。全书采用第一人称叙事，其中融进了作者本人的许多生活经历。狄更斯出身社会底层，祖父、祖母都长期在克鲁勋爵府当佣人。父亲约翰是海军军需处职员，在狄更斯十二岁那年，因负债无力偿还，连累妻子儿女和他一起住进了马夏尔西债务人监狱。当时狄更斯在泰晤士河畔的华伦黑鞋油作坊当童工，比他大两岁的姐姐范妮在皇家音乐学院学习，全家人中只有他俩没有在狱中居住。父亲出狱后，狄更斯曾一度进惠灵顿学校学习，不久又因家贫而永久辍学，十五岁时进律师事务所当学徒。后来，他学会速记，被伦敦民事律师议会聘为审案记录员。1831至1832年间，狄更斯先后担任《议会镜报》和《真阳报》派驻议会的记者。这些经历有助于他日后走上写作的道路。他一生所受学校教育不足四年，他的成功全靠自己的天才、勤奋以及艰苦生活的磨炼。1836年，狄更斯终于以长篇小说《匹克威克外传》而名满天下，当时他年仅二十四岁。1848年，范妮因患肺结核早逝，她的死使狄更斯非常悲伤，因为在众多兄弟姐妹中，只有他俩在才能、志趣上十分接近。他俩都有杰出的表演才能，童年时曾随父亲到罗彻斯特的米特尔饭店，站在大餐桌上表演歌舞，赢得众人的赞叹。范妮死后，狄更斯写下一篇七千字的回忆文章，记录他俩一起度过的充满艰辛的童年。狄更斯死后，他的好友福斯特在《狄更斯传》中首次向公众披露了狄更斯的早年生活，小说正是根据这篇回忆所写。狄更斯写这篇回忆是为创作一部自传体长篇小说做准备。他为小说主人公取过许多名字，最后才想到“大卫·科波菲尔”。福斯特听了之后，立刻叫好，因为这个名字的缩写D.C.正是作者名字缩写的颠倒，于是小说主人公的名字便定了下来。狄更斯早期作品大多是结构松散的“流浪汉传奇”，都是凭借灵感信笔挥洒的即兴创作，而该书则是他的中期作品，更加注重结构技巧和艺术的分寸感。狄更斯在该书第十一章中，把他的创作方法概括为“经验想象，糅合为一”。他写小说，并不拘泥于临摹实际发生的事，而是充分发挥想象力，利用生活素材进行崭新的创造。尽管书中大卫幼年时跟母亲学字母的情景是他本人的亲身经历，大卫在母亲改嫁后，在极端孤寂的环境中阅读的正是他本人在那个年龄所读的书，母亲被折磨死后，大卫被送去当童工的年龄也正是狄更斯当童工时的年龄，然而，小说和实事完全不同：狄更斯不是孤儿，而他笔下的大卫却是“遗腹子”。同时，狄更斯又把自己父母的某些性格糅进了大卫的房东、推销商米考伯夫妇身上。

【思想主题】

《大卫·科波菲尔》是19世纪英国批判现实主义大师狄更斯的一部代表作。在这部具有强烈的自传色彩的小说里，狄更斯借用“小大卫自身的历史和经验”，从不少方面回顾和总结了自己的生活道路，反映了他的人生哲学和道德理想。《大卫·科波菲尔》通过主人公大卫一生的悲欢离合，多层次地揭示了当时社会的真实面貌，突出地表现了金钱对婚姻、家庭和社会的腐蚀作用：小说中一系列悲剧的形成都是金钱导致的。摩德斯通骗娶大卫的母亲是觊觎她的财产；爱米丽的私奔是经受不住金钱的诱惑；威克菲尔一家的痛苦，海姆的绝望，无一不是金钱造成的恶果；而卑鄙小人希普也是在金钱诱惑下一步步堕落的，最后落得个终身监禁的可耻下场。狄更斯正是从人道主义的思想出发，暴露了金钱的罪恶，从而揭开“维多利亚盛世”的美丽帷幕，显现出隐藏其后的社会真相。

【写作特色】

《大卫·科波菲尔》在艺术上的魅力，不在于它有曲折生动的结构，或者跌宕起伏的情节，而在于它有一种现实的生活气息和抒情的叙事风格。这部作品吸引人的是那有血有肉的人物形象，具体生动的世态人情，以及不同人物的性格特征。如大卫的姨婆贝西小姐，不论是她的言谈举止，服饰装束，习惯好恶，甚至一举手一投足，尽管不无夸张之处，但都生动地描绘出一个生性怪僻、心地慈善的老妇人形象。至于对女仆辟果提的刻画，那更是惟妙惟肖了。小说中的环境描写也很有功力，尤其是雅茅斯那场海上风暴，写得气势磅礴，生动逼真，令人有身临其境之感。

【主要人物及其事件】

大卫·科波菲尔：大卫·科波菲尔是《大卫·科波菲尔》中的主人公，是个遗腹子，他的父亲闭上眼睛不再看到世界光明。六个月之后，他便带着一片头膜出生了。作者描写了他从孤儿成长为一个具有人道主义精神的资产阶级民主主义作家的过程。他善良，诚挚，聪明，勤奋好学，有自强不息的勇气、百折不回的毅力和积极进取的精神，在逆境中满怀信心，在顺境中加倍努力，终于获得了事业上的成功和家庭的幸福。在这个人物身上寄托着狄更斯的道德理想。

摩德斯通小姐：大卫童年的灾星、继父的姐姐摩德斯通小姐的性格特点是极端冷酷和残忍。从一出场就奠定了她这种性格：面色阴郁，皮肤黝黑，声音男性化，两道浓眉连在一起，她的钢制钱包合上的时候，咔嗒一声，像是狠狠地咬谁一口，在狄更斯笔下，没有生命的东西也成了活的，她打扮时用钢制手铐和铆钉，这都是这位冷血的钢铁女人的性格写照。摩德斯通小姐是一个十足的男人婆，她讨厌男人，却长着男人的脸孔，没有女性的温柔，没有爱心和同情心，她和她弟弟一直折磨可怜的克拉拉，并把大卫看成眼中钉，用各种手段折磨大卫，造成大卫童年的苦难。以后，在朵拉的家中又出现了她阴郁的影子。

贝西姨婆：贝西姨婆在某些方面与摩德斯通小姐有相似之处，但她们有本质的不同：贝西姨婆脾气古怪，她对驴子非常敏感，驴子从门前草地经过是她一生最为气愤的。她特立独行，敢说敢干，不顾世俗的眼光，略带男性气质，偏重理性，但是贝西姨婆博爱、善良、仁慈、心软、重感情，虽然她讨厌男孩，但是大卫投奔她后，她又收留了大卫，并把摩德斯通姐弟骂得痛快淋漓。她对大卫的教导：永不卑贱，永不虚伪，永不残忍。这可以成为一个人立身行事的座右铭，在她的抚养爱护下，大卫健康成长，并成为一位著名作家。贝西姨婆可怜迪克，收留他，欣赏他，给他舒适安逸的生活。她是珍妮的监护人，还监护其他一些人，教育他们，让他们学会保护自己。她对朵拉那么疼惜与宠爱，一点也不嫌弃她，还给她起了可爱的名字：小花。

克拉拉：克拉拉与朵拉也是极为相似的。她们都非常年轻、漂亮，天真幼稚，孩子气很浓，很善良。她们的不同在于：克拉拉的命运更为悲惨一些，结婚才一年丈夫就去世了，第二任丈夫摩德斯通又是那样一个冷酷、贪婪、残暴的商人，他与克拉拉结婚完全是为了金钱，而天真单纯的克拉拉并没有察觉到，再加上摩德斯通小姐的折磨，她没有了任何自由，连疼爱自己孩子的权利都没有，最后在忧愁、孤单、担惊受怕中凄惨地死去，却没有与相依为命的儿子见上最后一面。但是，克拉拉并非纯粹是一个玩具娃娃，她有知识有学问，可以自己教大卫，她也能够管家，家庭料理得不错，她还有一个很好的佣人兼朋友——辟果提。

朵拉：大卫第一眼看到她就被她深深地吸引，仿佛整个世界只有她和她可爱的“小花”。大卫那么爱她，捧在手心里，装在心坎里，又有贝西姨婆的呵护与照顾，艾妮斯的喜爱。她天真美丽而善良，虽然完全不懂家务，把事情弄得一团糟，但她是如此善良而爱着大卫。在生命的终了时把最珍贵的遗产——她深爱的丈夫，托付给朋友艾妮斯，希望丈夫可以在自己离开后有幸福的生活，她是无私的。可爱的“娃娃妻”朵拉这时

候显得如此成熟，令人难忘。

艾妮斯：艾妮斯无论从容貌、品德、学识、思想上看，她几乎都无可挑剔。她美丽端庄，大方得体，温柔善良，恬静稳重，体贴周到，有敏锐的洞察力，坚强的性格和意志，宽容博爱的心肠，她是大卫的精神依托，美丽天使，任何人都会为有这样一个知心朋友而感到无比骄傲和自豪。艾妮斯从小就是父亲的管家和精神慰藉，由于对父亲的爱，她过早地成熟，并承担起照顾父亲的责任，为了父亲她不得不讨好希普这个卑鄙小人，但是她是决不会屈服于希普的，不会让希普的险恶目的得逞。艾妮斯虽然没有过多和斯蒂福兹接触，但却能从一件件小事中判断出他在大卫身边的危险，她的洞察力是敏锐的，与大卫对斯蒂福兹感性的崇拜相比，艾妮斯是理智的。艾妮斯对大卫的爱是深沉而长久的，她一直在默默地爱着大卫，只不过大卫反应迟钝，而且对爱情的追求是盲目的。“强扭的瓜不甜。”“夫妻之间没有比志趣不合更大的分歧了。”斯特朗太太的这句话在大卫心中掀起了波澜。在朵拉死后，在经历了许多困难之后，在海外历练数年之后，大卫终于明白了他对艾妮斯的爱，他们结婚了。无论在事业上、生活上，艾妮斯都是大卫理想的伴侣。对于大卫来说，最爱的女人是朵拉，而最敬慕的是艾妮斯。

辟果提：在大卫的成长经历中，不能不提到的还有一个人——辟果提，大卫的老奶妈。她同样是一个了不起的女人。童年的大卫在她的照顾和陪伴中幸福快乐地成长，成年后的大卫仍得到她无微不至的关怀。辟果提对大卫母子俩忠心耿耿，既是仆人又是亲人，在大卫被继父打得遍体鳞伤之后，锁在房里，母亲不敢去看他，只有辟果提顺着锁眼去安慰他。无论在哪里，她总是把大卫照顾得很好，她的家永远有大卫的位置。她对大卫的爱是那么真挚、淳朴，她心地善良，也很能干，做家务井井有条。

艾米丽：艾米丽的渔民父母在风暴中遇难，被大卫奶妈的兄弟收养，幼年时大卫去那里度假时与她一起度过了快乐的2周时光，产生爱情萌芽。她生活在穷人家，周围有视她为掌上明珠的养父和深爱她的忠厚善良的工人吉姆，在那个小渔村里，嫁给吉姆似乎是她唯一正确的选择，但不幸的是，艾米丽天生美丽而又才华横溢，那个落后的小小的空间不能满足她的欲望，而贫穷生活和保守的民风又把她牢牢束缚，无奈之下，她接受了吉姆的求爱与他订了婚，但就在订婚的当天，大卫和他的朋友斯蒂福兹来拜访，斯蒂福兹相貌英俊口齿伶俐，但为人自私不负责任，他疯狂地爱上了艾米丽，艾米丽也觉得找到了知己，最终，他们私奔了，但在斯蒂福兹母亲的威胁和自己的感情动摇下，很快抛弃了她，她的养父千方百计找到了她，把她带到一个陌生的地方，艾米丽最终选择了没有爱情的生活，孤独地陪伴着她的养父。艾米丽是个当时保守社会的牺牲品。

【名家点评】

高尔基对狄更斯的评价是一位不仅反映现实，还起了作用的作家。

萧伯纳评价狄更斯指出他是一个革命者，蔑视众议院。但是萧伯纳也对狄更斯反对工人运动做出了批评。在萧伯纳的眼中，狄更斯认为贵族就是人们的主人。

【作品影响】

《大卫·科波菲尔》于1849至1850年间，分二十个部分逐月发表。全书采用第一人称叙事，融进了作者本人的许多生活经历。语言诙谐风趣，展示了19世纪中叶英国的广阔画面，反映了狄更斯希望人间充满善良正义的理想。

【作者小趣闻】

霍恩将狄更斯描述为："真正散发着他所凝聚的时代的全部精神——令人愉快、富于教益、健康而且具有感化作用。狄更斯先生在私下场合和他的作品一样。他说话和蔼亲切，有自己特有的个人爱好，并且喜爱运用实际技能的竞赛游戏。他还是一个很爱散步的人，特别喜欢跳柯夫雷舞，他在私下场合给人的印象是一位一流的老练知识分子，他没有愚蠢的言行。"

【常考知识点】

1.《大卫·科波菲尔》以大卫的成长史为主线，塑造了一批极具个性的人物，如忠心耿耿的辟果提，凶残贪婪的摩德斯通等；他还塑造了一个纨绔子弟斯蒂福兹以及他的母亲，并将之与劳动人民善良、慷慨、自尊的心相对照，从中体现出民主的精神。

2.《大卫·科波菲尔》中，米考伯要大卫记住的教训是：

如果收入二十镑，花十九镑十九先令六便士，他就快活；如果花二十镑一先令，他就苦恼。

3.请简述《大卫·科波菲尔》中一个善最终战胜恶的故事。

阴险小人希普企图占有威克菲尔律师的产业，还企图占有律师的女儿艾妮斯，大卫的姨婆破产也是他捣的鬼。但最后他的阴谋并未得逞，米考伯揭穿了他的罪恶行径。随后米考伯一家移民海外，并在那里大有作为。

4.请简述大卫·科波菲尔在半年学校生活中留下深刻印象的一件事。

一次，大卫最喜欢的同学斯蒂福兹在课堂吵闹，麦尔老师批评他几句，他非但不服管，还污蔑老师是“叫花子”，吵闹声引来了校长，斯蒂福兹振振有词地揭发麦尔老师的母亲是靠施舍过日子的，校长是势利眼，于是解雇了麦尔老师。大卫为此深深内疚，因为麦尔老师对他很好，而且关于他母亲受施舍的事还是大卫无意间透露的。

5.《大卫·科波菲尔》中的吉神和凶神是谁？怎样认识他们对大卫人生的影响？

大卫生命中的吉神是他的第二任妻子，也就是威克菲尔律师的女儿艾妮斯。艾妮斯是一个聪慧、善良的女子，她代替死去的母亲照顾父亲，而且对待大卫也很友善,帮助了大大卫确立健全的人格。直到大卫最终意识到艾妮斯才是他最理想的伴侣。所以艾妮斯是大卫的吉神。凶神就是仪表堂堂却内心险恶的斯蒂福兹。他是大卫童年时的好友，但是随着大卫人格的健全和艾妮斯的提醒，他渐渐意识到斯蒂福兹是个伪君子。而且斯蒂福兹诱骗大卫的童年好友——大卫的保姆辟果提的侄女艾米丽在结婚前夕与他私奔。斯蒂福兹给大卫的亲人以及朋友的生活带来了极大的不幸，所以他是大卫的凶神。

6.狄更斯（1812—1870）是享有世界声誉的英国小说家，也是唯一可以与莎士比亚比肩的英语作家。代表作有《大卫·科波菲尔》《老古玩店》《艰难时世》《双城记》《远大前程》等。

7.《大卫·科波菲尔》是“半自传体”长篇小说，以大卫的成长史为小说的主线。小说中的房东米考伯夫妇是狄更斯以他的父母为原型塑造的，米考伯夫妇那种“债多不用愁、乐天知命”的性格成为文学中的典型，称作“米考伯主义”。

8.下列关于名著《大卫·科波菲尔》，不正确的一项是（ B ）。

A.大卫善良，诚挚，聪明，勤奋好学，有自强不息的勇气、百折不挠的毅力和积极进取的精神，终于获得了事业上的成功和家庭的幸福。

B.大卫的继父摩德斯通凶狠贪婪，他把大卫看作累赘，常常责打他。母亲去世后，即把不足10岁的大卫送去当洗刷酒瓶的童工，让他过着基本能解决温饱的生活。

C.大卫·贝西小姐生性怪僻，但心地善良。她收留了大卫，让他上学深造。

D.艾妮斯既有外在的美貌，又有内心的美德，她最后与大卫的结合，这种完美的婚姻使小说的结尾洋溢一派幸福和希望的气氛。

《金银岛》

罗伯特·路易斯·史蒂文森

名著导读

【主要故事情节】

18世纪中叶，一名从前的海盗船长比尔·博恩斯避开人们的耳目来到海边的一家小客店里，他让店主人的儿子小吉姆·霍金斯留神一名“独腿水手”。但是“独腿水手”始终没有露面，却有一个名叫“黑狗”的男人找上门来。吉姆的父亲病重身死以后，又来了一个名叫皮尤的盲人，向比尔递交了一份海盗同伙之间决定执行死刑的处死通知单“黑点”，一见这份“黑点”，比尔立即因恐怖到极点而死去。吉姆和母亲打开了比尔所携带的大箱子，想要找出可以抵偿比尔这些天住宿费用的东西，但是由于盲人带领一伙海盗来进攻旅店，匆忙之间没有找出什么，只是在箱子底层找到了一个用油布裹得严严实实的小包。母子二人逃到屋外，幸好没被海盗们抓住。原来，油布小包中装的是海盗头子弗林特生前埋藏大批赃物财宝地点的岛上地图。比尔得到了这个地图，想要携图私逃，独吞这笔财富，不料还是被海盗们发现，跟踪而至。不过油布小包已被吉姆所得，海盗们扑了个空。当地的乡绅特里劳尼得知此事，在布里斯托尔买了一艘名叫埃斯班诺拉号的帆船，向金银岛出发了。船上有医生利夫西、船长斯莫利特，吉姆当了勤杂工。一切准备就绪，但船上的炊事员约翰·西尔弗却是个一只脚的瘸子。一天夜里，吉姆在苹果桶里听到了西尔弗和一些人正在秘密策划，要在找到宝藏后举行叛乱。原来，西尔弗就是那个令人胆战心惊的“独腿水手”，他是弗林特手下的重要头目。船员已经有19个人是西尔弗一伙的海盗，而吉姆、医生利夫西他们一伙才只有7人，医生和船长商议以后，决定先发制人。这时，帆船已在金银岛附近的海面上抛锚停泊，船长宣布可以让多数船员上岸休息。同时，乘机把部分粮食、弹药运到岸上一所过去由海盗修建的弗林特木寨之中。他们放弃了帆船，打算借助于岸上的有利地形，固守在木寨里，抵御海盗。但淘气的吉姆没有和朋友们一道行动，擅自和海盗们乘小艇上了岸。他离开朋友们后又感到害怕起来，因此，上岸后立刻避开了那伙强盗，跑进丛林之中。独自在丛林中盲目乱窜的吉姆，忽然碰见了已经变得像野人一样的水手本·冈恩。冈恩也曾经在弗林特手下做过海盗，后来在一条船上服务时被同伴们抛弃到这个荒无人烟的海岛上，迄今已有三年了。他告诉吉姆他已经掌握了宝藏的秘密，并恳求吉姆帮助他重回人类社会。吉姆离开冈恩后，找到了退守木寨的同伴，他们同心协力、奋勇拼杀，打退了海盗的进攻，打死打伤了一些海盗。这天晚上，求成心切的吉姆灵机一动，偷偷溜出木寨，驾着冈恩自制的木筏来到海上，退潮的海水把他的筏子推向帆船。岸上的亡命徒们正在大吃大喝，狂欢痛饮，看守帆船的两名海盗也在酒醉后互相厮杀，最后一死一伤。吉姆先割断了船锚的缆绳，后来又爬上无人操纵的帆船，设法将它驶至海岛的另一端，停泊在那里。不过吉姆可绝对没预料到，当他不在木寨时，情况又发生了变化。原来，冈恩告诉了利夫西医生，他已经把埋藏的财宝挖了出来，并运到了他住的山洞里。于是，医生决定放弃木寨，搬到冈恩的山洞去住。这时，那张地图已变成无用的废物，于是，他们就把它交给了海盗们。他们走后，海盗们立刻占据了木寨。吉姆漂泊了一整天，第二天夜里，摸回木寨，正好落进了敌巢，强盗们由于死的死，病的病，只剩下六个人，他们这些人互相猜疑，争吵不休。老奸巨猾的西尔弗看出了形势不妙，他为了给自己留一条后路，便出面保护吉姆，不让别的海盗加害于他。西尔弗的手下群盗为此非常愤怒，对西尔弗出示了“黑点”，西尔弗从怀中掏出宝藏的地图，才将他们的愤怒平息下去。天亮后，海盗们带上地图去找宝藏，但只发现一处空穴，财宝早已无影无踪。他们惊呆了，接着像野兽般发起狂来。这时，西尔弗毫不迟疑地抛弃了过去的同伙，和吉姆一起投奔到埋伏在附近的医生等人那里。经过一番激战，乌合之众的海盗被打垮了。吉姆他们把财宝装运上船，等到涨潮后，便驾着帆船返航，归途中在西印度群岛，西尔弗偷了一口袋金币，消失了踪影。而吉姆和他的朋友们连同冈恩终于乘埃斯班诺拉号，满载而归，回到了自己的家园。

罗伯特·路易斯·史蒂文森

【作者简介】

罗伯特·路易斯·史蒂文森（1850—1894），19世纪后半叶英国伟大的小说家。代表作品有长篇小说《金银岛》《化身博士》《绑架》《卡特丽娜》等。早期他到处游历，为其创作积累了资源，后期致力于小说创作，取得了极高的成就，其作品风格独特多变，对20世纪现代主义文学影响巨大。到了20世纪中期，评论家对其作品进行了新的评价，开始审视史蒂文森而且将他的作品放入西方经典中，并将他列为19世纪最伟大的作家之一。

【作品简介】

《金银岛》讲述的是18世纪中期英国少年吉姆从垂危水手博恩斯手中得到传说中的藏宝图，在当地乡绅支援下组织探险队前往金银岛，并与冈恩众人智斗海盗，最终平息了叛变并成功取得宝藏的故事。《金银岛》体现了东方主义“东方化”和“包容”东方的愿望，金银岛及岛上财宝代表着被东方主义扭曲了的东方形象。

【创作背景】

《金银岛》是以真实的历史背景为题材写的，书中的荒岛即科科斯岛，位于太平洋距哥斯达黎加海岸483千米的海中，曾是17世纪海盗的休息站。海盗们经常将掠夺的财宝在此装卸和埋藏，因此为这个并非鸟语花香、景色宜人的小岛平添了许多神秘色彩。据说岛上至少埋有六处宝藏。1820年，利马市仍然是西班牙的殖民地，当被称为“解放者”的秘鲁民族英雄玻利瓦尔所率领的革命军即将进攻利马时，利马的西班牙总督仓皇出逃，同时将他多年搜刮的财宝，包括黄金烛台、金盘、真人般大小的圣母黄金铸像装上一艘“玛丽·迪尔”号帆船上逃走。不料，到了海上，船长见财起意，杀死了西班牙总督，为了安全起见，船长将财宝藏进了科科斯岛上的一个神秘的洞穴内。在以后的日子里，他却一直没有找到适当机会重返科科斯岛取走宝藏，直至1844年，船长离开人世，只是留下了一张难辨真伪的藏宝图。史蒂文森以此为背景写出《金银岛》一书。

【思想主题】

《金银岛》可以让读者感受到金钱的诱惑之大。金钱竟可以改变人与人之间的感情，金钱腐蚀了世界，金钱腐蚀了一切。但金钱本身是无辜的，只是心理变质的人妄想拥有它、利用它甚至是控制它。于是，金钱便变成了一种邪恶的代名词。但金钱有时又是对人类有益的，譬如努力工作便会得到丰厚的利益，此时的金钱便给了人一种上进的力量。只要合理地使用金钱，金钱便会是最有益的物品。

【写作特色】

《金银岛》的故事主要以少年吉姆的角度展开，作者成功地把握了一个孩子的观察视角，以第一人称“我”展开叙述，不仅增强文章的亲切感，而且使整个叙述从说话口吻到遣词造句都符合孩子的语言习惯。因而，这幅为青少年朋友描绘的寻宝图，既散发出浓厚的孩童情趣，又充满着诱人的冒险气息。故事情节按时间发展顺序展开，用一个又一个悬念和高潮牢牢吸引住读者，《金银岛》被植入了鲜活的历史时间，隐藏着一个将历史与成长关联起来的重大主题，是一部名副其实的“成长小说”。

【主要人物及其事件】

吉姆·霍金斯：吉姆勇敢、机智，富有冒险精神。不过，他性格的形成既来自生活的历练，也来自对榜样的学习。在吉姆的身边，有沉着冷静的利夫西医生，正直高尚的乡绅屈利劳尼，细心机敏的船长斯摩利特，还有阴险狡诈且精明过人的海盗西尔弗。在不断的冒险历程中，吉姆吸收了身边大人们的一些品质，到后来他身上体现出来的沉稳老练，丝毫不逊色于他的大人伙伴们，他甚至还吸收了西尔弗善于分析、思维缜密的特点，所以他敢于偷偷地溜上海盗的小船。当他感到船上的朋友们不理他的时候，他一冲动就跟海盗们上了岸，而在岸上与海盗对峙的时候，他再一次离开大伙儿，历尽艰辛夺回了大船。通过磨难和历险，在故事结束之时，吉姆的成熟与开篇时候的懵懂已经截然不同。吉姆形象的塑造，在于作者对英雄主义理想的呼唤，不一定是呼唤古代神话中阿喀琉斯式的那种英雄，而是那种在平凡时代能够勇于探索未知世界，在巨大危险威胁下，能够克服怯懦、勇敢无畏的英雄主义精神。在拜金主义横行，英雄主义逐步退隐的19世纪后期，这种精神尤为可贵。

约翰·西尔弗：西尔弗是小说中是一个比较成功的形象。他性格复杂，既有严重的道德缺陷，也有还未泯灭的良心。他诡计多端、老奸巨猾，他的真实身份就是“船长”日夜为之胆战心惊的“独腿水手”。他假扮成船上的厨师，取得了医生、乡绅等人的信任，同时笼络其他水手进行叛变。在形势急转直下的时候，他为自己留一条后路，出面保护吉姆，不让其他海盗加害于他。最后西尔弗抛弃了发狂的海盗们，加入了吉姆的阵营，帮他们打败了叛徒。在返航途中，他显然害怕回国后受到惩罚，偷了一笔钱逃之夭夭。西尔弗从个人利益出发，在两个阵营中不断摇摆，前后五次倒戈，这个人物的善与恶、优点与缺点随着他的生活轨迹此起彼伏，代表了一种极端个人主义意识。

【名家点评】

清代文学家王国维《英国小说家斯提逢孙传》：“此著作中，以《金银岛》为其得名之第一著作，青年之读物恐无出其右者。”

【作品影响】

《金银岛》是英国小说家罗伯特·路易斯·史蒂文森创作的一部长篇小说，创作于1881年，作品于1881年10月至1882年1月以《金银岛，或伊斯班袅拉号上的暴乱》为题在《小伙子》上发表，作者的署名是“乔治·诺斯船长”，1883年出版单行本。

【作者小趣闻】

童年

史蒂文森从母亲玛格丽特·巴尔福那里遗传到了虚弱的肺部，所以史蒂文森在冬天时经常待在床上，而他的护士则花很长的时间在床边阅读圣经与古老基督教誓约派的一生给年幼的史蒂文森听。而在夏天，史蒂文森则被鼓励到户外游戏，在这时候他又变成了好动而无忧无虑的孩子。在11岁的时候，史蒂文森的身体已经好转了，所以父母送他到爱丁堡学校就读，准备将来进入爱丁堡大学，他们计划让史蒂文森成为灯塔工程师。在这段时期，史蒂文森广泛地阅读文学书籍，他特别喜欢莎士比亚、沃尔特·司各特、约翰·本仁与《一千零一夜》。

【常考知识点】

1.《金银岛》中，第一次在旅店中找到比尔的海盗是黑狗，在与比尔的打斗中，他的左肩被比尔砍了一刀。盲人海盗的真名叫皮尤，最后他被四只马蹄踩死了。

2.吉姆独自一个人冒险来到了海岸边，想去找本·葛恩的小艇。

3.比尔船长要求吉姆每天给他的伙食有鸡蛋、咸肉以及朗姆酒，他很喜欢喝朗姆酒。

4.比尔船长在临死前把箱子留在了酒店，吉姆把箱子打开后，发现了一张藏宝图，这张藏宝图是海盗头子弗林特船长遗留下来的。

5.吉姆躲在苹果桶里，偷听到了西尔弗和两个亲信的谈话。

6.《金银岛》的作者是英国的罗伯特·路易斯·史蒂文森，这本书的主人公吉姆·霍金斯是一个十岁大的小男孩，他喜欢冒险，机智勇敢，充满正义感，遇事沉着冷静、不慌张，但有时做事草率，他的父母经营着一家名为"本葆海军上将"的旅店 。

7.因为岛上有七十万磅的藏金，所以这本书叫作"金银岛"。

8.利夫西医生与乡绅特里罗尼促成作者将有关宝岛的事情全都详细地写下来，而他们也是此次航海寻宝之旅的主要人物。

9.岛上那些像是奇大无比的软体蜗牛其实是海狮。

10.望远镜山是骷髅岛最高峰，它的外形最为奇特。

《德伯家的苔丝》

托马斯·哈代

名著导读

【主要故事情节】

女主人公苔丝出生于一个贫苦小贩的家庭，她的父亲约翰·德比有一天被人告知是古代贵族德伯的后代，他便得意忘形起来。约翰和他的老婆决定让女儿到一个富老太婆家去攀亲戚，以期在经济上得到帮助。苔丝去了以后被老太婆的儿子亚雷诱奸，她怀孕回家，孩子一生下即夭折。过了几年，苔丝离家来到陶勃赛乳牛场干挤奶的活儿，在这里他与牧师的儿子安玑·克莱恋爱并订婚。苔丝对文质彬彬、颇有知识的克莱十分崇拜和热爱，几次想把自己曾被亚雷奸污的事告诉他，但都因种种缘故而没有办到。结婚前数日她曾写了一封长信将往事告知克莱，她把信从房门下边塞进克莱的屋子却塞到了地毯下面。新婚之夜她把自己昔日的这一不幸事件向丈夫坦白，但是克莱没能原谅她。这以后他们两人分居，克莱去巴西发展他的事业，苔丝仍在一些农场打工糊口。命运却让她再次与已经披上牧师黑袍的亚雷·德伯相遇。亚雷对苔丝的情欲顿时击败了他那没有根基的宗教信仰，他纠缠苔丝，不得到她决不罢休。这时候苔丝的父亲病故，为了母亲和弟弟妹妹们的生活，她被迫与亚雷同居。不久，安玑·克莱从巴西回国，找到妻子并对以往的冷酷无情表示悔恨。苔丝在这种情况下认为，是亚雷·德伯使她第二次失去了克莱，又一次毁掉了她的幸福，她懊恼和愤怒到了极点，带着一种责任感，杀死了亚雷。在与克莱一起度过幸福、满足的最后五天之后，苔丝被捕并被处以绞刑。

【作者简介】

托马斯·哈代（1840—1928），英国诗人、小说家。1840年出生于英国多塞特郡，1862年开始进行文学创作，1878年发表小说《还乡》，1891年发表小说《德伯家的苔丝》，1896年发表小说《无名的裘德》，《无名的裘德》中因为讲述男女主角是表亲的婚恋，导致哈代受到舆论攻击，自此哈代不再写作小说。晚年的主要作品有三卷诗剧《列王》。1910年，哈代获得英国文学成就奖。哈代是横跨两个世纪的作家，早期和中期的创作以小说为主，继承和发扬了维多利亚时代的文学传统；晚年以其诗歌开拓了英国20世纪的文学。

【作品简介】

《德伯家的苔丝》是英国作家哈代的长篇小说，是“威塞克斯系列”中的一部。

小说讲述了女主人公苔丝生于一个贫苦小贩家庭，父母要她到一个富老太婆家去攀亲戚，结果她被少爷亚雷诱奸，后来她与牧师的儿子克莱恋爱并订婚，在新婚之夜她把昔日的不幸向丈夫坦白，却没能得到原谅，两人分居，丈夫去了巴西，几年后，苔丝再次与亚雷相遇，后者纠缠她，这时候她因家境窘迫不得不与仇人同居，不久克莱从国外回来，向妻子表示悔恨，在这种情况下，苔丝痛苦地觉得是亚雷·德伯使她第二次失去了安吉尔便愤怒地将他杀死。最后她被捕并被处以绞刑。

哈代在小说的副标题中称女主人公为“一个纯洁的女人”，公开地向维多利亚时代虚伪的社会道德挑战。

【创作背景】

19世纪后期的时候，英国经过工业革命的飞速发展已成为世界头号工业大国。工业的发展侵蚀了英国传统农业社会的宗法秩序，打乱了农民长期在乡村田园环境中所形成的种种生活方式和习惯。很多淳朴憨厚的农民在此时遭遇了阵痛，他们不得不从自给自足的经济状态转向受雇于人、被人剥削的农业工人。19世纪末维多利亚时期小说家托马斯·哈代作为这一时期各种变化的目击者和见证人，他的内心充满矛盾，一方面他对乡村的旧生活方式和田园风光有深厚的怀旧与依恋之情，因而在感情上厌恶铁路伸向农村，也厌恶机器取代手工劳动。《德伯家的苔丝》便是在这一背景下产生的作品。

【思想主题】

哈代借苔丝悲剧的一生有力地抨击了当时维多利亚时代的男权制社会。生活在这种男权制社会下的女性注定要受压迫和控制，无法逃脱悲剧的命运。在男权制社会主流话语的卫道者眼里，女子永远处于依附和从属的地位。无辜受害者苔丝被认为是站在男权社会主流思想和意识形态的对立面，是一个离经叛道的为社会所不容忍的淫女和妖女。而对男权社会的摧残和压迫，苔丝虽然开始了不屈的反击甚至呐喊出了男权社会对女性压迫的实质，但是最终仍然没能也不可能摆脱掉男权制社会的强大而无形的控制网，而走向毁灭。

【写作特色】

哈代是英国的现实主义作家，《德伯家的苔丝》一书就体现了作者的现实主义又带有点浪漫色彩的写作风格。《苔丝》中所要表现的最重要的一个主题就是人与自然的关系。小说中哈代运用了象征主义手法来表现人与自然这种和谐关系的重要性。人类应该遵守大自然的法则来繁衍生息，如果破坏了大自然的原有规则，那么人类就会受到一定的惩罚，付出一定的代价。

【主要人物及其事件】

苔丝·德伯：苔丝本是一位纯洁美丽又非常勤劳的农村姑娘，她向往人生的真和善，但又时时遭到伪和恶的打击。苔丝的悲剧始于为了全家人生计去远亲家打工，却因年幼无知而被亚雷骗去了处女的贞操，成了一个“堕落”的女人，受到社会舆论的非议，把她看成不贞洁的罪人。苔丝后来与青年克莱相爱，又因为新婚之夜坦诚有污点的过去而被丈夫遗弃，而与近在眼前的幸福失之交臂。出于高度的家庭责任感和自我牺牲精神，苔丝为换取家人的生存而再次违愿沦为亚雷的情妇。最后因为丈夫的回心转意使得绝望的苔丝愤而举起了复仇的利刃，终于成了一个杀人犯，最后不得不付出了生命的代价，导致像游丝一样“敏感”，像雪一样“洁白”的苔丝最后终被完全毁灭。

苔丝是哈代塑造的一个全新的妇女典型。她有着双重性格：一方面她敢于反抗传统道德和虚伪的宗教；另一方面又不能彻底摆脱传统道德对自身的羁绊。特别是后者与她的悲剧命运直接相关。首先，造成苔丝悲剧的性格方面的因素是大自然赋予她的纯朴，这本能的纯朴使她不能与人面兽心的亚雷相处，也使她不能向心爱的人隐瞒自己的“污点”，因为她没有沾染多少文明，所以也就缺乏功利的计谋。而且苔丝蔑视宗教，蔑视法律。另一方面，由于苔丝出身于一个农民家庭，残存于农民身上的某些旧道德和宿命观念使她在反抗传统道德时出现了软弱的一面。她在受到世俗舆论、传统道德迫害的同时，又用这一道德标准来静观自己，认为自己是有罪的。苔丝以失去自我为前提，对克莱极度崇拜，极度忠贞。正是这种思想，这种保守性，加重了苔丝命运的悲剧性。

亚雷·德伯：亚雷的父亲是个有钱的商人，而后冠以贵族德伯的姓氏。这个阔少凭借父亲的金钱、权势在乡野称霸，为非作歹。他第一次见到苔丝，荒淫好色的嘴脸就暴露无遗。由于苔丝年幼无知，缺乏经验，而周围的环境又是那样黑暗，没有一个人帮助，没有一个人保护，因此，他乘人之危，设下圈套，蹂躏、玷污了苔丝，毁坏了苔丝少女的贞洁和一生的幸福。尽管后来他在老克莱牧师的帮助下一度改邪归正，自己也做了牧师并打算变卖家产到非洲去传教，然而几十年的恶习并未根除。当他再度碰见苔丝以后，邪念再生，几年的教诲前功尽弃，倒是苔丝看透了这个身着道袍的牧师的灵魂，拒绝了他。可亚雷又百般来纠缠、胁迫苔丝，但是，苔丝宁可继续留在棱窟槐富农葛露卑的农场里忍受残酷的剥削和压榨，承受超负荷的重体力劳动，也不愿意屈服于亚雷。然而父亲病死，母亲身体不好，弟妹失学，房子租赁到期，一家人被撵出村子无处安身，就在走投无路的时候，苔丝的母亲接受了亚雷的主动帮助，而苔丝也被迫做了他的情妇，成为亚雷放纵生活中的最大受害者。在克莱归来之后，苔丝认为是亚雷让她误以为克莱再也不会回到他身边，与亚雷发生激烈的争吵，亚雷最终死在的苔丝手下。

安玑·克莱：与亚雷完全不同的人。他是个有开明思想的知识分子，他虽然出身牧师家庭，却不愿意当牧师“为上帝服务”，更愿意从事实业——务农，克莱鄙视阶级偏见和等级观念，厌弃都市繁华生活，自愿到乡间务农。他不怕吃苦，和农工一样从事繁重的体力劳动，力图掌握各种门类的农业技术，以便实现自己的理想，成为一个大农场主。在大自然的怀抱中，和天真无邪的农家少女朝夕相处，使他更感到乡村生活的纯朴，也更向往自然、纯朴、清新的生活，为此，他不愿意娶有钱人家的小姐，而要娶农家姑娘为妻。在他眼里，苔丝是“大自然的新生女儿”，纯洁的象征，完美无瑕的杰作，“天地间没有什么像苔丝那样纯正，那样甜美，那样贞洁了”。然而，当苔丝诚实地向他坦白了自己过去所受的凌辱，克莱心目中的偶像崩塌了。克莱对苔丝不仅没有丝毫同情，甚至“不能优容苔丝”，他对苔丝对他的一片深情厚谊视而不见，冷酷无情地抛弃了她，置苔丝于痛苦绝望之中，而且永远扑灭了爱情在她心中重新唤起的希望。克莱抛弃苔丝后，远涉异国来到巴西，饱受生活磨难之后，才真正了解人生，才认识到自己所固守的传统道德是何等迂腐，既坑害了苔丝，也坑害了自己。内心的悔恨，对苔丝的思念，使他又重新去找苔丝，此时苔丝心中痛苦、悔恨、绝望之情达到顶点。丈夫的归来，两人的重逢，使苔丝看到自己再一次受骗，一怒之下，杀死亚雷，复了仇。经过了五天的逃亡，苔丝和克莱在一个静谧的黎明，苔丝被捕，接着被处绞刑，克莱遵照苔丝的遗愿，带着忏悔的心情和苔丝的妹妹开始了新的生活。

【名家点评】

《德伯家的苔丝》是19世纪英国文学的一颗明珠，奠定了哈代在英国乃至世界文学的地位。在美丽的苔丝身上人们自始至终看到的是她纯洁的本性对逼迫她的恶势力的苦苦挣扎。

——诺贝尔文学奖得主克洛德·西蒙

《德伯家的苔丝》的写成，一百多年过去了，女主人公苔丝也早已树立在世界文学画廊之中，这不仅仅因为人们对传统美德有所超越，更因为作品主人公所拥有的人性与灵魂深处的巨大魄力使之成为最动人的女性形象之一。

——英国作家埃利亚斯·卡内蒂

【作品影响】

《德伯家的苔丝》是英国作家哈代的长篇小说，是“威塞克斯系列”中的一部。作者在小说的副标题中称女主人公为“一个纯洁的女人”，公开地向维多利亚时代虚伪的社会道德挑战。

【作者小趣闻】

宗教反叛

19世纪中后期，由于英国资本主义工业的高度发展，哈代的故乡这个英国南部残存的宗法制农村受到了猛烈冲击，农村社会走向毁灭，农民阶级逐渐解体。从农民遭受的不幸与灾难的社会现实中，哈代看到了资本主义的残酷与自私的本质，并陷入了对资本主义社会与基督教的悲观与绝望中。

1864年前后，哈代开始抨击基督教道德的虚伪性与僵死教条，对基督教提出质疑，并显露出叛逆的倾向。而在他的众多小说里，尤其是在后一阶段的作品当中，都表达了他对基督教的质疑与反叛。哈代小说中的反基督教倾向之一，体现在作家对人道主义精神的肯定和歌颂上。哈代在自己的文学创作中反对压抑和摧残人性，讴歌人的自然、美好的感情和爱情，热情颂扬积极、进取、自由的人道主义精神。

哈代小说中的反基督教倾向之二，体现在作家把批判的矛头直接指向上帝和基督教伦理精神上。这种倾向在《德伯家的苔丝》和《无名的裘德》中表现得最为强烈。

【常考知识点】

1.《德伯家的苔丝》的副标题是“一个纯洁的女人”，表达了作者同情女主人公的人道主义立场。

2.简述《德伯家的苔丝》的思想内容。

哈代的小说《德伯家的苔丝》通过苔丝——一个美丽、纯洁、勤劳善良的农村姑娘的悲惨遭遇揭露批判了资产阶级伦理道德的虚伪性和顽固性，抨击了资产阶级法律的残酷。苔丝是资本主义社会的专制和暴力的牺牲品，是一个“纯洁的女人”。

《蝴蝶梦》

达夫妮·杜穆里埃

名著导读

【主要故事情节】

在法国的南部，年轻姑娘“我”偶遇英国贵族“老乡”迈克西姆，俩人一见钟情，闪电结婚，然后一起回到迈克西姆的家——庞大而美丽、闻名于世的曼陀丽：这里虽然陈设豪华、仆人成群，但出身贫寒的“我”却很不习惯突然荣升为贵妇人的生活方式；而且前德温特夫人吕蓓卡陪嫁带来的女管家丹弗斯看不起“我”，经常对“我”投以冷眼；甚至连这里的西厢房——吕蓓卡的卧室还保持着她在世时的模样。所有这些使得新任德温特夫人——年轻的“我”很痛苦。同时在与丈夫的相处中，“我”发现丈夫有时心情很不好，常常发脾气，让“我”不禁怀疑他在怀念前妻。为使丈夫快活，“我”提议要开一次化装舞会，让人们感觉到曼陀丽和往常一样。为给丈夫惊喜，“我”轻易中了丹弗斯的圈套，设计了一套与吕蓓卡死前举办舞会时一模一样的装束。当“我”出现在丈夫面前时，却受到了严厉的呵斥。丹弗斯在旁冷嘲热讽——“我”根本没法和吕蓓卡相比，迈克西姆现在依然怀念吕蓓卡，并威逼“我”离开曼陀丽，甚至还诱导“我”跳楼自杀。当吕蓓卡的尸体被发现时，迈克西姆向“我”坦白真相：“你以为我爱吕蓓卡？你这样想吗？”吕蓓卡是个淫荡的女人，迈克西姆为了家族的荣誉，又不能和她离婚。后来，吕蓓卡更放肆了，甚至带着表哥费弗尔经常在海边小屋幽会。迈克西姆去小屋斥责吕蓓卡，却被吕蓓卡威胁说她怀孕了并且这个孩子将会以迈克西姆的儿子的名义被生下、抚养成人。迈克西姆一怒之下一枪击中吕蓓卡的心脏，将吕蓓卡的尸体连同她的小船沉入海底，以掩盖事实。吕蓓卡的尸体被打捞上岸以后，警察局局长朱利安上校经行调查，费弗尔指控迈克西姆谋杀了吕蓓卡。他杀还是误杀，莫衷一是。最后，经医生的证实，吕蓓卡因患癌症厌世自杀。费弗尔把真相告诉了丹弗斯，这个有嫉妒心的女人纵火烧毁了曼陀丽这座大厦，不让迈克西姆和夫人再过愉快的生活。从此，曼陀丽成了废墟，女主人公只能在梦中回忆这段奇妙的日子。

【作者简介】

达夫妮·杜穆里埃（1907—1989），英国悬念浪漫女作家。达夫妮·杜穆里埃受十九世纪以神秘、恐怖等为主要特点的哥特派小说影响较深，同时亦曾研究并刻仿勃朗特姐妹的小说创作手法，因此，“康沃尔小说”大多情节比较曲折，人物（特别是女主人公）刻画比较细腻，在渲染神秘气氛的同时，夹杂着宿命论色彩。达夫妮·杜穆里埃生前曾是英国皇家文学会会员，写过十七部长篇小说以及几十种其他体裁的文学作品，1969年被授予大英帝国贵妇勋章。她厌恶城市生活，长期住在英国西南部大西洋沿岸的康沃尔郡，她的不少作品即以此郡的社会习俗与风土人情为主题或背景，故有“康沃尔小说”之称。

【作品简介】

《蝴蝶梦》原名《吕蓓卡》（又译《丽贝卡》），是英国女作家达夫妮·杜穆里埃创作的长篇小说，发表于1938年。达夫妮·杜穆里埃在该书中成功地塑造了一个颇富神秘色彩的女性吕蓓卡的形象。主人公吕蓓卡于小说开始时即已死去，从未在书中出现，却时时处处音容宛在，并能通过其忠仆、情夫等继续控制曼陀丽庄园，直至最后将这个庄园烧毁。一方面是缠绵悱恻的怀乡忆旧，另一方面是阴森压抑的绝望恐怖，加之全书悬念不断，使该书成为多年畅销不衰的浪漫主义名著。

【创作背景】

杜穆里埃深受19世纪哥特式小说以及史蒂文森和勃朗特姐妹小说创作手法的影响，创作了《蝴蝶梦》等作品。

【思想主题】

《蝴蝶梦》中讲述了迈克西姆、吕蓓卡和“我”的情感纠葛，揭示男权社会下的婚姻观。迈克西姆的男权主义思想根深蒂固，他认为男人就是一切，女人就应该服从。“我”卑微柔顺，没有主见，对丈夫唯命是从，从不反抗，“我”的存在支持和助长了男权主义。吕蓓卡与“我”截然相反，她是一个有思想的独立女性，美丽高贵，精明能干，追求自由，主张男女平等。她为迈克西姆实现了他的梦想，却不受他的束缚。

【写作特色】

①视角。因作者达夫妮·杜穆里埃受到19世纪哥特派小说和勃朗特姐妹文学作品的影响，《蝴蝶梦》既充斥着哥特式神秘、阴森的恐怖悬疑色彩，又充满了温柔缠绵的浪漫主义元素，这使《蝴蝶梦》在情节曲折的同时，人物又被刻画得十分细腻，在神秘的气氛中裹挟着淡淡的宿命论的忧愁。

②修辞。《蝴蝶梦》是作为通俗小说问世的，然而，作者在这部小说中采用的修辞手法，以及这个文本之外透露出的其他信息，说明这部小说与一般的通俗小说是有区别的。

【主要人物及其事件】

吕蓓卡：小说伊始时吕蓓卡已死去，作为贯穿全书始末的一个非常关键的人物，吕蓓卡却始终处于缄默的状态，没有说话的权利。她只在书中几个段落中被间接提到过，以致读者没有办法真实全面地了解她的情感、想法以及她的内心世界，可是读者觉得吕蓓卡似乎并未真正死去，她的音容笑貌自始至终都在小说中萦绕。她深深影响并控制着曼陀丽庄园的人，以致庄园最终被烧毁。

“我”：羞怯生涩的年轻女主人公“我”在一位贵妇人身边做帮工，虽然厌恶贵妇人的所作所为，但却迫于生计不得不做。在机缘巧合之下女主人公和曼陀丽山庄的拥有者迈克西姆结识，慢慢坠入了爱河，随之女主人公就进入了这个代表了权力及恐怖的古堡之内。在曼陀丽山庄内，女主人公需要应对各个方面带来的风险及挑战。在如此恶劣的环境之中，女主人公虽然表现上非常脆弱，但是内心非常强大，在恶劣的环境中始终保持自我，同时慢慢变作成熟、顽强、自主的女性。

【名家点评】

英国著名的小说家和评论家福斯特（Forster E.M.，1879—1970）在评论达夫妮·杜穆里埃的小说时说过，英国的小说家中没有一个人能够做到像杜穆里埃这样打破通俗小说与纯文学的界限，让自己的作品同时满足这两种文学的共同要求。

【作品影响】

《蝴蝶梦》原名《吕蓓卡》，是达夫妮·杜穆里埃的成名作，发表于1938年，已被译成二十多种文字，再版重印四十多次，并被改编搬上银幕，由劳伦斯·奥利维尔和琼·芳登分别饰演男女主角。

2005年，在英国浪漫小说家协会评出浪漫经典的五部英语小说中，《蝴蝶梦》就与《傲慢与偏见》《简·爱》名列其中，其他两部是《呼啸山庄》和《飘》。

【作者小趣闻】

家庭环境

1907年5月13日生于伦敦一个艺术家家庭。祖父乔治·杜穆里埃是漫画家和小说家，父亲杰拉德·杜穆里埃爵士是英国著名表演艺术家和剧院经理，母亲缪丽尔是一名演员。她是家中3姊妹里的老二。早年在巴黎受教育。因她厌恶都市生活，故回英国后一直居住在英格兰西南端面临大西洋的康沃尔郡一渡口边上名为曼纳比利的别墅里，与当地的近卫团军官博伊·布朗宁结为夫妻，并陪伴终身。

【常考知识点】

1.《蝴蝶梦》原名<u>《吕蓓卡》</u>，是<u>英</u>国女作家<u>达夫妮·杜穆里埃</u>创作的长篇小说。

2.《蝴蝶梦》既充斥着哥特式<u>神秘</u>、<u>阴森</u>的恐怖悬疑色彩，又充满了<u>温柔缠绵</u>的浪漫主义元素。

3.杜穆里埃深受<u>19</u>世纪哥特派小说以及勃朗特姐妹小说创作手法的影响，创作了<u>《蝴蝶梦》</u>等作品。

4.《蝴蝶梦》中讲述了<u>迈克西姆</u>、<u>吕蓓卡</u>和<u>“我”</u>的情感纠葛，揭示男权社会下的婚姻观。

《鲁滨孙漂流记》

丹尼尔·笛福

名著导读

【主要故事情节】

鲁滨孙·克鲁索生于一个体面的商人家庭，渴望航海，一心想去海外见识一番。他瞒着父亲出海，到了伦敦，从那儿购买了一些假珠子、玩具等到非洲做生意。第四次航海时，船在途中遇到风暴触礁，船上同伴全部遇难，唯有鲁滨孙幸存，只身漂流到一个荒无人烟的孤岛上。他用沉船的桅杆做了木筏，一次又一次地把船上的食物、衣服、枪支弹药等运到岸上，并在小山边搭起帐篷定居下来。用削尖的木桩在帐篷周围围上栅栏，在帐篷后挖洞居住。他用简单的工具制作桌、椅等家具，猎野味为食，饮溪里的淡水，度过了最初遇到的困难。他开始在岛上种植大麦和稻子，自制木臼、木杵、筛子，加工面粉，烘出了粗糙的面包。他捕捉并驯养野山羊，让其繁殖。他还制作陶器等等，保证了自己的生活需要。还在荒岛的另一端建了一个“乡间别墅”和一个养殖场。

虽然这样，鲁滨孙一直没有放弃寻找离开孤岛的办法。他砍倒一棵大树，花了五六个月的时间做成了一只独木舟，但船实在太重，无法拖下海去，只好放弃，另造一只小的船。鲁滨孙在岛上独自生活了15年，一天，他发现岛边海滩上有一个脚印。不久，他又发现了人骨和生过火的痕迹，原来外岛的一群野人曾在这里举行过人肉宴。鲁滨孙惊愕万分。此后他便一直保持警惕，更加留心周围的事物。直到第24年，岛上又来了一群野人，带着准备杀死并吃掉的俘虏。鲁滨孙发现后，救出了其中的一个。因为那一天是星期五，所以鲁滨孙把被救的俘虏取名为“星期五”。此后，“星期五”成了鲁滨孙忠实的仆人和朋友。接着，鲁滨孙带着“星期五”救出了一个西班牙人和“星期五”的父亲。

不久后，有条英国船在岛附近停泊，船上水手叛乱，把船长等三人抛弃在岛上，鲁滨孙与“星期五”帮助船长制服了那帮叛乱水手，夺回了船只。他把那帮水手留在岛上，自己带着“星期五”和船长等离开荒岛回到英国。此时鲁滨孙已离家35年（在岛上住了28年）。他在英国结了婚，生了三个孩子，妻子死后，鲁滨孙又一次出海经商，路经他住过的荒岛，这时留在岛上的水手和西班牙人都已安家繁衍生息。鲁滨孙又送去一些新的移民，将岛上的土地分给他们，并留给他们各种日用必需品，满意地离开了小岛。

【作者简介】

丹尼尔·笛福（1660—1731），英国作家。英国启蒙时期现实主义丰富小说的奠基人，被誉为欧洲的“小说之父”“英国小说之父”和“英国报纸之父”等，其作品可读性强。其代表作《鲁滨孙漂流记》中，乐观又勇敢的鲁滨孙通过努力，靠智慧和勇气战胜了困难，表现了当时追求冒险，倡导个人奋斗的社会风气。

【作品简介】

《鲁滨孙漂流记》是英国作家丹尼尔·笛福的一部长篇小说。该书首次出版于1719年4月25日。这部小说是笛福受当时一个真实故事的启发而创作的。1704年9月，一名叫亚历山大·塞尔柯克的苏格兰水手与船长发生争吵，被船长遗弃在大西洋中，在荒岛上生活4年4个月之后，被伍兹·罗杰斯船长所救。笛福便以塞尔柯克的传奇故事为蓝本，把自己多年来的海上经历和体验倾注在人物身上，并充分运用自己丰富的想象力进行文学加工，使“鲁滨孙”不仅成为当时中小资产阶级心目中的英雄人物，而且成为西方文学中第一个理想化的新兴资产者。该小说发表多年后，被译成多种文字广为流传于世界各地，并被多次改编为电影和电视剧。

该作主要讲述了主人公鲁滨孙·克鲁索生于一个中产阶级家庭，一生志在遨游四海。一次在去非洲航海的途中遇到风暴，只身漂流到一个无人的荒岛上，开始了与世隔绝的生活。他凭着强韧的意志与不懈的努力，在荒岛上顽强地生存下来，经过28年2个月零19天后得以返回故乡。

【创作背景】

笛福生活的时代，正是英国资本主义开始大规模发展的年代。1702年，他发表《消灭不同教派的捷径》，讽刺政府的宗教政策，因而被捕，并被判处枷示三次。出狱后，从事编辑报刊的工作，还写了不少政治、经济方面的小册子，因言论关系又三次被捕。1719年，笛福发表了他的第一部小说《鲁滨孙漂流记》。

这部小说是以亚历山大·塞尔柯克在荒岛上的真实经历为原型的。据当时英国杂志报道：1704年4月，塞尔柯克在海上叛变，被船长遗弃在距智利海岸900多公里的胡安—费尔南德斯群岛中的一个叫马萨捷尔的小岛上。4年零4个月后被航海家发现而获救。那时，塞尔柯克已忘记了人的语言，完全变成了一个野人。笛福受这件事的启发，构思了鲁滨孙的故事。但在小说的创作过程中，笛福从自己对时代的观感和感受出发，以资产阶级上升时期的冒险进取精神和18世纪的殖民精神塑造了鲁滨孙这一形象。

【思想主题】

①生存拼搏。作者不仅对鲁滨孙的冒险经历与磨难做了扣人心弦的描述，更重要的还在于作者作为一个具有典型新兴资产阶级意识的作家，在作品中把人的勤劳、勇敢、智慧和创造才能提到了前所未有的高度，肯定了人的价值。他坚信，作为万物之灵的人类，有能力战胜困境、征服自然，并最终到达胜利的彼岸。

②殖民主义。《鲁滨孙漂流记》是适应西方历史文化发展新趋势而出现的经典文本，从人类的创造性劳动中，进一步看到了人的能力的巨大作用，从而弘扬人的聪慧与劳动创造能力，否定了上帝万能及上帝创造一切

的荒谬理论。作品通过鲁滨孙荒岛28年艰苦卓绝的经历，象征性地展示了人类发展的基本轨迹，从而提出了劳动创造历史的时代主题。从表面上看这是一部历险小说，故事情节简单明了。然而，如果借用后殖民批评理论去解读，《鲁滨孙漂流记》就折射出了殖民主义的思想。这部小说的主角是一位典型的资产阶级殖民主义者，他定居在荒岛上，并且殖民着这片荒岛。他不但控制着整个荒岛，而且征服了他的同伴。这部小说呼唤殖民内容的研究，事实上从这部小说的每一个方面都能看出殖民主义倾向。

【写作特色】

①叙述角度。笛福采用第一人称的叙述方法，是因为第一人称的叙述能拉近读者与小说的距离。笛福的小说叙事风格自然，不同于其他的小说。他叙述的故事具有真实性，当读者读起来的时候，令读者无法不相信有一个真实的人正在向读者讲述发生在他身上的真实故事。

②心理描写。在塑造主人公鲁滨孙的时候所用的一个很出色的手法就是心理描写。通过一系列的心理描写展示了鲁滨孙的思想变化，也在很大程度上揭示了他的性格特点。当鲁滨孙在海上遇难时，他认为“毫无疑问，我从此再也不会见到他们了”。仅这么一句话，却很准确地将鲁滨孙失去同伴后伤心、沉重的心情表现出来，同时也很好地烘托了他自感前途一片渺茫时的复杂心理。在写鲁滨孙开拓荒岛时，就写出了他前后从凄苦到快乐的心理变化。如“尽管我目前过着孤单寂寞的生活，但也许比生活在自由快乐的人世间更幸福”这句话充分地体现了鲁滨孙此时对孤岛的归属心理。而在“不速之客”这一篇章中，作者又用心理对比的手法，来衬托鲁滨孙的那种心理落差后的痛苦。这些心理描写，细腻而深刻，都给读者留下了很深刻的印象。小说还经常穿插一些人物的议论，比如“天不总是蓝的，水不总是清的，草不总是绿的，花不总是艳的，人生也不可能一帆风顺！”“花要凋落，草要枯黄，但春天又给它们生机”之类的议论突出人物性格。作品还重视人物性格的塑造、环境和人物心理的描写，还采用了很多日常生活用语，这些开辟了英国小说发展的新阶段。

③结构。小说的结构一目了然，思路非常清晰。全书以鲁滨孙冒险的经历作为线索展开，讲述他如何离家出走、逃脱海盗、流落孤岛，如何在

孤岛恶劣的环境中生存，以及最后又是怎么样成为富翁、如何回到英国等等。这些情节用一条线的形式引出来，使小说的结构非常紧凑、清晰。同时，在清晰的思路下，故事情节总是一波未平一波又起，让读者也跟着胆战心惊。既流畅又峰回路转的情节，正如一条潺潺的溪流般吸引着读者的眼球。比如写鲁滨孙在某一天，突然听到从海上传来了几声枪响。原来是一艘经过的船。他赶紧生起火来，传递信号。可是，那艘大船却在自已眼前触礁沉没了，获救的希望再次破灭，鲁滨孙又被重新抛入了孤独的痛苦之中。这样的记叙方式在文中屡见不鲜，它扣住读者的心弦，让读者在峰回路转之中体会小说的精彩所在。

【主要人物】

鲁滨孙：17世纪中叶，鲁滨孙·克鲁索出生在英国一个中产阶级的家庭，他本可以按照父亲的安排，依靠殷实的家产过一种平静而优裕的生活。然而。一心想外出闯荡的鲁滨孙却当上了水手，航行于波涛汹涌、危机四伏的大海上。后来遭遇船难而流落荒岛，英国流亡贵族鲁滨孙在极度与世隔绝的情况下，运用水手时代训练而来的地理方位标示、天象人文观测、日移与潮汐变化记录法等与奥妙的自然搏斗，记录下自己的荒岛生涯，并随时等待时机逃离绝境。鲁滨孙在自制的日历星期五这一天，救下了食人族男孩星期五，星期五是被食人族作为祭祀的祭品带到荒岛上来的，无法再回到他的部族。随着两个人的朝夕相处，鲁滨孙面对一个与自己不同种族、宗教及文化的人，慢慢改变了自己，两人发展成亦父亦友的情谊。这份文明世界所缺少的友谊成为鲁滨孙后来经历20多年荒岛生活的精神支柱。

星期五：星期五是一个野人，有一次在沙滩上差点被另一个部落的野人吃掉，但鲁滨孙最后救了他，正好当天是星期五，所以鲁滨孙就给他命名为“星期五”。也由于他们之间的真挚友谊他才得以存活下去，并回到了家乡。星期五是一个朴素、忠诚的朋友和智慧的勇者，他知恩图报，忠诚有责任心，适应能力强，他和鲁滨孙合作着施展不同的技能在岛上度过了许多年，星期五的到来让鲁滨孙圆了归家梦，自已则做了鲁滨孙的助手。星期五要求上进，很快就融入了文明人的生活，是个乐观、可爱的人。

【名家点评】

《鲁滨孙漂流记》虽并非一本名著，但却是对自然做了满意的论述。

——法国思想家卢梭

【作品影响】

《鲁滨孙漂流记》是笛福的代表作，它的价值首先在于成功地塑造了鲁滨孙这个崭新的人物形象。他是资产阶级文学中最早的正面人物形象之一，以其坚强的意志、积极的进取精神压倒了因循守旧、萎靡不振的贵族人物。

《鲁滨孙漂流记》共分3卷，第1卷于1719年4月出版，到8月即重印了4次。同年出版了第2卷。1720年出版了第3卷。读者熟悉的是第一卷。到19世纪末，第1卷的不同版本已出版了近700版。

【常考知识点】

1.鲁滨孙在荒岛上生活了28年，高度浓缩地体现着人的本质和人类进步的历程，他成了一位独自创造文明的英雄。

2.鲁滨孙在岛上种粮的第一年收获了两斗大米和两斗大麦，他把这些粮食碾碎放进自己烧制的瓦罐中烤成面包。

3.写出鲁滨孙在荒岛上救人的一个故事名称。（自拟，6个字以内）

星期五的救赎

4.试分析鲁滨孙的形象。

鲁滨孙是一个充满劳动热情的人，伟大的人，坚毅的人。孤身一人在这荒无人烟的孤岛上生活了28年。面对人生困境，鲁滨孙的所作所为，显示了一个硬汉子的坚毅性格与英雄本色，体现了资产阶级上升时期的创造精神和开拓精神，他敢于同恶劣的环境做斗争。鲁滨孙又是个资产者和殖民者，因此具有剥削掠夺的本性。

5.分析"星期五"这一人物形象。

"星期五"是一个朴素的人，忠诚的朋友，智慧的勇者，孝顺的儿子。他知恩图报，忠诚有责任心，适应能力强，他和鲁滨孙合作着施展不同的技能在岛上度过了多年。

6.《鲁滨孙漂流记》的作者是英国作家笛福。

7.《鲁滨孙漂流记》是以第一人称写的长篇小说。

8.鲁滨孙第一次出海的目的地是伦敦，不料遇到了可怕的风浪，好容易才保住了性命。鲁滨孙第二次出海是去非洲经商，这一次他成功了。鲁滨孙第三次出航极为不幸，他们遇到了土耳其海盗被俘虏，变成了奴隶，逃出后抵达巴西。鲁滨孙第四次航行是去贩运黑奴遭遇飓风，一连十二天。当行驶到南美洲一个岛屿附近时，船突然触礁，遂遭灭顶之灾。

9.《鲁滨孙漂流记》中，鲁滨孙在孤岛上找到几本什么书？

《祈祷书》和《圣经》。

10.鲁滨孙在孤岛上是如何计算日月的？

在一个方柱的四边，每天用刀刻一个凹口，每七天刻一个长一倍的凹口，每一月刻一个再长一倍的凹口。就这样有了一个日历，可以计算日月了。

《爱丽丝漫游奇境记》

刘易斯·卡罗尔

名著导读

【主要故事情节】

《爱丽丝漫游奇境记》讲述了小姑娘爱丽丝追赶一只揣着怀表、会说话的小白兔，掉进了一个兔子洞，由此坠入了神奇的地下世界。在这个世界里，喝一口水就能缩得如同老鼠大小，吃一块蛋糕又会变成巨人，同一块蘑菇吃右边就变矮，吃其左边则又长高，狗发脾气时便咆哮和摇尾巴，而猫咆哮和摇尾巴却是因为高兴。在这个世界里，似乎所有吃的东西都有古怪。她还遇到了一大堆人和动物：渡渡鸟、蜥蜴比尔、柴郡猫、疯帽匠、三月野兔、睡鼠、素甲鱼、鹰头狮、丑陋的公爵夫人。她在一扇小门后的大花园里遇到了一整副的扑克牌，牌里粗暴的红桃王后、老好人红桃国王和神气活现的红桃杰克等。爱丽丝帮助兔子寻找丢失的扇子和手套，她之后还帮三个园丁躲避红桃王后的迫害，她还在荒诞的法庭上大声抗议国王和王后对好人的诬陷。在这个奇幻疯狂的世界里，似乎只有爱丽丝是唯一清醒的人，她不断探险，同时又不断追问“我是谁”，在探险的同时不断认识自我，不断成长，终于成长为一个“大”姑娘的时候，猛然惊醒，才发现原来这一切都是自己的一个梦境。

【作者简介】

刘易斯·卡罗尔（1832—1898），原名查尔斯·路特维奇·道奇森，英国数学家、逻辑学家、童话作家、牧师、摄影师。生性腼腆，患有严重的口吃，但兴趣广泛，对小说、诗歌、逻辑、儿童摄影等颇有造诣。

卡罗尔毕业于牛津大学，长期在牛津大学任基督堂学院数学讲师，发表有关于行列式与平行原理的若干数学著作。其间还著有不少散文与打油诗，著名的诗集有《蛇鲨之猎》（1876），其中创造的新词“Snark”（蛇鲨）被英语词典收录。所作童话《爱丽丝漫游奇境记》（1865）与《爱丽丝镜中奇遇记》（1871）为其代表作品，通过虚幻荒诞的情节，描绘了童趣横生的世界，亦揶揄19世纪后期英国社会的世道人情，含有大量逻辑与文字游戏及仿拟的诗歌。

【作品简介】

《爱丽丝漫游奇境记》是世界最著名的古典童话之一。小姑娘爱丽斯追赶一只小白兔进了兔子洞，发现了一个人物性格奇特的世界，一切都与她原来生活的世界颠倒过来。这里有动物、有怪人、有会说话的扑克牌等。

【创作背景】

1862年的一个夏日，卡罗尔带领着牛津大学基督学院院长的三位女儿泛舟于泰晤士河上。在河岸小憩喝茶时，他给孩子们编了一个奇幻故事，主人公的名字便来源于姐妹中最伶俐可爱的七岁小爱丽丝。

回家后，卡罗尔应爱丽丝的请求而把故事写了下来并亲自作插图送给了爱丽丝。不久后小说家亨利·金斯莱发现了书稿，他对故事中天马行空的想象力拍案叫绝。在他的鼓励下，卡罗尔将故事进一步加以润色并于1865年以《爱丽丝漫游奇境记》为题正式出版。

【思想主题】

人与自然、人与社会及人与人的和谐、平等是一个热议的话题。《爱丽丝漫游奇境记》通过假的幻想处理，描写爱丽丝在故事中面对不同

情况的处理方法，反映出作者的平等思想，给予我们极大的启发。

这部童话虽然充横了荒诞不经的奇异幻想，但作家却在其中深刻地影射着19世纪中期英国的社会现实。随着爱丽丝的所见所闻所历，可以感受到这个时代处处拘于礼仪、古板迂腐的生活氛围，如小主人公不断背诵课文的惶恐情态。这些情节都使读者对当时教育方法僵化陈旧有所感受。卡罗尔还在童话中讽刺装出一副矫揉造作的绅士派头的兔子、骄横暴戾的红桃王后等等，甚至对维多利亚时代的法庭也做了嘲讽。这些无不使读者从笑话中见到严肃、在荒诞里悟出理性。

【写作特色】

卡罗尔的童话不是一般化地描写惩恶扬善，而是向读者揭示了世间事物的复杂多变以及多种观念的相对性。例如，同一块蘑菇，爱丽丝吃其右边就变矮，吃其左边则又长高，事物就是这样变来变去。在兔子洞里，爱丽丝变小时够不到桌上的钥匙，突然长高时，宽大的房子却装不下她的身体，只好一条胳膊伸出窗外，一只脚伸进烟囱里，可见大与小是相对的概念，比较之中才有意义。又如猫儿告诉爱丽丝，狗发脾气时便咆哮和摇尾巴，而猫咆哮和摇尾巴却是因为高兴。同一动作可以表现完全相反的意思，其间的是非又如何判断？诸如此类的“理趣”，在《爱丽丝漫游奇境记》中处处流露，这本童话英文原版序作者称卡罗尔为“天才的哲学家”。

《爱丽丝漫游奇境记》的艺术魅力，还在于其英国式的幽默。作者以轻松、诙谐的笔调去叙述、描写，充满了种种笑语、傻话、俏皮话或双关语，而其中都蕴含深意。比如，红桃王后命令刽子手砍掉柴郡猫的头，而这只能够渐隐渐现的怪猫正好隐去了身体。只留下一个咧着阔嘴笑的猫头挂在树梢，刽子手顿时傻了眼：砍头是要把头与身体分家，可这没有身体的头又从哪儿砍下来呢？这种奇妙的幽默艺术，历来为人们所称道，回味无穷。如今，现代英文辞典中还将“柴郡猫”收为一个专有名词，意指“露齿傻笑的人”。此外，卡罗尔还善于把各种知识、逻辑等融进笑话、幽默的文字游戏、双关语之中，使这部童话谐趣盎然，同时也闪烁着智慧的光芒。

【主要人物及其事件】

爱丽丝：故事的主角，一个纯真可爱的小女孩，充满好奇心和求知

欲，在她身上体现出了属于儿童的那种纯真。在人的成长过程中，这种儿童的纯真常常会遭到侵蚀。因而，纯真的爱丽丝对儿童、对成年人都极具魅力，且弥足珍贵。

兔子：一只穿着背心的白兔，在故事开场正要去给女王取东西的它喊着“天哪！天哪！要迟到了！”跑过爱丽丝面前，引起了她的注意，为了追它，爱丽丝才从兔子洞掉进了那个神秘的世界，后来爱丽丝在它的家里又误喝了一瓶魔药而变成巨人。

蜥蜴比尔：爱丽丝在兔子家里误喝魔药变成巨人，无法离开房屋，兔子以为屋里出现了怪物，派这只小蜥蜴从烟囱进去看看情况，结果不等进去就被爱丽丝踢了出来。

毛毛虫：一只坐在蘑菇上吸烟斗的古怪毛毛虫，态度有点目中无人，不过它教给了爱丽丝自由变大变小的方法。口头语是“我是毛毛虫”。

公爵夫人：一个爱好说教的女人，口头语是“一切事皆能引申出一个教训”。爱丽丝去过她家，正是在那里她才认识了柴郡猫。

【名家点评】

卡罗尔的童话及“谐体史诗”把所谓荒诞文学提到了最高水平。

——英国《大不列颠百科全书》

【作品影响】

1865年，《爱丽丝漫游奇境记》出版，并且大获成功。同时它在英国儿童文学史上具有划时代的意义。

《爱丽丝漫游奇境记》不仅孩子们喜欢读，很多大人也将其奉为经典，其中包括著名作家奥斯卡·王尔德和当时在位的维多利亚女王。这本书已经被翻译成至少125种语言，到20世纪中期重版300多次，其流传之广仅次于《圣经》和莎士比亚的作品，原本是数学教师的卡罗尔成了世界闻名的童话大师。

英国数学家、控制论创始人维纳在其名著《控制论》和《人有人的用处》中多次引用爱丽丝的奇遇同有规律的客观世界对照。逻辑学家贝·洛隆在《数学家的逻辑》一书中引用了《爱丽丝漫游奇境记》的原文。可见这部童话名著的价值和影响。

作品对后世文学、电影创作产生了极大的影响，尤其在19世纪，模仿之作层出不穷。有趣的是，就连沈从文笔下的《阿丽思中国游记》也是假托爱丽丝续集的名义以反映当时社会的黑暗。而在电影《黑客帝国》中，主角尼奥更是被告诫要“密切关注白兔洞”。

【作者小趣闻】

口吃，失聪，多病，但会讲故事

卡罗尔拿回家的第一份学校报告中，班主任詹姆斯·塔特除了肯定他数学成绩优异外，更是热情地称赞他“与人交往文雅，令人欢愉；与人交谈幽默，思维敏捷”。

而事实上“思维敏捷”的卡罗尔是一位严重的口吃患者，这也一度让他成为其他孩子们嘲笑的对象。一生未愈的口吃，高烧导致的右耳失聪，屡屡发作的神经痛，所有这些都没有令他沮丧，更没有真正影响他的沟通、社交能力。

卡罗尔自小就喜欢编故事讲故事，在母亲的指导下，他的阅读、表达等语言方面的能力得到了良好的训练。起初他在家里给兄弟姐妹讲故事，逗他们开心，14岁时，他创办了第一本家庭内部杂志，收录自己写的小故事和幽默诗（除了自己的小作品，也会收到家人的投稿），他童年时的很多伙伴都记得卡罗尔是如何一边画出故事场景一边讲给大家听的。这个习惯伴随了他一生。

【常考知识点】

1.爱丽丝发现了一瓶药水，上面写着喝我两个大字，喝完后，她发觉身体变小了。

2.爱丽丝和王后进行了槌球比赛。

3.爱丽丝在公爵夫人的厨房里，看见了一只（ B ）。

A.狗　　B.猫　　C.鸡

4.爱丽丝最喜欢的动物是（ C ），它叫“戴娜”。

A.红雀　　B.刺猬　　C.猫

5.爱丽丝和谁进行了一场疯狂的茶会？三月兔、帽匠、睡鼠。

6.《爱丽丝漫游奇境记》的作者是刘易斯·卡罗尔，是英国人。

7.爱丽丝帮小兔子去屋子里找寻扇子和手套。

8.爱丽丝听从了毛毛虫的建议，吃了什么东西可以使她变大变小？（ B ）

A.蛋糕　　B.饮料　　C.蘑菇

9.《兔子派来小比尔》中的小比尔是（ B ）。

A.猫　　B.蜥蜴　　C.老鼠

10.公爵夫人那只会笑又会隐身的猫叫柴郡猫。

《格列佛游记》

乔纳森·斯威夫特

名著导读

【主要故事情节】

第一卷“利立浦特（小人国）”。1699年，外科医生格列佛随“羚羊号”出航南太平洋。不幸中途遇险，格列佛死里逃生，漂到利立浦特（小人国），被小人捆住。利立浦特人用专车把体积巨大的格列佛运到京城献给国王，他的出现几乎吸引了小人国所有的人。格列佛温顺的表现逐渐赢得了国王和人民对他的好感，他也渐渐熟悉了小人国的风俗习惯。当时，另一个小人国不来夫斯古帝国准备从海上入侵利立浦特帝国，格列佛涉过海峡，把50艘最大的敌舰拖回利立浦特国的港口，立了大功。但是格列佛不愿灭掉不来夫斯古帝国，使皇帝很不高兴。这时，王后寝宫失火，格列佛情急生智，撒了一泡尿把火扑灭，谁知却让王后大为恼火。于是，小人国君臣沆瀣一气准备除掉格列佛。格列佛听到风声，赶快逃到不来夫斯古帝国，后来平安回到英国。

第二卷“布罗卜丁奈格（大人国）”。格列佛回家后不久，就随“冒险号”再次出海，不幸又遇上风暴，船被刮到布罗卜丁奈格（大人国）。格列佛被一位高达20米的农民捉住。农民带格列佛到全国各大城市展览，最后来到首都。这个农民发财心切，每天要格列佛表演10场，把他累得奄奄一息。当这个农民眼看无利可图时，便把格列佛卖给了王后。由于小巧伶俐，格列佛在宫廷中非常得宠，但是也常常遭到老鼠、小鸟等动物的侵袭。面对国王，格列佛沾沾自喜地介绍了英国各方面的情况及近百年来的历史，但被国王一一否定。格列佛在该国的第三年，陪同国王巡视边疆。由于思乡心切，他假装生病，来到海边呼吸新鲜空气。天空中的鹰错把他住的箱子当成乌龟叼了起来。几只鹰在空中争夺，箱子掉进海里，被路过的一艘船发现，格列佛获救后，乘船回到英国。

第三卷“勒皮他、巴尔尼巴比、拉格奈格、格勒大锥、日本游记”。在家待了一段时间，格列佛又随“好望号”出海。这一次，格列佛所乘的船遭海盗船劫持，格列佛侥幸逃脱，被一座叫“勒皮他”的飞岛救起。这些人的相貌异常，衣饰古怪，整天沉思默想。国王和贵族都住在飞岛上，老百姓则住在巴尔尼巴比等三座海岛上。格列佛离开飞岛后，来到巴尔尼巴比进行访问，并参观了岛上的“拉格多科学院”。这所科学院研究的都是些荒诞不经的课题，结果造成全国遍地荒凉、房屋坍塌、人民无衣无食的局面。接着，格列佛来到巫人岛。岛上的总督精通魔法，能随意召唤任何鬼魂，格列佛因此会见了古代的许多名人，结果发现史书上的记载很多不符合史实，甚至是非颠倒。尔后，格列佛又游览了拉格奈格王国，见到一种长生不老人“斯特鲁布鲁格”。离开该国后，格列佛来到日本，然后乘船回到英国。

第四卷“慧骃国游记”。格列佛回家后五个月，受聘为“冒险号”船长，再次乘船出海。途中水手叛变，把他囚禁了几个月，然后被放逐到“慧骃国”。在这里，格列佛遭到一种形状像人的名为“耶胡”的畜生的围攻。幸亏一匹具有智慧的马——“慧骃”来给他解了围。原来马是该国理性的居民和统治者，而“耶胡”则是马所豢养和役使的畜生。格列佛的举止言谈在“慧骃”国的马民看来是一只有理性的“耶胡”，因此引起了他们的兴趣。格列佛很快学会了该国语言，应主人的邀请，他谈到在世界其他地方马是畜生，而像他那样的“耶胡”则具有理性，并且是马的主人，这使“慧骃”感到很震惊。在“慧骃”各种美德的感化下，格列佛一心想留在“慧骃”国。然而“慧骃”国全国代表大会通过决议要消灭那里的耶胡，所以格列佛的愿望无法实现。无奈之下，格列佛只好乘小船离

开该国打道回府。格列佛怀着对“慧骃”国的向往，一辈子与马为友。

【作者简介】

乔纳森·斯威夫特（1667—1745），大不列颠及爱尔兰联合王国作家、政论家、讽刺文学大师，以著名的《格列佛游记》和《一只桶的故事》等作品闻名于世，他曾被高尔基称为“世界文学创造者之一”。乔纳森·斯威夫特出生于爱尔兰的首都都柏林，家境十分贫寒，还未出生父亲就去世了。由于母亲无力抚养他，于是他的伯父负起了教养他的责任，15岁将他送进了当时的都柏林三一学院（以天主教的“三位一体”命名）。当时的都柏林大学是一所教会学校，是为教会培养忠实弟子的，而斯威夫特始终十分厌恶大学里讲授的神学和各种烦琐哲学，可想而知，他也不可能取得令学校满意的成绩，毕业时，他获得了一张“特许学位”文凭，致使他无法在社会上找到一份好的工作。

【作品简介】

作品以里梅尔·格列佛（又译为莱缪尔·格列佛）船长的口气叙述周游四国的经历。通过格列佛在利立浦特、布罗卜丁奈格、飞岛国、慧骃国的奇遇，反映了18世纪前半期英国统治阶级的腐败和罪恶。还以较为完美的艺术形式表达了作者的思想观念，作者用了丰富的讽刺手法和虚构的幻想写出了荒诞而离奇的情节，深刻地反映了当时的英国议会中毫无意义的党派斗争，统治集团的昏庸腐朽和唯利是图，对殖民战争的残酷暴戾进行了揭露和批判。同时它在一定程度上歌颂了殖民地人民反抗统治者的英勇斗争。

【创作背景】

作者乔纳森·斯威夫特于1710年至1714年间，出任以罗伯特·哈利及亨利·圣约翰的托利党的公共关系官员，后来政党交替，辉格党上台，托利党党员被清算。于是作者透过第一部小人国的历险暗讽当时的政治。其次，作者后来到爱尔兰任教，爱尔兰当时受到英格兰的高压统治，于是作者通过第三部飞岛国游记反映爱尔兰农业的衰败。

【思想主题】

小说第一卷中所描绘的小人国的情景乃是当时大英帝国的缩影。当时英国国内托利党和辉格党常年不息的斗争和对外的战争，实质上只是政客们在一些与国计民生毫不相干的小节上钩心斗角。小说的第二卷则通过大人国国王对格列佛引以为荣的英国选举制度、议会制度以及种种政教措施所进行的尖锐的抨击，对当时英国各种制度及政教措施表示了怀疑和否定。小说的第三卷，作者把讽刺的锋芒指向了当时的英国哲学家，脱离实际、沉溺于幻想的科学家，荒诞不经的发明家和颠倒黑白的评论家和史学家等。小说第四卷，作者利用格列佛回答一连串问题而揭露了战争的实质、法律的虚伪和不择手段以获得公爵地位的可耻行为等。纵观小说的全部情节，《格列佛游记》政治倾向鲜明，它的批判锋芒集中于抨击当时英国的议会政治和反动的宗教势力。小说通过格列佛在利立浦特（小人国）、布罗卜丁奈格（大人国）、勒皮他（飞岛国）和慧骃国的奇遇，反映了18世纪前半期英国社会的一些矛盾，揭露批判了英国统治阶级的腐败和罪恶及英国资本主义在原始积累时期的疯狂掠夺和残酷剥削。

【写作特色】

《格列佛游记》不但具有深刻的思想内容，而且具有比较完美的艺术形式。首先，斯威夫特利用虚构的情节和幻想手法刻画了当时英国的现实。同时他也是根据当时英国的现实才创造出一个丰富多彩的、童话般的幻想世界。斯威夫特的幻想世界是以现实为基础的，而现实的矛盾在幻想世界中则表现得更为集中突出。作者在对当时英国的议会政治和反动的宗教势力进行无情、辛辣的讽刺、抨击时，有的直言相讥，有的利用异邦人的唇舌，有的隐喻挖苦，有的以兽讥讽人，凡此种种，风趣滑稽，神情皆备。情节的幻想性与现实的真实性有机结合，也给小说增添了独特的艺术魅力。虽然作者展现的是一个虚构的童话般的神奇世界，但它是以当时英国社会生活的真实为基础的。由于作者精确、细腻、贴切的描述，使人感觉不到它是虚构的幻景，似乎一切都是真情实事。作者的文笔朴素而简练。

【主要人物及其事件】

格列佛：他是18世纪一个普通的英国人，同样他也是一个不寻常的鲁滨孙（18世纪英国作家笛福作品

《鲁滨孙漂流记》中的主人公），是一个天生喜欢冒险，不甘寂寞与无聊的人。他是一个勤劳勇敢、机智善良的人。他记忆力很强（这一点让他在语言学习方面远远超过了鲁滨孙，在他的旅行中起到重要作用），善于学习和观察，善于思考，有独特的思维，性情朴实温和，对人态度友好，举止善良，容易与人交往，知恩图报，有君子之风，愿意帮助朋友，为了朋友他甘愿冒生命危险，也会随时准备抗击一切对朋友不利的人。同时他聪明机智，有胆识，处事圆滑合理，说话巧妙伶俐，做事坚决果断，能够见机行事，抓住一切机会追求自由，有着极强的自信心，相信自己能够成功。他为人坦率，爱国，也十分顾惜自己的面子，对敌视他和无耻的人（比如“耶胡”）充满了仇恨、厌恶与鄙视，但敬重高尚的人、知识丰富的学者。总的来说他是一个具有质疑精神，酷爱真理，有忍耐力的勇者。他在游历之中，洞察到社会现实的日趋堕落，得出英国社会并不文明的结论。格列佛的形象，是作者思想的体现，作者将自己的种种美德赋予笔下的人物，格列佛不计较个人的得失，而对别人关怀备至。格列佛是个正面的理想的人物，他总是坦率地叙述自己的弱点和错误，而对自己的优点则只字不提。他谦逊好学，努力用新眼光去认识新的现实。他从不自暴自弃，纵使大人国农民将他当作玩物到各地供人观赏，他仍泰然自若，保持自身的尊严，以平等的姿态与大人国的国王交谈。他勇于帮助小人国抵抗外族入侵，但断然拒绝为小人国国王的侵略扩张政策效劳。

佛林奈浦：即利立浦特王国的财政大臣，佛林奈浦是利立浦特国王的一个宠臣，对于国王一味阿谀奉承，为了讨好国王，他会想方设法让其开心，甚至愿意做出威胁自己生命安全的行为来得到国王的欢心，反过来对人民却颐指气使，看不起平民，认为他们比自己低级。佛林奈浦有才能和本领，但却不将此运用到正途上来，没有为百姓做多少好事。他猜忌、阴险、狠毒、狡诈，心眼极其狭小，嫉妒心强，对于党派斗争十分熟悉，痛恨比自己有能耐的人，并且睚眦必报，喜欢暗地里给人打小报告，诬蔑他人，做事毒辣，狠得下心来，不计较后果，不惜一切代价寻找机会来进行打击报复，不给对手留下丝毫的余地。格列佛的仁怀宽厚和俘获不来夫斯古帝国舰队的军功受到小人国国王的赏识，佛林奈浦大为恼火，就联络其他大臣设谋陷害、大加污蔑，最后迫使格列佛逃往不来夫斯古帝国。

斯开瑞士：小人国的海军大将，野心勃勃，且善妒，在格列佛受到小人国国王重用时，曾与财政大臣合谋谋害格列佛。

布罗卜丁奈格国王：大人国国王，博学多识，性情善良，是一位博学、理智、仁慈、治国能力强的开明国君。他用理智、公理、仁慈来治理国家。他厌恶格列佛所说的卑劣的政客、流血的战争。

飞岛国的科学家：凶狠且愚蠢，一边从事着从黄瓜中提取阳光把粪便还原为食物这类虚无缥缈、毫无结果的科学研究，一边采取残暴的手段对付当地的居民，人民稍有叛逆，就驾飞岛阻隔阳光，甚至压在居民头上。

慧骃国国王：理智贤明、勤劳勇敢、仁慈友爱、公正诚信，是作者心目中的理想人物。

【名家点评】

斯威夫特以幽默丰富了作品的道德含义，以讽刺揭露荒诞，并通过人物性格和叙述框架使人难以置信的事件成为现实，即使《鲁滨孙漂流记》也难以在叙述的刻薄性和多样性方面与其媲美。

——英国作家司各特

【作品影响】

《格列佛游记》是一部长篇游记体讽刺小说，首次出版于1726年。《格列佛游记》1726年在英国首次出版便受到读者追捧，一周之内售空。出版几个世纪以来，被翻译成几十种语言，在世界各国广为流传。在中国也是最具影响力的外国文学作品之一，被列为语文新课程标准必读书目。根据其内容改编的电影分别于1977年、1996年、2010年被搬上大荧幕。

常考知识点

1.《格列佛游记》作者是英国的乔纳森·斯威夫特。

2.《格列佛游记》讲述的是英国船医格列佛因海难等原因流落到小人国、大人国、飞岛国、慧骃国（按先后顺序写）等地的经历。

3.《格列佛游记》共四部题目：第一部《利立浦特游记》，第二部《布

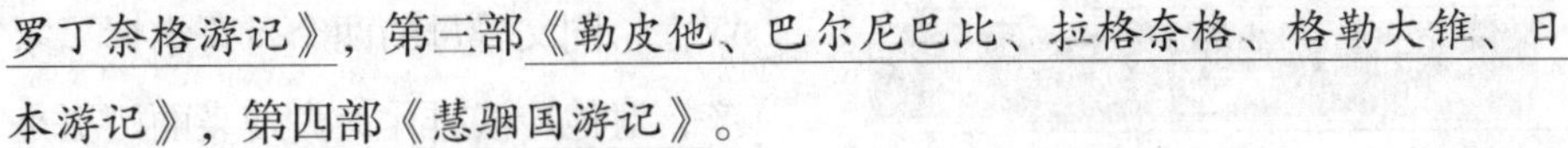

罗丁奈格游记》，第三部《勒皮他、巴尔尼巴比、拉格奈格、格勒大锥、日本游记》，第四部《慧骃国游记》。

4.《格列佛游记》是具有讽刺色彩的小说，请概括写出其中两个讽刺性的故事情节。

①小人国用跳绳比赛来选拔官员。②在飞岛国与鬼魂谈话。

5.简要概括“大人国”国王的性格特点，并说说作者塑造这一形象的意图。

大人国的国王公正无私，治国有方，藐视权力，主张和平，他代表了一种理想君主的统治。作者借这一形象直指整个欧洲的文明制。

《牛虻》

艾捷尔·丽莲·伏尼契

名著导读

【主要故事情节】

英国青年亚瑟就读于意大利一所大学，他父母双亡，同父异母的两个哥哥掌握了家产，对他冷淡排斥，大嫂裘丽娅更是视他为眼中钉。唯一能给他以关心和安慰的只有青梅竹马的女伴琼玛和爱他如子的蒙太里尼神父。任意大利比萨神学院院长的蒙太里尼神父是亚瑟家的旧交，学识渊博，品行高尚，亚瑟非常崇敬和信任他。在一个闷热的夏夜，亚瑟和蒙太里尼谈心时向他透露了自己想参加大学里为反抗奥地利统治、解放意大利而成立的秘密团体"青年意大利"的打算。深知其危险性的蒙太里尼十分担心，劝说亚瑟和自己一起去阿尔卑斯山采集标本，好找机会说服亚瑟改变计划。然而，虽然他们度过了一个愉快的假期，蒙太里尼的愿望并没有实现。不久，但蒙太里尼被天主教会任命为阿平宁山区的主教，这意味着他将离开亚瑟，而新来接替他的卡尔狄神父又让人难以信任。由于担心亚瑟的安危，蒙太里尼很不愿离开，他希望亚瑟挽留自己，但亚瑟不理解他的良苦用心，反而劝他上任，他只好忧心忡忡地离开。琼玛与亚瑟在同一所大学读书，她也是"青年意大利"的积极拥护者，因此与这一团体的领导人之一波拉交往逐渐频繁。这使亚瑟心生妒忌，单纯的他在忏悔时受卡尔狄神父的欺骗，讲出了青年意大利党的一些活动情况，还说出了波拉的名字。不久，他和波拉便被奥地利军警逮捕。在狱中，亚瑟经受住了种种折磨，拒不招供，最后在哥哥的干预下被释放出狱。当他在狱吏口中得知是卡尔狄出卖了他时，心灵受到极大的刺激，对伪善的宗教产生了怀疑。前来迎接他出狱的琼玛误以为是亚瑟出卖了同志，打了他一个耳光后愤然离去。伤心绝望的亚瑟刚回到家里便又遭受了一次沉重的打击，企图将他赶出家门的嫂子告诉他一个隐藏已久的秘密：亚瑟是她母亲和蒙太里尼的私生子！这个消息犹如晴天霹雳，击碎了亚瑟对人世、对宗教的所有美好回忆，他砸碎了家里的耶稣神像，留下了一份遗书，最后藏身到一艘开往南美洲的船上，去了巴西。13年之后，新即位的教皇为了收买人心，对政治犯颁布了大赦令，自由主义热潮席卷了意大利。在南美已漂泊数年的亚瑟历尽磨难，在形体、外貌方面都有了很大的变化，唯有思想深处解放意大利、反对教会的信念没有改变。他在旅居法国期间化名为列瓦雷士，以“牛虻”为笔名，以笔墨为武器继续着与反动势力的斗争。这时他应几位意大利名流的邀请回到意大利，为他们写作讽刺时政的文章。在一个偶然的场合，琼玛见到了他，她的心情难以平静，因为从他身上，她仿佛看到了自己年轻时的爱人亚瑟的影子。琼玛当年在看到亚瑟遗书时深受打击，认为是自己害了亚瑟，久久不能原谅自己。现在，她渴望牛虻就是亚瑟，并一次次地进行试探，但牛虻感于过去的痛苦，一直不愿开口承认。牛虻的讽刺文章犀利甚至刻毒，对敌人毫不留情。新任的红衣主教蒙太里尼以其谦和的风度和无可非议的德行赢得了许多人的好感，但牛虻仍然撰文无情地攻击他，这使很多人都不能理解。牛虻不愿只是做纸上谈兵的斗争，他一边写作，一边组织起义。为了准备起义，他到阿平宁山区去偷运军火，被密探发现，枪战中他本可以逃掉，却因蒙太里尼的突然出现而在一时犹豫中被捕。牛虻在狱中见到了蒙太里尼，与之相认，要求他做出选择：要么脱离教会，与自己共同战斗，要么继续做教会忠实的奴仆，看着自己走向死亡。蒙太里尼劝服不了牛虻，经过一番痛苦的思想煎熬，他最终选择了后者。牛虻坚强不屈的精神感动了狱吏，他们自愿带信给琼玛。在信中牛虻终于原谅了琼玛，承认自己就是亚瑟，并向她表达了始终不渝的爱情。牛虻英勇赴死后，丧子之痛和深深的悔恨摧毁了蒙太里尼的意志，他在复活节做完疯狂的演讲之后，黯然辞别人世。

艾捷尔·丽莲·伏尼契

【作者简介】

艾捷尔·丽莲·伏尼契（1864—1960），爱尔兰女作家。原名艾捷尔·丽莲·布尔，是著名的英国数学家乔治·布尔的第五个女儿，出生在爱尔兰的科克市，幼年丧父，家境贫困。1885年毕业于柏林音乐学院。1897年艾捷尔·丽莲·伏尼契出版了小说《牛虻》，这部小说在中国影响巨大。

【作品简介】

牛虻青年时期参加了意大利党的革命活动，但同时又笃信上帝，牧师卡尔狄利用他的忏悔进行告密，致使他和他的战友一起被捕入狱。后来他得知自己原来是自己最崇拜的神父蒙太里尼的私生子，非常痛苦，遂对上帝宗教产生了怀疑。又因恋人琼玛对他的误解，认为是他主动出卖了同志，致使他出走南美洲，流亡13年，遭遇了许多意想不到的磨难。最后他成了一个瘸子，满脸伤疤，但却磨炼成了一名坚强的革命战士。后来他在一次武装斗争中，因叛徒出卖而不幸被捕并遭枪杀。

【创作背景】

1887年，丽莲·伏尼契结识了一些流亡在伦敦的各国革命者，对她影响至深，此后她一直参加秘密的进步活动。有个受她帮助的波兰革命者米哈依·伏尼契从西伯利亚流放地逃到伦敦，见到丽莲·伏尼契，两人于1892年结为夫妇。丽莲·伏尼契担任流亡者的杂志《自由俄罗斯》的编辑，还出版了一部《俄罗斯幽默文集》，其中翻译介绍了果戈理和亚·尼·奥斯特洛夫斯基等人的作品。丽莲·伏尼契结识了普列汉诺夫，还曾经到革命导师恩格斯家里做过客。在丽莲·伏尼契认识的革命者中，有一些和马志尼、加里波第一同进行过意大利民族民主革命斗争的流亡爱国者。伏尼契从他们那里汲取了文学创作的素材，于1889年开始创作一部反映意大利人民革命的小说，为此她还亲往意大利，在档案馆和图书馆搜集历史材料。这部小说就是《牛虻》。

【思想主题】

主人公牛虻，是上流社会的叛逆者。年轻时经历过几番刻骨铭心的感情苦难，他曾因无知而铸成大错。他最热爱的姑娘，给予他惨痛的心灵伤害；他尊敬的神父，却是凶残的政敌！然而他义无反顾地追求真理，抛弃了爱情与生命——为意大利的独立与自由。牛虻成为青年人心中“坚强”的化身！小说围绕牛虻，恋人琼玛以及性格复杂的蒙太里尼主教展开，线条简明而又写得波澜起伏、惊心动魄，显示了作者激越的感情世界和深厚的艺术功力。

【写作特色】

第一，用富于个性化的语言通过人物的行动表现人物的性格、气质和思想，在“动”中塑造人。空洞无个性的对话、平淡琐碎的叙述、冗长无味的心理描写是小说艺术的大忌，在行动中刻画人物能用极少的笔墨写出丰富的个性来，写出丰满的人物来，能把人物写活。通过行动刻画人物不但是中国传统的艺术手法，也是世界文学艺术的宝贵经验。

第二，情景交融。情借景来渲染，景拿情来充实，情景交融是上乘，单纯为写景而写景是不足取的。《牛虻》中的环境与景色描写很美丽，粗细相得，远近相宜，似油画，又像电影镜头的移动、变换一样，细腻入微、清丽秀美，富有诗意。

第三，用对话介绍、刻画人物，交代情节，展示矛盾。小说开始的几页就通过亚瑟与蒙太里尼的对话把亚瑟的身世、理想、家庭、处境以及与其有重要关系的人物（如琼玛）介绍得清清楚楚。没有给读者冗杂拖沓的感觉，是自然而然地在强烈的艺术魅力中接受的。全书的描写多于叙述，甚至对话多于描写。伏尼契赋予对话以更多的作用。

【主要人物及其事件】

亚瑟·博尔顿：主人公牛虻的原名，英国富商博尔顿的养子，生父为后来担任红衣主教的蒙太里尼。影响牛虻最初性格形成的是他特殊的家庭生活环境，对于牛虻的身世，尽管那位宽宏大量的船主宽恕了他母亲的罪过，为了保住牛虻的出生秘密，整个家庭始终笼罩在一片阴霾之中，哥嫂的恶语相加，母亲的胆小怕事、忍气吞声，养父的装聋作哑、不闻不问，使年少的牛虻感到内心的压抑、不安和缺乏归属感。

琼玛：牛虻的初恋女友和他唯一的爱人。牛虻在亚瑟时代就对她心生爱慕，只可惜由于无意中泄露了组织秘密，被视为叛徒，琼玛的一记耳光打碎了亚瑟的心，他的爱情也从此黯淡下来。13年后，当亚瑟化作牛虻归来，身心俱已大变。他记恨琼玛对他的伤害，即使在她面前内心再次强烈地翻滚着爱情，也不承认自己就是曾经的亚瑟，这种残酷的折磨让琼玛一直生活在悔恨和内疚中。直到死前，他才给琼玛留下一封告别信，承认了自己的身份，那种撕心裂肺的爱情让琼玛悲痛欲绝。“在你还是一个难看的小姑娘时，琼玛，我就爱你。那时你穿着方格花布连衣裙，系着一块皱巴巴的围脖，扎着一根辫子拖在身后。我仍旧爱你。”

蒙太里尼：虔诚的天主教教士，死前曾为天主教最高级的红衣主教，亚瑟·博尔顿的生父。年轻时曾与亚瑟生母私通，被发现后被亚瑟的养父要求不得与亚瑟相认，但可以担任亚瑟的家庭教师。蒙太里尼精通教义、博学多才，他的才干而非血缘的亲情使得亚瑟把蒙太里尼视为他的榜样和偶像，立志长大后要成为他那样的人。但亚瑟没想到他曾私通自己的母亲，而自己就是他的私生子，这种毁灭性的打击让亚瑟的信仰彻底崩溃。这一事件也直接决定了亚瑟时代的结束。他留给这位“敬爱的神父”一个投海自杀的假象，让这位“父亲”的内心多年来一直浸泡在灵魂的煎熬里。13年之后，他们再次相遇，但父子之情已经在各自信仰的极端冲突中痉挛与压抑。

【名家点评】

《牛虻》中译本一出版，就被广大青年读者争相阅读了。这本书描写了一百多年以前意大利民族解放运动中的英雄人物，描写了历史上那为了人民而流血的志士仁人的精神面貌。那名为牛虻的英雄的政治思想以及对问题的认识，与我们这时代的英雄不同，但我们敬爱他们，正如我们敬爱我们《水浒》里的英雄或太平天国的英雄。他们是我们的先辈，有许多地方，我们是可以向他们学习的。

——作家韦君宜

【作品影响】

《牛虻》于1897年在英国出版，在本国文学界一直默默无闻。但在我国自1953年翻译出版后，发行量达

100多万册，是当年中国最畅销的翻译小说，与《简·爱》和《红与黑》并列成为当时最轰动中国的三大外国经典文学名著。自1959年停止印刷，但民间的流传从未停止，《牛虻》仍是青年中最热门的读物之一。在1977年开伤痕文学先声的小说《班主任》中，作者刘心武将《牛虻》用作“文革”禁书的代表。1978年4月，为缓解“文革”禁锢导致的严重书荒而重新印刷的三十五种经典名著（其中外文名著十六种）中，《牛虻》即是其中之一。1979年和1980年，这本书以二十万册的印量各重印一次，充分反映了当时畅销的程度。到1981年12月第十四次印刷时，《牛虻》的累计印数已达到163万册，可见其在当时的影响力。

【常考知识点】

1.《牛虻》是爱尔兰女作家艾捷尔·丽莲·伏尼契创作的长篇小说，该书描写了意大利革命党人牛虻的一生。

2.小说《牛虻》取材于十九世纪意大利民族运动产生的很多爱国志士的故事，通过塑造牛虻等人物形象，表现了仁人志士的爱国精神和革命热情，全书闪耀着革命的英雄主义之光。

《红字》

纳撒尼尔·霍桑

名著导读

【主要故事情节】

在十七世纪中叶的一个夏天，随着牢门的打开，一个怀抱三个月大的婴儿的年轻女人缓缓地走到了人群前，在她的胸前佩戴着一个鲜红的A 字，她就是海丝特·白兰太太。她由于被认为犯了通奸罪而受到审判，并要永远佩戴那个代表着耻辱的红字。在绞刑台上，面对总督贝灵汉和约翰·威尔逊牧师的威逼利诱，她以极大的毅力忍受着屈辱，忍受着人性所能承担的一切，而站在她身旁的年轻牧师丁梅斯代尔却流露出一种忧心忡忡、惊慌失措的神色。这时，在人群中出现了海丝特·白兰失散了两年之久的丈夫齐灵渥斯——一个才智出众、学识渊博的医生，在齐灵渥斯的眼里燃烧着仇恨的怒火，他要向海丝特·白兰及她的情人复仇，并且他相信一定能够成功。海丝特·白兰被带回狱中之后，齐灵渥斯以医生的身份见到了她，齐灵渥斯威胁海丝特·白兰不要泄露他们的夫妻关系，他不能遭受一个不忠实女人的丈夫所要蒙受的耻辱，否则，他会让她的情人名誉扫地，毁掉的不仅仅是他的名誉、地位，甚至还有他的灵魂和生命。

海丝特·白兰出狱后，带着自己的女儿小珠儿靠着针线技艺维持着生活，小珠儿长得美丽脱俗，有着倔强的性格和充沛的精力，她和那红字一起闪耀在世人的面前，在那个清教徒的社会里，她们是耻辱的象征，但也只有她们是鲜亮的。

丁梅斯代尔牧师不仅年轻俊美，而且学识渊博，善于辞令，有着极高的禀赋和极深的造诣，在教民中有着极高的威望。但是，自从海丝特·白兰受审以来，他的身体日趋羸弱，他常常夜不能寐地祷告，每逢略受惊恐或是突然遇到什么意外事件时，他的手就会拢在心上，先是一阵红潮，然后便是满面苍白，显得十分苦痛。这一切都让齐灵渥斯看在眼里，并以医生的身份与他形影相随。

随着时间的推移，小珠儿渐渐长大了，贝灵汉总督和神父约翰·威尔逊认为小珠儿应该与母亲分开，因为她的母亲是个罪人。但是海丝特·白兰坚决不同意，如果他们夺走珠儿，海丝特·白兰情愿先死给他们看。海丝特·白兰转向丁梅斯代尔牧师，希望他能够发表意见，丁梅斯代尔牧师认为珠儿是上帝给海丝特·白兰的孩子，应该听从上帝的安排，这一切，都被齐灵渥斯看在眼里。

丁梅斯代尔牧师正在沉睡，齐灵渥斯走了进来，拨开了他的法衣，终于发现了丁梅斯代尔牧师有着和海丝特·白兰一样的红色标记，他欣喜若狂。齐灵渥斯精心地实施着他的复仇计划，而此时的丁梅斯代尔牧师对齐灵渥斯却没有任何怀疑，就在丁梅斯代尔牧师饱尝肉体上的疾病的痛苦和精神上的摧残的同时，他在圣职上却大放异彩，取得了辉煌的成就。公众的景仰更加加重了他的罪恶感，使他的心理不堪重负。终于，在一个漆黑的夜里，丁梅斯代尔牧师梦游般走到了市场上的绞刑台上，发出一声悲痛的嘶喊。海丝特·白兰和小珠儿刚刚守护着一个人去世，恰巧从这里经过，一种悔罪感使丁梅斯代尔邀请她们一同登上了绞刑台：海丝特·白兰握着孩子的一只手，牧师握着孩子的另一只手，他们共同站在了绞刑台上。仿佛那母女俩正把她们生命的温暖传递给他半麻木的身躯，三人构成了一条闭合的电路，此时，天空闪过了一丝亮光，丁梅斯代尔仿佛看见天空中出现了一个巨大的字母“A”。然而，这一切都让跟踪而至的齐灵渥斯看到了，这使得丁梅斯代尔牧师极为恐慌，但是，齐灵渥斯却说丁梅斯代尔先生患了夜游症，并把他带回了家。丁梅斯代尔先生就像一个刚刚从噩梦中惊醒的人，心中懊丧得发冷，便听凭那医生把自己领走了。

许多年过去了，小珠儿已经七

岁了，海丝特·白兰最终赢得普遍的尊重。她除了一心一意地打扮小珠儿外，她还尽自己所能去帮助穷人，用宽大的心去包容一切，人们开始不再把那红字看作是罪过的标记，而是当成自那时起的许多善行的象征。

在这几年里，齐灵渥斯变得更加苍老了，海丝特·白兰原来印象最深的是他先前那种聪慧好学的品格，那种平和安详的风度，如今已经荡然无存，取而代之的是一种急切窥测的神色，近乎疯狂而又竭力掩饰，而这种掩饰使旁人愈发清楚地看出他的阴险。海丝特·白兰请求齐灵渥斯放过丁梅斯代尔牧师，但是丁梅斯代尔牧师的痛苦、复仇的快乐已经冲昏了齐灵渥斯的头脑，他决定继续实施自己的阴谋，海丝特·白兰决定将齐灵渥斯的真实身份告诉丁梅斯代尔。在一片浓密的森林里，海丝特·白兰见到了丁梅斯代尔，此时，海丝特·白兰才意识到牺牲掉牧师的好名声，甚至让他死掉，都比她原先所选择的途径要强得多，她告诉丁梅斯代尔齐灵渥斯就是她的丈夫，她为了他的荣誉、地位及生命才隐瞒了这个秘密。海丝特·白兰劝丁梅斯代尔离开这里，到一个没有人认识的地方去，到一个可以避开齐灵渥斯双眼的地方去，她愿意和他开始一段新的生活，为了避免死亡和耻辱的危险，以及一个敌人的莫测的诡计，丁梅斯代尔决定出走。海丝特·白兰的鼓励及对新生活的憧憬，使丁梅斯代尔重新有了生活的勇气和希望。刚好有一艘停泊在港湾的船三天之后就要到英国去，他们决定坐这艘船返回欧洲，一切都在顺利地进行着。

这时，那艘准备开往英国船只的船长走了过来，他告诉海丝特·白兰，齐灵渥斯将同他们同行，海丝特·白兰彻底绝望了。丁梅斯代尔牧师的宣讲取得了空前绝后的辉煌成功，但随后他变得非常衰弱和苍白，他步履踉跄，内心的负罪感及良心的谴责最终战胜了他出逃的意志，在经过绞刑台的时候，他挣脱齐灵渥斯的羁绊，在海丝特·白兰的搀扶下登上了绞刑台，他拉着珠儿，在众人面前说出了在心底埋藏了七年的秘密，他就是小珠儿的父亲，他扯开了法衣的饰带，露出了红字，在众人的惊惧之声中，这个受尽蹂躏的灵魂辞世了。

齐灵渥斯胜利后，他扭曲的心灵再也找不到依托，不到一年，他死了，他把遗产赠给了小珠儿。不久，海丝特·白兰和小珠儿也走了。红字的故事渐渐变成了传说。

许多年以后，在大洋的另一边，小珠儿出嫁了，过着非常幸福的生活，而海丝特·白兰又回到了波士顿，胸前依旧佩戴着那个红字，这里有过她的罪孽，这里有过她的悲伤，这里也还会有她的忏悔。又过了许多年，在一座下陷的老坟附近，又挖了一座新坟。两座坟共用一块墓碑。上面刻着这么一行铭文：“一片墨黑的土地，一个血红的‘A’字。”

纳撒尼尔·霍桑

【作者简介】

纳撒尼尔·霍桑（1804—1864），美国心理分析小说的开创者，也是美国文学史上首位写作短篇小说的作家，被称为美国19世纪最伟大的浪漫主义小说家。霍桑出生于美国马萨诸塞州塞勒姆，幼年丧父，同寡母一道住到了位于萨莱姆镇的外公家，自幼性格孤高自许，顾虑多疑，童年的不幸和生活氛围使他内心有一种“痛苦的孤独感”，他对社会改革毫无兴趣，对资本主义经济迅速发展无法理解。霍桑被评价为一个生活的旁观者，这一人生态度决定了他对人的内心、心理活动的兴趣和洞察力。他深受原罪思想的影响，而且原罪代代相传，倡导人们以善行来洗刷罪恶，净化心灵。其代表作包括长篇小说《红字》《七角楼房》，短篇小说集《重讲一遍的故事》《古宅青苔》《雪影》等。其中《红字》已成为世界文学经典，亨利·詹姆斯、爱伦·坡、赫尔曼·麦尔维尔等文学大师都深受其影响。

【作品简介】

《红字》讲述了17世纪清教殖民统治下，在波士顿发生的一个恋爱悲剧。女主人公海丝特·白兰嫁给了医生齐灵渥斯，齐灵渥斯遭遇海难，白兰以为他在海难中已经遭遇不幸。在孤独中白兰与牧师丁梅斯代尔相恋并生下女儿珠儿，白兰被当众惩罚，戴上标志“通奸”的红色A字示众。然而白兰坚贞不屈，拒不说出孩子的父亲。后来丈夫齐灵渥斯平安地回到了新英格兰，并隐瞒了自己的身份。当他查出白兰的情人是丁梅斯代尔时，齐灵渥斯便开始折磨这位愧疚不已的年轻牧师。最终，齐灵渥斯因疯狂报复而身败名裂；丁梅斯代尔不堪愧疚，身心俱毁，临终前公开承认了通奸事实；只有海丝特勇敢地面对未来，准备带着女儿去欧洲开始新的生活。

【创作背景】

霍桑的先祖威廉·霍桑1630年来到美洲大陆，曾经担任过马萨诸塞殖民地的官员，当众驱逐鞭打过一位教友派的妇女，而霍桑的曾曾祖父约翰·霍桑则是臭名昭著的1692年塞莱姆女巫审判中的三位法官之一，根据他的裁决，数名女巫被送上了绞架。霍桑创作《红字》的目的之一就是希望通过写作，“替他们（祖先）蒙受耻辱，并祈求从今以后洗刷掉他们招致的任何诅咒。”在霍桑撰写《红字》的同时，第一次妇女大会正好在纽约召开（1848年）。在这次大会上，女权主义者们提出了女性和男性拥有平等财产权的问题，指出女性“一旦结婚，在法律的角度看如同死亡。他（丈夫）拿走了她所有的财产权，甚至是她所赚取的工资”。她们提出女性应该和男性一样平等地工作，以便从经济的角度摆脱对男性的依附。事实上，在父权社会中，男性拒绝给予女性平等的经济权利不仅仅是因为他们想要占有全部的财富，拒绝让女性来分一杯羹，更因为男性们早已意识到，女性在获得经济独立的同时，将不再满足雌伏于他们的羽翼之下，会努力寻求独立的思想和更为广阔的天地。

【思想主题】

小说以两百多年前的殖民地时代的美洲为题材，但揭露的却是19世纪资本主义发展时代美利坚合众国社会典法的残酷、宗教的欺骗和道德的虚伪。主人公海丝特被写成了崇高道德的化身，她不但感化了表里不一的丁梅斯代尔，同时也在感化着充满罪恶的社会。

【写作特色】

①叙事：选用叙事者本身就是一种疏远手段。《红字》的叙事是以一个不愿承担叙事责任的全知叙事者的视角或无限制视点展开的。全知叙事者不想明显地表露同情犯通奸罪的女主人公，让自己与她保持一定的情态距离，回避用“我”的身份把要讲的故事直接告诉读者，而是把“我”隐藏在“我们”背后，如“……当我们的故事开始时……”这个“我们”只是形式上的全知叙事者，他既不是故事中的人物，也很少表明自己的观点。很多情况下，《红字》叙事者还

运用内在叙事策略，利用故事人物的视角来表达情感态度。

②象征：红字“A”是贯穿全书的主线，也是最典型的象征。红色是一种能引起人们无限联想的颜色，在小说中它更是得到了充分的渲染，展示出了各种丰富的内涵。红色是血与火的颜色，是生命、力量与热情的象征。火是人类生活的光热之源，而爱情之火则是人类的生命之源。小说中的红色象征着海丝特与丁梅斯代尔之间纯洁、美好、热烈的爱情，这种爱是正常的家庭和社会生活的基础，是人类得以生生不息繁衍下去的正当条件，在任何发育健康的社会里都是被尽情讴歌的对象。然而在严酷的清教思想的统治下，真理往往被当作谬误，人性被扭曲，该赞美的反而被诅咒，象征爱情之火、生命之源的红色被专制的社会作为耻辱的标记挂在海丝特胸前。

③反讽：反讽是《红字》中的一个典型修辞手法。作品的题材本身就是一种反讽。学识渊博而虔诚的年轻牧师丁梅斯代尔与一位已婚妇女海丝特发生恋情是对当时扼杀人性和人间爱情的清教权势和信条的极大讽刺，因为清教信徒们都把他看成是“圣洁的典范”，把他幻想成是“上帝传递智慧、责难和博爱的传声筒”，他们永远想不到他会犯“原罪”。这样的突发性在读者中产生较大的悬念和反差，使读者期待的与实际发生的形成心理落差，产生审美距离，从而强化了审美和讽刺效果。

④人物刻画：《红字》中四位主要人物的性格都具有多重性。尽管作者本人、故事人物白兰和丁梅斯代尔都认定齐灵渥斯是真正的犯人，但从小说内容本身看也不尽然。因为他本人也是受害者（戴绿帽子的人），况且他将在英国和美国的大笔遗产留给妻子与他人所生的女儿。同样，虽然丁梅斯代尔不负众望，最终承认罪过并死在刑台上，也未受到人们的斥责，但我们不能不说他的人品中有虚伪和罪恶的一面。至于珠儿，连她的母亲也无法理解她，母亲有时视她为天使，有时却称她为恶魔。对于白兰，人们更多的是给予同情，因为她需要用一生来补偿她的“一夜风流”罪。但在佩戴红字“A”以赎罪方面，白兰一方面诚心悔过，善始善终，另一方面却表现出始终不屈的叛逆心理。她的忏悔与反抗一直交织滋生，有时让人难辨彼此。

【主要人物及其事件】

海丝特：年轻美丽的姑娘海丝特·白兰在还不懂得什么是爱情的花样年华，嫁给了一位面容苍白、眼色阴沉、身材略有畸形的年长学者齐灵渥斯，他们的婚姻并非爱的结合，维系其婚姻的可能是某种利益或者宗教思想的束缚。然而，给这段不幸的婚姻雪上加霜的是齐灵渥斯两年内音讯全无，并最终传来他葬身大海的噩耗。孤苦无依的海丝特与才貌相当、德高望重的年轻牧师丁梅斯代尔产生了爱情，并孕育了女儿珠儿。本来两个人的爱情和结合应该是合情合理的，然而却被世俗所不齿，海丝特因此担上了“通奸”的罪名，被迫终身佩戴红字“A”，精神上受尽了折磨和屈辱。

丁梅斯代尔：小说中的丁梅斯代尔是一个极其复杂的人物。他是一位才貌双全、德高望重的年轻牧师，对清教极其虔诚，他的一言一行完全按照教义来行事。然而，与海丝特的爱情却改变了一切。与海丝特有了私情并生了珠儿，他没有勇气和海丝特一起站在刑台上公开承认自己的罪行，无法接受自己背叛虔诚信仰的事实，不敢承受违反宗教教规带来的严重后果，害怕受到公众的谴责和谩骂，因此没有勇气公开地承认与海丝特的爱情。与海丝特的勇敢相比，他显得怯懦，但这是他受宗教思想毒害至深的缘故。他内心清教徒的道德观念、严厉的宗教教规、虔诚的宗教信念、对海丝特和珠儿的亏欠和内疚感、公开忏悔的愿望与懦弱的天性之间的冲突，使他不停徘徊于善与恶之间。他虽然正直善良却又懦弱无能，宁愿一直痛苦地躲在假面具后流泪自责，悲痛度日，承受着精神和肉体的双重折磨。他用皮鞭抽打自己、绝食、彻夜下跪、在自己胸前刺烙出一个火红的“A”字，长期以来不断的自我鞭挞和自我折磨，逐渐地耗尽了丁梅斯代尔痛苦和可悲的生命，最后终于在精神和肉体都濒于崩溃之际，丁梅斯代尔鼓起勇气站出来公开了自己的罪行，用最后一口气展示了胸口上的红字，最终倒在了海丝特的怀里，在死亡中实现了灵魂的自救。

齐灵渥斯：齐灵渥斯是一个精通医术、博学多才的智者，又是怀有一颗复仇之心，置人于死地的狠毒、罪恶之人。他年事已高，面容苍白、性格阴沉，身材略有畸形。他违背自然法则和海丝特的心愿，娶年轻美貌的海丝特为妻不为爱情，而只是让海丝特来温暖他将尽的孤独而凄凉的生命之火，得到心灵的抚慰，这直接导致了海丝特后来的不幸。在齐灵渥斯那丑陋的外貌和畸形的身体中隐藏着他丑陋和畸形的灵魂。他表面上沉静文雅，内心却邪恶无比。当他发现了丁梅斯代尔和海丝特的私情后，他以医生的身份，伪装成一个最可信赖的朋友出现在丁梅斯代尔面前，随时随地跟踪着可怜的丁梅斯代尔，表面上和他谈心，帮他排忧解难，实质上是打探他内心的隐秘，对他进行精神迫害和折磨。当齐灵渥斯百般努力把丁梅斯代尔折磨得生不如死并最终走上刑台的时候，齐灵渥斯并没有因为达到报复目标而快乐，相反，他陷入沮丧，没有了生活下去的目标和动力，不到一年便萎缩而亡。

珠儿：海丝特的女儿珠儿是罪恶耻辱与神圣爱情的矛盾结合体。海丝特精心地打扮小珠儿，使可爱奔放的她像个天使，一颦一笑，举手投足都闪烁着一种希望的光芒和生命的光辉，带给人们冲破宗教束缚的希望。虽然自小被这个社会所抛弃，跟着母亲受到众人的歧视、嘲讽和迫害，珠儿却桀骜不驯，充满活力。珠儿身上洋溢着的那股生命的活力和桀骜不驯的反叛力是自觉的、先天的，足以超越任何社会、时代的束缚。珠儿的美和野性的反叛同齐灵渥斯的丑形成强烈的对比，博学多识的老医生是如此丑陋不堪，而作为母亲罪恶象征的小女孩则仍保持着自然人的纯真，在霍桑的宗教意识里，小珠儿便是“天使”，代表着希望，是霍桑美好理想的寄托，也体现了他对宗教的幻想。

【作品影响】

《红字》是美国浪漫主义作家霍桑创作的长篇小说。发表于1850年。《红字》讲述了发生在北美殖民时期的恋爱悲剧。女主人公海丝特·白兰嫁给了医生齐灵渥斯，他们之间却没有爱情。在孤独中白兰与牧师丁梅斯代尔相恋并生下女儿珠儿。白兰被当众惩罚，戴上标志“通奸”的红色A字示众，然而白兰坚贞不屈，拒不说出孩子的父亲。小说惯用象征手法，人物、情节和语言都颇具主观想象色彩，在描写中又常把人的心理活动和直觉放在首位。因此，它不仅是美国浪漫主义小说的代表作，同时也被称作是美国心理分析小说的开创篇。

【常考知识点】

1.《红字》是美国浪漫主义作家霍桑创作的长篇小说。

2.《红字》讲述了发生在北美殖民时期的恋爱悲剧。

3.《红字》的女主人公是海丝特·白兰。

4.小说《红字》的作者是（ D ）。

A.托尔斯泰　　B.海明威

C.马尔克斯　　D.霍桑

5.美国浪漫主义文学的高峰之作是（ A ）。

A.《红字》　　B.《拓荒者》

C.《乌鸦》　　D.《草叶集》

6.《红字》的主人公（ A ）被“罪感”折磨致死，他是对小说的主题最有表现力的人物。

A.丁梅斯代尔　　B.海斯特·白兰

C.齐灵渥斯　　D.珠儿

《嘉莉妹妹》

西奥多·德莱塞

名著导读

【主要故事情节】

18岁的嘉莉，漂亮而胆小，年轻无知，充满了对大都市繁华生活的幻想，登上了去芝加哥的火车，去投奔她的姐姐，寻求新的生活。在车上，她结识了穿着时髦、油腔滑调的情场老手——年轻的推销员杜洛埃。对他的百般殷勤嘉莉深受感动，尤其是对芝加哥繁华景象的描述，使嘉莉倍感兴趣。

但刚到芝加哥，她的梦想就破碎了。姐姐住在工人和职员的住宅区，房间狭小寒酸而简陋，看得出姐姐的生活很拮据，这使初来乍到的嘉莉感到很沮丧。第二天一早，嘉莉怀着朦胧的希望出门找工作，但是，无论在绸缎铺、帽子店还是百货店、服装店，她得到的都是“不要人”的冷冰冰的回答。好不容易才在一家制鞋厂找了份工作，鞋厂里的工作十分繁重，嘉莉是新手，一直手忙脚乱，回到家里，早已四肢僵硬，动弹不得了。尽管如此，她所能挣到的工钱每周只有四块半，还往往受到工头的苛责或无聊青年的调戏，她丧气极了。更苦恼的是她还要把那微薄的工资的大部分交给姐姐做房租，这样，嘉莉就所剩无几了。

不久，嘉莉病了，三天后再去上班时，鞋厂已经把她辞了。她又开始一次次的东奔西走，但什么工作也没有找到，而正当嘉莉心灰意冷的时候，却与那个年轻的推销员杜洛埃不期而遇，嘉莉看出了他对自己的倾慕，她高兴而矜持地欣赏杜洛埃眉飞色舞的殷勤劲儿。回到姐姐家的时候，发现姐姐失业了，他们不能再留嘉莉住了。不久，嘉莉接受了杜洛埃的建议，和他住到了一起。嘉莉的心理上承受着很大的负担，虽然，她住着宽大的房子，过着舒适的生活，虽然她喜欢奉承，爱慕虚荣，但是心里的声音告诉她：她在堕落。就在这时候，杜洛埃把嘉莉介绍给他的朋友，费莫酒店的经理赫斯渥。他一见到嘉莉，就迷上了她的美貌，为她神魂颠倒。而嘉莉也觉得赫斯渥更聪明，而且衣着得体，气度不凡，温文尔雅。相比之下，杜洛埃就显得相形见绌。为了取得嘉莉的好感，他寻机陪嘉莉去看戏，去散步，与嘉莉谈天说地，暗示自己对她的感情……终于嘉莉感情的天平倾向了赫斯渥这一边。嘉莉对赫斯渥并没有一丝邪念，她想象赫斯渥将能使她摆脱目前这种不体面的生活，她只是把他的爱当作一种美好的东西，想象着他们的感情会有更美好更高尚的结果。然而赫斯渥只想寻欢作乐，并没有打算负什么责任。不久，由于杜洛埃的偶然推荐，嘉莉在一次游艺筹款活动中扮演了《煤气灯下》罗拉的角色，获得了成功。她与赫斯渥的关系越来越密切了，最终被杜洛埃发觉，在经过一番激烈的争吵之后，他一气之下离开了嘉莉，独自出走了。自由而孤独的嘉莉终于投入赫斯渥的怀抱，这场恋情终于导致了一场家庭风波的来临。关于赫斯渥和嘉莉的风言风语终于被他的妻子知道了，她不断索要名下的财产并提出离婚，想使赫斯渥就范，而赫斯渥也担心这样做会使自己声名狼藉，一无所有，因为他过去慢慢积聚的财产都记在妻子的名下，如今要归她所有了，他感到忧心忡忡，进退维谷。

一天晚上，赫斯渥在烦恼中偶然发现酒店保险箱并未锁好，而里面有整整一万元钱。一阵犹豫之后，他终于偷走了这些钱，并决定带上嘉莉远走高飞。当晚，他以杜洛埃受伤要见嘉莉的名义将嘉莉骗出来，一同离开了芝加哥。虽然嘉莉对他的欺骗行为十分恼火，但是她是孤苦伶仃的，于是她接受了这样的安排。赫斯渥改名换姓，请来律师为他们主持婚礼，他们就这样定居下来。赫斯渥在纽约寻找职业，几次失败，他们的生活大不如在芝加哥时那样风光，这一切，天真的嘉莉都不知道，丈夫的盗窃行为她也不知道，她认为自己一生中第

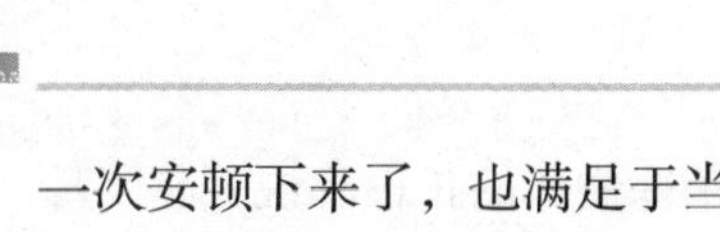

一次安顿下来了，也满足于当一个家庭主妇的生活。

转眼三年过去了，赫斯渥的生意并不见起色，嘉莉也渐渐为经济的困窘、服饰的寒碜、娱乐的缺少而忧伤起来。一天，嘉莉结识了万斯一家，在万斯太太的影响下，当演员的梦想又在她的心里滋长起来。她开始觉得自己做错了事，也开始回想起那次实际上是强迫的私奔。后来，赫斯渥投资合股的酒店倒闭了，而赫斯渥也不得不再次四处奔波寻找职业，找来找去，一无所获，最后只得待在家里，抱着剩下的钱节衣缩食地拖延起来。不久，他就自暴自弃，闯进赌场，在那里寄托其赢钱的微薄希望，但是，很快就输得所剩无几了。这些凄惨的琐事侵蚀着嘉莉的心，对丧失了自尊心的赫斯渥也不再抱有敬意了。于是，她决定出去，再去独自奋斗。

嘉莉终于走出了家门，前往百老汇寻求职业，几经碰壁之后，她终于在加西诺戏院的合唱队谋到了个位置。由于嘉莉年轻貌美又有表演的天赋，不久，就由无名小卒成了合唱队领队，她逐步地向成功迈进。而赫斯渥却依然如故，每天待着看报，一直下决心找工作却总是一事无成，俨然一个累赘，生活的开支全靠嘉莉的收入。他们之间仿佛已丧失了相互交谈的共同基础，嘉莉已对他产生了厌恶之情，两人的分歧越来越大，嘉莉越来越游离赫斯渥的生活了。布鲁克林的电车工人在罢工，急需招雇司机。赫斯渥以为机会来了，于是前去求职，虽有警察的保护还是受到了工人的围攻，只好悄悄逃走，冒雪回了家。而嘉莉却在戏院又一次交上好运，在奥斯本小姐的提议下，嘉莉决定搬出去住。嘉莉留下一封信，走了！她搬去和奥斯本小姐同住。

嘉莉被自己的职业所吸引，渐渐地忘掉了赫斯渥的存在，嘉莉真的走红了。然而，在这种荣光下面，嘉莉渐渐感到的是一种空虚和寂寞。赫斯渥仍然一事无成。如今他衣衫褴褛，骨瘦如柴，境遇堪怜，靠救济和乞讨为生，当年显赫的荣光已成为历史一去不返了。最后在严冬的一天晚上，他躺在乞丐收容所的黑屋里，让煤气结束了他的生命。

可是，置身于豪华富贵中的嘉莉并不快乐，她觉得寂寞，一切都变得无足轻重和微不足道了——因为这里也并无幸福存在。从她身上可以看到一个只善于感受而不善于推理的人在追求美的过程中，是怎样误入歧途的。她常坐在窗边的摇椅里沉思、低吟、梦想……

西奥多·德莱塞

【作者简介】

西奥多·德莱塞（1871—1945），美国现代小说的先驱、现实主义作家之一，他还是一个自然主义者，他的作品贴近广大人民的生活，诚实、大胆，充满了生活的激情，德莱塞出生在印第安纳州一个破产的小业主家庭。童年是在苦难中度过的，中学没毕业就去芝加哥独自谋生。1889年进入印第安纳大学学习，一年后再次辍学。1892年，开始了记者生涯。他的代表作《嘉莉妹妹》真实再现了当时的美国社会，而《美国悲剧》则是德莱塞成就最高的作品，使人们清晰地看到了美国社会的真实情况，至今依然具有巨大的现实意义。

【作品简介】

《嘉莉妹妹》是美国现实主义作家德莱塞创作的长篇小说，是《珍妮姑娘》的姐妹篇。《嘉莉妹妹》描写了农村姑娘嘉莉来到大城市芝加哥寻找幸福，为摆脱贫困，出卖自己的贞操，先后与推销员和酒店经理同居，后又凭美貌与歌喉成为演员的故事。作者以嘉莉为代表深刻揭露了美国资本主义制度对贫苦人民压榨的残酷性和资产阶级生活方式对小资产阶级分子的腐蚀性。

【创作背景】

20世纪初的美国，自由资本主义城市为中心的社会，机械化的生产提高了效率。农村多余的劳动力也进入了城市，科技经济发展使人类对自然的依赖性降低，人们有更多的自由选择自己想要的生活方式。都市无疑是现代生活的中心，也成了年轻人追求的场所，嘉莉妹妹就是其中的一员。随着美国资本主义的飞速发展和经济的繁荣，丰富的物质供给刺激着消费，助长了人们对金钱的渴望和崇拜。消费意识形态逐步取代了以生产为主的意识形态，这种消费意识形态强调花费和物质，它削弱了勤俭、节约、自控等传统道德标准。1899年秋天，德莱塞在好友阿瑟·亨利的敦促下，开始创作《嘉莉妹妹》。小说的素材主要来自他长期担任记者时对当时城市生活的了解和积累，以及他自己在芝加哥和纽约的生活经历和大量阅读巴尔扎克、哈代、斯宾塞等人的作品所得的启迪。童年的生活经历和家庭成员的苦难历程也是他创作的主要源泉之一。《嘉莉妹妹》一书中最重要的一个情节是赫斯渥偷了酒店的钱，将嘉莉骗上火车，开始了私奔的生活。这个情节的原型实际上是德莱塞妹妹埃玛的生活经历。当年一家酒店的出纳就曾经偷了店里的3500美元，带着埃玛私奔到蒙特利尔，然后又辗转去了纽约。1900年3月德莱塞完成了《嘉莉妹妹》的初稿。

【思想主题】

该作品以真切的现实主义为鲜明的特征，比较真实地揭露了20世纪初人们狂热地追求美国之梦的悲剧事实，揭示了驱使人们享乐却最终幻灭的本能主题，说明了在以金钱为中心的美国资本主义社会里不可能有真正的幸福。

【写作特色】

①自然主义：德莱塞在小说《嘉莉妹妹》中继承了左拉的自然主义传统，运用自然主义写作手法，探讨了欲望本能和环境对个体命运的影响，尤其是对生活在社会底层的小人物的命运的剖析，把那个阶段盛行实用主义的美国，描写得淋漓尽致。

②象征手法：《嘉莉妹妹》中，运用大量的象征手法来表达主人公的欲望与绝望、主动与被动等，而且象征意义之间的对比，使小说主题更加鲜明。通过象征意义的对比，表现了不同人物的不同思想、不同品质及不同的社会地位。

③人物形象：嘉莉妹妹这个艺术形象不同于以往的美国小说中的人物，她是世纪之交美国垄断资本主义发展的产物，她代表着美国青年一代对“美国梦”的追求。她是美国文学中第一个“美国梦”的追寻者，在她身上不难看出金钱和名利对她的诱惑。嘉莉，一个妙龄姑娘，没有在教堂和谁举行婚礼，竟先后和两个男人上床，成为情妇，但她不但没有受到惩罚，反而顺利渡过难关，成了幸运的大明星。

④心理描写：心理描写是这部小说的又一重要特征。小说中运用了大量的心理描写，这些描写对于揭示人物个性的发展起着非常重要的作用，紧扣着读者的心弦。如对赫斯渥偷钱出逃时的心理活动的描写，这时赫斯渥开始后悔：“啊，那美好的地

位，那优雅的办公室，怎么把一切都舍弃了呢？啊，我抛弃的这一切是多么美好啊！”在这里，作者生动地描绘了人物的心理矛盾，也为小说后半部分赫斯渥心理的畸形发展埋下了伏笔。

【主要人物及其事件】

嘉莉：嘉莉是处于社会底层的磨坊工人的小女儿，她不甘愿这一生就在乡下老家过着单调枯燥的生活，18岁时怀着年轻无知的幻想，登上去芝加哥的火车，寻求新的生活，寻求幸福。在车上，她结识了一个年轻的推销员杜洛埃，他对芝加哥繁华景象的描述，也使嘉莉倍感兴趣。嘉莉把芝加哥想象得十分美好。但是，刚到芝加哥，她的梦想就破碎了。姐姐明妮的房子局促狭小，充满一种寒碜的气味，嘉莉大失所望。即便住在姐姐家也要付食宿费，第二天一早，嘉莉就只好怀着朦胧的希望出门去找工作，可是，她得到的都是“不要人”的冰冷冷的回答。最后，好不容易才在一家制鞋厂找到了工作，工作非常辛苦。尽管如此，她所能挣到的工钱每周只有4块半。冬季来临，她没有外套、呢帽、棉鞋，风吹到身上就打寒战。正当嘉莉心灰意冷的时候，她遇到了那个年轻的推销员杜洛埃，不久，嘉莉做了他的情妇。其实杜洛埃只不过是按老规矩玩一场追求女人的把戏罢了。嘉莉渴望着幸福，但是嘉莉仍时常感到不安，她既为杜洛埃总不正式与她结婚而困惑，又为自己并不热爱他却害怕失去他的关心而疑虑。也就在这时候，市里费莫酒店的经理赫斯渥出现了，嘉莉感情的天平倾向了赫斯渥这一边，直至被杜洛埃发觉后，他一气之下离开嘉莉独自出走了。渴求自由而孤独的嘉莉终于投入了赫斯渥的怀抱。作者在广阔的社会背景上描写嘉莉对幸福生活追求的幻灭，揭露和批判了19世纪美国资本主义社会的黑暗：靠诚实劳动找不到出路，只有道德沦丧、出卖自己，才能得到金钱地位，在这样的社会是不能有真正的幸福的。

赫斯渥：赫斯渥是一个从美国上层社会里跌下来，或者可以说是被排挤出来的人物。当年，他曾是芝加哥红极一时的酒店经理，是社会上有势力的人物。在许多像他这样春风得意、衣冠楚楚、寻欢作乐的人当中，用很形象的一句俗话来说“他能呼风唤雨”。赫斯渥迷恋嘉莉，最后终于导致了他的妻子提出离婚并索要赡养费，使他变成一无所有的穷光蛋，因为他的财产都记在他妻子的名下。他和嘉莉一同离开芝加哥，来到了纽约。在纽约，赫斯渥四处奔波寻找职业，却一无所获，他自暴自弃，闯进赌台，几次赌博下来就差不多只剩100块钱了。正巧布鲁克林的电车工人在闹事，急于招聘司机，赫斯渥便去求职，但是，当他在警察保护下驾车驶出公司时，就被人们“工贼”的骂声包围，石块击碎了车窗的玻璃，险些砸上他的脑袋，最后他只好悄悄逃走。生活的开支全靠嘉莉的收入，嘉莉对他产生了厌恶，抛弃了他。后来，他衣衫褴褛，骨瘦如柴，饥肠辘辘，全靠救济和乞讨为生。他多次向路人乞讨又多次被拒绝，在严冬的一天晚上，他躺在乞丐收容所的黑屋，让煤气帮助他获得了解脱。赫斯渥原本有钱有势，春风得意，但一朝失去金钱和地位，就会从此不得翻身，即使费尽心机，也是枉然，终于落到资本主义社会的底层。这其实是资本主义社会的残酷性的表现，也充分表现了小说揭露和否定美国资本主义社会的现实主义倾向。

【名家点评】

美国作家辛克莱·刘易斯：“《嘉莉妹妹》像一股自由、强劲的西风吹进闭塞、沉闷的美国，给我们滞塞的个人天地里带来了自马克·吐温和惠特曼以来的第一缕新鲜空气。”

《每日邮报》：《嘉莉妹妹》是美国人写的一部了不起的小说。

《捍卫者》：《嘉莉妹妹》“真实、敏锐、毫无偏见，它是美国历史上有史料价值的‘文件’。”

【作品影响】

《嘉莉妹妹》在小说领域打破了维多利亚时代的保守和高雅传统，打开了通向忠实、大胆与生活激情的新天地，从而为当时的美国文学界带来了一场革命，在美国文学史上独树一帜。

【作者小趣闻】

父母的影响

西奥多·德莱塞出生在印第安纳州的特雷乌特。父亲是个编织工，信奉天主教，为了逃避兵役，南北战争前从德国移居美国，住在俄亥俄州，与当地一位孟诺教派的没文化的农家女成亲，生下了13个子女，德莱塞排行倒数第三。其父约翰勤奋而严厉，他办的毛纺厂不慎起火，自己受伤，经济陷入困境，情绪不好，对子女粗暴。其母则待人亲切，疼爱子女，德莱塞从母亲的身上学到了对别人的同情心，其父顽强的精神则使他在困境和失败面前鼓起勇气奋然前行。

【常考知识点】

1.《嘉莉妹妹》是《珍妮姑娘》的姐妹篇。

2.《嘉莉妹妹》是由美国著名小说家德莱塞编写的一部以欲望为主线的小说。

《海狼》

杰克·伦敦

名著导读

【主要故事情节】

主人公凡·卫登是一位文学评论者，在与朋友周末度假返程的途中，遭遇大雾，他们的船被撞沉，在冰冷的海水里垂死挣扎之际，幸运的卫登被“魔鬼号”船长拉森救起。由于船上大副的死亡，拉森不同意将卫登送回旧金山，而是逼他随船出海，并做各种苦工。在此期间，卫登目睹了拉森的冷酷无情以及他的暴力统治。拉森绰号“海狼”，他比一般的水手强壮，力大无穷，坚信“大吞小，强凌弱”，他为了保住他的一条帆板不被大浪冲走，竟白白搭上一个水手凯利的性命。他不高兴时拿厨子托马斯出气，让人抓住他，用绳子将他拴住扔到海里折磨他，结果被鲨鱼咬去一只脚。卫登一不小心将炉灰撒在他身上，他便对他拳脚相加。最终他的暴力统治激起反抗，几名水手联合起来把他和大副扔到海里，大副葬身海底。他却又爬回船上夺回控制权，之后他借口报复了带头反抗的两名水手，利用海上风暴让他们葬身大海。“魔鬼号”偶然救起了在轮船失事中幸存的莫德，卫登对她一见钟情，而如恶魔般的拉森则想的是将莫德沦为他的性奴隶。船长海狼强大无比，是一头猛兽，凡·卫登先生，虽然学富五车，却如同一头小羊，力量悬殊不成比例，毫无反抗之力。美丽的女作家与凡·卫登先生邂逅于苦难之中，共同的遭遇很快把他们连接在一起，但他们充其量不过是两只小羊，无法改变其力量对比，尽管他们不甘被奴役，运用其知识和智慧与之周旋，却很难摆脱被统治的命运。卫登为了解救她，找到机会逃走，但由于偏离了航线，不得不在一个海豹聚集的小岛上暂时安顿下来，过了一段艰苦的努力生存的日子。众叛亲离的拉森和“魔鬼号”也撞上了这个小岛。船上的水手和猎人不堪拉森的压迫，又禁不住有人故意的金钱诱惑，全部叛逃“魔鬼号”去为拉森的敌人工作。拉森也不再是那个身体强壮、坚不可摧的样子了，经常头痛，可能是头部的瘤造成了他的迅速衰弱甚至失明，他渐渐出现了偏瘫，生命之火慢慢地熄灭了。卫登与莫德安葬了拉森，他们修复“魔鬼号”并扬帆返航，最终弱者终于战胜了强者，文明终于战胜了野蛮。

【作者简介】

杰克·伦敦（1876—1916），原名约翰·格利菲斯·伦敦，美国现实主义作家。他一共写过19部长篇小说，150多篇短篇小说和故事，3部剧本等。主要作品有：小说集《狼的儿子》，中篇小说《野性的呼唤》《热爱生命》《白牙》，长篇小说《海狼》《铁蹄》和《马丁·伊登》等。杰克·伦敦1876年生于旧金山一个破产农民的家庭，因家境贫困，自幼从事体力劳动。当过童工、装卸工和水手等，后又在美国各地流浪。靠劳动所得曾进加州大学伯克利分校学习，因贫困被迫退学后加入过阿拉斯加等地淘金者的行列。早年坎坷的生活经历为他后来从事创作提供了丰富的源泉，他的创作思想较为复杂，受到过马克思、斯宾塞、尼采等多人影响，在他青年时代的作品中，跳动着向资本主义社会挑战的脉搏，成名后逐渐陷入极端个人主义和空虚中。1916年11月22日，杰克·伦敦服用吗啡过量身亡，年仅40岁。

【作品简介】

一艘渡船在旧金山湾失事，35岁的文学评论家凡·卫登被海豹船“魔鬼号”船长海狼拉森救起。由于船上大副的死亡，缺少人手的拉森强迫凡·卫登在船上做茶房。凡·卫登目睹了水手和猎人们的争斗，但他在船上学到了航海知识，身体也强壮起来。魔鬼号偶然救起了在轮船失事中幸存的莫德，凡·卫登心中燃起了爱的火花，他终于和莫德找机会逃走，由于偏离了航线，不得不在一个海豹聚集的小岛上暂时安顿下来，过了一段艰苦的努力生存的日子。众叛亲离的拉森和“魔鬼号”也撞上了这个小岛。船上的水手和猎人不堪拉森的压迫，离开了。凡·卫登和莫德努力将“魔鬼号”修好，其间受到拉森多次阻挠。船终于修好了，拉森则出现了偏瘫，生命之火慢慢地熄灭了。凡·卫登与莫德将拉森海葬，不久之后，他们获救了。

【创作背景】

杰克·伦敦生活在19世纪末20世纪初，这个阶段是资本主义疯狂地向全世界扩张并且逐渐走向鼎盛的时期。美国的疆域已从东海岸通到西海岸，第一批人是探索土地的开路先锋，然后是从土著人手中野蛮夺取土地的士兵，最后才涌入成千上百万的定居者。这些定居者大都来自东海岸和欧洲，他们开辟农场和开发土地，他们多是来圆发财梦的冒险家、投机者和跃跃欲试的各方来客。“不稳定的野外生活很容易激发起他们身上的兽性”，在这种环境下，弱肉强食的超人哲学、优胜劣汰的达尔文主义开始盛行开来，并且占有很大的市场。

【思想主题】

《海狼》是杰克·伦敦的力作之一，从这部小说里我们能看出作家对自己的信仰重新进行了梳理，展现了他的价值观、生死观以及爱情观和女性观，并且对其笃信不疑的“超人哲学”中的不合理部分进行了批判，体现了杰克·伦敦反对霸权主义，提倡人道主义精神。

【写作特色】

①艺术风格。《海狼》这部作品中客观真实地再现了“魔鬼号”上的生存状态，读者从中欣赏到的既有凶险、冷漠的大海，又有性格凶悍的海狼；既有人与自然的对峙，又有人与人之间的残酷斗争。生存竞争和自然选择成了人类社会普遍存在的现象。杰克·伦敦很好地将达尔文主义和社会达尔文主义理论运用到小说的创作中去，从人物塑造的角度把海狼拉森塑造成彰显其残暴和动物生存本能的形象，强调了遗传和环境的影

响。他把优胜劣汰、适者生存的生存竞争观点用来解释社会现象和人际关系，提出生存是第一要务，这就使小说带上了自然主义色彩，同时他也强调了主人公的自主性。

②人物形象。为了更好地塑造人物形象，突出人物特征，杰克·伦敦经常选择极端的环境作为小说的背景。比如严寒、饥饿、惊恐、死亡，突出人在这些自然环境和社会环境下的反应。只有那些适合环境要求的人才能生存下来，否则只有死亡。《海狼》中的“魔鬼号”，因为在海上漂泊，变成了一个远离文明世界束缚的独立世界，法律、道德无法发挥它应有的作用。如果想在这个非道德的世界生存下来，必须符合这个小世界的生存之道，即放弃道德、抛弃幻想、动用一切、捍卫生存。在“魔鬼号”上，海狼代表最高的权威，凭借他强有力的力量，统治着整条船，他可以依照自己的意愿，为所欲为，甚至视别人的生命为儿戏，肆意妄为。在他的暴政下，水手们的人性渐渐地被扭曲、萎缩、变形。他们不会考虑别人的感受和利益，只是为生存而争夺，甚至不借以毁灭他人为代价来满足自己的生存。小说另一主要人物凡·卫登的成长过程也体现了小说的适者生存观，他也是把生存作为第一要务，放弃原有的一切观念，努力适应新的残酷的生存环境。如果从更广阔的角度来看，《海狼》中的“魔鬼号”可看作是人类社会的写照，生存在上面的各色人物可以看作是人类的代表，反映出人类社会中弱肉强食、适者生存的景象。毋庸置疑，无论是充满兽性力量的海狼，还是想征服对方的捕海豹船上的水手们，还是凡·卫登在生存竞争中放弃教养，张扬兽性，都说明了生存成了第一要务，其余的都得给它让路。

【主要人物及其事件】

拉森：由海洋造就的拉森，在与海洋的朝夕相处中，内心时刻处于一种不断战斗的状态。他出生在一个贫穷的海上渔民家庭，很小就踏上了航船。在船上，他被人们拳打脚踢，恶语相加，无人庇护的他只能学着自己保护自己。水手生活给拉森打开了关于世界的窗口，这是一个弱肉强食的世界，他逐渐认识到，人只有自身强大才能战胜别人，由此成为永不停战的“海狼”拉森。“人性”和“兽性”在他的身上不断激战着，使他成为一个喜怒无常、令人琢磨不透的人。这种琢磨不透也使“海狼”成为海洋文学史上一个富有个性魅力的形象。

凡·卫登：凡·卫登原本是一个有教养的学者，而渊博的学识和良好的教养对他在魔鬼号上的生存没有裨益，他处于最底层，尽管他努力工作，还是备受欺凌。在残酷的现实中，为了能够生存下去，免受羞辱、殴打，凡·卫登不得不脱下文明的外衣，放下先前所秉承的教养，靠着暴力为自己赢得一份生存之地。凡·卫登一定程度上接受了海狼的人生哲学：强权便是真理，懦弱便是错误。

【名家点评】

《海狼》被誉为海上题材里的精品著作之一。这个故事，不仅在文学上获得了很大的成功，而且也被后人搬到了银幕上，受到了广泛的好评。

【作品影响】

《海狼》是美国作家杰克·伦敦创作的长篇小说。小说描写了在一艘名为“魔鬼号”的以捕猎海豹为生的帆船上发生的一场动人心弦的搏斗和刻骨铭心的爱情故事。小说中的“海狼”不仅是船长拉森的名字，对作者而言，也是超人的代名词，作者通过作品带领读者进入豪放粗犷荒野，体验蛮荒生活的冷酷无情，感受人性凶残的黑暗面和原始生命的光辉。同时也揭露了资本主义社会的弊端，表现了对劳动人员顽强意志的歌颂和苦难生活的同情。《海狼》在直到1999年的八十多年间中，曾十几次被搬上银幕，杰克·伦敦在1913年的版本中出演一位水手。

【作者小趣闻】

航海梦

1906年，杰克·伦敦决定建造一艘船，自己驾着去环游世界。他预计旅行七年，绕地球一周，可他并不是一个好理财家，造船活动几乎成了个笑话。那船原计划花七千元，实际上让他多花了好几万元，而且毛病很多。他不能够再等待，仗着自己驾船的本领就出发了，可他勉强把船驾到了夏威夷，便不得不开始修理，修好后又很吃力地开到了澳大利亚。那船已经无法再前进，他便只好把它以三千元的低价卖掉，结束这次虽然浪漫却失败的航行。

【常考知识点】

1.《海狼》是美国作家杰克·伦敦创作的长篇小说。

2.《海狼》描写了在一艘名为“魔鬼号” 的以捕猎海豹为生的帆船上发生的一场动人心弦的搏斗和刻骨铭心的爱情故事。

3.《海狼》中主要人物有拉森和凡·卫登。

4.《海狼》小说中的“海狼”不仅是船长拉森的名字，对作者而言，也是超人的代名词。

《教父》

马里奥·普佐

名著导读

【主要故事情节】

麦可是柯里昂家族人，是一名“乖乖的大学生”，他的父亲是黑道人物，但因不肯跟其他帮派合作贩卖毒品，险遭暗杀。在谈判时他杀掉了五个帮派的代表和一名警察局长，为了避风头躲到意大利。麦可的大哥被杀，回国后的麦可成了黑手党新的领袖。

【作者简介】

马里奥·普佐（1920—1999），美国作家、演员、编辑，代表作品有小说《教父》等。马里奥·普佐于1920年出生在纽约市一个意大利移民家庭，二战期间曾在美军服役，后又到哥伦比亚大学学习文学。自20世纪50年代起，他开始创作犯罪小说，并出版了《黑色竞技场》（1955）和《幸运的朝圣者》（1964）两部作品，但它们在社会上并没有引起反响。1969年，他的第三部犯罪小说《教父》问世，该书刚一出版，即荣登《纽约时报》畅销书排行榜榜首。继《教父》之后，马里奥·普佐又写了四部犯罪小说，它们是：《傻瓜灭亡》《西西里人》《第四个K》和《末代教父》。其中，《末代教父》沿用《教父》的家族犯罪小说的模式，在商业上也获得巨大成功。1999年7月马里奥·普佐因心脏病去世，遗作《拒绝作证》和《家族》分别于2000年和2001年出版。

【作品简介】

这是一部内容充实的家史，记录的是一个家庭不惜用枪、用斧、用绞刑具、用攻心战来实现自己对整个美国地下势力集团体系的独霸控制的详细过程。这部作品的故事情节波澜起伏，普佐的表现技巧颇见功力：在他的笔下，一个本来令人感到义愤的情节都十分入情入理。一切感情冲动，一切杀戮，一切粗鄙的两性关系，都同他所刻画的人物所处的情境协调一致。但同时他又能把他所塑造的人物的令人不寒而栗的气质烘托得具有人情味，真实可信。《教父》是一部令人拍案叫绝的成功之作，是揭露阴险的犯罪集团的权威性的小说。

【创作背景】

1963年的时候，美国黑手党第一位和政府合作的黑手党告密者乔·瓦拉奇把自己知道的一切全盘托出，黑手党的秘密和一些组织构架浮现在大众面前。大众对于黑手党有一种好奇的探秘感，对黑手党的传闻、故事很感兴趣。1965年马里奥·普佐的一本小说没有引起多大反响，而且出版商连稿费都没给他，但是出版商对于这部小说中黑手党的内容很感兴趣，希望普佐加以延伸，创造出一部以黑手党为题的小说，并且预先支付了一部分稿费。普佐当时生活窘迫，欠了2万多美金的外债，迫于生计，只能写出这部小说。作为第一代意大利移民的普佐，生活在纽约小意大利区，了解很多关于黑手党的传闻，并且他大学的专业是社会学，写这样的小说，可以说是信手拈来。1969年的时候，这部小说完成，初步命名为“Mafia”（黑手党）但是出版商怕惹到麻烦，改了名字，就是《教父》。结果这部小说一鸣惊人，盘踞排行榜榜首相当长一段时间，派拉蒙很快买下了版权。

【思想主题】

《教父》不是一本书，它是一部人性嬗变演绎史，它不是表面上的黑帮发展史，而是人类社会所有的社团发展史，或者明确地说，它是部企业发展史。《教父》中枪声不断，但它写的不是暴力，不是血腥，而是爱。书中的主角是男人，但真正的主题是人类内心万古不易的情与爱……

【写作特色】

马里奥·普佐的作品继承批判现实主义的优良传统。作者忠于艺术规律，既不抽象地肯定，也不概括地否定，只是客观地把美国社会最隐蔽的本质赤裸裸地揭示了出来。作品是通过引人入胜的场面和扣人心弦的情节自然而然地流露出来的，剥开富丽堂皇、令人眼花缭乱的遮羞布，人们不难看出：这里绝不是无忧无虑的人间天堂，而是地地道道的尔虞我诈的冒险家的乐园；这里处处布满了陷阱、明枪、暗箭；这里人人自危；这里，除了表面文章以外，骨子里根本没有什么自由、平等与博爱。在《教父》中，他通过叙述的写作手法，从人的社会化过程出发，以柯里昂父子在家族兴起过程中的成长经历为主线，详细讲述出两代教父如何在家庭、教育和社会环境下，从一个普通人转化成为一个黑帮教父的发展。作者以艺术家的手法让不是美国社会生活中漂浮于表面的璀璨夺目的现象，而是隐匿于深层的阴森恐怖的本质或本质的某些方面：以维持社会治安为己任的警官、警察；以维护法律尊严为己任的法官、律师，以及身为合法民意代表的议员；以公正、客观自诩的报刊编辑、记者。尽管有时在同自己或自己的集团无关的问题上也能信誓旦旦地履行自己的职责，但因为他们大都暗中隶属于各个地下势力集团，所以背地里却干着同自己的公开职责大相径庭的见不得人的勾当。从小说的字里行间可以清楚地看到，就社会组织关系来说，美国人大都有双重身份：一种是公开的社会成员身份，例如警官、警察、法官、律师、议员、报刊编辑、记者以及演员、店主、工会头目等等，办起事来“公事公办、铁面无私”，各人按照自己对社会的贡献领取合法报酬，这一面实在无可指责；另一种是秘密的集团成员身份，他们暗中分属于各个地下势力集团，各人又必须以公开的身份、合法的形式，为自己所属的地下势力集团效忠，从而定期获得额外报酬，这一面是绝对“保密”的，甚至对自己的妻子儿女也是要守口如瓶的。对美国社会的本质进行如此入木三分的剖析，是美国文学史上绝无仅有的。

【主要人物及其事件】

唐·柯里昂：书中的主角，原名是维托·安多里尼，后来因为父亲的死亡事故，逃到美国才改名的。唐在成为“值得尊重的人”之前，是一个看不出内在力量的人，就因为一个本地的流氓，对他们的“劳动成果”进行勒索，他认为，那个人不值得他交出成果，于是他消灭了那个人，他成了“值得尊重的人”，只是他使用这种方法更彻底。他允许你分享利益，却要按照他规划的世界来分配，如果这样，将获得他的友谊，在未来的某一天你可能要偿还他，也可能不需要。他活在自己建设的世界中，为自己组织负责，通过合理的人员分配，避免自己陷于美国法律的问题。

桑蒂诺：教父的大儿子，有着令人敬畏的战士力量，用书中形容的是，他更像一个野兽，可以毫无顾虑地杀人，有着惊人的战术能力，却没有看透战局的能力，是一个好的伙伴，却不是一个好的领导者。

麦可·柯里昂：后来继承教父的位置，一开始的初衷只是做一个普通的美国人，但家族后来的变故令他不得不站出来，完成教父所不能完成的事情，维持家族的存在，不然等待他们的将是毁灭。令他慢慢改变这个观点也是因为美国当时的环境。

麦克斯警长：毒枭，在西西里避难时，即使违背本心，他也得用自己的力量撑开一片世界，使自己和围聚在自己周围的人更好地生存。

黑根：是桑蒂诺小时候一起的朋友，因为父母双亡，流落街头，差点瞎了眼睛。由他朋友带到教父家里，为他治好眼睛，并且不让他改自己父母的姓，让他作为一个普通的美国人成长起来，但这就是环境的力量，最后他当上律师，还是回到教父身边，为他工作，接任了顾问，这个家族中第二重要的位置。但他的爱尔兰人血统，先天让他在这种黑手党的西西里传统中占据不利的因素，特别是后来与索洛佐的对抗和其他家族的长久对抗中，他慢慢暴露自己的缺点，到最后桑尼的死亡，他已经被确定不再担任顾问了，因为在最后的家族大清洗和反扑前，他已经被调到新的位置去了。

约翰尼·方坦：是一个在早期就能够理解教父世界的人，作为教父的教子，他成了一个大明星、歌手，能够明白教父帮他是希望他做自己想做又能够回报他的事情，通过教父的引导，后来转型成为电影世界幕后真正的掌权者，而不是作为一个歌手浮浮沉沉，被别人左右。

【名家点评】

“马里奥·普佐是通俗小说的教父。”

——《时代周刊》评

【作品影响】

《教父》是于1969年出版的、由美国作家马里奥·普佐创作的长篇小说，是美国出版史上的头号畅销书，讲述麦可成为黑手党之后发生的一系列故事，马里奥·普佐从小喜欢听意大利黑手党Mafia的故事。普佐与弗朗西斯·科普拉合作，将《教父》改编成电影剧本，1972年搬上银幕，由巨星马龙·白兰度主演，在奥斯卡颁奖典礼上大放异彩。

【作者小趣闻】

写作初衷

普佐有五个子女，生活压力很大，他坦白写作通俗小说的初衷是因为“我生活在贫困中，那是帮助我写作的诱因之一，那是我的生活的出路”。写《教父》时，普佐已经45岁了，他用3年时间写完了《教父》。

【常考知识点】

1.《教父》是一部令人拍案叫绝的成功之作，是揭露阴险的犯罪集团的权威性小说。

2.《教父》是一部内容充实的家史。

3.《教父》是美国作家马里奥·普佐创作的长篇小说。

4.《教父》讲述的是麦可成为黑手党之后发生的一系列故事。

《飘》

玛格丽特·米切尔

名著导读

【主要故事情节】

斯嘉丽是美国佐治亚州一位富足且颇有地位的种植园主的女儿。父亲杰拉尔德·奥哈拉是爱尔兰的移民，靠赌博赢得了塔拉庄园的所有权。直到43岁的时候，他才和芳龄15的艾伦——一个东海岸法国移民的女儿结了婚，夫妇俩受到周围白人庄园主的尊敬，也深得黑奴的爱戴。女儿斯嘉丽·奥哈拉在这种环境中慢慢长大了。

1861年4月，美国南北两方关系已经非常紧张，16岁的斯嘉丽对此毫无兴趣，她心里想的除舞会、郊游之外，还有那群围着她转的崇拜者。她一直喜欢艾希礼的绅士风度与他英俊的外表，试图说服艾希礼和她一起私奔，但被艾希礼婉言拒绝。斯嘉丽觉得自己被艾希礼“抛弃”了，她气急败坏地打了艾希礼一记耳光，还在艾希礼离开后摔了一只花瓶。谁知，那位瑞德·巴特勒却一直在听壁脚。斯嘉丽突然决定和查尔斯结婚，因为这样可以挽回自己的面子，也可以刺激一下艾希礼和自己的追求者。就这样，任性的斯嘉丽在两周之后就做了查尔斯的妻子。两个月后，查尔斯病死在前方，斯嘉丽突然变成了寡妇。因为不爱查尔斯，所以对于查尔斯的死她并不感到忧伤，甚至庆幸，但寡妇的生活使生性活泼的斯嘉丽难以忍受。这时，艾希礼也上了前线，其妻梅兰妮从亚特兰大来信，邀请她来查尔斯的姑姑家暂住一时，斯嘉丽便离开了塔拉庄园，来到亚特兰大。环境的改变使斯嘉丽的心境稍稍有好转。

由于斯嘉丽新寡，所以不能参加为出征军人举办的舞会和晚会。1864年夏天，斯嘉丽接到父亲的信，得知母亲和两个妹妹都生了重病，她一心只想回家。但因梅兰妮即将临盆，斯嘉丽顾及艾希礼的托付，只好留下来守在她的身边。其间，瑞德曾登门拜访，并要斯嘉丽做他的情妇，遭到了斯嘉丽的拒绝。1865年战争终于结束了。

有一天，斯嘉丽她们救起名叫威尔的年轻人，逐渐恢复了健康而又无家可归的威尔，便在塔拉住下来，并慢慢地担负起了庄园的许多管理事务。艾希礼终于活着回来了。第二年春天，几年前因过失而被塔拉庄园解雇的监工乔纳斯当上了新成立的解放黑奴委员会的头头，他企图侵吞塔拉庄园，故而想出了追缴附加税的主意。斯嘉丽和威尔一筹莫展，绝望中，斯嘉丽突然想起了瑞德，如果瑞德肯拿出钱来保住塔拉庄园，斯嘉丽情愿嫁给他，或做他的情妇，但瑞德因涉嫌侵吞南方邦联的大笔资金已锒铛入狱。情绪沮丧的斯嘉丽无意中遇见了妹妹苏伦的未婚夫弗兰克·肯尼迪，于是斯嘉丽谎称苏伦将与托尼·方丹结婚，然后轻而易举地使弗兰克投入了自己的怀抱。两周后，他俩便结了婚，塔拉庄园得救了！但斯嘉丽不久发现，弗兰克并没有什么商业头脑，而且对别人的劝告充耳不闻，因此生意经营得很不好。这时，瑞德通过各种私人关系得以获释，他借给斯嘉丽一笔钱，斯嘉丽便背着弗兰克买下了一个倒闭了的木材加工厂，自己独自经营起来。一个女人经商，而且也像男人一样赚钱，这在亚特兰大是前所未有的，这件事引起了很大的轰动，她不法经营，令弗兰克颜面丧尽。斯嘉丽怀孕了，在这段时间里，斯嘉丽每天自己驾车往返于木材厂之间，除瑞德外没有任何朋友。六月斯嘉丽赶回塔拉庄园参加她父亲的葬礼。葬礼之后，艾希礼、梅兰妮一家搬到了亚特兰大，买了一幢破旧的房子住了下来。善良正直的梅兰妮很快在妇女界赢得了信任，成了一位极受尊重的人物。而艾希礼虽然受斯嘉丽之托，管理一个木材厂，但经营得很糟糕。几个月之后不顾亲友的劝阻和反对，斯嘉丽和瑞德结了婚。

斯嘉丽对艾希礼仍然旧情不忘，这件事很快被瑞德和梅兰妮知道了。几天以后，瑞德带上邦妮出远门去了。他走后，斯嘉丽马上去找梅兰妮，想向她坦白自己的过错，梅兰妮迫使大家都相信斯嘉丽，并坚定不移地保护斯嘉丽。不久，斯嘉丽发现自己又怀孕了，这时她开始想念瑞德，盼望他早点回来。瑞德到家的那一天，斯嘉丽特意在楼梯口迎接，结果失足跌下楼梯，致使流产。身体素来羸弱的梅兰妮不听医生的劝告又一次怀孕，怀孕后她的身体迅速恶化。临终前，她把照看艾希礼的重担交给了斯嘉丽，这时，斯嘉丽突然意识到，一向瘦弱的梅兰妮实际上是保护她的宝剑和盾牌，而她也第一次认识到，她还是爱梅兰妮的。也只有这时，斯嘉丽才明白，她并不爱艾希礼，她对艾希礼特殊的感情只因为他没像其他男人一样迷上自己。从此她生活中的两大精神支柱消失了。

在浓雾中，斯嘉丽拼命往家里跑，雾中的她好像又重温着多年前一直困扰着她的一个噩梦。终于，她看见自己住宅的灯光，刹那间她觉得自己看到了希望，因为世界上还有瑞德，而她真心爱的就是瑞德！但是，这一切都已经太晚了，瑞德已经对斯嘉丽失望，决定弃家出走，离开斯嘉丽。

玛格丽特·米切尔

【作者简介】

玛格丽特·米切尔（1900—1949），美国现代著名女作家，1900年11月8日出生于佐治亚州的亚特兰大。曾获文学博士学位，担任过《亚特兰大新闻报》的记者。1937年她因长篇小说《飘》获得普利策奖。1939年获纽约南方协会金质奖章。1949年，她在车祸中罹难。她短暂的一生并未留下太多的作品，但只一部《飘》足以奠定她在世界文学史中不可动摇的地位。

【作品简介】

故事讲述了女主人公斯嘉丽在美国南北战争中的经历。斯嘉丽是一个漂亮、任性、果断的美国南方女子，她的第一任丈夫战死在南北战争的战场上，她被迫逃到了亚特兰大。南方军战败，战火连天，不巧她的姐姐梅兰妮孕期将至，斯嘉丽只好留下来照顾她。战后斯嘉丽为了保住家

园，骗取弗兰克跟她结婚，弗兰克遭北方军击毙后，斯嘉丽再次成为寡妇。后来，她与瑞德结婚，女儿出生后，瑞德把全部感情投注到女儿身上，跟斯嘉丽的感情却因为艾希礼而导致破裂。女儿的意外坠马身亡，更使他伤透了心，瑞德无法再忍受下去，心灰意冷地转身离去。斯嘉丽终于明白，她爱的艾希礼其实是不存在的，她真正需要的是瑞德。

【创作背景】

①历史背景。美国南北战争摧毁了佐治亚乃至整个南方的经济，黑奴重新获得自由，昔日奴隶主养尊处优的好时光随风而逝，飘得远远的。为了生存，他们必须放下臭架子，努力奋斗，不然只有死路一条，连亚特兰大上流社会的中坚分子也不得不降贵屈尊，卖糕饼的卖糕饼，赶马车的赶马车。

②时代背景。女性主义文学开始于19世纪，到了20世纪开始蓬勃发展。女性主义的飞速发展与当时的社会环境、时代背景有着密切的联系。随着法国大革命所倡导的自由、平等、博爱及天赋人权等思想在整个世界范围内迅速深入人心，从19世纪30年代开始，一场为了争取女性在政治、经济、教育等方面平等的女权运动开始了。1936年出版的玛格丽特·米切尔的《飘》就是在这种情况下问世的。

【思想主题】

斯嘉丽不仅没有让过去成为自己前进的包袱，反而在变化了的社会中，凭着直面现实的勇气和永远不灭的希望，借助家所给予的力量，用双手创造了新的天地，改变了自己的命运，也拯救了家族。她始终充满朝气，生机勃勃，并用身上特有的生命的激情谱写了自己精彩的人生。而艾希礼，正如他自己所说的“我是属于旧时代的……我不属于这个疯狂的杀戮的现在，恐怕无论我怎么努力，也无法适应这样的生活”。他既拿不出面对生活的勇气，又想不出好的办法来渡过难关，只好在虚幻的回忆中逃避着现实，在失落和痛苦中萎靡不振。

【写作特色】

①隐喻。《飘》是一部取材于美国南北战争和战后重建的小说，书名直译应为“随风飘逝”，它引自英国诗人恩斯特·道生的诗句，又取意于小说第24章的一段概括性描写，出自书中女主人公斯嘉丽之口，大意是

说那场战争像飓风一般卷走了她的“整个世界”，她家的农场也“随风飘逝”了。斯嘉丽以这一短语抒发了南方农场主的思想感情，作者用来作为书名，也表明了她对南北战争的观点，这与本书的内容是完全一致的。书名蕴藏着两层含义：这呼啸的飓风，指的是南北战争；那被飘去的云朵，指的是农奴制的安逸生活。

②对照。米切尔在人物描写中成功地采用了对照的手法，特别是瑞德和艾希礼之间，斯嘉丽和梅兰妮之间，以及斯嘉丽夫妇和梅兰妮夫妇之间。斯嘉丽和梅兰妮之间的对照是自私与博爱、妒忌与宽容、柔韧坚忍与刚强好胜的对照，是本书贯穿始终的主线之一，达到了使两者彼此依存，相得益彰的最大艺术成果。这种手法在许多次要人物上也隐约可见，如皮蒂与梅里韦瑟太太、苏伦与卡琳、英迪与霍妮、彼得大叔与波克，乃至爱伦与塔尔顿太太、杰拉尔德与亨利叔叔之间，都给人以这样的感觉。与对照手法相适应，作者写景叙事，特别是写思乡怀土时，常以抒情笔调，感染倍增，或间以心理分析，思辨议论，迸发出睿智与哲理的火花。至于语言委婉多姿，虽略嫌烦冗，却毫无生涩之感。总之，米切尔作为一个现实主义小说家，她的才能既是多方面的，也是卓越的。

③人物形象。在以往小说创作中，作者习惯于塑造性格单一且突出的人物，即正面人物则性格光辉伟大，没有丝毫缺点，而负面人物则通常是阴暗狡诈、冷酷无情的性格本质，性格区别塑造得十分分明。而《飘》却打破了这种描述方式，小说所呈现出的人物形象都是正负两方面性格的组合体，这种性格组合既圆润而生动地表现了每个人物的性格特征，又在深层次中揭示了社会巨变所带来的个人的一种改变。

【主要人物及其事件】

斯嘉丽·奥哈拉：斯嘉丽是一个复杂、独特的人物形象，她的最大特点在于女性气质与男性气质集聚一身。斯嘉丽漂亮、迷人，而在她的一生中任何时期都不忘利用自己的女性优势，比如她利用美貌轻易得到男人的青睐，利用女性的柔弱地位博取同情。同时，她也无法逃脱普通女性的狭隘和感性，比如缺乏知识、缺少对事物的冷静分析和判断，喜欢幻想、盲目追求得不到的东西、自以为是。

瑞德·巴特勒：瑞德，是一个南方贵族家庭的叛逆者，在社交场合他总是不多说话，但一说起来，往往又语出惊人。他头脑机警冷静，能够清醒地认识到社会发展的趋势和方向，他抓住一切时机赚钱，甚至是战争时也想尽方法大发国难之财，充分体现了他的自私自利、不择手段以及冒险精神。他有他的方法可以洞察斯嘉丽的一切，让她既爱又恨自己，而他自己对斯嘉丽也是爱却保持着距离。战争爆发，斯嘉丽等人遇到真正的难题时，他不顾一切，挺身而出拯救她们。他可以和妓女成为朋友，不会出于戏弄，而是他可以真正理解、同情那种堕落生活中的无可奈何。

艾希礼·威尔克斯：是小说中着重塑造的主要人物。战争爆发时，他勇敢参军，并有所成就；面对斯嘉丽的多次表白，他又能够坚守对梅兰妮的爱和忠贞。可是战争并没有改变他，他心心念念的仍然是曾经的那种田园牧歌生活，面对现实，他经不起风浪，总是在逃避生活。

梅兰妮·汉密尔顿：梅兰妮是一个集女性众多良好品质于一身的女性形象。她温柔善良，宽厚待人，懂得体恤他人。生活的动荡没有打消她对于生活的追求，面对困难，她愿意接受和承担，鼓励身边的人们对生活抱有理想。战争动乱，她报名成为医护人员，救助需要帮助的人们；战火烧到门边，她仍希望自己等待出世的孩子有一个美好的未来；当斯嘉丽杀死了闯入家中的强盗时，她鼓励斯嘉丽，称赞她的做法，给她肯定；斯嘉丽坠楼受伤，她一直陪在瑞德身边安慰他、鼓励他。不论生活怎样，她都充满勇气。

【名家点评】

横看全书，是一部老南方种植园文明的没落史，是一代人的成长史和奋斗史；而纵观全书，则似一部令人悲恸的心理剧，以戏剧的力量揭示出女主人公在与内心的冲突中走向成熟的过程。所以看《飘》，就犹如走进原始森林，越深越美。

——杨绛

【作品影响】

《飘》于1936年6月30日问世，打破了当时的所有出版纪录。前六月它的发行量便高达1000万册，日销售量最高达到5万册。它标价3美元，却被炒到了60美元，而当时美国一处不错的旅馆，月租金也不过30美元。如此叫好又叫座的成绩，使它在1937年荣获了普利策奖和美国出版商协会奖。

《飘》的人物性格塑造打破了传统的、单一的塑造方法，人物性格多元组合成为这部小说的一个重大亮点，以战争背景鲜活地彰显了一个个鲜活的人物，更从斯嘉丽一家展现作者对于黑人平等的看法。性格组合展现了一个圆形的人物，通过圆形的人物集合又展示了小说历史环境的多个方面，从而详尽地记录下了一段动荡的历史，一段硝烟的时刻，以及在这种时刻不同人的成长。通过不同的性格发展，揭示了环境对于人的深远影响，这种性格组合的描述方法也对后世小说艺术创作产生了很大的影响。根据此书拍成的电影《乱世佳人》于1939年12月15日在亚特兰大举行首映，引起轰动，并迅速风靡全球。而扮演男女主角的演员克拉克·盖博和费雯·丽更是因此而留在了许多影迷的心中。

【作者小趣闻】

超高的人气

《飘》于1936年问世，打破了当时的所有出版纪录。前六月它的发行量便高达1000万册，日销售量最高达到5万册。它标价3美元，却被炒到了60美元，而当时美国一处不错的旅馆，月租金也不过30美元。如此叫好又叫座的成绩，使它在1937年荣获了普利策奖和美国出版商协会奖。更不用提小说改编的电影《乱世佳人》所获得的巨大成功，让它更加声名远扬，以至于截至20世纪70年代末期，小说被翻译成27种文字，畅销全球。当时，人们争相一睹玛格丽特·米切尔的芳容，她所到之处，迎接她的人甚至比迎接罗斯福总统的还要多。

【常考知识点】

1.《飘》是美国作家玛格丽特·米切尔创作的长篇小说，该作1937年获得普利策文学奖。

2.《飘》以亚特兰大以及附近的一个种植园为故事场景，描绘了内战前后美国南方人的生活。

3.《飘》刻画了那个时代的许多南方人的形象，占中心位置的斯嘉丽、瑞德、艾希礼、梅兰妮等人是其中的典型代表。

4.《飘》讲述了女主人公斯嘉丽在美国南北战争中的经历。

《哈克贝利·芬历险记》

马克·吐温

名著导读

【主要故事情节】

哈克贝利过惯了自由散漫的流浪生活，突然做了寡妇道格拉斯的养子，成天穿挺阔的衣服，学习没完没了的清规戒律，实在令人难熬。一天，哈克贝利的失踪了一年多的酒鬼父亲突然出现，他强迫儿子乘小船到一个僻远林子小屋与他同住。结束循规蹈矩的生活，到林子里捉鱼打猎，自由自在，哈克贝利当然高兴。但是父亲逼他交出与汤姆平分的那笔钱财，喝醉发起酒疯时又常常打他，实在令人无法忍受。于是他趁父亲上镇卖木材的机会，先安排了一个自己被杀死，尸体被扔到河里的假象，然后就偷了小筏子，逃到了杰克逊岛上躲了起来。小岛本荒无人烟，可是他却发现了华森小姐家的黑奴吉姆，吉姆听说小姐要卖他出去，就逃了出来。哈克贝利知道帮助逃奴是违法行为，可是两人都是逃亡者，也就同病相怜成了患难之交。他们知道小岛并不安全，就立即动身，乘木筏顺密西西比河漂流，希望逃离蓄奴州。为了逃避追捕，他们白天躲进岸边的树林，只在夜间出来活动。几经磨难，他们终于漂到一个大河湾，以为到了安全地，上岸一打听，这才知道他们一直在向南而不是向北漂流，所以反而越来越深入蓄奴区。他们无奈，只好听天由命。对他们来说，唯有密西西比河，唯有这小小的木筏，才是自由安全的天地。一天拂晓，有两个被愤怒人群追赶着的人向哈克贝利求救，善良的哈克贝利收留了他们，却很快发现他们是狡猾的骗子“国王”和“公爵”。他们喧宾夺主，控制了木筏，一路上不断招摇撞骗，甚至背着哈克贝利卖掉了吉姆。哈克贝利知道自己孤身一人斗不过两个坏蛋，就偷偷躲过他们，前去费尔普斯农场拯救吉姆。他在那里发现买下吉姆的正是汤姆的姨夫，而且这一家人正在等待汤姆前来做客。所以费尔普斯太太一见哈克贝利，就误认他是侄儿汤姆。机灵的哈克贝利将错就错，索性冒充起汤姆，又赶出去截住汤姆，一起设计救出吉姆。汤姆热衷冒险，坚持按书上的惊险方式进行营救。他以自己弟弟西德的身份见了姨夫一家，然后悄悄寄出匿名信声称吉姆即将逃跑。农场里的人于是组织了起来。当吉姆失踪的消息一传开，他们就荷枪实弹地四处追捕。由于他们是真枪真打，所以把帮助吉姆逃跑的哈克贝利和汤姆吓得半死，他们慌了手脚，拼命乱跑，结果汤姆腿上挨了一枪，真正尝到了冒险的滋味。当他看见人们押回吉姆时，这才透露了事实真相：根据吉姆原主人华森小姐的遗嘱，吉姆早已获得自由。费尔普斯太太热情地提出要收养哈克贝利，但被谢绝。哈克贝利主意已定，要到印第安人居住的地方去过漂泊不定的自由生活。

【作者简介】

马克·吐温（1835—1910），美国作家、演说家，真实姓名是萨缪尔·兰亨·克莱门。“马克·吐温”是他的笔名，代表作有小说《百万英镑》《哈克贝利·芬历险记》《汤姆·索亚历险记》等。马克·吐温一生写了大量作品，体裁涉及小说、剧本、散文、诗歌等各方面。从内容上说，他的作品批判了不合理现象和人性的丑恶之处，表达了这位当过排字工人和水手的作家强烈的正义感和对普通人民的关心；从风格上说，专家们和一般读者都认为，幽默和讽刺是他的写作特点。他经历了美国从初期资本主义到帝国主义的发展过程，其思想和创作也表现为从轻快调笑到辛辣讽刺再到悲观厌世的发展阶段，前期以辛辣的讽刺见长，到了后期语言更为暴露激烈。马克·吐温是美国批判现实主义文学的奠基人，他的主要作品已大多有中文译本。2006年，马克·吐温被美国的权威期刊《大西洋月刊》评为影响美国的100位人物第16名。

【作品简介】

小说的中心情节是讲白人孩子哈克和黑奴吉姆结下深厚友谊的故事。哈克为了逃避酒鬼父亲的虐待，逃到一小岛上，巧遇逃奴吉姆，两人结伴而行，企图从密西西比河上逃往北方的自由州。哈克起先受反动教育影响，觉得不应该帮逃奴的忙，后来在日日夜夜的漂流生活中，逐渐被吉姆的善良无私的性格所感动，表示宁肯冒着下地狱的危险，也要帮助吉姆得到自由。他们一路上历尽艰险，遭遇民队的追捕、骗子的虐待以及各种自然灾害，在两人的同心协力下，所有艰险均被化解。最终，哈克在好朋友汤姆的帮助下救出了被骗子卖掉的吉姆，并得知女主人在遗嘱中已宣布解除吉姆的奴隶身份。

【创作背景】

在1850年前后的美国——也就是该书所描写的那个时代，除了政治生活腐败，劳资矛盾加深，教会虚伪诡诈，人民不堪其苦之外，最迫切、最严重的问题是蓄奴制和种族歧视，它在南部各州既普遍、又猖獗。作者对这一切不合理的现象，表现出战斗的态度，对受迫害的广大黑人群众旗帜鲜明地予以热烈的同情和支持。马克·吐温的最初意图是将故事当作《汤姆·索亚历险记》的续集，并打算把哈克一直写到成年为止。写了没几页后，吐温将作品的题目改为《哈克贝利·芬的自传》。继续写了几年，马克·吐温放弃了这个打算。随着故事深入变得困难，马克·吐温似乎也失去了写作的兴趣，干脆把手稿搁置在了一边。马克·吐温在哈德逊河旅行后，重新提笔，继续写作。作品终于完成，并拥有了一个与上部相并列的题目《哈克贝利·芬历险记（汤姆·索亚的同志）》。

【思想主题】

分析小说的主要情节，可以发现“逃离”——哈克的“逃离”和吉姆的“逃离”是其重要的主题之一。哈克要逃离文明社会的虚伪与腐败，获得精神上的自由；吉姆要逃离蓄奴州，奔向自由州，获得身体与精神的自由。这部小说以道格拉斯寡妇试图“教化”哈克开始，以哈克决定不再让此再在萨莉姨妈手中发生结束，首尾呼应，使哈克逃离文明社会的束缚，渴望自由这一主题得到充分展示。小说的核心部分是哈克搭救吉姆的曲折经过及他自己复杂的心灵历程，这是另外一个重要主题：觉悟。对哈克来说，与吉姆逃亡的旅程是认识与道德成长、觉悟的旅程，学习的旅程，生命的旅程。而吉姆作为一个平等的“人”的意识的觉醒，体现了黑人对自由、对真正的“人”的生活的追求与向往。

【写作特色】

《哈克贝利·芬历险记》之所以成为一部杰作，是因为作者马克·吐温把美国西部边疆文学传统体现出来，而且超越了这类幽默文学的狭隘限制，对它进一步加以发扬光大。有许多读者读完这本小说以后，对作者所使用的各种方言的前后连贯、深浅一致、完美无缺、恰到好处感到非常钦佩——在本书里，很难找出一句不合乎哈克贝利或吉姆的身份的话。在作者写作这本书的时期，不论是在美国或是在英国，像《哈克贝利·芬历险记》这样的文体，还是一种新的尝试，也可以说是英语小说中新的发现。马克·吐温的《哈克贝利·芬历险记》作为美国文学中的一部经典著作，在语言艺术上具有其独特性，即口语化语言的运用。这种口语化语言的特征是：①主人公叙述者的语言常常打破语法常规，与叙述者的儿童式思维契合，动词时态随意转换；②其他人物语言多为土语方言，甚至俚语。《哈克贝利·芬历险记》的口语化语言开创了美国小说语言的新风格，对美国后世作家产生了深远的影响。

【主要人物及其事件】

哈克：哈克是小说的中心人物。小说开始时，他活泼好动，爱好自由生活，但因为长期受到种族主义反动说教和社会风气的影响，歧视吉姆（黑人奴隶），捉弄过他。在后期与吉姆漂流的过程中一度想写信告发吉姆的行踪，但经过与吉姆同行的日日夜夜，他最终战胜自己，决心帮助吉姆获得自由。小说以颇具戏剧性的笔触描写了哈克内心斗争的结果——“他拿起了那封告发信说道：‘好吧，那么，下地狱就下地狱吧。’”随后就一下子把信扯掉了。哈克的思想转变和多次帮助吉姆渡过难关的行动，表明了既然种族主义谬论连一个孩子都蒙骗不了，那么蓄奴制度的崩溃确实是历史的必然，同时也表明了作家提倡白人黑人携手奋斗，共创民主自由新世界的先进思想。

吉姆：吉姆是个忠厚能干的黑人，但他依然避免不了被任意贩卖的厄运，他的不幸命运是广大黑奴悲苦人生的真实写照。值得肯定的是，他不再像哈里叶特·斯托笔下的汤姆叔叔那样，面对迫害逆来顺受，而是采取了出逃的对策，在当时的历史条件下，这也算是力所能及的反抗了。他还是一个富有同情心和牺牲精神的人，在大河上漂流时，他处处照顾哈克，尽可能不让孩子受惊受苦，当汤姆中弹受伤时，他不顾自己的安危，留在危险区域协助医生救护汤姆。通过对吉姆一系列高尚热忱行为的描绘，作品告诉我们，黑人在人格上不仅不比白人差，甚至在许多方面还超过了白人，由此彻底粉碎了种族歧视的谬论邪说。通过这一形象的塑造，小说意在表明废除蓄奴制的必要性和迫切性。

【名家点评】

《哈克贝利·芬历险记》不但展示出之前难以达到的想象力，而且使用了当地俗语，为二十世纪美国散文和诗歌提供了新的愉悦和能量源泉。

——亨利·史密斯

《哈克贝利·芬历险记》是一部公认的杰作，最后的章节除外。

——普利策奖得主罗恩·鲍尔

【作者小趣闻】

笔名的来源

马克·吐温的真名叫“萨缪尔·兰亨·克莱门”，马克·吐温是其最常使用的笔名，一般认为这个笔名是源自其早年水手术语，意思是：水深3英尺。萨缪尔曾当过领航员，与其伙伴测量水深时，他的伙伴叫道“Mark Twain!”，意思是“两个标记”，亦即水深两浔（约3.7米，1浔约1.852米），这是轮船安全航行的必要条件。还有一个原因是，他的船长塞勒斯曾经是位德高望重的领航员，不时为报纸写些介绍密西西比河掌故的小品，笔名“马克·吐温”。

【常考知识点】

1.2006年，英、美、澳文学界、出版界及著名媒体通过不同方式评选出最受作家、文学家与广大读者喜爱的“世界十大名著”，美国仅有一本入选，即《哈克贝利·芬历险记》，理由是这本书是“美国最伟大的小说”。

2.这部书里使用了好几种方言：密苏里州的黑人方言；西南部边缘地区极端俚俗方言；派克郡的普通方言；还有最末这一种方言的四个变种。

3.马克·吐温在《哈克贝利·芬历险记》中塑造了一个追求自由的黑奴形象，他的名字是（ B ）。

A.汤姆　B.吉姆　C.哈克　D.安娜

4.《哈克贝利·芬历险记》这本书是最优秀的“世界儿童惊险小说”之一，它曾被美国电影界（ C ）次搬上银幕，达到了马克·吐温现实主义艺术技巧的高峰。

A.三　B.五　C.六　D.七

5.《哈克贝利·芬历险记》这本书中你最喜欢的人物是谁？为什么？

哈克。因为哈克保持了正直、善良、纯朴的天性，头脑清醒、聪明，天真可爱，表现出了哈克蔑视文明世界的法律和世俗观念、厌恶种族歧视、同情黑奴命运的叛逆性格，揭示了美国社会种族歧视道德观念和蓄奴制度。

6.《哈克贝利·芬历险记》是美国作家马克·吐温的著作。

7.马克·吐温是幽默大师、小说家，也是著名演说家，主要作品有：《哈克贝利·芬历险记》《汤姆·索亚历险记》等。

8.《哈克贝利·芬历险记》主要描写主人公哈克和吉姆的流浪故事。

9.得克萨斯大学英文教授雪莉·费舍尔·费什金撰文指出，马克·吐温曾被誉为“美国的塞万提斯”“美国的荷马”“美国的托尔斯泰”“美国的莎士比亚”“美国的拉伯雷”。

10.《哈克贝利·芬历险记》这本书中，采用了第（ A ）人称的叙述方式来刻画人物形象。

A.一　B.二　C.三

《汤姆·索亚历险记》

马克·吐温

名著导读

【主要故事情节】

《汤姆·索亚历险记》中的故事发生在19世纪上半叶密西西比河畔的一个普通小镇上。汤姆·索亚是个调皮的孩子，他和同父异母的弟弟希得一起接受姨妈波莉的监护，他总是能想出各种各样的恶作剧，让波莉姨妈无可奈何，而他也总能想尽办法来躲避惩罚。

一天，汤姆见到了可爱的姑娘贝基·撒切尔，她是撒切尔法官的女儿。汤姆一见到她就对她展开了攻势，而他的爱似乎也得到了回应。镇上有一个孩子叫哈克贝利·费恩，他的父亲总是酗酒，父母一直打架，因此他跑出来自己生活，他看起来和文明社会格格不入，大人们都不喜欢他，可汤姆和他却是好朋友。有一天他们约好晚上一起去墓地，却看到了意想不到的一幕：他们看到鲁滨孙医生、恶棍印第安·乔和喝得醉醺醺的莫夫·波特，在他们混乱的厮打中，印第安·乔把医生杀死了，然后又嫁祸于被打昏的波特身上。汤姆和哈克被吓坏了，立了血誓决不泄密。波特被捕以后，汤姆十分内疚，经常去看望他。此时的汤姆事事不顺，贝基生了他的气，不再理睬他，波莉姨妈也总是呵斥他，他觉得没有人关心他，于是，汤姆、哈克和村上的另一个孩子一起乘小船去了一个海岛。

可没过多久，他们便发现村里

的人们以为他们淹死了，正在搜寻他们的尸体。汤姆晚上悄悄回到了姨妈家，发现波莉姨妈正在为他的“死”悲痛欲绝，汤姆觉得十分惭愧。最终，他们三个人在村民们为他们举行葬礼的时候回来了。夏天来临时，汤姆便更加感到不安，因为法官将对波特的罪行做出判决，汤姆终于战胜了恐惧与自私，指出了印第安·乔就是杀人凶手，可凶手还是逃走了。

后来，汤姆又想出了一个主意：寻找宝藏。汤姆和哈克偶然发现了印第安·乔和他的一大笔不义之财，但他们却不知道他把钱藏在哪里了。在贝基和同学们外出野餐时，哈克得知印第安·乔要去加害道格拉斯寡妇，因为她的丈夫曾经送他进过监狱。幸亏哈克及时报信才避免了一场悲剧的发生，可印第安·乔再一次逃之夭夭。此时，汤姆和贝基在野餐时走进了一个山洞，因为洞太深而找不到回来的路，被困在里面。他们在山洞里再一次遇见了印第安·乔，村民费尽周折救出汤姆和贝基之后封死了山洞。后来汤姆告知村民印第安·乔还在里面，当他们找到他时，他已经死在山洞里了，恶人得到了应有的报应。

后来，汤姆经过分析，判定宝藏已经被印第安·乔藏到岩洞中了，于是他和哈克偷偷地潜入到岩洞中，并根据他们偷听到的关于“二号十字架”的描述发现一个刻有小小十字架的大石头，并找到了一个宝箱，里面有一万两千余元！发现宝藏的他们成了大富翁。从此以后，汤姆和哈克变成了小镇上的“风云人物”，不仅走到哪儿都会受到欢迎，而且他们俩的小传还登在了镇报上。

马克·吐温

【作者简介】

马克·吐温（1835—1910），美国作家、演说家，真实姓名是萨缪尔·兰亨·克莱门。“马克·吐温”是他的笔名，代表作有小说《百万英镑》《哈克贝利·芬历险记》《汤姆·索亚历险记》等。马克·吐温一生写了大量作品，体裁涉及小说、剧本、散文、诗歌等各方面。从内容上说，他的作品批判了不合理现象和人性的丑恶之处，表达了这位当过排字工人和水手的作家强烈的正义感和对

普通人民的关心；从风格上说，专家们和一般读者都认为，幽默和讽刺是他的写作特点。他经历了美国从初期资本主义到帝国主义的发展过程，其思想和创作也表现为从轻快调笑到辛辣讽刺再到悲观厌世的发展阶段，前期以辛辣的讽刺见长，到了后期语言更为暴露激烈。马克·吐温是美国批判现实主义文学的奠基人，他的主要作品已大多有中文译本。2006年，马克·吐温被美国的权威期刊《大西洋月刊》评为影响美国的100位人物第16名。

【作品简介】

《汤姆·索亚历险记》是美国小说家马克·吐温1876年发表的长篇小说。小说的故事发生在19世纪上半叶美国密西西比河畔的一个普通小镇上，主人公汤姆·索亚天真活泼、敢于探险、追求自由，不堪忍受束缚个性、枯燥乏味的生活，幻想干一番英雄事业。小说的时代在南北战争前，写的虽是圣彼得堡小镇，但该镇某种程度上可以说是当时美国社会的缩影。小说通过主人公的冒险经历，对美国虚伪庸俗的社会习俗、伪善的宗教仪式和刻板陈腐的学校教育进行了讽刺和批判，以欢快的笔调描写了少年儿童自由活泼的心灵。

汤姆幼年丧母，由姨妈收养。聪明顽皮的汤姆受不了姨妈和学校老师的管束，常常逃学闯祸。一天深夜，他与好朋友哈克贝利·芬到墓地玩耍，无意中目睹了一起凶杀案的发生。因为害怕被凶手发现他们知道这件事，汤姆、哈克贝利带着另一个小伙伴一起逃到一座荒岛上做起了“海盗”，弄得家里以为他们被淹死了，结果他们却出现在了自己的“葬礼”上。经过激烈的思想斗争，汤姆终于勇敢地站出来，指证了凶手。不久之后，在一次野餐活动中，他与他心爱的姑娘贝基在一个岩洞里迷了路，整整三天三夜，他们饥寒交迫，面临着死亡的威胁。后来终于成功脱险，和好友哈克一起找到了凶手埋藏的宝藏。

【创作背景】

19世纪70年代，美国资本主义进入了垄断时期。庞大的、机器轰鸣的工厂的出现，集体化的大生产组合以及大刀阔斧的进取精神促使了美国工业的突飞猛进，使得以往平静而又无多少竞争的年代里蔚然成风的礼貌行为和道德涵养准则逐渐失去了栖身之地。因此，对维多利亚时代的温文尔雅的摒弃是不可避免的。特别是南北战争，它像一种催化剂，在摧毁了奴隶制的同时，也加速了维多利亚社会结构的崩溃过程，把年轻人推进向传统宣战的潮流，使他们体内潜藏已久的被压抑的暴力迸发出来，去摧毁那个不合时宜的19世纪社会。

马克·吐温就是在这个大历史背景下创作《汤姆·索亚历险记》的，因此具有深远的历史意义。他把自己的童年生活经历浓缩进了这部小说，但又注入了他自己的思想和时代缩影，使它脱离了一般庸俗的儿童回忆格调，让它充满了时代的活力。

【思想主题】

《汤姆·索亚历险记》标志着马克·吐温的现实主义创作有了进一步的发展。这本书以欢快的笔墨描写了少年儿童自由活泼的心理，并以主人公与小市民庸俗保守的生活加以对照，突出了那种生活的枯燥与沉闷。汤姆淘气活泼，富于幻想，有正义感，为了摆脱现实的种种束缚，充分享受自由的乐趣，打算外出去冒险。所有这一切都与资本主义的生活环境相抵触，为世俗的道德和教会的戒律所不容。总的来说，揭露美国地方生活的停滞庸俗及宗教的伪善是小说的主要思想内容。

【写作特色】

从写作方面看，小说情节紧凑，而且含义深刻。小说通过汤姆生活中的一系列情节，批判了资产阶级儿童教育的清规戒律。小说的时代在南北战争前，写的虽是圣彼得斯堡小镇，但该小镇从某种程度上可以说是当时美国社会的缩影。小说运用了对比和夸张的手法，深刻讽刺了小市民的庸俗、保守、贪婪以及资产阶级道德和宗教的虚伪。小说的心理描写细致生动。

【主要人物及其事件】

汤姆·索亚：全名托马斯·索亚，本小说的主人公。他是个聪明爱动又调皮捣蛋的孩子，姨妈罚他星期六不能去玩而是刷墙，他却会忽悠别人说刷墙是件很好玩儿的事儿，让其他孩子抢着为他刷墙。汤姆骨子里具有冒险精神，他会约上小伙伴们去做海盗。汤姆也足智多谋，他和哈克一起破坏了杀人犯乔的阴谋，最终让坏人恶有恶报。

哈克贝利·芬：圣彼得斯堡镇上公认的“野孩子”，他的父亲是个酒鬼，不会照顾哈克。但是哈克却心地纯良，他不受约束，是一个自由自在的流浪儿。汤姆与他关系要好，把他当作知心朋友，后因救了道格拉斯寡妇一命而被寡妇收养。

波莉姨妈：汤姆的姨妈，心地

善良的老太太，平时戴个老花镜，但是看人的时候喜欢从镜框上看，不通过眼镜看人。对汤姆要求严格，一心想把汤姆教导成有礼貌、有教养的好孩子。

莫夫·波特：一个“酒鬼”，为了挣钱买酒喝而去帮年轻的鲁滨孙医生盗墓，结果被同伙印第安·乔陷害，被诬陷为杀人凶手，后由于汤姆的勇敢做证才得以洗脱罪名。

印第安·乔：印第安人，阴险狡诈，在与莫夫·波特一起帮鲁滨孙医生盗墓时杀死了医生，并把罪名嫁祸给了莫夫·波特，但最终因贪财而饿死在山洞里。

贝基·撒切尔：撒切尔法官的女儿，活泼可爱，汤姆的意中人，汤姆在见到她第一眼时就“爱”上了她。她有一双漂亮迷人的蓝眼睛，一头金发编成两条长长的辫子，上穿白色衬衫，下穿绣花灯笼裤。

乔伊·哈波：汤姆最好的玩伴、知己，与汤姆、哈克贝利·芬一起在杰克逊岛上度过了一段他们一心向往的海盗生活。

【名家点评】

作品其实是对成长进程的一种嘲讽性的说明，因为汤姆最后更接近于圣彼得堡的成人，这些成人往好里说是虔诚而善感，往坏里说则遇事不能容忍，生性残酷。

——约翰·C.葛伯

【作品影响】

《汤姆·索亚历险记》标志着马克·吐温的现实主义创作有了进一步的发展。《汤姆·索亚历险记》自出版以来，就广受追捧。该书大获成功之后，马克·吐温又创作了《密西西比河上的生活》（1883年）和《哈克贝利·芬历险记》（1884年），被后人推崇为“密西西比河三部曲”，还原了19世纪中后期最真实的美国社会。

《汤姆·索亚历险记》被选入小学教科书。

【作者小趣闻】

某一个“愚人节”，有人为了戏弄马克·吐温，在纽约的一家报纸上报道说他死了。结果，马克·吐温的亲戚朋友从全国各地纷纷赶来吊唁。当他们来到马克·吐温家的时候，只见马克·吐温正坐在桌前写作，亲戚朋友们先是一惊，接着都齐声谴责那家造谣的报纸。谁知马克·吐温毫无怒色，幽默地说：“报道我死是千真万确的，不过把日期提前了一些。”

【常考知识点】

1.《汤姆·索亚历险记》是美国著名小说家马克·吐温的代表作，故事发生在19世纪上半叶密西西比河畔的一个普通小镇上，小说主人公汤姆·索亚天真活泼，富于幻想和冒险精神，不堪忍受个性受缚和枯燥乏味的生活，幻想干一番英雄事业。

2.小说以汤姆·索亚的冒险经历为线索，对美国虚伪庸俗的社会习俗、伪善的宗教仪式和刻板陈腐的学校教育进行了讽刺和批判，以欢快的笔调描写了少年儿童自由活泼的心灵。

3.小说以其浓厚的深具地方特色的幽默和人物的敏锐观察，一跃成为最伟大的儿童文学作品之一，也是一首美国“黄金时代”的田园牧歌。本书的姊妹篇是《哈克贝利·芬历险记》。

4.《当海盗去》描写了汤姆在厌倦了学校的枯燥生活，体验了人情冷暖和情感的孤独之后，所产生的受压迫、受束缚、孤独寂寞的心理，表现了青少年在成长期所特有的反抗心态。

5.《洞中历险》描写了汤姆在历险过程中所表现出来的沉着、勇敢，以及他们在死亡与恐怖的威胁中表现出的那种毫无杂质的人性特征与高尚纯洁的友情。

6.《“海盗”生活》描写了汤姆、乔、哈克三个小“海盗”在杰克逊岛的清晨生活。通过景物、心理、语言、行动的描写，充分表现了三个少年在摆脱了成人社会的禁锢以后，由上一篇的寂寞、孤独、郁闷、烦躁变得快乐、兴奋、轻松、自由自在、无拘无束。

7.原文中的句子：“太阳在平静的世界上升起，照耀在这个宁静的村庄上，像是在祝福它。”渲染了一种轻松愉悦的氛围，为下文写颁奖提供了特定的环境。

8.“他从地上捡了根草，扬起脑袋，把草秆支在鼻子上，脑袋上来回移动，设法不让草倒下。”采用动作描写，突出了汤姆的聪明机灵、好表现和用心良苦的性格特征。

9.汤姆在探路的过程中除了凭借蜡烛，还凭借了风筝线。

10.在历险过程中，汤姆表现出什么精神和人性特征？

沉着勇敢的精神，以及在死亡面前表现出来的毫无杂质的人性特征与高尚纯洁的友情。

《高老头》

奥诺雷·德·巴尔扎克

名著导读

【主要故事情节】

1819年冬，一个大家姓伏盖，娘家姓龚弗冷的老妇人，40年来在巴黎开着一所兼包饭的公寓，这所寄宿舍，男女老少，一律招留。每逢开饭的时候，客店的饭厅就特别热闹，因为大家可以在一起取笑高老头。

69岁的高老头，分住在二楼一间最好的房间，每年交1200法郎的膳宿费，他衣着讲究，寡妇老板娘还向他搔首弄姿，想改嫁于他，当一名本地区的阔太太。高老头把他全部的爱都放在两个出嫁的女儿身上，不受伏盖太太的诱惑。

第二年末，高老头就要求换次等房间，并且整个冬天屋子里没有生火取暖，膳宿费也减为900法郎。高老头告诉大家，那是他的女儿：雷斯托伯爵夫人和银行家纽沁根太太。第三年，高老头又要求换到最低等的房间，每月房钱降为45法郎，他戒了鼻烟，打发了理发匠，金刚钻、金烟匣、金链条等饰物也不见了，人也越来越瘦，看上去活像一个可怜虫。伏盖太太也认为：要是高老头真有那么有钱的女儿，他决不会住在四楼最低等的房间。

可是，高老头这个谜终于被拉斯蒂涅揭开了。拉斯蒂涅是从外地来巴黎读大学的青年，想做一个清廉正直的法官。拉斯蒂涅很得意地向伏盖公寓的房客们讲了在舞会认识了伯爵夫人的事。拉斯蒂涅想弄清高老头和伯爵夫人的关系，决定去雷斯托伯爵夫人家，他提到和高老头住在一起，却引起伯爵夫妇的不快，把他赶了出来。

鲍赛昂夫人告诉他，雷斯托太太便是高里奥的女儿。高老头是法国大革命时期起家的面粉商人，中年丧妻，他把自己所有的爱都倾注在两个女儿身上，为了让她们挤进上流社会，从小给她们良好的教育，出嫁时，给了她们每人80万法郎的陪嫁，让大女儿嫁给了雷斯托伯爵，做了贵妇人，小女儿嫁给银行家纽沁根，当了金融资产阶级阔太太。他以为女儿嫁了体面人家，自己便可以受到尊重、奉承，哪知不到两年，女婿竟把他当作要不得的下流东西，把他赶出家门。高老头为了获得他们的好感，忍痛出卖了店铺，将钱一分为二给了两个女儿，自己便搬进了伏盖公寓。两个女儿只要爸爸的钱，可高老头已没钱了。

鲍赛昂夫人教导拉斯蒂涅社会又卑鄙又残忍，要他以牙还牙去对付这个社会。按照表姐的指点，拉斯蒂涅决心去勾引高老头的二女儿纽沁根太太。伏脱冷是个目光敏锐的人，看出拉斯蒂涅想往上爬的心思，他指点拉斯蒂涅去追求维多利小姐，他可以叫人杀死泰伊番小姐的哥哥，让她当上继承人，这样银行家的遗产就会落到拉斯蒂涅手中，只要给他20万法郎作报酬。拉斯蒂涅虽然被伏脱冷的赤裸裸的言辞所打动，但没敢答应下来。拉斯蒂涅通过鲍赛昂夫人结识了纽沁根太太，而纽沁根太太并不是他想要追求的对象。她的丈夫在经济上对她控制很严，甚至要求拉斯蒂涅拿自己仅有的100法郎去赌场替她赢6000法郎回来。于是拉斯蒂涅便转向对泰伊番小姐的进攻，这时伏脱冷已让同党寻衅跟泰伊番小姐的哥哥决斗，并杀死了他。拉斯蒂涅矛盾重重，是爱维多利小姐呢，还是爱纽沁根太太呢？最后，他选择了后者。

房客米旭诺小姐，她接受了警察局暗探的差使，刺探伏脱冷的身份。她在伏脱冷的饮料中下麻药，伏脱冷醉倒不省人事，米旭诺脱下伏脱冷的外衣，在肩上打了一巴掌，鲜红的皮肤上立刻现出“苦役犯”的字样。当伏脱冷醒来时，警察已经包围了伏盖公寓。特务长打落了他的假发，伏脱冷全身的血立刻涌上了脸，眼睛像野猫一样发亮，他使出一股蛮劲，大吼一声，把所有的房客吓得大

叫起来。暗探们一起掏出手枪，伏脱冷一见亮晶晶的火门，突然变了面孔，镇静下来，主动把两只手伸上去。他承认自己叫雅克·柯冷，诨名“鬼上当”，被判过20年苦役，他被逮捕了。高老头得知拉斯蒂涅爱自己的二女儿，想为拉斯蒂涅与女儿牵线搭桥，购买了一幢小楼，供他们幽会。

一天，纽沁根太太急忙来找高老头，说明她丈夫同意让她和拉斯蒂涅来往，但她不能向他要回陪嫁钱，高老头要女儿不要接受这条件。这时，雷斯托夫人也来了，她哭着告诉父亲：她的丈夫用她卖掉了项链的钱去为情人还债，而她的财产已差不多全部被夺走，她要父亲给她12000法郎去救她的情夫。两个女儿吵起嘴来，高老头爱莫能助，他急得晕过去，患了初期脑出血症。在他患病期间，小女儿没来看他一次，她关心的是即将参加盼望已久的鲍赛昂夫人的舞会。大女儿来过一次，但不是来看父亲的病的，而是要父亲给她支付欠裁缝1000法郎的定钱。高老头被逼得付出了最后1文钱，致使中风症猛发作。鲍赛昂夫人举行盛大的舞会，场面非常壮观，公主、爵爷、名门闺秀都前来参加，500多辆车上的灯烛照得屋内处处通明透亮。子爵夫人装束素雅，脸上没有表情，仿佛还保持着贵妇人的面目，而在她心目中，这座灿烂的宫殿已经变成一片沙漠，一回到内室，便禁不住泪水长流，周身发抖。舞会结束后，拉斯蒂涅目送表姐鲍赛昂夫人坐上轿车，同她做了最后一次告别。他感到“他的教育已经受完了”，他认为自己“入了地狱，而且还得待下去”。可怜的高老头快断气了，他还盼望着两个女儿能来见他一面。拉斯蒂涅差人去请他的两个女儿，两个女儿都推三阻四不来。老人每只眼中冒出一滴眼泪，滚在鲜红的眼皮边上，他长叹一声，说：“唉，爱了一辈子的女儿，到头来反被女儿遗弃！”

只有拉斯蒂涅张罗着高老头的丧事，两个女儿女婿只派了两驾空车跟在灵柩后面。棺木是由一个大学生向医院廉价买来的，送葬费是由拉斯蒂涅卖掉金表支付的。他目睹这一幕幕悲剧，随着高老头的埋葬也埋葬了自己最后一滴同情的眼泪，他决心向社会挑战，“现在咱们俩来拼一拼吧！”随后，他来到纽沁根太太身边与她共进晚餐。

【作者简介】

奥诺雷·德·巴尔扎克（1799年5月20日—1850年8月18日），法国小说家，被称为“现代法国小说之父”，生于法国中部图尔城一个中产者家庭，1816年入法律学校学习。毕业后不顾父母反对，毅然走上文学创作道路，但是第一部作品五幕诗体悲剧《克伦威尔》却完全失败。尔后他与人合作从事滑稽小说和神怪小说的创作，曾一度弃文从商和经营企业，出版名著丛书等，均告失败。商业和企业上的失败使他债台高筑，拖累终身，但也为他日后创作打下了厚实的生活基础。

1829年，他发表长篇小说《朱安党人》，迈出了现实主义创作的第一步，1831年出版的《驴皮记》使他声名大振。1834年，完成对《高老头》的著作，这也是巴尔扎克最优秀的作品之一。他要使自己成为文学事业上的拿破仑，在30至40年代以惊人的毅力创作了大量作品，一生创作甚丰，写出了91部小说，塑造了2472个栩栩如生的人物形象，合称《人间喜剧》。《人间喜剧》被誉为“资本主义社会的百科全书”。但他由于早期的债务和写作的艰辛，终因劳累过度于1850年8月18日与世长辞。

【作品简介】

《高老头》是法国作家巴尔扎克创作的长篇小说，成书于1834年。该书讲述主人公高老头是法国大革命时期起家的面粉商人，中年丧妻，他把自己所有的爱都倾注在两个女儿身上，为了让她们挤进上流社会，从小给她们良好的教育，且出嫁时给了她们每人80万法郎的陪嫁，可他的两个女儿生活放荡，挥金如土，他的爱轻而易举就被金钱至上的原则战胜了。这部作品在展示社会生活的广度和深度方面，在反映作家世界观的进步性和局限性方面，在表现《人间喜剧》的艺术成就和不足之处方面，都具有代表意义。其艺术风格是最能代表巴尔扎克的特点的作品之一。

主人公高里奥老头出身寒微，年轻时以贩卖挂面为业，后来当上供应军队粮食的承包商而发了大财。他疼爱他的两个女儿，让她们打扮得珠光宝气、花枝招展，最后以价值巨万的陪嫁把她们嫁给了贵族子弟，使面粉商的女儿成了伯爵夫人。然而两个女儿挥金如土，像吸血鬼似的榨取父亲的钱财，当老人一贫如洗时，便再也不许父亲登门，使之穷困地死在一间破烂的小阁楼上，女儿们连葬礼都不参加。

【创作背景】

《高老头》发表于1835年，也即七月王朝初期，刚过去的复辟王朝在人们的头脑中还记忆犹新。复辟时期，贵族虽然从国外返回了法国，耀武扬威，不可一世，可是他们的实际地位与法国大革命以前不可同日而语，因为资产阶级已经强大起来。刚上台的路易十八不得不颁布新宪法，实行君主立宪，向资产阶级做出让步，以维护摇摇欲坠的政权。资产阶级虽然失去了政治权力，却凭借经济上的实力与贵族相抗衡。到了复辟王朝后期，资产阶级不仅在城市，而且在贵族保持广泛影响的农村，都把贵族打得落花流水，复辟王朝实际上大势已去。巴尔扎克比同时代作家更敏锐，独具慧眼地观察到这个重大社会现象。

【思想主题】

《高老头》着重揭露批判的是资本主义世界中人与人之间赤裸裸的金钱关系。小说以1819年底到1820年初的巴黎为背景，主要写两个平行而又交叉的故事：退休面粉商高里奥老头被两个女儿冷落，悲惨地死在伏盖公寓的阁楼上；青年拉斯蒂涅在巴黎社会的腐蚀下不断发生改变，但仍然保持着正义与道德。同时还穿插了鲍赛昂夫人和伏脱冷的故事。

通过寒酸的公寓和豪华的贵族沙龙这两个不断交替的主要舞台，作者描绘了一幅幅巴黎社会物欲横流、极端丑恶的画面，揭露了在金钱势力支配下资产阶级的道德沦丧和人与人之间的冷酷无情，揭示了在资产阶级的进攻下贵族阶级的必然灭亡，真实地反映了波旁王朝复辟时期的特征。

【写作特色】

①典型环境。巴尔扎克非常重视详细而逼真的环境描绘，一方面是为了再现生活，更重要的是为了刻画人物性格。作品围绕拉斯蒂涅的活动，描写了巴黎不同等级、不同阶层的人们的生活环境。拉丁区的伏盖公寓，形似牢狱的黄色屋子，到处散发

着闭塞的、霉烂的、酸腐的气味，塞满了肮脏油腻、残破丑陋的器皿和家具，这是下层人物的寄居之地。唐打区内高老头的两个女儿家里，虽有金碧辉煌的房子、贵重的器物，但“毫无气派的回廊”，挂满意大利油画的客厅却“装饰得像咖啡馆”，这显示了作为新贵的资产阶级暴发户们俗不可耐的排场。圣日尔曼区古老的鲍赛昂府则显示出完全不同的气派，院中套着精壮马匹的华丽马车，穿着金镶边大红制服的门丁，两边供满鲜花的大楼梯以及只有灰色和粉红色的小巧玲珑的客室，这些精雅绝伦的陈设、别出心裁的布置都衬托出上流社会贵族“领袖”的风雅超群。这些精细而富有特征的环境描写，有利于展示其对人的性格形成的影响。当拉斯蒂涅从雷斯托夫人和鲍赛昂夫人两处访问后回到栖身的伏盖公寓时，作品写道：“走入气味难闻的饭厅，十八个食客好似马槽前的牲口一般正在吃饭，他觉得这副穷酸相跟饭厅的景象丑恶至极。环境转变太突兀了，对比太强烈了，格外刺激他的野心……”已经享受过上流社会生活的拉斯蒂涅再也不肯自甘贫贱，最后，他决心弄脏双手，抹黑良心，不顾一切地向上扑。拉斯蒂涅的堕落是这种特定的典型环境所决定的。

②人物性格。巴尔扎克不仅塑造了高里奥、拉斯蒂涅、鲍赛昂夫人、伏脱冷等典型形象，而且在其他人物形象的塑造中也做到了共性与个性的统一。雷斯托伯爵夫妇和纽沁根男爵夫妇虽然有贵族的头衔，实际上都是资产者，他们既有追求个人私利的共同特性，又都是独具个性的典型。银行家纽沁根心目中只有金钱，他对待妻子寻求外遇的态度很明朗：“我允许你胡搅，你也得让我犯罪，叫那些可怜虫倾家荡产。”雷斯托伯爵对妻子的美着了迷，虽听凭她和玛克勾搭，却有一定限度，这和他的贵族门第观念有关。他知道妻子偷卖祖传钻石后，想方设法赎回，让她戴着参加舞会，以维护门第的尊严。

③结构精致。小说以高老头和拉斯蒂涅的故事为两条主要线索，又穿插了伏脱冷、鲍赛昂夫人的故事。几条线索错综交织，头绪看似纷繁而实际主次分明、脉络清楚、有条不紊。作品以叙述高老头被女儿榨干钱财遭抛弃为中心情节，以拉斯蒂涅为中心人物，通过他的活动穿针引线，将上层社会与下层社会联系起来，将贵族沙龙与资产者客厅联结起来。随着高老头之谜在拉斯蒂涅眼前展现、

解开，情节步步推向高潮。伏脱冷被捕、鲍赛昂夫人被弃、高老头惨死，拉斯蒂涅都是目睹者、见证人。社会的丑恶证实了他接受的反面教育，高老头埋葬之日，也是拉斯蒂涅的青年时代结束之时。几条线索紧密交织、环环相扣、步步深入，起着互相深化、互为补充的作用，从而深刻地表现了作品的主题。

④对比手法。艺术上的对比手法在《高老头》中运用得十分广泛。伏盖公寓与鲍赛昂府的强烈对比，不仅促使拉斯蒂涅个人野心的猛烈膨胀，而且表明不管是赫赫声威的豪门大户还是穷酸黯淡的陋室客栈，一样充斥着拜金主义，一样存在着卑劣无耻。高贵庄重的鲍赛昂夫人与粗俗强悍的伏脱冷形成鲜明对比，一个文质彬彬，一个直言不讳，但不同的语言却又揭示了同样的道理，而他们两人看透社会的理论又与自己生活中的惨败成为反衬，更加深了悲剧的意味。此外，还有高老头女儿的穷奢极欲与高老头的贫苦窘困的对比，鲍赛昂夫人退隐时热闹的场面与凄凉心情的对比等等。这种鲜明对比的手法，使作品的主题更加鲜明突出。

⑤比喻修辞。《高老头》中的宏观故事情节对读者极其具有吸引力。然而，小说微观部分对于理解小说主题的作用也不容小视。其中一个鲜明但易被读者所忽视的特征就是动物性比喻的广泛使用——以动物为喻体的比喻在小说中反复出现。这些动物包括野兽，如狮子、狼、狐狸等；也包括飞禽，如蝙蝠、黄雀、鹰、燕子等；还包括家畜，如狗、马、驴子、骡子等。这些动物性的比喻将人物性格刻画得入木三分，推进了故事情节的发展，深化了小说主题。作家通过运用动物性比喻思考和探索人的生存和发展问题，并为人性的异化唱了“一曲无尽的挽歌”。

【主要人物及其事件】

高老头：高老头是巴尔扎克塑造的一系列富有典型意义的人物形象之一，他是封建宗法思想被资产阶级金钱至上的道德原则所战胜的历史悲剧的一个缩影。小说主人公高老头向读者展示了一份特别的父爱，他把女儿当作天使，乐于牺牲自己来满足她们的种种奢望。为了女儿的体面，他歇了生意，只身搬进伏盖公寓；为了替女儿还债，他当卖了金银器皿和亡妻的遗物，出让了养老金，弄得身无分文；最后，仍然是为了给女儿弄钱，他竟想去“偷”、去“抢”、去代替人家服兵役、去“卖命”、去“杀人放火”。

拉斯蒂涅：巴尔扎克的这部小说以“高老头”命名，但它并非以这个人物为中心的。在写作过程中，拉斯蒂涅是贯穿小说始终的主要人物。拉斯蒂涅在《人间喜剧》中经常出现，是青年野心家的形象。他的第一次出现是在《高老头》中。《高老头》中的拉斯蒂涅是一个发展着的人物形象，巴尔扎克在《高老头》中描写了他野心家形成的全过程，这便是此书最大价值之所在。

鲍赛昂夫人：鲍赛昂夫人是复辟时期贵族妇女的典型。她出身高贵，是普高涅王室的最后一个女儿，巴黎社交界的皇后。她的客厅是贵族社会中最有意义的地方，谁能在她的客厅露面，就等于有了一封贵族世家的证书，在上流社会通行无阻。巴黎的资产阶级妇女，做梦都想挤进去。但实际上她表面虽然显赫一时，内心却有衰落的感觉。她意识到金钱才是社会的真正主宰，唯利是图即道德原则。但是她自己却因袭着贵族的传统和傲慢，诋誉资产阶级妇女，可以说，她这个人是识时务的，但又不肯顺应潮流。她和西班牙侯爵阿瞿达相爱了三年，她的爱情是真挚的。但是她的情夫为了要娶一个有400万陪嫁的资产阶级贵族小姐而抛弃了她。因此，她要告别巴黎社交界。临别时她举行了一个隆重的舞会，巴尔扎克用无限同情和惋惜来描写了这个告别舞会的场面。小说写道：“鲍赛昂府四周被五百多辆车上的灯照得通明透亮，无数上流社会的人都来送她，犹如古时的罗马青年对着一个含笑而死的斗兽喝彩。”在金碧辉煌的大厅里，乐队奏着音乐，她内心却一片荒凉。在别人眼里，她身着白衣，安闲静穆，背地里她流着眼泪焚烧情书，做着出走的准备。巴尔扎克用衬托对比的手法，极力渲染了她退出历史舞台时的悲壮气氛，唱出了一曲无尽的挽歌。以后鲍赛昂夫人在《弃妇》中再次被弃。她的悲剧，形象地说明了复辟时期贵族阶级的衰落和资产阶级的得势。高贵敌不过金钱，爱情敌不过金钱。

伏脱冷：他的真名叫约格·高冷，外号“鬼上当”，他是《人间喜剧》中重要的资产阶级野心家形象。在《高老头》里，他是潜逃的苦役犯，高等窃财集团办事班的心腹和参谋，经营着大宗赃物，是一个尚未得势的凶狠的掠夺者形象。伏脱冷很能干，手下有一班爪牙，他的阅历广，

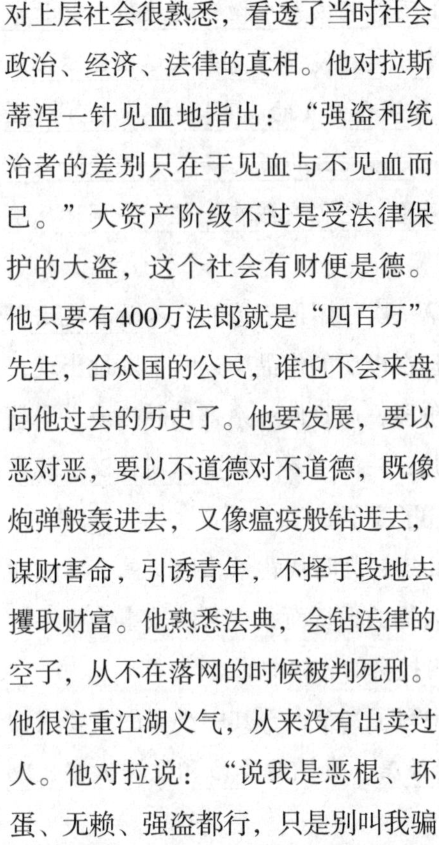

对上层社会很熟悉，看透了当时社会政治、经济、法律的真相。他对拉斯蒂涅一针见血地指出：“强盗和统治者的差别只在于见血与不见血而已。”大资产阶级不过是受法律保护的大盗，这个社会有财便是德。他只要有400万法郎就是“四百万”先生，合众国的公民，谁也不会来盘问他过去的历史了。他要发展，要以恶对恶，要以不道德对不道德，既像炮弹般轰进去，又像瘟疫般钻进去，谋财害命，引诱青年，不择手段地去攫取财富。他熟悉法典，会钻法律的空子，从不在落网的时候被判死刑。他很注重江湖义气，从来没有出卖过人。他对拉说：“说我是恶棍、坏蛋、无赖、强盗都行，只是别叫我骗子，也别叫我奸细。”连抓他的暗探也说他是条好汉。他的目的就是再搞20万法郎，然后到美洲去买200个黑奴，办大种植场。

【名家点评】

《高老头》——《人间喜剧》的序幕。

【作品影响】

《高老头》是《人间喜剧》中一部深具影响力的小说，也是《人间喜剧》的序幕。从这部作品开始，巴尔扎克对《人间喜剧》中的人物和情节做了统一的精心安排，使之成为有机的整体。

巴尔扎克的《高老头》，标志着现实主义风格的成熟，也是他小说创作的最高峰，是现实主义作品的重要特色。

【常考知识点】

1.十九世纪法国现实主义学流派代表作家巴尔扎克把自己创作的《欧也妮·葛朗台》《高老头》等十几部小说总称为《人间喜剧》。

2.巴尔扎克《人间喜剧》包括九十多部（篇）小说，描写了两千四百多个人物，大致分为风俗研究、哲理研究和分析研究三大部分。

3.恩格斯称《人间喜剧》“提供了一部法国‘社会’，特别是巴黎‘上流社会’的卓越的现实主义历史”。

4.巴尔扎克作品的中心主题是金钱和物欲膨胀带来的人性的异化和种种社会问题。他的作品是现实主义文学的典范。

5.概述《高老头》的情节线索。

《高老头》有6个故事情节线索：①高老头被女儿抛弃的故事。②拉斯蒂涅向上爬的故事。③逃犯伏脱冷的故事。④鲍赛昂子爵夫人退出巴黎上流社会的故事。⑤医生皮安训的故事。⑥泰伊番父女的故事。这6个故事发生在短短的3个月时间里，再现了贵族阶级没落衰亡的历史场景，资产阶级发家向上爬的生活图画和金钱罪恶的现实景象。它们交织在一起，广阔地反映了波旁王朝前期法国社会的世态人情。

6.在小说《高老头》中，巴尔扎克第一次使用他创造的“人物再现法”让一个人物不仅在一部作品中出现，而且在以后的作品中连续不断地出现，它不仅使我们看到人物性格形成的不同阶段，而且使一系列作品构成一个整体，成为《人间喜剧》的有机部分。在此，一些主要人物如拉斯蒂涅、鲍赛昂夫人纷纷登场亮相，《人间喜剧》拉开了序幕。

7.小说《高老头》以1819年底和1820年初为时代背景，以伏盖公寓的沙龙为舞台，以鲍赛昂夫人和高老头两个人物的平行而又交叉的故事为主要情节，真实地勾勒出波旁复辟王朝时期法国社会的一幅剪影。

8.巴尔扎克在长篇小说《高老头》中写了20余人，其中小说的主要人物有四个：面粉商高里奥、穷大学生拉斯蒂涅、贵妇鲍赛昂和江洋大盗伏脱冷。

9.巴尔扎克的代表作《高老头》塑造了面粉商高里奥和青年野心家拉斯蒂涅的形象，而这位野心家的野心集中体现在“现在咱们俩来拼吧”。

10.简析《高老头》对比手法的运用。

伏盖公寓与鲍赛昂府的强烈对比；高贵庄重的鲍赛昂夫人与粗俗强悍的伏脱冷成鲜明对比；高老头女儿的穷奢极欲与高老头的贫苦窘困的对比；鲍赛昂夫人退隐时热闹的场面与凄凉心情的对比。这种鲜明对比的手法，使作品的主题更加鲜明突出。

《欧也妮·葛朗台》

奥诺雷·德·巴尔扎克

名著导读

【主要故事情节】

葛朗台是法国索漠城一个最有钱、最有威望的商人。他利用1789年的革命情势和种种手段使自己的财产神话般增长了起来。这老头十分吝啬，有一套理财的本领，他为了省钱，家里整年不买蔬菜和肉，都是由佃户送来，面包由女仆拿侬做，寒冬腊月舍不得生火取暖，平时还要克扣女儿和妻子的零用钱。他做木桶生意，计算得像天文学家那样准确，投机买卖从不失败，区里人人都吃过他的亏。1819年11月中旬的一天是他的独生女儿欧也妮的生日，小说中的人物一一登场：公证人克罗旭一家和初级裁判所所长蓬风先生到葛朗台家吃饭，还带来稀有的珍品。他们都是来向欧也妮献殷勤的。正当他们在欢庆生日时，突然从巴黎来了一位不速之客，他就是欧也妮的堂弟查理。

原来查理的父亲破产自杀，让葛朗台照顾儿子的前程。葛朗台看到兄弟的绝命书后不动声色，并且在当夜想好了一套诡计，借口家里有事，请公证人克罗旭和银行家帮忙。银行家拉格桑为讨好葛朗台而毛遂自荐，到巴黎帮助处理死者遗产，他将部分债款还给债权人，余下的按预定计划长期拖延。在这件事情上，葛朗台不但分文不花，还利用银行家在巴黎大做公债买卖，赚了一大笔钱。查理可怜的处境得到了欧也妮的同情，巴黎花花公子的打扮和举止也引起了乡里女子的爱慕之心。查理为了自己的前程，决定去印度经商。临走之前，欧也妮将自己积蓄的金币送给他，查理也把母亲给他的金梳妆匣留给她作为纪念，两人海誓山盟定下终身。

查理走后的头一个元旦，葛朗台发现女儿把金币送给查理，就大发雷霆，把她监禁起来。这事惊扰了他的妻子，使她一病不起。公证人警告他，妻子一死，他的财产必须重新登记，欧也妮有继承遗产的权利。葛朗台老头害怕起来，就和女儿讲和，但妻子一死，葛朗台通过公证人让女儿签署了一份放弃母亲遗产继承权的证件，把全部家产总揽在自己手里。

临死前，他要女儿把黄金摆在桌面上，他一直用眼睛盯着，好像一个才知道观看的孩子一般。他说："这样叫我心里暖好和！"神父来给他做临终法事，把一个镀金的十字架送到他唇边亲吻，葛朗台见到金子，便做出一个骇人的姿势，想把它抓到手，这一下努力，便送了他的命。最后他唤欧也妮前来，对她说："把一切照顾得好好的！到那边来向我交账！"

他死了。1827年吝啬鬼死去，留下1700万法郎，欧也妮继承父业，成了当地首富，人人向她求婚，她却痴心等待查理。但是经过海外种种卑劣手段发了横财、见识过众多女子的查理，早把乡下的堂姐撇在脑后。他要与贵族小姐结婚，但因不肯偿还父亲的债务而受到阻碍。欧也妮被查理无情的行为吓呆了，精神上受到极大的刺激。最后，她答应嫁给公证人的儿子特·蓬风，但只做形式上的夫妻。欧也妮33岁守了寡，她用150万法郎偿清了叔父的债务，让堂哥过着幸福、名誉的生活。她自己则幽居独处，过着虔诚慈爱的生活，并"挟着一连串的善行义举向天国前进"。

【作品简介】

《欧也妮·葛朗台》是巴尔扎克《人间喜剧》中的"最出色的画幅之一"。小说叙述了一个金钱毁灭人性和造成家庭悲剧的故事，围绕欧也妮的爱情悲剧这一中心事件，以葛朗台家庭内专制所掀起的阵阵波澜、家庭外银行家和公证人两户之间的明争暗斗和欧也妮对查理倾心相爱而查理背信弃义的痛苦的人世遭遇三条相互交织的情节线索连串小说。

《欧也妮·葛朗台》的故事情节简单：天真美丽的欧也妮是悭吝精

明的百万富翁葛朗台的独生女儿，她爱上了破产的堂弟，为了他不惜激怒爱财如命的父亲，倾尽全部积蓄资助他闯天下。至此，父女关系破裂，胆小贤淑的母亲吓得一病不起。在苦苦的期待中丧失了父亲、损耗了青春的姑娘，最终等到的却是发财归来的负心汉。巴尔扎克为整个故事情节提供了一个真实的行动背景，并在这一背景中塑造了一个个有血有肉的人物形象，这些人物形象不仅是典型化了的个人，而更是个性化了的典型。这种套路的故事，不但没有使巴尔扎克的作品落入俗套，反而更展现出了大师的风格与魅力，尽显整部作品的光彩。

【创作背景】

19世纪上半叶是法国资本主义建立的初期，拿破仑在1815年的滑铁卢战役中彻底败北，由此波旁王朝复辟，统治一直延续到1830年。由于查理十世的反动政策激怒了人民，七月革命仅仅三天便推倒了复辟王朝，开始了长达18年的七月王朝的统治，由金融资产阶级掌握了政权。《欧也妮·葛朗台》发表于1833年，即七月王朝初期。刚过去的复辟王朝在人们的头脑中还记忆犹新。复辟时期，贵族虽然从国外返回了法国，耀武扬威，不可一世，可是他们的实际地位与法国大革命以前不可同日而语，因为资产阶级已经强大起来。刚上台的路易十八不得不颁布新宪法，实行君主立宪，向资产阶级做出让步，以维护摇摇欲坠的政权。资产阶级虽然失去了政治权力，却凭借经济上的实力与贵族相抗衡。到了复辟王朝后期，资产阶级不仅在城市，而且在贵族保持广泛影响的农村，都把贵族打得落花流水。复辟工朝实际上大势已去。巴尔扎克比同时代作家更敏锐，独具慧眼地观察到这个重大社会现象。

【思想主题】

《欧也妮·葛朗台》是法国杰出的批判现实主义作家巴尔扎克的《人间喜剧》系列中“最出色的画稿之一”，小说极为成功地塑造了葛朗台这样一个凶狠残忍、贪财好利而又悭吝成癖的资本家形象，展现出了资本家的无穷贪欲和冷酷无情；揭示了在人的家庭幸福和道德品质上金钱的巨大破坏力量；展现了资产阶级的血腥发迹史和由金钱崇拜带来的社会丑恶和人性沦丧。小说把心理分析、风俗描绘、细节刻画、人物塑造、哲学议论融为一体，取得了很高的艺术成就，在思想和艺术方面标志着巴尔扎克小说创作的一次飞跃。

【写作特色】

《欧也妮·葛朗台》是由巴尔扎克创作于1833年的小说。作者自称为“最出色的画稿之一”，它体现了巴尔扎克丰富的艺术实践和创作特色。这篇小说创作的最重要的特点之一是他很好地把环境、人物、故事三者有机结合，创造了典型环境的典型性格。他对环境进行了深刻、细致、逼真的描绘，非常注重环境与人物的关系。他说：“我要写的作品必须从三方面着笔：男子、女子和事务，也就是人物和他们的思想的物质表现。”他的小说先把地点、环境交代清楚，作为一种背景，营造一定气氛，然后才出现他的人物。

巴尔扎克在描写人物时，集中精力写好中心人物，把其余人物当成配角。同时他严格遵循现实主义典型化的原则。在这部小说中塑造得最集中、最生动的人物是葛朗台，他是资产阶级暴发户，又是吝啬鬼的典型，通过环境、装束和他对金钱的贪欲和理财的本领，把这个吝啬鬼和冷酷的利己主义者惟妙惟肖的形象刻画出来。

《欧也妮·葛朗台》中所写的细节是真实的、具体的、生动的，很具有说服力。如葛朗台一年四季穿同一套服装，一年只理两次发，以及在弥留之际抓镀金十字架的细节都表现了他贪财如命的性格。 这是一幅19世纪初不同阶层、不同身份、不同职业各色人物的“表演剧照”，这部小说给了法国文学和世界文学以深远的影响。

【主要人物及其事件】

葛朗台：葛朗台是小说着力刻画的人物。他贪婪、狡诈、吝啬，金钱是他唯一崇拜的上帝，独自观摩金子成了他的癖好，临终前也不忘吩咐女儿看住金子。他做起生意来是个行家里手，常装口吃耳聋，诱使对方上当受骗而自己稳操胜券。他家财万贯，但开销节省，每顿饭的食物、每天点的蜡烛他都亲自定量分发。为了钱他六亲不认：克扣妻子的费用；要女儿吃清水面包；弟弟破产他无动于衷；侄儿求他，他置之不理。作者笔下的这一形象刻画得极为生动，成为世界文学史上四大吝啬鬼形象之一。葛朗台是世界文学中最出名的吝啬鬼之一，贪婪和吝啬是他的主要性格特征。他很贪婪，葛朗台生活的时代是资产阶级原始积累时期，为了获得利润财富，他变得十分野蛮凶恶，为了占有黄金不择手段。巴尔扎克选择许多典型的细节，表现他对金钱的贪婪吝啬，“看到金子，占有金子，便是葛朗台的执着”。当查理为了父亲的死而大哭时，葛朗台无情地说：“可是这孩子没有出息，把死人看得比钱还重。”当他得知欧也妮把自己的积蓄送给了查理后，竟然将她囚禁，直到从公证人那儿得知女儿将继承母亲的遗产时，才与欧也妮言归于好，为的是将欧也妮应得的财产计在自己的账上。在葛朗台的身上，人的正常情感已经荡然无存。当葛朗台看到查理给欧也妮的梳妆匣时，“身子一纵，扑上梳妆匣，好似一头老虎扑上一个睡着的婴儿”。对金钱的贪欲使他成了冷酷的恶魔，成了一个凶猛的吞钱兽，甚至在弥留之际不去关心将要孤身一人生活在世界上的女儿，而是关心他的金子。甚至临死前做一个骇人的姿势想把镀金十字架抓在手里，结果这最后的努力送了他的命。他给欧也妮的最后一句话是：“把一切照顾得好好的！到那边来向我交账！”他很吝啬，对金钱的追逐欲、占有欲使他变成了金钱的奴隶。作为千万富翁的他住在一所灰暗阴森的楼梯的踏板被虫蛀坏了的老房子里。当他的侄子从巴黎来到他家时，他竟自己亲自下厨，为的是节省食物。他灭绝人性、工于心计、虚伪、恶毒。他是一个活在一个观点上的人，机警、狡猾、孤家寡人，利用一切机会发财，是吝啬鬼中的吝啬鬼。他的吝啬使他的妻子过早谢世，女儿也失去了幸福，终生过着寂寞的生活。他也很狡猾，为了更好地控制金钱，榨取金钱，口吃和耳聋是他狡猾的典型表现。他利用这套本领，在生意上叫敌人不耐烦，逼得对方老是替他这方面打主意，而忘掉了他自己的观点，平时耳聪目明，口齿清楚的葛朗台，一到关键时刻就变得耳聋口吃，装疯卖傻莫名其妙地兜圈子，把自己的思想藏起来。老葛朗台与传统的守财奴的形象不大一样，他不仅热衷于守财，更善于发财，他精于算计，能审时度势，平时不动声色，看准时机一定会果断出击。索漠城里，谁都尝到过他的厉害，但他们反倒更敬佩他了，把他看成索漠城的光荣，这是因为金钱在当时社会具有无边的魅力。巴尔扎克指出了发财的欲望、对金钱的贪婪吝啬怎样使葛朗台心灵空虚，禽兽的本能又怎样在他身上蔓延并把他身上人类的感情摧残殆尽。他的发家史正是资产阶级暴发户的血腥罪恶史。

欧也妮：老葛朗台死后，虽然欧也妮有了一大笔遗产和收入，可是她和以前一样，过着俭朴的生活，她也是精打细算地积攒了许多年的家产，有人说她和她的父亲一样吝啬。可是，她把钱用到了慈善机构和教育上。她和她的爸爸形成了鲜明的对比。欧也妮是被金子摧毁了爱情的值得同情的资产阶级妇女形象，是巴尔扎克所创造的最动人的女性形象之一。他满怀同情与赞美之情塑造了欧也妮，使人们在这个被金钱遮蔽的黑暗世界里看到了一抹光亮。她渴望爱情，查理的到来使生活得平静安宁的她一直沉睡的、被压抑的深厚的慷慨的感情觉醒了。她经历了一次精神上的大转折，心灵的转变，使她第一次发现父亲的屋子贫乏寒酸，第一次见到了父亲害怕，第一次挑剔自己的相貌。对查理的爱情，促进了她性格的形成，并成为她以后行为的支柱。她毫不犹豫地把自己的全部积蓄六千法郎送给了堂弟，同时也把自己的爱情与心灵全部交给了他。在漫长的岁月中她焦灼地等待着查理，她一方面忍受着父亲冷酷的迫害，另一方面她也在不断地构建着心灵中爱情的天堂。她也忍受着常人难以容忍的痛苦，拿出150万巨款，阻止债权人宣布叔父破产，成全也保全了查理。为了保持自己圣洁的爱情，她与丈夫结婚的条件是他永远不提婚姻给他的权利，她给丈夫的只能是友谊。她淡漠金钱，作为那个金钱世界里的一种特殊存在，她拥有巨大的财富，但她身上人类的自然品质却并未被金钱所吞噬，她是一个富有的牺牲品，直到与查理相识，她才第一次懂得钱的作用。她先是将自己仅有的积蓄全部送给堂弟，继而又将母亲的遗产全部给了父亲，她又铸了一个黄金的圣体匣，献给本市的教堂。这三次行动说明她不像一般世人那样重视钱财，她一点也不把黄金放在心上。成堆的黄金是捆缚她的锁链，金钱冷冰冰的光彩，使她隔绝于人世。她的罪过是她尚未习惯于用黄金来为非作歹，也没有学会为了金钱而出卖感情。她的一生，对于金钱左右着一切的社会来说，是另一种形式的控诉，她是一个被金钱吞噬的无辜的牺牲品。天真美丽的欧也妮·葛朗台是悭吝精明的百万富翁的独生女儿，她爱上了破产的堂弟，为了他不惜激怒爱财如命的父亲，倾尽全部私蓄资助他闯天下。因此，父女关系破裂，胆小贤淑的母亲吓得一病不起。在苦苦的期待中丧失了父亲、损耗了青春的姑娘，最终等到的却是发财归来的负心汉。

【名家点评】

巴尔扎克所有的书仅仅组成一部书：一部生动的、闪光的、深刻的书，在这部书里，我们看到我们的整个现代文明在来去、走动，带着我也说不清楚的、和现实掺杂在一起的惊惶与恐怖之感；一部了不起的书，诗人题作喜剧，而他本可以题作历史的……

——[法国]雨果

在巴尔扎克生动逼真的人物形象面前，古希腊罗马的人物变得苍白无力、浑身抖颤，中古的人物像玩具铅兵一样倒伏在地。

——[法国]左拉

【作品影响】

《欧也妮·葛朗台》是法国杰出的批判现实主义作家巴尔扎克的《人间喜剧》系列中“最出色的画稿之一”。

小说极为成功地塑造了老葛朗台这样一个凶狠残忍、贪财好利而又悭吝成癖的资本家形象，葛朗台的形象作为世界文学人物长廊中四大吝啬鬼之一而流传后世，展现出了资本家的无穷贪欲和冷酷无情；揭示了在人的家庭幸福和道德品质上金钱的巨大破坏力量；展现了资产阶级的血腥发迹史和由金钱崇拜带来的社会丑恶和人性沦丧。小说把心理分析、风俗描绘、细节刻画、人物塑造、哲学议论融为一体，取得了很高的艺术成就，在思想和艺术方面标志着巴尔扎克小说创作的一次飞跃。

【常考知识点】

1.葛朗台太太想要老爷完成她的最后一个心愿，就是和女儿去巴黎旅游。

2.葛朗台通过公证人让女儿签署了一份放弃母亲遗产继承权的证件，好把所有的资产掌控在自己手里。

3.小说的结尾，富有的欧也妮嫁给了公证人的侄子——初级裁判所所长特·蓬风。

4.简述《欧也妮·葛朗台》中最让人难以忘记的一个情节。

葛朗台临死前，神父来给他做临终法事，把一个镀金的十字架送到他唇边亲吻，葛朗台见到金子，便做出一个骇人的姿势，想把它抓到手。这一下努力，便送了他的命。最后他还对她说："把一切照顾得好好的！到那边来向我交账！"他死了。

5.简述《欧也妮·葛朗台》中葛朗台的发家史。

他利用大革命的好时机贿赂拍卖监督官，三文不值两文地买到了当地最好的葡萄园；他荣任镇长期间，曾冠冕堂皇地为"本地的利益"造了好几条出色的公路直达自己的产业；在房产登记的时候，他利用职位，神不知鬼不觉地占了不少便宜；在侯爵老爷手头拮据时，他又用极便宜的价格，买下了弗鲁瓦丰侯领地。

6.葛朗台送给女仆拿侬的礼物是一只旧表，这是拿侬在葛朗台家里工作了20年收到的葛朗台所送的唯一的礼物。

7.葛朗台临死前，神父来给他做临终法事时，把一个镀金的十字架送到他唇边亲吻。

8.下列各项中对故事情节的叙述，正确的两项是（BC）。

A.老葛朗台的发家史反映了政权更迭时期暴发户不择手段的发家过程，查理的发家史揭露了资本原始积累时期海外殖民掠夺的罪恶。葛朗台太太拒绝葛朗台假惺惺的施舍后，小说这样议论道："这样的高尚纯粹是白费！"老葛朗台临死前才有所悔悟，他愧疚地对女儿说："幸福只在天上，你将来会知道的。"

B.葛朗台推门进来，一眼就盯住了那闪亮的东西，老头儿身子一纵，扑上梳妆匣，好似一头老虎扑上一个睡着的婴儿，他瞅着女儿，仿佛她是金铸的一般。欧也妮同情堂弟的破产，把自己全部积蓄6000法郎送给他作去印度的盘缠，查理回赠给她一个母亲留给他的镶金首饰盒，守财奴葛朗台看到金子就发狂。

C.欧也妮决定嫁给特·蓬风，但她要求对方永远不向自己提出婚姻给他的权利，让自己独自生活，特·蓬风听到欧也妮的决定，扑倒在她的脚下，激动得浑身直打着哆嗦，并且一口答应了欧也妮的条件。

D.欧也妮是个悲剧人物，她的堂弟查理曾热烈追求过她，她慷慨地资助了6000法郎私蓄让他到印度谋生，可是查理后来却一去不回。欧也妮的母亲父亲相继去世后，她继承了巨额遗产，生活上却很寂寞孤单。她始终没有结婚，拒绝了一个又一个别有用心贪图钱财的人，连名义上的丈夫也没有，她成了金钱的牺牲品。

E.葛朗台软禁女儿的事在城里传开后，引起了公愤，特·蓬风所长自告奋勇要去打官司，欧也妮谢绝了他的好意。葛朗台一听到特·蓬风所长要去打官司，心里很害怕，最终饶恕了女儿。

9.举一个事例说明《欧也妮·葛朗台》中葛朗台贪婪的特点。

过了七十六岁的葛朗台在看到女儿把玩金梳妆匣时，竟“身子一纵，扑上梳妆匣，好似一头老虎扑上一个睡着的婴儿”。但当他看到太太气得晕死过去时，马上放弃了金梳妆匣。因为如果气死了太太，女儿按法律将继承家庭财产的一半，狡诈的葛朗台知道因小失大划不来。

《悲惨世界》

维克多·雨果

名著导读

【主要故事情节】

主人公冉·阿让原是个诚实的工人，一直帮助穷困的姐姐抚养七个可怜的孩子。有一年冬天，他找不到工作，为了不让孩子饿死，他只得去偷了一块面包，因此被判处五年徒刑。在服刑期间，冉·阿让因不堪忍受狱中之苦四次逃跑，但最终都没有成功，刑期也从五年加到了十九年。假释出狱后，苦役犯的罪名永远地附在冉·阿让的身上，他找不到工作，连住宿的地方都没有，即使同样是做苦工，假释犯得到的报酬也只是别人的一半。不甘心被人如此欺负的冉·阿让感到十分苦恼，正在他感到灰心气馁的时候，冉·阿让遇到了米里哀主教。米里哀主教是个善良、正直、极富同情心的人，他好心收留冉·阿让，让他在自己家里过夜。但走投无路的冉·阿让却为了生计偷走了主教的银器，准备潜逃，途中又被警察抓住，但关键时刻，善良的米里哀主教声称银器并不是冉·阿让所偷，而是自己送给他的，并且连银烛台也一同赠给了他，就这样使冉·阿让免于再次被捕。而冉·阿让也被这一位主教的宽厚与爱心所感化，获得了新生的勇气，决心从此去恶从善。

之后，冉·阿让确实改名换姓，化名马德兰，埋头工作，而命运也给了他机会，让他在制造黑玻璃小工艺

品上有所发明而起家，经过了十年的辛勤努力，他成了一个成功的商人，办起了企业。成了大富翁后，他乐善好施，兴办福利，救助孤寡：他为滨海蒙特勒依城的穷人花了一百多万，创办托儿所，创设工人救济金，开设免费药房等等。他的善举让他得到了大家的爱戴，并最终当上了市长。也是在此期间，冉·阿让认识了妓女芳汀，一位女工。她有美发皓齿，多情而又幼稚无知的她真心爱着一位大学生并以身相许，失身怀孕，但这个大学生却是个逢场作戏的轻薄人儿，对她虚情假意，不久便弃她而去。芳汀生下了女儿柯赛特后不敢返乡，一次偶然的机会，她认识了泰纳迪埃大妈。芳汀为了有时间赚钱，把女儿寄养在泰纳迪埃家。

这其实是一对极其贪婪、庸俗的夫妇，经营着一家小旅馆，但生意很糟糕，他们同意收留柯赛特其实也是为了骗一笔钱还债。小柯赛特慢慢长大，夫妇俩人想尽办法，以各种理由要芳汀寄更多的生活费。一方面骗芳汀说她的女儿过着怎样幸福的生活，另一方面却随时随地地侮辱、虐待、殴打小柯赛特，让她小小年纪就要干杂事，打扫房间、院子、街道，洗杯盘碗盏，甚至搬运重东西。总之，可怜的柯赛特在那里受着非人的待遇。

芳汀在把女儿托付给泰纳迪埃一家后，来到了滨海蒙特勒依一家玻璃制造厂工作，工厂的老板便是马德兰先生，也就是冉·阿让。芳汀来到工厂之后，终于可以自食其力了，她每月都会给旅店老板泰纳迪埃写信、寄钱。她的美貌引起了当地许多恶妇的嫉妒，她更成了她们议论、猜忌的对象。终于有一天，一个名叫维克图尼安太太的人查到了芳汀的过去经历，将她有私生女的事揭发了出来，厂长兼市长的马德兰知道了此事，尊重社会习俗的他给了芳汀50法郎，让她离开。芳汀从此开始了她的悲惨经历。她被解雇，再也没有人肯雇用她，她无法靠劳动养活自己和寄养在别人家的女儿，只能为10法郎卖掉了自己的一头秀发，40法郎出售两颗门牙，最后沦为娼妓，变为社会的奴隶。曾几何时，一个活泼的年轻少女变得形容枯槁，病入膏肓，还饱受社会的歧视。马德兰知道芳汀的事情和悲惨遭遇后，感到十分内疚，也深深地被她感动，于是决定要照顾她们母女俩。

有一次，芳汀因恶少把雪团塞进衣衫的捉弄，奋起反抗反而被警察沙威监禁，马德兰出面干涉，沙威是冉·阿让在狱中的警长，认为罪人永远是罪人，一直对冉·阿让穷追不舍的沙威认出了马德兰就是当年的苦刑犯，他写信告发，却没得到理睬。马德兰将芳汀从狱中救出后，把她接到工厂的诊所请人照顾，立即给泰纳迪埃夫妇去信，还寄了一笔钱，让他们把柯赛特送来见病重的母亲。贪婪的夫妇俩却一再拖延，用各种名目骗马德兰一次又一次地寄钱。眼见芳汀的病情越来越严重，马德兰十分着急。

正在他为此事伤神的时候，另一件烦心事又接踵而来。当地一个叫尚马蒂厄的老头被当成冉·阿让正在接受审判，冉·阿让于是陷入了矛盾挣扎中：如果承认自己的身份则会被捕，无法照顾芳汀母女；如若不承认，一个无辜的人就会为自己所累，被捕入狱。良知最终战胜了一切，他毅然走上法庭，道出自己的真实身份，冉·阿让因此又开始被通缉。他来到芳汀家中，沙威带人前来逮捕他，芳汀受刺激死去，冉·阿让也再一次被投入狱中。但没多久，冉·阿让从监狱中逃了出来，去蒙费梅找芳汀的孤女柯赛特。几经波折后，他终于在圣诞节找到了正去泉边打水的柯赛特，跟着她回到旅馆后，他目睹了女孩的悲惨生活，于是立即从狠毒的夫妇手中救出了可怜的小柯赛特，带着她来到巴黎。为了逃避警察的追捕，冉·阿让带这女孩逃进了巴黎市郊的一个修道院，在那里将她抚养成人，他们两人也在那里过上了暂时的平静生活。

但好景不长，几年后，平静的生活再起波澜。长大后的柯赛特因为一次偶然的机遇，在公园里遇上具有共和思想的年轻人马吕斯，两人一见钟情。马吕斯原先受到外祖父吉尔诺曼的影响，是个保皇派。他的父亲蓬梅西是拿破仑手下的爱将，拥护共和，在滑铁卢之战中立了战功，被封为男爵。吉尔诺曼敌视女婿，不让他与马吕斯见面，否则要剥夺马吕斯的继承权。蓬梅西为儿子的前途着想，只得忍气吞声，只能趁儿子上教堂之际，偷偷去看儿子。他快去世时才给儿子留下遗嘱，把真相告诉自己的儿子。马吕斯受到震动，暗地里查阅书报，了解到父亲的英勇事迹，终于改变立场，离家出走，接触到“ABC之友社”的共和派青年，很快加入他们，成了一个共和党人。

起先，这位共和派青年并不知道他爱上的这名少女名叫柯赛特，也不知道和这少女在一起的先生是冉·阿让。他找到柯赛特的住处，向她倾诉衷情，他俩常幽会，但马吕斯的外祖父不答应这婚事，马吕斯终于和外祖父决裂。1832年6月，ABC的成员都投入起义。冉·阿让此时也知道了柯赛特与马吕斯的恋情，深受打击的他收到马吕斯来信后也来到街垒加入了战斗。战斗中，冉·阿让放走了被俘的警长沙威，还把自己的住址告诉了他。他的行为终于感动了沙威，使他相信犯过错的人真的会幡然醒悟，重新做人。在激烈的战斗中，许多战士身亡，马吕斯身受重伤，冉·阿让从下水道将他救离险境，送到他外祖父家中，但当时身负重伤的马吕斯并不知情，他外祖父看马吕斯安然无恙，答应了他和柯赛特的婚事。在两人成婚的第二天，冉·阿让将自己的身世向马吕斯和盘托出，后者知道了大为震惊，对他冷眼相看，连他辛辛苦苦带大的孤女也误解他，离开了他。多年来舍己救人，最终却连多年来与他相依为命的“女儿”也误解自己，伤心的冉·阿让抑郁成疾，终日只有孤寂与他相伴。而之后一个偶然的机会，马吕斯才知道冉·阿让原来是自己一直寻找的救命恩人，连忙去接他来同住，但冉·阿让此时已经生命垂危，最后在柯赛特和马吕斯的怀里与世长辞。

维克多·雨果

【作者简介】

维克多·雨果（Victor Hugo，1802年2月26日—1885年5月22日），法国作家，19世纪前期积极浪漫主义文学的代表作家，人道主义的代表人物，法国文学史上卓越的资产阶级民主作家，被人们称为“法兰西的莎士比亚”。一生写过多部诗歌、小说、剧本、各种散文和文艺评论及政论文章，在法国及世界有着广泛的影响力。

1802年，雨果生于法国贝桑松，上有兄长二人。13岁时与兄长进入寄读学校就学，兄弟均成为学生领袖。雨果在16岁时已能创作杰出的诗句，21岁时出版诗集，声名大噪。1845年，法王路易·菲利普授予雨果上议院议员职位，自此专心从政。1848年法国二月革命爆发，法王路易被逊位。雨果于此时期四处奔走鼓吹革命，为人民贡献良多，赢得新共和政体的尊敬，晋封伯爵，并当选国民代表及国会议员。3年后，拿破仑三世称帝，雨果对此大加攻击，因此被放逐国外。此后20年间各处漂泊，此时期完成小说《悲惨世界》。1870年法国恢复共和政体（法兰西第三共和国），雨果亦结束流亡生涯，回到法国。1885年，雨果辞世，于潘德拉举行国葬。雨果的创作历程超过60年，其作品包括26卷诗歌、20卷小说、12卷剧本、21卷哲理论著，合计79卷。其代表作有长篇小说《巴黎圣母院》《九三年》和《悲惨世界》，短篇小说有《“诺曼底”号遇难记》。

【作品简介】

《悲惨世界》是由法国作家维克多·雨果在1862年发表的一部长篇小说，其内容涵盖了拿破仑战争和之后的十几年的时间。故事的主线围绕主人公土伦苦刑犯冉·阿让的个人经历，融进了法国的历史、革命、战争、道德哲学、法律、正义、宗教信仰。该作多次被改编演绎成影视作品。

19世纪的巴黎，贫苦的冉·阿让为了挨饿的孩子去偷面包，结果被饱食终日的法官判处19年的苦役。出狱后，走投无路的冉·阿让被好心的米里哀主教收留过夜，却偷走了主教的银器潜逃，后被警察捉回。主教声称银器是送给他的，使冉·阿让免于被捕。主教的言行感化了冉·阿让，他化名马德兰，从此洗心革面奋发向上，在十年后成为成功的商人并当上市长。

这时，以前缉拿过他的警长沙威出现，一心要找他的麻烦。本来沙威是认错了另一个无辜的人为冉·阿让并要处严刑，冉·阿让在思想斗争挣扎下挺身而出，罚做苦力，在冒险救船架上的同伴后趁机跳水逃生。在此期间，冉·阿让得知了妓女芳汀的悲惨遭遇，并承诺照顾她的私生女柯赛特。

八年过去了，平静的生活再起波澜——柯赛特爱上了共和派青年马吕斯，轰轰烈烈的巴黎人民起义爆发了，无赖泰纳迪埃和冉·阿让又狭路相逢，而多年来从未放弃追捕冉·阿让的警长沙威又出现在冉·阿让的面前，为了女儿的幸福，私自收到马吕斯给柯赛特的信件后，他想要去劝阻马吕斯参加起义，却发现冒充同志的沙威被加夫罗契认出，而捆绑在地，他自愿处理沙威，其实是故意地放走他。

革命爆发，领袖恩佐拉在枪林弹雨中丧命，加夫罗契为收集弹药中弹而亡，同志也大都牺牲殆尽，马吕斯也受伤昏厥，幸而有强壮的冉·阿让救了他。在下水道里，冉·阿让先后遇见汤乃第和沙威，他恳求沙威放他走，受了他高尚人格的感动，沙威让出路来，可是一生的坚持并不容易扭转，他内心受到极度的煎熬，终于无法自解，投河自尽。

马吕斯逐渐康复，他并不了解是谁救了他一命，只好把一切归功于柯赛特的照料，冉·阿让将他的过去对马吕斯坦白，并表示为了不妨碍他们的未来，他宁愿独居终老。在婚礼上，德纳第夫妇带来一项他们自认是丑闻的消息：冉·阿让在下水道盗过尸，并取出一只金戒指，马吕斯立刻认出是他的，随即了解到自己一向误解的岳父就是神秘的救命恩人，夫妻俩赶到冉·阿让住处时，只剩下那一对银烛台陪伴着他，两个年轻人在微光中了解了自己的身世。老人终于走了，他的灵魂和芳汀、爱潘妮和所有在革命中死去的人相聚，庇护着一对爱人，迎向光明的明天。

【创作背景】

这部小说的创作动机，来自这样两件事实：1801年，一个名叫彼埃尔·莫的穷苦农民，因饥饿偷了一块面包而判五年苦役，刑满释放后，持黄色身份证讨生活又处处碰壁；雨果自己的好友维克多年轻时的逃亡生活。

到1828年，雨果又开始搜集有关米奥利斯主教及其家庭的资料，酝酿写一个释放的苦役犯受圣徒式的主教感化而弃恶从善的故事。在1829年和1830年间，他还大量搜集有关黑玻璃制造业的材料，这便是冉·阿让到海滨蒙特依，化名为马德兰先生，从苦役犯变成企业家，开办工厂并发迹的由来。此外，他还参观了布雷斯特和土伦的苦役犯监狱，在街头目睹了类似芳汀受辱的场面。1832年，这部小说的构思已相当明确，而且，他在搜集素材的基础上，写了《死囚末日记》（1830年）、《克洛德·格》（1834年）等长篇小说，揭露使人走上犯罪道路的社会现实，并严厉谴责司法制度的不公正。此外，他还发表了纪念碑式的作品《巴黎圣母院》（1831年），以及许多诗歌与戏剧，独独没有动手写压在他心头的这部作品。酝酿了二十年之久，直到1845年11月，雨果才终于开始创作，同时还继续增加材料，丰富内容，顺利写完

第一部，定名为《苦难》，书稿已写出将近五分之四，不料雨果又卷入政治旋涡，于1848年2月21日停止创作，一搁置又是十二年。

《苦难》一书遭逢苦难的命运，在胎中也要随作者流亡。雨果在盖纳西岛过流亡生活期间，用全方位的目光和思想，重新审视、反思一切。在此基础上，对《苦难》手稿做了重大修改和调整，增添大量新内容，最终完成此书，定名为《悲惨世界》。

【思想主题】

《悲惨世界》的主题是写人类与邪恶之间不懈的斗争，人类本性是纯洁善良的，将走向幸福，但要经过苦难的历程。书中穿插当时法国革命动乱的背景和拿破仑滑铁卢战役的描写，以及当时法国社会的很多细节都有论及，比如俚语、下水道和女修道院等情况。

《悲惨世界》以冉·阿让出狱后的种种经历贯穿全书，深刻反映了时代的问题。雨果在作品中融入了从拿破仑在滑铁卢的失败到反对“七月王朝”的人民起义这一阶段的历史，反映了当时的社会生活和政治状况。作品不仅描述了获释犯人冉·阿让和流浪妇女芳汀的不幸生活以及芳汀的私生女柯赛特的悲惨遭遇，而且揭示了当时社会中勤劳善良的劳动人民却受歧视和压迫的不公平命运。雨果还在作品中揭露了当时残酷不公的法典和秩序，猛烈抨击了那种人们饿死可以而偷面包却要坐牢的社会制度，谴责了那些安于现状和铁石心肠的市民在面对处于困境中的他人时的那种袖手旁观的冷漠态度。

【写作特色】

结构：《悲惨世界》规模宏大，人物形象近百人，120万余字，分五部分，标题分别是《芳汀》《柯赛特》《马吕斯》《卜吕梅街的儿女情和圣丹尼街的英雄血》《冉·阿让》。小说的基本情节是冉·阿让的悲惨生活史。冉·阿让是一个贫农出身的工人，为了饥饿的孩子偷了一块面包，竟服了19年苦役，刑满后又有过偷窃行为，但后来因受到具有崇高人道主义精神的米里哀主教的感化，转变成一个舍己为人的人，一个真正的人。他帮助女工芳汀，从泰纳迪埃手中救出并抚养孤儿柯塞特，经下水道救马吕斯，宽容释放迫害自己的沙威，参加巴黎人民的起义。冉·阿让的一生充满着坐牢、苦役和颠沛流离的痛苦。这一情节曲折生动，引人入胜，是对传统单一情节、个人史诗的继承与发展。小说的主题、雨果注意的中心是下层人们的悲惨，其思想基础是人道主义。冉·阿让与这些联系最密切，是最主要的线索情节，是串通情节、连接其他人物的关键。贯穿小说始终的另一线索是侦察员沙威。沙威这一人物形象的设置安排不但体现了雨果的对照原则，而且在对沙威的最后处理上，雨果不像巴尔扎克那样把各条线索纳入一个框架，也不像托尔斯泰那样通过“拱门”，而是让这一细流归入冉·阿让的大流。这当然不单是为了结构的处理，而是为了体现作者对生活的态度与理想，企图从另一方面证明人道主义的强大感化力。应该说沙威对后来复调小说的出现是具有启发意义的。

心理描写：与后世文学作品的心理描写相比较，《悲惨世界》的心理描写有着自己的独特之处。首先，在《悲惨世界》中，雨果的心理描写带有强烈的主观特征。人物的心理几乎全部由他转述，内心独自的成分虽有，但是有时很难分清哪些是雨果的，哪些是他笔下人物的，两者交织在一起。

【主要人物及其事件】

冉·阿让：冉·阿让不但是统领《悲惨世界》全书的一号主人公，而且是雨果善良与博爱的象征，是比声名显赫的英雄更伟大的无名英雄。冉·阿让从一个逃犯发展成为英雄主要经历了四个步骤：首先，他在离开米里哀主教后干了一件让他懊悔的事情，就是抢了一个小孩的硬币；接着他救了被别人错当成是他的难友；后来他在知道结果可能会使他失去与他相依为命多年的柯赛特之后，却仍然冒着生命危险救出柯赛特的情人马吕斯；最终他因为担心会影响柯赛特的前途而在她与马吕斯结婚后与她脱离关系。冉·阿让与警长沙威之间也发生了多次冲突：第一次冲突发生在冉·阿让成为市长并且是沙威的上司的时候；第二次冲突是在泰纳迪埃家中被捉住差点送命；第三次冲突是在街垒中和逃出地下暗渠之后二人的碰面。还有当冉·阿让带着柯赛特四处躲藏的时候，他与沙威虽然没有碰面，但冲突却无处不在，其间有多次扣人心弦的历险经历。

米里哀主教：米里哀主教是来源于现实素材的人物，他不仅是米奥利斯主教的写照，还是作者雨果的真实写照，代表了雨果的观点。虽然米里哀主教在书中出现的时间很短，但他是人道主义的象征。正是米里哀主教的善良与博爱感动了冉·阿让，促使这个陷入歧路的犯人走上正路。

芳汀：芳汀是具有悲剧色彩的女主人公。她的不幸境况是冉·阿让与沙威发生冲突的导火索，也是冉·阿让尽心寻找柯赛特，并为柯赛特奉献和牺牲的原因。芳汀的经历代表了那个时代的一种普遍现象。单纯善良的乡下姑娘带着对未来生活的无限憧憬来到了向往已久的城市，却被无情的青年诱骗。芳汀被抛弃后，却发现自己已经怀孕。人们从乡村涌向城市正是工业革命带来的一个主要后果。芳汀善良高尚，却饱受磨难，被冷酷的社会排斥。为了养活孩子她不惜卖掉头发和牙齿，甚至沦为妓女，她的孩子却备受虐待，想和孩子团聚却无法实现。

沙威：沙威警长对冉·阿让的追捕使全书充满悬念和戏剧效果。沙威出生于监狱中，是犯人的后代。沙威象征当时可恶的法律和秩序，他是维护当时落后腐朽法律和秩序的偏执狂，哪怕他发现可能因此产生错误和残酷的严重后果，为了维护法律和秩序，他也会在所不惜。沙威是当时社会病态秩序的真实写照。在多次接触中，沙威逐步发现冉·阿让不符合他头脑中固有的罪犯模式，他的精神世界随之坍塌。雨果细致描绘了沙威内心的痛苦和迷惑。沙威的自杀完全符合当时顽固派的逻辑，他的头脑根本无法适应不同的观念，固有的模式使他钻进了牛角尖，走进了死胡同，最终走上绝路。

马吕斯和柯赛特：马吕斯和柯赛特是一对情侣。这对青年情侣的人格正是雨果所追求的善良和博爱理想的化身。人们坚信马吕斯和柯赛特这对年轻情侣会为米里哀主教的博爱理想去努力奋斗，并最终取得成功。两个有情人以其轻松迷人的情节表现了浪漫主义文学所强调的严肃与欢乐融合的特点。柯赛特的个性柔和温顺，她对情人非常恭顺，几乎到了言听计从的地步。除了对情人的爱与对“父亲”的感情发生了冲突以外，柯赛特对冉·阿让也百依百顺。马吕斯是雨果青年时代的真实写照，那时他积极地参加了反对复辟王朝的街垒战。因此，作品中马吕斯说的话就如同雨果在阐述他本人的观点。马吕斯同时也是浪漫主义文学中情人与英雄的结合体，他为了爱情和理想，宁愿牺牲和奉献自己。例如马吕斯对ABC政治俱乐部的朋友们忠心耿耿，还为虽然救

过他父亲但行为异常诡秘、人面兽心的泰纳迪埃提供帮助，对这些他都丝毫不顾及自身的利益和安危。雨果是一个乐观主义者，他坚信历史会一步步地前进，他在这对年轻情侣身上看到了用冉·阿让和芳汀所做的牺牲换来的成果。一代新人换旧人，但离去的一代应该感到欣慰，因为他们取得了成功。因为在雨果看来马吕斯和柯赛特都是未来的希望：这对青年终将绕过资产阶级安于现状和自私自利的小路，走上冉·阿让的人道主义大路。

爱潘妮：爱潘妮是泰纳迪埃太太的女儿，从小在一个畸形的环境中长大，所以环境的熏陶和家庭的变故让爱潘妮成为泼妇、小偷、乞丐和妓女的综合体。但是爱潘妮在面对自己的爱人的时候却表现出了本来应有的活泼、善良和勇敢。如果爱潘妮生活在现在的社会制度下，成长在一个健康的家庭里面，或许她会是一个人见人爱的好女孩。芳汀和爱潘妮的遭遇很是相似，不幸的是爱潘妮不仅生错了时代，更出生错了家庭。虽然芳汀没有名字没有父母，但她至少不用受到家庭环境的熏陶。虽然爱潘妮比芳汀更勇敢，但是却都是两个悲惨的女人，最后的结局都让人落泪。

【作品影响】

《悲惨世界》是雨果创作高峰时的巨著，是雨果现实主义小说中最成功的一部代表作，是19世纪最著名的小说之一。

【作者小趣闻】

雨果剃头

有一回，维克多·雨果正赶写一部作品，十分紧张，可是社交活动占去了他不少时间，于是他想了个绝招，把自己的头发和胡子分别剃去半边，这样，亲朋好友一来，他就指指自己的滑稽相，谢绝了社交活动，这样，须发长成之日，他的作品也完成了。

雨果住店

雨果经常出去旅游。有一次，当他来到旅馆住宿时，服务台的侍者问他："你的姓名？""雨果。""干什么的？""写东西的。""以什么谋生？""笔杆子。"于是侍者在旅客登记簿上写道——姓名：雨果。职业：贩卖笔杆。

巧问巧答

雨果写完《悲惨世界》之后，将书稿投寄给一位出版商。稿子寄出很长一段时间没有回音，于是，他在纸上画了一个很大的"？"，寄给了出版商。隔几天，出版商回信了，雨果拆开一看，上面也是一个字没有，只画了一个“！”。

他知道有希望了。果然，他的《悲惨世界》不久就出版了，并大获成功。

【常考知识点】

1.《悲惨世界》中，冉·阿让刑满后又有窃行，受米里哀感化，成为一个舍己为人的人。

2.《悲惨世界》以（C）的坎坷的生活为基本情景，穿插其他人物的悲惨遭遇。

A.芳汀　B.沙威　C.冉·阿让　D.柯赛特

3.《悲惨世界》有几部？（C）

A.一　B.三　C.五　D.六

4.《悲惨世界》中的主人公是冉·阿让，他由于不忍心7个外甥挨饿，偷了一块面包，成了苦役犯，坐了19年的牢。

5.雨果在《悲惨世界》中突出塑造了安灼拉、马白夫、伽弗洛什这三个参加巴黎街垒战的英雄人物。

6.维克多·雨果是（C）世纪法国浪漫主义作家的代表人物。

A.十七　B.十八　C.十九　D.二十

7.《悲惨世界》是（D）的代表作。

A.莎士比亚　B.司汤达　C.巴尔扎克　D.维克多·雨果

8.探讨社会问题的《悲惨世界》动笔于1845年，直至1862年才在布鲁塞尔出版。

9.《悲惨世界》共分为五部分，第一、二篇篇名分别是《芳汀》《柯赛特》。

10.《悲惨世界》是法国十九世纪浪漫派领袖雨果继《巴黎圣母院》之后创作的又一部气势恢宏的鸿篇巨著。

《巴黎圣母院》

维克多·雨果

名著导读

【主要故事情节】

卡西莫多是一个弃婴，在复活节之后的第一个星期日，即卡西莫多日，在圣母院门口被人发现。由于相貌奇丑无比、面目狰狞，当时有许多人围观，却没有人愿意收养他。正巧克洛德·弗洛罗经过，看见婴儿弃置在弃婴木架上，他立即想起了从小与自己相依为命的可怜的弟弟，于是怜悯之心油然而生，遂将婴儿抱走。弗洛罗决心将婴儿抚养长大，他为婴儿取名卡西莫多，将他收为养子，让他留在圣母院内做敲钟人。

命运悲惨的卡西莫多，天生独眼、驼背、跛足，十四岁又被钟声震破了耳膜，成了聋人。原本造化为他向外界敞开的唯一门户也被永远关闭了，这一关闭也截断了他唯一欢乐的光明，他的灵魂从此坠入无边的黑暗，他开始变得乖戾、疯狂。周围人的歧视、嘲讽、讥笑使他对一切事物充满了敌意，只有一个人被他排除在所有的恶意和仇恨之外，那就是克洛德·弗洛罗。自幼便遭社会摒弃的卡西莫多把克洛德看作是自己的恩人，十分敬重这位副主教，对他的话也是言听计从。但其实，这位道貌岸然的副主教实际上却是蛇蝎心肠，是一个不折不扣的虚伪、奸诈的好色之徒。“愚人节”那天，流浪的吉卜赛艺人在广场上表演歌舞，其中有个叫埃斯梅拉达的吉卜赛姑娘更是吸引了来往行人的目光，她长得美丽动人，舞姿也非常优美，令大家赞叹不已。这时，她的表演也引起了巴黎圣母院副主教克洛德的注意，他和其他人一样，也一下子对美丽的埃斯梅拉达着了迷，他内心燃烧着情欲之火，疯狂地爱上了她。一心想得到埃斯梅拉达的克洛德于是命令教堂敲钟人——相貌奇丑无比的卡西莫多去把埃斯梅拉达抢来。

一向十分信赖他的卡西莫多听从了他的差遣，一路跟随吉卜赛姑娘准备将她劫持。流浪诗人格兰瓜尔在街上看到埃斯梅拉达的表演，也被她的美貌所吸引，不知不觉跟着她进了小巷，正巧撞见前来绑架吉卜赛女郎的卡西莫多。格兰瓜尔上前阻止，却被强壮的卡西莫多打昏过去。卡西莫多抱起女孩准备回去交给副主教，宫廷弓箭队队长菲比斯闻声赶来，将埃斯梅拉达救下，并逮捕了卡西莫多。这一举动触发了少女的爱情，美丽的姑娘被这位外貌俊朗的年轻队长所打动，对他一见钟情，深深爱上了他。但其实埃斯梅拉达是被他的外表所骗了，菲比斯事实上是个无情无义、只知道到处寻欢作乐、十分轻浮和浅薄的家伙。

被打昏的格兰瓜尔这时慢慢醒来，恍恍惚惚地闯入了光怪陆离的乞丐王国——“奇迹王朝”。那里住满了被社会歧视的无赖汉和乞丐们。胆战心惊的格兰瓜尔被三个壮汉抓到了“王上”面前，长期受“正派市民”刻薄对待的乞丐们坚持要以同样的方式来报复，决定吊死擅自闯入的诗人。而他唯一可以脱险的机会就是与那里的某个女人结婚，以此成为乞丐王国的一员，倒霉的格兰瓜尔恳求了好几位女孩都没有成功。正在乞丐们准备行刑之际，埃斯梅拉达出现了，出于同情，为了救这个素未谋面的陌生人，善良的吉卜赛女孩自愿接受格兰瓜尔作为自己的丈夫，使他免于一死。

与此同时，可怜的卡西莫多则因绑架而遭到惩罚，代人受过，成为牺牲品。在一番闹剧般的审判之后，敲钟人被判处到广场中央受鞭笞之刑。行刑当日，他被绑在耻辱柱上，置于烈日下忍受鞭刑。疼痛难当、口渴难耐的卡西莫多大声喊着要喝水，围观的众人对他不但没有同情，反而都像看马戏表演一般不停地嘲笑他，一副幸灾乐祸的模样，还用石块、罐子砸他。他的养父，罪魁祸首弗洛罗经过之后也只当没看见，掉头就走。

心地善良的埃斯梅拉达却在此时出现了，她没像其他人一样责怪、嘲笑绑架自己的卡西莫多，反而不计前嫌，取来水喂他喝，埃斯梅拉达的做法令卡西莫多感动不已。敲钟人外貌丑陋，但内心纯洁高尚，他非常感激埃斯梅拉达，也深深地爱上了她。

天真的埃斯梅拉达对菲比斯一见钟情，便与他约会。二人约定见面的当天，副主教克洛德悄悄尾随，出于嫉妒、报复心理，克洛德用刀刺伤了菲比斯，受惊过度的埃斯梅拉达当即昏倒，克洛德立即逃跑，并将罪行嫁祸给可怜的女孩。于是，无辜的吉卜赛女孩因杀人罪而被逮捕，她还以为菲比斯已死，也陷入了无比痛苦中。接受审判的时候，埃斯梅拉达起先当然不肯承认罪名，但后来被屈打成招，她受不了“穿铁靴”的酷刑，承认了罪行，因此被法庭判处绞刑。当晚，案件的真凶——阴险的克洛德来到监狱，向可怜的埃斯梅拉达表达了自己的爱意，并以带她离开为条件，想逼埃斯梅拉达就范，但是被女孩断然拒绝。

埃斯梅拉达被押赴刑场时，看见曾对自己情意绵绵的菲比斯跟一个女子在路边冷眼旁观，一副事不关己的样子，沉重的打击使她几乎昏倒在地。此时，一直默默爱着她的钟楼怪人卡西莫多挺身而出，劫了法场，把埃斯梅拉达从绞刑架上救下，抱进了巴黎圣母院内藏了起来，并对她照顾有加。

阴险的克洛德对埃斯梅拉达仍不死心，他找到女孩房间的钥匙，半夜潜入屋子准备奸污埃斯梅拉达。紧急关头，女孩吹响了卡西莫多交给自己的哨子，敲钟人及时赶到，黑暗中将潜入者扔出屋去。月光下，他猛然发现这个企图侮辱埃斯梅拉达的男子竟是他一直敬重的克洛德副主教。恼羞成怒的克洛德气冲冲地离开，嫉妒之情在他心中越发强烈，他下定决心：如果自己得不到女孩就将她毁灭。法庭得知死刑犯被劫的消息后大为恼火，又受到教会的挑动，于是扬言一定要捉拿少女，派官兵到处搜捕。乞丐们闻讯后，都纷纷前来营救，决定冲进圣母院救出埃斯梅拉达，杀死卡西莫多。一心想要巩固王位的国王路易十一得知暴动的真正目的后，下了一道“把平民杀尽，把女巫绞死”的诏令，坚决镇压暴动，致使圣母院门前横尸遍地，周围变成了一片血海。无赖汉们围攻主教堂的时候，埃斯梅拉达正在睡觉，惊醒后看见面前站着两个黑衣人。一个是她的

“丈夫”格兰瓜尔，另一个则一直默不作声，带着他们来到滩边坐船离开。靠岸之后，格兰瓜尔带着女孩的山羊离开，而埃斯梅拉达则被陌生人拉着，一路狂奔，来到了广场中央的绞刑架前。陌生人掀起风帽，女孩这时才认出这正是屡次企图侵犯她的副主教克洛德。这位副主教对埃斯梅拉达进行最后威胁：要她在自己和绞刑架之间做选择。又一次被拒绝后，他把女孩交给一位隐修女看管，自己则去找禁卫军告密。年迈的隐修女无意间发现眼前这位漂亮的姑娘竟是自己寻找了15年的女儿。军队也在这时赶到，领队的正是菲比斯。百感交集的母亲奋力保护自己的女儿，在一阵混乱中，头撞石板而死，而无辜的姑娘最终也没能逃脱被绞死的厄运。

卡西莫多发现埃斯梅拉达不见了，焦急地四处寻找，他想起只有副主教克洛德有通到塔上的楼梯的钥匙，他又记起副主教那天黑夜对少女的偷袭，他记起了成千的细节详情，断定埃斯梅拉达被副主教劫持了。可是长期以来，他对于那牧师是这样崇敬，他对这人的感恩、崇拜和爱慕，已经深深印到心里，疑惑、失望、痛心，种种感情纠结在了一起。

正在此时，他发现了克洛德的身影，于是尾随他来到塔顶，亲眼看见埃斯梅拉达被绞死。伤心欲绝的卡西莫多明白了一切，他无比愤怒，从背后用力将这位虚伪、邪恶的副主教从圣母院的塔顶推了下去。大约两年之后，人们在埋葬死刑犯的地穴发现了两具骷髅。一具是一个女子的，另一具骨骼歪斜，以奇特的姿态抱着女尸骨。人们想把他从他所搂抱的那具骨骼分开来时，他霎时化作了尘土。

【作品简介】

《巴黎圣母院》是法国文学家维克多·雨果创作的长篇小说，1831年1月14日首次出版。《巴黎圣母院》以离奇和对比手法写了一个发生在15世纪法国的故事：巴黎圣母院副主教克洛德道貌岸然、蛇蝎心肠，先爱后恨，迫害吉卜赛女郎埃斯梅拉达。面目丑陋、心地善良的敲钟人卡西莫多为救女郎舍身。小说揭露了宗教的虚伪，宣告禁欲主义的破产，歌颂了下层劳动人民的善良、友爱、舍己为人的精神，反映了雨果的人道主义思想。该小说曾多次被改编成电影、电视剧及音乐剧。

1842年，“愚人节”那天，流浪的吉卜赛艺人在巴黎圣母院前面广场上表演歌舞，有个叫埃斯梅拉达的姑娘非常引人注目，她长得美丽动人舞姿也非常优美。巴黎圣母院的副主教弗罗洛躲在玻璃窗后面偷看埃斯梅拉达跳舞，他疯狂地爱上了她，便命令敲钟人——相貌奇丑无比的卡西莫多把埃斯梅拉达抢来。结果被法国国王的弓箭队长菲比斯所救，抓住了卡西莫多，把他带到广场上鞭笞，善良的吉卜赛姑娘不计前仇，反而送水给卡西莫多喝。敲钟人虽然外貌丑陋，内心却纯洁高尚，他非常感激埃斯梅拉达，也爱上了她。但埃斯梅拉达对菲比斯一见钟情，两人约会时，弗罗洛悄悄跟随，出于嫉妒，他用刀刺伤了菲比斯，然后逃跑了，埃斯梅拉达却因谋杀罪被判死刑。卡西莫多把埃斯梅拉达从绞刑架下抢了出来，藏在巴黎圣母院内，弗罗洛趁机威胁吉卜赛姑娘，让她满足他的情欲，遭到拒绝后，把她交给了国王的军队，无辜的姑娘被绞死了。卡西莫多愤怒地把弗罗洛推下教堂摔死，他自己也拥抱着埃斯梅拉达的尸体死去了。

【创作背景】

在法国，被资产阶级革命政权推翻的波旁王朝，在国外封建势力的支持下，于1815年复辟。直到1830年，法国爆发了“七月革命”，结束了波旁复辟王朝的封建统治。在复辟王朝统治下，法国宫廷和教会狼狈为奸，欺压人民。当时的巴黎，宗教势力邪恶黑暗，封建等级制度十分残酷，封建主义压抑下的人性扭曲堕落。社会各阶层，特别是下层人民，处于令人深切同情的境地。饱受压迫的人民群众奋起反抗，与两股势力展开英勇的斗争，最终取得胜利。

雨果感受到了封建统治的黑暗与残忍，创作出《巴黎圣母院》，借15世纪的巴黎社会反映现实生活。《巴黎圣母院》标题所指正是故事的发生地——巴黎圣母院。1829年维克多·雨果着手创作《巴黎圣母院》，也是为了让当时的人们了解这座哥特式建筑的价值。

【思想主题】

《巴黎圣母院》是善良的无辜者在专制制度下遭到摧残和迫害的悲剧。

女主人公埃斯梅拉达是一个善良纯洁的少女，她富有同情心，敢于舍己救人。她是巴黎流浪人和乞丐的宠儿，但自食其力、清白无瑕。

雨果把这样一个鲜亮的形象放在中世纪阴森黑暗的背景上，描写那个专制主义统治着的、教会势力极为猖獗的社会如何像一个巨大的罗网威逼她、迫害她，以令人恐怖的手段把她置于死地。以波希米亚少女为迫害对象的宗教狂热，教会人物为满足卑鄙的兽欲而施展的恶毒阴谋，专制国家机器的野蛮与残暴，所有这些都被雨果以浪漫主义的笔法描写得像噩梦一样可怕。作者通过这样的描写表现了封建专制主义社会的黑暗，突出了作品的反封建的主题。

【写作特色】

《巴黎圣母院》是法国作家维克多·雨果第一部大型浪漫主义小说。丰富的想象、怪诞的情节、奇特的结构成为这部小说的重要特色。小说艺术地再现了15世纪法王路易十一统治时期的真实历史，宫廷与教会如何狼狈为奸压迫人民群众，人民群众怎样同两股势力英勇斗争。小说中的反叛者吉卜赛女郎埃斯梅拉达和面容丑陋的残疾人卡西莫多是作为真正的美的化身展现在读者面前的，而人们在副主教弗罗洛和贵族军人菲比斯身上看到的则是残酷、空虚的心灵和罪恶的情欲。作者将可歌可泣的故事和生动丰富的戏剧性场面有机地连缀起来，使这部小说具有很强的可读性。

作者充分运用自己在《〈克伦威尔〉序》中提出的浪漫主义的美丑对照手法，把善与恶、美与丑、崇高与卑下对照起来描写，并在环境、事件、情节的安排以及人物形象的塑造上，夸张地突出某些特性，造成强烈的对照。卡西莫多外貌丑陋，身体畸形，五官失灵，但心地善良，行动勇敢，心灵高尚，与外表道貌岸然，内心卑鄙龌龊的副主教克洛德恰巧形成鲜明的对照。

【主要人物及其事件】

卡西莫多：卡西莫多是当时社会穷苦大众的典型代表。卡莫西多从小被父母遗弃在巴黎圣母院门口，他是一个有着“几何形的脸、四面体的鼻子、马蹄形的嘴、参差不齐的牙齿、独眼、耳聋、驼背、难听而忠厚的声音”的畸形儿，作者通过夸张的外貌塑造凸显出他的性格特点。卡莫西多的人物形象有一个明显的变化：第一阶段，他被克洛德收养，每天负责敲钟，为报恩，他对克洛德言听计从，包括去绑架埃斯梅拉达；第二阶段，在遇到埃斯梅拉达之后，他真诚善良、忠实勇敢的本性被复活了，奋不顾身地去救处于危险中的埃斯梅拉达，并且不图任何回报，与克洛德、菲比斯的人物形象形成了鲜明的对比。

埃斯梅拉达：埃斯梅拉达是雨果笔下集真、善、美于一体的完美的艺术形象。她在小时候被吉卜赛人从妓女母亲的呵护下偷走，流浪街头以卖艺为生，虽然饱尝人世的艰辛与苦难，但是却始终保持着一颗善良纯真、乐于助人的心。埃斯梅拉达美丽善良，当乞丐国王要绞死格兰瓜尔时，她承诺要与格兰瓜尔结婚救下了他的命；当卡莫西多接受刑罚口渴难耐时，只有她站出来以德报怨为他送水。她又是勇敢执着的，当克洛德威胁她，只要接受他的爱就能够获得自由时，她斩钉截铁地拒绝了；当菲比斯不顾她的安危死活时，却依然痴心执着地爱着他。作者在埃斯梅拉达的身上寄托了理想和希望，但是宗教贵族和黑暗势力是不可能允许美好事物的存在的。

克洛德·弗洛罗：克洛德收养丑陋的卡西莫多、照顾年少的弟弟，能够看出他是有些许善良的。在成为巴黎圣母院的副主教遇到美丽的埃斯梅拉达后，克洛德真实的人性开始表现出来，内心强烈的占有欲迫使他去跟踪、绑架、强抢埃斯梅拉达，这并不是真正意义上的爱情，只是人性中的贪婪和欲望而已。他对埃斯梅拉达的占有欲已经超越了教会思想的束缚，不顾任何人的想法采用极端的做法只能造成悲剧的结局。雨果用克洛德的形象代表了一部分贵族阶级的形象，表面上维护正义、保护弱小，实则道貌岸然、自私自利，揭示了贵族阶级的黑暗和罪恶。

菲比斯：菲比斯是典型的无情无义、冷酷丑恶之人的形象。他是一个外表英俊潇洒、看似美好的皇家卫队队长，深受女孩子的欢迎和喜爱，但是内在却是一个口蜜腹剑、风流成性的伪君子。一方面，菲比斯并不爱他的表妹，却因为表妹的丰厚嫁妆和贵族地位，而同意和表妹结婚，这是一个将金钱、地位摆在第一位的人；另一方面，他虚伪地爱着埃斯梅拉达，因其美丽的外表才一时兴起去追求。单纯的埃斯梅拉达却死心塌地爱上了这个男子，当克洛德因嫉妒袭击菲比斯时，他侥幸逃脱一劫，埃斯梅拉达却冤死在了绞刑架上。作家雨果正是通过刻画菲比斯的外貌更衬托出了人物心灵的丑恶和肮脏，外表与内心形成了强烈而鲜明的对比。

【名家点评】

悲剧是将最有价值的东西毁灭给人看。

——鲁迅

【作品影响】

《巴黎圣母院》的文学价值以及社会意义，影响深远。这部小说，打破了以往古典主义的桎梏，是浪漫主义作品中一座里程碑。《巴黎圣母院》面世之后，曾多次改编为电影、动画片、戏剧等。

【常考知识点】

1.《巴黎圣母院》是法国作家维克多·雨果的作品。

2.《巴黎圣母院》中作者把（A）这个人物塑造成美与善的化身，让她心灵的美与外在的美完全统一。

A.埃斯梅拉达　　B.百合花

3.这本书以1842年的“愚人节”起篇。

4.《巴黎圣母院》中经常在广场上跳舞的吉卜赛姑娘名叫埃斯梅拉达。

5.《巴黎圣母院》中公爵小姐叫她的表哥请广场上正在跳舞的埃斯梅拉达到房子里来，趁埃斯梅拉达忙时，百合花小姐将山羊引到一旁，想知道埃斯梅拉达所说的秘密，看山羊拼写“菲比斯”生气不已而晕倒。

6.《巴黎圣母院》中最丑陋的敲钟人名叫卡西莫多，他也是这部小说的主人公。

7.《巴黎圣母院》讲述的是五百多年前（A）法王统治时期的历史。

A.路易十一　　B.路易十三

《三个火枪手》

亚历山大·仲马

名著导读

【主要故事情节】

《三个火枪手》是以法国国王路易十三和手握重兵、权倾朝野的首相黎塞留红衣主教的矛盾为背景，穿插群臣派系的明争暗斗，围绕宫廷里的秘史轶闻，展开了极饶趣味的故事。

书中的主人公少年勇士达达尼昂怀揣其父留给他的十五个埃居，骑一匹长毛瘦马，告别家乡及亲人，远赴巴黎，希望在同乡特雷维尔为队长的国王火枪队里当一名火枪手。在队长府上，他遇上阿托斯、波托斯和阿拉米斯三个火枪手，通过欧洲骑士风行的决斗，四人结成生死与共的知己。

其实，国王路易十三、王后安娜·奥地利以及首相黎塞留三分国权，彼此有隙。国王对达达尼昂几次打败首相部下暗自褒奖，而首相却怀恨在心。恰逢安娜·奥地利王后的旧时情人英国白金汉公爵对她情丝未断，王后便以金刚钻坠相赠以表怀念。主教遂利用契机构陷，向国王屡进谗言，要国王派人组织宫廷舞会，让王后配戴国王送给她的那条金刚钻坠以正虚实。王后眼见舞会日期逼近，惶然无计，幸得心腹侍女波那瑟献计设法，请达达尼昂帮忙相助。达达尼昂对波那瑟一见钟情，相见恨晚，便不顾个人安危，满口答应，在三个朋友的全力支持下，四人分头赴英。经过一路曲折离奇的磨难，唯有达达尼昂如期抵达，向白金汉说明原委，及时索回金刚钻坠，解救了王后的燃眉之急，粉碎了红衣主教的阴谋诡计。红衣主教黎塞留对安娜·奥地利也早已有意，但一直未获王后垂青。于是他妒火中烧，移恨于情敌白金汉公爵，利用新旧教徒的矛盾引发英法战争，妄图除掉白金汉以解心头之恨。为达此目的，他网罗一批心腹党羽，其中最得力的亲信便是佳丽米拉迪。此女天生丽质，艳若桃李，但却两面三刀、口蜜腹剑、心狠手辣、毒如蛇蝎。达达尼昂为其美貌所动，巧构计谋，潜入内室，诱她失身。就在云雨交欢之中，达达尼昂偶然发现米拉迪肩烙一朵百合花，那是当时欧洲女子犯罪的耻辱行迹。隐藏数年的这个机密的暴露，使她对达达尼昂恨之入骨，不共戴天，几次设陷阱暗害，但均未成功。

在以围困拉罗舍尔城为战事焦点的英法对垒中，黎塞留和白金汉各为两国披挂上阵的主帅。黎塞留暗派米拉迪赴英卧底，趁机行刺白金汉，米拉迪提出以杀死达达尼昂为交换条件。她一踏上英国的土地，即被预先得到达达尼昂通知的温特勋爵抓获，遂遭其软禁。囚禁中，她极尽卖弄风骚和花言巧语之能事，诱惑了温特勋爵的心腹看守费尔顿，后者自告奋勇救米拉迪出狱，并侥幸刺死了白金汉。米拉迪在归去途中，巧进修道院，找到了受王后派人庇护的达达尼昂的情妇波那瑟，将她毒死。

达达尼昂、阿托斯、波托斯、阿拉米斯四位朋友昼夜兼程，苦苦追踪，伙同温特勋爵和一名刽子手，终于在利斯河畔抓到企图潜逃比利时的米拉迪。六位仇人齐讨共诛，揭开了米拉迪的老底：原来她早已遁入空门，但她不甘青春寂寞，诱惑了一个小教士与其同居，因败坏教门清规，教士身陷囹圄，她也被刽子手——小教士的胞兄烙下了一朵百合花。教士越狱逃跑，携米拉迪私奔他乡，刽子手因受株连入狱，替弟顶罪。在异乡，米拉迪嫌贫爱富，又抛弃了小教士，和当地一位少年拉费尔伯爵结婚，弄得后者倾家荡产又弃他而去。拉费尔伯爵恨之切切，便化名阿托斯投军，进了国王火枪队，以慰失恋受骗之苦。米拉迪逃到英国，骗取温特勋爵伯兄之爱成婚，并生有一子。但为了独占丈夫及兄弟之遗产，她又谋害了第二个丈夫。她罪恶累累，天怒人怨，当即在利斯河畔被杀正法。至此，达达尼昂、阿托斯、波托斯、阿拉米斯、温特勋爵和刽子手各自都报仇雪恨，了却夙愿。黎塞留得知心腹米拉迪遇害一事中达达尼昂是主谋，便命亲信罗什福尔将他捉拿。达达尼昂不卑不亢，坦言相陈，明示原委。黎塞留见他视死如归，义勇无双，少年有为，深为感动，非但不加罪行诛，反而擢升其为火枪队副官。

阿托斯、波托斯、阿拉米斯三人或归乡里，或娶孀妇，或皈教门，萍飘絮飞。

亚历山大·仲马

【作者简介】

亚历山大·仲马（1802年7月24日—1870年12月5日），人称大仲马，法国19世纪浪漫主义作家。大仲马各种著作达300卷之多，以小说和剧作为主。代表作有：《亨利第三及其宫廷》（剧本）、《基督山伯爵》（长篇小说）、《三个火枪手》（长篇小说）等。大仲马信守共和政见，反对君主专政。先后参加了1830年“七月革命”、1848年推翻七月王朝革命、加里波第对那不勒斯王国的征战等活动。2002年，大仲马去世132年后遗骸移入了法国先贤祠。大仲马小说大都以真实的历史作背景，情节曲折生动，往往出人意料，有历史惊险小说之称。结构清晰明朗，语言生动有力，对话灵活机智等构成了大仲马小说的特色。大仲马也因而被后人美誉为“通俗小说之王”。

【作品简介】

《三个火枪手》，又译《三剑客》《侠隐记》，是法国19世纪浪漫主义作家大仲马的代表作之一。该书曾五次被翻拍成电影作品。故事主角为达达尼昂，三个火枪手分别是阿托斯、波托斯和阿拉米斯。这部历史小说以法兰西国王路易十三和权倾朝野的红衣主教黎塞留掌权这一时期的历史事实为背景，描写三个火枪手阿托斯、波托斯、阿拉米斯和他们的朋友达达尼昂如何忠于国王，与黎塞留斗争，从而反映出统治阶级内部钩心斗角的种种情况。小说起止时间是1624年—1628年。

故事内容是没落贵族出身的达达尼昂到巴黎投军，加入国王路易十三的火枪手卫队，和其他三个火枪手成为好朋友。他们为了保护王后西班牙公主安娜·奥地利的名誉，抗击红衣主教黎塞留，击败黎塞留设置的重重障碍，前往英国，从白金汉公爵那里取回王后的钻石，挫败了黎塞留挑拨国王和王后的阴谋。

【创作背景】

为了写《路易十四史》，大仲马在皇家图书馆搜寻资料，意外地看到了一本《达尔大尼央先生回忆录》，像那个时期的大部分作品一样，这本书是在阿姆斯特丹的红石书店出版的，因为那个时期的作者既要坚持讲真话，而又不想去巴士底狱或长或短地蹲上一段时间。达尔大尼央叙述他初次拜访国王的火枪队队长德·特雷维尔先生时，在候见厅里遇到了三个年轻人，他们当时正在他请求得到录用的这个著名的部队里效力，名字叫阿托斯、波托斯和阿拉米斯。这三个外国名字引起了大仲马的注意，不过是些化名，是达尔大尼央用它们来隐瞒一些也许非常显赫的人名，要不然就是用这些名字的人自己在由于一时任性，由于心怀不满，或者由于缺少钱财而穿上普通的火枪手制服的那一天挑选的。

直到有一天，作者在当代作品中找到了与这些曾经引起好奇心的、离奇的人名有关的记载：《德·拉费尔伯爵先生回忆录——有关路易十三国王统治末期到路易十四国王统治初期的这段时间在法国发生的几件大事》，这部手写本是大仲马的最后希望，在翻阅中在第二十页发现了阿托斯这个名字，在第二十七页发现了波托斯这个名字，在第三十一页发现了阿拉米斯这个名字。大仲马有句名言：“历史是什么？是我用来挂小说的钉子。”《三个火枪手》正是挂在1625年到1628年这段法国历史的钉子上的一部优秀小说。当时，以天主教为主的法国开始了宗教改革，由此，新教势力日益强大，并占据了不少城市，形成国中有国的局面。为了法国的统一和政权的巩固，1625年，红衣主教亲自指挥军队攻下了新教的最后一个堡垒——拉罗舍尔城，从此剥夺了新教的政治特权。这段历史是当时法国重大的政治事件，本书以它为背景，却不拘泥于历史，把历史中出现的事件和人物加以升华，演化成了一部波澜壮阔、激动人心的文学巨著。这也是大仲马一贯的写作风格，他热爱历史，却不拘泥于历史。大仲马于1844年写就《三个火枪手》，并于当年的3月至7月间在巴黎《世纪》报上连载。

【思想主题】

这部小说是世界文学史上歌颂男性之间友谊为数不多的作品之一。阿托斯、波托斯、阿拉米斯和达达尼昂是忠诚的朋友，他们意气相投，合作默契，相互之间可以为对方付出生命。“人人为我，我为人人”是他们的箴言。他们是友谊、青春、胆略的象征。在刀光剑影中，大仲马的火枪手传奇演绎着善良与邪恶，忠诚与背叛的永恒主题。

【写作特色】

第一，情节波澜起伏。小说通过若干个故事描写红衣主教与王后间的争斗。比如，王后心腹博纳希厄太太被红衣主教手下绑架，达达尼昂将她救出；红衣主教得知王后将钻石坠子送给白金汉公爵，便唆使国王让王后戴上坠子参加舞会。四个火枪手为她出生入死，克服重重困难，取回修复的钻石坠子，让她能安然地出现在舞会上，保住了名誉……这部小说情节引人入胜，细节上考虑十分周到。

第二，人物形象鲜明，个性突出。一般的通俗小说家不注重人物形象的刻画，只重视故事情节的跌宕曲折。大仲马高明的地方就在于他注重人物性格的塑造。小说《三个火枪手》塑造了一系列丰满的人物形象。达达尼昂勇敢、热情、珍视友谊，但无明确效忠王朝的政治信念，也爱占便宜，逢场作戏。阿托斯早年上过米拉迪的当，老练周到，冷静沉着。波托斯头脑简单，鲁莽，感情外露。阿拉米斯有些书呆子气，安静稳重，喜欢探讨神学问题。此外，红衣主教老奸巨猾；米拉迪妖艳动人，蛇蝎心肠；博纳希厄太太纯真善良，她丈夫却愚昧可笑；就连火枪手们的跟班也性格迥异。大仲马将自己的活力和幽默移植到小说人物身上，使之活生生跃然于纸上。人物塑造的成功，使小说深入人心。

第三，热衷于从历史资料中寻找写作题材，根据需要，将这些历史进行重新剪裁，根据剧情需要合理安排。小说以法国国王路易十三和手握重兵、权倾朝野的首相黎塞留红衣主教的矛盾为背景，穿插群臣派系的明争暗斗，围绕宫廷里的秘史轶闻，展开了极富趣味的故事。作品从不同角度或多或少地反映了当时的社会现象，揭露了统治阶级人物之间的伪善关系。

【主要人物及其事件】

达达尼昂：路易十三的第一任警卫军队长和火枪手副队长，后被提拔为法国大元帅等。在《三个火枪手》的第三部《布拉热洛纳子爵》的结尾，在提升为法兰西元帅的时候被城里的最后一炮炸伤身亡。

米拉迪：也作“米莱狄”，小说中最大的女反派，外表美丽动人、风情万种、花言巧语，为人心狠手辣、毒如蛇蝎。执行红衣主教大部分阴谋，最后被刽子手砍头。

红衣主教：黎塞留，权倾朝野的法国宰相，国王路易十三表面上所倚重的重臣，设计陷害王后有私情，挑拨王后和国王的关系，借机削弱国王权威，以图独揽大权。

阿托斯：火枪手，达达尼昂好友之一，隐姓埋名加入火枪队的贵族德·拉费尔伯爵，为人深沉。在《布拉热洛纳子爵》中因私生子布拉热洛纳子爵的死亡而悲伤憔悴致死。

波托斯：火枪手，原名杜·瓦隆，达达尼昂好友之一，快人快语，胸无城府。在《布拉热洛纳子爵》中为掩护阿拉米斯而被巨石压死。

阿拉米斯：火枪手，原名勒内·德埃尔布莱，达达尼昂好友之一，表面上一心要做教士，实际上跟他的情人尘缘未了。在《布拉热洛纳子爵》里在波尔托斯的掩护下逃到西班牙成为公爵，是几个火枪手中唯一一个善终的人。

【名家点评】

大仲马吸引人，能迷住人，使人兴趣盎然，喜不自禁，获得教益。他的作品包罗万象，形形色色，生动活泼，动人心魄，富有魅力，从中产生法国特有的那种光芒。

——[法国]维克多·雨果

【作品影响】

《三个火枪手》的主要文学成就在于它塑造了一系列血肉丰满的人物形象。达达尼昂的机智勇敢、重朋友之情，阿托斯的处事老练、疾恶如仇，波托斯的粗鲁莽撞、爱慕虚荣，阿拉米斯的举止文雅、灵活善变，米拉迪的年轻美貌、心狠手辣，红衣主教的深不可测、阴险奸诈，博纳希厄太太的纯真善良以及她丈夫的愚昧可笑的性格都活生生地跃然于纸上，表现得恰到好处，淋漓尽致，具有很高的审美价值。向人们展示了当时法国社会的宏伟画卷。

【作者小趣闻】

幽默而又机智的大仲马

有天晚上，法国著名文学家大仲马同另一位作家一起到剧院去观看由这位朋友所创作的悲剧。在这个过程中，大仲马看到观众席上有很多人都昏昏欲睡，就半开玩笑地对他的朋友说："难道这就是你所创作的悲剧能够带给观众的唯一的感动方式吗？"

第二天剧院里上演由大仲马创作的《基督山恩仇记》时，他们又一起前往观看。当朋友也在剧院里发现了一个正在呼呼大睡的观众的时候，就立刻指着那个人问大仲马说："看来你的剧作也很有威力嘛，要不人家怎么能够睡得这么香甜呢？"大仲马知道这是他在报复自己昨天对他开的那个玩笑，就很快想到了一个回答问题的办法。而听了大仲马的回答后，他的那位朋友就立刻哑口无言了。

那么，大仲马又是如何回答他朋友的问题的呢？

大仲马不紧不慢地回答说："你没看出来吗？其实这个人就是昨天看你的悲剧时睡着的人中的一个呀？只不过，直到现在，他还没睡醒呢！"

【常考知识点】

1.《三个火枪手》的作者是法国作家大仲马。

2.《三个火枪手》共有66章。

3.小说《三个火枪手》创作背景是什么？

大仲马有句名言："历史是什么？是我用来挂小说的钉子。"《三个火枪手》正是挂在1625年到1628年这段法国历史的钉子上的一部优秀小说。

当时，以天主教为主的法国开始了宗教改革，由此，新教势力日益强大，并占据了不少城市，形成国中有国的局面。为了法国的统一和政权的巩固，1625年，红衣主教亲自指挥军队攻下了新教的最后一个堡垒——拉罗舍尔城，从此剥夺了新教的政治特权。这段历史是当时法国重大的政治事件，小说以它为背景，自然会引起读者的极大兴趣。但是，作者却不拘泥于历史，而是把历史中出现的事件和人物加以升华，演化成了一部波澜壮阔、激动人心的文学巨著。

4.《三个火枪手》是一部历史小说。

5.《三个火枪手》中三个火枪手的名字分别是波托斯、阿拉米斯、阿托斯。

6.判断下列各题是否正确。（正确的打“√”，错误的打“×”）

（1）波那瑟太太是王后的贴身侍女，也是王后与白金汉公爵秘密约会的联系人。（√）

（2）为了维护国王和王后的利益，达达尼昂和三个火枪手经历了种种冒险活动。（√）

（3）《三个火枪手》说的是包括达达尼昂在内的三个火枪手。（×）

《基督山伯爵》

亚历山大·仲马

名著导读

【主要故事情节】

1815年2月底，法老号远洋货船的年轻代理船长爱德蒙·唐泰斯回到马赛港，老船长勒克莱尔病死在途中，他曾托唐泰斯把船开到一个小岛上去见囚禁中的拿破仑，拿破仑委托唐泰斯捎一封密信给他在巴黎的亲信。唐泰斯这次回国可以说是春风得意：他已经准备好要和相爱多年的女友梅尔塞苔丝结婚，然后一同前往巴黎。但他万万没有想到，一场厄运正等待着他。在货船上当押运员的唐格拉尔一心要取代唐泰斯的船长地位，唐泰斯的情敌费尔南也对他又嫉又恨。结果两个人勾结到一起，费尔南把唐泰斯的一张告密条送到了当局的手中。5月，正当唐泰斯举行婚礼之际，他被逮捕了。审理这个案子的是代理检察官维尔福，他发现密信的收信人就是自己的父亲诺瓦蒂埃·德·维尔福，为了确保自己的前途，他宣判唐泰斯为极度危险的政治犯，并将其打入孤岛上的伊夫堡监狱。唐泰斯在死牢里度过了14年的时光，开始的时候他坚信自己的清白，总以为检察官有一天会出现在他面前，宣布他无罪。然而随着时间的推移，他失望了，甚至有过自杀的念头，但他对未婚妻的思念支撑着他活下去。有一天，他突然听见有人在近旁挖掘的声音，原来是隔壁牢房的法利亚神父在挖地道，因为神父的计算错误，地道的出口开在了唐泰斯的牢房。两人相遇后，老神父帮助他分析了他的遭遇，唐泰斯开始意识到陷害自己的人是谁了。在神父的教授下，唐泰斯还学会了好几种语言，并得知了一个秘密：在一个叫作基督山的小岛上埋藏着一笔巨大的财富。有一天，法利亚神父因蜡屈症发作去世了，唐泰斯钻入准备运送神父死尸的麻袋中，狱卒并没有察觉，将他当作尸体扔进了大海。唐泰斯用小刀划破麻袋，游到了附近的一个小岛上。次日，一只走私船救了他，他很快和船员们成了朋友。他利用四处游荡的机会，在基督山岛发现了宝藏：一个大柜分隔成3个部分，分别装着古金币、金块以及钻石、珍珠和宝石。唐泰斯一下就成了一个亿万富翁，他的目标只有一个，那就是复仇。为此，他要回到社会里去重新获得地位、势力和威望，而在这个世界上只有钱才能使人获得这一切，钱是支配人类最有效和最伟大的力量。此时的唐泰斯已经是一个新人了：有渊博的知识、高雅的仪态和无数的财富，深谋远虑，内心充满了仇恨。通过多方打探，他核实了唐格拉尔、费尔南和维尔福陷害自己的实情，并得知自己的未婚妻梅尔塞苔丝已经同费尔南结了婚，而自己的老父亲在病中抑郁而死，他的仇恨之火越燃越旺，但他还要为复仇做许多准备工作！8年之后，唐泰斯回到了巴黎，他化名为基督山伯爵，身份是银行家。此时，维尔福是巴黎法院检察官，唐格拉尔成了银行家，费尔南成了莫尔塞夫伯爵，三人都飞黄腾达，地位显赫。在复仇之前，唐泰斯决定先要报恩。法老号的船主是一个忠厚、勇敢而且热情的人，他曾在唐泰斯落难时为他四处奔波，还帮他照顾年迈的父亲。后来莫雷尔先生破产了，绝望当中，他准备自杀。唐泰斯知道之后，替他还清了债务，送给他女儿一笔优厚的嫁妆，还送给他一艘新的法老号。在报答了曾在他危难之际给过他无私帮助的人之后，唐泰斯开始一步步准备自己的复仇计划了。基督山伯爵的目标首先是费尔南。费尔南为了谋取一切之私利可以说是坏事做尽，此时他更名换姓，过着养尊处优的生活。基督山伯爵早就摸清了他的底细，伯爵借他人之手在报纸上披露了费尔南20年代在希腊出卖和杀害了阿里总督的事实，引起了议员们的质询。在听证会上，基督山伯爵收养的阿里总督的女儿海黛出席做证，揭发了费尔南在与土耳其人的无耻的交易的中，不但把城堡拱手相让，而且把他的恩主杀害，并把恩主的妻子、女儿作为一部分战利品，卖得40万法郎的罪行。审查委员会断定费尔南犯了叛逆罪和暴行迫害罪，这使得费尔南名誉扫地，狼狈不堪。费尔南本来寄希望于儿子阿尔贝，希望他能够同基督山伯爵决斗，以此雪“耻”，但他的妻子（唐泰斯的未婚妻梅尔塞苔丝）早就认出了基督山伯爵就是唐泰斯，她把真相告诉了阿尔贝，最后阿尔贝不顾自己的名声，与基督山伯爵讲和，并决定同母亲一起抛弃沾满了鲜血的家产，不辞而别。无奈之下，费尔南只有自己去找基督山伯爵决斗。最后，基督山伯爵说出了自己的真实身份。费尔南失魂落魄地回到家里，正遇上自己的妻子和儿子离家出走，一个去乡下隐居，一个去投军，极度害怕与绝望使得他开枪自杀了。

基督山伯爵的第二个仇人就是唐格拉尔。唐格拉尔在法军入侵西班牙时靠供应军需品发了横财，他的银行可以支配几百万法郎的资产。基督山伯爵为了取得唐格拉尔的信任，拿出欧洲大银行家的三封信。在唐格拉尔那里开了三个可以“无限透支”的账户，慑服了唐格拉尔。之后他又收买了电报局的雇员，发了一份虚报军情的电报，诱使唐格拉尔出售债券，折损了一笔巨款。基督山伯爵于是将一个逃犯——维尔福和唐格拉尔夫人的私生子安德烈亚·卡瓦尔坎蒂打扮成意大利亲王的儿子，并介绍给唐格拉尔。为了避免银行的倒闭，唐格拉尔将女儿欧仁妮嫁给了“亲王之子”。在婚礼上，宪兵逮捕了这个逃犯，让唐格拉尔出了大丑。在无奈之下，唐格拉尔窃取了济贫机构的500万法郎逃往意大利。途中，他落在了基督山伯爵的强盗朋友路易吉·万帕的手上，他们先把他饿得半死，然后以10万法郎的高价向他出售一顿饭，直到把他的500万法郎全部都榨光。唐格拉尔被迫为自己所犯的罪行忏悔，而此时基督山伯爵出现了，向他公开了身份，唐格拉尔听后大叫一声，倒在地上缩成一团，随后，基督山伯爵给了他5万法郎让他自谋生路。唐格拉尔饱受折磨和惊吓，他的头发全白了。

基督山伯爵最大的仇人是维尔福，他决定用更残忍的手段摧毁维尔福的一切。他先买下了维尔福以前的一所处所，在这里维尔福曾企图残忍地活埋自己和唐格拉尔夫人的私生子（安德烈亚·卡瓦尔坎蒂）。然后他巧妙地将二人引到这里，并点出了两人当年的丑事。结果唐格拉尔夫人当场晕倒，维尔福也不得不靠在墙上喘息。经过一番较量之后，维尔福开始对基督山伯爵的身份产生了怀疑。他找到基督山伯爵的两个密友询问，但这两个密友都是基督山伯爵一个人扮演的，他自然一无所获。此时，基督山伯爵注意到了维尔福家庭内部的一个破绽：维尔福的后妻企图让自己的孩子独自继承遗产。于是他假装无意之中透露给了她一个毒药配方，后妻利用这种毒药毒死了维尔福的前岳母、老仆人，并阴谋毒死前妻的孩子瓦朗蒂娜。由于曾经的因缘关系（瓦朗蒂娜与基督山伯爵的恩人之子马西米兰相爱），基督山伯爵对瓦朗蒂娜暗中保护，并让她暗中观察到了继母下毒的过程。最后，基督山伯爵将这个孩子送到了基督山岛上。维尔福发现自己的妻子下毒杀人，对自己妻子一番恶语后审理了险些成了唐格拉尔女婿的逃犯，安德烈亚·卡瓦尔坎蒂的杀人案。在基督山伯爵的授意下，逃犯当众说出了自己的身世。当他仓皇地回到家里，发现自己妻子因为后悔下毒而与儿子一起服毒自杀了。在巨大的打击之下，维尔福疯了。基督山伯爵大仇已报，他深深地感谢上帝。在他看来，他所做的一切都是秉承上帝的旨意，假基督之手在人间扬善惩恶。于是，他同海黛远走高飞了。

【作品简介】

《基督山伯爵》是通俗历史小说，法国著名作家大仲马（1802—1870）的代表作。故事讲述19世纪法国皇帝拿破仑“百日王朝”时期，法老号大副爱德蒙·唐泰斯受船长委托，为拿破仑党人送了一封信，遭到两个卑鄙小人和法官的陷害，被打入黑牢。狱友法利亚神父向他传授各种知识，并在临终前把埋于基督山岛上的一批宝藏的秘密告诉了他。唐泰斯越狱后找到了宝藏，成为巨富，从此化名基督山伯爵（水手辛巴德、布索尼神父、威尔莫勋爵），经过精心策划，报答了恩人，惩罚了仇人。充满传奇色彩，奇特新颖，引人入胜。

【创作背景】

1842年大仲马在地中海游历时，对基督山岛产生了兴趣，打算以它为主题写一部小说。他在1838年出版的《关于路易十四以来巴黎警察局档案的回忆录》中，发现了一个《复仇的金刚钻》的故事，其内容是巴黎一个制鞋工人将要结婚时，被一个嫉妒他的朋友诬告而入狱七年，出狱后得到一个米兰教士的照顾，并在教士死后获得了一个秘密宝藏，然后他化装回到巴黎复仇，最后自己也被人杀死。

大仲马仔细研究了这份资料，与人一起制订了写作计划，于1844年8月28日开始在法国巴黎的《议论报》上连载，到1846年1月25日结束，共136期。

【思想主题】

《基督山伯爵》的浪漫主义特色体现在人物的理想化上。尤其是对复仇阶段的爱德蒙的塑造，显示出了作者自己呼风唤雨，支配一切的梦想精心策划，心计重重，一步一步将自己的仇人逼向绝境。所有的人都成了他操作之下的玩偶。基督山伯爵简直成了上帝的化身。

复仇是古典文学作品中常见的主题之一。复仇主题的意义何在，如果不是孤立地描写个人的复仇行动，而是把人物的复仇放到一定的社会背景中去描写，放到复杂的阶级斗争和社会矛盾中去表现，那么就能揭露社会生活的某些本质方面，使作品具有某种社会意义。

基督山伯爵复仇的手段是诉之于金钱的威力。本来资本主义世界就是金钱的世界，人与人之间的关系是赤裸裸的金钱关系。正确地描写金钱的作用，会给作品带来一定的价值，正像批判现实主义大师巴尔扎克在《高老头》《欧也妮·葛朗台》中所反映的那样，大仲马虽然在小说中也生动地刻画了卡德罗斯、维尔福夫人等谋财害命的场面，但从整个小说的基本倾向来说，对金钱的关系不是揭露批判，而是赞赏歌颂，从而宣扬了有钱就能主宰一切，支配一切的思想。

【写作特色】

《基督山伯爵》这部百万字的巨著不仅显示了大仲马卓越的小说技巧，还寄寓了自己鲜明的爱憎，这就是政治上讨厌专制，在道德上主张惩恶扬善。大仲马的父亲老仲马曾是拿破仑的将军，大仲马体格健壮，精力充沛，为人豪爽，勇敢刚强，基本秉持一种英雄主义的历史观点。所以小说中的主人公多是一些高于一般人的英雄人物，他们的经历不同寻常，生活充满奇遇，意志坚强，毅力非凡，没有什么复杂的心理活动，善于在危险的境况中以胜利者的姿态出现。爱德蒙·唐泰斯就是这样一个“完美化”的人物形象。

法国浪漫主义文学强调创作绝

对自由，要求文学描绘突破现实范围。大仲马在《基督山伯爵》中塑造的爱德蒙·唐泰斯这一人物形象，正是浪漫主义文学所追求的超凡人物。大仲马也确实以他编织故事的高超技巧，从一桩案件记录引申出一个跌宕起伏的故事，3个仇人，或者说3个反面人物的丑恶灵魂把主人公，或者说正面人物的正直、疾恶如仇的形象充分体现，达到入木三分的强烈艺术效果。《基督山伯爵》中的基督山伯爵则更多的是一个传奇人物形象。

主要情节跌宕起伏，迂回曲折，从中又演化出若干次要情节，小插曲紧凑精彩，却不喧宾夺主，情节离奇却不违反生活真实。就结构来说，小说开卷就引出几个主要人物，前面1/4写主人公被陷害的经过，后面3/4写如何复仇，脉络清楚，复仇的3条线索交叉而不凌乱，保持一定的独立性之后才汇合在一起。

【主要人物及其事件】

爱德蒙·唐泰斯：基督山伯爵，“法老号”大副、水手辛巴德、布索尼神父、威尔莫爵士，英国人（汤姆逊和弗伦银行高级职员），扎科内教士，意大利人贾科莫·布佐尼老爷。

莫雷尔：莫雷尔父子公司“法老号”船主。

唐格拉尔：“法老号”货物押运员、银行家、参议院议员，男爵。

梅尔塞苔丝：唐泰斯的未婚妻，后嫁给费南多，因费南多移居希腊后改名为德·莫尔赛夫，因此称德·莫尔赛夫太太。

【名家点评】

大仲马吸引人，能迷住人，使人兴趣盎然，喜不自禁，获得教益。他的作品包罗万象，形形色色，生动活泼，动人心魄，富有魅力，从中产生法国特有的那种光芒。

——[法国]维克多·雨果

【作品影响】

《基督山伯爵》被公认为是通俗小说中的典范。这部小说出版后，很快就赢得了广大读者的青睐，被翻译成几十种文字出版，在法国和美国多次被拍成电影。100多年以来，这本书拥有了难以计数的读者。它至今仍在世界各国流传不衰，被公认为世界通俗小说中的扛鼎之作。

【常考知识点】

1.《基督山伯爵》中，（　）章叙述了爱德蒙收买传报员从而发布假消息，使（　）的资产大受损失。（A）

A.如何驱逐睡鼠、唐格拉尔　　B.如何驱逐睡鼠、费尔南

C.急报、唐格拉尔　　D.急报、费尔南

2.《基督山伯爵》中，（　）的父亲被（　）所出卖，从而被杀。（C）

A.爱德蒙、唐格拉尔　　B.阿尔培、爱德蒙

C.海蒂、费尔南　　D.欧琴尼、罗杰·范巴

3.《基督山伯爵》中，维尔福一家人，只有（B）对瓦朗蒂娜是真心的。

A.马西米兰　　B.诺梯埃

C.维尔福夫人　　D.维尔福

4.《基督山伯爵》中，基督山岛的宝藏是（D）埋藏的。

A.恺撒·博尔吉亚　　B.亚历山大六世

C.罗皮格利奥西　　D.恺撒·斯巴达

5.《基督山伯爵》中，基督山伯爵不过早地向欲求一死的马克西米利安宣告瓦朗蒂娜的状况，有何用意？

为了让他明白：只有体验过不幸的人才能体会最大的快乐。必须体验过死的痛苦，才能体会到生的快乐。

6.判断题。（正确的打“√”，错误的打“×”）

（1）基督山伯爵让唐格拉尔同老唐泰斯一样饿死。（×）

（2）那位通知莫雷尔先生贷款延期支付的汤姆生·弗伦奇职员，实际上是唐泰斯。（√）

（3）陷害唐泰斯的告密信由唐格拉尔投寄，后维尔福将之烧毁。（×）

（4）基督山伯爵为了保护瓦朗蒂娜，扮成威尔莫勋爵租下与维尔福府邸相毗的房子。（×）

（5）弗朗兹取消了和瓦朗蒂娜的婚约，是因为努瓦蒂埃是他的杀父仇人。（√）

7.《基督山伯爵》一书的结尾，基督山伯爵的信中说：“对于未来，人类一切的智慧都包含在这两个词里面：‘（　）’和‘（　）’。”（A）

A.等待、希望　B.等待、前行　C.前行、希望　D.爱、希望

8.《基督山伯爵》中，（　A　）在上流社会中被揭穿了丑恶的身份后，自杀了。

A.费尔南　B.唐格拉尔

C.维尔福　D.卡德罗斯

9.阅读下列文章，回答问题。

《基督山伯爵》（节选）

爱德蒙被抛进了海里，他的脚上绑着一个36磅重的铁球，正把他拖向海底深处，大海就是伊夫堡的坟场。

爱德蒙不时地屏住他的呼吸。他的右手本来就拿着一把张开的小刀，所以现在他很快地划破口袋，先把他的手臂挣扎出来，接着又挣出他的身体。虽然他竭力想挣脱掉那铁球，但整个身体却仍在不断地往下沉。于是他弯下身子，拼命用力割断了那绑住两个脚的绳索，此时他几乎要窒息了。他使劲用脚向上一蹬，浮出了海面，那铁球便带着那几乎成了他裹尸布的布袋沉入了海底。

爱德蒙在海面只吸了一口气，便又潜到了水里。当他第二次浮出水面的时候，距离第一次沉下去的地方已有50步了。他看到天空是一片黑暗，预示着大风暴即将来临了，爱德蒙又潜了下去，在水下停留了很长一段时间。他从前就很喜欢潜泳，过去在马赛灯塔前的海湾游泳的时候，常常能吸引许多观众，他们一致称赞他是港内最好的游泳能手。

那座可怕的城堡渐渐地消失在黑暗里了。

一小时过去了，在这期间，因获得了自由而兴奋不已的爱德蒙，不断地破浪前进。“我来算算看，”他说，“我差不多已游了一小时了，我是逆风游的，速度不免要减慢，但不管怎样，要是我没弄错方向的话，我离狄布伦岛一定很近了。”

突然间，他感到膝盖一阵剧痛。他碰到了海边的礁石。

这就是狄布伦岛了。爱德蒙站起来，向前走了几步，直挺挺地在花岗石上躺了下来，此刻他觉得睡在岩石上比睡在最柔软的床上还要舒适。然后，也不管风暴肆虐，大雨倾注，他就像那些疲倦到了极点的人那样沉入了甜蜜的梦乡。一小时以后，爱德蒙被雷声惊醒了。此时，大风暴正以雷霆万钧之势在奔驰，闪电一次次划过夜空，像________________，照亮了那混沌汹涌，浪潮卷滚着的云层。

（1）本文节选自《基度山伯爵》，请用一句话概括以上文字的主要内容。

爱德蒙获得自由的经过。

（2）他是如何逃脱即将葬身海底这一厄运的？

用小刀划破布袋和绳索。

（3）从“那铁球便带着那几乎成了他裹尸布的布袋沉入海底”，这句话中，你猜测出爱德蒙可能会有怎样的经历？

被当作尸体装入布袋，扔进海里。

（4）“当他第二次浮出水面的时候，距离第一次沉下去的地方已有50步了”这句话说明了什么？

唐泰斯游泳技术高超。

（5）爱德蒙受人陷害，好多年后才侥幸逃脱，最后一段中哪些语句表现了他重获自由后的那种幸福和疲倦？

比睡在最柔软的床了还要舒适。

（6）在最后一句的横线处补写一个句子：一条银蛇或一条火龙。

（7）第四段中“那座可怕的城堡”指的是什么？

囚禁他的地方——伊夫堡。

《茶花女》

亚历山大·小仲马

名著导读

【主要故事情节】

玛格丽特原来是个贫苦的乡下姑娘，来到巴黎后，开始了卖笑生涯。由于生得花容月貌，巴黎的贵族公子争相追逐，成了红极一时的“社交明星”。她随身的装扮总是少不了一束茶花，人称“茶花女”。茶花女得了肺病，在接受矿泉治疗时，疗养院里有位贵族小姐，身材、长相和玛格丽特差不多，只是肺病已到了第三期，不久便死了。小姐的父亲裘拉第公爵偶然发现玛格丽特很像他女儿，便收她做了干女儿。玛格丽特说出了自己的身世，公爵答应只要她能改变自己过去的生活，便负担她的全部日常费用。但玛格丽特不能完全做到，公爵便将钱减少了一半，玛格丽特入不敷出，到现在已欠下几万法郎的债务。

一天晚上10点多钟，玛格丽特回来后，一群客人来访。邻居普律当丝带来两个青年，其中一个是税务局长迪瓦尔先生的儿子阿尔芒，他疯狂地爱着茶花女。甚至早在一年前，玛格丽特生病期间，阿尔芒每天跑来打听病情，却不肯留下自己的姓名。普律当丝向玛格丽特讲了阿尔芒的一片痴情，她很感动。玛格丽特和朋友们跳舞时，病情突然发作，阿尔芒非常关切地劝她不要这样残害自己，并向玛格丽特表白自己的爱情。他告诉茶花女，他现在还珍藏着她六个月前丢

掉的纽扣。玛格丽特原已淡薄的心灵再次动了真情，她送给阿尔芒一朵茶花，以心相许。阿尔芒真挚的爱情激发了玛格丽特对生活的热望，她决心摆脱百无聊赖的巴黎生活，和阿尔芒到乡下住一段时间。

她准备独自一人筹划一笔钱，就请阿尔芒离开她一晚上。阿尔芒出去找玛格丽特时，恰巧碰上玛格丽特过去的情人，顿生嫉妒。他给玛格丽特写了一封措辞激烈的信，说他不愿意成为别人取笑的对象，他将离开巴黎。但他并没有走，玛格丽特是他整个希望和生命，他跪着请玛格丽特原谅他，经过努力，玛格丽特和阿尔芒在巴黎郊外租了一间房子。

公爵知道后，断绝了玛格丽特的经济来源。她背着阿尔芒，典当了自己的金银首饰和车马来支付生活费用。阿尔芒了解后，决定把母亲留给他的一笔遗产转让，以还清玛格丽特所欠下的债务。经纪人要他去签字，他离开玛格丽特去巴黎。那封信原来是阿尔芒的父亲迪瓦尔先生写的，他想骗阿尔芒离开，然后去找玛格丽特。告诉玛格丽特，他的女儿爱上一个体面的少年，那家打听到阿尔芒和玛格丽特的关系后表示：如果阿尔芒不和玛格丽特断绝关系，就要退婚。玛格丽特痛苦地哀求迪瓦尔先生，如果要让她与阿尔芒断绝关系，就等于要她的命，可迪瓦尔先生毫不退让。为了阿尔芒和他的家庭，她只好做出牺牲，发誓与阿尔芒绝交。玛格丽特非常悲伤地给阿尔芒写了封绝交信，然后回到巴黎，又开始了昔日的荒唐的生活。

她接受了瓦尔维勒男爵的追求，他帮助她还清了一切债务，又赎回了首饰和马车。阿尔芒也怀着痛苦的心情和父亲回到家乡。阿尔芒仍深深地怀念着玛格丽特，他又失魂落魄地来到巴黎，他决心报复玛格丽特的“背叛”。他找到了玛格丽特，处处给她难堪，骂她是没有良心、无情无义的娼妇，把爱情作为商品出卖。玛格丽特面对阿尔芒的误会，伤心地劝他忘了自己，永远不要再见面。阿尔芒却要她与自己一同逃离巴黎，逃到没人认识他们的地方，紧紧守着他们的爱情。玛格丽特说她不能那样，因为她已经起过誓，阿尔芒误以为她和男爵有过海誓山盟，便气愤地给玛格丽特写信侮辱她，并寄去了一沓钞票。玛格丽特受了这场刺激，一病不起。

新年快到了，玛格丽特的病情更严重了，脸色苍白，没有一个人来探望她，她感到格外孤寂。迪瓦尔先生来信告诉她，他感谢玛格丽特信守诺言，已写信把事情的真相告诉了阿尔芒，现在玛格丽特唯一的希望就是再次见到阿尔芒。临死前，债主们都来了，带着借据，逼她还债。执行官奉命来执行判决，查封了她的全部财产，只等她死后就进行拍卖。弥留之际，她不断地呼喊着阿尔芒的名字，她始终没有再见到她心爱的人。死后只有一个好心的邻居米利为她入殓。

当阿尔芒重回到巴黎时，她把玛格丽特的一本日记交给了她。从日记中，阿尔芒才知道了她的高尚心灵。阿尔芒怀着无限的悔恨与惆怅，专门为玛格丽特迁坟安葬，并在她的坟前摆满了白色的茶花。

【作者简介】

亚历山大·小仲马是法国小说家大仲马任奥尔良公爵秘书处的文书抄写员时与一女裁缝所生的私生子，因与其父重名而被称为小仲马。

小仲马的第一部扬名文坛的力作《茶花女》，表达了人道主义思想，体现出人间的真情，人与人之间的关怀、宽容与尊重，体现了人性的爱，这种思想感情引起人们的共鸣，并且受到普遍的欢迎。也曾写剧本：《半上流社会》《金钱问题》《私生子》《放荡的父亲》《欧勃雷夫人的见解》《阿尔米斯先生》和《福朗西雍》《克洛德妻子》等。

【作品简介】

《茶花女》是法国作家亚历山大·小仲马创作的长篇小说，也是其代表作。故事讲述了一个青年人与巴黎上流社会一位交际花曲折凄婉的爱情故事。作品通过一个妓女的爱情悲剧，揭露了法国七月王朝上流社会的糜烂生活。对贵族资产阶级的虚伪道德提出了血泪控诉。在法国文学史上，这是第一次把妓女作为主角的作品。

《茶花女》主要是描述巴黎妓女玛格丽特和纯情青年阿尔芒之间缠绵悱恻、缱绻动人的爱情故事。《茶花女》真实生动地描写了一位外表与内心都像白茶花那样纯洁美丽的少女被摧残致死的故事。主人公玛格丽特原来是个贫苦的乡下姑娘，来到巴黎后，开始了卖笑生涯。由于生得花容月貌，巴黎的贵族公子争相追逐，成了红极一时的“社交明星”。她随身的装扮总是少不了一束茶花，人称“茶花女”。富家青年阿尔芒赤诚地爱她，引起了她对爱情生活的向往。但是阿尔芒的父亲反对这门婚事，迫使她离开了阿尔芒。阿尔芒不明真相，寻机羞辱她，终于使她在贫病交加之中含恨死去。

【创作背景】

《茶花女》就是根据小仲马亲身经历所写的一部力作，这是发生在他身边的一个故事。

小仲马出生于法国巴黎，他的母亲卡特琳娜·拉贝是一个贫穷的缝衣女工，他的父亲大仲马当时只是一个默默无闻的抄写员，后来在戏剧创作和小说创作领域取得了巨大成就，成为法国19世纪浪漫主义文学运动中的重要代表。随着社会地位和经济条件的不断改变，他的父亲大仲马越来越瞧不起缝衣女工卡特琳娜·拉贝。他混迹于巴黎的上流社会，整日与那些贵妇人、女演员厮混在一起，把小仲马母子俩忘得一干二净。可怜的缝衣女工只好一个人起早贪黑辛苦劳动，勉强维持母子两人的生计。

小仲马7岁的时候，父亲大仲马通过打官司从卡特琳娜·拉贝手中夺取了对儿子的监护权，而那位勤劳善良的缝衣女工则就此失去了自己一手养大的儿子，重新成为一个孤苦伶仃的人。这使小仲马从小体验到了人世间的残酷和不平，使得小仲马热切地期望着自己也能像父亲一样，扬名于文坛。

于是，他也开始从现实中取材，从妇女、婚姻等问题中寻找创作素材。1844年9月，小仲马与巴黎名妓玛丽·杜普莱西一见钟情。玛丽出身贫苦，流落巴黎，被逼为娼。她珍重小仲马的真挚爱情，但为了维持生计，仍得同阔佬们保持关系。小仲马一气之下就写了绝交信去出国旅行。1847年小仲马回归法国，得知只有23岁的玛丽已经不在人世，她病重时昔日的追求者都弃她而去，死后送葬只有两个人！她的遗物拍卖后还清了债务，余款给了她一个穷苦的外甥女，但条件是继承人永远不得来巴黎！

现实生活的悲剧深深地震动了小仲马，他满怀悔恨与思念，将自己囚禁于郊外，闭门谢客，开始了创作之旅。一年后，当小仲马24岁时，写下了这本凝集着永恒爱情的《茶花女》。名妓玛丽·杜普莱西向往上流社会生活，和小仲马母亲卡特琳娜·拉贝被大仲马抛弃，同时反映当时资本主义制度下的拜金现象，批判当时资本主义的黑暗。

【思想主题】

传统的道德观念，包括对戏剧和小说创作的要求，认为与人通奸的有夫之妇或青楼卖艺的年轻女子都是灵魂有罪的人，应该使她们改邪归正获得新生，要不就在自杀或被杀中处死她们。小仲马明显是要背离这种传统。

在《茶花女》这部小说里，小仲马决定以玛丽·杜普莱西的诗人——“戈蒂耶”做女主人翁的姓，并毫不顾忌地以她的原名阿尔丰西娜来做她的名。后来觉得这还不足以表现他所爱的这位女子，便以圣母玛利亚的名字来命名她，把她看成是圣母和天使，称她为“玛格丽特·戈蒂埃”，同时保留她生前众人所给予她的亲切的外号“茶花女”，把她写成是一个灵魂高尚的人，而不是一般人心中的下贱的妓女。从这个角度读者又可以看出茶花女的高尚美。

小说通过“我”充分体现了作者所主张的人道主义思想，着重表现了人与人之间诚挚的交往、宽容、理解和尊重。阿尔芒和玛格丽特之间的爱情体现了人间的真情，人与人之间的关怀、宽容与尊重，体现了人性的爱。

【写作特色】

《茶花女》为读者塑造了一些生动、鲜明的艺术形象，而其中最突出、最令人难忘的自然是女主人公茶花女玛格丽特。她美丽、聪明而又善良，虽然沦落风尘，但依旧保持着一颗纯洁、高尚的心灵。她充满热情和希望地去追求真正的爱情生活，而当这种希望破灭之后，又甘愿自我牺牲去成全他人。这一切都使这位为人们所不齿的烟花女子的形象闪烁着一种圣洁的光辉，以至于人们一提起“茶花女”这三个字的时候，首先想到的不是什么下贱的妓女，而是一位美丽、可爱而又值得同情的女性。

小仲马笔下的茶花女，是一个性格鲜明、思想明朗、感情纯真而又富有自我牺牲精神的姑娘。虽然命运和生活把她推进了另一种境界，成为风尘女子。但是，她纯真的本质没有改变。为了高贵的爱情，她宁可失掉一切，宁可受尽屈辱和误会。最后，为真情付出了生命的代价。茶花女的遭遇和悲惨结局，揭露了资本主义社会对被侮辱、被残害者的冷酷无情，批判资产阶级虚伪的道德观念。人们在看《茶花女》时，往往落下伤心的眼泪。

小说采用了三个第一人称的叙述法。全书以作者“我”直接出面对玛格丽特的生平事迹进行采访着笔，以阿尔芒的自我回忆为中心内容，以玛格丽特临终的书信作结。这就把女主人公的辛酸经历充分展露在读者面前，很易激起读者的同情和怜悯；众人对玛格丽特遭遇的反应，也通过作者“我”表达了出来；这样就增强了故事的真实感，使作品充满了浓厚的抒情色彩。小说使用倒叙、补叙等多种手法，从玛格丽特的不幸身死，对她的遗物进行拍卖，作者“我”抢购到一本带题词的书写起，从而引出题赠者阿尔芒对死者的动人回忆。

【主要人物及其事件】

玛格丽特：小说的主人公，阿尔芒的恋人。美丽纯洁，善良无私，文雅端庄，她虽落风尘，但仍然保持一颗纯洁的心灵和独立的人格，向往真正的生活和爱情。

阿尔芒：小说的男主人公，玛格丽特最忠诚最心爱的情人，对玛格丽特忠贞不贰，但爱冲动，嫉妒心强。由于不明真相，他对离开了他的玛格丽特百般挖苦、嘲讽使玛格丽特身心遭到沉重的打击。

迪瓦尔：阿尔芒的父亲，自私、伪善、满腹偏见。他用谎言强迫玛格丽特离开阿尔芒，使玛格丽特的生活理想彻底破灭，是玛格丽特悲剧的直接制造者。

普律当丝：玛格丽特的朋友，自私贪财、虚情假意。她为玛格丽特每做一件事都要收到酬金，而当玛格丽特奄奄一息的时候，她便毫不留情地离开了玛格丽特。

纳妮娜：玛格丽特的女仆，善良朴实。她为玛格丽特应酬客人，料理家务，对玛格丽特极为忠诚。

奥兰普：巴黎妓女，阿尔芒的又一个情妇，多次当面侮辱玛格丽特。

朱丽：玛格丽特的好朋友，心地善良。玛格丽特临终前，她一直陪伴在她的身边。

【名家点评】

可怜一卷《茶花女》，断尽支那荡子肠。

——教育家严复

自有古文以来，从不曾有这样长篇的叙事写情的文章。《茶花女》的成绩，遂替古文开辟一个新殖民地。

——学者胡适

因为爱，勇敢跨越门第礼教；因为误解，终生陷入悔恨遗憾，一个令人为之叹息的爱情故事，一首首撩拨心弦的动人乐曲，造就全世界最受欢迎的歌剧名作。

——作曲家威尔第

【作品影响】

小仲马一举成名，他又把小说改编为剧本。1852年，五幕剧《茶花女》上演了。小仲马的处女作《茶花女》所取得的成功无疑是巨大的，这一部作品就足以使他取得如大仲马一样的名声。人们所津津乐道的“大小仲马”构成了法国文学史乃至世界文学史上罕见的“父子双璧”的奇观。1907年，中国留日学生组织“春柳社”，又把小说改编为剧本，在日本东京首次公开上演，这次演出还标志着中国话剧的开端。

不久，无论剧本还是小说，很快就跨越国界，流传到欧洲各国。它率先把一个混迹于上流社会的风尘妓女纳入文学作品描写的中心，开创了法国文学“落难女郎”系列的先河。而它那关注情爱堕落的社会问题的题材，对19世纪后半叶欧洲写实主义问题小说的产生，写实性风俗剧的潮起，却产生了极为深远的影响。

【作者小趣闻】

真实的高度

一天，大仲马得知他的儿子小仲马寄出的稿子总是碰壁，便对小仲马说：“如果你能在寄稿时，随稿给编辑先生们附上一封短信，或者只写一句话，说‘我是大仲马的儿子’，或许情况就好了。”小仲马固执地说：“不，我不想坐在您的肩膀上摘苹果，那样摘来的苹果没味道。”年轻的小仲马不但拒绝以父亲的盛名做自己事业的敲门砖，而且不露声色地给自己取了十几个其他姓氏的笔名，以避免那些编辑先生们把他和大名鼎鼎的父亲联系起来。

面对冷酷无情的一张张退稿笺，小仲马没有沮丧，仍在不露声色地坚持创作自己的作品。他的长篇小说《茶花女》寄出后，终于以其绝妙的构思和精彩的文笔震撼了一位资深编辑。这位知名编辑曾和大仲马有着多年的书信来往。他看到寄稿人的地址同大作家大仲马的丝毫不差，怀疑是大仲马另取的笔

名，但作品的风格却和大仲马的迥然不同。带着这种兴奋和疑问，他迫不及待地乘车造访大仲马。令他大吃一惊的是，《茶花女》这部作品，作者竟是大仲马名不见经传的年轻儿子小仲马。“您为何不在稿子上签您的真实姓名呢？”老编辑疑惑地问小仲马。小仲马说：“我只想拥有真实的高度。”

老编辑对小仲马的做法赞叹不已。小仲马的《茶花女》是根据自己的爱情经历写出来的，出版后，法国文坛书评家一致认为这部作品的价值大大超越了大仲马的代表作《基督山恩仇记》，小仲马一时声誉鹊起。

【常考知识点】

1.《茶花女》主要是在描述巴黎妓女玛格丽特和纯情青年阿尔芒之间缠绵悱恻、缱绻动人的爱情故事。

2.《茶花女》通过一个妓女的爱情悲剧，揭露了法国七月王朝上流社会的糜烂生活。

3.《茶花女》的作者是（　C　）。

A.蒂克　　B.大仲马　　C.小仲马　　D.乔治·桑

2.玛格丽特原来是个贫苦的乡下姑娘，她随身的装扮总是少不了一束茶花，人称“茶花女”。

《红与黑》

司汤达

名著导读

【主要故事情节】

小说主人公于连是一个木匠的儿子，年轻英俊，意志坚强，精明能干，从小就希望借助个人的努力与奋斗跻身上流社会。

在法国与瑞士接壤的维立叶尔城，市长德瑞那是个出身贵族，在扣子上挂满勋章的人。他五十岁左右，他的房子有全城最漂亮的花园，他的妻子是最有钱而又最漂亮的妻子，但他才智不足。在这座城市还有一个重要人物，是贫民寄养所所长——哇列诺先生，他花了一万到一万两千法郎才弄到这个职位，他体格强壮，有着棕红色的脸，黑而精粗的小胡子，在别人眼中他是个美男子，连市长都惧他三分。但市长为了显示自己高人一等，决心请一个家庭教师。木匠索黑尔的儿子于连，由于精通拉丁文，被选作市长家的家庭教师。于是，他投拜在神父西朗的门下，钻研起神学来。他仗着惊人的好记性把一本拉丁文的《圣经》全背下来，这事轰动了全城。

市长的年轻漂亮的妻子是在修道院长大的，对像她丈夫那样庸俗粗鲁的男人打心底里感到厌恶。由于没有爱情，她把心思全放在教养3个孩子身上。最初，她把于连想象为一个满面污垢的乡下佬，谁知见面时却大出她的意料，她对于连产生好感。

瑞那夫人的女仆爱丽沙也爱上了于连，爱丽沙得到了一笔遗产，要西朗神父转达她对于连的爱慕，于连拒绝了女仆爱丽沙的爱情。瑞那夫人得知此事心里异常高兴，她发觉自己对他产生了一种从未有过的感情。夏天市长一家搬到凡尼镇乡下花园别墅居住，晚上乘凉的时候，全家聚在一株菩提树下，于连无意间触到了瑞那夫人的手，她一下子缩回去了，于连以为瑞那夫人看不起他，便决心必须握住这只手。第二天晚上他果然做了，瑞那夫人的手被于连偷偷地紧握着，满足了他的自尊心。瑞那夫人被爱情与道德责任折腾得一夜未合眼，她决定用冷淡的态度去对待于连。可是当于连不在家时，她又忍不住对他的思念。而于连也变得更大胆，深夜2点闯进了她的房里。开始，她对于连的无礼行为很生气，但当她看到“他两眼充满眼泪”时，便同情起他来。不过，在于连的心里则完全没有这种想法，他的爱完全是出于一种野心，一种因占有欲而产生的狂热。

不久，皇帝驾临维立叶尔，在瑞那夫人的安排下，于连被聘当上了仪仗队队员，使他有在公众面前大出风头的机会。迎驾期间，于连作为陪祭教士参加瞻拜圣骸典礼。之后，他对木尔侯爵的侄子、年轻的安倍主教十分崇敬。

瑞那夫人心爱的儿子病危。这时，爱丽沙又把夫人的事暗中告诉了哇列诺先生，他早先曾贪恋瑞那夫人的美色碰了一鼻子灰，便趁机给市长写了一封告密信。但市长担心如果把妻子赶出家门，自己将失去一大笔遗产，而且也有损于自己的名誉，采取“只怀疑而不证实”的办法。但在这座城市里，街谈巷议对瑞那夫人和于连却越来越不利。一次，爱丽沙向西朗神父忏悔时，又谈出于连与瑞那夫人的秘密关系，关心于连的神父要他到省城贝尚松神学院进修。告别后的第三天夜里，于连又冒险赶回维立叶尔，与瑞那夫人见面，此时的瑞那夫人由于思念的痛苦，已憔悴得不像人样了。

贝尚松是法国一座古城，城墙高大。初到神学院，那门上的铁十字架，修士的黑色道袍和他们麻木不仁的面孔都使于连感到恐怖。院长彼拉神父是西朗神父的老相识，因此对于连特别关照。由于学习成绩名列前茅，院长竟让他当新旧约全书课程的辅导教师。但神学院是个伪善的地方，他很快就堕入了忧郁之中。彼拉院长受到排挤辞职不干了，并介绍于连为木尔侯爵的秘书。侯爵安排于连每天的工作就是为他抄写稿件和公文，侯爵对于连十分满意，派他去管理自己两个省的田庄，还负责自己与贝尚松代理主教福力列之间的诉讼通讯，后又派他到伦敦去搞外交，赠给他一枚十字勋章，这使于连感到获得了极大的成功。于连在贵族社会的熏陶下，很快学会了巴黎上流社会的艺术，成了一个花花公子，甚至在木尔小姐的眼里，他也已脱了外省青年的土气。

木尔小姐名叫玛特尔，起初，于连并不爱玛特尔那清高傲慢的性格，但想到“她却能够把社会上的好地位带给她丈夫”时，便热烈地追求起她来。玛特尔也知道于连出身低微，但她怀着一种“我敢于恋爱一个社会地位离我那样遥远的人，已算是伟大和勇敢了”的浪漫主义感情，因此，她在花园里主动挽着于连的胳膊，还主动给他写信宣布爱情。为了考验于连的胆量，她要于连在明亮的月光下用梯子爬到她的房间去。于连照样做了，当晚她就委身于他了，过后玛特尔很快就后悔了。于连感到痛苦，他摘下挂在墙上的一把古剑要杀死她，玛特尔一点都不害怕，反而骄傲地走到于连面前，她认为于连爱她已经爱到要杀了她的程度，便又与他好起来。夜里于连再次爬进她的房间，她请求于连做她的“主人”，自己将永远做他的奴隶，表示要永远服从他。可是，只要于连稍许表露出爱慕的意思，她又转为愤怒，毫不掩饰地侮辱他，并公开宣布不再爱他。

因为于连的记忆力很好，木尔侯爵让他列席一次保王党人的秘密会议，会上有政府首相、红衣主教、将军。会后，木尔侯爵让于连把记在心里的会议记录冒着生命危险带到国外去。在驿站换马时，差点被敌方杀害，幸好他机警地逃脱了，与外国使节接上了头，然后留在那儿等回信。在那儿他遇到俄国柯哈莎夫王子，他是个情场老手，于连便把自己的爱情苦恼讲给他听，他建议于连假装去追求另一个女性，以达到降伏玛特尔的目的，并把自己的53封情书交给她，于连回到巴黎后，将这些情书一封封寄给元帅夫人，元帅夫人受了感动，给于连回信，玛特尔再也忍耐不住了，跪倒在于连的脚下，求他爱她，于连的虚荣心得到极大的满足。不久，玛特尔发现自己怀孕了，她写信告诉父亲，要他原谅于连，并成全他们的婚事。侯爵在爱女坚持下，一再让步。先是给了他们一份田产，准备

让他们结婚后搬到田庄去住。随后，又给于连寄去一张骠骑兵中尉的委任状，授予贵族称号。于连在骠骑兵驻地穿上军官制服，陶醉在个人野心满足的快乐中，这时，他突然收到了玛特尔寄来的急信。信中说：一切都完了。于连急忙回去，原来瑞那夫人给木尔侯爵写信揭露了他们原先的关系。这时恼羞成怒的于连立即跳上去维拉叶尔的马车，买了一支手枪，随即赶到教堂，向正在祷告的瑞那夫人连发两枪，夫人当场中枪倒地。

于连因开枪杀人被捕了。入狱后，他头脑冷静下来，对自己的行为感到悔恨和耻辱。他意识到野心已经破灭，但死对他并不可怕。瑞那夫人受了枪伤并没有死，伤愈后，她买通狱吏，免得于连受虐待，于连知道后痛哭流涕。玛特尔也从巴黎赶来探监，为营救于连四处奔走，于连对此并不感动，只觉得愤怒。公审的时候，于连当众宣称他不祈求任何人的恩赐，结果法庭宣布于连犯了蓄谋杀人罪，判处死刑。瑞那夫人不顾一切前去探监，于连这才知道，她给侯爵的那封信，是由听她忏悔的教士起草并强迫她写的。于连和瑞那夫人彼此饶恕了，他拒绝上诉，也拒绝做临终祷告，以示对封建贵族阶级专制的抗议。

在一个晴和的日子里，于连走上了断头台。玛特尔买下了他的头颅，按照她敬仰的玛嘉瑞特皇后的方式，亲自埋葬了自己情人的头颅。至于瑞那夫人，在于连死后的第三天，抱吻着她的儿子，也离开了人间。

【作者简介】

司汤达（1783—1842）。原名马里-亨利·贝尔（Marie-Henri Beyle），“司汤达”（又译斯丹达尔）是他的笔名，19世纪法国批判现实主义作家。代表作为《阿尔芒斯》、《红与黑》（1830年）、《帕尔马修道院》（1839年）。1783年1月23日，司汤达生于法国格勒诺布尔，少年时代在法国资产阶级革命的氛围中长大，崇敬拿破仑，并多次随拿破仑的大军征战欧洲。1814年波旁王朝复辟后侨居米兰，同意大利爱国主义者有来往，后被驱逐出境，回到巴黎。他的主要作品大部分是在1831

年后写成的。1842年3月23日逝世于巴黎。

【作品简介】

《红与黑》是法国作家司汤达创作的长篇小说，也是其代表作。主人公于连是小业主的儿子，凭着聪明才智，在当地市长家当家庭教师时与市长夫人勾搭成奸，事情败露后逃离市长家，进了神学院。经神学院院长举荐，到巴黎给极端保王党中坚人物木尔侯爵当私人秘书，很快得到侯爵的赏识和重用。与此同时，于连又与侯爵的女儿有了私情。最后在教会的策划下，市长夫人被逼写了一封告密信揭发他，使他的飞黄腾达毁于一旦。他在气愤之下，开枪击伤市长夫人，被判处死刑，上了断头台。

【创作背景】

《红与黑》这部小说的故事据悉是采自1828年2月29日《法院新闻》所登载的一个死刑案件。在拿破仑帝国时代，红与黑代表着“军队”与“教会”，是有野心的法国青年发展的两个渠道（一说是轮盘上的红色与黑色）。司汤达创作《红与黑》时，拿破仑领导的法国资产阶级大革命已经失败，他想用自己的笔去完成拿破仑未尽的事业，他要通过《红与黑》再现拿破仑的伟大，鞭挞复辟王朝的黑暗。为此作者以“红与黑”象征其作品的创作背景：“红”是象征法国大革命时期的热血和革命；而“黑”则意指僧袍，象征教会势力猖獗的封建复辟王朝。

【思想主题】

小说对于连双重人格、矛盾性格和悲剧命运的描写，客观上也揭露了法国王政复辟时期的残酷现实状况以及由此产生的对青年一代的腐蚀和摧残。作者用他长期以来对复辟王朝时期生活的观察，联系当时的实际，注入他对社会矛盾的认识，使《红与黑》成为一部反映复辟时期社会现实的优秀作品。

作品中的“红”代表了穿红色军服的士兵，“黑”代表了穿黑色衣服的教士，这是当时社会中的青年人出人头地的两条捷径，也代表了当时社会的社会特征。作者对社会的种种罪恶进行了全面的批判，同时，成功地塑造了典型环境中的典型人物，尤其强调环境对人物的影响，也使这部作品成为典范。小说描写的于连个人奋斗的悲剧，这在波旁王朝复辟时期是极为惯见的社会现象。波旁王朝复辟后，许多小资产阶级青年失去了拿

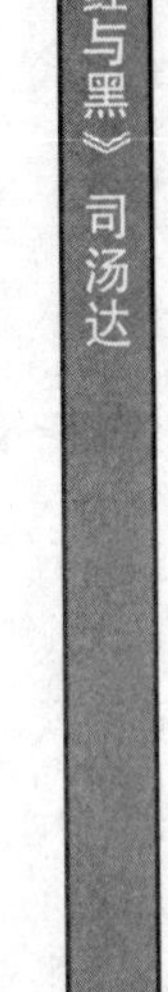

破仑时代靠个人天赋晋官加爵的机会。他们去等级森严的巴黎进行个人奋斗，但只有少数人成功了，大多数人却失败了。这就是王朝复辟后整整一代小资产阶级平民的现实遭遇，于连的悲剧也正是这样一出富有时代特征的悲剧。

【写作特色】

①散文化。司汤达在《红与黑》中试验了一种散文化的叙事风格和结构形式。首先说散文化叙事风格。所谓散文化叙事风格，在司汤达看来，主要是叙事风格上的自然与质朴，而非修辞学意义上的浮夸与修饰。从《红与黑》的艺术实践上看，无论小说的描写还是叙述，或者人物对话，基本上都体现出这一风格。小说中没有古朴典雅的华丽辞藻，没有史诗化的壮丽诗句，也没有如浪如潮的浪漫主义式的想象和感情渲染，整部小说都在一种简约质朴的风格中展开。为了追求小说风格的散文化，司汤达在小说情节纵向发展过程中，时而切断情节，插入主人公的心理描写或作者本人的评论等。这种写法由于横向描写的增加，势必使小说倾向散文化。

②结构。《红与黑》小说的结构形式是由三个不同的生活、场景构成的：维利叶尔小城、贝尚松神学院和巴黎木尔侯爵府，且三个生活场景又有相对的封闭性和独立性。联结三个生活场景的不是主人公于连性格发展的必然走向，而是于连生活中的偶发性事件，它们纯属于连生活流程中的一个个自然环节。于连身为一个木匠的儿子，由于西朗神父发现了他的才华，教给他拉丁文的《圣经》，而后把他介绍给德瑞那市长做家庭教师，这对于连说来的确是很偶然的。去贝尚松神学院读书，也是西朗神父力荐，这虽然符合于连做神父的决心，但小说并未说明于连一定要进神学院，况且他进神学院主要是迫于他与瑞那夫人的暧昧关系。至于去德·木尔侯爵府，完全是宗教教派内讧所致。如果从另一方面说，这恰恰有悖于他做一个神父的野心。以上说明，《红与黑》的结构形式，不是由主人公性格走向决定的，而是由主人公生活流程中的偶然性因素使然。如果剔了这些因素，《红与黑》的艺术结构便会坍塌，因为三个生活组曲之间，并未由于连性格发展的必然逻辑联接在一起。

③心理描写。作者描写人物不重肖像、服饰等外部特征而重内心世界，擅长运用剖析方法描写人物在特

定环境下的内心秘密和复杂性格，例如作品中写到："钟声把他惊醒了，如同雄鸡一唱惊醒了圣彼得一样，他明白执行最困难任务的时间已经到了，他一直没有去想他那个无礼的要求，自从把它提出来之后，它是多么令人难堪地遭到拒绝！我已经告诉她我今夜两点钟要到她寝室里去，他一边站起来，一边想，我可能又粗野，又没有经验，完全是一个乡下佬的儿子，德尔维尔夫人对我讲得够清楚了，但至少我不是弱者。"从以上描写可以看出：作者描写人物心理与描写人物行动结合在一起，做到由表及里，静中有动，表里一致，动静结合，为小说的情节发展做了铺垫，作者以高超的心理描写技巧刻画人物，使人物形象非常鲜明、完整和丰满，具有生动性和真实性。

【主要人物及其事件】

于连：于连出身于木匠家庭，地位低下，常受人歧视，即使在家里也经常受到父亲和哥哥的打骂。但由于他从小就跟随一位外科医生，在他那里，于连学到很多知识，表现出自己的聪明智慧，同时受到启蒙思想和法国大革命精神的影响，确立了自己的平民反抗意识与平等意识。而他生活的年代却是波旁王朝复辟时期，这是一个一切都由地位和财富决定的年代，因此社会地位低下的他决心出人头地，跻身上流社会。可以说他是19世纪法国资产阶级知识分子个人奋斗者的典型。

德·瑞那夫人：德·瑞那夫人16岁就嫁给了庸俗猥琐的德·瑞那先生，每当她向丈夫诉说冷暖病痛时，她丈夫总以粗鲁的笑声作为回答，因为在他看来"女人这个机器，老是有东西需要修补"。这种态度常使夫人感到憎恨。于连的出现唤醒了德·瑞那夫人心底的情爱的本能，于连俊秀的外貌吸引着她，于连的知识、温柔打动着她，她的心中充满了少女般的狂热的情感。在她眼里没有世俗的出身、门第、血统，她眼中的于连"又高贵又傲慢的心灵里有着迷人心魂的光辉"，终于再也抑制不住自己内心的情感，投入热恋中。她忽而担心于连不爱自己；忽而为宗教观念所束缚，怀疑自己的行为；忽而又想收买身边的女仆，不让别人发现自己的秘密，永远保持这份属于自己的天地。

玛特尔：玛特尔小姐有着高贵的社会地位，性格上单纯、热烈、反叛。玛特尔对生活的追求更多地表现出执着和义无反顾。她的压力不是来自已婚妇女的偷情，而是社会地位的悬殊。尽管于连出身低微，但她喜欢于连的傲慢，平民青年的才干、机敏、野心，以及他身上流露出的不可抑制的丹东精神，捣毁了玛特尔小姐的傲慢心理。玛特尔小姐久困于上流社会，名和利对她已没有吸引力，于连的出现使她感到欣喜，她希望得到的是畅饮生活畅饮爱情。因此在她身上没有有意的阿谀奉承，违心的溜须拍马，在爱情追求过程中没有恐惧和担心，有的是兴奋、热情、快乐。玛特尔对生活爱情的追求和渴望是一个人人性的正常要求，无论是父母的反对还是教会的检举揭发信，都不能改变她的执着，甚至愿意抛弃自己的贵族地位、金钱，与于连私奔。玛特尔以其特有的固执、傲慢坚持自己的追求。

【名家点评】

司汤达的《红与黑》已显示了20世纪小说的方向，进入这本书中，就会感受到只有第一流的心理小说家才能给予的震撼，因为它带给人们的是更富真实感的精神内涵。

——美国教授费迪曼

《红与黑》是我平生最受益的书籍。

——法国作家纪德

司汤达的《红与黑》中的于连是19世纪欧洲文学中一系列反叛资本社会主义的英雄人物的“始祖”。

——俄国作家高尔基

【作品影响】

小说发表后，当时的社会流传“不读《红与黑》，就无法在政界混”的谚语，而该书则被许多国家列为禁书。《红与黑》在心理深度的挖掘上远远超出了同时代作家所能及的层次，它开创了后世“意识流小说”“心理小说”的先河。后来者竞相仿效这种“司汤达文体”，使小说创作“向内转”，发展到重心理刻画、重情绪抒发的现代形态。人们因此称司汤达为“现代小说之父”。《红与黑》发表100多年来，被译成多种文字广为流传，并被多次改编为戏剧、电影。

【作者小趣闻】

《巴尔玛修道院》完成后，司汤达宣称：这部小说要到1880年以后才会被人理解。可是，它不久就得到了享有法国文学界“评判者”之称的巴尔扎克的推荐。

巴尔扎克读了该书描写滑铁卢战役的一章后，在一封信里写道：“我简直起了妒忌之心。是的，我禁不住一阵醋意涌上心头。关于战争，他写得是这样高妙、真实，我是又喜、又痛苦、又着迷、又绝望。”

第二年，巴尔扎克还写了长篇论文《司汤达研究》，对《巴尔玛修道院》大加赞赏，热情推荐。

巴尔扎克对同行积极支持、鼓励、帮助，这种精神是难能可贵的。

【常考知识点】

1.《红与黑》的主人公是于连。

2.《红与黑》中对于连影响最大的一本书是《圣经》。

3.《红与黑》又名1830年纪事，小说的副标题1830年纪事。

4.这本书中司汤达因心理活动描写出色，被称为“现实主义小说”。

5.《红与黑》中于连从小梦想像拿破仑一样。

6.《红与黑》中“红”代表拿破仑军队的红色服装，“黑”代表基督教的黑色道袍。

7.司汤达是现代小说之父，是西方现实主义的奠基人。

8.《红与黑》最大的特点是心理活动的描写。

9.《红与黑》背景是“18 世纪王朝复辟时期”。

10.《红与黑》是一本批判现实主义的书。

《包法利夫人》

居斯塔夫·福楼拜

名著导读

【主要故事情节】

查理·包法利是个军医的儿子。他天资不高，但很勤勉、老实，为人懦弱无能，父亲对教育不重视。他在十二岁时由母亲为他争得了上学的权利，后来当了医生。这时他的父母又为他找了个每年有一千二百法郎收入的寡妇——杜比克夫人做妻子，她已四十五岁了，又老又丑，但她因为有钱，并不缺少应选的夫婿。她和查理结婚后，便成了管束他的主人：查理必须顺从她的心思穿衣服，照她的吩咐逼迫欠款的病人，她拆阅他的信件，隔着板壁偷听他给妇女看病。

一天，查理医生接到一封紧急的信件，要他到拜尔斗给一个富裕农民卢欧先生治病，他的一条腿摔断了。卢欧是个五十岁左右的矮胖子，他的太太两年前已去世了，家里由她的独生女爱玛料理。这是个具有浪漫气质的女孩子，面颊是玫瑰色的，头发黑油油的，在脑后绾成一个大髻，眼睛很美丽，由于睫毛的缘故，棕颜色仿佛是黑颜色，她给查理留下了深刻的印象。查理给卢欧诊治过后，答应他三天后再去拜访，但到第二天他就去了。此后，他一星期去两次。先后花了四十六天的时间，治好了卢欧的腿。

查理妻子同丈夫常上拜尔斗去，免不了要打听病人的底细。当她知道卢欧小姐曾受过教育，懂得跳舞、地理、素描、刺绣和弹琴时，醋劲大发。她要丈夫把手放在弥撒书上，向她发誓，今后再也不去拜尔斗了，查理唯命是从，照样做了。但不久发生了一件意外的事，他妻子的财产保管人带着她的现金逃跑了。查理的父母发现媳妇一年并没有一千二百法郎的收入（她在订婚的时候撒了谎），于是跑来和她吵闹，她在一气之下吐血死了。

卢欧先生给查理送诊费来，当他知道查理的不幸后，便尽力安慰他，说自己也曾经历过丧偶的痛苦。他邀请查理到拜尔斗去散散心，查理去了，并且爱上了爱玛。他向卢欧先生提亲，卢欧感到查理不是理想的女婿，不过人家说他品行端正，省吃俭用，自然也不会太计较陪嫁，便答应了。开春后，查理和爱玛按当地的风俗举行了婚礼。

爱玛十三岁进了修道院附设的寄宿女校念书。她在那里受着贵族式的教育。一位在大革命前出身于贵族世家的老姑娘，每月到修道院做一星期女工，她向女生们讲浪漫故事，而且衣袋里总有一本传奇小说。后来，爱玛的母亲死了，父亲把她接回家去。

爱玛结婚了，她终于得到了那种不可思议的爱情。婚后，她却发觉查理是个平凡而又庸俗的人。

不久，查理医好了一位声名显赫的侯爵的口疮。侯爵为答谢查理，他邀请查理夫妇到他的田庄渥毕萨尔去做客，查理夫妇坐着马车去了。爱玛对侯爵家豪华的气派，高雅的客人，珠光宝气的舞会场面，一一感到入迷。一位风流潇洒的子爵来邀她跳舞，给她留下了极深的印象。

在回家的路上，她拾得了子爵的一个雪茄匣，又勾起了她对舞伴的怀念。回到家，她向女仆人发脾气，她把雪茄匣藏起来，每当查理不在家时，她把它取出来，开了又开，看了又看，甚至还闻了衬里的味道。渥毕萨尔之行，在爱玛的生活上凿了一个洞眼，如同山上那些大裂缝，一阵狂风暴雨，一夜工夫，就成了这般模样。她无可奈何，只得想开些。不过她参加舞会的漂亮衣服、缎鞋，她都虔诚地放入五斗柜。爱玛辞退了女佣，不愿意在道特住下去了，她对丈夫老是看不顺眼。她变得懒散，乖戾和任性。

查理怕引起爱玛生病，他们从道特搬到永镇居住。这是个通大路的村镇，有一个古老的教堂和一条子弹射程那样长的街。街上有金狮客店和引人注目的郝麦先生的药房。郝麦先生像他头上的柳条笼里的金翅雀那样。他经常爱自我吹嘘，标榜自己是个无神论者，他没有医生执照，但私自给农民看病。爱玛到永镇那天，由郝麦和一个在律师那里做练习生的莱昂陪着吃晚饭。

莱昂·都普意是个有着金黄头发的青年，金狮饭店包饭吃的房客。爱玛和他初次见面便很谈得来，他们有相同的志趣，而且都爱好旅行和音乐。此后，他们便经常在一道谈天，议论浪漫主义的小说和时行的戏剧，并且不断地交换书籍和歌曲。包法利先生难得妒忌，并不引以为怪。爱玛生了一个女孩，起名为白尔特，交给木匠的女人喂养。

时装商人勒乐是个狡黠的做生意的能手，他看出爱玛是个爱装饰的“风雅的妇女”，便自动上门兜揽生意，并赊账给她，满足她各种虚荣的爱好。

爱玛爱上了莱昂。她为了摆脱这一心思，转而关心家务，把小白尔特也接回家来，并按时上教堂。她瘦了，面色苍白，像大理石一样冰凉。有一次，她甚至想把心中的秘密在忏悔时向教士吐露，但她看到教士布尔尼贤俗不可耐就没有这样做。她由于心情烦躁，把女儿推跌了，碰破了她的脸。莱昂也陷入爱情的罗网，他为了摆脱这一苦闷，便上巴黎念完法科的课程。临别时，他和爱玛依依惜别，他们都感到无限的惆怅。爱玛因烦恼生起病来，对莱昂的回忆成了她愁闷的中心。

一次，徐赦特的地主罗多尔夫·布朗皆来找包法利医生替其马夫放血，这是个风月场中的老手，他见爱玛生得标致，初见面便打下勾引她的坏主意。

罗多尔夫利用在永镇举办州农业展览会的机会接近爱玛，为她当向导，向她倾吐衷曲，他把自己装扮成一个没有朋友、没人关心，郁闷到极点的可怜虫。他说只要能得到一个真心相待他的人，他将克服一切困难，去达到目的。他们一同谈到内地的庸俗，生活的窒闷，理想的毁灭……

展览会揭幕典礼开始了，州行政委员廖万坐着四轮大马车姗姗来迟。这是个秃额头，厚眼皮，脸色灰白的人。他向群众发布演说，他的演说声和附近放牧的牛羊咩咩的叫声连成一片，群众还向他吐舌头。会后，举行了发奖仪式。政府把一枚值二十五法郎的银质奖章颁发给一个在一家田庄服务了五十四年的老妇，那老妇一脸皱纹，干瘦疲惫不堪。当她领到奖章后说："我拿这送给我们的教堂堂长，给我做弥撒。"最后又举行了放焰火，爱玛和罗多尔夫都不关心展览会一幕幕滑稽剧的进行，他们只是借此机会说话儿，谈天，直到出诊的查理回来为止。展览会后，爱玛已忘不了罗多尔夫了，而罗多尔夫却有意过了六星期才去看她。他以关心爱玛的健康为由，把自己的马借给她骑，他们一同到野外散心。爱玛经不起罗多尔夫的诱惑，做了他的情妇，他们瞒着包法利医生常在一起幽会。

这时，爱玛感情发展到狂热的程度，她要求罗多尔夫把她带走，和他一同出奔。她和查理的母亲也吵翻了。然而，罗多尔夫完全是个口是心非的伪君子，他抱着玩弄女性、逢场作戏的丑恶思想，欺骗了爱玛的感情。他答应和她一同出逃，可是出逃那天，他托人送给爱玛一封信，信中说，逃走对他们两人都不合适，爱玛终有一天会后悔的，他不愿成为她后悔的原因，再说人世冷酷，逃到哪儿都不免受到侮辱。因此，他要和她的爱情永别了。爱玛气得发昏，傍晚，她看到罗多尔夫坐着马车急驶过永镇，去卢昂找他的情妇——一个女戏子去了，爱玛当即晕倒。

此后，她生了一场大病，病好后，她想痛改前非，重新生活。可是，这时又发生了另一件事。药剂师郝麦邀请包法利夫妇到卢昂去看戏。在剧场里，爱玛遇见了过去曾为之动情的练习生莱昂。现在，他在卢昂的一家事务所实习。于是，他们埋藏在心底多年的爱情种子又萌芽了，他们未看完戏便跑到码头谈天。这时，莱昂已不是初出茅庐的后生，而是一个有着充分社会经验的人了。他一见面便想占有爱玛，并向她诉说离别后的痛苦。当爱玛谈到自己害了一场大病，差点死掉时，莱昂装出十分悲伤的样子，他说，他也羡慕坟墓的宁静，时常想到死，甚至有一天，他还立了个遗嘱，吩咐别人在他死后，要用爱玛送给他的那条漂亮的毯子裹着埋他。他极力怂恿爱玛再留一天，去看完这场戏。包法利医生因医疗事务先赶回永镇去了，爱玛留下来。于是她和莱昂便一同去参观卢昂大教堂，坐着马车在市内兜风。这样，爱玛和莱昂姘搭上了。爱玛回到永镇后，借口到卢昂去学钢琴，实际上，她是去和莱昂幽会。爱玛再一次把自己的全部热情倾注在莱昂身上，沉溺在恣情的享乐之中，为了不花销，她背着丈夫向商人勒乐借债。然而，莱昂和罗多尔夫一样欺骗了爱玛的感情。他渐渐地对爱玛感到厌腻了，尤其是当他收到母亲的来信和都包卡吉律师的解劝时，决定和爱玛断绝来往，因为这种暧昧的关系，将要影响他的前程。

不久，他就要升为第一练习生了，于是，他开始回避她。正在这时，爱玛接到法院的一张传票，商人勒乐要逼她还债，法院限定爱玛在二十四小时内，把全部八千法郎的借款还清，否则以家产抵押。爱玛无奈去向勒乐求情，要他再宽限几天，但他翻脸不认人，不肯变通。爱玛去向莱昂求援，莱昂骗她借不到钱，躲开了。她去向律师居由曼借钱，可是这老鬼却趁她危急之际想占有她。她气愤地走了。最后，她想到徐赦特去找罗多尔夫帮助，罗多尔夫竟公然说他没有钱。爱玛受尽凌辱，心情万分沉重。回到家，爱玛吞吃了砒霜。

包法利医生跪在她的床边，她把手放在他的头发里面，这种甜蜜的感觉，越发使医生感到难过。爱玛也感到对不起自己的丈夫，她对他说："你是好人。"最后，她看了孩子一眼，痛苦地离开了这个世界。为了偿清债务，包法利医生把全部家产都当光卖尽了。他在翻抽屉时，发现了妻子和莱昂的来往情书以及罗多尔夫的画像，他伤心极了，好长时间都闭门不出。一次，他在市场上遇见了罗多尔夫，但他原谅了自己的情敌，认为"错的是命"。他在承受了种种打击之后，也死了。爱玛遗下的女儿寄养在姨母家里，后来进了纱厂。

包法利医生死后，先后有三个医生到永镇开业，但都经不起郝麦拼命地排挤，没有一个站得住脚。于是这位非法开业的药剂师大走红运，并获得了政府颁发给他的十字勋章。

居斯塔夫·福楼拜

【作者简介】

居斯塔夫·福楼拜，法国著名作家。1821年12月21日出生于法国卢昂一个传统医生家庭。福楼拜的成就主要表现在对19世纪法国社会风俗人情进行真实细致描写记录的同时，超时代、超意识地对现代小说审美趋向进行探索。福楼拜的"客观的描写"不仅有巴尔扎克式的现实主义，还有自然主义文学的现实主义特点，尤其是他对艺术作品的形式——语言的推崇，已经包含了某些后现代意识。

新小说作家极力推崇福楼拜对现实主义的创新，并进一步加以发展。他们对艺术形式的追求已呈现出后现代文学特有的“崇无趋势”，从这个意义上说，新小说作家正是继承了福楼拜的现实主义，才可能大大地跨越了一步。19世纪自然主义的代表作家左拉认为福楼拜是“自然主义之父”；而20世纪的法国“新小说”派又把他称为“鼻祖”。

【作品简介】

《包法利夫人》是法国作家福楼拜创作的长篇小说。这里写的是一个无论在生活里还是在文学作品中都很常见的桃色事件，但是作者的笔触感知到的是旁人尚未涉及的敏感区域。

作品讲述的是一个受过贵族化教育的农家女爱玛的故事。她瞧不起当乡镇医生的丈夫包法利，梦想着传奇式的爱情。可是她的两度偷情非但没有给她带来幸福，却使她自己成为高利贷者盘剥的对象。最后她积债如山，走投无路，只好服毒自尽。爱玛的死不仅仅是她自身的悲剧，更是那个时代的悲剧。作者用细腻的笔触描写了主人公情感堕落的过程，作者努力地找寻着造成这种悲剧的社会根源。

【创作背景】

19世纪40年代，正是资本主义制度在西欧确立的时期，法国的资产阶级也在“七月”革命后取得了统治地位，并且，伴随着工业革命的逐渐推进，法国的资本主义得到了很大的发展，工农业在这一时期都取得了很大的进步。

而小说正是刻画了1848年资产阶级取得全面胜利后的法国第二帝国时期的社会风貌。小说取材于真人真事：一个乡村医生夫人的服毒案。福楼拜写《包法利夫人》花了四年零四个月，每天工作十二小时。正反两面的草稿写了一千八百页，最后定稿不到五百页。1856年《包法利夫人》在《巴黎杂志》上发表。

【思想主题】

福楼拜在小说中客观地揭示了酿成包法利夫人自杀的前因后果，陈述了社会所不能推卸的责任。爱玛的堕落是命中注定的，在劫难逃，并不是她本人的错，是当时的社会造成的。爱玛自杀后，勾引爱玛的郝麦得到了十字勋章，把爱玛逼得自杀的奸商兼高利贷者勒乐却发了财。

【写作特色】

《包法利夫人》具有明显的双重想象型叙事艺术特色。该小说主要讲述女主人公爱玛不满其作为普通乡村医生的丈夫查理·包法利的平庸无趣，不满现实家庭生活的沉闷单调，带着对理想生活和爱情的热烈追求，在无可遏制的情欲支配下，先后邂逅青年文书莱昂和产业绅士罗多尔夫并与其偷情，最后遭到抛弃并走向自杀的悲剧故事。

从想象叙事来看，福楼拜首先从包法利夫人的原型欧仁·德拉马尔，一个和包法利夫人命运相似的现实人物生活事件出发，用一个女人不满一个男人带给她的生活，从而追求另外两个男人并造成悲剧的完整故事构成了作家的想象性艺术空间。

其次，在作家所构建的艺术空间里，其中的人物同样存在想象性活动，主要是包法利夫人的想象性活动，甚至可以说正是女主人公的想象使故事本身走向毁灭性的结局。在《包法利夫人》中，无论是写景、叙事还是写人，福楼拜皆能运用非常精细的笔触，使描绘刻画无不栩栩如生。福楼拜正是通过这种细密画型叙事艺术手段赋予了《包法利夫人》源象型叙事、平板型叙事以切实而又无限丰富的内涵。

【主要人物及其事件】

爱玛：爱玛是一个农夫的女儿，在修道院里接受过大家闺秀式的教育，在那里她学过刺绣、弹钢琴和屈从，但同时她也阅读了大量浪漫主义的小说。她深信自己得到了那种不可思议的爱情，因此选择了结婚。在查理·包法利医治好她的父亲之后，她便嫁给了他。爱玛别出心裁，想在半夜举行火炬婚礼，充分体现了她的浪漫情怀。然而爱玛“结婚以前，自以为就有了爱情，可是，婚后却不见爱情生出的幸福”。婚后不久，她便对这位乡村医生感到不满，后来越发怀疑自己弄错了。她是满怀憧憬嫁给包法利的，但是，包法利是个笨人，他的谈吐像人行道一样呆板，见解庸俗，如同来往行人一般，衣着寻常，激不起情绪，也激不起笑或者梦想。虽然丈夫确实深爱着她，但却不是爱玛所希望的那种爱。他表达爱的方式是实实在在的，他的爱是确实存在的，但是却缺乏激情和浪漫。

查理·包法利：查理·包法利

是一名乡村医生，前后有两位妻子，但无论是作为哪一任妻子的丈夫，查理在家中都是毫无地位可言的。他丈夫的角色形同虚设。作为丈夫，查理在生活中，无论大小事，他都极力顺从爱玛的要求。为了爱玛的健康问题，举家迁居到另一个陌生的城市重新开始；在金钱方面，查理不仅从来没有对爱玛的奢侈消费有丝毫不满与反对，反而竭尽全力地去满足她。然而，在精神层面，查理对妻子的心灵世界是一无所知的，更不用说满足妻子对浪漫爱情的需求了。所以，包法利医生和爱玛之间缺乏心灵上的沟通，一个是现实的，另一个则是幻想的。

老包法利先生：老包法利先生是查理的父亲，与查理的木讷、呆板不同，当过外科军医的老包法利先生在早年是个美男子，于是，漂亮的外表为他带来了六万法郎和一个女人任劳任怨的付出。结婚后，老包法利先生理应在家庭中扮演好丈夫的角色，然而，他依靠妻子的财产生活，吃好、喝好、睡好，骑马游乐，将自己肩上作为丈夫和男人的责任交由妻子去承担。老包法利先生在家庭中的丈夫角色是名存实亡的，这样的老包法利先生，显然不是一位合格的丈夫。除了不是一位合格的丈夫，老包法利先生也不是一位合格的父亲，他想要以斯巴达式的严格教育使孩子能有一个强健的体魄。或许，这个初衷是好的，可是，他忽略了孩子天生性情温和，并且，他的教育方式也是荒谬的。另外，老包法利先生对孩子的文化教育问题漠不关心，任由孩子在村里游荡。直到孩子12岁时，在妻子的请求下，他才允许孩子开始读书。总之，老包法利先生是一位毫无意义的丈夫和父亲。不得不说，这在某种程度上，深深地影响了他的儿子——查理·包法利。

郝麦：郝麦是药剂师，在医生查理到来后表现得十分热情，主动向医生介绍了永镇的各种情况，包括该地区的常见病例、气候条件以及医生家的住房条件等等。就这样，在短短的时间里，郝麦就拉近了与医生一家的距离。一方面，这么做可以向新来的人炫耀他的知识渊博，见多识广，另一方面，这充分地赢得了查理的感激之情，以确保今后自己被发现无证行医时，能够相安无事。可以说郝麦是一位十足的“好好先生”，出于对自己利益的考虑，他对那些有地位有

名望的人，总是迫不及待地去巴结他们，满脸堆笑，又是鞠躬，又是敬礼，丝毫不敢怠慢。他非常渴望能得到当局的认可。

罗多尔夫：罗多尔夫是一位地主，这个男人与爱玛平庸无能的丈夫和羞涩懦弱的莱昂截然不同，他傲慢、自负、富有攻击性，是个风月老手。自第一次看到爱玛，他就想着如何把这个美貌的医生太太搞到手。在其处心积虑、欲擒故纵的勾引下，爱玛逐步陷入他的情网，而当情欲和对漂亮女人的征服欲得到满足之后，这个逢场作戏的浪子对爱玛失去了兴趣。终于，在爱玛怂恿他带她一起私奔时，罗多尔夫趁机与她彻底了断。

莱昂：莱昂是一名实习生，后来成为书记员。这个俊美的金发青年爱上了爱玛，可此时的莱昂还只是一个腼腆害羞的小伙子，他虽然爱慕爱玛，可是道德的束缚和天性的纯真令他不敢越雷池半步，只能一面心中苦恼，一面默默地关注着她。他看似言行脱俗，其实骨子里非常肤浅，很快就厌倦了没有结果的爱情和千篇一律的生活，开始向往浮华的巴黎。不久，他便离开了永镇，远赴巴黎求学。

【名家点评】

以《包法利夫人》为典型的自然主义小说的首要特征，是准确复制生活，排除任何故事性成分。作品的结构仅在于选择场景以及某种和谐的展开秩序……最终是小说家杀死主人公，如果他只接受普通生活的平常进程。

——法国作家左拉

包法利夫人沉湎于想入非非的浪漫爱情的遐想中，她像男性一样痴心地、慷慨地委身于那些卑劣的家伙，也如同一些诗人醉心于女人一样。其实这个女人在她的同类中，在她狭窄的世界里和局限的视野中是很崇高的。

——法国诗人波德莱尔

【作品影响】

《包法利夫人》不仅标志着19世纪法国小说史的一个转折，而且在世界范围影响了小说这个文学体裁在此后一个多世纪的演变和发展过程。

【常考知识点】

1.简要复述包法利上学到成为医生的过程，谈谈你对这时期的包法利的看法。

早期的包法利天性驯良，不接受父亲的“男性理想”教育，然而包法利也同样不喜欢文学，所以对于母亲的教导也觉得“不值得”。母亲因此决定让堂长给他开蒙，却因堂长的不负责任而耽误了。后来进了鲁昂的中学，成绩平平。三年后，他开始学医，然而在此期间，他因懒惰而最终考试不及格。回乡后，母亲把责任全部推卸到考官身上，包法利从此成为了一名医生。包法利总的来说是一个十分老实的学生，小的时候十分用功、刻苦，然而长大了以后，却总也经不住社会不良事物的诱惑，最终导致了考试不及格。

2.简要谈谈老包法利的婚姻及其生活方式的情况。

1812年，老包法利因为自己的长相，娶了一位千金，早期靠妻子的财产活得十分体面。岳父死后，没捞到一点好处，又因为自己什么都不会，又好吃懒做，办实业、种地都赔了钱，后来在一所村庄里退隐起来。对于爱恋他的妻子他并不珍惜，与村里放荡的女人勾搭。妻子只得又当爹又当娘，家里所有的大事小事都自己担着，然而老包法利对她并不抱有一丝感激。

3.你怎么看待包法利对妻子的爱？

无止境的爱，十分珍惜。然而他并不了解自己妻子的内心世界，他不知道自己的妻子真正想要的是什么。他应该多和自己的妻子沟通，让自己知道应该怎样做，也许只有这样，才可以避免后来的悲剧发生。

4.概括介绍包法利的第一桩婚事。

包法利的第一桩婚事是母亲一手操办的，一位老寡妇，只是因为她有着丰厚的收入。婚后的包法利，所有的行为都要经过她妻子的认可。她像一个老太婆，自己的丈夫来也不对，走也不是，夜晚包法利回家时，他的太太也要一个劲地烦他。后来生病吐血身亡。

5.从作品中找出相关内容，分析概括你对这一时期的包法利夫人的看法。

婚前的包法利夫人，从修道院回来很久了，她想必早已经过腻了这种生

活，正希望自己的生活出现一丝转机，然而一位男士的出现，无疑给她的生活带来了不少的欢乐与刺激。这时的爱玛，一定对包法利充满了幻想，希望与他在一起。包法利的第一个妻子的死，无疑给了爱玛一个机会，听到这个消息，她没准十分高兴呢。

6.小说《包法利夫人》的作者是（ C ）。

A.拜伦　B.培根　C.福楼拜

7.小说《包法利夫人》中的爱玛是一个（ A ）。

A.在贵族资产阶级社会的腐蚀和逼迫下堕落毁灭的妇女形象

B.个人奋斗者形象　C.女冒险家　D.追求个性解放的妇女形象

8.找两到三处原文中的景物描写，体会写环境的角度及描写的风格特点。

①侯爵的庄园，树木成荫，百草丰茂，花香四溢。作者通过对侯爵家环境的描写，侧面告诉了人们侯爵家财产丰厚，生活十分有情调。②舞会回来后，爱玛觉得太阳就像掌灯一样昏暗，晴天听不到鸟叫，一切都没有了生机。此时此刻，爱玛的心情如同太阳一般昏暗，作者通过环境的描写，揭示了爱玛心情的昏暗，写出了她渴望、幻想奢华的生活，却得不到时的心情。

《漂亮朋友》

居伊·德·莫泊桑

名著导读

【主要故事情节】

杜洛瓦是个刚从非洲退役回来的士兵，他身上一文不名，穷得要死，但他有一个很大的优点，那就是长了一副漂亮面孔，任何女人见了他，都会被他迷倒。经朋友弗雷斯蒂埃的介绍，杜洛瓦进了一家报馆，很快他就熟悉了这个行当的业务。但是不久他发现，仅做个普通的新闻记者根本发不了财，也进不了上流社会。于是，他把目光投向那些贵妇人，企图利用她们的关系升官发财。很快，他就凭借自己漂亮的外表赢得一位贵妇的芳心。这样还不够，在弗雷斯蒂埃太太玛德莱娜的指点下，杜洛瓦又向报馆的老板娘发起猛烈的攻势。这位半老徐娘不甘寂寞，很快也做了他的情妇。在她的暗中帮助下，杜洛瓦升为报馆的政治主编。

不久，弗雷斯蒂埃因病去世，杜洛瓦便趁机追求他的遗孀玛德莱娜。玛德莱娜是个聪明活泼的女人，不但出身高贵，而且与政府要员关系密切。杜洛瓦相信娶了她，自己一定能飞黄腾达。最终，玛德莱娜答应了他的求婚。通过这桩婚姻，杜洛瓦跻身贵族行列。在妻子的督促和帮助下，杜洛瓦加紧工作，并利用妻子从议员拉洛史那里得来的消息，成功炮制了一篇攻击内阁的文章，引起极大的轰动。之后，他又针对法国对摩洛

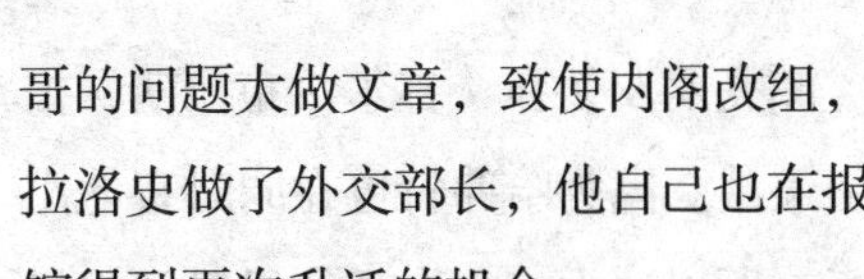

哥的问题大做文章，致使内阁改组，拉洛史做了外交部长，他自己也在报馆得到再次升迁的机会。

不久，一位老伯爵去世，竟把大笔遗产都留给玛德莱娜。杜洛瓦这才得知妻子曾与伯爵有暧昧关系，他向她要了那份遗产的一半，才不予追究。在法国征服摩洛哥的问题上，报馆老板和新外交部长拉洛史暗中操纵，大发战争横财，而杜洛瓦没有捞到什么实际好处，心里十分气恼。后来，他遇到报馆老板的小女儿苏珊，又决心通过苏珊走向成功之路。他一面加紧追求苏珊，一面暗中追查妻子玛德莱娜与拉洛史的奸情，最终胁迫玛德莱娜与他离了婚。

之后，杜洛瓦诱拐苏珊和他私奔，迫使报馆老板答应这门婚事，并荣任报社总编辑。而那位可怜的老板娘从昔日的情妇，一下子变成杜洛瓦的丈母娘，尽管她极力反对这门婚事，但也无能为力。在杜洛瓦和苏珊的盛大婚礼上，人人都称赞杜洛瓦年轻有为，谁都能预料他一定能当上议员和部长。

居伊·德·莫泊桑

【作者简介】

居伊·德·莫泊桑（1850年8月5日—1893年7月6日），19世纪后半叶法国批判现实主义作家，与俄国契诃夫和美国欧·亨利并称为“世界三大短篇小说巨匠”。代表作品有《项链》《漂亮朋友》《羊脂球》《我的叔叔于勒》等。

莫泊桑，1850年出生于法国上诺曼府滨海塞纳省的一个没落贵族家庭。曾参加普法战争，此经历成为他日后创作小说的一个重要主题。他一生创作了六部长篇小说、三百五十九篇中短篇小说及三部游记，是法国文学史上短篇小说创作数量最大、成就最高的作家之一。莫泊桑患有神经痛和强烈的偏头痛，巨大的劳动强度使他逐渐病入膏肓，直到1891年，他已不能再进行写作。在遭受疾病残酷的折磨之后，莫泊桑于1893年7月6日逝世，年仅43岁。

【作品简介】

《漂亮朋友》（又译《俊友》）是法国作家莫泊桑创作的长篇小说。《漂亮朋友》是一部极有批判力的讽刺小说。它通过描写杜洛瓦流氓式的发迹过程，不仅批判了“杜洛瓦”这类人的灵魂的卑鄙与龌龊，更深刻地反映了19世纪法国政治生活的黑暗与丑恶，揭露了资产阶级的堕落与报界的污秽。

作品讲述了法国驻阿尔及利亚殖民军的下级军官杜洛瓦来到巴黎，进入报馆当编辑的故事，他依仗自己漂亮的外貌和取悦女人的手段，专门勾引上流社会的女子，并以此为跳板，走上飞黄腾达的道路。最后他拐走了报馆老板的女儿，迫使老板把女儿嫁给他，自己成为该报的总编辑。小说结尾还暗示他即将当上参议员和内阁部长，前程还远大着呢。

【创作背景】

1884年，莫泊桑开始着手写作《漂亮朋友》，因为他急需要钱装修新居以便搬家。或许是对金钱的渴求，他顾不得还有其他很多的稿子要写和他的眼疾已经严重恶化的情形，而决心要将这部小说在第二年二月完成。从第二年4月8日到5月30日，《漂亮朋友》在《吉尔·布拉斯》报上连载。因为哈弗特也在同时替他出版，所以这本书也在圣彼得堡的报纸上连载。

【思想主题】

《漂亮朋友》暴露了当时新闻界的黑幕。报纸从它诞生之日起，就是各个阶级和党派斗争的工具和喉舌。巴尔扎克在半个世纪以前写出的《幻灭》，已经揭露过报纸在制造社会舆论上的巨大作用，莫泊桑的揭露大大发展了一步。

《漂亮朋友》是一部揭露性很强的小说。通过塑造这些现代冒险家的典型以刻画资产阶级政客的丑恶灵魂，深刻地揭示了法国第三共和国的政治、经济的复杂现象，是19世纪末法国的一幅历史画卷。有着漂亮外表的杜洛瓦是一个不择手段向上爬的无耻之徒，他善于抓住机会，利用女人发家，在短时间内便飞黄腾达，获得巨额财产和令人目不暇接的社会地位。

【写作特色】

在遣词造句上，作者做到了朴实、简洁、准确，并且一以贯之。但是，在描绘男女私情上，莫泊桑往往离开了古典现实主义的写作原则，在他笔下出现了过于露骨的描写，他的几部长篇小说特别如此。

《漂亮朋友》还算是较有节制的。即使在描写杜洛瓦对女人的无耻追逐时，莫泊桑大体上也是持否定态度的。然而，莫泊桑津津乐道和巨细无遗的描写，不免表现出他在男女关系上存在一些观念问题：他对婚姻的否定，随之而来对女性过于轻浮的追逐，不能不反映到小说创作中来。

《漂亮朋友》虽然在扩大题材视野以及开掘资产阶级野心家罪恶灵魂方面获得了空前成功，即如有论者所言："在莫泊桑的全部创作中，它的社会画面最广阔，暴露最深刻，批判最有力。"然而，在性别方面它却充满了男性爱恶和主观臆断。书中的女性，无论是巴黎妓女还是名媛资妇，也无论作者将其塑造得如何活色生香、千姿百态，她们骨子里都充满了作家浓厚的厌女情绪，展露出千人一面、淫娃荡妇式的刻板印象，从这一点观之，《漂亮朋友》乃是一部地道的厌女文学作品，它深深地表露了作家力图将女性固定在他者之位的文化想象。

【主要人物及其事件】

杜洛瓦：杜洛瓦是帝国主义时代资产阶级冒险家的典型，虚伪、无耻、狡猾、不学无术。他有一张漂亮的脸，因此可以用来吸引他的情妇们为他办事，他就这样利用女性获得权力与金钱。一旦发现更加有利用价值的人那么便毫不留情地抛弃之前的情妇，无耻至极。结尾并不像一般故事那样让这种浪荡之徒走向灭亡或反省改变，而是走到最后杜洛瓦依然前途一片光明，娶到了年轻美丽的妻子，并且也获得了自己想要的地位和金钱。这也反映了当时法国社会的黑暗，杜洛瓦是一个机灵鬼，一个滑头，一个随机应变的人。杜洛瓦这一形象反映了资产阶级野心家对于金钱和地位的贪婪，正是资产阶级对于资本的迷恋才导致了畸形的价值观和社会风气，是制度导致了人们人格的丧失，造成人们品行的低劣。

玛德莱娜：杜洛瓦的第一位妻子玛德莱娜是对杜洛瓦影响最深的女人。引导杜洛瓦进入新闻界的第一篇文章就是玛德莱娜帮忙写的，是她帮助杜洛瓦在新闻界建立了如此广泛的人脉资源，她介绍杜洛瓦去接近德玛莱尔夫人，也是她提示杜洛瓦可利用瓦尔特夫人对杜洛瓦的芳心暗许。她曾是杜洛瓦好朋友弗雷斯蒂埃的妻子，后来她成了杜洛瓦的妻子。她说她爱杜洛瓦，可是她偏偏跟其他男人有秘密关系。就是这样一位在文中复杂、精明、能干的女人，却依然成了杜洛瓦向上升的垫脚石。

德玛莱尔：德玛莱尔追求杜洛瓦不遮掩，她能为杜洛瓦付出而感到高兴，为了能有一个固定的场所和杜洛瓦约会，自己出钱租了公寓。为了能够在金钱上帮助杜洛瓦而不伤害男人的自尊心，她费尽心机地将金路易藏进衣兜里，放在桌子上，她甚至在挨了打之后还主动认错。

【名家点评】

这部小说具有“形式的美感”和“鲜明的爱憎”。

——托尔斯泰

这部作品“无限地丰富多彩，无不精彩绝妙，令人叹为观止”。

——左拉

【作品影响】

《漂亮朋友》是法国19世纪小说家莫泊桑的代表作，它诞生在标志第三共和国历史特点的投机活动中最辉煌的时刻，堪称这一时期重大事件所孕育的杰作。

【作者小趣闻】

做人谦虚

“嗨，我真白活了，真的！”莫泊桑神情沮丧，在屋里踱来踱去。

“你怎么啦？”朋友吃惊地问他。

“刚读完托尔斯泰的《伊凡·伊里奇之死》。”莫泊桑指指桌上的一部小说。

朋友对莫泊桑说：“当然，伯爵的这部小说是写得不错，但是，你的小说并不亚于他呀！”

的确，莫泊桑曾写过不少的长篇小说，尤其短篇小说写得又多又好，被誉为“世界短篇小说之王”。听了朋友的话，他摇摇头，说：“你别说了，我差远啦。今天我再一次读了它……”莫泊桑一指桌上托尔斯泰的那部小说，感慨万分地说，“我发现我的一切活动都毫无意义，我那十卷书也完全算不了什么。”

朋友恍然大悟了，他虽然感到莫泊桑对自己的评价是不符合实际的，但他却没有再辩解。因为朋友认为：莫泊桑的谦虚态度正是他获得巨大成功的奥秘，对此只有尊敬而已。

【常考知识点】

1.《漂亮朋友》又译作《俊友》，是法国作家莫泊桑创作的长篇小说。

2.分析一下杜洛瓦的人物形象。

杜洛瓦是帝国主义时代资产阶级冒险家的典型，虚伪、无耻、狡猾、不学无术。他有一张漂亮的脸，因此可以用来吸引他的情妇们为他办事。他就这样利用女性获得权力与金钱。一旦发现更加有利用价值的人那么便毫不留情地抛弃之前的情妇，无耻至极。

3.《漂亮朋友》通过描写杜洛瓦流氓式的发家过程，深刻地反映了19世纪法国政治生活的黑暗与丑恶，揭露了资产阶级的堕落与报界的污秽。

4.《漂亮朋友》暴露了当时新闻界的黑幕。

《娜娜》

爱弥尔·左拉

名著导读

【主要故事情节】

娜娜最早出现在《小酒店》里，她是绮尔维丝·马卡尔和白铁工古波的女儿，第一次出现时六岁，已经显得是个女无赖；十岁时这“坏孩子竟像一个妇人一摇三摆地在他（朗第耶）的跟前走路，并且斜眼瞅着他，眼光里充满了邪气”；十三岁到花店老板娘那里当学徒；“娜娜长大了，只十五岁便长得像一只小牛似的，肥胖，皮肤十分洁白，嘴唇很红，两眼像两盏明灯，所有的男子都希望在她这盏明灯上点烟斗”。在第十一章的结尾，娜娜已开始卖淫，她最后一次出现时坐在马车里，身穿盛装：她搞上了一个子爵。

在《娜娜》的开头，娜娜被巴黎游艺剧院经理博德纳夫看中，主演轻歌剧《金发维纳斯》，虽然唱歌走调，又不会演戏，却因裸体上场，身上只裹薄纱，博得观众的喝彩，使演出获得成功。第二天，舒阿尔侯爵和米法伯爵借口为本区贫民募捐，对她登门拜访，还从她卖淫所得中拿走五十法郎。她这时的相好是达格内，此人为女人花掉了三十万法郎，现在做点股票买卖，赚点钱给她们买一束花，请她们吃一顿饭。娜娜为扶养儿子小路易，由特里贡太太牵线，出去卖淫。

不久之后，她得到犹太银行家

斯泰内的供养，此人给她买了乡间别墅娇娃屋。她不顾剧院经理的反对，前往别墅居住，并在暗中接待资产阶级少年乔治·于贡和皇后侍从米法伯爵。另外，娜娜同前来看望她的朋友和同事一起，参观了离别墅七公里远的夏蒙隐修院遗址，见到拿破仑时代的交际花伊尔玛·德·昂格拉尔夫人在那里安度晚年。这时，斯泰内在金融上再次陷入困境，娜娜投入米法伯爵的怀抱，但不久之后却爱上了丑角演员丰唐。

她见米法纠缠不休，一怒之下揭出了米法的妻子萨比娜伯爵夫人和记者福什里的奸情，并把伯爵赶出家门。她和丰唐把积蓄凑在一起，搬到韦龙街的一个小套间居住。但丰唐很快露出吝啬、无赖的本性，不但经常殴打她，还收回他拿出的七千法郎，使娜娜只好同女友萨坦一起在街上拉客卖淫。同时，丰唐又把自己的情妇、巴黎剧院女演员带到家里，却不让娜娜进去。娜娜只好同萨坦在一家小旅馆过夜，这时正值警察前来搜捕，萨坦被捕，娜娜逃过此劫，来到领养她儿子的姑妈家里。

经过拉博代特的调解，娜娜和米法重归于好。这时游艺剧院正在排练福什里写的剧本《小公爵夫人》，经理博德纳夫希望娜娜出演轻佻女子热拉迪娜，娜娜却偏要演伯爵夫人这个正派女人的角色，并在米法的帮助下如愿以偿。但娜娜演技拙劣，把戏演砸，就不再演戏，住到米法替她买下的位于维利埃林荫街的公馆里，靠伯爵的供养过着奢侈的生活。

她本性难改，不能对米法忠贞不贰，不久后接待了旺德弗尔伯爵、乔治及其哥哥菲利普，后来又让她的同性恋人萨坦住到家里。旺德弗尔因在巴黎跑马大奖赛中进行舞弊受到严厉处分，就于次日在自己的马厩里放火自焚。这时的娜娜红极一时，仿佛在邪恶的地平线上变成庞然大物，凌驾于巴黎之上。但奇怪的是，金钱像河水般从她大腿之间流进来，她却经常缺钱用，就向菲利普借，菲利普因此贪污团里的公款，锒铛入狱，乔治也因嫉妒哥哥而在娜娜家里自杀。

在几个月的时间里，娜娜把富卡蒙、斯泰内、拉法卢瓦兹和福什里的钱通通吃掉。米法伯爵也因此破产，并被迫辞去皇后侍从的职务。一天，娜娜突然销声匿迹，她在离开前拍卖掉公馆的家具和衣物，她出走的原因是在演出幻梦剧《梅吕齐娜》期间同博德纳夫发生争执。有人说她去了开罗，几个月后又有人说曾在俄国遇到她。

七月的一天，娜娜突然从俄国回来，去姑妈家看望儿子，却从患病的儿子那里染上天花，不久病死在大旅馆里。这时，普法战争即将爆发，而第二帝国则将在这场战争中崩溃。

爱弥尔·左拉

【作者简介】

爱弥尔·左拉（1840年4月2日—1902年9月28日），法国自然主义小说家和理论家，自然主义文学流派创始人与领袖。

1840年，左拉诞生于法国巴黎，主要创作作品为《卢贡·玛卡一家人的自然史和社会史》，该作包括20部长篇小说，登场人物达1000多人，其中代表作有《小酒店》《萌芽》《娜娜》《金钱》等。左拉是19世纪后半期法国重要的批判现实主义作家，其自然主义文学理论，被视为19世纪批判现实主义文学遗产的组成部分。

【作品简介】

《娜娜》是法国作家爱弥尔·左拉创作的长篇小说，是《卢贡马卡尔家族》（共二十部）的第九部小说，出单行本之前，先在《伏尔泰报》上连载（1879年1月—1880年2月）。

《娜娜》讲述主人公娜娜被游艺剧院经理看中，主演《金发维纳斯》获得成功，巴黎上流社会的男士纷纷拜倒在她的石榴裙下。她先后由银行家斯泰内和皇后侍从米法伯爵供养，成为巴黎红极一时的交际花，把追求她的男人的钱财一口口吃掉，使他们一个个破产，有的还命赴黄泉。她最后因患天花病死，时值第二帝国即将在普法战争中崩溃，而娜娜一生的兴衰，则成为第二帝国腐化堕落的社会的写照。

【创作背景】

19世纪后半期，法国从资本主义向帝国主义过渡。第二帝国时期，资产阶级社会崇尚享乐、腐化萎靡。19世纪中叶，西方国家的科学技术有了很大的发展，进而大大推动了生产力的发展，人们的生活条件有了很大的改善。社会科学的各个领域也受到自然科学的影响，认为科学似乎是万能的，能解决一切问题。左拉深受时代风气的影响，提倡小说应着重写人的生理本能，写小说就像在实验室里做实验一样，不应受社会规律的支配。

他强调文学创作的科学性和真实性，主张用纯客观的态度把生活中的一切细微末节精确而毫无遗漏地摄取下来，作家对社会应持超党派、超政治的客观态度，不表露自己的思想感情，也不对事物做结论。在创作小说《娜娜》的时候，他广泛接触、采访各种各样有可能接近如女主人公所生活的社交圈中的人，比如特意走访妓院，邀请交际花共进晚餐，虽然他自己并非纵情声色之徒。此外，左拉还向人咨询女同性恋者以及女皮条客的情况等等。与此同时，左拉深入剧院，了解演员在后台的化妆、服饰等状况，通过查阅资料和调查研究，掌握上流社会的生活情景。总之，左拉像一个科学工作者那样，力图挖掘社会的真相，给人们提供一幅真实可感的生活画卷。左拉于1878年8月9日写出《娜娜》的提纲，8月20日开始撰写这部小说。

【思想主题】

小说《娜娜》深刻反映了法兰西第二帝国时期的社会现实，尤其是围绕着一个高级妓女娜娜，把上流社会骄奢淫逸、腐朽堕落的寄生生活淋漓尽致地展现了出来，从生活的各个侧面巧妙而深刻地揭示其统治的摇摇欲坠、行将就木的必然趋势。尤其在小说的结尾，作者更是直接预示了革命风暴的来临。

【写作特色】

①真实客观。左拉是自然主义文学的领袖，无论是在理论上还是创作上都是自然主义文学的杰出代表。他致力于自然主义文学理论研究，为自然主义文学鸣锣开鼓，提出了“实验小说论”等自然主义理论主张。他强调文学的科学性、客观性，注重表现遗传和环境对人的影响，把真实感作为小说家的首要品格，把客观性作为作家应该追求的创作特色。

②叙事场景化。在左拉的作品中，情节性的叙述减少了，场景化的描述增多了，这种倾向可简单称为叙事场景化。在他的作品中，主题意义不是从人物的行动连贯而成的因果性情节中表达出来的，而是在共时性的

场景描述中展现出来的。他以场景描述直接呈现某一领域的生活真实，而不侧重以离奇的情节编排来说明某个人生道理。不采用因果相继的线性逻辑，而是重视对断面生活的空间性的展现，叙述由传统的历时性（持续的、反复的、点状的）向共时性（把事件化为场景，抽取断面的生活）过渡，叙事场景化从而成为左拉作品叙事的客观性的突出表现。注重场景的描述给左拉自然主义文学的客观叙事定下了基本的框架，而客观的叙事视角则体现了作者在组织材料、建构客观场景上的客观中立的立场，为其客观叙事提供了完美的外观。左拉作品中叙事视角的客观化，可以体现在其减少使用以往作品中无所不知的叙事者叙事，即全知视角，而多采用限知视角，这从另一方面体现了左拉作品叙事的客观性。

【主要人物及其事件】

娜娜：从小说《娜娜》看，女主人公娜娜是卢贡·马卡尔家族的后裔，出身低贱，父母因遗传的酗酒嗜好，加之环境的影响，愈来愈走向贫困和堕落。在这部小说中，左拉仍然坚持从遗传的、本能的角度来塑造人物，表现在娜娜身上，其来自家族的扭曲的人性的最为突出的一点，便是性生活的荒淫无度。娜娜作为戏剧《金发维纳斯》的女主角出场，但是人们从来没有听到过唱得如此走调的歌声，而且唱得如此不得法，更有甚者，刚唱完两段歌词，她便再也发不出声音来，只能手足无措地在舞台上扭来摆去。不过，娜娜“凭借着她那大理石般的白皙的肌肤和她那强烈的性感，赢得了胜利，这种性感足以毫无损害地摧毁全体观众”。在无度的情欲的支配下，娜娜想方设法，或者说不顾一切地跟人寻欢作乐，“不管在什么角落，不管穿着睡衣还是穿着礼服，只要碰上一个男人，她就要取乐一下”。于是，上至王公贵族，下至低贱小民，亲如父子兄弟，疏有冤家对头，都成了娜娜卧房中的座上客。此外，娜娜还疯狂地大搞同性恋，并且有自恋的癖好。娜娜有着似乎永远也不能满足的情欲，既是一个异性恋狂，又是一个同性恋狂和自恋狂。除了不可理喻的旺盛的情欲之外，娜娜带有遗传因素的变态特征还表现在挥霍无度上，“每天夜里男人不离身，富得连梳妆台的抽屉里都塞满了钱，与梳子和刷子混放在一起”。与她的情欲相似的是，娜娜的挥霍也带有近乎无知的色彩，她的想法很简单，就是要花钱，花得越多她越开心，不管钱是怎么来的，更不管钱是怎么去的。于是，这样的怪现象也就屡见不鲜了："在这条流着黄金的河流中，她的四肢都被它的波涛淹没了，而她竟然还时常感到手头拮据"。在短暂的一生当中，娜娜似乎完全是自发地、懵懵懂懂地进行着她的放纵、她的挥霍。

丰唐：在小说中有个男人是对娜娜比较重要的，即丑角丰唐。丰唐是一个长相丑陋、品性恶劣、自私自利还有严重暴力倾向的男人，依据他所具备的这些"素质"，应该也是左拉想描述的"下级社会肮脏低劣的品性"的类型。而娜娜对丰唐的死心塌地始于一个耳光，在此之前，娜娜对待丰唐的态度与其他男人并无差别，即时不时的口角、威胁，远远不是顺从、依赖、离不开的程度。在丰唐因为娜娜的无理取闹而给她猛烈的一耳光后，娜娜看他时似乎多了一层敬畏，接着就变得格外顺从，以近似于屈辱的方式来换取对方的愉悦。

【名家点评】

我因读此书夜不能寐，惊恐万状。如果要对书中新奇事和有力的笔调进行评论，那每页都有！……这是一本了不起的书，棒极了！

——福楼拜

我读《娜娜》时简直吃惊万分，读到后来更是趣味无穷，香气扑鼻。这是本好书，一本风格新颖的书，……天啊！实在是了不起！

——于斯曼

【作品影响】

该作的问世扩大并巩固了左拉在世界文学史上的地位。《娜娜》发表后在法国引起了轰动，小说出版的第一天，其销售量达五万五千多册。小说曾被改编为电视、电影在法国多次播映，相继被译成20多种语言文字。

【常考知识点】

1.《娜娜》是法国作家左拉创作的长篇小说，是《卢贡·马卡尔家族》的第九部小说。

2.左拉是19世纪后半期法国重要的批判现实主义作家，其自然主义文学理论，被视为19世纪批判现实主义文学遗产的组成部分。

《约翰·克里斯朵夫》

罗曼·罗兰

名著导读

【主要故事情节】

主人公约翰·克里斯朵夫出生在德国莱茵河畔一个小城市的穷音乐师家庭里。其祖父和父亲都曾是公爵的御用乐师，但此时家庭已经败落。老祖父很喜欢小克里斯朵夫，向他灌输了不少英雄创造世界的观念，这使他从小就产生了要当大人物的想法。克里斯朵夫在父亲的严格管教下学习音乐，他早熟的音乐天赋引起了祖父的注意。祖父暗地里把他随口而出的片段谱成乐曲，题名为《童年遣兴》献给了公爵，小克里斯朵夫被邀请到公爵府演奏，被夸赞为“在世的莫扎特”。11岁那年，他被任命为宫廷音乐联合会的第二小提琴手。眼看孙子有了出息，祖父在欣慰中去世了。

然而，他的家境愈发败落了，父亲整日酗酒，养家的重任过早地落到了他的肩上。克里斯朵夫在附近的一家豪宅找了一份教钢琴的兼职工作，并与和他年纪相仿的学生弥娜之间相互产生了好感，但在遭到弥娜母亲的一番奚落后愤然离开。此时，父亲也去世了，克里斯朵夫的童年也就这样结束了。此后，克里斯朵夫经历了两次失败的爱情，他的心绪烦乱，意志更见消沉，整天和一帮不三不四的人在酒馆里泡。

在这个时候，自小就教他安贫乐道、真诚谦虚的舅父再一次指引他走出了情绪的低谷，使他重新振作起来。有一次，克里斯朵夫去听音乐会，他忽然感觉到观众都是百无聊赖，而演奏也是毫无生气。他回到家里，把他所景仰的几位音乐大师的作品拿出来看，竟发现其中同样充满了虚伪和造作。桀骜不驯的克里斯朵夫随即发表了对大师们的反面意见。结果可想而知，他失去了公爵的宠爱，把他所在的乐队和观众也全部得罪了。

一个星期日，他在酒馆里借酒浇愁时替一位姑娘打抱不平，和一帮大兵发生冲突闯下大祸，他只好逃到巴黎去避难。在巴黎，克里斯朵夫陷入了生活的困境之中。最后，他终于在一个汽车制造商家里找到了一个教钢琴的工作，制造商善良的外甥女葛拉齐亚对他的命运充满了同情。克里斯朵夫继续着他的音乐创作，他用交响诗的形式写成了一幕音乐剧。然而，他拒绝一个声音庸俗肉麻的女演员演出自己的音乐剧，又给自己惹了麻烦，演出被人捣乱搞得一团糟糕，他气愤得中途退场。由于这次不成功的音乐会，他教课的几份差事也丢了，生活又一次陷入窘境。

深爱他的葛拉齐亚因无法帮助他而伤心地离开巴黎回到了故乡。在一个音乐会上，克里斯朵夫结识了青年诗人奥里维，二人一见如故，从此住到一起。不久，克里斯朵夫创作的《大卫》出版了，他再次赢得了“天才”的称号，生活也出现了转机。但不谙世故的克里斯朵夫仍被人利用，卷入一个又一个是非之中，逐渐身心疲惫，狼狈不堪，幸得葛拉齐亚的暗中帮忙，他才又一次脱身。然而，在一次“五一”节示威游行中，他的好友奥里维死于军警的乱刀之下，他出于自卫也打死了警察，最后不得不逃往瑞士。

在瑞士，克里斯朵夫思念亡友，悲痛欲绝。一个夏日的傍晚，他外出散步时与丧夫的葛拉齐亚不期而遇，两人沉浸在重逢的喜悦中。然而，由于葛拉齐亚的儿子仇视克里斯朵夫，二人始终无法结合。岁月流逝，克里斯朵夫老了，葛拉齐亚去世了，充满激情与斗争的生活也遥远了。当克里斯朵夫从瑞士的隐居生活重新回到法国的社会生活中时，他的反抗精神已完全消失，他甚至和敌人也和解了，并反过来讥讽像他当年那样反抗社会的新一代。晚年，他避居意大利，专心致力于宗教音乐的创作，不问世事，完全变成了一个世故老人，进入了所谓“清明高远的境界”。

【作者简介】

罗曼·罗兰（1866年1月29日—1944年12月30日），1866年生于法国克拉姆西，思想家、文学家、批判现实主义作家、音乐评论家、社会活动家，1915年诺贝尔文学奖得主，是20世纪上半叶法国著名的人道主义作家。

他的小说特点被人们归纳为“用音乐写小说”。另外，罗曼·罗兰还一生为争取人类自由、民主与光明进行不屈的斗争，他积极投身进步的政治活动，声援西班牙人民的反法西斯斗争，并出席巴黎保卫和平大会，对人类进步事业做出了一定的贡献。

【作品简介】

《约翰·克里斯朵夫》是法国作家罗曼·罗兰的第一部长篇小说。它描写了有德国血统的天才音乐家约翰·克里斯朵夫奋斗成名的一生。他一半像贝多芬，一半像作者自己，一生追求真善美，不断反抗腐朽没落的艺术和庸俗的社会环境。作者通过克里斯朵夫的奋斗，表现了一代具有民主思想的知识分子的彷徨、追求、苦闷和幻灭，反映了资产阶级人道主义、理想主义、英雄主义和强者意识。

【创作背景】

《约翰·克里斯朵夫》是部耗时20余年之久的长篇巨著，罗曼·罗兰从1890年就开始酝酿构思，1902年2月《半月丛刊》发表了小说的第一卷《黎明》，而直到1912年才刊行了第十卷即最后一卷《新生》。

罗曼·罗兰生于1866年，卒于1944年，他的一生经过了法国第三共和国的整个历史时期，这几十年间法国的经济虽然得到发展，但是经过普法战争和巴黎公社起义，拿破仑分子和封建残余势力仍然很有市场，加上两次世界大战以及德雷福斯事件，社会激烈动荡，思想混乱，人心浮动，世风日下，个人主义泛滥，享乐之风盛行。文学上出现萎靡不振、矫揉造作、缺乏生气的所谓后象征主义的特征。作为人道主义作家、思想家的罗曼·罗兰面对严酷的社会现实，关注社会问题，参与政治生活，他的思想倾向和价值取向在文学作品中皆有所表现。

罗曼·罗兰认为真正的艺术该是有高尚道德，富有战斗性的，它能触动世界各国数代人的良知，有助于他们站得更高，看得更远。关于创作意图，罗曼·罗兰在《致约翰·克里斯朵夫的朋友们》中写道："我该介绍我在整体规划这部书时的背景。我是孤独的。我像法国许许多多人一样，在与我的道德观对立的社会中备受压抑；我要自由呼吸，要对不健全的文明，以及被一些伪劣的精英分子所腐蚀的思想奋起抗争……为此，我需要一个心明眼亮的英雄，他该具有相当高尚的道德情操才有权说话，具有相当大的嗓门让别人听见他的话。我十分耐心地塑造了这个英雄。"他宣称"我的《约翰·克里斯朵夫》并不是写给文人们看的"，"但愿他直接接触到那些生活在文学之外的孤寂的灵魂和真诚的心"。

【思想主题】

小说写出了克里斯朵夫性格的基本特征：小资产阶级的阶级地位使他对现实不满、反抗，同时却又对统治阶级抱有一定幻想；日趋破产的社会经济地位使他接近、同情人民，而个人英雄主义又使他不相信人民的力量，远离人民；进步的艺术观使他主张艺术接近生活、接近人民、造福人类，而对艺术的偏执的信仰又使他呼出"不能拿艺术去替一个党派服务"；受压迫的阶级地位使他性格坚强，而个人主义偏见又束缚着他，使他软弱无力；小资产阶级的正义感使他与社会对立，反对不平，反抗压迫，而小资阶级的动摇性又使他与现实妥协。

小资产阶级的阶级性决定了克利斯朵夫性格的矛盾性和复杂性。这个脑子里充满"大人物""英雄"观念而实际上被日益挤向被压迫者行列的小资产阶级飘零子弟，生活在统治者与被统治者之间的夹缝里，这二者对他都有影响，同时他与这两方面都存在着矛盾，于是克利斯朵夫性格就具有双重性。

【写作特色】

《约翰·克里斯朵夫》在结构上与一般的小说那种开端、发展、高潮、结尾的框式有点不太一样，因为它不是在讲故事，而是在写一个人的心理历程，当然不是说没有情节，只是情节在这部小说中显得不那么重要，这跟一些以情节取胜的小说迥然不同。

作者有意按照交响曲的形式来写一个音乐家的一生。一部交响曲由四个乐章组成，用以表达复杂的思想情感。作者在《原序》里写得很明确，把七卷的内容分成四册，就是分四个乐章。这样安排，能使内容和形式更好地结合，有利于表现作者的创作意图。

【主要人物及其事件】

约翰·克里斯朵夫：克里斯朵夫出生于一个德国小城，小城那种闭塞的空气使他窒息，如同关在笼里的困兽，他狂野奔放的激情之火一天天熄灭。而最令他气喘不过的还不是这缺乏自由的天地，而是泛滥了的理想主义。每个人都陶醉在自己伟大力量的幸福之中，宣讲着理想和胜利，整个德国充斥着一种自命不凡的军人式傲慢，而这些在艺术中则表现为一种感伤主义的希冀。艺术家在说谎，不敢直面人生。

奥里维：他头脑清楚但身体虚弱，仿佛生下来就是为了与克利斯朵夫相配的。这位面色苍白、感情细腻、敏感而又胆怯的小布尔乔亚内心里虽有着火样的热情，可骨子里却对暴力怀有莫大的恐惧。他的生命力不像他的同伴那样来自强壮的躯体，而是来自他的意识。他具有法国人的广博的修养和洞察人类心理的本领，头脑清晰，双眼明亮。他批判人没有朋友那样盲目，也无普通人那种自以为是的幻想，而是把事物看得明明白白，实实在在。他和他的朋友一样，蔑视不公，痛恨腐朽，不屈就于任何成就。他并不逃避内心思想上的斗争，但他太瘦弱了，也太清醒了，太正直了，他知道打破的东西还会复原，因此不愿在行动上耗费无效的精力，而只是用超然物外的心情去爱人生。一方面是软弱而骚动的身体，一方面是无挂无碍而清明宁静的智慧，虽不能完全控制那骚乱，却也不致受它的害——在扰攘不息的心头始终保持一片和平，这就是奥里维。

葛拉齐亚：真正把这两极衔接起来的是创造性的现实——葛拉齐亚。这位始终带着蒙娜丽莎似的温柔微笑的意大利女子，在这喧哗与骚动的世界里悄悄走来，“像一道清澈的阳光”，奉献给人类以和善静谧的美。这是一个真正的拉丁女性，对于她，艺术可以归纳到人生，再从人生归纳到爱情。她没有奥里维的骚乱心绪以及得不到公正而引起的失落与茫然。她很少抑郁，很少感伤，她只关心现实。那些悲壮的交响乐、英勇牺牲的思想与她毫不相干，她亲切地与人交谈，与人共处，但绝非一团炽热的烈火，而是以一腔柔情包围着人们，使人极度的惶惑犹如西去的浮云悄然而逝。她是一种创造性的现实，她使得创造性的力量和创造性的思想在和平气息的笼罩下融合了。

安纳德：作为耶南家族最年轻的一代，童年的她全身心地沉浸在自己梦想的世界里。在这里，她就像生活在伊甸园里的亚当那么自在自由、无忧无虑，身心和土地、和自然万物和谐、完美地融合在一起。父亲的纵容与疼爱，让她如同生活在温室中的花朵，对于这个现实的世界没有一丝一毫的战斗准备。她的秘密花园里，完全脱离了贫民世界的阴郁沉重，漫天都是盛开的鲜花和纯洁的天使。她最初的爱情锦上添花一般装饰了她的十六岁，少女的迷梦。但是父亲生意上的错误决断导致了严重后果。父亲举枪自杀，家族破产，债主蜂拥而至，一切不幸的麻烦好像都在同一时间爆发，安纳德甚至还来不及整理失去亲人的痛苦心情，便跌进了更加屈辱和苦难的深渊。安纳德要用更多的时间结束自己以往那些美好的幻想，重新面对这险恶的世界。父亲冷清的葬礼，亲友诅咒的侮辱，周围漠视的眼光，让迷梦中的安纳德逐渐清醒。

【作品影响】

《约翰·克里斯朵夫》是20世纪的一部“长河小说”，它反映了世纪之交风云变幻的时代特征和具有重大意义的社会现象，它具有丰富的思想文化内涵与人格魅力。其中对自由生命的向往，对理想真理的追求及对西方精神的整体反思是其主要内容。罗兰因此书获得了1913年度的法兰西院士文学奖和1915年度的诺贝尔文学奖。

【常考知识点】

1.《约翰·克里斯朵夫》是法国作家罗曼·罗兰的第一部长篇小说。它描写了有德国血统的天才音乐家约翰·克里斯朵夫奋斗成名的一生。

2.下列作品被誉为“音乐小说”的是（ C ）。

A.《蝮蛇结》　　B.《店员》

C.《约翰·克里斯朵夫》　D.《天才》

3.简述《约翰·克里斯朵夫》的艺术特色。

《约翰·克里斯朵夫》是一部独具特色的“音乐小说”，它最显著的艺术特点在于具有交响乐一样的宏伟气魄、结构和色彩。小说着重描绘了一个音乐家的内心世界，描绘人物的心理状态和心理感受，既反映了主人公的音乐才赋，同时又表现了他倔强的个性。遵循现实主义塑造典型的方法，他采用综合的手法去描写人物。这部小说的艺术风格是朴素中隐含着绮丽，流畅中蕴含着精粹。

4.简述《约翰·克里斯朵夫》的主题。

首先，小说描写了一个音乐家的一生，主人公到过德国、法国、意大利、瑞士。其次，小说描写了资产阶级的文化和精神的堕落。第三，小说描写了战争笼罩着欧洲上空的严重威胁。

《神秘岛》

儒勒·凡尔纳

名著导读

【主要故事情节】

故事发生在美国南北战争时期，有五个被困在南军中的北方人，其中一个还是个孩子，趁着一个机会用气球逃脱了。他们中途被风暴吹落在太平洋中的一个荒岛上，但是他们并没有绝望，而是团结互助，运用大家的智慧和辛勤劳动，从赤手空拳一直到制造出陶器、玻璃、风磨、电报机等等，从而建立起富裕幸福的生活。他们在一次意外中驯化了一只黑猩猩于普（Jup，又译杰普、朱普），还挽救了在附近另一孤岛独居了十二年而失去理智的罪犯艾尔通（故事见《格兰特船长的儿女》），使他恢复了人性，成为他们的忠实的伙伴。

有一次，一群海盗来到了这个岛，并发现了他们的存在，最后他们凭借智慧与神秘人的帮助打败了海盗。这几个遇难者在荒岛上度过的岁月里，每当危难时刻，总有一个神秘人物在援助他们，这个人就是在他们到达之前就已住在岛上一个岩洞里的尼摩船长（《海底两万里》一书中的主人公、潜水船鹦鹉螺号的建造者）。这些荒岛上的遇难者虽然什么也不缺，但是他们并没有放弃返回祖国的努力。最后，在一次火山爆发中，这几个人都险些丧命，直到格兰特船长的儿子罗伯特所指挥的“邓肯号”经过那里，才将他们搭救。回到美国之后，这几个“岛民”又重新开始他们在岛上建立的事业。

儒勒·凡尔纳

【作者简介】

儒勒·凡尔纳（1828年2月8日—1905年3月24日），19世纪法国小说家、剧作家及诗人。凡尔纳出生于法国港口城市南特的一个中产阶级家庭，早年遵从其父亲的意愿在巴黎学习法律，之后开始创作剧本以及杂志文章。在与出版商赫泽尔父子合作期间（1862年至凡尔纳去世），凡尔纳的文学创作事业取得了巨大成功，他的不少作品被翻译成多种语言。

凡尔纳一生创作了大量优秀的文学作品，以《在已知和未知的世界中的奇异旅行》为总名，代表作为三部曲《格兰特船长的儿女》《海底两万里》《神秘岛》以及《气球上的五星期》《地心游记》等。他的作品对科幻文学流派有着重要的影响，因此他与赫伯特·乔治·威尔斯一道被称作“科幻小说之父”。据联合国教科文组织的资料，凡尔纳是世界上被翻译的作品第二多的名家，仅次于阿加莎·克里斯蒂，位于莎士比亚之上。联合国教科文组织最近的统计显示，全世界范围内，凡尔纳作品的译本已累计达4751种，他也是2011年世界上作品被翻译次数最多的法语作家。在法国，2005年被定为凡尔纳年，以纪念他百年忌辰。

【作品简介】

《神秘岛》是法国科幻小说家儒勒·凡尔纳创作的长篇小说，是其三部曲的第三部，全书共3部62章。小说将现实和幻想结合起来，情节跌宕起伏，充满了对奇异多姿的自然界的描写，并且把各种知识融会到惊心动魄的故事之中。作品洋溢着乐观主义精神，深信人类无穷的创造力和科学的巨大力量将使人类建立一个理想的社会。

故事发生在美国南北战争时期，几个被困在南军中的北方人，中途被风暴吹落在太平洋中的一个荒岛上，他们团结互助，建立起幸福的生活。直到格兰特船长的儿子罗伯尔所指挥的“邓肯号”经过那里时，才把他们搭救。回到美国之后，这几个

"岛民"又重新开始他们在岛上建立的事业。

【创作背景】

儒勒·凡尔纳三部曲前两部(《格兰特船长的儿女》《海底两万里》)的完成为《神秘岛》的创作提供了情节的线索。作品创作时间(1873—1874)是法兰西第三共和国(1870—1940)成立初期,故事以美国南北战争为背景,以五个落难的北方人的故事来表达人文主义精神与爱国主义情怀。

【思想主题】

《神秘岛》的时间跨度是从1875年至1878 年,以美国南北战争为社会背景, 表现了个人作为社会中的一叶浮萍,随社会政治、经济的变化而深受影响。而这类背景的设置与凡尔纳的人生经历是分不开的:他的一生先后经历了1848年革命、普法战争、巴黎公社等重大历史事件,目睹了资本主义的和平发展,直至进入帝国主义阶段。同时,他的思想也反映出那个时代的思想倾向和价值取向。

在这部作品里,作者所写的故事情节:在荒岛上人与大自然的搏斗、技术上的创新和从无到有的创造性劳动都深深吸引着读者。在作品中,史密斯等五人因为逃难流落至荒岛,但是他们并没有绝望,而是团结起来,大家推选史密斯工程师为首领,开始了原始社会的生活。最后他们乘邓肯号回到祖国,用尼摩船长留下的财产买下了一块土地,大家还是团结在一起。

作品中的尼摩船长在病入膏肓之时独自驾船去几千英里之外的塔波岛,并且正好是太平洋风雨交加的时候,为了留一张救助岛上五个人的纸条,这体现了无私奉献精神。五个人能在火山爆发前离开荒岛,是格兰特船长的儿女信守了十三年前的承诺,这是做人讲信用的体现。书中善恶分明、惩恶扬善,作品洋溢着乐观主义精神,深信人类无穷的创造力和科学的巨大力量将使人类建立一个理想的社会。

【写作特色】

整部小说文笔流畅清新,充满了对自然界绚丽多彩、鬼斧神工的景色的细腻生动的描写,流露了对壮丽神奇的大自然的由衷热爱。并且,在充分颂扬了人类与大自然做斗争的伟大创造力的同时,也表达了对大自然的景仰与敬畏之情。

《神秘岛》的成功之处,不仅

在于情节的波澜起伏、人物的逼真刻画、幻想和科学的完美结合，更重要的是贯穿于全书中的一种人文主义精神与爱国主义情怀。在这部作品里，作者所写的故事情节：在荒岛上人与大自然的搏斗、技术上的创新和从无到有的创造性劳动都深深吸引着读者。

作品洋溢着乐观主义精神，深信人类无穷的创造力和科学的巨大力量将使人类建立一个理想的社会。《神秘岛》继承了凡尔纳科幻小说的一贯特点：虚幻但不过分脱离现实。他的幻想都是基于科学知识，因此并不让人产生高不可攀的感觉。他在作品中巧妙地融入了丰富的科学知识，让读者在欣赏故事的过程中也自然而然地受到了科普知识的熏陶，其中蕴含的冶金学、爆破学、工程学、水利学、动植物学、天文学、物理学等各方面的科学知识，让这部作品既引人入胜，又极富教育意义。

【主要人物及其事件】

赛勒斯·史密斯：赛勒斯·史密斯，马萨诸塞州人，45岁左右的工程师。他显然是一个激进派的学者，不但脑子灵活，而且手也巧。他热情乐观，见多识广，善于随机应变，任何时候都能保持清醒的头脑。无限的信心和坚强的毅力——他就是勇敢的化身。虽然瘦骨嶙峋，而且他的短头发和一小撮浓胡子已经灰白了，但是他的头部长得非常端正，仿佛生来是为了铸在勋章上似的，两眼炯炯有神，嘴型端庄。另外，赛勒斯·史密斯希望将自己的一切知识都传授给赫伯特·布朗，带了一只名叫托普的狗。

吉丁·史佩莱：吉丁·史佩莱，40来岁，《纽约先驱报》的通讯记者，此次随北军做战地报道。精明强悍，体力充沛，办事敏捷，善于动脑。略通医术，曾救过赫伯特的命，事后被潘克洛夫称为史佩莱医生。

纳布：纳布，原名纳布加尔德，史密斯的仆人，大约30岁，强壮、活泼、聪明、伶俐、温柔、和顺、天真、勤恳、诚实、待人和善，对史密斯忠心耿耿。

潘克洛夫：潘克洛夫（又译作“彭克罗夫”），35岁的水手，体格强壮，皮肤黝黑，敢作敢为。是一个幽默乐观，讲义气，有正义感的优秀水手，通晓各种技术。

赫伯特·布朗：赫伯特·布朗（又译哈伯特），一个大约15岁的新泽西孩子。酷爱博物学，很少有动物和植物的种类能难倒他。天资聪慧，生性好学，是一个优秀的可塑之才，赛勒斯·史密斯希望将自己的一切知识都传授给他，他也乐于向工程师请教，以增长自己的知识量。

艾尔通：艾尔通，《格兰特船长的儿女》中的一个人物，被流放在林肯岛附近的塔波岛上独居了十二年而失去理智的罪犯。五名遇难者使他恢复了人性，成为他们忠实的伙伴。

尼摩船长：印度的达卡王子，《海底两万里》中的主人公，具有浪漫而又神秘的色彩，爱好自由，孤独甚至孤僻，为了反对民族压迫和殖民统治，怀着国仇家恨以及厌世心理，和20 多个好友，带着一些财产从大陆上来到了太平洋的一个荒岛上，根据自己的设计建造了潜水艇———鹦鹉螺号，并潜航于海底，进行着大规模的科学研究。从“北冰洋大风暴”中突围成功后，将鹦鹉螺号开到了林肯号附近的一个岩洞，静静地度过自己的余生。在《神秘岛》中，每当几个遇难者危难时刻，会在暗中援助他们。最终在史密斯等人的见证下，寿终正寝。

【名家点评】

林肯岛是一个空想社会主义的乌托邦，它在火山爆发后沉入海底，这一象征性的场景表明凡尔纳明白了空想社会主义“不过是一种社会幻想”。正如批评家让·谢诺所说：“凡尔纳幻想过圣西门式的社会主义，但这种社会主义乌托邦没能长久地诱骗他。”

——湖南理工学院张岳庭博士

小说情节波澜起伏，险象环生，神秘莫测，充满广博的科学知识。同时热情讴歌了人类征服自然、改造自然的意志和坚忍不拔、不畏强暴的品质，洋溢着强烈的追求自由和爱国主义的精神。

——陈筱卿

【作品影响】

凡尔纳的科幻小说在自然科学界引起了极大的兴趣，有的科学家对包括《神秘岛》等作品中的数据进行验算，检验其准确度。

1995年6月15日首播的电视剧《神秘岛》根据凡尔纳科幻小说《神秘岛》改编，讲述了1865年在美国南北战争期间6个人从战俘营里坐上一个热气球逃跑，落在了南太平洋一个无人岛上发生的故事。

由Russell Mulcahy导演的电影

《神秘岛》于2005年上映，是道恩·强森等人主演的一部剧情片。影片改编自凡尔纳同名小说，讲述了神秘岛上原始异兽嗜血成狂，猖獗海盗与原始野人之战一触即发的故事。

【常考知识点】

1.《神秘岛》刻画的主要人物有塞勒斯·史密斯上尉、吉丁·史佩莱、纳布等。

2.《神秘岛》歌颂了善良、纯洁的友谊，赞颂了协作的精神。

3.《神秘岛》中，移殖民是用什么交通工具来到岛上的？（ B ）

A.飞艇

B.热气球

C.加农炮

4.《神秘岛》中，移殖民为什么来到岛上？（ B ）

A.游玩

B.出逃

C.为了发现新大陆

5.《神秘岛》中，移殖民是从哪个城市出逃的？（ C ）

A.纽约

B.华盛顿

C.里士满

6.《神秘岛》的作者是法国作家儒勒·凡尔纳，现代科幻小说的奠基人，他被誉为“科学幻想小说之父”。

7.《神秘岛》和《格兰特船长的女儿》《海底两万里》构成凡尔纳伟大的三部曲。

8.《神秘岛》是一部探险小说，以美国南北战争为背景。

9.《神秘岛》中，移殖民居住的岛叫什么岛？（ A ）

A.林肯岛

B.布什岛

C.神秘岛

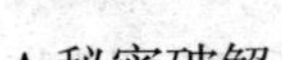

10.《神秘岛》第三部分是什么主题？（　A　）

A.秘密破解

B.海盗侵略

C.岛的秘密

《格兰特船长的儿女》

儒勒·凡尔纳

名著导读

【主要故事情节】

邓肯号经过大西洋、马德加群岛、加那利群岛、佛得角、麦哲伦海峡、不伦瑞克半岛、波拉尔角、塔尔卡那诺港，没有发现大不列颠号的踪迹。雅克提醒大家，文件有可能是从美洲大陆某条河流投下的，于是，爵士、少校、雅克、罗伯尔和三个水手开始了横穿美洲大陆的探险。这次探险，他们经历了火山喷发、地震、干渴、暴雨、洪水、雷火、被狼群攻击、鳄鱼包围等。

后来雅克提出大不列颠号应该是在澳大利亚，根据这一想法，邓肯号从大西洋出发，到达百奴衣角。在百奴衣角一个庄园主家里，他们遇见了大不列颠号的水手长艾尔通，此人声称格兰特船长应该是在澳大利亚大陆。于是，一行人再次兵分两路，爵士、少校、地理学家、船长、海伦夫人、玛丽和两个水手横穿澳大利亚大陆，邓肯号则在墨尔本海域接应。

后来爵士等人发现艾尔通其实是土匪头子，他撒了谎，格兰特船长不在澳大利亚大陆，且艾尔通打算抢劫邓肯号去做海盗。而地理学家雅克在替爵士给邓肯号大副写信时，把“澳大利亚”写成了“新西兰”，拿着信打算抢劫邓肯号的艾尔通成了俘虏。爵士等人摆脱了土匪的威胁后，决定搭一艘货船到墨尔本，然后回欧洲。

货船在中途遇风搁浅，大家做了一个木筏，漂流到了新西兰岛，落入野蛮的毛利人手中，险些被杀死。爵士等人逃脱后，和邓肯号重逢，因为没有找到格兰特船长，大家失望地返回欧洲。途中，把艾尔通流放到一个无人小岛玛丽亚泰勒萨上，结果却在岛上意外地发现了格兰特船长。最后明白该岛的法语名是“达抱岛”，求救文件中的这个单词被海水腐蚀了，最终，所有人员都成功返回苏格兰。约翰·孟格尔和玛丽·格兰特在古老的圣孟哥教堂里结婚；麦克那布斯少校的表妹阿若贝拉小姐爱上了雅克·巴加内尔，两人举行了婚礼；格兰特船长重回祖国后，全苏格兰人都庆祝他，他的儿子罗伯尔后来和他一样做了海员，并且在哥利纳帆爵士的支持下，为实现在太平洋建立一个苏格兰移民区的计划而努力。

【作品简介】

《格兰特船长的儿女》写于1865年—1866年，是法国科幻小说家儒勒·凡尔纳三部曲的第一部，全书共3卷70章。故事发生在1864年，讲述了游船“邓肯号”的船主哥利纳帆爵士在一次偶然当中，得到了两年前遇险失踪的苏格兰航海家格兰特船长的线索。为了搭救落难的格兰特船长，哥利纳帆爵士自行组织旅行队，带着格兰特船长的儿女，一起踏上了寻找格兰特船长的旅程。整部小说跌宕起伏，情节引人入胜，同时具有科幻小说和探险小说的特征，以一种积极向上的态度感染着读者，展现了苏格兰民族的精神。

小说故事发生于1864年7月26日，哥利纳帆爵士一行人驾驶邓肯号游船在海上航行，他们在一只鲨鱼的肚子里发现了一份被海水侵蚀的残缺的文件。经过分析，这是1862年为英格兰人寻找新移民地的大不列颠号失事后，船长格兰特发出的求救文件。因英国政府拒绝派遣船员去寻找，爵士决定偕同妻子海伦、表兄麦克那布斯少校、船长约翰、格兰特船长的女儿玛丽和儿子罗伯尔以及船员们，驾驶邓肯号去搜寻格兰特船长。巴黎地理学会秘书雅克因为粗心搭错了船，成了船上的新成员。

【创作背景】

19世纪最后的25年，人们对科学幻想非常着迷，这与这一时期的物理、化学、生物学领域所取得的巨大成就以及科学技术的迅猛发展密切相关。儒勒·凡尔纳在这一时代背景之下，写出了大量科幻题材的传世之作，《格兰特船长的儿女》就是其中一部。

该书创作于1865年—1866年，在第一次工业革命背景下，从苏格兰当时的国情和国家局势来看，苏格兰人民需要为祖国去寻找一处完全属于苏格兰的移民区，使祖国能够在欧洲寻得一处独立的移民区，让苏格兰人民获得独立和解放。当时的世界格局正是处于反殖民斗争和争取奴隶解放的重要时期。

【思想主题】

小说将幻想与现实、梦想与科学紧密联系起来，体现出了作者的幻想精神和人类渴望自由翱翔的梦想，同时小说还与当时的科学发现紧密相连，具有充分的科学依据。

小说体现了探险精神。勇气、拼搏是航海士们必须具备的基本精神和品质，从探险的角度来说，整部小说跌宕起伏。寻找船长的过程是一个充满危机和威胁的过程，随时都可能会付出生命，但是小说却展现出了勇敢的探险精神，这是一种不屈服于现实困境的精神，敢于冲破一切苦难，带着勇往直前的信心和决心开始探险之旅。

整部小说展现了苏格兰民族的精神，是对一个敢于冒险和探险的民族的肯定，凡尔纳虽然是一个法国作家，但是淋漓尽致地表现了苏格兰人民的精神，无论是从人物性格的刻画，还是从小说情节的发展来看，苏格兰的民族精神都在小说中得到了充分的体现。在小说中，凡尔纳塑造了一批鲜活的人物形象，并且在他们身上展现出的勇敢和顽强的精神正是苏格兰民族精神的重要体现。小说的题目《格兰特船长的儿女》从深层意义来看，也代表着当时继承了格兰特的苏格兰精神的苏格兰人。

【写作特色】

凡尔纳用他的奇思妙想为读者构筑了一个奇妙的冒险世界，整部小说跌宕起伏，情节引人入胜，充满着激情和神秘色彩，同时具有了科幻小说和探险小说的特征。其作品的成功不仅在于惊险的故事、曲折的情节、清新的文笔，更在于作者大胆而新奇的想象力，神奇而又富有科学性。人物性格是体现一部文学作品创作内涵以及文学思想的重要因素，在《格兰特船长的儿女》中，作者营造了一个个鲜活的剧中人物，并且用细腻的笔触，采用语言刻画、细节描写、外貌刻画等展现丰富的小说人物特征。

哥利纳帆爵士答应出海救助格兰特船长可以看出他是一个善良的人，之后在航海过程中，几次险境他都能够凭借自己的勇敢和果断顺利脱离险境，他的机智果敢在小说中体现得淋漓尽致。海伦夫人是邓肯号上的重要妇女形象，她温柔慈祥，对于航行于大海的人来说，海伦夫人无微不至的关怀是重要的精神支撑。麦克那布斯少校是随行的人中的重要角色，他深沉稳重，相比较别的年轻人更加具有魄力和勇气。雅克·巴加内尔是一个常犯迷糊的地理学家，一路上因为他的马虎错误不断，不过也因为将澳大利亚写成了新西兰，反而让全体成员获救。小说中还塑造了格兰特两个可爱的孩子，他们坚强勇敢，为了找寻父亲不断地努力着，在一路上懂得感恩，坚毅刚强，勇敢顽强。

【主要人物及其事件】

哥利纳帆爵士：游轮“邓肯号”的主人，是一个富有民族自尊心和自豪感的苏格兰人。他发现来自海上的求救信后积极组织营救行动，历尽千辛万苦，终于凭借爱心、勇敢、坚持以及与同伴的合作救回了遇难者——格兰特船长。

海伦夫人：海伦夫人是哥利纳帆爵士的妻子。她热情善良，善解人意，坚定地支持爵士启用“邓肯号”援救格兰特船长。在救援途中，她不惧艰险，不怕吃苦，与爵士相依相扶，最终圆满完成了任务，也实现了自己的航海梦想。

麦克那布斯少校：哥利纳帆爵士的表兄，沉着、理智，具有敏锐的观察力，具备一个军人应有的优秀素质，同时外冷内热，内心有着无尽的热情。

哈利·格兰特：失事船只不列颠尼亚号上落难的船长，最终被哥利纳帆爵士等人找到并获救。

玛丽·格兰特：哈利·格兰特船长的女儿，小罗伯尔的姐姐。她自幼便母亲去世，父亲格兰特船长在海上遇难后，她便坚强地、毅然地担当起照顾弟弟小罗伯尔的重任。

罗伯尔·格兰特：格兰特船长的儿子。罗伯尔年龄虽小，还有些冲动，但在援救父亲的途中，他坚强、勇敢，主动牺牲自己来掩护同伴。在大家的帮助下，他不但寻回了父亲，还成了一名无畏的男子汉。

雅克·巴加内尔：法国学者，同时以学识渊博和粗心大意而著名的地理学家。他因上错船而成为爵士他们中的一员，途中因粗心而犯了不少错误，同时也凭自己的学识与热情给予了同伴很多帮助，是一个颇富喜剧性的人物。

约翰·孟格尔：邓肯号船长，是一个航海高手，他刚满三十岁，表情严肃，既勇敢又善良。他是在哥利纳帆家里长大的，哥利纳帆家把他抚养成人，并把他培养成一名优秀的水手。

艾尔通：曾经是格兰特船长船上的水手长，因叛变而被船长驱逐，之后加入流犯，成为匪首，狡猾而残忍。曾用阴谋诡计夺取爵士的“邓肯号”，却因巴加内尔的一个错误而失败，之后主动要求爵士将其抛在一个荒岛上。

【名家点评】

当你读这本小说时仿佛你也深入其中，你会为他们的一举一动感到兴奋或着急。为了一个素不相识的人而放弃一切踏上这条旅程。这是一种精神，虽然这个故事是作者虚构的，但每一个故事的灵魂都是要告诉人们一些我们知道，但不一定能够办到的精神。

——中国翻译家、作家、教授范希衡

凡尔纳在书中对土著人抢掠成性、野蛮凶残等描述，从人道主义出发，对土著人的无人道进行了鞭挞。但凡尔纳的观点有以偏概全的嫌疑，实际上他站在西方人立场上对土著人所做的描写，只是在为西方殖民的合理性寻找理据罢了。

——湖南理工学院张岳庭博士

【作品影响】

《格兰特船长的儿女》是法国科幻小说家儒勒·凡尔纳三部曲的第一部。

1956年，中国翻译家、教授范希衡翻译的《格兰特船长的儿女》由中国青年出版社出版，后被选为教育部《大纲》新课标中学生语文课外必读书目。1962年11月14日，该小说由罗伯特·史蒂文森执导改编的美国电影《天涯历险记》（又名《格兰特船长的儿女》）上映，讲述一位出航很久的船长传言已经遭到船难丧生，但船长的女儿与弟弟不相信，展开他们寻遍天涯的旅程，历经万劫终于在澳洲找到了父亲。1996年，该小说由Donovan Scott执导改编的电影《格兰特船长的儿女》上映。

【作者小趣闻】

一次秘密行动

被誉为“科学幻想小说之父”的法国作家儒勒·凡尔纳，从小就喜欢幻想和冒险。

他十一岁那年，读了美国小说家库柏写的一本冒险小说，书中对海洋千奇百怪的描写，激起了他美好的向往。

一天，小凡尔纳一大早就出了家门，直到午饭时还没有回来。全家人急得团团转。母亲担心他下河游泳遇到了不测，弟弟妹妹猜想他可能被歹徒绑架。正在众说纷纭的时候，有个摆渡的船工前来报信说，他曾看见小凡尔纳被一只小艇送到三桅船“珊瑚号”上去了。这艘“珊瑚号”虽然已经起航，但中途还要在潘伯夫港停泊，所以，只要抓紧行动，在入海之前还可以赶上它。

听到这个消息，全家人又惊又喜。父亲皮埃尔·凡尔纳马上动身，乘上一艘速度最快的“皮罗斯卡费斯号”河轮，于当天晚上六点钟赶到了潘伯夫港。当他登上“珊瑚号”后，果然发现小凡尔纳泰然无事地坐在船舱里。一时间，他怒火中烧，不管三七二十一，先把小凡尔纳狠狠揍了一顿，接着，又像赶鸭子上架似的，把他拽到了河岸上。

原来，小凡尔纳私登“珊瑚号”，是为了看一看向往已久的大海。为此，他费尽了心机，磨破了口舌，总算使船上的服务员开了恩，答应他免费上船。

第一次海上探奇的计划破产了，但小凡尔纳没有灰心丧气。这次“私下出海”的第二年，他终于实现了自己梦寐以求的愿望，见到了烟波浩渺、广阔无垠的大西洋。

【常考知识点】

1.儒勒·凡尔纳是科幻小说和冒险小说家，所以被称为“科学幻想小说之父”。

2.《格兰特船长的儿女》这部小说的主要人物有哥利纳帆、海伦娜、麦克那布斯、玛丽、罗伯尔等。

3.凡尔纳三部曲是指《格兰特船长的儿女》《海底两万里》《神秘岛》。

4.《格兰特船长的儿女》这部作品为什么称为科幻小说?

它既体现了人类渴望海底环游的梦想，又具有充分的科学依据。

5.简要叙述一下这本小说的主要内容。

哥利纳帆爵士驾“邓肯号”试航时，在鲨鱼的肚子里发现了格兰特船长的求救信，求救政府被拒绝后，他决定带着他的妻子、表兄及格兰特船长的儿女玛丽和罗伯尔去寻找，最终在一个荒岛上找到了格兰特船长。

6.《格兰特船长的儿女》是法国著名作家儒勒·凡尔纳的作品。

7.格兰特船长的船叫“不列颠尼亚号”。

8.《格兰特船长的儿女》小说中，漂流瓶里有英文、法文、德文三种语言。

9.说一说《格兰特船长的儿女》这个作品的特色。

景色壮观、情节惊险、构思巧妙、引人入胜，充满了异国情调。

10.《格兰特船长的儿女》这本书故事的起因是什么?

“邓肯号”试航时，捕到了一条鲨鱼，在鱼肚子里发现一个漂流瓶，里面是格兰特船长的求救信。

《海底两万里》

儒勒·凡尔纳

名著导读

【主要故事情节】

小说主要讲述了博物学家阿龙纳斯、其仆人康塞尔和鱼叉手尼德·兰一起随鹦鹉螺号潜艇船长尼摩周游海底的故事。1866年，海上发现了一只疑似为独角鲸的大怪物，阿龙纳斯教授及仆人康塞尔受邀参加追捕，在追捕过程中，他们与鱼叉手尼德·兰不幸落水，到了怪物的脊背上。

他们发现这怪物并非什么独角鲸，而是一艘构造奇妙的潜艇。潜艇是尼摩在大洋中的一座荒岛上秘密建造的，船身坚固，利用海水发电。尼摩船长邀请阿龙纳斯做海底旅行，他们从太平洋出发，经过珊瑚岛、印度洋、红海、地中海、大西洋，看到海中许多罕见的动植物和奇异景象。途中还经历了搁浅、土著围攻、同鲨鱼搏斗、冰山封路、章鱼袭击等许多险情。最后，当潜艇到达挪威海岸时，三人不辞而别，回到了他的家乡。

【作品简介】

《海底两万里》是法国举世闻名的科幻小说家儒尔·凡尔纳的代表作之一。它叙述法国生物学者阿龙纳斯在海洋深处旅行的故事。这事发生在1866年，当时海上发现了一只被断定为独角鲸的大怪物，他接受邀请参加追捕，在追捕过程中不幸落水，掉到怪物的脊背上。其实这怪物并非什么独角鲸，而是一艘构造奇妙的潜水船，潜水船是船长尼摩在大洋中的一座荒岛上秘密建造的，船身坚固，利用海洋发电。

作者让读者登上鹦鹉螺号，以平均十二公里的时速，用将近十个月在海底旅行，随着尼摩船长和他的“客人们”饱览海底变幻无穷的奇异景观和各类生物，航海中高潮迭起，有海底狩猎、参观海底森林、探访海底亚特兰蒂斯废墟、打捞西班牙沉船的财宝、目睹珊瑚王国的葬礼、与大蜘蛛、鲨鱼、章鱼搏斗、击退土著人的围攻等等。

【创作背景】

作者凡尔纳自幼热爱海洋，向往远航探险。11岁时，他曾志愿上船当见习生，远航印度，结果被家人发现接回了家。为此凡尔纳挨了一顿狠揍，并躺在床上流着泪保证：“以后保证只躺在床上在幻想中旅行。”也许正是由于这一童年的经历，客观上促使凡尔纳一生驰骋于幻想之中，创作出如此众多的著名科幻作品。《海底两万里》是其中一本最出名、最成功的科幻小说。

【思想主题】

《海底两万里》描绘的是人们在大海里的种种惊险奇遇。美妙壮观的海底世界充满了异国情调和浓厚的浪漫主义色彩，体现了人类自古以来渴望上天入地、自由翱翔的梦想。小说不但能激发人们对科学的兴趣，而且赞扬了像尼摩船长等反抗压迫的战士的形象，体现了他们具有社会正义感和崇高的人道主义精神。

【写作特色】

作品中的幻想都以科学为依据，许多在当时被认为是不可思议的科学预见，如今都已经实现或即将实现。更重要的是作品中的幻想大胆新奇，并以其逼真、生动、美丽如画令人读来趣味盎然。他的作品情节惊险曲折、人物栩栩如生、结局出人意料。所有这些作品具有永恒的魅力。

这部作品集中了凡尔纳科幻小说的所有特点：曲折紧张、扑朔迷离的故事情节，瞬息万变的人物命运，丰富详尽的科学知识和细节逼真的美妙幻想熔于一炉。作者独具匠心，巧妙布局，在漫长的旅行中，时而将读者推入险象环生的险恶环境，时而又把读者带进充满诗情画意的美妙境界。波澜壮阔的场面描绘和细致入微

的细节刻画交替出现，读来引人入胜，欲罢不能。

【主要人物及其事件】

尼摩船长：小说里的主人公，在书中并未说明其国籍。他的真实身份在《神秘岛》中才得以揭晓：印度的达卡王子 。尼摩是个有正义感的反抗英雄，他对民族压迫和殖民主义极端痛恨，向往民主与自由。反抗失败后的尼摩选择了归隐大海，他曾经对阿龙纳斯说："海上极度太平。海洋不属于暴君。"

皮埃尔·阿龙纳斯：又译阿罗纳克斯、阿龙纳克斯，法国博物学家，巴黎自然科学博物馆教授，40岁，博古通今，在法国出版过一本书叫《海底的秘密》。他乘潜艇在水下航行，饱览了海洋里的各种动植物。他和他那位对分类学入了迷的仆人康塞尔，将这些海洋生物向我们做了详细介绍，界、门、纲、目、科、属、种，说得井井有条，使读者认识了许多海洋生物。阿龙纳斯还把在海洋中见到的种种奇观，娓娓道来，令读者大开眼界。

康塞尔：又译孔塞伊、龚赛伊、贡协议，佛拉芒人，30岁，是阿龙纳斯教授的仆人，忠实，生性沉稳，他从不大惊小怪，总以第三人称和教授说话。总是那么气定神闲，为人随和，从不着急上火——至少你看不出他着急上火。他精通分类理论，遇到什么总是认认真真或者说一本正经地把它们分类，但是对那些东西的名字却一无所知，可以说他是个分类狂。

尼德·兰：又译内德·兰德，加拿大魁北克人，约40岁，是一个野性十足的鱼叉手，一个比较原始的人。他也会赞叹极地的美，但对他来说更重要的是自由，是吃到地地道道的牛排、小牛肉、小酒馆里的酒，是在陆地上自由地行走。他精通野外生存，曾为大家在一个岛上做了一顿丰盛的饭。他脾气暴躁，受不了被监禁，也受不了在鹦鹉螺号上的与世孤立的生活，总是计划逃脱。如果没有他，教授和康塞尔最后不可能回到陆地上。

【名家点评】

其实，他目的在于概括现代科学积累的有关地理、地质、物理、天文的全部知识，以他特有的迷人方式，重新讲述世界历史。

——埃泽尔

【作品影响】

《海底两万里》最先以连载的形式，于1869年—1870年刊登于《教育与娱乐》杂志上。虽说当时法国正处于内忧外患（普法战争、巴黎公社起义）的时候，但《海底两万里》一开始就得到了读者的欢迎，它所带来的“奇妙的异域风情”给人耳目一新的感觉。世界上第一艘核动力潜艇即被命名为鹦鹉螺号。

【常考知识点】

1.《海底两万里》中鹦鹉螺号潜艇是船长尼摩在大洋中的一座荒岛上秘密建造的，船身坚固，利用海洋发电。

2.“大海就是一切，它覆盖了地球表面的七分之一。大海纯净清新、大海充满了生命力、大海具有宽广的胸怀、大海就是永恒。”这句话是尼摩船长说的。

3.尼摩船长在海底用鲸鱼的骨头做的笔写字。

4.鹦鹉螺号是用电作为动力源的，最快时速是50海里。

5.潜艇上的人用来写字的笔是用鲸的触须做成的，墨水是用墨鱼或乌贼的分泌物做的。

6.《海底两万里》的作者儒勒·凡尔纳是法国的科幻小说家，他是现代科幻小说的重要奠基人，他被公认为现代科学幻想小说之父。

7.《海底两万里》是凡尔纳的三部曲之二，其余两部是：第一部是《神秘岛》，第二部是《格兰特船长的儿女》。

8.《海底两万里》中尼摩船长说了一句话来形容人类的进步：“人类进步得实在是太慢了”。

9.尼摩船长和阿龙纳斯在海底环球探险旅行时，经历了许多险情，请概括3次。

①在巴布亚新几内亚他们的船搁浅了，遇到当地土著人的攻击，尼摩船长用他的闪电挡住土著人进入鹦鹉螺号。②在南极他们被困在厚厚的冰下，船上极度缺氧，但船上所有人轮流用工具把底部厚10米的冰盖砸开，逃上大

海。③在大西洋鹦鹉螺号被章鱼所困扰，他们拿斧头和章鱼展开肉搏战，一名船员惨死。

10.你认为《海底两万里》中的尼摩船长是一个怎么样的人物形象？

书中的主人公尼摩船长是一个带有浪漫、神秘色彩，非常吸引人的人物。尼摩根据自己的设计建造了潜水船，潜航在海底进行大规模的科学研究，但这好像又不是他这种孤独生活的唯一目的。他躲避开他的敌人和迫害者，在海底探寻自由，又对自己孤独的生活深深感到悲痛。

《昆虫记》

让·亨利·卡西米尔·法布尔

名著导读

【主要故事情节】

《昆虫记》分十卷，每一卷分17~25不等的章节每章节详细、深刻地描绘一种或几种昆虫的生活，同时收入一些讲述经历、回忆往事的传记性文章。在该书中，作者描述了小小的昆虫恪守自然规则，为了生存和繁衍进行着不懈的努力。作者依据其毕生从事昆虫研究的经历和成果，以人性化观照虫性，以虫性反映社会人生，重点介绍了他所观察和研究的昆虫的外部形态、生物习性，真实地记录了几种常见昆虫的本能、习性、劳动、死亡等。

另外，此书不仅详尽地记录着法布尔的研究成果，更记载着法布尔痴迷昆虫研究的动因、生平抱负、知识背景和生活状况等，尤其是《阿尔玛实验室》《返祖现象》《我的学校》《水塘》《数学忆事：牛顿二项式》《数学忆事：我的小桌》《童年的回忆》《难忘的一课》和《工业化学》这几章。如果换一种眼光看，不妨把《昆虫记》当作法布尔的自传，一部非常奇特的自传，昆虫只不过是他研究经历的证据，传记的旁证材料。

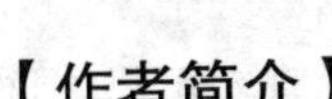

【作者简介】

让·亨利·卡西米尔·法布尔（Jean-Henri Casimir Fabre，1823—1915），法国著名昆虫学家、文学家。被世人称为“昆虫界的荷马”，昆虫界的“维吉尔”。他用水彩绘画的700多幅真菌图，深受普罗旺斯诗人米斯特拉尔的赞赏及喜爱。他也为漂染业做出贡献，曾获得三项有关茜素的专利权。

【作品简介】

《昆虫记》（Souvenirs Entomologiques）又称《昆虫世界》《昆虫物语》《昆虫学札记》或《昆虫的故事》，是法国昆虫学家、文学家让·亨利·卡西米尔·法布尔创作的长篇生物学著作，共十卷。1879年第一卷首次出版，1907年全书首次出版。该作品是一部概括昆虫的种类、特征、习性和婚习的昆虫生物学著作，记录了昆虫真实的生活，表述的是昆虫为生存而斗争时表现出的灵性，还记载着法布尔痴迷昆虫研究的动因、生平抱负、知识背景、生活状况等等内容。作者将昆虫的多彩生活与自己的人生感悟融为一体，用人性去看待昆虫，字里行间都透露出作者对生命的尊敬与热爱。

【创作背景】

法布尔31岁时，获得自然科学博士学位，这段时间他就先后创作了《植物》《保尔大叔谈害虫》等系列生物学作品。1854年，法布尔在法国的《自然科学年鉴》上发表了他的《节腹泥蜂观察记》。三年后，他又发表了关于鞘翅昆虫变态问题的研究成果，其学术质量之精，理论意义之大，令同行刮目相看。在1879年，他整理20余年资料而写成的《昆虫记》第一卷终于问世。1880年，法布尔用积攒下的钱购得一老旧民宅，他用当地普罗旺斯语给这处居所取了个雅号——荒石园。年复一年，法布尔穿着农民的粗呢子外套，尖镐平铲刨刨挖挖，一座百虫乐园建成了。他把劳动成果写进一卷又一卷的《昆虫记》中。直到1907年，《昆虫记》第十卷问世。

【思想主题】

煌煌10卷的《昆虫记》一书，以其瑰丽丰富的内涵，唤起人们对万物、对人类和对科普的深刻省思。作者将昆虫的多彩生活与自己的人生感悟融为一体，用人性去看待昆虫。

作者详细、深刻地描绘各种昆虫的外部形态和生物习性，记录各种昆虫的生活和为生活以及繁衍种族所进行的斗争，既表达了作者对生命和自然的热爱和尊重，又传播了科学知识，体现了作者观察细致入微、孜孜不倦的科学探索精神。

【写作特色】

《昆虫记》一书，其艺术特色概括起来可以说是：通俗易懂、生动有趣、亦诗情画意的散文笔调，同时兼具人文精神，人性与虫性交融，知识、趣味、美感、思想相得益彰，其准确无误地记录了观察得到的事实，没有任何增添，也没有什么忽略。

《昆虫记》融合了科学与文学，这也意味着它既有科学的理性又有文学的感性。书中不时语露机锋，提出对生命价值的深度思考，试图在科学中融入更深层的含义。在研究记录之余，作者在字里行间也提及自己清贫乐道的乡间生活、所居住的庭院、外出捕虫的经历，向读者介绍膝下的儿女，乃至他的家犬，这正符合了“回忆”二字，充满了人情味。可以说，这部作品的感性基调以及动力，就是一种对生命的敬畏和关爱，一种对生存的清醒认识，一种对生活的深厚感情。

而科学的理性就是得到了这种感性的支持才能持续下去。总之，《昆虫记》记载的情况真实可靠，详细深刻，文笔精练清晰，所以深受读者欢迎。

【名家点评】

《昆虫记》不愧为“昆虫的史诗”。

——法国作家雨果

法布尔的书中所讲的是昆虫的生活，但我们读了却觉得比看那些无聊的小说戏剧更有趣味，更有意义。他不去做解剖和分类的工作（普通的昆虫学里已经说得够了），却用了观察与试验的方法，实地记录昆虫的生活现象，以及本能和习性之不可思议的神妙与愚蒙。我们看了小说戏剧中所描写的同类的运命，受得深切的铭感，现在见了昆虫界的这些悲喜剧，仿佛是听说远亲——的确是很远的远亲的消息，正是一样迫切的动心，令人想起种种事情来。他的叙述，又特别有文艺的趣味，更使他不愧有昆虫的史诗之称。戏剧家罗斯丹批评他说，“这个大科学家像哲学者一般地想，美术家一般地看，文学家一般地感受而且抒写”，实在可以说是最确切的评语。默忒林克称他为“昆虫界的荷马”，也是极简明的一个别号。

——现代作家周作人

【作品影响】

1907年《昆虫记》全十卷完成后，法布尔因此被世人誉为“动物心理学的创导人”。1911年，法布尔因此书而被法国文学界推荐为诺贝尔文学奖候选人。

《昆虫记》一版再版，先后曾被翻译成50多种文字。《昆虫记》被选为中国人教版初一下学期学生必读课外书目。

【常考知识点】

1.《昆虫记》是法国昆虫学家法布尔的杰作，记录了他对昆虫的观察和回忆。

2.法布尔在《昆虫记》中记录，螳螂凶猛如饿虎，残忍如妖魔，专食活的动物。

3.《昆虫记》透过昆虫世界折射出（ C ）。

A.历史　B.社会机制　C.社会人生

4.《昆虫记》中描写了许多昆虫，下列不是书中动物的是（ D ）。

A.象鼻虫、蟋蟀　B.蜘蛛、蜜蜂　C.螳螂、蝎子　D.骆驼、恐龙

5.有关《昆虫记》，下面说法正确的一项是（ D ）。

A.蟋蟀的洞穴不豪华但很粗糙

B.蟋蟀很珍惜自己的住所，很少搬家

C.蟋蟀的住所远胜于所有其他动物，就连人类也没有它高明

D.蟋蟀的卧室在洞穴通道的尽头，宽敞、光滑、干净、卫生

6.《昆虫记》共有十卷。

7.法布尔的《昆虫记》曾获得诺贝尔文学奖提名。

8.法布尔被誉为（ A ）。

A.昆虫界的荷马　B.昆虫界的圣人　C.昆虫至圣　D.昆虫界的托尔斯泰

9.《昆虫记》是一部（ A ）。

A.文学巨著、科学百科　B.文学巨著　C.科学百科　D.优秀小说

10.判断题。（正确的打“√”，错误的打“×”）

（1）《昆虫记》是法国杰出昆虫学家法布尔的传世佳作，亦是一部不朽的著作，不仅是一部文学巨著，也是一部科学百科。　（ √ ）

（2）蝉是聋子，听不到任何声音。（ √ ）

（3）《昆虫记》中，法布尔仔细观察食粪虫劳动的过程，称这些食粪虫为清道夫。（ √ ）

（4）《昆虫记》中，杨柳天牛像个吝啬鬼，身穿一件似乎“缺了布料”的短身燕尾礼服。（ √ ）

（5）萤火虫吃蜗牛时，先把蜗牛分割成一块一块，再咀嚼品味。（ × ）

《小王子》

圣埃克苏佩里

名著导读

【主要故事情节】

小说叙述者是个飞行员，他在故事一开始告诉读者，他在大人世界找不到一个说话投机的人，因为大人都太讲实际了。接着，飞行员讲了六年前他因飞机故障迫降在撒哈拉沙漠遇见小王子的故事，神秘的小王子来自另一个星球。飞行员讲了小王子和他的玫瑰的故事。小王子为什么离开自己的星球？在抵达地球之前他又访问过哪些星球？他转述了小王子对六个星球的历险，他遇见了国王、爱虚荣的人、酒鬼、商人、点灯人、地理学家、蛇、三枚花瓣的沙漠花、玫瑰园、扳道工、商贩、狐狸以及我们的叙述者飞行员本人。飞行员和小王子在沙漠中共同拥有过一段极为珍贵的友谊。当小王子离开地球时，飞行员非常悲伤，他一直非常怀念他们共度的时光。他为纪念小王子写了这部小说。

【作者简介】

圣埃克苏佩里（1900—1944），法国作家，他是法国最早的一代飞行员之一。1940年流亡美国，侨居纽约，埋头文学创作。1943年参加盟军在北非的抗战。1944年他在执行第八次飞行侦察任务时失踪。其作品主要描述飞行员生活，代表作有小说《夜航》，散文集《人类的大地》《空军飞行员》，童话《小王子》等。

【作品简介】

《小王子》是法国作家安托万·德·圣埃克苏佩里于1942年写成的著名儿童文学短篇小说。本书的主人公是来自外星球的小王子，书中以一位飞行员作为故事叙述者，讲述了小王子从自己星球出发前往地球的过程中，所经历的各种历险。作者以小王子的孩子式的眼光，透视出成人的空虚、盲目、愚妄和死板教条，用浅显天真的语言写出了人类的孤独寂寞、没有根基随风流浪的命运。同时，也表达出作者对金钱关系的批判，对真善美的讴歌。

《小王子》主要讲述的是一个小孩子在各个行星上的所见所闻，小王子由于在自己星球上同孤傲的玫瑰花闹别扭之后，便动身去其他星球游历，他先后访问了六个小行星。在整个过程中，他变得更加悲伤，因为各种所见所闻使他了解到大人们的荒唐、可笑，人们理解不了他的悲伤。在漫长的旅途之中，他只找到一个可以谈得来的人，可以向他倾诉心事。随着时间的推移，他发现大人们总是缺乏想象力，只是会日复一日地重复别人讲过的话，在这个时候越来越想念那朵小玫瑰。再后来，他遇到了一只小狐狸，并且得到了它赠送的礼物——用心灵才能洞察一切的能力。之后继续寻找生命的意义，经过不懈的努力找到了泉水。小王子在朋友的帮助下离开了地球，重新回到小行星上。

【创作背景】

《小王子》这部童话虽然只是作者在3个月内一气呵成的作品，但却有着深刻的创作背景，是作者几年，甚至是几十年生活和情感的积累，是厚积薄发的产物。它不仅是一部给孩子看的童话，更是哲理与思考的“结晶”，充满了对人生的感悟。圣埃克苏佩里这位外人眼中的硬汉子却有着敏感细腻的内心和忧郁柔曼的个性。作者创作《小王子》时已过不惑之年，几次人生大的起伏之后，逐渐走向成熟。从空军退役后，无论是平淡无聊的推销员工作还是开辟新航线的惊险刺激；无论是空中邮局繁重危险的飞行任务，还是几次与死神的失之交臂，都成了圣埃克苏佩里的宝贵人生财富。虽然《小王子》本身只是一部童话，但却深藏人生的哲理，作者的笔法深入浅出，较以往作品，对人生看得更透彻，是冷静地对人生的思考，包含着浓厚的象征意义，这就是《小王子》的特定背景之一。

【思想主题】

作品通过小王子的经历，阐述了对社会上不同类型的大人的看法和批评，提出了一些发人深思的问题。作者特别借小王子之口赞颂了情谊和友爱，希望人们要发展友情，相互热爱。在作者看来，爱就要像小王子住的星球上的火山一样炽热，爱情就要像小王子那样兢兢业业为玫瑰花铲除恶草。

在这部作品里，也流露出一些伤感情绪，但这并不是主要的，并没有处于压倒性地位。故事到了高潮，这丝伤感很快在欣喜中消融了。小王子向他的朋友赠送了临别的礼物："你会有许多会笑的星星。"地球上的这位飞行员将会听见他那喜爱的小宝贝在星海中的一颗星星上的笑声，于是，他就会听见所有的星星都在笑。就这样，作品中的伤感失去了分量，死亡失去了它的恐怖性。

【写作特色】

在童话《小王子》中，作家大量运用象征主义的写作手法，创造了多个意义丰富的意象，从而使得整部作品具有了深刻的象征意义。

传统童话大多选择的是全知叙述，叙述者处于故事之外。而《小王子》的叙述者是"我"，"我"既是童话的叙述者，也是其中的一个重要人物。"我"所叙述的故事情节很简单，但作品的成功之处在于：隐含作者并不仅仅将"我"作为一个陪衬。"我"在完成叙事任务的同时，也在深化着作品的主题。"我"是个还抱有童真的成年人。因为抱有童真，"我"难以认同成人世界的理性和功利，这让"我"从小便与所谓的"大人"们产生矛盾。又因为"我"是成年人，"我"一开始难以完全理解小王子的纯真和感性，于是"我"与小王子产生了矛盾。"我"与大人们的矛盾、小王子与"我"的矛盾其实质均在于孩子和成人的矛盾，是理性与感性、麻木和挚爱的矛盾。而在这关键性的矛盾中，"我"都起着映照的作用。可以说，"我"犹如一面镜子，照出了成年人的理性、功利、迷惘，也照出了孩童的感性、纯真和爱。随着"我"与小王子日渐加深的了解和情感，“我”最终回归到孩童时的状态，认同小王子的价值观和情感，崇尚着爱的哲学。至此，童话的主题便昭然若揭。

《小王子》除了结尾，其他部分均采用倒叙的方法来叙述“我”和小王子的故事。倒叙强化了第一人称叙事的两种叙述视角，即叙述时的回顾性视角与当时正在经历事件时的经验性视角。这两种视角的有机融合与交错使用在调节叙事距离和制造悬念方面造成了特殊的艺术效果。叙述自我的视角能够让叙述者获得一种超脱，从一种更高的角度来重新观察已经发生的事。

【主要人物及其事件】

叙述者：小说的叙述者是个飞行员，他讲述了小王子以及他们之间友谊的故事。飞行员坦率地告诉读者自己是个爱幻想的人，不习惯那些太讲究实际的大人，反而喜欢和孩子们相处，孩子自然、令人愉悦。飞行员因飞机故障迫降在撒哈拉大沙漠，在那里遇见了小王子。飞行员写下这段故事是为了平静自己与小王子离别的悲伤。那次与小王子的相遇，让飞行员既悲伤，也使自己重振精神。

小王子：小王子，小说就是以他命名的，是一个神秘可爱的孩子。他住在被称作B-612的小星球，是那个小星球唯一的居民。小王子离别自己的星球和所爱的玫瑰花开始了宇宙旅行，最后来到了地球。在撒哈拉沙漠，小王子遇到小说的叙述者飞行员，并和他成了好朋友。在小说中小王子象征着希望、爱、天真无邪和埋没在我们每个人心底的孩子般的灵慧。虽然小王子在旅途中认识了不少人，但他从没停止对玫瑰的思念。

狐狸：小王子在沙漠见到狐狸。聪明的狐狸要求小王子驯养它，虽然狐狸在两者中显得更有知识，它使小王子明白什么是生活的本质。狐狸告诉小王子的秘密是：用心去看才看得清楚；是分离让小王子更思念他的玫瑰；爱就是责任。

玫瑰：不懂爱情且略“矫情”的花儿。她的内心爱慕、依赖、渴望着小王子，但是自身性格的缺陷却使她不能完全表达自己对小王子的情谊，导致小王子出走。但在离开的日子里，小王子内心一直想着花儿。她与小王子之间是共度过长久时间的陪伴，象征着令人烦恼但又美丽的爱情。

蛇：蛇是小王子在地球遇到的第一个生物，也是它最终咬了小王子，把小王子送回天堂。蛇告诉小王子自己在人间很孤独，使小王子认为蛇非常弱小。但蛇告诉小王子自己掌握着生命的谜，还告诉小王子，它之所以谜语似的说话，是因为它知道所有的谜底。在书里，蛇好似一个绝对权威，一个永恒的谜，让人想起圣经故事：亚当和夏娃被蛇引诱偷吃了禁果，而被逐出伊甸园。

天文学家：在第四章提及的这个土耳其天文学家，在1909年通过望远镜首先发现了一颗名为B–612的小星球，叙述者相信小王子来自这颗星球。当土耳其天文学家第一次在国际天文会议上论证他的发现时，没人相信他，因为他的土耳其服装。数年后，他穿着一套雅致的西装又做了一番相同的论证，这次，大家附和了他的意见。土耳其天文学家的两次不同待遇揭露了无知人们的恐外症和狭隘民族主义的危害。

国王：国王是小王子在离开自己的星球后拜访的第一个小星球325上仅有的居民。这个国王称自己统治所有一切，他的统治必须被尊敬和不容忤逆。然而，事实上他只是徒有虚名，他只能让别人去做别人自己想做的事。

爱虚荣的人：爱虚荣的人居住在小王子访问过的第二个星球。他坚持要大家崇拜他，爱虚荣的人对别人的意见充耳不闻，他听见的只是一片赞扬声。

酒鬼：酒鬼是小王子离家后遇到的第三个人。王子问他为什么整天喝醉酒，酒鬼回答说是为了忘记自己感到难为情的事，什么事让他难为情呢？因为整天喝醉酒。

商人：商人是小王子遇见的第四个人，一个滑稽的大人。他坐在那里为属于自己的星星计数，忙得连抬头时间都没有。他认为他拥有星星，星星使他富有，可是，他对星星没做过任何有益的事。尽管小王子已见过怪得没治的大人，但商人是小王子唯一批评过的大人。

点灯人：点灯人是小王子遇见的第五个人，也是一个较复杂的形象。点灯人起初好像是另一个行为荒谬的大人，然而他的无私奉献精神得到小王子的赞叹。点灯人是小王子到地球之前，唯一一个被他认为可以做朋友的大人。

地理学家：地理学家是小王子在到达地球之前见到的第六个人，也是最后一个。地理学家看上去好像很有学问，他知道哪里有海洋、河流、城市、山和沙漠，但他不了解自己所在的星球，并拒绝自己去勘探，因为那是勘探工作者的事。他劝告小王子去访问地球，因为地球遐迩闻名。

扳道工：小王子在地球遇见扳道工，扳道工调度着来来往往的火车，火车载运着对自己待的地方永远不会满意的大人们。他同意小王子的观点：孩子们是唯一懂得欣赏和享受火车奔驰的美的人。

商贩：小王子在地球上遇到的这个商贩是贩卖解渴药的。吃了这药就不需要再喝水，这样一来，一星期可节省五十三分钟。象征着现代世界因过分强调省时而走歪道捷径。小王子说他宁可花那时间悠闲自得地去找一口水井。

只有三枚花瓣的沙漠花：三枚花瓣的花孤独地长在沙漠里，偶尔看见商队从旁走过，她就错误地告诉小王子，地球上就这么六七个人，他们没根，他们就是那样孤单，没有依靠，随风飘落。

玫瑰园：小王子看到一座盛开的玫瑰园时，他非常伤心。因为他的玫瑰对他说谎说她是宇宙中一朵独一无二的花。不过，在狐狸的引导下，小王子认识她们和他的玫瑰虽然类似，但因为他给他的玫瑰盖过罩子，因为他给她竖过屏风，因为他给她除过毛虫，因为他听过她的埋怨、吹嘘，甚至她的沉默，所以他的那朵玫瑰在世上是唯一的。

【名家点评】

《小王子》不是或不仅仅是写给小朋友的童书，更是为大人而写的关于“人该怎么活”的哲学之书，里面有许多作者对现代人生存状态的反思。说得严重一点，圣埃克苏佩里觉得现代人病了，且病得不轻。如果我们不正视这些危机，人就难以活好自己的人生。

——英国伦敦政治经济学院博士，香港中文大学政治哲学副教授周保松

【作品影响】

《小王子》于1943年在纽约出版，它是20世纪流传最广的童话，被译成100多种语言，电影、唱片，甚至纸币上都可以看到本书的影子。它使孩子和成年人都喜欢。作品所刻意追求并表现出来的想象力、智慧和情感，使各种年龄的读者都能从中找到乐趣和益处，并且随时能够发现新的精神财富。

【作者小趣闻】

想念妻子的飞行员

圣埃克苏佩里，一个飞行员，离开家的时间时短时长，但不管时间长短，他最终回到的是“荒岛上可怜的小鸟”——康素爱萝的身边。即使他身处利比亚的沙漠之中，他最想念的还是康素爱萝。

然而在这次飞行任务之前他们曾吵得两天两夜几乎没有合过眼。他怕他不在她的身边，她会茫然不知所措。从沙漠死里逃生之后，他在开罗给母亲的信中写到“将需要你的人，比如康素爱萝，丢在身后真是太可怕了。不惜一切代价我也要赶回来，去保护她，呵护她”。

【常考知识点】

1.《小王子》中提到，我们平时睡觉了会说晚安，而在第五个星球上他们却说日安。

2.小王子在地球上遇到了蛇和一朵小花，来到了玫瑰园，又遇上了狐狸。

3.小王子拜访的第二个星球住着一个（ D ）。

A.漂亮的人　B.酒鬼

C.扳道工　　D.虚荣的人

4.小王子央求“我”给他画一只什么动物？绵羊。

5.读完《小王子》这本书，你一定积累了许多四字词语，请写出2到3个。

如通情达理、孤孤单单、小心翼翼等。

6.《小王子》的作者是法国作家圣埃克苏佩里。

7.《小王子》中，我六岁时候，看过一幅出色的画儿，画儿描绘的是蟒蛇正在吞吃野兽，大人们则认为是一顶帽子。

8.小王子居住的星球，非常小，叫作B-612。

9.小王子拜访的第七个星球是（D）。

A.月球　B.水星

C.火星　D.地球

10.判断题。（正确的打“√”，错误的打“×”）

（1）大部头书的老先生是一个作家。（ × ）

（2）第四个星球上住着的是个商人。（ √ ）

（3）第五个星球一分钟自转一圈。 （ √ ）

（4）小王子在地球上最后遇到的是个厨师。（ × ）

如果有人钟爱着一朵独一无二的、盛开在浩瀚星海里的花。那么，当他抬头仰望繁星时，便会心满意足。他会告诉自己：“我心爱的花在那里，在那颗遥远的星星上。”可是，如果羊把花吃掉了。那么，对他来说，所有的星光便会在刹那间暗淡无光！而你却认为这并不重要！

《复活》

列夫·尼古拉耶维奇·托尔斯泰

名著导读

【主要故事情节】

玛丝洛娃原是一个农奴的私生女，她天真、善良，真诚地爱上聂赫留朵夫。但这个腐化堕落的贵族少爷却诱奸了她，把她抛弃，使她陷入种种悲惨遭遇，最后沦为妓女。妓女生活使她身心受到严重摧残，她再也不相信什么善了，于是拼命吸烟、喝酒，麻醉自己。一次被诬告谋财害命，关进监狱，并被昏庸的法官判处四年苦役，流放西伯利亚。

在审判玛丝洛娃时，正巧聂赫留朵夫做陪审员，当他认出她时，良心受到谴责，想通过拯救她以赎前罪，并准备和她结婚。玛丝洛娃在聂赫留朵夫的真诚忏悔和关怀下消除前怨。

【作者简介】

列夫·尼古拉耶维奇·托尔斯泰（1828年9月9日—1910年11月20日），19世纪中期俄国批判现实主义作家、思想家、哲学家，代表作有《战争与和平》《安娜·卡列尼娜》

《复活》等。

托尔斯泰出身于贵族家庭，1840年入喀山大学，1847 年退学回故乡在自己领地上做改革农奴制的尝试。1851年—1854年在高加索军队中服役并开始写作。1854年—1855年参加克里米亚战争。1855年11月到彼得堡进入文学界。1857年托尔斯泰出国，看到资本主义社会重重矛盾，但找不到消灭社会罪恶的途径，只好呼吁人们按照“永恒的宗教真理”生活。1860年—1861年，为考察欧洲教育，托尔斯泰再度出国，结识赫尔岑，听狄更斯演讲，会见普鲁东。1863年—1869年托尔斯泰创作了长篇历史小说《战争与和平》。1873年—1877年他经12次修改，完成其第二部里程碑式巨著《安娜·卡列尼娜》。70年代末，托尔斯泰的世界观发生巨变，写成《忏悔录》（1879—1882）。80年代创作：剧本《黑暗的势力》（1886）、《教育的果实》（1891），中篇小说《魔鬼》（1889）、《伊凡·伊里奇之死》（1886）、《克莱采夫奏鸣曲》（1891）、《哈泽·穆拉特》（1886—1904），短篇小说《舞会之后》（1903），特别是1889年—1899年创作的长篇小说《复活》是他长期思想、艺术探索的总结。

托尔斯泰晚年力求过简朴的平民生活，1910年10月从家中出走，11月病逝于一个小站，享年82岁。

【作品简介】

《复活》是俄国作家列夫·托尔斯泰创作的长篇小说，首次出版于1899年。该书取材于一件真实事件，主要描写男主人公聂赫留朵夫引诱姑妈家女仆玛丝洛娃，使她怀孕并被赶出家门的故事。后来，她沦为妓女，因被指控谋财害命而受审判，男主人公以陪审员的身份出庭，见到从前被他引诱的女人，深受良心谴责。他为她奔走申冤，并请求同她结婚，以赎回自己的罪过。上诉失败后，他陪她流放西伯利亚，他的行为感动了她，使她重新爱他。但为了不损害他的名誉和地位，她最终没有和他结婚而同一个革命者结为伉俪。

【创作背景】

19世纪70年代末到80年代初，俄国的资本主义迅猛发展，农村遭到巨大的破坏，广大劳动人民的生活日趋赤贫。当时俄土战争的重负，连年饥荒给人民带来更为深重的灾难。这时托尔斯泰愈发关心人民的困苦。他积极地参加当时的救灾工作，目睹了农民和城市贫民的可怕处境，在他多年探索、思考的基础上终于看清了沙皇专制制度的反动本质。

作者参加1891年至1892年的赈灾工作，体会到农民与地主之间有一条巨大的鸿沟，农民贫困的根源是地主土地私有制。托尔斯泰在相继完成了巨著《战争与和平》《安娜·卡列尼娜》之后，进入晚年的他世界观发生了根本转变，他的艺术批判力量达到了高峰，达到了“撕毁一切假面具”的“清醒现实主义”。这无疑是他艺术探索的结果，同时更是他精神探索的结果。以广大农民的眼光观察俄国现实生活，代表农民阶级发表意见，这是他晚期创作巨大批判力量的主要源泉。这在他的各种作品中，特别是长篇小说《复活》中表现得最鲜明、也最为突出。作为托尔斯泰晚年的代表作，情节的基础是真实的案件。小说写于1889年至1899年，素材是检察官柯尼为他提供的一件真人真事：一个贵族青年引诱了他姑母的婢女，婢女怀孕后被赶出家门，后来当了妓女，因被指控偷钱而遭受审判。这个贵族以陪审员的身份出席法庭，见到从前被他引诱过的女人，深受良心的谴责。他向法官申请准许自己同她结婚，以赎回罪过，不幸婢女在狱中死于斑疹伤寒。托尔斯泰以这个故事为主线，用了10年时间，六易其稿，终于完成了这部著作。小说原计划创作四部，但只创作了三部。

【思想主题】

托尔斯泰的《复活》是其晚年的代表作品，一方面，在对当时社会的罪恶和腐朽反动的国家、法律、教会制度的揭露上，很难找出另一部作品有这样的深度和广度；另一方面，它宣扬了赎罪、拯救灵魂、禁欲主义、“不以暴力抗恶”“道德自我完善”等观点，宣扬一种属于托尔斯泰自己的宗教“博爱”思想，人们称之为“托尔斯泰主义”。

【写作特色】

①对比。《复活》的结构与描写的基本原则，是尖锐的对比。小说中描写了极其广泛的生活画面：从法院到教堂，从监狱到流放所，从莫斯科到彼得堡，从城市到乡村，从俄罗斯到西伯利亚。通过这些画面，作者把上层社会与人民生活进行对比，把贵族老爷、达官贵人与贫苦的老百姓进行对比，把统治者与犯人进行对比。

②心理描写。托尔斯泰善于通过人物复杂的心理状态表现人物的精神世界。如聂赫留朵夫在法庭上重见

玛丝洛娃后，思想上引起的一系列的激烈斗争。小说巧妙地利用外界的事物和现象来刻画人物的心理，有时外界事物影响着人的情绪，有时又由于人的情绪使周围环境带上一种特殊的色彩。如法庭审判、监狱的情况，农民和流放犯的生活，都积极地影响着聂赫留朵夫的思想和情绪，有时聂赫留朵夫又对周围环境产生厌恶感情，如聂赫留朵夫在参加法庭审判后到柯尔查庚家看见他家的一切都感到厌恶。作者通过聂赫留朵夫不同时期的心理活动的描写，对贵族地主进行了揭露和批判，同时也表现了聂赫留朵夫道德自我修养的整个过程。

③讽刺。托尔斯泰所运用的讽刺手法，有他自己的独特的风格。他是在朴素的叙述中包含着辛辣的讽刺，利用揭露形式与内容的矛盾，造成有力的讽刺效果。例如作者对法庭的官员所进行的描述对整个法庭描写就是这样。托尔斯泰对整个法庭的描写从它的陈设到审判的程序都做了详尽的描绘，表面上看起来，这个法庭好像是很庄严很神圣的，但实际上却是极端轻率和不负责任的。通过逐步深入的描写，托尔斯泰揭露了那些执法者都是装模作样的，他们假装正经，故作姿态，都是一些道德败坏、草菅人命的官僚分子。像这样揭露法庭表里不一的讽刺手法，就辛辣地嘲笑了沙皇俄国法庭伪装公正和貌似神圣的丑态。托尔斯泰还常常用他本人的解释来揭露贵族及官吏们的卑鄙和虚伪，并以此充实他对人物性格讽刺性的刻画。在果戈理的作品中，当书中人物大言不惭地谈论着卑鄙的事情时，他们自己就揭露了自己。而在托尔斯泰的作品里，人物常常隐讳着自己的罪恶。正因为这样，作者对他们的揭露就更为尖锐有力。

【主要人物及其事件】

聂赫留朵夫：《复活》中的聂赫留朵夫完整而充分地体现了“道德自我完善”的过程和思想。他经过返归和自我完善在精神上获得了新生。聂赫留朵夫的思想变化可以分为：第一阶段是纯洁善良、追求理想的阶段。这时他健康、真诚、充实、崇高，乐于为一切美好的事业而献身，真挚地爱着玛丝洛娃。那时的爱是纯洁美好的。“在他眼里，只有妻子才是女人，凡是不能成为他妻子的女人都不是女人，而只是人”。第二阶段是放纵情欲，走向堕落。踏上社会后，聂赫留朵夫变得猥琐、低下、空虚、渺小，认为女人无非一种“享乐工具”。他诱骗了玛丝洛娃，之后给了她一笔钱。这种做法是兽性的表现，更是对纯洁的爱的侮辱，但那时他无法控制自己，导致了一个女人的悲剧。第三阶段是从忏悔走向复活。法庭审判之后，他内心痛苦，认清了自己虚伪可耻的面目，决心悔过自新。在他忏悔的过程中，通过对他的所见所闻，揭露和批判了沙皇俄国社会的腐败和黑暗，批判了沙俄专制的国家制度，揭露了政府机关的黑暗和官吏的残暴。

玛丝洛娃：作者通过玛丝洛娃体现了俄罗斯人民所遭受的深重苦难和对整个黑暗社会的无比憎恨。她在拒绝聂赫留朵夫的“善行”时，一再表现出自己内心的屈辱、痛苦和按捺不住的愤怒。正是这种感情触动了她麻木不仁的灵魂，并最后使她觉醒过来。由于她的灵魂深处始终保存着善良的天性和与聂赫留朵夫初恋时的美好回忆，“悔罪”的聂赫留朵夫才能获得她的宽恕并使她重新“爱”上他。玛丝洛娃最终拒绝聂赫留朵夫要求和他结婚的建议，表现出玛丝洛娃的崇高品质，也是她为了爱他而做出的自我牺牲。玛丝洛娃的“宽恕”精神使她的灵魂获得了“复活”，然而，我们却看到作者在寻求玛丝洛娃“复活”的过程中，逐步接近了托尔斯泰过去所否定和厌恶的“革命者”。作者让玛丝洛娃进入政治犯的圈子，跟这些人接触，使玛丝洛娃感到亲切和自然。

西蒙松对玛丝洛娃的爱情，虽然说是出于同情，确也是合适的，这能使她的灵魂感到轻松和慰藉。尤其重要的是，他们的结合将会把玛丝洛娃带入革命者的队伍。而聂赫留朵夫的那种仁慈的“忏悔”，无论怎样真诚，却终究免不了带有居高临下的态度和宽宏大量的意味。玛丝洛娃意识到过去的爱情已经永远不能“复活”，她也不再需要这一切了。而此时在她面前展现的是她所渴望的、有意义的、鲜活的真实生活，这才是玛丝洛娃真正的新生和灵魂的“复活”。

【名家点评】

《复活》是托尔斯泰世界观发生剧变后，呕心沥血写出的最后一部长篇巨著，被公认为是托尔斯泰创作的顶峰，是他一生思想和艺术的结晶。

——翻译家牛力冈

【作品影响】

《复活》是托尔斯泰最后一部长篇小说，是他一生探索和思想的总结，被誉为俄国批判现实主义发展的高峰。小说揭露了封建统治阶级骄奢淫逸的生活和反动官吏的残暴昏庸、毫无人性，撕下了官办教会的伪善面纱，反映了农村的破产和农民的极端贫困，勾画了一幅已经走到崩溃边缘的农奴制俄国的社会图画。

【作者小趣闻】

有一次，一位法国青年拜访托尔斯泰。他俩一同散步闲聊，恰巧旁边有副单杠。青年跑过去，一跃而起，抓住单杠，做了几个动作，骄傲地说："伯爵，这门艺术，您大概是外行吧。"托尔斯泰笑一笑。"文人不会武，这也不必苛求……"法国青年似乎怕托尔斯泰尴尬，连忙为他解脱。

托尔斯泰看了看同伴，走到单杠下面，轻轻一跃，双手握杠，两腿挺直朝前一冲，往后一摆，连续绕了几个"大翻车"，随后又轻松自如地做了几个难度很大的动作，像燕子那么轻巧，像猿猴那么自如。法国青年看得眼花缭乱，惊讶得吐出舌头，老半天都没缩回去。他哪里知道，体育活动正是伯爵的爱好呢！

当托尔斯泰从单杠上跳下来，法国青年心悦诚服地说："伯爵，您单杠上的动作也是真正的艺术。"

托尔斯泰没有吭声，只是淡然地笑笑。

【常考知识点】

1.聂赫留朵夫青年时代对斯宾塞在《社会静力学》中所提出的这个"正义不容许土地私有"论点特别折服。

2.聂赫留朵夫认为土地私有制很不合理，必须把土地交给农民耕种。

3.在彼得堡，聂赫留朵夫还遇到了昔日的好友谢列宁，但生活的种种"不对头"，使原来坦率、高尚的朋友变成在"异化"边缘挣扎的人。

4.聂赫留朵夫帮助玛丝洛娃从监狱转到监狱医院工作。

5.聂赫留朵夫到彼得堡后，住在姨妈家。

6.《复活》中的贵族已经没有优秀人物，他们都是一些空虚、腐朽、伪善的寄生虫，托尔斯泰的同情完全在农民一边。在《复活》中，作家真实地

描写了广大农民的悲惨处境，并明确表示反对土地私有制。

7.在《复活》中，聂赫留朵夫相信玛丝洛娃在盗窃钱财和毒死人命两方面都没有罪，但他回想起勾引玛丝洛娃的经过，认为自己是造成她不幸的罪人。

8.下列各项中，对《复活》故事情节的表述，不正确的两项是（ AD ）。

A.被告中，红棕色头发，脸上有雀斑的男人是西蒙松·卡尔津金；头上包着一块囚犯用的三角头巾，脸色灰白，眼睛发红的女人是玛丝洛娃。

B.根据陪审员的决定得出的结论是：玛丝洛娃没有盗窃、没有抢劫，却无缘无故毒死了一个人。庭长认为这结论很荒唐，但法官一定要判玛丝洛娃有罪，庭长怕耽误约会，便匆忙结案。

C.玛丝洛娃被判刑后，聂赫留朵夫认为法庭做出的判决是不公正的。他返回法院，在走廊上遇到了律师法纳林，他对法纳林说他希望撤销原判，把案子告到最高法院去（法纳林纠正他，应告到枢密院）。

D.聂赫留朵夫相信玛丝洛娃在盗窃钱财和毒死人命两方面都没有罪，但是他回想起勾引玛丝洛娃的经过并不认为自己是造成她不幸的罪人，从未受到良心的谴责。

E.在法庭上见到玛丝洛娃之前，聂赫留朵夫正和贵族柯尔查庚一家打得火热，人们议论说他要娶柯尔查庚的小姐米西。同时，他正和一个首席贵族的妻子私通。

9.法院开庭审判玛丝洛娃的案件，聂赫留朵夫作为贵族代表参加陪审，意外与玛丝洛娃重逢。他坐在陪审席里，回忆起与玛丝洛娃认识以来的一切往事。

10.《复活》中，玛丝洛娃是一个未婚的女农奴和吉卜赛人的私生子。

11.聂赫留朵夫大学时代是个善良有理想的青年，受资产阶级启蒙主义思想的影响，他把土地分给农民。

《安娜·卡列尼娜》

列夫·尼古拉耶维奇·托尔斯泰

名著导读

【主要故事情节】

安娜·卡列尼娜的哥哥奥布朗斯基公爵已经有五个孩子，仍和法国家庭女教师恋爱，因此和妻子多丽闹翻，安娜从彼得堡乘车到莫斯科为哥嫂调解，在车站认识了青年军官渥伦斯基。渥伦斯基毕业于贵族军官学校，后涉足于莫斯科社交界，以其翩翩风度得到了多丽的妹妹基蒂的垂青，但他只与她调情，并无意与她结婚。而深爱着基蒂的康斯坦丁·列文也从乡下来到莫斯科，他打算向基蒂求婚，但早倾心于渥伦斯基的基蒂却拒绝了他的求婚，她正想象着与渥伦斯基将来的幸福生活。

在他看到安娜的一刹那就被安娜所俘虏，他在薛杰巴斯大林基公爵家的舞会上，向安娜大献殷勤。而基蒂精心打扮想象着渥伦斯基要正式向她求婚。在渥伦斯基眼里，安娜·卡列尼娜是那样出众；基蒂发现渥伦斯基和安娜异常亲热，这使她感到很苦闷。安娜不愿看到基蒂痛苦，劝慰了兄嫂一番，便回彼得堡去了。

随后渥伦斯基也来到彼得堡，开始对安娜热烈追求，他参加一切能见到安娜的舞会和宴会，从而引起上流社会的流言蜚语。起初，安娜还一直压抑着自己的情感，不久渥伦斯基的热情唤醒了安娜沉睡已久的爱情。安娜的丈夫亚历山大·卡列宁其貌不扬，但在官场中却是个地位显赫的人物，是一个“完全醉心于功名”的人物。他根本不懂什么是倾心相爱的情感，他认为他和安娜的结合是神的意志。他责备妻子行为有失检点，要她注意社会性的舆论，明白结婚的宗教意义，以及对儿女的责任。他并不在乎妻子和别人相好，“而是别人注意到才使他不安”。

有一天，安娜与丈夫卡列宁一起去看一场盛大的赛马会，比赛中渥伦斯基从马上摔了下来，安娜情不自禁地大声惊叫，卡列宁认为安娜有失检点，迫使她提前退场，安娜无法忍受丈夫的虚伪与自私。由于卡列宁的令人吃惊的宽厚，渥伦斯基感到自己是那么卑劣、渺小。安娜的爱情和自己的前途又是那么渺茫，绝望、羞耻、负罪感使她举起了手枪自杀，但没有死。死而复生的安娜和渥伦斯基的爱情更加炽热，渥伦斯基带着安娜离开了彼得堡，他们到国外旅行去了。在渥伦斯基家的宴会上，列文与基蒂彼此消除了隔阂，互相爱慕，不久他们结婚了，婚后他们回到列文的农庄，基蒂亲自掌管家务，列文撰写农业改革的论文，他们生活很幸福美满。

旅行了三个月，安娜感到无比幸福，但她却以名誉和儿子为代价。归国后，她没有回家，而是住在旅馆里，由于思念儿子，在儿子谢辽沙生日那天，偷偷去看他，天真无邪的谢辽沙不放妈妈走，他们返回彼得堡，遭到冷遇，旧日的亲戚朋友拒绝与安娜往来，使她感到屈辱和痛苦。渥伦斯基被重新踏入社交界的欲望和舆论的压力所压倒，与安娜分居，尽量避免与她单独见面，这使安娜感到很难过。

在一次晚会上，安娜受到卡尔塔索夫夫人的公开羞辱，回来后渥伦斯基却抱怨她，不该不听劝告去参加晚会，于是他们搬到渥伦斯基的田庄上居住。渥伦斯基要安娜和卡列宁正式离婚，但她又担心儿子将来会看不起她。3个月过去了，离婚仍无消息。渥伦斯基对安娜越来越冷淡了，他常常上俱乐部去，把安娜一个人扔在家里，安娜要求渥伦斯基说明：假如他不再爱她，也请他老实说出来，渥伦斯基大为恼火。

一次，渥伦斯基到他母亲那儿处理事务，安娜问他的母亲是否要为他说情，他要安娜不要诽谤他尊敬的母亲，安娜认识到渥伦斯基的虚伪，因为他并不爱他的母亲。大吵之后，渥伦斯基愤然离去，她觉得一切都完了，安娜准备自己坐火车去找他，她想象着正和他母亲及他喜欢的小姐谈心，她回想起这段生活，明白了自己是一个被侮辱、被抛弃的人，她跑到车站，在候车室里接到了渥伦斯基的来信，说他10点钟才能回来，她决心不让渥伦斯基折磨她了，起了一种绝望而决心报复的心态，最后安娜身着一袭黑天鹅绒长裙，在火车站的铁轨前，让呼啸而过的火车结束了自己无望的爱情和生命。这段为道德和世间所不容的婚外情最后的结果由安娜独自承担，留下了无限感伤。卡列宁参加了安娜的葬礼，并把安娜生的女儿带走了。渥伦斯基受到良心的谴责，他志愿参军去塞尔维亚和土耳其作战，但愿求得一死。

【作品简介】

《安娜·卡列尼娜》是俄国作家列夫·托尔斯泰创作的长篇小说，也是其代表作品。该书通过女主人公安娜追求爱情悲剧和列文在农村面临危机而进行的改革与探索这两条线索，描绘了俄国从莫斯科到外省乡村广阔而丰富多彩的图景，先后描写了150多个人物，是一部社会百科全书式的作品。

作品讲述了贵族妇女安娜追求爱情幸福，却在卡列宁的虚伪、渥伦斯基的冷漠和自私面前碰得头破血流，最终落得卧轨自杀、陈尸车站的下场。庄园主列文反对土地私有制，抵制资本主义制度，同情贫苦农民，却又无法摆脱贵族习气而陷入无法解脱的矛盾。而后者正是在自然环境中，在真正的劳动中锻炼了体魄，净化了心灵，获得了真正的快乐。托尔斯泰通过不同贵族对自然的态度表明了自己反对城市文明的观点。

【创作背景】

19世纪后半期的沙皇俄国，当时正值1861年俄国农奴制改革，整个社会处于由古老、守旧的封建社会向新兴的资本主义社会急剧转变的特殊时期。一方面在世界资本主义尤其是西欧资本主义国家资产阶级革命的强力冲击下，俄国封建农奴制度迅速崩溃，封建贵族地主日趋腐化堕落的思想与新兴资产阶级人文思想发生了激烈的碰撞，其政治、经济制度，思想、道德观念也在急剧变化之中，欧洲资产阶级人文思想的启蒙、人性的自觉不自觉地觉醒，使人们要求人性解放、恋爱自由、婚姻自主的呼声越来越高，要求摆脱封建思想道德的羁绊；另一方面，反动腐朽的封建农奴制对资产阶级人文思想仍具强大的阻力。

从19世纪70年代起，俄国乡村遭到资本主义势力的入侵，“到民间”去等活动的开展，使托尔斯泰开始了新的思想危机和新的探索时期。他惶惶不安，怀疑生存的目的和意义，因为自己所处的贵族寄生生活的“可怕地位”深感苦恼，不知道“该怎么办”。他研读各种哲学和宗教书籍都不能找到答案，他甚至藏起绳子、不带猎枪，生怕自己为了求得解脱而自杀。此后，他访问神父、主教、修道士和隐修士，并结识了农民、独立教徒康·修斯塔夫，终于完全否定了官办教会，接受了宗法制农民的信仰。这是托尔斯泰复杂的探索时期，也正是在这个时期产生了《安娜·卡列尼娜》（1873—1877）。

1870年托尔斯泰便打算写一部出身高等社会的有夫之妇失足的小说，并打算把这个女人写得可怜而无罪。1872年，离托尔斯泰的农庄五俄里的地方，一个叫安娜兹科娃的妇女发现她的情人另有新欢，向自己儿子的家庭女教师求婚，于是一气之下取了一些换洗衣服到图拉去，后来又返回村子，投身在货车车轮下而死。托尔斯泰目睹了这出悲剧，深受触动。托尔斯泰1873年动笔，1877年完成，小说先后用过《年轻太太》《两段婚姻》《两对夫妻》等书名，最后才用了明确而简单的现名。

【写作特色】

出色的心理描写是《安娜·卡列尼娜》艺术魅力的精华所在，人物的心理描写是整个作品描写的重要组成部分。托翁喜爱的主人公列文是个精神探索型人物，对社会问题特别是农民问题的探索和对个人幸福、生命意义的探索。他的心理过程是沿着两条路线发展的：在农事改革上，他经历了理想的追求到失败后的悲观。列文看到农民的贫困，向农民建议合伙经营各种农业，他梦想“以富裕来代替贫穷，以利害的一致来代替互相敌视。总之，在他看来，这将是一场不流血的革命，但是极其伟大的革命，先从我们一个县的小范围开始，然后扩展到全省，然后全世界”。但列文这个美妙的“不流血的革命”首先在他自己的村子就处处碰壁，农民对他的计划毫无兴趣，这使列文陷入了极度的痛苦和绝望；在个人生活上，他经历了爱情上的迷恋、挫折、失望到婚后的快乐、焦虑、猜忌、痛苦，最后在宗教中找到了心灵的宁静。列文爱上了纯洁少女基蒂，因基蒂心有所属而遭到拒绝，这使列文非常失落，当基蒂被渥伦斯基抛弃后，他们结了婚，基蒂给列文带来了快乐。但家庭生活是社会生活中的一分子，它不能游离于社会生活之外，如果整个社会动荡不安，孤立的一个家庭是没有幸福可谈的。内省的列文再次陷入焦虑、痛苦之中，他那无法排解的莫名其妙的苦闷、烦腻的情绪和骚动不安的追求，正是风云变化时代再不想混沌活着的一代人心灵上留下深深印记，最后在“为上帝，为灵魂而活”信条中找到了“人生的意义”。

【主要人物及其事件】

安娜：安娜美丽端庄、高贵典雅、聪慧善良、自然真诚、富有激情，有着令人无法抗拒的美貌和深刻丰富的精神世界，在思想、感情、才智、品德等方面都远远高于当时一般的贵族妇女。安娜的优秀和不同凡响首先在于她的自我意识的觉醒，对个性解放、生命意义、爱情自由的渴求。“我是个人，我要生活，我要爱情！”这是觉醒中的安娜的坚定的呼声。她爱上渥伦斯基后，脸上“洋溢着幸福的光辉而且要把幸福发散给别人的神态”，这是一种自己幸福也希望别人幸福的崇高境界。她对爱情自由的执着追求，体现了贵族妇女对生命意义的尊重，对个性解放的要求，她自我意识的觉醒，反映的是时代的进步，是对束缚女性思想的道德观念和宗法制度的挑战。从这个角度看，安娜确实是一个走在时代前列的贵族妇女。

渥伦斯基：文中的渥伦斯基同样出身于一个贵族家庭，自幼丧父，一方面具有聪明、富有同情心、乐善好施等优点，另一方面也具备爱慕虚荣、寻欢作乐、追求功名等纨绔习气。他对安娜的爱是真诚的，为了能经常同安娜在一起，甚至拒绝了一项关系到他前程的重要任命，在他感到他们的爱有可能结束时，甚至不惜开枪自杀。然而每个人的观念都是不同的，当他们被上流社会拒之门外后，安娜甘守寂寞，而渥伦斯基心中空虚贫乏的生活与其不甘寂寞的心理发生了冲突，最后他妥协了，开始关心“自治委员会”“议会选举”之类的上流社会活动，对安娜的爱也越来越冷淡了。渥伦斯基是带给安娜生命活力和情感幸福的天使，也是把她推向毁灭深渊的恶魔。他风流倜傥，激情热烈，激活了安娜的沉睡的爱情，并给了安娜极大的满足，他与安娜之间的冷淡，并不是因为他爱上别的女人而感情破裂，而有着更深刻的社会内容，即为一个封建贵族社会的叛逆者与一个归顺者之间的不可避免的破裂。

卡列宁：卡列宁在文中被塑造成了一个典型的封建官僚形象，在他的叔叔——一位先皇宠臣的抚养下长大，接受的是全套的封建贵族教育，因而"一个心思地追求功名"。长期的封建官场生涯已经腐蚀了他的心灵，使他思想僵化、感情麻木、虚伪庸俗、墨守成规。他的个人观念与安娜追求爱情的要求是格格不入的，当安娜争取婚姻自主时，他也仅仅是出于本能，要求安娜和他达成默契：允许她做渥伦斯基的情人，以换取维持表面的虚伪的夫妻关系。当安娜要求婚姻自主的意愿与他"维护神圣家庭"、保留"体面"的观念发生冲突时，他不惜与狠毒的莉季娅伯爵夫人勾结，使用一切可以使用的手段：家庭的羁绊、宗教的感化、舆论的谴责、法律的威胁、心灵的摧残等等，以压制安娜的合理追求。

列文：列文是属于一种社会基层统治阶级，他只是一名小地主，因而他必须从事劳动，而劳动的特性决定了他全部生活的性质。他的生活不仅仅是上流社会那纸醉金迷的"社交生活"，还包括了他在自己庄园里所从事的富有活力的劳动生活和他因受资产阶级思想而产生的劳动改革，因而在他与基蒂相爱、结合之后，他的生活不仅仅是爱，他的整个生活是充实的、幸福的。列文是托尔斯泰式主人公中自传性特别强的一个人物，他在托尔斯泰的创作中起着承前启后的作用，在他身上艺术地再现了作家世界观激变前夕的思想感情和生活感受，从结构安排来看，列文的幸福家庭与安娜的不幸家庭互为对照，但从思想探索来看，列文婚后却产生了精神危机，他为贵族阶级自甘败落而忧心忡忡。他研究劳动力在农业生产中的作用，制订"不流血的革命"方案，探讨人生的目的，但却毫无出路。

【名家点评】

这是一部尽善尽美的艺术杰作，现代欧洲文学中没有一部同类的东西可以和它相比！

——陀思妥耶夫斯基

【作品影响】

1877年，小说首版发行。据同代人称，它不仅是引起了"一场真正的社会大爆炸"，它的各个章节都引起了整个社会的“跷足”注视，及无休无止的“议论、推崇、非难和争吵，仿佛事情关涉每个人最切身的问题”。

但不久，社会就公认它是一部了不起的巨著，它所达到的高度是俄国文学从未达到过的。而书中的女主人公安娜·卡列尼娜则成为世界文学史上优美丰满的女性形象之一。

《安娜·卡列尼娜》把19世纪批判现实主义推向了最高峰，人们又把《安娜·卡列尼娜》当作俄国19世纪现实的教科书。正是通过它，许多人了解到了俄国19世纪70年代的社会现实。俄国后来的民主主义革命者对社会的攻击便是从这里开始的。俄国革命的领导人列宁曾反复阅读过《安娜·卡列尼娜》，以至把封皮都弄得起皱了。

100多年来各国作家按自己的理解把安娜搬上舞台、银幕、荧光屏。

【常考知识点】

1.托尔斯泰的小说《安娜·卡列尼娜》的卷首题词“伸冤在我，我必报应”被认为是理解这部作品的一把钥匙。这一题词引自西方的哪一部经典？（ D ）

A.古希腊神话　B.荷马史诗　C.圣经　D.神曲　E.浮士德

2.《安娜·卡列尼娜》是俄国著名作家列夫·托尔斯泰的代表作品，在19世纪的世界文坛堪称首屈一指的优秀作品。本书通过女主人公安娜的追求爱情悲剧和列文在农村面临危机而进行的改革与探索这两条线索，描绘了俄国从莫斯科到外省乡村广阔而丰富多彩的图景，先后描写了150多个人物，是一部社会百科全书式的作品。

3.《安娜·卡列尼娜》的作者（ D ）。

A.安娜·卡列尼娜　B.果戈理　C.海涅　D.列夫·托尔斯泰

4.有一位作家，他被列宁称为“俄国革命的镜子”。下列属于这位作家的作品的是（ D ）。

A.《蒙娜丽莎》　B.《神曲》

C.《仲夏夜之梦》　D.《安娜·卡列尼娜》

5.谈一谈《安娜·卡列尼娜》的艺术成就。

①生动地展现了人物内心世界的丰富和辩证过程。②肖像描写富有独创性。托尔斯泰在这部小说中的肖像描写不仅展示了人物一般性格特征，而且还展示了人物性格的发展过程。③结构完整统一，拱形衔接天衣无缝，两条线索互相呼应，具有深刻的内在联系。

6.试论《安娜·卡列尼娜》的结构特征。

自然而严整的拱形结构是该小说结构的典型特征。表面看，安娜的爱情悲剧与列文的精神探索这两条主线平行独立地发展，缺乏内在联系，但实际上它们却从两个方面巧妙地连接在一起。首先，小说在两条主线之间穿插了奥勃朗斯基和道丽的家庭生活这条中间线，它在外部结构上成了两条主线的拱顶结合处。其次，小说运用人物向心对照法沟通了两条主线间的内在联系。

《父与子》

伊凡·谢尔盖耶维奇·屠格涅夫

名著导读

【主要故事情节】

大学生巴扎罗夫和同学阿尔卡狄一道去阿尔卡狄家过暑假，却遇到了两种截然不同的接待：父亲尼克拉热情款待；伯父巴威尔却冷脸相对，尤其在知道他是虚无主义者后。原来尼克拉和巴威尔的父亲是一个将军，两兄弟继承了大片庄园和众多的农奴。他们各有故事：年轻英俊的巴威尔仕途顺利，却因为迷恋公爵夫人而自毁前程，只得回乡隐居；做官后携娇妻回家享福的尼克拉，因为妻子的重病而萎靡不振，转而爱上贫民之女费涅奇卡，并生下一女。两兄弟无所事事，养尊处优。巴扎罗夫的言论和思想激起这两个兄弟的强烈反对，从而爆发了第一次论战。巴扎罗夫历数巴威尔所说的贵族制度的一无是处，丝毫不让"父辈"，表现出大无畏精神和坚持到底的革命态度，论战升级，使得阿尔卡狄左右为难。

不久，两同学去省城参加省长家的舞会，认识了漂亮的奥津左娃。阿尔卡狄对她一见钟情，奥津左娃却对巴扎罗夫暗暗倾心。后来，他们应奥津左娃之邀，在她的乡间庄园度过了欢快的两个星期。当巴扎罗夫日益迷上气质不凡的奥津左娃，并向她表白爱慕之心时，渴望爱情的奥津左娃却拒绝了他。痛苦万分的巴扎罗夫回到家乡，当他再次来到阿尔卡狄家

时，他把自己投入到无歇无息的实验中去以求解脱。而阿尔卡狄则爱上奥津左娃的妹妹。因为工作的原因，和费涅奇卡逐渐熟悉的巴扎罗夫有一次忍不住亲她，却被巴威尔看见，提出要和他决斗，结果巴威尔战败而精神瓦解。

巴扎罗夫再次回到家乡，跟着父亲学给人看病，却因为不小心割破手指感染了伤寒。生命垂危的他，恳请父亲叫来奥津左娃，两个人最后诀别。几年后，奥津左娃和一个律师结婚，阿尔卡狄和她的妹妹举行婚礼。而巴扎罗夫躺在一个孤僻的乡间公墓，等着年迈双亲一年一度的探望。

【作者简介】

伊凡·谢尔盖耶维奇·屠格涅夫（1818—1883），19世纪俄国批判现实主义作家。主要作品有长篇小说《罗亭》《贵族之家》《前夜》《父与子》《处女地》，中篇小说《阿霞》《初恋》等。

屠格涅夫出生在奥廖尔省一个贵族家庭，但自幼厌恶农奴制度。曾先后在莫斯科大学、彼得堡大学就读，毕业后到柏林进修，回国后和别林斯基成为至交。

出于自由主义和人道主义的立场反对农奴制。屠格涅夫在大学时代就开始创作，1847年—1852年陆续写成的《猎人笔记》是其成名作，主要表现农奴制下农民和地主的关系。该作品反农奴制的倾向触怒了当局，当局以屠格涅夫发表追悼果戈理文章违反审查条例为由，将其拘捕、放逐。在拘留中他写了反农奴制的短篇小说《木木》。19世纪50至70年代是屠格涅夫创作的旺盛时期，他陆续发表了长篇小说：《罗亭》（1856）、《贵族之家》（1859）、《前夜》（1860）、《父与子》（1862）、《烟》（1867）、《处女地》（1877）。

从19世纪60年代起，屠格涅夫大部分时间在西欧度过，结交了许多作家、艺术家，如左拉、莫泊桑、都德、龚古尔等。参加了在巴黎举行的“国际文学大会”，被选为副主席（主席为雨果）。1883年屠格涅夫病逝于法国巴黎。

【作品简介】

《父与子》是俄国作家屠格涅夫创作的长篇小说，也是其代表作。该作发表于1862年。

贵族子弟基尔沙诺夫大学毕业后，带着他的朋友、平民出身的医科大学生巴扎罗夫到父亲的田庄做客。巴扎罗夫的民主主义观点同基尔沙诺夫一家，特别是同阿尔卡狄的伯父巴威尔的贵族自由主义观点发生了尖锐的冲突，在这场冲突中巴扎罗夫占了上风。有一次，巴扎罗夫和阿尔卡狄到省城去参加舞会，遇见贵族寡妇奥津左娃，巴扎罗夫对她产生了爱情，但是遭到拒绝。最后巴扎罗夫回到父母家中，在一次解剖尸体的时候感染病菌而死。

【创作背景】

到20世纪中叶，屠格涅夫敏锐地发现，俄国社会政治改革不断深化的同时，一个新兴的文化阶层正在俄国开始出现，这就是《父与子》中所出现的平民知识分子阶层。他们来自平民百姓，因而吃苦耐劳、意志顽强，而且具有革新精神。平民阶层的知识分子，由于受到上层社会的压迫与排斥，因而对于权威与文化传统具有天然的反抗情绪，他们崇尚自然与科学，因而这是一种新生的文化阶层，一种介于贵族文化与农民文化之间的平民文化阶层。

敏锐的屠格涅夫，观察到这一文化现象时，便在《父与子》这部作品中树立了巴扎罗夫这一平民知识分子形象。

【思想主题】

父辈与子辈的斗争可以说是任何时代任何环境下所存在的一个共同的话题。屠格涅夫的《父与子》主要描述的是19世纪五六十年代的俄国知识分子与贵族资产阶级之间的斗争，这里父与子的斗争具有其鲜明的特点。

首先，父与子之间的主要斗争已经没有依附什么血缘关系，小说着力刻画的并不是阿尔卡狄与巴威尔、尼古拉之间，巴扎罗夫与老巴扎罗夫之间的矛盾冲突，而是巴扎罗夫与巴威尔、尼古拉之间的矛盾冲突，也就是说他所指示的这种两代人之间的斗争已经超出了家庭的范畴，是从整个俄国社会的角度去揭示这种斗争的社会历史性质。因此他所运用的“父与子”的这一概念更为广阔，更具有普适性和外延意义。

其次，在屠格涅夫的《父与子》中斗争双方的地位是基本平等的，父辈对子辈并不具有专制权和支配权，他们在交锋时可以激烈地辩论，也可以单独地决斗。而且他笔下的父辈主要代表人物巴威尔和尼古拉并非完全是封建保守主义的代言人，而是在贵族血统上沾染有资产阶级的习气，相对于封建农奴主而言在一定程度上是具有进步开明思想的。

再次，父辈与子辈之间的斗争在小说的结尾并没有白热化，而是相互妥协相互调和，最终能够和睦相处。

【写作特色】

在描写手法上，《父与子》时有讽刺手法，而且这种种讽刺针对的恰恰是巴扎罗夫，如钟情于奥津左娃、勾引费涅奇卡、伤口感染导致死亡等情节的描写。更有甚者，屠格涅夫在巴扎罗夫死后还不依不饶地讽刺了他一把：小说结尾处他刻意提到西特尼科夫和两三个分不清氧气和氯气的大学生整天在彼得堡到处闲逛，满脑子装着否定和自尊心，并准备成为一个大人物，“据他说，他是在继续巴扎罗夫的‘事业’。据说，前不久他被人揍了一顿，可他也没有吃亏，因为他在一份不出名的小杂志上发表了一篇不显眼的文章，并在文中暗示说，打他的人是个胆小鬼。他把这个叫作讽刺。他的父亲还像从前那样随意欺侮他，他妻子当他是个笨蛋和文人”。这些讽刺尽管是淡淡的，却如绵里藏针，扎人生痛。

【主要人物及其事件】

巴扎罗夫：《父与子》的中心人物是平民知识分子巴扎罗夫。巴扎罗夫是平民知识分子的典型，是“新人”的形象，他性格的突出特征是具有鲜明的革命色彩。巴扎罗夫是精神上的强者。他充满自信，生气勃勃，具有锐利的批判眼光。他和阿尔卡狄家的仆人们和睦相处，但并不妨碍他批判老百姓的落后迷信。他的精神力量和批判锋芒集中表现在他与巴威尔的论战上。两人初次相见，就在感觉上互不相容，进而展露出思想观点上的针锋相对。巴扎罗夫以他特有的简洁、粗鲁的话语对巴威尔以强有力的反击，颇有咄咄逼人之势。他决不屈从权威，具有自主的人格和评判标准，体现了年青一代独立思考的处世态度和初生牛犊不怕虎的斗争精神，当然，也带有年轻人从不成熟走向成熟的过程中的可能产生的偏颇和极端。但他还是以毋庸置疑的精神优势压倒了对手。巴扎罗夫吻费涅奇卡，在巴威尔看来，是严重地侵犯了贵族的权利，也是他们之间对立观点的继续发展。决斗暴露了巴威尔的偏狭、虚弱和做作，显示了巴扎罗夫的豁达、镇定和自信，双方精神力量的强弱在此得到进一步的揭示。

阿尔卡狄：阿尔卡狄这个人物在小说中有特殊的意义。就年龄来说，他属于子辈，也曾追随过巴扎罗夫；但就思想意识来说，他是父辈的子弟，因此巴扎罗夫称他为“温柔的自由主义少爷”。在刚刚到来的新观念和迟迟不肯退去的旧观念相互争斗的时候，青年人凭借他们的敏感、勇气和朝气等生理、心理因素有可能更倾心于新观念，然而子辈并不是先进思想的当然代表者，进化论的观念在社会思想斗争中并不具有绝对普遍性，更何况其中也不乏猎奇求新的表面追求。因此，屠格涅夫所表现的不全是生理、心理意义上两代人的代沟，更渗透着不同社会阵营之间政治思想的分歧，从而揭示出当时俄国民主主义对贵族自由主义的胜利。

基尔沙诺夫兄弟：基尔沙诺夫兄弟是贵族阶级的代表，是《父与子》中的“父辈”。他们坚决地站在贵族立场上，维护贵族特权。他们也提倡“自由”和“改良”，但实际上不过是让贵族和平民应该各尽各的“义务”。基尔沙诺夫兄弟除了维护贵族的尊严和特权之外，与巴扎罗夫否定文化否定情感相反，他们特别崇尚社会科学和人伦情感。巴威尔时常大谈哲学、逻辑和艺术，而尼古拉则更加喜爱文学，特别是普希金的诗歌，同时，他们兄弟二人还特别重情感，尤其是重爱情并各自有一段传奇式的浪漫爱情故事。巴威尔一生都在为爱情活着，尽管他现在已步入老年，但他仍为理想中的情人而独身。而尼古拉则在妻子死后，把一个漂亮的女奴费涅奇卡收为自己的情妇。基尔沙诺夫兄弟便终日沉溺在自己的贵族文化里，从骨子里鄙视巴扎罗夫所崇拜的“科学”和“自然”，因为这些科学理性所显示出来的“平等”观念是和他们的贵族文化格格不入的。正因为这样，他们才对于农事改革表现得无能为力。他们不知道如何调动农民的积极性，不知道动用科学技术改进农具和科学种田，他们所做的只是面对日益凋敝的农庄空发慨叹。

【作品影响】

《父与子》是屠格涅夫的代表作。这部小说为俄罗斯文学贡献了一位带有“新人”特征的“多余人”形象，或者说是带有“多余人”特征的第一位“新人”形象——巴扎罗夫，并且还为人类思想史贡献了一个哲学术语——虚无主义。

《父与子》出版以后引起当时批评界的强烈反应。自由主义者不满意作者让巴扎罗夫在精神上战胜贵族；有些民主主义者则认为作者的同情仍在贵族一边，巴扎罗夫的形象是对革命民主主义者的歪曲。

【常考知识点】

1.屠格涅夫的《父与子》主要描述的是十九世纪五六十年代的俄国平民知识分子与贵族资产阶级之间的斗争。

2.《父与子》是俄国作家屠格涅夫创作的长篇小说，也是其代表作。

3.小说《父与子》反映了农奴制改革前夕民主主义阵营和自由主义阵营之间的尖锐的思想斗争。

《克雷洛夫寓言》

伊·安·克雷洛夫

名著导读

【主要故事情节】

《克雷洛夫寓言》收集了克雷洛夫一生创作的203篇寓言，这些寓言反映的内容主要有三类：揭露沙皇、反映剥削、反映现象。这些寓言有着极强的人民性和现实性，蕴含着他自己的以及从父辈们那里一代一代传下来的全部生活智慧和实际经验。

伊·安·克雷洛夫

【作者简介】

伊·安·克雷洛夫（1769—1844）是俄国最杰出的寓言作家。他写过诗、喜剧、讽刺性散文，当过进步刊物的编辑，只是在晚年才开始写寓言。他认为寓言这种文学体裁通俗易懂，人人喜爱，寓言的隐喻性语言使作者便于说出统治者不允许说出的观点和信念。克雷洛夫一生共写寓言203篇，均以诗体写成。他在寓言中运用和提炼了大量反映俄罗斯人民智慧的童话和谚语，谚语在人民中间传诵。克雷洛夫的作品丰富了俄罗斯的文学语言，普希金称他是当时“最富有人民性的诗人”。

【创作背景】

克雷洛夫在晚年才开始写寓言。他认为寓言这种文学体裁通俗易懂，人人喜爱，寓言的隐喻性语言使作者便于说出统治者不允许说出的观点和信念。

【思想主题】

《克雷洛夫寓言》反映了生活的真实和俄罗斯民族性格的典型特性，形象鲜明，内容生动，情节紧凑，语言精练，富有表现力。他的寓言歌颂了质朴、善良的劳动人民，对统治者进行了辛辣无情的鞭笞。

【写作特色】

克雷洛夫的寓言都以诗体写成，语言优美、寓意深刻，常借动物和植物的形象，反映广泛的社会生活，刻画社会上各种人物的复杂性格，抒发自己的民主思想，具有一种特殊的感染力。

【名家点评】

克雷洛夫是当时“最富有人民性的诗人”。

——普希金

【作品影响】

《克雷洛夫寓言》丰富了俄罗斯的文学语言，是全俄罗斯人喜爱的文学作品，并有五六十种译本在世界各国流传。

【作者小趣闻】

酷爱写喜剧的克雷洛夫

俄罗斯作家克雷洛夫少年时代酷爱写喜剧，有一次，他写了一部喜剧性歌剧，自认为挺不错，便去找一个名叫布列伊特科普佛的老板，请他看看是否能够出版。布列伊特科普佛是个德国人，矮矮的，胖胖的，显得有些笨拙，但他肚子里学问不少，对戏剧尤其内行。他接过克雷洛夫的剧本，刚看了个开头，就喜形于色，马上与克雷洛夫攀谈起来。一老一少，越谈越投机。

过了些日子，克雷洛夫又来找布列伊特科普佛，问他读完了剧本没有。布列伊特科普佛笑容可掬地说：“这出戏太逗笑了！你对生活观察得很仔细啊！”说罢，就掏出六十卢布，打算作为稿酬付给克雷洛夫。六十卢布，这在当时是一笔不小的钱数。十四岁的克雷洛夫心花怒放，暗想，有了这些钱，就可以接济一下家庭拮据的生活了。他刚要伸手接钱，立刻又改变了主意，要求布列伊特科普佛把这笔现金换成拉辛、莫里哀、布瓦洛等名作家的作品。布列伊特科普佛答应了。克雷洛夫抱着一大捆书，兴高采烈地回到了家中。

【常考知识点】

1.《克雷洛夫寓言》的作者是俄国作家克雷洛夫。

2.“克雷洛夫是当时最富有人民性的诗人。”这句话是普希金说的。

《钢铁是怎样炼成的》

奥斯特洛夫斯基

名著导读

【主要故事情节】

保尔·柯察金出生于贫困的铁路工人家庭，早年丧父，凭母亲替人洗衣做饭维持生计。他因痛恨神父平时瞧不起他，往神父家的复活节蛋糕上撒烟灰而被学校开除。12岁时，母亲把他送到车站食堂当杂役，在那儿他受尽了凌辱，所以他憎恨那些欺压穷人的店老板，厌恶那些花天酒地的有钱人。

“十月革命”爆发后，帝国主义和反动派妄图扼杀新生的苏维埃政权。保尔的家乡乌克兰谢佩托夫卡镇也经历了外国武装干涉和内战的岁月。红军解放了谢佩托夫卡镇，但很快就撤走了，只留下老布尔什维克朱赫来在镇上做地下工作。朱赫来很友好，教保尔学会了英式拳击，还培养了保尔朴素的革命热情。一次，因为解救朱赫来，保尔自己被关进了监狱，而后敌人因疏忽把他错放了，保尔怕重新落入魔掌，不敢回家，遂不由自主地来到了冬妮娅的花园门前，纵身跳进了花园。由于上次钓鱼时，保尔解救过冬妮娅，加上她又喜欢他热情和倔强的性格，他的到来让她很高兴。保尔也觉得冬妮娅跟别的富家女孩不一样，他们都感受到了朦胧的爱情。为了避难，他答应了冬妮娅的请求，住了下来。几天后，冬妮娅找到了保尔的哥哥阿尔焦姆，他把弟弟柯察金送到喀查丁参加了红军。

保尔参军后当过侦察兵，后来又当了骑兵。他在战场上是个敢于冲锋陷阵的战士，而且还是一名优秀的政治宣传员。他特别喜欢读《牛虻》《斯巴达克斯》等作品，经常给战友们朗读或讲故事。在一次激战中，他的头部受了重伤，但他用顽强的毅力战胜了死神。他的身体状况使他不能再回前线，于是他立即投入了恢复和建设国家的工作。他做团的工作、肃反工作，并忘我地投入到艰苦的体力劳动中去，特别是修建铁路的工作尤为艰苦，秋雨、泥泞、大雪、冻土，大家缺吃少穿，露天住宿，而且还有武装匪徒的袭扰和疾病的威胁。

一次参加工友同志的聚会，保尔因带着穿着漂亮整洁的冬妮娅同去遭到了工友们的讥讽和嘲笑。保尔意识到冬妮娅和自己不是一个阶级，希望她能和自己站在同一战线上，但却被她回绝了，两个人的感情不得不产生分裂，从此保尔便离开了冬妮娅。等到在修筑铁路时又见到她的时候，她已和一个有钱的工程师结了婚。保尔在铁路工厂任团委书记时，与团委委员丽达在工作上经常接触，可是保尔以“牛虻”精神抵制自己对丽达产生的感情，后来他又错把丽达的哥哥当成了她的恋人，最后下定决心断绝了他们的感情，因而失去了与她相爱的机会。在筑路工作要结束时，保尔得了伤寒并引发了肺炎，组织上不得不把保尔送回家乡去休养，半路上误传出保尔已经死去的消息，但保尔第四次战胜死亡回到了人间。病愈后，他又回到了工作岗位，并且入了党。

由于种种伤病及忘我的工作和劳动，保尔的体质越来越坏，丧失了工作能力，党组织不得不解除他的工作，让他长期住院治疗。在海滨疗养时，他偶然认识了女民工达雅并与之相爱。保尔一边不断地帮助达雅进步，一边开始顽强地学习，增强写作的本领。

1927年，保尔已全身瘫痪，接着又双目失明，肆虐的病魔终于把这个充满战斗激情的战士束缚在床榻上了。保尔也曾一度产生过自杀的念头，但他很快从低谷中走了出来，这个全身瘫痪、双目失明并且没有丝毫写作经验的人，开始了他充满英雄主义的事业——文学创作。保尔忍受着肉体和精神上的巨大痛苦，先是用硬纸板做成框子写，6个月后，写成的手稿在朋友寄回来时丢失了，保尔一度灰心丧气。后来，他振作了起来，自己口述，请人代录，在母亲和妻子的帮助下，他用生命写成的小说《暴风雨所诞生的》终于出版了。生活的铁环已被彻底粉碎，保尔拿起新的武器，开始了新的生活。

【作者简介】

尼古拉·阿列克谢耶维奇·奥斯特洛夫斯基（1904年7月30日—1936年12月22日），苏联著名无产阶级革命家、作家，布尔什维克战士。

奥斯特洛夫斯基1904年7月30日出生于工人家庭，因家境贫寒，11岁便开始当童工，15岁上战场，16岁在战斗中不幸身受重伤，23岁双目失明，25岁身体瘫痪，1936年12月22日去世，年仅32岁。

【作品简介】

《钢铁是怎样炼成的》是苏联作家尼古拉·奥斯特洛夫斯基所著的一部长篇小说，于1933年写成。小说通过记叙保尔·柯察金的成长道路告诉人们，一个人只有在革命的艰难困苦中战胜敌人也战胜自己，只有在把自己的追求和祖国、人民的利益联系在一起的时候，才会创造出奇迹，才会成长为钢铁战士。

《钢铁是怎样炼成的》描写保尔·柯察金经历第一次世界大战、十月革命、国内战争和国民经济恢复时期的严峻生活。保尔早年丧父，母亲替人洗衣、做饭，哥哥是工人。保尔12岁时，母亲把他送到车站食堂当杂役，受尽了凌辱。十月革命爆发，老布尔什维克朱赫来在镇上做地下工作。朱赫来给保尔讲了关于革命、工人阶级和阶级斗争的许多道理。朱赫来被匪徒抓去了。保尔与朱赫来一起逃跑。由于维克多的告密，保尔被投进了监牢。从监狱出来后，保尔跳进冬妮娅的花园。

冬妮娅和保尔产生了爱情。在激战中，保尔头部受了重伤。出院后，他参加恢复和建设国家的工作。冬妮娅和保尔思想差距越来越大，便分道扬镳。在筑路工程快要结束时，保尔得了伤寒，体质越来越坏。1927年，他几乎完全瘫痪了，接着又双目失明。他一方面决心帮助自己的妻子达雅进步，另一方面决定开始文学创作工作。这样，保尔又拿起了新的武器，开始了新的生活。

【创作背景】

文学艺术在培养青少年的共产主义道德品质中有重要作用，斯大林要求文学作品要“追求直接的宣传目的”，许多作品的写作目的就是为了向青年灌输“共产主义理想”。官方强调文学用“社会主义精神改造和教育劳动人民”的任务，文学艺术要完成这种教育功能最直接的手段就是塑造体现社会主义精神和共产主义理想的英雄人物。这一时期，苏联文学的主题是歌颂社会主义改造和建设，歌颂党和领袖，塑造苏维埃新人的光辉形象。苏联文学的任务就是根据共产主义意识形态创造出一个绝对信仰共产主义的人物并把他描绘得真实可信。奥斯特洛夫斯基响应官方的号召开始撰写《钢铁是怎样炼成的》，保尔朴素的阶级感情、狂热的献身精神、对共产主义的美好憧憬和对领袖的绝对服从正是斯大林推行其路线所需要的。1927年初，22岁的奥斯特洛夫斯基因瘫痪卧病在床，双目失明。奥斯特洛夫斯基在与病魔做斗争的同时决意通过文学作品，来展现当时的时貌和个人的生活体验，他创作了一篇关于科托夫骑兵旅成长以及英勇征战的中篇小说。但他把小说写好让妻子寄给敖德萨科托夫骑兵旅的战友们，征求他们的意见，战友们热情地评价了这部小说，可手稿在回寄途中被邮局丢失。但这并没有挫败他，在参加斯维尔德洛夫共产主义函授大学学习的同时，他开始构思《钢铁是怎样炼成的》。这部书是他强忍病痛，在病榻上历时三年完成。故事取材于他的亲身经历。

【思想主题】

《钢铁是怎样炼成的》是苏联社会主义文学中的一部名著，作品的主要成就是塑造了保尔·柯察金这一艺术典型。作者在刻画这一人物形象时严格地遵循生活的真实，并不把保尔的坚强意志和刚强的性格看成是天生的，而认为是在英勇的战斗和艰苦的劳动中，在刻苦的学习和严格的律己中锻炼出来的。

小说真实而深刻地描绘了十月革命前后乌克兰地区的广阔生活画卷，塑造了以保尔·柯察金为代表的一代英雄的光辉形象。主人公保尔·柯察金的童年过的是最底层的苦难生活，年轻的保尔为拯救陷入敌手的老布尔什维克朱赫来而遭逮捕，在狱中表现得坚贞不屈，出狱后参军，在柯托夫斯基骑兵旅和布琼尼骑兵团中转战疆场，浴血奋战，身负重伤后以惊人的忍耐力使医生们深为敬佩。

出院后离开了部队，无论是做共青团工作，肃反工作还是参加修筑铁路的艰苦劳动，均表现出了坚持真理和不怕艰险的大无畏精神，并且在爱情问题上也有着严肃的态度和精神境界，残酷的战争、艰苦的劳动、繁重的工作使保尔病倒了，双目失明，全身瘫痪，但他以惊人的毅力从事文学创作，最终获得了成功。通过揭示保尔为了党和人民的事业，敢于战胜任何艰难困苦的刚毅性格形象地告诉青年一代，什么是共产主义理想，如何为共产主义理想去努力奋斗。革命战士应当有一个什么样的人生，这是小说的主题。

【写作特色】

《钢铁是怎样炼成的》以生动而又富于生活气息的语言、震撼人心的精神力量和引人深思的人生哲理，使得该书备受广大读者喜爱。这种唯有真实才能产生的震撼人心的力量使得读者能完全融入奥斯特洛夫斯基的生活、情感世界和他的作品。所以，当他以一个战士的超人毅力奋起反抗无情的命运的时候，平凡的生命就在与命运的激烈撞击中迸射出非凡的光芒。这种光芒是永恒的，永远能给苍白的心灵带来光明和力量。

【主要人物及其事件】

保尔·柯察金：出生于贫困的乌克兰铁路工人家庭，早年丧父，生活十分贫苦。全凭母亲替人洗衣做饭维持生计，直到哥哥工作之后，才有所改善。后到省肃反委员会工作。妻子是达雅·柯察金娜，第三个恋人。保尔性格：顽强、执着、刻苦、奋进、勇敢、奉献、宽容、诚实、坚强、不为命运所屈服。保尔精神：自我牺牲的精神，顽强坚忍的意志，坚定不移的信念，热爱读书的精神。

冬妮娅：保尔初恋对象，是一个林务官的女儿，纯洁善良，美丽动人。她曾把《牛虻》这部小说介绍给保尔看，这部书启发了她的思想。冬妮娅是在偶然的相遇里认识保尔·柯察金的，由于他的倔强和热情，她不自觉地喜欢他，但由于阶级出身的关系，她没有和当时许多的青年一样去参加保卫苏维埃政权的伟大斗争，保尔因此放弃了他们的感情。

朱赫来：共产党员，一个坚强的红军战士，善于领导和组织群众，他在革命斗争中很好地团结了广大工人和教育了无数青年，保尔就是深受他的教育和培养而成长起来的。

阿尔焦姆：保尔的哥哥，一个火车司机，钳工，市苏维埃主席。他具有工人阶级的高贵品质，和敌人进行了不懈的斗争，他是朱赫来最好的助手。

丽达：一个优秀的共产党员，是保尔深爱的对象，漂亮、机智，打扮简单而干练，心地善良而坚定。她酷爱工作，善于出谋划策，能够积极应对突发事件，不让私人的感情影响工作大局。她爱憎分明，热爱自己所信仰的共产主义，与保尔志同道合，配合默契。

【名家点评】

整个苏联文学中暂时还没有如此纯洁感人，如此富有生命力的形象。

——苏联作家法捷耶夫

它是“生活的教科书”。

——肖洛霍夫

【作品影响】

《钢铁是怎样炼成的》是共产主义国家最著名的“革命小说”之一。

【常考知识点】

1.保尔在黑海疗养所企图自杀未遂，又找到了新的生活目标，他要回到文学创作队伍中去。他把写的小说寄给柯托夫斯基征求意见，但因书稿在途中丢失，他重新再开始创作，小说最终获得了成功。

2.《钢铁是怎样炼成的》一书的主人公保尔在谁的影响下走向革命道路。（ C ）

A.阿维尔巴赫教授　B.巴扎诺娃　C.朱赫来　D.母亲

3.“他们真是无价之宝。钢铁就是这样炼成的！”是（　D　）到修铁路的工地视察时说的。

A.斯大林　B.马克思　C.毛泽东　D.朱赫来

4.《钢铁是怎样炼成的》的主人公保尔具有钢铁般的意志，你能从小说中举出两个故事情节吗？

示例一：保尔全身瘫痪，双目失明，还艰难地进行文学创作。示例二：患重病的保尔，坚持投入到筑路劳动中，直到昏倒。

5.你从《钢铁是怎样炼成的》的主人公保尔身上汲取了怎样的精神？

他敢于向命运挑战，自强不息，奋发向上；他崇高的革命理想、忘我的献身精神、坚强的斗争意志、乐观的生活态度都是值得我们学习的。

6.《钢铁是怎样炼成的》是一个英雄战士谱写的一曲英雄主义的赞歌。作者是苏联（国家）的奥斯特洛夫斯基，主人公是保尔·柯察金。

7.保尔以自己的毕生精力，实践了自己的生活原则：人最宝贵的是生命。

8.下面的描述不属于“保尔精神”的是（ D ）。

A.顽强、执着　B.奉献、勇敢　C.奋进、刻苦　D.自由、探索

9.“榜样的力量是无穷的”，当你在学习上遇到困难时，保尔给了你怎样的榜样引领?

保尔在全身瘫痪、双目失明的情况下，仍能想出办法，顽强坚持写作，向自己的目标奋进，相比之下，我的一点困难有什么不能克服的呢?

10.《钢铁是怎样炼成的》里的保尔和《骆驼祥子》里的祥子，都在奋斗，但命运却不同，请分别用一句话概括他们不同的命运。

①保尔：投身于共产主义事业，练就钢铁般的意志。②祥子：个人挣扎，堕落成行尸走肉。

《童年》

玛克西姆·高尔基

名著导读

【主要故事情节】

阿廖沙3岁时，失去了父亲，母亲瓦尔瓦拉把他寄养在外祖父卡什林家，外祖父家住在尼日尼——诺夫戈罗德城。外祖父年轻时，是一个纤夫，后来开染坊，成了小业主，阿廖沙来到外祖父家时，外祖父家业已经开始衰落，由于家业不景气，外祖父变得也愈加专横暴躁。阿廖沙的两个舅舅米哈伊尔和雅科夫为了分家和侵吞阿廖沙母亲的嫁妆而不断地争吵、斗殴。

在这个家庭里，阿廖沙看到人与人之间弥漫着仇恨之雾，连小孩也为这种气氛所毒害。阿廖沙一进外祖父家就不喜欢外祖父，害怕他，感到他的眼里含着敌意。一天，他出于好奇，又受表哥怂恿，把一块白桌布投进染缸里染成了蓝色，结果被外祖父打得失去了知觉，并害了一场大病。从此，阿廖沙就开始怀着不安的心情观察周围的人们，不论是对自己的，还是别人的屈辱和痛苦，都感到难以忍受。他的母亲由于不堪忍受这种生活，便丢下了他，离开了这个家庭。

但在这个污浊的环境里，也还有另外一种人，另外一种生活。这里有乐观、纯朴的小茨冈，正直的老工人葛利高里。每逢节日的晚上，雅科夫就会弹吉他，奏出动人心弦的曲调，小茨冈跳着民间舞，犹如恢复了青春。这一切使阿廖沙既感到欢乐又感到忧愁。

在这些人当中，外祖母给阿廖沙的影响是最深的。外祖母为人善良公正，热爱生活，相信善总会战胜恶。她知道很多优美的民间故事，那些故事都是怜悯穷人和弱者，歌颂正义和光明的，她信仰的上帝也是可亲可爱，与人为善的。而外祖父的上帝则与之相反，它不爱人，总是寻找人的罪恶，惩罚人。后来，外祖父迁居到卡那特街，招了两个房客。一个是进步的知识分子，绰号叫“好事情”，他是阿廖沙所遇到的第一个优秀人物，他给阿廖沙留下了难以磨灭的印象。另一个是抢劫教堂后伪装成车夫的彼得，他的残忍和奴隶习气引起了阿廖沙的反感。母亲在一天早晨突然回来了，她的变化使阿廖沙心里感到十分沉痛。开始，她教阿廖沙认字读书，但是，生活的折磨使她渐渐变得漫不经心，经常发脾气，愁眉不展。后来母亲再婚，使得阿廖沙对周围的一切都失去了兴趣，竭力避开大人，想一个人单独生活。就这样经过了一个夏天思考之后，他终于增强了力量和信心。母亲婚后生活是不幸福的，她经常挨后父打，贫困和疾病，吞蚀着她的美丽。由于她心境不好，对阿廖沙常常表现出冷酷和不公平。阿廖沙在家中感受不到温暖，在学校也受歧视和刁难，因此，在阿廖沙的心灵中，“爱”的情感渐渐被对一切的恨所代替。由于和后父不合，阿廖沙又回到外祖父家中，这时外祖父已经全面破产，他们的生活也越来越困苦。为了糊口，阿廖沙放学后同邻居的孩子们合伙捡破烂卖，同时也感受到了友谊和同情，但这也招致学校的非难。他以优异的成绩读完了三年级，就永远地离开了学校课堂。这时候阿廖沙母亲逝世，他埋葬了母亲以后，不久便到“人间”去谋生。

玛克西姆·高尔基

【作者简介】

玛克西姆·高尔基（Maxim Gorky，1868年3月16日—1936年6月18日），原名阿列克赛·马克西姆维奇·别什可夫，苏联作家、诗人、评论家、政论家、学者。

高尔基于1868年3月16日诞生在

伏尔加河畔下诺夫戈罗德镇的一个木匠家庭。4岁时父亲去世，他跟母亲一起在外祖父家度过童年。10岁那年，高尔基开始独立谋生。他先后当过学徒、搬运工、看门人、面包工人等，切身体验到下层人民的苦难。在此期间，他发奋读书，开始探求改造社会的真理。

1884年，他参加民粹党小组，阅读民粹党人著作和马克思的著作，积极投身于革命活动。1905年，高尔基加入了俄国社会民主工党。1906年，高尔基受列宁的委托，由芬兰去美国进行革命活动，在美国出版长篇小说《母亲》，后定居意大利卡普里岛。1913年，高尔基从意大利回国，从事无产阶级文化组织工作，主持《真理报》的文艺专栏。

1917年十月革命后，伴随着革命出现的混乱、破坏、无政府主义思潮及各种暴力事件，高尔基与列宁及新政权之间产生了矛盾。1921年10月，由于疾病，也由于与布尔什维克政权的分歧，高尔基出国疗养。1928年，高尔基回到苏联，在斯大林的安排下，他在俄罗斯做了两次长途旅行观光后决定回国定居。1934年当选为作协主席。回国后的高尔基作为苏联文化界的一面旗帜，为苏维埃的文化建设做了大量工作。但20世纪30年代苏联出现的种种问题又使他与斯大林及现实政治始终保持一定的距离。1936年6月18日，68岁的高尔基因病去世。

【作品简介】

《童年》是苏联作家玛克西姆·高尔基以自身经历为原型创作的自传体小说三部曲中的第一部（其他两部分别为《在人间》《我的大学》）。该作讲述了阿廖沙（高尔基的乳名）三岁到十岁这一时期的童年生活，生动地再现了19世纪七八十年代苏联下层人民的生活状况，写出了高尔基对苦难的认识，对社会人生的独特见解，字里行间涌动着一股生生不息的热望与坚强。

阿廖沙在父亲去世后，在外祖父家度过童年岁月。在年幼的阿廖沙眼里，成人的世界是那样丑陋与无情。母亲在感染霍乱而死的父亲遗体旁生下的小弟弟夭折了。外祖父家里，舅舅们整日为了家产争吵、斗殴、愚弄弱者，家里强壮的男人欺负殴打女人、毒打儿童。而小阿廖沙却始终得到外祖母的疼爱，经常听外祖母讲故事，外祖母的形象在阿廖沙黯淡的童年岁月里闪耀着母性光辉，带给了阿廖沙一生的爱与感激。

【创作背景】

《童年》是高尔基自传体小说三部曲中的第一部。早在19世纪90年代，高尔基就有撰写传记体作品的念头。在1908年至1910年间，列宁到高尔基所在的意大利卡普里岛公寓做客，高尔基不止一次地向他讲起自己的童年和少年的生活。有一次，列宁对高尔基说："您应当把一切都写出来，老朋友，一定要写出来！这一切都是富有极好的教育意义的，极好的！"高尔基说："将来有一天，我会写出来……"不久，他实现了这个诺言。

【思想主题】

高尔基在这本书中真实地描述了自己苦难的童年，反映了当时社会生活的一些典型的特征，特别是绘出了一幅俄国小市民阶层风俗人情的真实生动的图画。它不但揭示了那些"铅一样沉重的丑事"，还描绘了作者周围的许多优秀的普通人物，其中外祖母的形象更是俄罗斯文学中最光辉、最富有诗意的形象之一。是这些普通人给了幼小的高尔基良好的影响，使他养成不向丑恶现象屈膝的性格，锻炼成坚强而善良的人。《童年》是作者以自身童年经历为素材的一部小说，它是一轴19世纪末俄国社会的历史画卷，从中可看到作家童年和青少年时代在暗无天日的社会里寻找光明的奋斗历程。小说再现了19世纪沙俄统治时期俄国人民生活的社会环境，小说所写的是作者童年经历的苦难，这也是当时社会的普遍现象。因此，高尔基在作品中流露出对这些人的热爱、赞美之情，通过阿廖沙的与他们的交往热情讴歌了他们。

作品通过对阿廖沙童年经历的描写从侧面也暴露了当时社会的现实。当时的俄国社会处于19世纪70—90年代，正是俄国大革命的前夕，整个社会处于沙皇的统治之下，人民流离失所。偷窃在村民中已形成一种风气，已经不算是罪恶，而且对于半饥半饱的小市民来说差不多是唯一谋生的手段。儿童无钱上学，沦落街头，靠捡破烂为生。从广义上讲，也正是这种民不聊生的社会环境造成了阿廖沙的悲剧。

【写作特色】

《童年》是高尔基积一生童年生活之素材而写成的一部小说，充满童趣。它用儿童纯真无邪的眼光，通过思考和感悟，抒发童年的欢乐和初涉人生的艰难苦楚。比如，他始终记得父亲下葬时被活活埋入墓穴的一只小蛤蟆；他喜欢在雪地上观察小鸟，喜欢在花园里营造自己的一角；他常常在夏夜的星空下沉思和阅读《安徒生童话》，并由此不时感到惊喜和感悟，等等。

《童年》在艺术上运用儿童视角和成人视角交替使用的方法去描写。作品主要以儿童的视角观察描写生活，使“童年”丰富生动，充满童趣；另一方面，作家又间或以成人的视角评点生活，使笔下的文字含义更清晰深刻，更富有思想性和哲理性。《童年》取材于作家的自身经历，然而它又不是作家早年生活的简单再现。它一方面真实描写了阿廖沙的成长过程和他的所见所闻，大量运用翔实材料；同时，又运用典型化的手法，努力挖掘生活中具有典型意义的材料，并对它们进行提炼加工，使之能够反映生活的本质。在《童年》中，人物已不再是单纯的个人，而成为某一类人的代表；外祖父的家已不是一个一般的家庭，而是旧俄时代由沉重的劳动、家长制手工业生产关系和无聊的生活造就的小市民社会的缩影。正如作者自己所言：“我不是在讲我自己，而是在讲那令人窒息的充满可怕景象的狭小天地。在这儿，普通的俄国人曾生活过，而且现在还在生活着。”同时，在“充满种种畜生般的坏事的土壤上胜利地生长着鲜明、健康、富有创造性的东西”——人民的美好品质，他们的智慧和创造精神，它能“唤起我们一种难以摧毁的希望——那就是光明的、人道的生活必然复生”。

【主要人物及其事件】

阿廖沙：主人公的阿廖沙（“我”的名字）是一个善于观察和十分敏感的孩子，他能辨别好坏，在这方面，周围的人给他很大的影响。在他的一些朋友帮助下，阿廖沙了解到人间还存在着“真、善、美”，这些东西就在他身边。另外，他还具有坚定的、不屈不挠的意志和倔强的精神。现实生活的压力把阿廖沙锻炼成长为一个坚强、正直、勇敢、自信的人。阿廖沙有一颗善良的心，他同情贫苦的人，和下层劳动人民成了真正的朋友。阿廖沙还具有非常强烈的求知欲。阿廖沙热爱书籍，而书籍塑造了阿廖沙的性格。

外公：外公是阿廖沙十分讨厌的一个人，对他无论是外貌描写还是内心世界的刻画，总有作者辛辣的讽刺意味在里面。他矮小、干瘦，只有外婆的肩膀高，走起路来步子快而细，自私残忍，野蛮粗暴，动不动就打人骂人，是一个生活的斗士与勇士。当他给阿廖沙讲到那时的经历时，露出一种真诚而兴奋的表情。再如他教阿廖沙识字也体现对阿廖沙的疼爱。但这一切并不能掩盖他整体人性上的残忍与自私。对于外公的种种恶劣行为，阿廖沙是非常讨厌的，尤其是外公无故殴打善良的外婆时，他无比愤怒，报复外公。这种厌恶、愤怒同样也存在于作者心中，通过对阿廖沙反抗外公的描写表达了作者对以外公为代表的那一类人的蔑视、厌恶、否定，也表达了作者对小市民阶层肮脏、龌龊不良品性的否定。

外婆：外婆善良慈祥，爱亲人，爱邻居，爱所有的人。她心甘情愿把生活中的一切压力都承担下来而毫无怨言。生活的困苦、丈夫的殴打、儿子的溺亡……都熄灭不了她内心深处的仁爱之光。她是一个充满生活气息与诗意的劳动妇女，她能歌善舞，善于讲形形色色的传说、童话、民间故事。她还是一个勇敢的人，作坊起火时，所有的人都惊慌失措，只有她冲进火海。因此，尽管她有对恶势力顺从忍耐，对上帝盲目信仰的缺点，这并不影响她整体人性上的光辉。

小茨冈：他是个被遗弃的孩子，他每次赶集买食物的时候都偷东西回来，但谁也不批评他，劝阻他，而是带着欣赏的态度分享着他不劳而获的赃物，两个舅舅甚至把这些赃物据为己有。他们明知是丑事和犯罪的事，会有很大的风险，可还是让小茨冈去做。外祖母明知道让小茨冈偷东西是不对的，可是又阻止不了，只能睁一眼，闭一眼，表现了外祖母的无可奈何。小茨冈争强好胜，喜欢逞能，为了得到别人的夸奖不择手段，这是导致他悲惨的下场的原因。在一次搬十字架的时候，由于雅科夫舅舅的自私，小茨冈被压死了。

“好事情”：“好事情”是一个性格孤僻、但内心友善的人，对于阿廖沙的接近他十分乐意也没有拒绝。“好事情”身上有着一种专注的品质，很喜欢看书。有着对知识的渴望，他的房间里有各种各样的书，还有各种各样的器具，他一心一意做自己喜欢的事情，他也许是药剂师，也许是“科学家”，因为他整天都在屋子里做一些小实验，正因为他的执着和专注，周围的人们不是很喜欢他，总是觉得他很神秘，不接地气，不善于与人交往，外祖父和外祖母不喜欢他，总认为他在搞歪门邪道。“好事情”就是当时社会知识分子的一个化身，从周围人对“好事情”的态度就能看出当时的人们对知识、对科学的态度。周围人们总觉得“好事情”老大不小了，也该结婚了，可为什么一直单身不结婚，周围的人都觉得他有问题，在传统的观念里长大了不结婚就是有问题。

【名家作品点评】

在俄罗斯的文学中，我们从来没有读过比《童年》更美的作品。

——罗曼·罗兰

只有读过高尔基的《童年》的人，才能正确地评论高尔基惊人的历程——他从社会的底层上升到具备当代文化修养、天才的创作艺术和科学的世界观这样一个阳光普照的顶峰。在这一方面，高尔基个人的命运，对于俄国无产阶级来说，是有象征意义的。

——卢森堡

【作品影响】

《童年》是一本独特的自传。它不像大多数自传那样，以一个主人公为形象创造出一幅肖像来，它更像一幅长卷斑斓的油画，复原了一个时代，一个家庭里的一段生活。这段生活中，出现了许许多多的主人公。无论是美的，还是丑的，都同时站在读者面前，冲击着读者的心灵。《童年》以其独特的艺术形式，深刻的思想内容和独树一帜的艺术特色在俄苏文学乃至世界文学史上占有重要地位，并具有不可比拟的艺术价值。

【作者小趣闻】

人太多了

高尔基旅游时迷了路，晚上走到中国边界一个小村庄里，外面漫天大雪，他冷得受不住了，便去敲农家的门要求住宿。

一个老太太在屋里大声问：“你是谁啊？”

高尔基说：“阿列克谢·马克西莫维奇·彼什科夫！”

“人太多了！”老太太嘭地把刚打开的门关上，干脆地拒绝道。

【常考知识点】

1.《童年》讲述的是阿廖沙（作者的乳名）三岁到十岁这一时期的童年生活，生动地再现了19世纪七八十年代下层人民的生活状况。

2.《童年》刻画了众多的人物形象，外祖父吝啬、贪婪、专横、残暴，经常毒打外祖母和孩子们，狠心地剥削手下的工人。外祖母慈祥善良、聪明能干、热爱生活，对谁都很忍让，有着圣徒一般的宽大胸怀。作品中，乐观纯朴的小茨冈，正直的老工人，献身于科学的知识分子“好事情”都给主人公以力量和支持。

3.在《童年》中，阿廖沙的表哥即米哈伊尔的儿子萨沙的性格是（B）。

A.顺受、麻木　B.沉默、忧郁　C.正直本分　D.粗鲁无礼

4.《童年》中阿廖沙是一个什么样的人物形象？能给你什么启发或感染？

阿廖沙是俄罗斯一代新人的代表，他从小心地善良、是非分明、能爱能恨。他勤于学习，刻苦耐劳，严峻的生活使他锻炼成长为一个意志刚强、有理想有作为的人；他不畏艰难险阻，即使在穷途末路中也要笑着面对的精神品质深深地激励着我，让我学会了笑对人生，笑对困难。

5.外祖母在阿廖沙眼中是一个什么样的人？祖母给“我”讲了什么？

外祖母在阿廖沙眼中，高大慈祥，能干甚至是天使。外祖母给“我”讲上帝的故事，朗读诗歌。

6.高尔基被列宁称为“无产阶级艺术的最杰出的代表”作家，他的自传体三部曲是《童年》《在人间》《我的大学》。

7.《童年》的主人公是阿廖沙，他是一个坚强、勇敢的人。

8.阿廖沙在外祖父的家中最亲密的人是（ C ）。

A.外祖父　　B.两个舅舅　　C.外祖母　　D.茨冈

9.判断题。（正确的打“√”，错误的打“×”）

（1）阿廖沙共读了3年小学。（ × ）

（2）阿廖沙对打架不太在乎，但他特别厌恶恶作剧。（ √ ）

（3）因为阿廖沙没有《新旧约使徒传》，而且爱学他的口头禅，所以教神学课的神父讨厌阿廖沙。（ √ ）

（4）阿廖沙发现残暴的外祖父殴打外祖母，就用剪刀剪外祖父最爱的圣像来报复外祖父。（ √ ）

（5）小茨冈是被橡木棍压死的。（ × ）

10.结合《童年》这部小说，谈一谈外祖母对阿廖沙的人生影响。

外祖父是粗鲁的，可是外祖母对阿廖沙很温柔，给他讲了很多故事，让他原本无色的童年变得更美。

《吹牛大王历险记》

名著导读

【主要故事情节】

一个漆黑的夜晚，一堆熊熊燃烧的篝火，一群和你一样爱听故事的人们正在听吹牛大王冯·敏希豪生男爵讲故事：他将带你去参加奇异的打猎行动，一枪打中八对猎物，一根猪油索猎国士三只鹧鸪；他将带你踏上美妙的奶酪岛，喝芳香宜人的“海水牛奶”，食味道甜美的“岛屿奶酪”，饮甘甜清爽的“啤酒河啤酒”；他将带你骑蕾鸵鸟向火星进发，绕道去月球休息……

男爵的历险包括打猎、作战、海上旅行、周游世界等。这些荒诞不经的故事，讽刺了18世纪德国上层社会妄自尊大、说空话的恶劣风气，不仅为儿童及童话作家，而且为广大德国人民所喜爱。

【作者简介】

①作者之一，鲁道尔夫·埃里希·拉斯培，1737年出生于德国汉诺威贵族家庭。他学识渊博，智慧过人，先后学习过矿物、地质、火山和语言学等。1767年，他担任图书管理员和黑森州加塞尔古代艺术文物保管员，同时兼任大学教授。

②作者之二，戈特弗里特·奥古斯特·毕尔格（1747—1794），是德国狂飙突进时期叙事诗诗人。但他生活贫困，是一个薪水微薄的中级地方官员、没有固定收入的哥廷根大学

教师。他47岁时死于肺痨。

【作品简介】

《吹牛大王历险记》是德国拉斯培和戈·比尔格根据18世纪德国男爵敏希豪生讲的故事来编写，经再创作而成的童话。该童话首次出版于1786或1787年。作品通过描写敏希豪生男爵的游历故事，刻画了一个既爱说大话又机智勇敢、正直热情的神秘骑士形象。敏希豪生，自称是世界上顶诚实的人，他以机智和侃大山闻名于世。他曾在俄国军队服役，参加过1735年—1739年间的俄土战争。回到德国后，便从自己的经历生发开来，运用夸张和幻想，创造出一个个怪异的冒险故事。他很有口才，讲起来口若悬河，滔滔不绝。童话所记述的，就是他讲述的“冒险经历”。

【创作背景】

敏希豪生确有其人。他生活于1720年到1797年间。他是18世纪汉诺威地区的一个庄园主，出身名门望族，是个男爵。此人确也两度参加过俄土战争，喜好打猎，生性幽默，擅长讲故事。他不是“吹牛大王”，吹牛大王的故事是搜集和编撰者拉斯培教授附会在敏希豪生身上的。

拉斯培学识渊博，才智过人，生性活泼。他因向英国人介绍德国浪漫主义诗篇而于1788年获得过大不列颠“享有极高荣誉的卓越的语文学家”的光荣称号。他于1786年底或1787年初匿名在英国出版《吹牛大王历险记》（其副标题为“敏希豪生男爵在俄国的旅行、战斗奇遇纪实”。为了适应英国人的口味，又曾用过《格列佛还魂记》的书名），后来在英国再版了7次。其间，拉斯培不断增加、扩充新的故事。

再后来，德国的叙事诗人毕尔格（1747—1794）将其译成德语，并做了增添、润色工作，使敏希豪生的故事成为一个优雅、精美、漂亮、欢快、明朗、简洁、诙谐、充满幽默感，也比较有规模的文本。这个文本容纳了由毕尔格重新编写过的几乎所有欧洲滑稽笑话和童话。

除了拉斯培和毕尔格的版本以外，后人出了许多改写本，其中流传较广者，一是德国的埃·戴·蒙德的改写本，二是俄罗斯作家楚科夫斯基的改写本。

【思想主题】

这部作品不仅嘲笑、讽刺了德国封建贵族妄自尊大、说大话的恶劣风气，而且以辛辣的笔触、幽默的语言抨击了封建主义的糜烂生活，揭发了他们掠夺百姓做外国炮灰的罪行，批判了神职人员的欺骗性，把贵族及其附庸的尊严面纱撕得干干净净。

【写作特色】

全书以奇异的情节入手，让人在普通生活细节中发现奇迹，有一种人类征服自然的健康向往。另外在荒诞的外衣中包含着作者沉重的思考。结构独特，是串珠体，短小、单纯的小故事，既独立成篇，又组合成阵，语言近口语，活泼而简洁，形象性极强。

【主要人物及其事件】

敏希豪生：贵族男爵。敏希豪生男爵越是“诚实地”宣称他的经历都是真实可信的，读者就越感到可笑。作者通过一个个形象夸张的故事，刻画出主人公敏希豪生男爵这个满不在乎而又一本正经的吹牛大王，让读者感到这个人就是人们生活中常常遇到的煞有介事地讲述那些根本不可能发生的经历，博得听众一笑的人，这种形象并不陌生。所以，敏希豪生男爵这个形象是受到读者认可的。敏希豪生显然是个虚构的人物，他像维吾尔族的阿凡提、蒙古族的巴拉根仓和苗族的慌张三等机智人物一样，是民间文学土壤上诞生的艺术典型。

【名家点评】

（受人民口头创作影响的）“最伟大的书本文学作品”。

——苏联作家高尔基

【作品影响】

1786或1787年，《吹牛大王历险记》出版后风靡英伦三岛，共出了五版。

作品传世以来，敏希豪生男爵的名字就成了爱编瞎话的人和吹牛家的代用语，革命导师马克思在给恩格斯的信中谈到一个资产阶级的小文人时就曾说：“这个人论撒谎真是个敏希豪生。”

《吹牛大王历险记》在欧洲各国，特别是在德国家喻户晓、妇孺皆知，人们对他的故事津津乐道，甚至达到痴迷的地步。1943年，有人根据这些故事，把其改编成电影剧本，并搬上了银幕，还有作家将其改写成戏剧和长篇小说。

【常考知识点】

1.《吹牛大王历险记》是18世纪德国的古典文学作品。

2.《吹牛大王历险记》的主人公是敏希豪生。

3.《吹牛大王历险记》中，敏希豪生把马拴在一根露出雪地的尖尖的树桩，这树桩其实是（ A ）。

A.教堂塔楼的十字架　B.一根干枯的树枝　C.一截篱笆

4.《吹牛大王历险记》中，敏希豪生顺利抵达俄罗斯后，为了入乡随俗，买了（ B ）。

A.一只猎狗　B.一副雪橇　C.一把猎枪

5.《吹牛大王历险记》中，（ C ）吃了敏希豪生的马，代替了马，拉到了圣彼得堡。

A.猎豹　B.狮子　C.野狼

6.埃特纳是一座举世闻名的活火山。

7.敏希豪生为了得到玄狐的漂亮皮毛，决定不用枪弹，而是用钉子代替。

8.《吹牛大王历险记》中，敏希豪生用（ A ）顺利地捉住了十几只野鸭。

A.油脂　B.鱼　C.虾

9.《吹牛大王历险记》中，敏希豪生再婚娶的是（ C ）。

A.安小姐　B.简小姐　C.贝小姐

10.判断题。（正确的打“√”，错误的打“×”）

（1）《神秘的路》这个故事里，敏希豪生和他的车夫到苏丹去做客走了一个月的时间。（ × ）

（2）敏希豪生的座右铭是：勇往直前，游侠四方。寻觅和传播真善美。（ √ ）

（3）敏希豪生有一次遇到一只兔子有6条腿。（ × ）

（4）敏希豪生让飞毛腿到中国皇帝那儿去拿酒，可是半路上，飞毛腿把酒喝了。（ × ）

《少年维特之烦恼》

约翰·沃尔夫冈·冯·歌德

名著导读

【主要故事情节】

维特出生于一个较富裕的中产阶级家庭，受过良好的教育。他能诗善画，热爱自然，多愁善感。初春的一天，为了排遣内心的烦恼，他告别了家人与好友，来到一个风景宜人的偏僻山村。这位靠父亲遗产过着自由自在生活的少年，对山村的自然景色和纯朴的生活产生了浓厚的兴趣。山村的一切如天堂般美好，青山幽谷、晨曦暮霭、村童幼女……这些使他感到宛如生活在世外桃源，忘掉了一切烦恼。

没过多久，在一次舞会上，维特认识了当地一位法官的女儿绿蒂，便一下子迷上了她。他与绿蒂一起跳舞，他感到世界仿佛只有他们两个人。虽然绿蒂早已订婚，但对维特非常倾心，舞会结束后，他们激动地站在窗前，绿蒂含着泪水望着维特，维特更是深入感情的旋涡中，热泪纵横地吻着她的手。从此以后，尽管日月升起又落下，维特却再也分不清白天和黑夜，在他心中只有绿蒂。

绿蒂的未婚夫阿尔伯特回来了，他很爱绿蒂，对维特也很好，他们常在一起谈论绿蒂。那绿色的山麓、悠然的溪水、飘浮的云再也不能使他平静了，他常感到自身的渺小，感到不自在，夜晚，他常常梦到绿蒂坐在身旁，早上醒来，床上却只有他一个人，他只有叹息命运的不济。最终在朋友的劝说下，他下决心离开心爱的绿蒂，离开那曾经给他带来欢乐与幸福的小山村。

维特回到城市，在公使馆当了办事员。他尽可能使自己适应这份工作，然而官僚习气十足的上司对他的工作吹毛求疵，处处刁难他，他的同事们也戒备提防，唯恐别人超过自己，这一切都使他产生许多苦恼。正当他深感百无聊赖时，一个偶然的机会，结识了一位令人敬重的C伯爵。C伯爵谦逊老实，博学多才，对维特也很友善和信任，给维特带来一丝安慰。一天伯爵请他到家中吃饭，不料饭后来了一群贵族，他们带着高傲鄙视的神情看着维特，连和他认识的人也不敢和他说话了。伯爵前来催他赶快离开这里，不管他走到哪里，都能看到嘲笑的面孔，听到讥讽的话语，他一气之下终于辞了公职。

他应一位侯爵将军之邀，去了猎庄，其间他曾想从军，但在侯爵的劝告下，很快打消了这个念头。侯爵待他很好，但他在那儿始终感到不自在。他一直怀念着绿蒂，在心的牵引下他又回到原先的山村。山村的景物虽然依旧，但人事全非。心爱的绿蒂早已成了阿尔伯特的妻子，而善良的村民一个个惨遭不幸。他去拜访曾为他们作过画的两个孩子，但孩子的母亲告诉他，她的小儿子已经死了。他去访问向他讲述过内心秘密的农夫，恰好在路上遇见他，农夫说自己被解雇了，原因是他大胆地向女主人表示了爱情，她的弟弟怕他抢走了姐姐的财产而解雇了他。他不下千百次地想拥抱绿蒂，哪怕把她压在心上一次，内心的空隙也就填满了，可是见到她却不敢伸手。

冬天来了，天气越来越冷了，花草都枯了，一片荒凉。他看到了因爱恋绿蒂而丢了工作并发疯的青年，不禁惊愕。后来得知那位被解雇的农夫杀了人，维特很是同情，想要救他，竭尽全力为他辩护，结果遭到法官的反对。救人不成，使他陷入了更深的悲痛之中，他也深感自己穷途末路，痛苦烦恼到极点，任凭感情驱使自己朝着可悲的结局一步步走去。圣诞节前的一天，他又来到心上人绿蒂的身边，做最后的诀别。此时即将熄灭的爱情之火瞬间又放射出光芒，他对绿蒂朗诵奥西恩的悲歌，同时紧紧拥抱着她。两天后，他留下令人不忍卒读的遗书，午夜时分，他一边默念着“绿蒂！绿蒂！别了啊，别了！”一边拿起她丈夫的手枪结束了自己的生命，同时也结束了自己的烦恼。

【作者简介】

约翰·沃尔夫冈·冯·歌德（Johann Wolfgang von Goethe，1749年8月28日—1832年3月22日），出生于美因河畔法兰克福，德国著名思想家、作家、科学家，他是魏玛的古典主义最著名的代表。而作为诗歌、戏剧和散文作品的创作者，他是最伟大的德国作家之一，也是世界文学领域的一个出类拔萃的光辉人物。

他在1773年写了一部戏剧《葛兹·冯·伯利欣根》，从此蜚声德国文坛。1774年发表了《少年维特之烦恼》，更使他声名大噪。1776年开始为魏玛公国服务。1831年完成《浮士德》，翌年在魏玛去世。

【作品简介】

《少年维特的烦恼》是德国作家歌德创作的中篇小说，该书于1774年秋天在莱比锡书籍展览会上面世，并在那里成了畅销书。小说描写了进步青年对当时鄙陋的德国社会的体验和感受，表现了作者对封建道德等级观念的反应以及对个性解放的强烈要求。少年维特爱上了一个名叫绿蒂的姑娘，而姑娘已同别人订婚。爱情上的挫折使维特悲痛欲绝。之后，维特又因同封建社会格格不入，感到前途无望而自杀。它是歌德作品中被他的同时代人阅读得最多的一本。

【创作背景】

18世纪，德国的启蒙运动在文艺复兴成果的影响下，提出了博爱、平等和自由的思想，这对欧洲当时的封建专制统治产生了巨大的冲击。在这段时期，封建贵族专横暴虐、腐朽没落，人民的生活非常困苦，思想也受其压制，处于水深火热之中。“狂放突进运动”的发生就是对这一点的充分证明。这次运动的矛头直指封建等级观念和封建制度对婚姻、对个性的束缚，是德国的进步青年对封建专制制度一次最激烈的反抗。他们崇尚自然，追求主观情感的抒发；他们要求个性解放，思想自由，采取多种形式对社会丑恶现象和专制暴政进行抨击和揭露；他们歌颂生命，歌颂自由，赞美爱情。这次运动具有强烈的叛逆性和反抗性，对德国的社会现状的改善和民族文学的发展都产生了深远的影响。

而《维特》正是受这次运动精神的影响，在作品中极大地表现了具有时代性的狂热突进精神。小说的情节在极大程度上是自传性的：当年歌德的确遇到过一叫绿蒂的女孩，那是他青年时应聘到魏玛共和国做官，并在一次舞会上结识了美丽的少女绿蒂。绿蒂的父母早早双亡，长女娇弱无能，于是家庭的重任便落到了绿蒂的身上。绿蒂相貌动人，勤劳能干，歌德很快便爱上了她。但是绿蒂早已同他人订婚，她的未婚夫知道歌德喜欢绿蒂，但是他并不嫉妒，而是同情，他甚至还考量过绿蒂和歌德在一起会不会更幸福。但是绿蒂始终没有给歌德他想要的爱，更多的只是友谊。绿蒂也深深地明白歌德的痛楚，并多次劝说他离开自己，即便这样，歌德仍是犹豫不决，而他对绿蒂的爱又一天天地加深。因此，在痛苦不堪的情况下，歌德还是主动离开了。

【思想主题】

《维特》虽然描述的是一个少年的爱情故事，但是其本质体现的是对封建势力的反抗，这是对歌德所生活的时代的生活本质最真实的反映，同时还体现了狂热突进的时代精神，是德国绝大多数进步青年的心态体现。在维特身上体现了歌德的世界观、宗教观、审美观，以及他对德国新兴资产阶级的期望。维特所向往和追求的正是人性的解放和自由。维特最终还是不可避免地走向了悲剧的结局，他的悲剧不仅仅是他个人的悲剧，同时还是阶级的悲剧。

《维特》所描述的绝不是简简单单的一个悲剧爱情故事，而是深刻地揭露了18世纪德国的封建统治阶级对德国普通阶级人民的压迫和摧残，人们的精神和思想都处于一种压抑的状态，苦闷的内心渴望获得解放，但是又由于自身的软弱性而普遍存在的消极、颓废情绪的生活状态。而维特就是这个时期德国的觉醒青年，他对人生和社会都有着深刻而清醒的认识，对现实的不满和憎恶让他充满了攻击性，但是斗争力量的缺乏又使他感觉力不从心，这种矛盾深深地折磨着他，让他的情绪从激愤、焦虑逐渐转变为忧郁和苦恼，直至最后感到绝望，通过结束自己生命的方式与这个丑恶腐朽的社会做了彻底的决裂。他的死不是因为爱情，而是因为他对自己和社会的关系没有认识清楚。《维特》以一种特殊的艺术方式对社会的腐败现象进行了揭示，并对造成这种社会弊病的根源进行了揭露和抨击，是整个时代的痛苦和憧憬的缩影体现。

【写作特色】

《维特》的一个成功之处在于书信体的运用，作者采用第一人称的形式进行写景、抒情、叙事和议论，通过这种书信体的形式，仿佛走进了主人公的内心，倾听他的言谈笑语和啼泣悲叹，甚至能够窥见他那颗跳动着的、敏感的、柔软的心。在阅读的过程中，往往会让读者产生这封信就是写给自己的错觉，运用浓郁诗意的多重抒情，给读者带来深刻的感受，具有高度的艺术性。

抒情主要分为直接抒情和间接抒情两种形式。在《维特》这部小说中，大多数还是采用直接抒情的方式，主人公通过内心的独白，直抒胸臆，将自己的奔涌出来的喜怒哀乐直接向读者倾诉、宣泄，如汹涌的洪水一般，让人不禁为其淋漓尽致而震撼、而感动。《维特》中的直接抒情在小说的情感表达中占有至关重要的地位，一方面在维特与作者之间搭起了一座桥梁，有利于作者情感的表达和抒发，揭示作者内心深处的秘密。另一方面在维特和读者之间搭起了一座桥梁，让维特能够直接与读者进行交流，有利于读者更加深入地体会维特的思想和情感。《维特》中作者采用的间接抒情的方式主要有两种，一是寓情于景，二是寓情于事。寓情于景是通过对环境或者景色的描写来进行情感抒发的方式，这种抒情方式中的景物描写起的是烘托的作用，主要表现的是人物的心理活动，往往充满诗意。

【主要人物及其事件】

维特：一个性格率真、感情细腻丰富、才思敏捷、爱憎分明的青年形象。他热爱优美壮丽的大自然，崇尚纯真的人性，同时才华横溢，追求个性解放和情感的自由。但维特作为一个“第三者”的形象却与当时的社会格格不入，他厌恶虚荣无聊的小市民、矫揉造作的贵族和保守迂腐的官场，尽管面对无处不在的排斥、指责和打击，以致时时在感情的痛苦和心灵的矛盾中挣扎，他仍义无反顾地反抗世俗和传统，追求纯真的爱情。

绿蒂：绿蒂是个人如其名的妙龄少女。而对比维特的年少冲动、激情四溢，从不掩饰自己内心的情绪，绿蒂作为他一心倾慕的对象却显得格外理智、冷静和内敛。这与她本身的家庭环境和成长经历有着很大关系，绿蒂出身于一个乡村法官家庭，但早年丧母，作为长女一直担负着抚养幼小弟妹的工作，这使她的性格里具有了异常强烈的道德观念和责任感，这也成了束缚她本身爱情表达的根源。

【作品影响】

《少年维特的烦恼》被视为狂飙突进运动时期最重要的小说。这部小说获得了那个时代相当高的印数，并且是引发所谓的“阅读热”的因素之一。

歌德本人也没有预料到这本书会获得世界性的成功。为了记录所谓的“维特热”，现在在韦茨拉尔，除了一本珍贵的第一版《少年维特的烦恼》外，被展示的还有它的戏仿作品、模仿作品、争鸣文献和多种语言的翻译本。但这本小说的成功并不仅仅是一种流行现象，用歌德自己的话来说：“这本小书的影响是巨大的、惊人的、很好的，因为它产生得正是时候。”

【常考知识点】

1.《少年维特之烦恼》中爱情悲剧的女主人公是（ A ）。

A.绿蒂　　B.尤丽

C.路易丝　　D.朱丽叶

2.文学作品《少年维特之烦恼》的作者是歌德。

3.关于《少年维特之烦恼》，下列哪项不正确？（ B ）

A.全书以主人翁维特不幸的恋爱经历和在社会上处处遇到挫折这一根线索串联起来，构成一部完整的小说。

B.《少年维特之烦恼》出版于1774年，是歌德早年时期最重要的作品，它的出版也是德国文学史上一件划时代的大事。

C.《少年维特之烦恼》反映了在资本主义社会里，金钱主宰了人的心灵和生活。货币既然能使互相对立的人亲密无间，同样也能使非常亲近的人分道扬镳。

4.简述《少年维特之烦恼》的思想意义和影响。

歌德中篇书信体小说《少年维特的烦恼》是德国产生世界影响的作品。小说是根据自身的生活经历和其他见闻写成的。维特是一个具有典型意义的18世纪德国进步青年的形象。他有才华，有热情，向往自由和平等的生活，希望从事有益的实际工作。但是，社会却是丑恶的：庸俗麻木的市民，势利傲慢的贵族，保守腐败的官场……这一切就像一张无形的灰暗的网，罩在维特的心头。他不断地与之冲突，也不断地逃避，性格也日甚一日内向和忧郁。他逃离城市的庸俗与烦闷，来到了乡村，在大自然的怀抱和淳朴的民风中得到了短暂的安慰。他同绿蒂一见钟情，但面对她及其未婚夫，只能给他再添上一层精神苦闷。于是他回城到外交部门工作，可又受到上司的歧视和贵族的当面侮辱，他再次逃离城市，又回到绿蒂的身边。面对已婚的绿蒂，他更陷入嫉妒的忧伤。至此，他感到无处可逃，生命已无价值，精神崩溃，饮弹自尽。总的看来，维特是个时代的觉醒者和庸俗环境的反抗者。他以个人为中心，以孤傲来对抗德国现实的丑恶，他比那些浑浑噩噩苟且偷生者要清醒得多，激昂得多。但正因此注定形成了他性格的软弱性，他总是以逃避的方式来反抗，缺乏战斗性。维特的性格是社会造成的，他的悲剧是时代的悲剧。也正因为如此，它感染了世界各国不同时代的同病相怜的青年，他们竞相模仿维特穿青衣黄裤，甚至学维特自杀者也不乏其人。

《格林童话集》

格林兄弟

名著导读

【主要故事情节】

《格林童话》内容广泛，体裁多样，除了童话外，还有民间故事、笑话、寓言等。其中故事大致分三类：一是神魔故事，如《灰姑娘》《白雪公主》《玫瑰公主》《青蛙王子》《小矮人与老鞋匠》《玻璃瓶中的妖怪》等，这些故事情节曲折、惊险奇异、变幻莫测。二是以动物为主人公的拟人童话，如《猫和老鼠》《狼与七只小山羊》《金鸟》等，这些故事中的动物既富有人情，又具有动物特点，生动可爱。三是以日常生活为题材的故事，如《快乐的汉斯》《三兄弟》等，这些故事中的人物勤劳质朴、幽默可爱。

【作者简介】

雅可布·格林（1785年1月4日—1863年9月20日），德国语言学家，和弟弟威廉·格林（1786年2月24日—1859年12月16日）曾同浪漫主义者交往，思想却倾向于资产阶级自由派。从1806年开始，格林兄弟就致力于民间童话和传说的搜集、整理和研究工作，出版了《儿童和家庭童话集》（两卷集）和《德国传说集》（两卷）。雅可布还出版了《德国神话》，威廉出版了《论德国古代民歌》和《德国英雄传说》。1806年—1826年间雅可布同时还研究语言学，编写了4卷巨著《德语语法》，是一部历史语法，后人称为日耳曼格语言的基本教程。1838年底格林兄弟开始编写《德语词典》，1854年—1862年共出版第一至三卷。这项浩大的工程兄弟俩生前未能完成，后来德国语言学家继续这项工作，至1961年才全部完成。

格林兄弟对民间文学发生兴趣在一定程度上受浪漫派作家布仑坦诺和阿尔尼姆的影响。他们收集民间童话有一套科学的方法，善于鉴别真伪，他们的童话一方面保持了民间文学原有的特色和风格，同时又进行了提炼和润色，赋予它们以简朴、明快、风趣的形式。这些童话表达了德国人民的心愿、幻想和信仰，反映了德国古老的文化传统和审美观念 。《格林童话集》于1857年格林兄弟生前出了最后一版，共收童话216篇，为世界文学宝库增添了瑰宝。格林兄弟在语言学研究方面成果丰硕，他们是日耳曼语言学的奠基人。

【作品简介】

《格林童话》是由德国语言学家雅可布·格林和威廉·格林兄弟收集、整理、加工完成的德国民间文学。《格林童话》里面有200多个故事，大部分源自民间的口头传说，其中的《灰姑娘》《白雪公主》《小红帽》《青蛙王子》《玫瑰小姐》《受骗的青蛙》《雪白和玫瑰红》《猫和老鼠交朋友》《聪明的农家女》《三兄弟》《月亮》《熊皮人》《石竹》《睡美人》《糖果屋》《渔夫和他的妻子》《野狼和七只小羊》《大拇指》《勇敢的小裁缝》《不莱梅的城市乐手》《穿靴子的猫》等童话故事较为闻名。

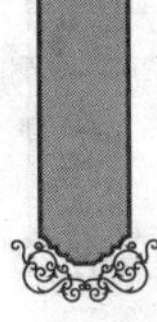

它是世界童话的经典之作，自问世以来，在世界各地影响十分广泛。格林兄弟以其丰富的想象、优美的语言给孩子们讲述了一个个神奇而又浪漫的童话故事。

【创作背景】

格林兄弟生活和创作的命运同德国文学的浪漫主义时期不可分割地联系在一起。由法国大革命（1789—1794）催生的浪漫主义文学运动在18世纪和19世纪之交席卷全欧，最先在德国这片混乱、落后的土地上开花结果。当时的德国，可谓欧洲最灾难深重的民族国家。自“三十年战争”（1618—1648）后，沦为主要战场的德国，其政治经济都分崩离析，虽然名义上还顶着“神圣罗马帝国”的名号，实质上却分裂成由360多个大大小小的公国和自由城市组成的“布头封建帝国”，一个结构松散的混合体，社会发展严重迟缓。1806年，横扫欧洲的拿破仑战争彻底瓦解了神圣罗马帝国，在法国的征服和统治下，德国民众的民族意识被唤醒，要求德意志民族统一强大的渴望空前高涨。

在这种状况下，大批知识分子投入到民族解放运动之中。但此时支离破碎的德国社会，诸多林立的公国之间存在的包括语言、文化等在内的差异成为民族统一的障碍，为了消除这一文化上的阻碍，德国知识界开始宣扬文化民族主义，希望借助古老的日耳曼民族文化来促成民族统一，这一时期的德国浪漫派在秉承浪漫主义文化精神的同时，亦将眼光转向民间文化传统领域，整理研究德国民间文学并使之发扬光大。就这样，德国浪漫主义在整理研究德国民间文学中取得的卓越成就，有力推动了德意志民族文学的发展，提升了德国文学在世界文学中的地位。《格林童话》就诞生在这样的时代氛围和社会环境之中。

【思想主题】

①善恶观：《格林童话》蕴含着深刻的道德主题，浓缩了19世纪朴素的善恶观。《格林童话》中的形象粗略地分为三种：非人全兽形象、半人半兽形象和人的伦理形象。儿童就是另一种形式的三位一体，是兽类、半人半兽、人类的三位一体，而且这三类形象按时间顺序发展变化。当然凡事皆有例外，它们有时也不按时间顺序而是直接以三位一体示人。儿童身上有原始初民的影子，有动物本真的影子。格林兄弟在处理这些形象时，大都写得善恶分明，好坏黑白，一目了然，没有灰色地带，善恶好坏向两极夸张，这显然在照顾儿童的认知能力。《格林童话》的故事让儿童可以在阅读过程中体验到故事中主人公不同的人生经历与冒险，而这些奇妙的经历正是儿童在可以独处的日常环境中难以实现的。这些内容丰富又饱含趣味性的童话故事扩展了儿童的思维世界，在轻松愉说的阅读中总结经验教训，唤起儿童对生活的热爱与期待，激发儿童善恶观的形成。《格林童话》用富有象征意义的形象来影射善与恶，用生动有趣的故事来表达善恶观，让儿童引发对自我的追问，形成正确的善恶观。童话中对童话形

象的设置和对话的建构，体现了格林兄弟对儿童的成长和人类自身的关注，《格林童话》遵循了儿童本位，重视儿童的内在需求，关注人的成长，帮助构建儿童正面的伦理观善恶观。其着眼点在于让儿童成长为真正的“人”，教人“扬善避恶”，进行正确的伦理选择。对“人”的强调、关注和尊重无疑在任何时代的文学作品中都会吸引读者的注意，引发读者的思考。在物质文化越来越发达的现代社会，对“人”的再发现变得日益迫切，走出伊甸园太久而迷失了自我和天性的人们寻求着精神上的回归。《格林童话》对人和社会都进行了某种程度上的还原，使人远离尘嚣，回归人最本真的状态。《格林童话》童话的纯真、原型的灵性为儿童创造了一个伦理的伊甸园，具有精神启蒙和文化回归的意义。

②结婚母题：结婚母题具有象征性与隐喻性特点。有关结婚的童话故事主要注重整个事件的叙述过程，尤其是英雄的冒险过程，开端、发展、结局等，而不注重其中个别人物性格的刻画。母题部分地割裂了和现实的联系，不关注现实生活的逻辑，很多故事讲得并不圆满，呈现出来的甚至只是一个片段，难以理解。因而故事中的结婚母题并非为人们提供现实的婚姻状况，它仅仅被当作故事的结局，是获得幸福达到圆满的标志。结婚母题往往表现出弃恶从善的道德意识。《格林童话》中的童话往往是十分简单、明晰的故事，品德高尚的主人公最终以结婚作为其幸福生活的开端，歌颂善有善报、恶有恶报的因果轮回观念，童话故事重在教育我们要弃恶从善，提高道德伦理观念。在《格林童话》中，许多故事经常用主人公和反面角色的鲜明对比来体现善恶意识，善在主人公身上体现的是他得到结婚的美好结局是由于他具有善良、乐于助人、品德高尚的良好的道德品质，这传承了基督教的传统思想——爱人。如《林中的圣约瑟》中，三女儿帮助化成平民的圣约瑟，获得了一大袋金钱，而大女儿由于自私不愿帮助别人而被烁蝎和毒蛇咬死。

③要诚实守信。诚实也是故事中人物的重要美德，这种美好的品德和善良的气质紧密结合在一起，善良的人必然诚实，不欺瞒、不好诈，即使他完全不知道面临的结果，做任何事情都要对上帝负责，否则就失去一切。《灰姑娘》中的灰姑娘得到了仙女的帮助，但要信守承诺，要在午夜

12点前离开王子。如果做不到，就什么都得不到了。

【写作特色】

①森林意象。在《格林童话》中，主人公多受到迫害或驱赶被迫进入森林，获得栖居之所和安全的依靠，这样的意象体现在《格林童话》半数以上的篇章中，例如《灰姑娘》《杂毛丫头》等。守护型的森林形象在《圣母玛利亚的孩子》的故事中体现小姑娘由于贫困被圣母玛利亚收养，打开了禁忌之门被圣母驱赶。女孩在森林里度过了无数个夜晚，她钻进枯叶堆寻求保暖，采摘野果充饥。与其相似的还有《杂毛丫头》：“……她终于走进了一片大森林，因为很疲倦，便躲进一根空树干里，睡着了。这个树林成了她的另一个家，带给她的不只是物质上的充盈，更是精神绝佳的依靠。”森林的神秘感源于人类对森林“未知”的探索，这种神秘印象通过童话传承了下来。《格林童话》对于神秘意象的表现有《苗芭姑娘》《森林中的三个小人儿》《勇敢的小裁缝》等。在《勇敢的小裁缝》故事中，小裁缝在森林打败了危害不法的巨人、独角兽、野猪，赢得了荣誉与半个江山。相同的奇遇在《六好汉走遍天下》和《斯默里山》等故事的森林中，神奇的人和事物层出不穷。人们无法解释森林的迷雾中闪烁的浮光掠影，也无法解读人类走进森林缘何下落不明，由此当森林意象世界在人的审美观照中涌现出来时，也必然带有了人的情感——对森林的神秘探索。《格林童话》经过威廉·格林的多次润色，“赋予一般的东西以高尚的含义，给普通以神秘的外表，给已知以未知的价值，给有限以无限的表象”。主人公与魔幻世界得到了融合，次元性趋于统一，平行世界变成了交叉世界。

②人物形象。《格林童话》中的形象特征鲜明，价值取向明显，表现出对真善美的追求，同情弱小，歌颂善良勇敢，讽刺虚伪愚蠢，鞭挞贪婪自私，符合人类社会一致的道德价值观，这种善恶观通过直观生动的形象显现出来，符合儿童的心理特点与理解能力。《格林童话》中所宣扬的伦理道德观，有利于培养儿童的是非观、善恶观、真伪观、道德观甚至人生观。《格林童话》寄托了人世间最美好的善，也揭示了人本身潜藏的恶。它指引儿童进行正确的伦理选择，形成正确的善恶观，故事的完美结局为儿童构建了充满希望和理想的乌托邦。有学者认为“在童话中，

假、恶、丑虽然常常与真、善、美并存于世，并互相发生冲突，但最终的结局基本上都是正面的。从整体上来看，童话展示的正是一个从冲突走向和谐的过程，从中看到了其对现实社会和谐伦理观的追求”，《格林童话》中的非人全兽形象、半人半兽形象、人的伦理形象三个类型代表了儿童理性成熟的三个阶段。

【名家点评】

过去很多童话故事没有印刷成书，只是由父母亲和祖父母把他们年轻时听来的、记得住的故事讲给孩子们听。没有人知道这些故事是从哪儿传下来的。格林兄弟俩担心这些美丽和古老的故事早晚要失传，所以就历尽艰辛到处采集，整理成书。如果没有他们兄弟俩的采集，我们今天可能永远也听不到像白雪公主、七个小矮人和睡美人等等美丽的童话故事。

——《不列颠儿童百科全书》

【作品影响】

第一卷于1812圣诞节前夕在柏林问世，大受欢迎。此后直到1857年，格林兄弟不断补充故事，并一再修订，共推出七个版次。第七版后来成为在各国流传的原著版本，已译成数十种语言，许多故事都广为流传。

《格林童话》获选为世界文化遗产，被联合国教科文组织称赞为“欧洲和东方童话传统划时代的汇编作品”。《格林童话》还被加入联合国教科文组织“世界记忆”项目中。在中国，至少有100种以上的译本和译改本。在西方基督教国家中，它的销量仅次于《圣经》。

【作者小趣闻】

格林兄弟的父亲菲利普·威廉（Philip Wilhelm）在雅可布·格林11岁时去世了，一家人随后搬到了城里的一间小房子里。两年后，格林兄弟的祖父也离开人世，家里只留下母亲艰难维持着孩子们的生活。

童年的经历使得格林兄弟在选择民间故事时，多倾向于选取美化和原谅父亲的文本，着重表现臭名昭著的邪恶继母等女恶人形象，比如《白雪公主》《灰姑娘》等。

【常考知识点】

1.《格林童话》是德国民间故事集。

2.《小红帽》的故事中，是猎人救了小红帽和她的外婆。

3.在《猫和老鼠交朋友》的故事中，猫欺骗老鼠偷吃了（C）。

A.面包　　B.蜂蜜　　C.肥油

4.《森林里的三个小仙人》中继母让男人的女儿到森林里去采（A）。

A.草莓　　B.蘑菇　　C.鲜花

5.《金鸟》中，小王子最先得到的是金鸟。

6.《石竹》中，上帝赐给王后一个具有“万事如意”本领的儿子。

7.在《勇敢的小裁缝》中“一下打死七个”真正指的是什么（C）。

A.打死七个怪兽　　B.打死七个巨人　　C.打死七个苍蝇

8.判断题。（正确的打“√”，错误的打“×”）

（1）《青蛙王子》中的小公主将青蛙关在门外，国王知道事情的真相后，他让公主去给青蛙开门并教育公主要做一个言而有信的人。（√）

（2）《青蛙王子》中的小公主是唯一一个能救被施了魔法的王子的人。（√）

（3）《金鹅》中只有那个小傻瓜愿意与小老头分享食物，他的两个哥哥都不愿意将自己的食物分给小老头儿。（√）

（4）在《渔夫和他的妻子》的故事中最后渔夫的妻子想做上帝。（√）

（5）《猫和老鼠交朋友》中猫没有把老鼠吃掉。（×）

《木偶奇遇记》

卡洛·科洛迪

名著导读

【主要故事情节】

一个叫杰佩托的老头没有孩子，他用木头雕刻出了一个木偶人，给他起名叫匹诺曹。匹诺曹虽然一直想做一个好孩子，但是难改身上的坏习性，他逃学，撒谎，结交坏朋友，几次上当还屡教不改。

后来，一个有着天蓝色头发的仙女教育了他，每当他说谎的时候，他的鼻子就长一截，他连说三次谎，鼻子长得他连在屋子里转身都不可能了。这时匹诺曹才开始醒悟，但还是经不住坏孩子的引诱，又跟着到“玩儿国”去了。几个月后，匹诺曹的头上长出了一对驴耳朵，紧接着就变成了一头十足的驴子，并被卖到了马戏团。不久，匹诺曹在演出中摔断了腿，又被马戏团老板卖给了商人剥去皮做鼓面。在紧急关头，还是仙女解救了他。匹诺曹决定痛改前非，终于有一天变成了一个有血有肉的孩子。

【作者简介】

卡洛·科洛迪（1826—1890），19世纪意大利著名作家。生于意大利佛罗伦萨乡下一个厨师家庭，在教会学校毕业后，开始给地方报纸写稿，积极参加意大利民族解放运动，并参加了1848年的意大利解放战争。科洛迪以儿童文学作家闻名于世，他先后写过《小手杖游意大利》《小手杖地理》《快乐的故事》等童书，他最著名的作品当然是《木偶奇遇记》。

【作品简介】

《木偶奇遇记》叙述老人皮帕诺把一块能哭会笑的木头雕成木偶，并把取得生命的小木偶当成儿子。老人卖掉上衣，供儿子上学，可是小木偶一心贪玩，为了看戏不惜卖掉课本。在木偶戏班获得好心老板的五枚金币，回家路上受狐狸和猫的欺骗，金币被抢走，进了监狱……

出狱后，又因贪吃他人的葡萄被捕兽器夹住，被迫当了看家狗。他后悔极了，心想："如果我像其他好孩子一样喜欢读书，现在我就会和爸爸住在一起过着幸福的生活，就不会在这里给别人当看门狗了。"夜里，他因帮助主人抓住黄鼠狼而重获自由。他一心想成为一个用功读书的好孩子，可是又经不起诱惑，在坏同学的怂恿下又逃学到海边看鲨鱼，后又被引诱到"玩儿国"，在疯狂地玩了五个月之后，变成一头又懒又蠢的驴。后来还是仙女搭救了他。最后，他们父子在鲨鱼腹中意外重逢，并成功地逃了出来，在海边住下，并变成一个真正的小孩子。

【创作背景】

该书创作于1881年，科洛迪所处的那个时代，正是意大利民族复兴运动蓬勃发展的时期，这对他的生活和创作具有非常巨大的影响。

科洛迪最初编写《一个木偶的故事》（连载第二年改名为《木偶奇遇记》）是为了偿还债务，他甚至在给《儿童日报》的社长菲尔迪南多·马尔提尼的附言中还这样提道："我寄给你的这些材料，只不过是幼稚可笑的小玩意儿罢了，你可随意处理，如要采用，我可继续写下去。"而没有料到的是"这幼稚可笑的小玩意儿"引起了读者极大的兴趣，从1881年7月7日起在《儿童日报》上分期连载，一直到1883年才连载完毕。中间科洛迪一度想停止连载，却被读者"不满"的信件所淹没。

【思想主题】

该书描述了木偶匹诺曹从一个任性、淘气、懒惰、爱说谎、不关心他人、不爱学习、整天只想着玩的小木偶，变成一个懂礼貌、爱学习、勤

奋干活、孝敬长辈、关爱他人的好孩子的过程，以及他所经历的一连串的奇遇，充满了童趣与想象。发生于匹诺曹身上的故事告诉我们，一个孩子的自然天性在许多方面都是需要修正的。也就是说，在自然天性里往往会有不少不够尽善尽美的表现，等待着我们逐步克服。

《木偶奇遇记》意欲揭示的道理并不复杂，它倚借一个木偶形象不过是为了向我们演绎一个人由不完美走向完美，由不幸福走向幸福的曲折历程。问题是，这个看似简单的道理并非一个人生来就可以明白的，否则，匹诺曹也就无须煞费周折才得以完成这一历程了。《木偶奇遇记》一书不仅教育孩子们如何为人，还通过隐喻和影射，对19世纪意大利现实生活中的各种落后和丑恶的现象，进行了揭露，如贫富间的差距，劳动人民的贫穷、饥饿和绝望，司法部门和医疗机构的虚伪等等，同时也强调了教育的重要性。意大利哲学家贝内戴托就曾评论说："用来雕刻匹诺曹的那块木头，实际上就是人类本身。"

【写作特色】

《木偶奇遇记》一开头就用游戏笔法，写出一块会说话的调皮木头，使得樱桃师傅和杰佩托反目。刻成木偶后，更是顽劣异常，他逃离了家庭温馨的对待，逃离了学校严格的束缚而走上社会独自一人去面对社会的种种挑战，去遭遇一次又一次的险情……

作者任意挥洒的游戏之笔，自由驰骋，一下子将人们的思绪带入一个幻想的世界：匹诺曹从家中逃跑，父亲追他反被警察抓去；匹诺曹疲倦了，把脚搁在火盆上睡觉，被烧去双脚；他不听会说话的蟋蟀的忠告，落入杀人强盗手里；他说谎，遭到惩罚，鼻子长起来了……真可谓一波未平一波又起，如一块磁铁牢牢地吸引了孩子。无论从历史，还是从现状来考察，这些似乎是游戏的甚至有些荒诞的情节，其中所荡漾的那种特质都有其不容忽视的现实意义。

该书问世时，意大利正处于奥地利的统治之下，大人们以国家、民族的意愿，训导孩子成为复国之栋梁，殊不知却抑制了儿童游戏心理的发展。儿童在规范内小心翼翼地不敢越雷池半步，而这个敢说敢做、不计后果的匹诺曹以其充满游戏色彩的冒险经历，为孩子打开另一道视野，此所谓现实的缺失，依靠幻想来弥补。孩子们渴望补偿，渴望释放，渴望冲破现实的局限。同时，好奇是儿童的天性，四平八稳的生活现状不可能使儿童有亲身历险的契机，无法以亲历实践来满足自身固有的强烈的好奇心，所以他们只能通过游戏形式来突破，实现实际生活中根本无法实现的那些行为。科洛迪用游戏精神建构故事情节，设定一个完全虚构的匹诺曹的历险世界，让儿童在一个完全架空的环境里，把自己变成一个架空的人物，任思绪自由翱翔。

【主要人物及其事件】

匹诺曹：匹诺曹是作者虚构出来的一个人物。称其“虚构”，是说现实生活中并没有像匹诺曹这样拥有生命的“木偶人”。他原先是一段木头，“这段木头并不是什么贵重木头”，就是“炉子和壁炉生火和取暖”用的柴堆里那种普通木头。后来经人一番削、砍、刨便成了人（“木偶人”）。然而，匹诺曹这一人物形象的塑造之所以成功，其中一个重要的原因恰恰在这里——恰恰在匹诺曹身上显示出的人性和物性，及其两者的有机统一。作者写匹诺曹这一人物时，时时处处没有忘记他具有“木头”的特性。比如，写匹诺曹被火烧焦了脚：匹诺曹“又累又饿，一点力气也没有了。他再没力气站着，于是坐下来，把两只又湿又脏、满是烂泥的脚搁到烧炭的火盆上。他就这样睡着了。他睡着的时候，一双木头脚给火烧着，一点一点烧成了炭，烧成了灰”。而妙的是，正在这时匹诺曹的爸爸杰佩托敲门回家了。“可怜的匹诺曹睡眼惺忪，还没有看到他的两只脚已经完全烧没了。因此他一听到父亲的声音，马上跳上凳子要跑去开门。可他身子摇了那么两三摇，一下子就直挺挺倒在地板上了。”比如，写匹诺曹跳进大海救爸爸：匹诺曹在鸽子的带领下来到海边找爸爸，他发现了远处爸爸的小船。爸爸也好像看到了他。这时，“一个孩子从礁石顶上跳进大海，嘴里叫着：‘我要救我的爸爸！’”可“匹诺曹不过是一块木头，因此很容易就浮到水面上，像条鱼似的游起来。只见他一会儿被波浪一冲，落到水下面不见了，一会儿又在离岸很远的地方重新出现，伸出一条腿或者一条胳膊……”这里，匹诺曹所具有的人性和物性的特性，可谓表现得淋漓尽致。而且，也正因为有了这一特性，匹诺曹这一人物形象才变得真实可信、情趣盎然了起来。也可以说，这种人性和物性的有机统一，是匹诺曹这一人物形象获得成功的前提。

匹诺曹这一形象给人的另一个突出印象在于他是一个活生生的人。他有一颗爱心。他爱爸爸，爱一切善良的人。爸爸在大雪天用自己身上穿的上衣为他换来了课本，他感动得扑上去抱着爸爸，在爸爸的脸上到处亲吻。为寻找爸爸，他四处奔走。为救爸爸，他毅然跳进波涛汹涌的大海，毅然闯入大鲨鱼的腹中。为了善良的花衣小丑免遭不测，他宁愿自己一死。当听说善良的天蓝色头发仙女溘然长逝，他伤心不已，哭得死去活来。他有上进心，渴望上学，渴望读书。他主动向爸爸提出“要马上去上学”。他渴望得到一样“最要紧的东西”——识字课本。他热爱劳动，不怕吃苦。他为了养活年迈的爸爸，每天天不亮就起来工作，摇辘轳，编草筐，还亲自做了一辆漂亮的座椅车，推爸爸出去散步，让爸爸呼吸新鲜空气。但他又是一个十分顽皮、有着许多缺点的人。常常由着性子做事，常常闯祸。好心的蟋蟀告诉他“孩子不听父母的话，任意离开家，到头来绝不会有好结果”，他不但不听，还用木头槌子打死了蟋蟀。他整天玩，到处游荡。为了能看上一场木偶戏，他竟稀里糊涂卖掉了识字课本。他想发财，跟着猫和狐狸去奇迹宝地种金币，结果不仅白丢了五个金币，还险些送了自己的命。他经不起小灯芯的鼓动和“玩儿国”的诱惑，到了“玩儿国”，差点永远变成了一头驴子。

【名家点评】

莎拉·方纳利独特巧妙的插画赋予了匹诺曹更多的幽默、机智，他仿佛街头剧院中的主角一样活灵活现、生动有趣、让人喜欢。

——英国《卫报》

我费了几分钟工夫把《木偶奇遇记》读完后，我虽然已经不是一个小孩子了，但我也被迷住了。

——巴金

【作品影响】

《木偶奇遇记》出版后，印数达到了100万册。1892年，该书就由M.A.默里译成了英文，以后又被译成多种语言，并多次被拍成电影。制片人沃尔特·迪斯尼也于1943年将这个故事搬上了银幕。

意大利人认为，《木偶奇遇记》与但丁的《神曲》及薄伽丘的《十日谈》一样，是意大利最重要的文学作品之一。

《木偶奇遇记》创造了意大利儿童文学史上第一个成功的长篇童话

形象。在科洛迪之前，意大利虽然不乏成功的儿童文学作品，但从不曾拥有广受欢迎的长篇童话及其长篇童活形象。在19世纪，意大利儿童文学作品中普遍贯穿着一种道德规范思想，强调的是训示和教育。正面儿童形象始终是儿童文学作品的主角。科洛迪则一反常态，大胆启用有缺点的孩子作为作品的主人公，用有缺点的孩子取代所谓有教养的孩子，这不啻是意大利儿童文学史上的一次革命。《木偶奇遇记》在意大利行销过至少260个版本，英文的版本则至少有115种之多。

【常考知识点】

1.匹诺曹被吊在大橡树上时，是小仙女救了他。

2.刚诞生的匹诺曹最喜欢撒谎。

3.匹诺曹第一次从家里逃到街上，警察抓住了他的鼻子。

4.匹诺曹有一次长出了（ A ）耳朵。

A.驴　B.猪　C.狗　D.猫

5.匹诺曹去猩猩法官那里告骗子的状，竟被坐了（ C ）的牢。

A.一年　B.六个月　C.四个月　D.一个月

6.《木偶奇遇记》是作家科洛迪的作品。

7.匹诺曹是老木匠樱桃师傅杰佩托做的木偶。

8.判断题。（正确的打“√”，错误的打“×”）

（1）《木偶奇遇记》的作者是意大利人。（ √ ）

（2）匹诺曹听狐狸和猫的话，真的种出了金币。（ × ）

（3）匹诺曹是在勤劳蜜蜂岛重新找到仙女的。（ √ ）

（4）匹诺曹是从嘴巴做好之后才会说话的。（ × ）

（5）匹诺曹的金币被偷之后，他自己没有坐牢。（ × ）

9.匹诺曹和（ A ）一起去了“玩儿国”。

A.小灯芯　B.小蜡烛　C.仙女　D.欧金尼奥

10 .匹诺曹和他的爸爸从大鲨鱼的肚子里逃出来，在海里差点被淹死时，是（ C ）救了他们。

A.蟋蟀　B.海怪　C.金枪鱼　D.仙女

《爱的教育》

埃迪蒙托·德·亚米契斯

名著导读

【主要故事情节】

①我们的老师

波巴尼先生叫我们默写，他看见有一个面上生着红粒的学生，就问他有没有发热。一个学生趁着先生没注意，跳上椅子玩起了洋娃娃。默写完后，先生教育我们要用功、要规矩。放学后，那个跳上椅子的学生请求饶恕，先生原谅了他。

②灾难（不幸事件）

一个叫罗伯蒂的学生，上学时在街上看见一个一年级的小孩在路上摔倒了。此时，正有一辆马车向他驶来，于是罗伯蒂大胆地跳了过去，把他拖救了出来。不料自己的脚被车子轧伤了。大家都称赞罗伯蒂是个勇敢的孩子。

③卡拉布里亚的孩子

有一个来自卡拉布里亚的意大利男孩来到安利柯的班级里。老师告诉同学们不管在哪所学校，同学们都应该亲如一家，不应该因为同学来自不同地区就歧视他。因此，在班长德罗西的带领下，同学们纷纷赠送礼物给那位新生并和谐相处。

④宽宏大量的品德

一天，班级里的三四个小孩正在取笑家庭贫穷有残疾的同学克洛西。克洛西大怒，将墨水瓶向弗朗蒂掷去，却打着了老师。卡罗纳怕克洛西受罚便替他顶罪。但最后克洛西承认了错误，老师批评教育了那些欺负克洛西的同学。安利柯由此看出卡罗纳的美好品德。

⑤在阁楼上

母亲带安利柯去看望报纸上记载的穷妇人。在她住的阁楼里，安利柯发现原来她是残臂穷困的克洛西的母亲。阁楼里的物品简陋，克洛西连读书的灯也没有但仍然刻苦读书。母亲由此教育安利柯要像克洛西一样刻苦用功。

⑥帕多瓦的爱国少年（每月故事）

一位帕多瓦的少年被父母卖给了戏班子，饱受困苦。又辗转法国、西班牙后逃了出来，得到了意大利领事馆的帮助，登上回家的船，船上的旅客给了他一些铜币。起初，少年很高兴，后来他听到那些人辱骂他的祖国后，毫不犹豫地将钱砸还给他们，捍卫了祖国的尊严。

⑦清扫烟囱的孩子

一个清扫烟囱的孩子因为不小心弄丢了自己挣来的30个铜币，因害怕回去被师父打而哭泣。几个三年级女生知道后，号召大家募捐，许多人都掏出了钱捐给那个孩子，没带钱的女孩便送给孩子一些鲜花。孩子高兴地擦干了眼泪。

⑧万灵节

万灵节——一个祭祀所有死者

的日子。在这一天，安利柯的母亲写了一封信给他，告诉他应该向所有的死者寄托哀思，特别是那些为少年儿童死去的人。

⑨卖炭者与绅士

绅士的儿子诺比斯在与烧炭工的儿子倍谛争执时，气急败坏地辱骂了倍谛的父亲，绅士知道后，逼着儿子向烧炭工和他的儿子道歉，又要求老师将他们安排坐在一起，绅士与烧炭工亲切握手，诺比斯和倍谛友好拥抱，老师说“这是本学年最精彩的一课”。

⑩我的同学柯莱谛

我在散步时遇到柯莱谛。他正忙着搬运木柴，还一边复习功课。随后，我跟着他到他家做客。柯莱谛到家后还是忙个不停，做作业、卖木柴、为妈妈煮咖啡、照顾妈妈。当货车来了，他又忙着搬木柴。我很羡慕柯莱谛的幸福——既学习，又劳动，为父母担忧。

⑪纳利的保护人

驼背的纳利，身体小而弱，经常被人捉弄。但为了不让母亲伤心，常保持沉默，独自哭泣。有一次，弗朗蒂欺负他，卡罗纳把弗朗蒂打得狼狈不堪，从此再也没有人欺负纳利，卡罗纳成了他的保护人。纳利的母亲很感激卡罗纳，并将项链送给卡罗纳。

⑫班级第一名

德罗西总是得第一。他开朗活泼，待什么人都和气，总是毫不在乎地把所有的东西送给别人，像个大方的绅士。同学们都喜欢他。我嫉妒他，但后来与他形影不离。当我看到他抄写每月故事感动得哭了的时候，我由衷地敬佩他。

埃迪蒙托·德·亚米契斯

【作者简介】

埃迪蒙托·德·亚米契斯（1846年10月31日—1908年3月12日），意大利因佩里亚人，著名儿童文学作家。亚米契斯少年时于都灵就学，15岁加入摩德纳军事学院，开始了他的军旅生涯。亚米契斯的著名作品有《爱的教育》，这是一部日记体小说，情感丰富且文笔优美。全书共一百篇文章，主要由三部分构成：意大利四年级小学生安利柯的十个月日记；他的父母在他日记本上写的劝诫、启发性的文章；老师在课堂上宣读的十则小故事，其中《少年笔耕》《小抄写员》《寻母三千里》等篇目尤为知名。

【作品简介】

《爱的教育》是意大利作家埃迪蒙托·德·亚米契斯创作的长篇日记体小说，首次出版于1886年。他的记忆力和高人一等的学问都使他身边的人对他折服，更重要的是，他处处为别人着想，以帮助困难的同学为乐。

《爱的教育》不仅写出了人间的多种真爱，也用许多故事告诉了读者一些道理。正如许多小标题一样，告诉读者不要有虚荣心和嫉妒心，要怀有感恩之心，做任何事情要有勇气，有胆量，有毅力。《爱的教育》在写父子之爱、同学之爱、师生之爱时，逐渐上升为对社会、祖国的爱。这是青少年们成长过程中不可或缺的重要组成部分。

【创作背景】

亚米契斯出生于意大利，那时的意大利受法国大革命的影响，爱国情绪高涨，这在他幼小的心灵上留下不可磨灭的印记。“就作家而言，他童年的种种遭遇……社会的、时代的、民族的、地域的、自然的条件对他幼小生命的折射，这一切以整合的方式，在作家的心灵里形成了最初的却又是最深刻的先在意向结构核心。”叫他看到，尽管意大利在1870年实现了民族统一，但人民生活的处境并没有得到改善，他希望借助学校教育，借助博爱、宽容的精神，传播现代文明。他写作的初衷是心向社会，心系国家的。

【写作特色】

作者以一个儿童的视角来叙述故事，通过对儿童视角的准确把握，对儿童世界、成人世界做了逼真展示和深刻剖析“童年永远是一种心理距离，永远是一种心理切入，永远是一种心理觅寻”，在某种程度上，守望童年成为作家们的审美理想，而儿童视角的叙述则是表达他们这一审美理想的最好载体。

在小说中读者看到的是一个孩子的日常生活和所做所想，除了这个孩子的天真的活力和丰富的内心世界，读者看不到作者的感情表达，他的感情倾向是隐藏在文字背后的，这种表达方式增加了故事的真实感和说服力。这种在当代叙事学中称为“内聚焦型”视角的采用，一改传统叙事中无所不知的叙述者的位置，通过儿童的感官去看去听。儿童视角的叙述是一种乐于为儿童接受的表达形式，这种儿童文学作品有利于激发儿童读者的联想，想象他们是故事的主人公，从而激发了他们的阅读热情和审美能力。

【主要人物及其事件】

安利柯：一个品学兼优的四年级小学生。他有一颗纯洁高尚的心灵，并带着极大的热情去关注身边的每一件事，不断地从生活中汲取心灵和思想的营养品。

卡伦：一个“大侠”一般的高尚少年。心地善良，富有正义感。他的侠义行为使他获得了大人和同学们的爱戴。

德罗西：他的漂亮的面孔、惊人的记忆力和高人一等的学问都使他身边的人对他折服，更重要的是，他处处为别人着想，以帮助困难的同学为乐。

柯莱谛：总是戴着一顶猫皮帽子，他是一个热心勤劳的少年。他父亲经营柴火生意，曾是一个光荣的战士。

普罗克：一个在悲惨和艰苦中坚持学习，不懈努力的小学生。他不仅获得了奖章，而且还感化了他的父亲。

波巴尼：艾里克的老师，为人任劳任怨、慈祥和蔼。

克洛西：身世悲惨，胳膊残废的少年。

【名家点评】

德·亚米契斯的《爱的教育》堪称青少年学习写作的典范。

——意大利诗人帕斯科利

书中叙述亲子之爱，师生之情，朋友之谊，乡国之感，社会之同情，都已近于理想的世界，虽是幻影，使人读了觉得理想世界的情味，以为世间要如此才好。于是不觉就感激、就流泪。这书一般被认为是有名的儿童读物，但我以为不但儿童应读，实可作为普通的读物。特别地应介绍给与儿童有直接关系的父母教师们，叫大家流些惭愧或感激之泪。

——作家夏丏尊

【作品影响】

《爱的教育》是艾德蒙多·德·亚米契斯最著名的作品。它与意大利作家亚历山德罗·曼佐尼的《约婚夫妇》齐名，被誉为现代意大利人必读的十本小说之一，同时，在意大利人的心中，它也是19世纪意大利最伟大的十本小说之一。1929年，《爱的教育》被评为“对当代美国文化影响最为重大的书籍之一”。朱光潜、丰子恺、茅盾、夏衍等学者曾将此书列为当时立达学园的重点读物。1986年被联合国教科文组织列入《具有代表性的欧洲系列丛书》中。1994年被列入世界儿童文学最高奖——国际安徒生奖《青少年必读书目》之中。2001年被教育部指定为中小学语文新课标课外阅读书目。《爱的教育》被译成数百种文字，销量已超过15,000,000册，成为世界最受欢迎的读物之一。

【作者小趣闻】

爱国战士亚米契斯

埃迪蒙多·德·亚米契斯，1846年10月31日生于意大利的一个小镇，自幼酷爱学习和写作，是一位多产作家，是意大利民族复兴运动时期的爱国志士。青年时代，他立志从军，力争取祖国的独立、自由 解放意大利的战斗。

和民主而战斗，曾参加一八六六年

【常考知识点】

1.《爱的教育》中的主要人物是卡隆、德罗西、斯代地、波列科西等。

2.为了救一个小孩被车子扎伤的人物是（ A ）。

A.罗伯特 B.安利柯 C.铁匠的儿子

3.弗兰蒂被开除的原因是（ A ）。

A.品行太坏 B.成绩太差 C.不尊敬父母

4.在《爱的教育》人物中，你最欣赏谁？为什么？

最欣赏父亲。因为从生活小事入手教育人，父亲给儿子的信体现了殷切的期望。（符合题意即可）

5.在书中讲述了100多个小故事，哪一个给你留下了深刻的印象？你为什么对这个故事印象深刻？

如《少年笔耕》。此文中，叙利亚因为替爸爸抄文章，成绩下滑而受到爸爸的责骂。我对这个故事印象深刻是因为叙利亚的孝心让我感动。（符合题意即可）

6.《爱的教育》，原名《心》，又名《一个意大利四年级小学生的日记》。《爱的教育》的主要体裁为日记。

7.《爱的教育》的作者是亚米契斯，他是意大利（国家）人。

8.判断题。（正确的打“√”，错误的打“×”）

（1）《爱的教育》的主人公安利柯是一个小学生。 （ √ ）

（2）《爱的教育》的作者是英国著名儿童文学作家亚米契斯。

（ × ）

（3）“从小尊敬军旗的人，长大就一定会捍卫军旗！”这句话是校长说的。 （ × ）

9.《爱的教育》全书100篇文章，由三个部分组成：主人公恩利科的日记、恩利科父母的教子篇以及老师讲的九则故事。

10.读完《爱的教育》这本书，你对“爱”的理解是什么？

爱国，爱老师，爱父母，爱同学，互相帮助，互相体谅，互相尊重。

《斯巴达克斯》

拉法埃洛·乔万尼奥里

名著导读

【主要故事情节】

公元前78年11月10日早晨，罗马城居民纷纷往斗技场涌去。这里将举行一次规模盛大的角斗表演。退休的罗马执政官、大奴隶主苏拉（古罗马独裁者）为了在欢乐中忘却自己生花柳病的痛苦，出钱让罗马市民狂欢三天。大斗技场矗立在帕拉丁山和阿文丁山之间的莫尔西亚山谷中，这是一座巨大的、惊人的建筑物，场内可以容纳12万以上的观众。30个色雷斯人和30个沙姆尼特人今天要在这里进行角斗表演。其中一个角斗士叫斯巴达克斯，他是希腊北部的色雷斯人，在与入侵祖国的罗马人作战时做了俘虏，后来被卖给角斗场老板，充当一名角斗士。他威武有力，在角斗中，打败了所有的对手，夺得了最后胜利。全场观众为斯巴达克斯欢呼，要求给这奴隶以自由。美丽的贵妇人范莱丽雅对斯巴达克斯产生了爱慕之情，她建议苏拉解除他的奴隶地位。苏拉同意了，范莱丽雅也答应了苏拉的求婚要求。罗马的角斗士们忍受不了奴隶主的压迫，常到维纳司酒店密谋聚会，刚获得自由的斯巴达克斯成了他们心目中的首领。一次，斯巴达克斯拯救一个被妓院老板打得鲜血淋漓的妓女，原来，她竟是斯巴达克斯多年未见的妹妹密尔查。斯巴达克斯通过斗技场老板的介绍，把密尔查送给范莱丽雅当女仆。罗马贵族卡提林纳是个有野心的人物。在他豪华的客厅里常聚集一批对现状不满的贵族。他们想联络斯巴达克斯和角斗士们一道向元老院进攻。但斯巴达克斯拒绝了。他认为角斗士是一批被剥夺了自由的奴隶，而卡提林纳只是一批被排斥的贵族。角斗士要为获得自由、夺回失去的祖国和家乡而斗争，而贵族们则是为了由“自己来代替目前的执政者”，两者是不能走到一块的。斯巴达克斯博得贵妇人范莱丽雅的青睐，要他到苏拉的库玛别墅去管理一所角斗士学校。他接受了。不久，苏拉病死了，范莱丽雅要求斯巴达克斯和她住在一起，把整个身心献给她。但他回答她说，他有更崇高的目标，他要把一生献给奴隶的解放事业。在罗马奉祀牧神的节日，以斯巴达克斯为首的角斗士在林中密谋起义。这事被戏子梅特罗比乌斯偷听到了，他自以为拯救了罗马，去向贵族恺撒告密，恺撒出于自己的野心，没有把戏子的告密去报告政府，而是亲自跑来找斯巴达克斯。他认为斯巴达克斯已组织了两万名角斗士，如果这支队伍由他来指挥，“不出几年他就会征服全世界，变成罗马的统治者”。他提出和斯巴达克斯合作，吸收他参加他的远征队，斯巴达克斯拒绝了。奴隶起义的主力集中在加普亚城的角斗士学校，那里有一万名角斗士。斯巴达克斯发现消息已走漏了，便和战友埃诺玛依跳上马，急驰到加普亚去，想提前发动起义，但他的马在路上出了问题，被罗马执政官派出的使者抢先一步到达加普亚，城里已经戒严了。角斗士学校受到罗马官军的包围，斯巴达克斯领导角斗士们夺取武器库，未获成功。他只好率领一批角斗士冲出敌人的包围，往维苏威火山退却。一路上，斯巴达克斯发动贵族庄园的奴隶暴动，充实了自己的队伍。到达维苏威山时，起义部队已有600余人了。罗马政府派来一千人的讨伐队，起义的奴隶把他们打垮了。接着，3000罗马官军在统领克罗提乌斯的率领下进行了第二次围剿。官军构筑营垒把维苏威山围得水泄不通。山上缺粮，斯巴达克斯感到情况严重，便命令角斗士砍伐柳条做成软梯，巧妙地将战士从悬崖上缒下去，奇袭敌人的后方营垒，把敌人打得丢盔弃甲，狼狈逃窜。起义部队离开维苏威山，进攻瑙拉市，但攻入城后，发生了抢劫事件。斯巴达克斯立即把队伍集合起来，严厉地谴责了这一行为，并进行了军纪的整顿，他认为严明的军纪是使军队能战胜敌人的可靠保证。不久，从罗马城逃出的奴隶克利克萨斯，带领了两千个奴隶来会合。至此，起义人数已由最初六百人增至万人。罗马官军的第三次讨伐，是由普勃里乌斯将军率领的。斯巴达克斯以分头击破的办法，先在卡齐陵打了个歼灭战，消灭了普勃里乌斯的副将傅利乌斯，又在考提峡谷解决了普勃里乌斯本人的队伍。起义军进攻和包围了加普亚城，逼迫城里的提督和元老院放出角斗士学校五千名角斗士，这样起义部队大大地扩充了。接着，斯巴达克斯又在阿昆纳第二次挫败了普勃里乌斯新征集的兵士。妓女爱芙姬琵达见斯巴达克斯节节胜利，带了全部财产来投奔他，她要求做斯巴达克斯的传令官，斯巴达克斯同意了。斯巴达克斯在阿昆纳战役胜利后，带领了三百名骑兵去库马别墅会见情人范莱丽雅。在那儿，他和老管家进行了一席谈话，表达了他要为奴隶解放事业而奋斗的决心。范莱丽雅再次要他留下，不要去冒风险。他回答说："我爱你，但我不能背叛我不幸的同志们。"第二天，他回到了部队。这时起义部队已增至五万人，斯巴达克斯把他们编成十个军团，他被推举为大元帅。罗马第四次讨伐军由贵族奥莱施杜斯率领。他组织了一支三万人的队伍。斯巴达克斯在芬提城附近把他打垮了，这使罗马元老院大为惊惶失措，执政官卢古鲁斯亲自找斯巴达克斯谈判，他以功名利禄和允许他和心爱的女人范莱丽雅正式结婚为条件来收买他。但斯巴达克斯毫不动心，他提出罗马必须以大量的武器来交换俘虏，否则他要下令吊死俘虏。妓女爱芙姬琵达爱慕斯巴达克斯，而他则忠于自己的情人范莱丽雅，拒绝了爱芙姬琵达的爱。于是，这个"美女蛇"恼羞成怒，离开了斯巴达克斯，去当埃诺玛依的传令官，企图挑唆起义部队不和，对斯巴达克斯进行报复。斯巴达克斯企图把奴隶暴动转为全面内战，他派人去联络贵族卡提林纳，但遭到卡提林纳的拒绝。于是，斯巴达克斯便拟订了一项向阿尔卑斯山进军的计划。斯巴达克斯打算把奴隶们分散到各自的故乡去，他认为罗马帝国还很强大，起义部队在意大利境内作战，罗马人便是"安泰"（叛徒），想要彻底打垮罗马，只有发动一切被压迫民族同时起义。他这种计划遭到起义军中另一首领埃诺玛依的反对，埃诺玛依在妓女爱芙姬琵达的挑唆下，把一万起义部队撤离了大营，结果这支分裂的队伍很快被罗马军消灭了。斯巴达克斯接连打垮了两个执政官海里乌斯和伦杜鲁斯的军队。在摩季那之战中，又击溃了高卢总督的军队，角斗士们被接连的胜利冲昏了头脑，以康尼克斯为首的七个军团坚决要求向罗马进军，支持斯巴达克斯向阿尔卑斯进军的意见处于劣势。但他不愿意抛弃战友，迁就了多数人的意见。罗马元老院内吵吵嚷嚷，由于军事上的失利，贵族们都害怕充当指挥官去和斯巴达克斯作战。最后才由一位野心勃勃的投机家克拉苏出任指挥官，他动员了大批人力和物力来和起义部队作战。起初，他接连吃败仗，后来隐藏在起义部队中的内奸爱芙姬琵达把斯巴达克斯的作战方案泄露给他，从而使斯巴达克斯在迦尔冈山受到重挫，损失了三万军队，并失去了他的亲密的战友克利克萨斯。为了对克拉苏进行复仇，斯巴达克斯在鲁比城以奇兵突袭的办法，打败了罗马兵，俘虏了四百个贵族。在克利克萨斯的葬礼场上，他下令被俘的贵族互相角斗。贵族们被逼着动起武来，奴隶们开心地笑着，发出了轰雷一般的鼓掌声。接着，斯巴达克斯在葛鲁门特和克拉苏交战中失利，他放弃了向罗马军进军的计划，把部队掉头向南，准备进军西西里岛。同时，他和海盗们谈判，要他们提供渡海的船只，但海盗们欺骗了他，到时没有把船开来。斯巴达克斯便发动战士自己造船，渡船造好了，又遇到暴风，把上船的士兵刮回岸边，有的船只被海浪吞没了。这时，克拉苏为了切断斯巴达克斯北上的道路，在鲁丁半岛上建筑了一条横越整个半岛的长垒，并挖了壕沟，斯巴达克斯面临断粮的威胁，下令战士伐木填沟，突破了克拉苏苦心经营的防线。克拉苏十分惶恐，感到胜利无把握，他写信去联络从西班牙战场上班师回来的庞培部队，和从米特里达梯斯作战胜利返回的卢古鲁斯部队，要他们共同围剿斯巴达克斯。起义部队中，以康尼克斯和卡斯林斯为首的军团又闹分裂，结果他们被敌人歼灭了，这样一来，起义部队受到很大的削弱，斯巴达克斯只剩下五万兵力了。他只好用旋磨打圈的办法来消耗克拉苏的力量。正在这时，他接到范莱丽雅来信，告诉他庞培和卢古鲁斯的大军已起程前来包围他了，要他和克拉苏谈判，结束这场战争。于是，斯巴达克斯私下找克拉苏商谈，由于对方提出苛刻的条件，谈判破裂。斯巴达克斯想在庞培等人的大军尚未赶到之前，打垮克拉苏的军队。他把起义军布置在布拉达纳斯河畔与克拉苏展开了大决战。他向士兵们提出了“不是胜利就是死亡”的号召。但在这场恶战中，占优势的克拉苏九万大军打垮了五万起义部队。斯巴达克斯和战士们共同战斗到流尽最后一滴血。奴隶起义失败了。被罗马俘虏的六千名起义战士，全部被钉死在十字架上。

拉法埃洛·乔万尼奥里

【作者简介】

拉法埃洛·乔万尼奥里（1838—1915），生于罗马，年轻时在撒丁王国的军队里任军官，参加过反对奥地利占领者的斗争。后来志愿加入加里波第率领的远征军，在攻克罗马的战役中立下功绩。退役后在师范学校教授文学、历史，同时从事新闻和文学活动。他写过现代题材的长篇小说、历史小说、历史剧、诗歌和研究1848年意大利革命的史学著作。其中以长篇历史小说《斯巴达克斯》最为出色。

【作品简介】

《斯巴达克斯》是意大利19世纪著名作家拉法埃洛·乔万尼奥里的一部杰出的历史小说，讲述发生在公元前1世纪古罗马时代的一场声势浩大的角斗士起义。以斯巴达克斯为首的角斗士们为争取自由和尊严，奋起反抗罗马人的暴政，他们英勇顽强地与强大的敌人进行斗争，一次又一次地出奇制胜，重创罗马军队。角斗士军队最终被强大的敌军包围并消灭，斯巴达克斯战斗到生命的最后一刻。小说真实地再现了两千多年前那场被压迫者争取自由解放的斗争，塑造了起义领袖斯巴达克斯的不朽形象。

【创作背景】

①历史背景。斯巴达克起义发生于公元前73年至前71年，是由斯巴达克斯领导的反对罗马奴隶主统治的大规模奴隶起义，是古代罗马共和国时期最大的一次奴隶起义，曾经席卷整个意大利半岛，其人数之多，时间之长，范围之广，在古代世界实属罕见。 公元前73年，被罗马人沦为角斗奴隶的色雷斯人斯巴达克，在罗马南部的加普亚城率70余名角斗士起义。后起义军迅速扩大，转战意大利南北，屡次打败罗马军。公元前71年

春，起义军在南方阿普里亚与罗马军进行决战，斯巴达克斯壮烈牺牲，起义宣告失败。斯巴达克起义虽然失败了，但沉重地打击了罗马奴隶主阶级的统治，促使奴隶制剥削方式发生变化，起义后隶农制开始发展起来，同时又在一定程度上加速了罗马从共和向帝制的转变过程。

②时代背景。乔万尼奥里对斯巴达克斯起义的史实发生强烈的兴趣绝不是偶然的。1848年革命运动失败后，意大利继续处于分裂状态，奥地利、西班牙和法国的军队运动失败后，意大利继续处于分裂状态，奥地利、西班牙和法国的军队控制了意大利许多地区。封建势力和外国势力互相勾结，残酷镇压革命运动。由于资本主义的发展，从50年代末开始，意大利统一运动重新高涨。在统一运动中存在着资产阶级民主派和资产阶级—贵族自由派的对立。右翼的自由派主张通过资产阶级和贵族的妥协来建立统一的君主立宪的政权；左翼的民主派则主张摧毁意大利各地的封建小王朝，驱逐外国势力，建立资产阶级民主共和国，但他们脱离农民，对农民的反封建斗争持戒备心理。右翼曾经长期支配了统一运动，而左翼的民主派虽然进行过英勇的斗争，在重要关头却又表现出和封建势力妥协的倾向，不能把运动引向正确的方向。这样，1870年统一后的意大利仍然保存了君主政体和大量封建残余。乔万尼奥里是加里波第的战友，在加里波第的军队中立过战功。斗争的结果使他痛切地认识到：祖国虽然统一，人民付出了鲜血，但资产阶级的民主派的理想并未实现，斗争远没有终结，还需要卓越的政治远见，不屈不挠的牺牲精神，英武的气概；要千百倍警惕混入内部的敌人的破坏。无疑，是这一切使乔万尼奥里想到了斯巴达克斯，写下了以他所领导的奴隶起义为题材的长篇小说。

【思想主题】

这本书出版于意大利统一后的1874年，描写的是古罗马公元前73年—前71年爆发的一场由角斗士斯巴达克斯领导的奴隶起义。这是一部历史小说，由于作者本人年轻时即投入意大利复兴运动，参加意大利民族英雄加里波第组织的志愿军，因此整部小说充满了一种反抗强权、追求自由的英雄气概。作者让小说的主人公来说出自己的理想：“起义者决定它奋斗到底的神圣目标，为被压迫的弟兄向压迫者和暴君夺回自己的权利，消灭奴隶制度，解放全人类。这就是他们全体同意准备进行的伟大战争的崇高目标。”作为意大利反抗奥匈帝国统治的军队总参谋和小说家，作者在小说中复活了古罗马时代的英雄，健壮的身体、高超的格斗技巧、超人的智谋和顽强不屈的斗争精神，这些都在斯巴达克斯身上得到了强有力的表现。即使在作为起义军敌对方的苏拉、克拉苏等人身上，作者也写出了这些人作为古罗马辉煌时期枭雄的那种强悍、精明和智谋过人等特点。因此，可以看出本书表达了作者生在末世对古罗马光荣的缅怀和呼唤。

【写作特色】

小说情节丰富，既有波澜壮阔的战争场面，又有缠绵悱恻的恋爱故事；既有胜利的豪迈，也有失败的悲壮；既有豪情壮志冲云天，也有柔情蜜意深似海；既有刀光剑影的古战场，又有如诗如画的田园风光，极具可读性。该书在描写上具有类似电影般恢宏的效果，场面宏大、壮观，情节扣人心弦、高潮迭起，让读者欲罢不能。比如斯巴达克斯出场时十万罗马市民狂欢一般地观看角斗表演的场面，角斗士拼死角斗的场面以及看台上最高统治者苏拉，最美的贵族妇女，还是该书女主人公范莱丽雅及其周围的贵族子弟的言谈举止等，都真实地还原了古罗马辉煌时期大斗技场的盛况。而在这个英雄环境中的人物，也都具有英雄的性格和精神状态，比如斯巴达克斯作为角斗士与最高统治者苏拉追求的贵妇范莱丽雅之间的爱情，就是旷世绝俗的英雄与美人之间的爱情。而本书中反面人物苏拉的强悍与狡诈、刽子手克拉苏的枭雄气质，都给人以深刻印象。

【主要人物及其事件】

斯巴达克斯：斯巴达克斯在小说中占据着中心地位。在塑造这一形象时，乔万尼奥里倾注了全部政治激情。小说把以斯巴达克斯为代表的革命力量和反动的奴隶主阶级的你死我活的矛盾冲突作为情节发展的重要线索，把斯巴达克斯放在武装斗争的疾风暴雨惊涛骇浪中，成功地塑造了这位奴隶起义领袖的大无畏的革命精神和坚韧不拔的性格，以及非凡的政治、军事和组织才能，多方面地展现了他的高贵品质。在苏拉举办的角斗比赛中获胜以后，他被释为自由人，但斯巴达克斯并没有因为自己得到了自由而放弃反抗。恺撒企图利用角斗士这支可畏的力量来实现自己的野心，斯巴达克斯坚决拒绝。在起义军势如破竹的情况下，罗马执政官化装来到起义军营地，企图收买斯巴达克斯，执政官答应给斯巴达克斯高官厚禄，但斯巴达克斯丝毫不动摇。斯巴达克斯不同于资产阶级文学中经常可以看到的脱离群众、蔑视群众的个人主义的英雄，而是奴隶阶级的战士和领袖。他把广大角斗士团结在“被压迫者同盟”周围，在这个基础上，把更广泛的成千上万的奴隶组织成浩浩荡荡的起义大军，用火与剑去捣毁奴隶主们的宫殿。斯巴达克斯是个杰出的军事统帅，他坚决果断，足智多谋。

范莱丽雅：范莱丽雅出身名门贵族，后来成了苏拉的妻子，与此同时她又倾心于斯巴达克斯，以至不可收拾地向本阶级的一切偏见挑战。她蔑视自己的门第，承受了同胞们的轻视和亲人们的憎恨，她在不可压抑的爱情的冲动下，把她的心，她的名节以及她的一切都献给了他。

爱芙姬琵达：爱芙姬琵达原是个混迹罗马上层社会的希腊妓女。“对她来说，达到她的欲望就是美德。”还在角斗士们酝酿起义的阶段，她就暗中捣乱。在奴隶起义接连取得伟大胜利的时候，她又怀着个人目的，混入起义队伍，取得了斯巴达克斯和其他起义领袖们的信任。但是，一当斯巴达克斯拒绝了她的爱情，这个像蛇蝎一样狠毒的“非常的女人”，立刻“两眼迸射着怒火”。她立誓复仇，阴险地把心里的反革命计划付诸行动。最初，她假意勾引埃诺玛依，利用埃诺玛依的幼稚探听到起义军的重要机密，使起义军的使者在途中惨遭杀害。接着她又挑拨埃诺玛依和斯巴达克斯的关系，导致埃诺玛依擅自带领自己的日耳曼军团脱离斯巴达克斯独立行动，结果陷入重围，被敌人全歼，埃诺玛依也不幸牺牲。随后她又将起义军的重要机密泄露给克拉苏，导致克利克萨斯及其3万高卢军团丧生；然而她仍然不肯善罢甘休，企图继续谋害斯巴达克斯的妹妹密尔查，但这一次她失败了，付出了生命的代价，也是她应有的惩罚。

克利克萨斯：克利克萨斯，高卢人，是一位起义的英雄和卓越的将军，也是斯巴达克斯最亲密的战友；曾被卖为角斗士，斯巴达克斯的重要领导及忠实支持者，在起义中担任第一军团的军团长（统领），后又成为高卢军团（三万人）的总司令。与斯巴达克斯一道挫败了许多的阴谋叛乱。但后来由于艾芙姬琵达出卖计划，导致高卢军团及克利克萨斯在迦尔冈山被罗马军队包围，最后全军覆没。等斯巴达克斯赶到，战斗已结束。叛徒后被斯巴达克斯捉住杀死。

【名家点评】

意大利共产党创始人葛兰西，在法西斯牢狱中曾写了一篇评论《斯巴达克斯》的文章，他赞扬《斯巴达克斯》的人民性，指出它是当时风行国外的为数极少的意大利小说之一。

【作品影响】

小说取材于公元前1世纪斯巴达克斯领导的古罗马奴隶起义的史实。乔万尼奥里以同情奴隶起义的态度和亲身参加民族复兴运动的体验，对这一伟大的历史事件加以艺术上的再创造，写出了意大利文学史上第一部反映人民武装斗争，塑造奴隶起义英雄光辉形象的作品。

乔万尼奥里是立足于他当时意大利的现实来写这部历史小说的。他怀着明确的政治倾向，借用斯巴达克斯起义的题材，抒发了19世纪70年代意大利资产阶级民主派的社会政治理想。作者在书中明确表示，他写斯巴达克斯这样一位杰出的古代人物，是要“让后世这些丧失了英武气概而且日趋退化的子孙回忆一下他们祖先的事迹”，从而振作起来，为实现资产阶级民主革命的理想而斗争。意大利民族复兴运动的英雄加里波第曾盛赞这部小说，认为它具有“伟大价值”。

【常考知识点】

1.《斯巴达克斯》是意大利19世纪作家拉法埃洛·乔万尼奥里创作的长篇历史小说。

2.《斯巴达克斯》讲述发生在公元前1世纪古罗马时代的一场声势浩大的角斗士起义。

3.《斯巴达克斯》小说情节丰富，既有波澜壮阔的战争场面，又有缠绵悱恻的恋爱故事；既有胜利的豪迈，也有失败的悲壮；既有豪情壮志冲云天，也有柔情蜜意深似海；既有刀光剑影的古战场，又有如诗如画的田园风光。

4.《斯巴达克斯》的女主人公是范莱丽雅。

《尼尔斯骑鹅旅行记》
拉格洛芙

名著导读

【主要故事情节】

这部童话的主人公尼尔斯，是瑞典乡村的一个14岁男孩。他的父母都是善良、朴实而又贫穷的农民，但尼尔斯特别顽皮，不听家长的话，对读书一点儿兴趣也没有，非常喜欢恶作剧，经常捉弄家里养的小动物。就在这样一个顽皮而又平常的小男孩身上却发生了奇怪的事。

这是一个美好的春天，他的父母去了教堂，他在家里捉弄了一个小精灵，被小精灵变成了一个拇指大的小人。而这时候，一群大雁正从天空中飞过，家里的雄鹅莫顿也想跟随大雁飞行。尼尔斯为了不让雄鹅飞走，紧紧抱住雄鹅的脖子，不料却被雄鹅带上了天空。从此，他骑在鹅背上，跟随大雁走南闯北，一直飞到了瑞典北部。 在这次奇异的旅行中，他看到了自己祖国的大好河山，有了许许多多的见闻，结识了一大群自己帮助过的朋友，听到了无尽的奇妙传说，经历了各种困难，他从旅伴和小动物的身上学到了助人为乐、舍己为人的优秀品质，这也使尼尔斯变得机智、有勇气，逐渐改掉了顽劣的缺点。由于尼尔斯在旅途中变得心地善良，当他重返家乡时，不仅恢复了原形，而且变成了一个勇敢、善良、富有责任感的好孩子。

【作者简介】

塞尔玛·拉格洛夫，又译名塞尔玛·拉格洛芙，女作家，瑞典人。1909年因为“由于她作品中特有的高贵的理想主义、丰饶的想象力、平易而优美的风格”，获得诺贝尔文学奖，她是瑞典第一位得到这一荣誉的作家，也是世界上第一位获得这一文学奖的女性。

【作品简介】

尼尔斯不爱学习，一看到书本就会犯困，不爱牧鹅放鸭，会经常捉弄家里饲养的小动物，以致家禽看到他就会咬他。可是同住一个小村庄里的还有一群小妖精，尼尔斯有一天戏弄了一只小妖精，受到惩罚变成一个拇指大的小人。还没等他弄明白是怎么回事，他已经骑在家鹅马丁的脖子上，和一群野鹅飞上了天空。马丁决定和野鹅飞往北方，那是他向往已久的拉普兰。途中尼尔斯发挥人的聪明机智和狡猾的狐狸做斗争，不畏艰险和困难智取乌鸦山的盗贼。尼尔斯和野鹅群一起主持正义，扶危济困，在去往拉普兰的路上，结交了很多好朋友。正是这些经历使尼尔斯从一个顽皮捣蛋的孩子变成一名具有正义感、真诚、智慧、勇敢、善良的小英雄。尼尔斯最终变成善良懂事的小男孩，他变回原形，回到家生活在父母身边，从此也变成一名热爱学习的好学生。该作品不仅给读者讲述了一个顽童骑鹅旅行的故事，还告诉读者相关地理概况、风土人情以及历史知识等。

【创作背景】

1887年，一位名叫达林的师范学院院长请长期担任地理、历史教师的塞尔玛写作一本以小学儿童为对象的通俗读物，以便向瑞典儿童介绍历史和地理。她创作时，心中有一个明确的意图：“为了教育瑞典儿童热爱自己的祖国。”从教育学观点出发，她认为“只有孩子们了解自己的国家，熟悉祖国的历史，才能使他们真正热爱和尊重自己的祖国”。这部长篇童话事实上是被当作教科书的变异品种出版的。作者为了写好这部作品，历时几年访遍瑞典大江南北，认真搜集境内各种动、植物的详细资料，细心观察飞禽走兽的生活习性和规律，并且在收集资料的途中也不忘对当地风俗、民间传说等故事的搜集，这样就极大地丰富了作品的真实性。

作者很多作品都是以家乡为故事背景，构想这部童话作品也是她从一次散步经历中找到的灵感：一次在花园散步时，作者被急声传来的“救命”惊呆，一个小男孩正在奋力抵挡朝他猛啄过来的猫头鹰。而这一幕给作者留下深刻印象，后来这个画面就是她童话中小主人公尼尔斯经常欺负家里鸡鸭猫狗遭到动物反击的场景。

【思想主题】

在《尼尔斯骑鹅旅行记》中，小主人公尼尔斯虽然因为受到小妖精的惩罚变成拇指大的小人，但是就是因为变小，才有可能骑上家鹅马丁的脖子为环游世界提供机会。另一方面也是将他之前一贯喜欢虐待家里动物、厌恶学习、喜欢搞恶作剧的形象和变成小人经历多种困难挫折、变得有同情心、善良正直的形象形成对比，这一对比很明显地反映出小主人公在成长的过程中发生了变化。

荒诞的故事却孕育这样的成长的主题：骑鹅旅行的过程既是对未知世界的探索的过程，也是一个锻炼自己成为有责任心、有爱心、有同情心的人的过程；不仅是尼尔斯视野逐渐扩大的过程，也是他内心变得强大，精神世界变得丰富的过程。在这个成长的过程里，尼尔斯开始重新审视自己、认识自己、发现自己，他抛弃之前的恶习，渐渐地展示给人们的是真善美的品格。

整个童话故事以责任、爱心、智慧为理想追求，更体现了人和动、植物美好和谐相处的画面。尼尔斯是作品里唯一人类的代表，开始飞行时，野鹅领头阿卡不接纳尼尔斯在飞行队伍中，他认为人类是动物的敌人，所以不能让尼尔斯同去拉普兰。但尼尔斯通过勇敢和智慧，帮助野鹅群战胜狡猾的狐狸，成功解救一只野鹅，才缓和了尼尔斯和野鹅群紧张的关系，也为尼尔斯赢取了阿卡的信任。只有人和动物互相取得信任和尊敬，才可以和谐共处。尼尔斯通过自己的智慧、勇敢和真诚成功化解了人和动物之间的矛盾，说明人和动物是能够成为好朋友的。尽管这些故事看似荒诞，但是作者告诉读者这样一个简单的道理，人只要善待动物、善待自然，学会与动物协作，与自然相处，人将会和自然成为最亲密的伙伴。

【写作特色】

①视角。作品中采用“多重选择性的全知视角”。此视角多借助于故事中人的“感官”机制，充分调动人物的视听感觉功能，来传达内在的思想活动与情感倾向，组成故事情节最为生动的部分。如第14章对于瑞典首都斯德哥尔摩的介绍，作者直接让瑞典国王出场，以自豪的口气向一个思念故土的贫苦小提琴手讲述斯德哥尔摩的传说，体现了瑞典人民对祖国的热爱之情。同样，第19章中，作者安排一群旅游者出场，以其中一位旅游者的口吻向读者讲述了耶姆特兰的传说，形象地把这个地区的地形地貌与传说结合起来，使得作品极为生动浪漫。这种表达隐藏了叙述者的身份，让人物通过自己的眼睛和思想活动，语言客观而又不丧失感受力。从阅读感受上来说，既让读者产生耳目一新的感觉，又显得相当客观可靠。

②描写。《尼尔斯骑鹅旅行记》写作的初衷是为瑞典小学写一本新的教科书，因此，它的情节比较简单。同时，为了采取寓教于乐的方式把实际知识传授给孩子们，作者穿插了大量童话、传说和民间故事。为了让孩子看懂、记清，真正掌握知识，作者通篇基本上都采用平铺直叙和素笔白描的写法，除了对必要景物的交代和叙述外，一般不会有重笔浓彩、长篇大论的描写。在作品中，作者拟人的手法和对细节的描写也非常出彩。在她笔下，风、河流、城市都有了有趣的形象，如把斯康奈的平坦大地比作“方格子布”，把东耶特兰大平原称为“粗麻布”，大雁们把雨称作“长面包和小点心”，将海豚比作“黑色的线穗”等；而细致的描摹状物则使作品更具感染力，如在描写猫被激怒时，作者写道：“他浑身的一根根毛全都笔直地竖立起来，腰拱起来形成弓状，四条腿仿佛像绷紧的弹弓，尖尖的利爪在地上刨动着，那条尾巴缩得又短又粗……”，一句话将猫的形态描写得生动又有趣。

③想象力。纵观整部童话，可以看出奇妙动人的想象力是该作品魅力十足的很大因素。在作者笔下，尼尔斯就像安徒生童话故事中的拇指姑娘一样，因为魔法变成了一个拇指小人儿，同时他也获得了人类不具备的特异能力：他不但可以听懂动物语言，还可以它们交流。凭借着这一本领，小小的尼尔斯和很多动物都成了

好朋友。在和野鹅旅行的过程中，尼尔斯的种种冒险都带有一定的童话色彩。将幻想同真实交织在一起，把人类世界发生的故事搬到动物、植物的世界中，这便让整个作品看起来感染力十足。

【主要人物及其事件】

尼尔斯：作品中的主人公尼尔斯本是一个十四岁左右的少年，他调皮、贪玩、任性、懒惰，不爱学习，对待动物和人十分凶狠，因为对小精灵不恭敬、出尔反尔，受到了惩罚，被小精灵变成了一个只有拇指般大小的小人儿。旅行路上的尼尔斯，跟着鹅群看到了许多美丽迷人的瑞典自然风光，那些巍巍高山、茫茫大河、黑黑森林，或贫瘠或富饶的土地，或雄伟或壮观的城镇，都让尼尔斯惊奇不已，在这一条前行的路上，他收获了友情和爱。然而，也有孤独、无助、饥饿、寒冷甚至死亡的一次又一次威胁。

阿卡：野鹅群的头雁，是个一百多岁的老鹅。她对人怀着很深的警惕，所以不愿让尼尔斯待在野鹅群里。当尼尔斯被马丁带到野鹅群里的时候，她决定第二天早上就撵尼尔斯回家，可是当天晚上狐狸斯密尔偷袭了野鹅群。尼尔斯凭借自己的勇敢和智慧救回了一只野鹅，从而让阿卡对尼尔斯产生了信任。

【名家点评】

纵观整部童话，可以看出奇妙动人的想象力是该作品魅力十足的很大因素。

——《经典读库》编委会

【作品影响】

《尼尔斯骑鹅旅行记》是世界文学史上第一部，也是唯一一部获得诺贝尔文学奖的童话作品。

【作者小趣闻】

拉格洛夫出生后不久，左脚不幸成了残废，3岁半时，两脚完全麻痹不能行动，从此以后她总是坐在椅子上听祖母、姑妈和其他许多人讲传说和故事。7岁以后开始大量阅读，书籍给她病残的身体带来莫大的精神安慰。

一天，她读到一本关于美国印第安人的冒险传说，激发起将来要从事写作的欲望。她的麻痹的双腿经过多次治疗后能像健康人一样行走，但是走起路来脚仍然有一点儿跛。她的父亲是位陆军中尉，结婚后一直居住在莫尔巴卡庄园，从事农业劳动。劳动之余，全家人围坐

在一起朗读诗歌和小说。父亲酷爱文学这一特点以及热爱韦姆兰家乡风俗习惯的传统是拉格洛夫从她父亲那里获得的两项极为宝贵的遗产，对她的文学生涯起了很大的作用。在她的作品中，尤其是描写童年和青年时代的作品中，父亲往往成了她作品中的重要人物。

【常考知识点】

1.海底城市受到了上帝的惩罚。

2.小灰雁邓芬身上的伤是尼尔斯治好的。

3.尼尔斯的父母为什么把尼尔斯一个人留在家里，他们去了哪儿？（ B ）

A.公园　　B.教堂　　C.农田

4.雁群在遇难时，它们停在了（ D ）。

A.树上　　B.地上　　C.海上　　D.山洞里

5.黑旋风是一只什么样的乌鸦？（ C ）

A.善良　　B.凶猛　　C.残暴

6.《尼尔斯骑鹅旅行记》中，尼尔斯骑的那只鹅叫莫顿。

7.尼尔斯看到的那个海底城市要一百年才能从海底浮上地面一次。

8.《尼尔斯骑鹅旅行记》是世界著名的童话，它的作者是（ C ）。

A.[丹麦]安徒生　　B.[德国]格林兄弟

C.[瑞典]塞里玛·拉格洛夫　　D.[中国]叶圣陶

9.是谁把尼尔斯送到阿卡身边的？（ B ）

A.雄鹅　　B.高尔果　　C.渡鸦巴塔基

10.判断题。（正确的打“√”，错误的“×”）

（1）尼尔斯最初就是个听话、爱学习的孩子。（ × ）

（2）尼尔斯和老鹰高而果成了好朋友。（ √ ）

（3）麋鹿灰皮子是一只胆小的麋鹿。（ × ）

（4）狐狸斯密尔最后死掉了。（ × ）

（5）尼尔斯在旅行中被卖给了公园的管家。（ × ）

《长袜子皮皮》
林格伦

名著导读

【主要故事情节】

主人公皮皮是个奇怪而有趣的小姑娘。她有一个奇怪的名字：皮皮露达·维多利亚·鲁尔加迪娅·克鲁斯蒙达·埃弗拉伊姆·长袜子。她满头红发、小辫子翘向两边、脸上布满雀斑、大嘴巴、牙齿整齐洁白，她脚上穿的长袜子，一只是棕色的，另一只是黑色的。她的鞋子正好比她的脚大一倍。她力大无比，能轻而易举地把一匹马、一头牛举过头顶，能制伏身强力壮的小偷和强盗，还降伏了倔强的公牛和食人的大鲨鱼。她有取之不尽的金币，常用它买糖果和玩具分送给孩子们，她十分善良，对人热情、体贴入微。她好开玩笑、喜欢冒险，很淘气，常想出许许多多奇妙的鬼主意，创造出一个又一个的奇迹……赢得了孩子们的喜爱。

皮皮说，自己的妈妈是天使，而爸爸是黑人国王。可是，当然没人相信她的话。在大人们看来，她应该去上学，去“儿童之家”，可皮皮坚持一个人独立地生活，并且过得很快活。她所做的一切几乎都违背了成年人的意志，不去学校上学，满嘴的瞎话，与警察开玩笑，戏弄流浪汉。但是，她花钱买一大堆糖果分发给所有的孩子；她帮助受欺负的小男孩维勒；她救出两个被困在火中的孩子；她鼓励受惩罚反省的同学；她保护霍屯督岛孩子们的珍珠；勇敢地解救受鲨鱼威胁的汤米。她养两个动物，有一只猴子和一匹马，还有一大箱的金币，当然，最重要的还是她有无人可敌的力气。这些东西就足够这个小女孩自由自在的，继续做她那个“永远也不长大”的梦了。皮皮一人住在威勒库拉庄，在那里她遇见了两个可爱的孩子汤米和安妮卡，他们三个成为形影不离的朋友，一起在垃圾中寻宝、在槐树洞里野餐、在家里一起烤薄饼……她还听了他们的话一起去学校念书，不过很快又辍学了。他们三个人有个共同的梦想——不愿长大。

阿斯特丽德·林格伦

【作者简介】

阿斯特丽德·林格伦1907年出生在瑞典斯莫兰省一个农民家里，于2002年1月28日在斯德哥尔摩的家中去世。20世纪20年代到斯德哥尔摩求学。1946年至1970年间担任拉米和舍格伦出版公司儿童部主编，开创了瑞典儿童文学的一个黄金时代。代表作品还有《小飞人卡尔松》《米欧，我的米欧》《狮心兄弟》《绿林女儿》《淘气包埃米尔》等，她共为孩子们写了87部儿童文学作品。

【作品简介】

《长袜子皮皮》作者是阿斯特丽德·林格伦，主要讲述了一个叫皮皮的小姑娘的故事。本书是瑞典儿童文学作家阿斯特里德·林格伦的童话代表作之一。现已译成45种语言出版。

主人公皮皮是个奇怪而有趣的小姑娘。她有一个奇怪的长名字——皮皮露达维多利亚·鲁尔加迪娅克鲁斯蒙达埃弗拉伊姆长袜子。一只淘气的猴子、一只塞满金子的箱子和一个渴望冒险的女孩，利用爸爸长期出海不在身边的便利条件，开始了令所有女孩可望而不可及的探险历程。

【创作背景】

《长袜子皮皮》故事来源是林格伦给患病的7岁女儿卡琳讲的故事。1944年，她在女儿10岁的时候把皮皮的故事写了出来作为赠给她的生日礼物。1941年，女作家林格伦七岁的女人卡琳因肺炎住在医院，她守在床边。女人每天晚上请妈妈讲故事，有一天她实在不知道讲什么好了，就问女儿："我讲什么好呢？"女儿顺口回答："讲长袜子皮皮。"是女儿在这一瞬间想出了这个名字。

【思想主题】

长袜子皮皮这个人物形象在某种程度上把儿童和儿童文学从传统、迷信权威和道德主义中解放出来……皮皮变成了自由人类的象征。《长袜子皮皮》为我们展现了一个机灵、细致、勇敢、坚强、乐观的小女孩形象，充满了阳光与希望，读后能让人积极向上，励志图强。

【写作特色】

第一，用想象构建理想儿童世界。在童话内容和表达方面，《长袜子皮皮》没有完整、集中的幻想故事情节，而是用各种儿童生活与儿童游戏场面来代替，打破了真实生活与幻想的明确界限，为儿童构建了一个理想的乐园。

第二，在对比反差中塑造鲜明的人物形象。在《长袜子皮皮》中，林格伦设计了两类截然不同的儿童形象，汤米和安妮卡代表着传统中的"模范儿童"，皮皮代表着"世纪儿童"的顽劣形象。在皮皮未出现时，人们的赞赏之情大多都给会与会像汤米、安妮卡之类的乖孩子，而皮皮的存在使人们看到"乖孩子"确实存在着很多不足。

第三，语言幽默且富有童心。林格伦在《长袜子皮皮》中充分展现了她"童话外婆"对儿童细致的了解。《长袜子皮皮》的叙事语言幽默生动，充满童心童趣，每个场景都富有现场感。皮皮大方、自夸且喜欢吹牛："干吗倒着走？这不是一个自由的国家吗？我不能爱怎么走就怎么走吗？告诉你们吧，在埃及人人都这么走，也没人觉得一丁点奇怪。"这是爱吹牛、爱说大话吸引眼球的儿童语言。"拿他来做什么？能做的事可多啦。我们可以把兔笼子里的兔子放出来，然后把他关进去，喂他蒲公英叶子。不过你们不高兴那就让他去吧。我无所谓。"这是直言快语，纯真无忌的儿童语言。我们仿佛能看到她骄傲地解释着。"九年了，我没有什么惩罚也过得很好。"皮皮说，"因此我想以后也能很好地过下去。""纳尔逊先生，你真聪明，要在古时候，你就可以当教授了。"夸

张充满想象的语言，轻松地将简单纯洁的观念凸显出来。通过这些生动的语言描写，我们看到的是一个充满无限活力的儿童。林格伦真实地还原了儿童语言的天真，无所顾忌，天马行空。

【主要人物及其事件】

皮皮：皮皮是一个古灵精怪、活泼可爱、心地善良、喜欢幻想的小女孩。

【名家点评】

阿斯特丽德·林格伦留给了世界儿童非常重要的文学遗产，它有助于我们建立一个更加美好的世界。我们希望通过这些邮票来表达我们对她的尊重。

——瑞典国家邮局发言人

【作品影响】

林格伦的童话《长袜子皮皮》使得她蜚声瑞典，继而蜚声欧洲以至全世界。

【常考知识点】

1.《长袜子皮皮》的作者林格伦被誉为童话外婆。她曾经写过《狮心兄弟》《绿林女儿》等87部儿童文学作品。

2.皮皮住在破房子里，屋子的名字叫维拉·维洛古拉。

3.皮皮搬进维拉·维洛古拉，认识了杜米和阿尼卡。

4.皮皮的袜子是什么颜色的？（ C ）

A.黑色和白色　B.绿色　C.棕色和黑色　D.棕色

5.皮皮的个性是怎样的？

善良，热情，好开玩笑、喜欢冒险，很淘气，常想出许许多多奇妙的鬼主意。

6.《长袜子皮皮》中，主人公皮皮是个奇怪而有趣的小姑娘。她有一个奇怪的（ B ）。

A.帽子　B.名字　C.哨子

7.判断题。（正确的打“√”，错误的打“×”）

（1）皮皮邀请了杜米和阿妮卡参加自己的生日宴会。（ √ ）

（2）皮皮的鞋子正好比她的脚大一倍。（ √ ）

（3）皮皮满头金发、小辫子翘向两边、脸上布满雀斑、大嘴巴、牙齿整齐洁白。（ × ）

（4）皮皮有取之不尽的金币，常用它买糖果和衣服分送给孩子们。（ × ）

（5）皮皮养的小猴子叫尼尔松先生。（ √ ）

8.长袜子皮皮长得什么样?

她梳着两个红色的小辫子，皮肤长得很白，就是脸上有好多的雀斑。

9.你喜欢皮皮吗？为什么？

我喜欢皮皮，喜欢她的率真，喜欢她的可爱，喜欢她的乐观，喜欢她的善良，因为她实在是一个不同寻常的小姑娘——可爱的长袜子皮皮。

10.皮皮的特长有哪些？

会做姜汁饼，会煮咖啡，会缝衣服，力大无比，能轻而易举地把一匹马、一头牛举过头顶，能制伏身强力壮的小偷和强盗，还降伏了倔强的公牛和食人的大鲨鱼，更能把警察弄得无计可施。

《变形记》

弗兰兹·卡夫卡

名著导读

【主要故事情节】

《变形记》共分成三部分：第一部分，推销员格里高尔某天早上醒来后变成了甲虫，这一变故对其本人和家庭产生了很大的影响。格里高尔彷徨惊慌，忧郁无助。而此时并未得到帮助的他被激怒的父亲大怒赶回自己的卧室；第二部分，变成甲虫的格里高尔，在生活习惯上已然成为甲虫，但是仍然具有人类的意识。虽已失业的他，仍旧关心父亲的债务问题，怎么样送妹妹去音乐学院，关心家里的各种琐事。数日之后，全家人都将格里高尔视为累赘。父亲、母亲、妹妹对他以往的态度转变成了厌恶，嫌弃；第三部分，为了能够继续生存，除了格里高尔全家人只能打工挣钱，对变为甲虫的格里高尔忍无可忍，妹妹提出将自己的亲哥哥赶出家门。格里高尔在亲情冷漠的情况下饥寒交迫，并且患病在身，但仍心系家人，然后他的头就不由自主地垂倒在地板上，鼻孔呼出了最后一丝气息， 带着满腹的担忧和内疚看着家庭的不幸，而更不幸的是他终遭社会和家庭的唾弃，在无声无息中死去。

【作者简介】

弗兰兹·卡夫卡（1883—1924），生活于奥匈帝国（奥地利帝国和匈牙利组成的政合国）统治下的捷克德语小说家，本职为保险业职员。主要作品有小说《审判》《城堡》《变形记》等。卡夫卡1883年出生犹太商人家庭，18岁入布拉格大学学习文学和法律，1904年开始写作，主要作品为四部短篇小说集和三部长篇小说。可惜生前大多未发表，三部长篇也均未写完。他生活在奥匈帝国即将崩溃的时代，又深受尼采、柏格森哲学影响，对政治事件也一直抱旁观态度，故其作品大都用变形荒诞的形象和象征直觉的手法，表现被充满敌意的社会环境所包围的孤立、绝望的个人。卡夫卡与法国作家马塞尔·普鲁斯特、爱尔兰作家詹姆斯·乔伊斯并称为西方现代主义文学的先驱和大师。

【作品简介】

《变形记》中主人公格里高尔·萨姆沙在一家公司任旅行推销员，长年奔波在外，辛苦支撑着整个家庭的花销。当萨姆沙还能以微薄的薪金供养他那薄情寡义的家人时，他是家中受到尊敬的长子，父母夸奖他，妹妹爱戴他。当有一天他变成了甲虫，丧失了劳动力，对这个家再也没有物质贡献时，家人一反之前对他的尊敬态度，逐渐显现出冷漠、嫌弃、憎恶的面孔。父亲恶狠狠地用苹果打他，母亲吓得晕倒，妹妹厌弃他。渐渐地，萨姆沙远离了社会，最后孤独痛苦地在饥饿中默默地死去。

【思想主题】

《变形记》主题思想：人的“非人的”思想变形。当人的“个体性”与自我心灵被忽视时，就不可避免与人产生“公共性”矛盾而导致命运毁灭。通过变形，“格里高尔渴望的反抗的目的部分达到了。变形后他不用再去干那些讨厌的差事，也不用再煞费苦心；在对自由的渴求与对父母承担的责任之间进行选择。变甲虫的结果使格里高尔既有可能获得自由，又‘不负罪责’，仅仅成为一个无妄之灾的受害者”。社会性与个体性是一

个独立的，完全的人所不可或缺的两个方面。《变形记》中的老板、秘书与家人们只看到了自己的利益，忽视了一个社会的人所应有的对他者的温存与理解。而格里高尔又过于看重人的社会性，忽视了一个人最根本的存在前提——自我意识。《变形记》在对人与人之间的冷漠进行鞭辟入里的挞伐之时，也通过格里高尔的变形以及最后的死亡，揭示了一个忽视了个体性存在的人不可避免的毁灭命运。

【创作背景】

卡夫卡生活于第一次世界大战前后动荡不安、物质主义盛行的年代，他一生中绝大部分时间生活在捷克共和国的首都布拉格，而当时的布拉格正处在激烈的民族冲突与动荡中，“社会主义、犹太主义、德国民族主义、玩世不恭的思想、人道主义以及一切虚假的世界主义等各种信念都相互冲突”。卡夫卡出生于奥匈帝国统治下的波希米亚（今捷克）的布拉格，父母都是讲德语的犹太人。父亲海尔曼原为乡下屠夫的儿子，依靠艰苦创业，白手起家，成为一个百货批发商。他由于未受过良好的文化教育，因而知识贫乏、头脑简单而务实，并且为人偏执、专横粗暴，在家庭中对妻子和孩子实行家长式专制统治。卡夫卡一直生活在“专制犹如暴君”般的“父亲的阴影”中。卡夫卡在36岁时，曾战战兢兢地给父亲写了一封达几十页的长信，流露出对父亲的极端恐惧心理。父亲对卡夫卡的教育手段是“骂、威吓、讽刺、狞笑”。卡夫卡在《致父亲的信》中曾提到他欣赏一位犹太演员洛伊，而父亲以不屑一顾的语气和可怕的方式将那演员比作一只甲虫。卡夫卡将写作视为生命。1913年1月2至3日，卡夫卡写给女友菲利斯的信中直率地表达了自己和创作的关系：他只有通过写作，才能维系生命。

【写作特色】

①叙述态度。现代小说普遍的叙述特征是作者通过故事叙述者，或者通过其他剧中人物（在《变形记》里是格里高尔），勾画出文本中人物的基本形象。

②叙述视角。内外模糊的叙事视角：小说的第一段先由叙述者引出当格里高尔从烦躁不安的梦中醒来时，发现他在床上变成了一个巨大的甲虫。然后通过格里高尔自己的眼睛看到自己变成一只大甲虫。这里显然存在着两种视角，第一种是“外

视角”，第二种是“内视角”。所谓“外视角”，即观察者处于故事之外，类似于热奈特归类的外聚焦；所谓“内视角”，即观察者处于故事之内。

③叙述语言。《变形记》是寓言小说，因为它不求社会生活画面的丰富多彩，但求深刻的哲理和寓意包蕴其中。人的变形，本身就有寓言性质，它使人的异化这深奥的生活哲理，从简单而又明白易懂的故事中体现了出来，揭示出西方社会人与人之间关系的冷漠和冷酷，人的处境的可怜、可悲与可怖。

④象征寓意。卡夫卡的奇特构思，在人们始料未及的怪相显形之下，对独特与隐晦的事物进行追本溯源的探究，巧妙地将对现实世界的忠实描绘与魔幻分解有机地结合起来，在毛骨悚然的情节中展开对世界盛行的古怪幽默和辛酸嘲讽，让读者在心灵的震颤中悟出其象征和寓意，形成了他独创的艺术风格。

【主要人物及其事件】

格里高尔·萨姆沙：主人公格里高尔在父亲破产后，拼命地工作，使他的家庭、他的父亲、母亲和他特别喜欢的妹妹葛蕾特重新过上了有尊严的生活，他由普通的伙计变成了成功的旅行推销员。格里高尔是家中受到尊敬的长子，父母夸奖他，妹妹爱戴他。

萨姆沙——“父亲”：萨姆沙的公司在5年前破产。公司破产后，留下一笔财产，虽然数目不大，但是利息从来没有动过，这笔钱留着家庭急用。“父亲”的身体开始发福，父亲在银行里给小职员买早点，早上6点就需要去上班。“父亲”野蛮、粗鲁、残暴、冷酷、自私、专制。

葛蕾特：葛蕾特是格里高尔的妹妹，17岁，她的生活里只有穿漂亮的衣服，睡睡懒觉，在家帮着做做家务，有时出去参加一些花费不大的娱乐。她喜欢音乐，而且小提琴拉得特别好。她的梦想是到音乐学院学习。格里高尔受重伤后，葛蕾特找了一份售货员工作，晚上还要学速记和法语，将来好找更好的工作。

“母亲”：“母亲”身体高大消瘦，满头蓬着白发，长年哮喘，在家里走动都成问题。“母亲”包揽了所有家务，还给那些完全不曾谋面的人缝制内衣。

【名家点评】

《变形记》是“无情或纯自我孤独的象征”，因为人变成了甲虫，不会说话，没有表情，失去了和外界的交流，但是他又保留了人类所有的情感，因此他的孤独感就能令人感到更加凄惨可悲。

——20世纪世界作家马克斯·勃罗德

【作品影响】

创作启蒙长篇小说《百年孤独》的作者加西亚·马尔克斯受《变形记》作品的启示，完成了平生第一篇名副其实的小说《第三次无奈》。

同名舞台剧短篇小说《变形记》被日本戏剧导演平田织佐改编成同名舞台剧《变形记》。

《变形记》译本被收入广东、上海等省市的语文教材。

【常考知识点】

1.《变形记》中勾画人物内心世界，进行心理描写的手段有哪些？

小说用内心独白、回忆、联想、幻想等手法，去表现人物的心理活动。他不断地回忆、联想过去和今后的事情，不时由于恐惧焦虑、痛苦和绝望。

2.小说的内在主线是什么？

《变形记》的内在主线就是格里高尔变成甲虫后的心理——情感流动的过程，主人公变成甲虫后的内心感受和心理活动是小说的主体。

3.题目《变形记》，此处“变形”一词很值得探究，它包含哪些层面的内容？

①小说主人公格里高尔生理上的变形。②当时社会人们心理上的变形。③卡夫卡在这篇小说中运用的变形的艺术手法。

《审判》

弗兰兹·卡夫卡

名著导读

【主要故事情节】

一家银行的高级职员约瑟夫·K，某天早晨醒来突然无缘无故地被某个法庭逮捕了。这个法庭并非国家的正式法庭，但拥有比国家法庭更大的权力，所有人都在它的监督之下。虽然被捕，但K的行动自由并不受限制，他仍然可以像往常一样生活。然而只要开始审判，就必然认定有罪，无法得到赦免。在这个法庭中，不存在无辜和有罪的区别，区别只是已经找上你和暂时还没有找上你。K回想不出自己犯过什么过失，也不清楚有谁可能会控告他，于是他开始设法反抗法庭。他四处求人，甚至到法庭上为自己辩护。他力陈自己无罪，控诉在法庭的行动后面有一个庞大的机构在活动着，这个机构腐朽愚蠢，草菅人命，这个机构的存在只是为了诬告清白无事的人，对他们进行荒谬的审讯。但一切都是徒劳的，最后，K连自己犯了什么罪都不明白，就在他31岁生日前夕，被两个刽子手带到采石场，像一条狗一样被处死了。

【作品简介】

小说叙述主人公约瑟夫·K在30岁生日那天突然被捕，他自知无罪，找律师申诉，极力加以证明，然而一切努力均属徒劳，没有任何人能证明他无罪，当时的法院是藏污纳垢的肮脏地方，当时的整个社会如同一张无形的法网笼罩着他，最后他被杀死在采石场，这就是官僚制度下司法机构对他的“审判”。

【创作背景】

20世纪初，西方资本主义已经过渡到帝国主义阶段，资本主义制度对人性的摧残与毁灭以及整个社会的异化是不容忽视的，人与人、人与社会之间存在着不可调和的矛盾，工业文明一方面给人类带来无尽的福祉，但它同时也导致人逐渐异化。作为对这一社会状况的反映，《审判》的创作带有强烈的自传色彩。卡夫卡先写完了《审判》的结局，之后才诞生其他章节。此书每章的标题均为卡夫卡所作，但章节的编排次序则是其好友布劳德根据回忆做出的判断。布劳德说：“卡夫卡认为这部小说还没有写完，在最后一章之前，一定还应该描写这个神秘的审判的各式各样的阶段。可是，根据作者自己的看法，既然这个审判永远不可能提到最高法庭那里去，那么，在某种意义上来说，这本小说也可说是无法完结的。”就是说，小说可以延长到无休无止的境地。

【思想主题】

①权力主题。巴别塔的权力主题渗透在卡夫卡的作品中，《审判》虽然没有直接提及巴别塔，但它所描写的世界图景遵循着巴别塔的结构模式，即法庭及其所代表的法律为人建构起来的权威偶像，成为支配世界运行和控制人物命运走向的本质力量。

②自我罪感。在卡夫卡看来，罪感与存在之间的关系完全可以用“我罪故我在”来形容。在卡夫卡的笔下，罪感的痛苦与自我的存在是紧密相连的。罪感是个体性的，只有当个人意识到自我的存在并开始探寻自我存在的意义的时候，罪感才会油然而生。在存在论中，“自我是一种自身与自身发生关联的关系”。K的被捕就是K自身与自身发生联系的开始，也是K的“自我”的觉醒。K的被捕提醒了K的自我存在意识，他对生活的视角开始发生了翻天覆地的变化，他开始更多地关注着自我本身，他由对“我”是否有罪的这个问题的思索开始了漫长的自审之路。当怀着满腔的热忱来关注自己是否真的有罪的时候也是K开始认识到自己是一个罪人的时候。

【写作特色】

①荒诞：所谓荒诞，也可称为怪诞，就是对事物极度夸张的一种方法。即从某种主观感受出发来改变客观事物的形态和属性，直入现象的至深之处，揭示事物的本质。因此，表现主义作家往往把形象、情节荒诞化。小说中，作者描写负责看守约瑟夫·K的人："那人生得身材细长，但很结实，穿着一套十分称身的黑衣服。衣服上面有各式各样的口袋、袋子、纽子，还有一条腰带，好像一套游客的服装。因此显得十分实用，虽然叫人弄不懂干吗要穿这种衣服。"这样的看守形象不合常理，让人很难想象，而看守身上的服装无异于奇装异服，我们在现实生活中不会看到这样的穿着，但正是这种奇异和扭曲反映了作者内心深处的抑郁和恐惧。

②象征。小说《审判》中的很多形象都有很深层次的象征意义。卡夫卡力图通过这些象征形象来表达自己对于社会、人和这两者之间关系的理解。小说中的法庭就具有神秘的象征意义，它并不是人们惯常理解的干净、明亮且肃穆的，而是被安排在了破旧的阁楼上。法庭在人们心中的形象既清楚又模糊，它不大，却具有无上权力，像盘旋在最高处的恶魔，企图把一切吞噬。法院的人并不正直，但不妨碍法律这部机器的照常运转和最后将它的捕获物置于死地。约瑟夫·K也是一个具有象征意义的人物，他既软弱却又并不甘于被诬陷，他害怕权力却也在同黑暗的司法制度做斗争。在法庭上的演讲，表现出他的坚强，但最后在被杀害时，他意识到反抗毫无用处，从而被顺从地带走。K象征着千千万万社会中的人，他具有性格上的双重性。而纵观他从30岁生日宣布被捕到被杀害的这段过程，纠结于权力、爱情，渴望着事业成功，却难于摆脱社会、命运的捉弄，自我审判到被真正审判的过程也象征着人的一生。

【主要人物及其事件】

约瑟夫·K：约瑟夫·K是一名银行襄理，在被宣布逮捕之后仍可以外出、上班、谈恋爱，只在审讯的日子才去法庭。可是并没有合乎法律程序的名副其实的审讯，法官甚至不了解被捕者的真实身份，而询问K是不是一名油漆匠。接下来，他遇到了一个又一个与法院熟识的人，住在法院的负责法院杂务的门房女人，K的叔叔给他找的律师先生，银行的客户，一个大厂主给约瑟夫介绍的法院专职画家。就连K准备陪同意大利商人去

参观的教堂的神父也是法院的监狱神父。小说中与法院的有关的人都声称自己能够帮助K，但谁都没有真正将K从法网中解救出来。而K本人越来越看清法院及司法制度的肮脏内幕。

布尔斯特纳小姐：布尔斯特纳小姐和K同是格鲁巴赫太太的房客，在被捕事件发生以后，K第一个想要求助的对象就是布尔斯特纳小姐。K等至深夜，并且因为格鲁巴赫太太对布尔斯特纳小姐和她发生不愉快的不满，他是维护布尔斯特纳小姐的。直到K向她讲述被捕的事件时，布尔斯特纳小姐对法律的知识了解不多，近乎无知，她不是从事跟法律相关的工作的，而她要到下个星期才要去一个律师办公室工作。所以，K等待布尔斯特纳小姐想和她讲讲被捕的事情，并不是因为她能给他在这个案子中以实质性的帮助，而是他需要倾诉。

门房妻子：门房在法院的地位很低，他的妻子因为与法官有染，而存在帮助K的可能。门房妻子引诱K，并且主动提出帮助来诱惑K，虽然K不信任她，但是他依然找不到什么站得住的理由来拒绝这种诱惑，并且他想通过与这个女人建立关系来报复法院。但是这个女人又让K失望了，她虽然说很想让K带她逃离那个地方，但是当学生带她去见预审法官的时候，她自己的行为又表现出她自己不想离开。

莱妮：莱妮是K去拜访霍华德律师的时候认识的。从一进门K便对这个小看护产生了兴趣，他对莱妮有一种生理上的吸引，当他得知莱妮认识很多法院的人的时候，他又期待莱妮能够在这个案子中给他提供帮助。但是在莱妮的引诱下，K也是极为不理智的，他不顾莱妮是律师的情妇这样一个身份，不顾他的叔叔正在跟律师和法官周旋，把自己的案子抛之脑后，与莱妮发生关系，这使得K失掉了一个很好的机会。最后，K不顾莱妮的劝告，坚持解聘律师，从而使他陷入困境。

【作品影响】

卡夫卡的小说揭示了一种荒诞的充满非理性色彩的景象，个人式的、忧郁的、孤独的情绪，运用的是象征式的手法。20世纪三四十年代的超现实主义余党视之为同人，20世纪四五十年代的荒诞派以之为先驱，20世纪60年代的美国“黑色幽默”奉之为典范。

【名家点评】

《审判》不属于许许多多让人毛骨悚然的惊险小说，而属于那为数不多的真正使人胆战心惊的作品。《审判》并非要给人们熟知的世界披上奇异怪诞的外衣，它所表现的既是这个世界又完全外在于这个世界。

——《纽约时报书评》

【作者小趣闻】

卡夫卡一生三次订婚，三次解除婚约，究其根本原因，乃卡夫卡对家庭生活将毁掉他的写作所赖以存在的孤独的恐惧。在他所钟情的写作面前，常人视为理所当然的婚姻其实毫无位置可言，而他个人也不过是这古老的伟大事业心甘情愿的祭品。

【常考知识点】

1.卡夫卡与马塞尔·普鲁斯特、詹姆斯·乔伊斯并称为西方现代主义文学的先驱和大师。

2.《审判》是奥地利作家卡夫卡创作的长篇小说，《审判》是其三大长篇小说之一。

《好兵帅克》

雅洛斯拉夫·哈谢克

名著导读

【主要故事情节】

帅克是个贩狗营生的小商人，他样子傻里傻气，却有一颗正直善良的心。1914年，奥匈帝国亲王斐迪南公爵在捷遇刺身亡后，帅克立刻赶到酒店和同胞们边喝酒边议论着时局，不料被混杂在人群中的密探听到。于是，帅克被冠以侮辱皇帝、主张以暗杀对付皇室、煽动民众闹事等耸人听闻的罪名而投进监狱。监狱里挤满了囚犯，帅克见这些倒霉鬼个个愁容满面，神情沮丧，便好奇地问起他们被捕的原因。囚犯们众口一词：全是为斐迪南那档子事。帅克心想：原来这伙人同自己一样，全都是企图颠覆国家的阴谋家，轮到帅克过堂时，面带凶相的警察局长摆出一副冷冰冰的架势，厉声宣读了帅克的种种罪状，他决定把这个乡下佬送到法庭严加审讯。法庭上，法官见审不出什么名堂，便请来法医为帅克做全面检查。

为判断帅克是否精神失常，自作聪明的法医提出了一大堆令人费解的难题：什么地球的直径是多少啦，太平洋最深的地方有多深啦，镭是不是比铅重啦，等等。帅克心里觉得好笑，他决定戏弄一下这些自作聪明的老爷，便答非所问地乱扯了一通。法医们啼笑皆非之余，得出一个共同的结论：帅克是个先天痴呆症患者，应立即把他关进疯人院。帅克十分留恋疯人院里的生活，不愁吃喝，想干什么就干什么。可好景不长，他在疯人院里的“良辰美景”很快过去了，他被当作一名“智力低弱、伪装生病的兵役逃避者”释放了。释放时帅克又闹出了乱子，他坚持不能在没吃中饭就被赶出疯人院。这样，他又被巡官带回警察局。押送途中，帅克见士兵正在张贴皇帝宣布战争爆发的告示，旁边观看布告的百姓表情冷淡，使用讥讽的口吻大声高呼起来：“弗兰茨·约瑟皇帝万岁！”老百姓一阵骚动之后，纷纷离开了布告栏。警察局长见帅克又一次落到他手里，不由得得意非凡。审讯时却又抓不住帅克的任何把柄，这家伙毕竟歌颂了皇上，无奈只好释放了他。

大战爆发后，帝国在捷施行征兵，百姓们纷纷逃避兵役，帅克却不甘寂寞，做出了惊人之举。这时，他那讨厌的风湿症又犯了，可他从军心切。他带上一副拐棍，坐着轮车，高喊着“打到贝尔格莱德去”的口号，自告奋勇地赶到征兵委员会要求重返战场，说是定要为皇室尽忠，军官们忍俊不禁，决定先把帅克送到军队医院接受治疗。医院里挤满了逃避兵役的百姓，他们见帅克拄着拐棍被押了进来，不免十分同情。军医格隆什丁对付这批人的治疗方法一概是灌肠洗胃，服用阿司匹林。轮到帅克灌肠时，他表现得很吃苦的样子。经过一番折腾后，当军医们前来检查病情时，帅克故意伸出舌头把脸挤成白痴般的怪相说：“这是我舌头的全部。”帅克的举动激怒了军医们，他从医院被赶进了拘留营，成了卑贱的囚犯。为逃厄运，帅克在卡兹的面前故作深受感动的样子，博得了卡兹的赏识，帅克成了神父的一名传令兵。

卡兹道貌岸然，嗜酒如命，终日靠借债花天酒地。帅克一方面要为神父应付索债的债主，一方面还得想方设法借款供神父挥霍。卡兹五毒俱全，在一次赌博中输光了帅克借来的钱后，又把帅克押上作为赌本，结果把他输给了卢卡什中尉。这样，帅克又成了中尉的传令兵。卢卡什是个出名的色鬼，这可忙坏了帅克。情妇之间为博取年轻中尉的欢心，不惜相互争风吃醋，争吵不休，帅克成了中尉解决情妇之间发生冲突的调解人。

一次，中尉得悉帅克过去贩狗营生，精于狗道，于是对狗学产生了强烈兴趣。

帅克心领神会，悄悄弄来了一条纯种狗。中尉见狗欣喜若狂，不顾帅克的反对，趾高气扬地牵着狗外出散步，不料被狗的主人——一位现役将军认出。事情败露后，中尉受到严厉训斥，他和帅克一起被派往前线补充营去。杜勃少尉为了给新入伍的士兵壮胆，指着被敌军打得破烂不堪的飞机、大炮残骸，慷慨激昂地大吹大擂起来，硬说这堆破烂货是帝国军队缴获的战利品。帅克生性多嘴多舌，此时他又按捺不住了，没等少尉说完，就指着残骸上略显模糊标记说，这些东西都是被敌军摧毁的奥地利武器，根本不是缴获的战利品。谎言被戳穿后，杜勃少尉又气又恼，咆哮了起来："你这个白痴，给我滚开！"帅克便悻悻地走开了。

他在火车站碰到了卢卡什中尉。中尉正为买不到酒犯愁，他悄悄打发帅克设法去买瓶白兰地。战争期间全国在禁酒，帅克不负中尉嘱托，好不容易买了瓶白兰地藏在上肋一侧，不料又撞上了杜勃少尉，少尉没忘记刚才受到的奚落，想趁机狠狠教训这家伙一顿。帅克无可奈何，只好谎称瓶里装的是水，少尉听后心有不甘。既然是水，便叫帅克一口喝下去。帅克不想得个购买私酒的罪名，便一仰脖子，真的一口气喝了下去，少尉这才将信将疑地离开了。卢卡什中尉焦急地等待着，他见帅克手拿空瓶，摇摇摆摆地走了过来，知道事情不妙。帅克镇定了一下，如实禀报了杜勃少尉有意同他为难的经过，中尉气得脸色苍白，半晌说不出一句话来。此时，帅克只觉得天旋地转，白兰地酒力发作了。一列开往布杰维的火车上，中尉突然发现自己的一只箱子被人偷走了，指责帅克连自己的东西都管不好。帅克解释说，那箱子和里面的衣物是从房东那里拿来的，所以我们根本没有什么损失，中尉气得连声骂他是白痴。

一波未平又起一波，惹是生非的帅克见对面坐着一个秃顶老头，于是他又讲了一个关于秃头的故事，他告诉那老头：女人在生产期间精神受到刺激后就要掉头发。秃头老人气得脸色陡变，他向中尉亮出了自己的真实身份——原来他是位私行察访的将军。不容分说，帅克立即被逐出车厢，只好在过道栖身。帅克闲来无事，他好奇地拉动了停车信号器，火车慢慢停了下来，列车长坚持要罚他二十克拉。在泰波车站，列车员带着身无分文的帅克去见站长。一位好心的先生替帅克缴纳了罚款。帅克谢别了恩人后，因为证件留在车上，又被值勤宪兵抓进了司令部，经过一番询问后，帅克才得到获释。他匆忙赶往火车站，军列早已无影无踪。帅克归队心切，只好沿着铁路线，哼着小曲，步行着追赶军列。普季姆勒的警官弗伦德尔卡自命不凡，他采用反复盘问的诱供方法，自信任何一个狡猾的间谍都难逃法网。他见帅克行迹可疑，就把他带到警察所加以盘问。帅克归队心切，越发引起警官的怀疑，认定帅克混进军队刺探军情，要不为什么连方向都辨别不清？他得意地告诉下属：这家伙肯定是俄国的一名高级军官，因为俄国是不会派一个小兵当间谍的。于是他一面吩咐下属好生款待帅克，一面精心起草了一份报告，声称抓获了一名俄国高级间谍。

翌日清晨，帅克被押往彼歇克警察分局，交由局长亲自审理。分局长看着弗伦德尔卡的报告，不由得怒火中烧，原来报告内容纯属臆断，通篇胡言乱语。他恼怒地撕着报告，命令立即把押送帅克的卫兵关押起来，然后对帅克说："要是我每天不整他们三次，恐怕他们还想爬到我的头上来哪！"帅克微微点着头，然后表示要立即追赶九十一联队。分局长沉吟片刻，同意了帅克的请求。好兵帅克又踏上了追赶九十一联队的漫长道路……

雅洛斯拉夫·哈谢克

【作者简介】

雅洛斯拉夫·哈谢克（1883年4月30日—1923年1月3日）是一名捷克幽默作家、讽刺作家和社会无政府主义者。他的最知名的作品是《好兵帅克》，一部关于一战时一个士兵闹剧般的遭遇，以及讽刺当时愚蠢僵化当局的讽刺小说，这部小说在哈谢克生前并未完成，但目前为止已经被翻译成了六十种语言。除此之外，哈谢克尚有一千五百篇左右短篇小说存世。

【作品简介】

《好兵帅克》全名《好兵帅克在第一次世界大战中的遭遇》，是捷克作家哈谢克创作的一部长篇政治讽刺小说。作家以自己在奥匈帝国军队服役时所获得的大量素材提炼而成。

来自老百姓的一普通兵帅克诚实耿直，质朴憨厚，幽默机灵，笑容可掬，好虚张声势地执行上司的一切命令，巧妙地利用军律上的漏洞，从而使这些命令全部显得荒诞可笑，使上司们啼笑皆非，无可奈何。他不费吹灰之力即把威风凛凛的皇亲国戚、达官贵人、将军、警官以及道貌岸然的法官、神父弄得狼狈不堪，丑态百出。

【创作背景】

1620年白山战役之后，捷克民族便进入了一个长达三百年之久的“黑暗时代”。被外族压迫的人民在长期斗争中形成了一种通过嬉笑怒骂，幽默讽刺进行曲折、韧性的反抗。正如俄国批评家杜勃罗留波夫说：“文学渗透着人民的精神。”哈谢克笔下的帅克就是捷克人民在同外族统治进行斗争的一种特殊典型，是捷克人民数百年来所孕育成长起来的一个在身处劣势的特定时期内反抗民族压迫和非正义战争的代表人物。

1911年奥匈帝国进行议会选举，玩世不恭的哈谢克曾宣称要成立一个政党，叫作“温和和平宪法进步党”。同年，哈谢克发表了他的第一批帅克故事。虽然他的四卷本《好兵帅克》是1921年才开始写的，但小说的创意和人物形象的设计应该说是起源于1911年这第一批帅克故事。这位称“启禀长官”的好兵很可能就是他那“温和和平宪法进步党”纲领的诙谐体现。作者雅洛斯拉夫·哈谢克计划要完成六部，在生命的最后两年中完成《好兵帅克》的前三部与第四部的起头，还没有完成第四部时，他病倒了。1923年1月3日，雅洛斯拉夫·哈谢克离开了人世。这部小说至此结束。

【思想主题】

在某种意义上，《好兵帅克》也可以说是一部历史小说，因为它从内部描写了欧洲近代史上一个最古老的王朝——奥匈帝国崩溃的过程。作品几乎是严格按照第一次世界大战编年顺序写的，从第二卷（帅克入伍后由布拉格开拔前方）起，战局、事件、路线都与当年的奥匈军队作战史基本吻合，甚至帅克所在的联队番号以及作品中有些人物（卢卡施、万尼克、杜布等）也不是虚构的。然而此书的价值并不在于它如何忠于史实，而在于作者以卓绝的漫画式手法，准确、深刻地剖析了奥匈帝国的政府、军队、法院、警察机关及医院、教会的反动而又虚弱的本质。通过手里拿着“叛国者”的帽子到处寻找拘捕对象的特务布里契奈德，以及草菅人命的军医，我们可以看到奥匈帝国是怎样一座黑暗、残暴的监狱。

为了揭露所谓“神职人员”这种寄生虫，作者在卡兹和拉辛两个神父的形象上着了浓重的笔墨。这个帝国的一切残酷、肮脏、荒谬与丑恶，都没能逃脱哈谢克那支锋利、辛辣的笔，他无情地揭露了这个庞大帝国所加于捷克民族的种种灾难，并塑造出帅克这个平凡而又极富于机智的不朽形象。小说以普通士兵帅克在第一次世界大战中的经历为线索，深刻揭露奥匈帝国统治者的凶残专横及其军队的腐朽堕落。他们对人民奸淫掠夺，官兵之间欺上压下，“友军”之间相互倾轧；他们虐待俘虏，各级军官个个愚昧无知、贪婪腐败。这一切，在小说中暴露无遗。

小说成功地塑造了一个与人民血肉相连的普通捷克士兵帅克的形象。他的智慧、力量以及对占领者的不满情绪与自发反抗的精神引起人们的共鸣。帅克善良又勇敢，机智而不露声色，貌似平凡，而且有点“愚昧”和滑稽可笑。然而他善于运用民间谚语、笑话，接过上司的口号，以其人之道还治其人之身，伺机巧妙地同反动统治者做斗争。只要他到哪里，哪里就被搅得鸡飞狗跳、天翻地覆，把反动政权的秩序搞得一团糟，使反动统治机器无法运转，从而表达对敌人的无比仇恨和对异族统治下的人民的深切同情与无比关怀。

【写作特色】

从小说表现出来的主旨、意蕴、主体情感及内在的精神来说，这毋庸置疑是一部现实主义小说，哈谢克也毋庸置疑的是一位现实主义作家。然而从小说的表现形式、艺术技巧来说，他的创作不仅谨循现实主义创作的基本原则，而且还体现了反现实主义的创作原则。通过融入浪漫主义色彩来歪曲现实生活的客观存在形式和本来样子，使这些“乍一看来常常显得言过其实，不大自然”的情节，曲折地表现出自己的思想感情。

现实主义文学对事物的感性状态必须逼真。但《好兵帅克》在按现实生活本来样子描写现实生活的客观进程的同时，引入了许多荒诞事件，使作家笔下的现实扭曲了现实本身的存在形式，而以一种荒唐、甚至不可能的形式存在。这一虚拟现实和真实现实的结合，在情节结构上主要通过沿用流浪汉小说的艺术构思和隐形人物的叙述来展现荒诞的事情。这些都融入了一种不依现实本来形式而存在的具有荒诞色彩的新现实，一方面可以始终不损伤现实的本质；另一方面，这些离奇和荒诞的故事给作品本身也带来了浓烈的喜剧色彩。正因为这些谐趣荒诞的浪漫主义色彩，才使作品的幽默性和讽刺性有着更深刻的艺术效果，使作品的喜剧性胜人一筹。所以说，如果离开了浪漫主义的手法，这部小说所蕴含的作者愤懑的讽刺之情和深沉的艺术效果就无从形成了。

作品在巧妙地使用夸张与新奇的比喻方面是随处可见的。文中写到神父因为“既没有歌喉又没有辨别音乐的耳朵”，所以做祷告时“教堂的屋顶就响起一阵又一阵的号叫声”，使教堂“像一口猪圈”。作者在这种夸张和新奇的比喻中，不但讽刺的效果大大增强，还增添了更多的幽默性。

【主要人物及其事件】

帅克：帅克是个温和的和平的好兵，他总是遵循着帝国军队的陈词滥调办事，因此一贯合法，不给人以把柄。这就让作者可以通过这位好兵纵情刻画那个时代的恶形恶相，这真是一种高明的斗争艺术。作者通过帅克这个角色的言行和他在各地城市农村的所见所闻，反映了捷克人民对奥匈帝国暴政和战争的想法、情绪和行动。有关皇权、军队、战争正义性的谎言和陈词滥调早已无人肯信，人们已经在采取各种方式对帝国的统治措施进行抵制了，可这位“好兵”还在憨厚地奉行着老规矩，这就产生了种种喜剧效果，既揭露了帝国的丑态，又使人常常忍俊不禁，哈哈大笑。这样，小小的帅克就做到了别人所无法做到的大事，表现出压抑下的捷克人民的愤懑和希望，以极小挑战了极大。

【名家点评】

《好兵帅克》的幽默手法可以同最伟大的古典作品相媲美。

——美国批评家布洛克

【作品影响】

主人公帅克则被欧洲批评家拿来与16世纪拉伯雷的卡冈都亚和塞万提斯的堂吉诃德相提并论。

此书一经出版，很快就成为当时最受关注和最畅销的小说，被译成50多种文字，曾经先后多次被改编成电影、电视和话剧等，在世界各地都拥有广泛的读者，享有世界声誉。

【常考知识点】

1.《好兵帅克》全名《好兵帅克在第一次世界大战中的遭遇》，是捷克作家哈谢克创作的一部长篇政治讽刺小说。

2.《好兵帅克》中作者以卓绝的漫画式手法，准确、深刻地剖析了奥匈帝国的政府、军队、法院、警察机关及医院、教会的反动而又虚弱的本质。

3.《好兵帅克》是作家以自己在奥匈帝国军队服役时所获得的大量素材为背景提炼而成。

4.在某种意义上，《好兵帅克》也可以说是一部历史小说，因为它从内部描写了欧洲近代史上一个最古老的王朝——奥匈帝国崩溃的过程。

《堂吉诃德》

塞万提斯

名著导读

【主要故事情节】

曼查地方一个小乡村的绅士叫吉桑诺，将近五十岁，身段颀长，面孔瘦削，有一匹瘦马，还有一支长矛，一面旧盾，家中有一个四十来岁的女管家，一个二十来岁的外甥女，还有一个帮工，一般生活可以维持，但并不大富裕。他有一个嗜好是喜读骑士小说，读得入迷了，不打猎，不管家事，后来竟然把土地卖了去买这类书，并见人就与人议论书中的义理。从黑夜到白天，从白天到黑夜，他每天这样谈，以致脑汁渐渐枯竭下去，终于失掉了理性。他脑子里满是魔法、战车、决斗、挑战、受伤、漫游、恋爱、风波以及书中种种荒唐无理的事，凡是书中所写的他都信以为真。于是发生奇想，为了增进自己的声名，谋求公众的福利，他要去做游侠骑士，把书中见到的都实行起来，去解救苦难，去亲历危险，去建立功业。他于是给马起了名为罗齐南脱，意为从前劳役的马，找出矛和盾，把一个乡间女子臆想为身为骑士的自己的夫人，便出了村子去行侠仗义，游走天下。在客店里，他把店主认作堡主，硬叫他封了自己，然后第一件遇到的不平事是一个富农拷打一个小牧童，是因为牧童放羊时丢了羊，堂吉诃德见状不平，他不仅叫富农放了牧童，还叫富农把欠下的九个月的工资照例发给放羊的孩子。那个财主叫郝屠多，当时虽然答应下来了，可是当堂吉诃德一走，财主又把小牧童安德列斯绑起来打了一顿，他的仗义毫无结果。后来，他回家来了，约见了他的邻居——一个老实的农民桑丘·潘沙，约请其为侍从，答应将来叫他做海岛总督。于是怀着梦想的桑丘，骑着小毛驴，作为侍从与他一起“建功立业”去了。在两次外出游侠冒险中，闹了无数的笑话，把风车当巨人，把旅店当城堡，把苦役犯当作被迫害的骑士，把酒囊当作巨人的头颅等等。他有百折不屈的精神，愈挫愈奋，最后是同村的参孙·卡拉斯科学士，装作一个骑士把他打倒了，令他回家隐居一年，堂吉诃德这才履行诺言，回到了家。之后又外出冒险游侠，以善良愿望做了许多荒诞之事。最后在垂危中理智醒来，发现过去自己的荒唐，死前立下三条遗嘱：一是过去付给桑丘的一笔钱，都不用算了，花剩下的都给他用，因为这个人心地纯良，做事忠实；二是遗产全部归外甥女，但如果嫁人时，那个人要读过骑士文学，就不要嫁给这样的人，遗产全部收回，拨给宗教充作宣传费用；三是向以他为题材的作者致歉，令其写出了这部荒唐的书，自己为此有良心负担。最后，这位骑士便安心地死去了。

塞万提斯

【作者简介】

塞万提斯（1547—1616），文艺复兴时期西班牙小说家、剧作家、诗人，被誉为是西班牙文学世界里最伟大的作家。评论家们称他的小说《堂吉诃德》是文学史上的第一部现代小说，同时也是世界文学的瑰宝之一。

【作品简介】

《堂吉诃德》是一部讽刺灭亡了的骑士制度的长篇小说。小说主人公是居住在曼查村的一个乡绅，原名吉桑诺。他读当时风靡社会的骑士小说入了迷，自己也想仿效骑士出外游侠，帮助被侮辱者和被压迫者，于是从家传的古物中，找出一副破烂不全的盔甲和一根长矛，然后骑上一匹瘦马悄悄离家出走。他给自己取名堂吉诃德，又选中了邻村一个挤奶姑娘，取名杜尔西内娅，作为自己终生为之效劳的意中人。堂吉诃德的第一次出马很不顺利，他把客店当作城堡，让老板娘给他举行授封仪式。一路上，他单枪匹马地蛮干，向一队不相识的过路商人挑战，结果身受重伤，被乡亲们抬回家来。家人看到他被骑士小说害到这种可怜程度，便把满屋子的骑士小说一烧而光。第二次旅行，他说服邻村一个名叫桑丘的农夫做他的侍从，随他一同去游侠，而且答应人家有朝一日便可任命他为某个岛上的总督，于是主仆两人又偷偷地上了路。堂吉诃德还是按他脑子里的古怪念头行事，把风车看作巨人，把羊群当作敌军，把苦役犯当作受害的骑士， 把酒囊当作巨人头，不分青红皂白，乱砍乱杀，又干出许多荒唐可笑的事情，直到同村的神父和理发师设计，把他装进笼子送回家来，才结束了他的第二次游侠。第三次出游，主仆二人碰到了各种奇遇。他们原计划去萨拉戈萨参加比武，途中遇到一位公爵。这位公爵听说了堂吉诃德和桑丘的游侠故事之后，故意寻他们开心，将他们请到自己的城堡做客，而且让桑丘担任一个镇上的“总督”。堂吉诃德迫不及待地要实现他的改革社会理想，但结果这主仆二人受尽折磨，险些丧命。堂吉诃德的邻居卡拉斯科，为了骗他回家，假装成“白月骑士”与他比武，堂吉诃德失败，不得不听从对方的发落而回家。他到家后即卧床不起，临终才明白骑士小说的危害。他立下遗嘱，嘱咐唯一的继承人侄女千万不要嫁给读过骑士小说的人，否则就取消其继承权。

【创作背景】

《堂吉诃德》的产生是一个时代的产物。西班牙经过光复战争，颠覆和驱逐了阿拉伯人的统治，完成了国家的统一，同时又依靠其庞大的骑士队伍，雄霸欧洲，远征美洲，造就了西班牙的“黄金世纪”。这一时期，西班牙的文学也繁荣发展起来，田园小说、流浪汉小说、骑士文学和戏剧等各大流派争奇斗艳。骑士文学在西班牙曾风靡一时，各种作品层出不穷。

别林科夫说：“骑士小说表现出对个人人格的爱护和尊重，为压迫者和被压迫者牺牲全部力量甚至自己生命的勇敢精神，把女子作为爱和美在尘世的代表。”骑士文学对于冲破中世纪神学禁欲主义的束缚、对人性的解放具有极大的进步意义。不过随着后来封建经济的解体和火枪火炮在军事上的使用，骑士文化变得越来越不合时宜，15世纪开始出现一批打家劫舍、杀人越货的强盗骑士，骑士文学开始变得越发庸俗化。塞万提斯生活的时期，西班牙还流行着五六十部粗制滥造、荒谬愚昧的骑士小说，为此，塞万提斯决定创作《堂吉诃德》，“把骑士文学的地盘完全摧毁”，他沿用骑士作为主角的写作形式，把骑士制度、骑士精神漫画化。

【思想主题】

①理想和现实之间的矛盾。《堂吉诃德》提出了一个人生中永远解决不了的难题：理想和现实之间的矛盾。原因有二：第一，人类从精神层面上总有一对矛盾：理想和现实。这是第一位的。《堂吉诃德》利用文学形式将这对矛盾揭示得深刻而生动，可说淋漓尽致，使得每代人都感受到果真如此，予以认同。第二，塞万提斯早在17世纪就写出了《堂吉诃德》，可说他是现代小说第一人，正因为他是第一人，所以他的《堂吉诃德》对西班牙文学、欧洲文学，乃至整个世界文学的影响是不可估量的。所以，这样的作品，不仅当时会被译成多种文字。而《堂吉诃德》正是这样一部作品。塞万提斯写《堂吉诃德》时，为的是反对胡编乱造、情节离奇的骑士小说及其在人们中造成的恶劣影响。塞万提斯在《堂吉诃德》中一方面针砭时弊，揭露批判社会的丑恶现象，一方面赞扬除暴安良、惩恶扬善、扶贫济弱等优良品德，歌颂了黄金世纪的社会理想目标。

②殖民主义。作为一部典型的殖民主义文本，《堂吉诃德》产生在西班牙的“黄金时代”盛极转衰之际，小说主人公游侠的基本目标则是在海外建立殖民统治。堂吉诃德首次出游失败后，就是用这种神话诱使穷乡僻壤的农人参与作者一手导演的殖民冒险的。堂吉诃德说得天花乱坠，又是劝诱，又是许愿，这可怜的老乡就决心跟他出门，做他的侍从。堂吉诃德还对他这么说：他尽管放心，跟自己出门，因为可能来个意外奇遇，一眨眼征服了个把海岛，就让他做岛上的总督。对历史的重新书写，使《堂吉诃德》充满了浓厚的殖民语境。在小说中，我们发现美洲或印度的景像几乎无处不在。主仆二人在游侠过程中，不时巧遇夫妇或父女到美洲去赴任，多次听说国人在西洋发了大财。这些描写，表现了塞万提斯作为当时最大殖民帝国公民的一种占有欲望。他们无视自己手中的黄金、白银是疯狂掠夺和血腥杀戮的结果，

认为殖民地的财富理所当然地属于帝国资产。而西班牙人，则有权心安理得、随心所欲地支配和使用它们。

【写作特色】

作者采用讽刺夸张的艺术手法，把现实与幻想结合起来，表达他对时代的见解。现实主义的描写在《堂吉诃德》中占主导地位，在环境描写方面，与旧骑士小说的装饰性风景描写截然不同，作者以史诗般的宏伟规模，以农村为主要舞台，出场以平民为主，人数近700人，在这广阔的社会背景中，描绘出一幅幅各具特色又互相联系的社会画面。作者塑造人物的方法也是虚实结合的，否定中有歌颂，荒诞中有寓意，具有强烈的艺术性。在塑造堂吉诃德的形象时，用喜剧性的手法写一个带有悲剧性的人物。首先，它把人物放在一个个不同的情景之中，用讽刺的笔调和夸张的手法，一再描写人物的荒唐行动，造成喜剧性的效果。其次，小说又着重描写人物主观动机与它的客观后果的矛盾（或适得其反，或迂腐反常，或自讨苦吃），在喜剧性的情节中揭示其悲剧性的内涵。再次，小说运用了对比的手法。在作品中，桑丘与堂吉诃德无论在外形上，还是在形象的内涵上，都形成鲜明的对比。一个高一个矮，一个重理想一个讲实际，一个耽于幻想一个冷静理智，一个讲究献身一个看重实利……两两对比，相得益彰。这一构思也是塞万提斯的创造，它不仅有利于塑造人物，而且增添了小说的情趣，突出了作品的哲理意味。读者都知道自己正在阅读的是一部小说，塞万提斯当然也意识到他在写作的正是堂吉诃德的故事。但是他佯称堂吉诃德在期待着一部关于他经历的书。更耐人寻味的场景在小说第二部中出现的对小说第一部的批评与讨论。第二部第三章中堂吉诃德、桑丘与朗、卡拉斯科三人的对话可能是世界文学中最非同寻常的对话。人物在谈论创造出他们来的作品现在正在他们生活的世界中十分畅销。堂吉诃德设想的美好未来，现在已经成为现实，他是白纸黑字的书中的英雄。参孙讲述读者们的不同反应：有人喜欢看堂吉诃德大战巨人，有人说最伟大的是堂吉诃德放走了苦役犯；但是很多人不喜欢堂吉诃德总是挨打；大家都喜欢桑丘的语言幽默风趣，但是觉得他想当总督的理想太不切实际……人物甚至还继续讨论了作者是否会写《堂吉诃德》第二部的问题，但是我们其实正在阅读的就是《堂吉诃德》的第二部。

【主要人物及其事件】

堂吉诃德：曼查的落魄乡绅，书中的主人公。喜好读骑士小说，整日耽于幻想，立志恢复古代的骑士道。一番荒诞的“证险”后，他返回故里，临终时幡然醒悟。这个人物的性格具有两重性：一方面他是神志不清的，疯狂而可笑的，但又正是他代表着高度的道德原则、无畏的精神、英雄的行为、对正义的坚信以及对爱情的忠贞等等。他越疯疯癫癫，造成的灾难也越大，几乎谁碰上他都会遭到一场灾难，但他的优秀品德也越鲜明。桑丘·播萨本来为当“总督”而追随堂吉诃德，后看无望，仍不舍离去也正因为此。堂吉诃德是可笑的，但又始终是一个理想主义的化身。他对于被压迫者和弱小者寄予无限的同情。从许多章节中，我们都可以找到他以热情的语言歌颂自由，反对人压迫人、人奴役人。也正是通过这一典型，塞万提斯怀着悲哀的心情宣告了信仰主义的终结。这一点恰恰反映了文艺复兴时期旧的信仰解体、新的信仰（资产阶级的）尚未提出的信仰断裂时期的社会心态。

桑丘·潘沙：堂吉诃德的侍从。朴实善良、目光短浅、自私狭隘、胆小怕事。桑丘是一个穷帮工，因为生活没有出路，他才跟着堂吉诃德出来，相信未来有一个“海岛总督”做，以借此改变他一家人的窘况。这个形象基础是穷苦的劳动农民，因此在书中不论是在怎样的情境下，他始终保持劳动农民的特点。他重实际：不论堂吉诃德有怎样的臆想，把事情说得怎样玄，但他都有自己的判断，一切从切身利益出发，明白客店不是城堡，风车也不是巨人，但他是主人的随从，他不能有悖主人的意志。他对人忠实：不管有多么危险，他没有把堂吉诃德抛开过，他始终热爱他，跟他去任何地方，只是为了实际报酬和未来能管理一个海岛的许诺。他虽跟着主人去受苦，但有眼前的利益和未来的期待。他容易轻信，但有判断对错的才能，并颇为聪明机智，在他的嘴里谚语一串一串往外出，都具有深刻的生活哲理。他能主持公道，同情弱者，并仇视与嫉恨不平世道。

杜尔西内亚：堂吉诃德的心上人。一名身强力壮、嗓门奇大、性格泼辣的地道村妇，却被堂吉诃德视为公主或贵妇人，并称为“托博索的杜尔西内亚”。

参孙·卡拉斯科：学士，堂吉诃德的乡邻，头脑灵活、爱开玩笑。

佩罗·佩雷斯：神父，堂吉诃德的好友，为人热情、善良。

公爵夫妻：西班牙王国的封建贵族代表。为富不仁，虚情假意，对堂吉诃德主仆二人百般捉弄，只为满足自己取乐的心理。

卡德尼奥：出身贵族，感情丰富，与同城人卢辛达是青梅竹马，感情笃厚。

卢辛达：美丽尊贵的姑娘，聪明伶俐，对待感情优柔寡断，差点屈从于费尔南多的威逼利诱，不过最终理智战胜情感，与卡德尼奥走到了一起。

费尔南多：贵族，里卡多公爵的次子。雍容大度、风流倜傥。

巴西列奥：一位贫穷的小伙子，聪明专情，最终得到心爱的女人基特里亚。

【作品影响】

《堂吉诃德》是国际声望最高、影响最大的西班牙文学巨著，也是世界文学宝库中最为璀璨的瑰宝之一。以犀利的讽刺笔触和夸张的艺术手法在世界文学史上占据着无可撼动的地位，被誉为“世界大同之作”和“人性《圣经》”。堂吉诃德也成为世界文学宝库中最典型的人物形象之一。

【作者小趣闻】

被海盗绑架

1575年9月20日，塞万提斯和弟弟一起登上“太阳号”，与其他三艘船一起离开那不勒斯港口。途中船队遇到了两次风暴的袭击，彼此失去了联系，“太阳号”掉队并被海盗盯上了。经过长时间的激烈战斗，海盗们把船上的人全部擒获，都带到了阿尔及尔。当时，这座城市里最热门的生意就是把海上的旅客和沿海地区的居民抓来当奴隶。从那不勒斯出发前，为了能在马德里找到一份文官的工作，塞万提斯请求舰队总司令唐·胡安和塞萨公爵为他写了推荐信。海盗们很难评估这两封推荐信的价值，因为它们一方面让海盗们把塞万提斯当成重要人物，而免于将他放在俘虏市场上公开售卖，另一方面又让他的赎金比其他人多了一倍。后来，在《堂吉诃德》中，塞万提斯间接回忆了那段日子：赎金迟迟不到的人被派去干活儿或者砍柴，这些活干起来一点儿也不轻松，只是为了让我们加紧写信去催赎金。我当时被当成了等赎金的人，不管我怎么告诉他们我没有家产，无法搞到赎金，他们都不相信。他谋划了4次越狱，从越狱的次数即可以推测出结果，其中一次，塞万提斯还差点儿被砍头。一贯倒霉的罗德里戈为了凑齐两个儿子的赎金而费尽心力，不惜变卖家产；塞万提斯的母亲甚至谎称自己是寡妇，骗到了远征军委员会的补贴；他的两个姐妹也卖掉了自己的嫁妆。家人终于在1577年赎回了塞万提斯的弟弟，在1580年赎回了塞万提斯。结束了5年零1个月的俘虏生活，塞万提斯重获自由，这时他已经33岁。

【常考知识点】

1.塞万提斯是文艺复兴时期西班牙著名的作家、剧作家家、诗人。他被誉为是西班牙文学世界里最伟大的作家。

2.《堂吉诃德》的主人公有堂吉诃德、桑丘·潘沙、杜尔西内亚等人。

3.《堂吉诃德》借反骑士体裁，运用滑稽的笔法，使全文充满荒诞的行为和能催人思索的悲剧感。

4.把下列句子所用的描写手法写在后面的括号内。

（1）堂吉诃德说：“那你就听凭老天爷的安排吧，他自会给她最合适的赏赐。可是你至少也得做个总督才行，别太没志气。”（语言描写）

（2）他一面说，一面踢着坐骑冲出去。（动作描写）

5.本文的体裁是小说，小说的三要素是：人物、环境、故事情节。

《戈拉》

拉宾德拉纳特·泰戈尔

名著导读

【主要故事情节】

本书介绍了主人公戈拉是一个狂热的爱国青年和激进的民族主义者，只要有人对印度稍加批评，他就会气得受不了，一听见有人嘲笑自己的同胞，他便激动得要咆哮起来。他本来倾向于比较开放、现代的梵教，可是自从看到西方传教士批评正统印度教，他就变成了忠实的印度教信徒。

戈拉做出了一系列过激的和自己内心情感对立的行动。为了表明自己维护种姓制度，他复旧地在额头上粘上了自己种姓的印记（他家属于最高种姓婆罗门）；为了保持自己的印度教徒的纯洁性，他甚至不惜伤害自己母亲的感情，拒绝和母亲一起吃饭，因为给她做饭的侍女是基督徒；为了维护印度教的传统，他还决心要牺牲自己的爱情和友谊，因为，他爱的姑娘是梵教社团的成员，而他最亲密的朋友和信梵教的姑娘结婚了。

可是，就在准备接受古老的印度教涤罪礼，变成苦行者，即最纯粹、最彻底的婆罗门时，戈拉得知自己根本不是印度人，而是爱尔兰人的后裔。他的父亲是被起义的印度士兵杀死的，他的亲生母亲为他的印度养母所救，生下他后也死了。他根本不是婆罗门，不属于任何印度种姓，因此也根本没资格当印度教的教徒。他以自己为表率，所做的一切维护印度教传统的努力都失去了意义，他以前为坚守原则所做的牺牲，比如牺牲的亲情、友情、爱情，都变为人为的负担，甚至是误入歧途。

发现自己真实身份以后，戈拉恢复了自己的本性和真实倾向，先前存在于他内心的种种矛盾也迎刃而解。他同时感受到了超乎种族、文化等方面的真理，也因此彻底改变了自己的偏激思想，摒弃了狭隘的民族主义思想之后，他有种自由的感觉，这使他得以轻装上阵，在一个新的起点，真正去实现印度的民族解放大业。

【作者简介】

拉宾德拉纳特·泰戈尔（1861—1941），印度诗人、文学家、社会活动家、哲学家和印度民族主义者。代表作有《吉檀迦利》《飞鸟集》《眼中沙》《四个人》《家庭与世界》《园丁集》《新月集》《最后的诗篇》《戈拉》《文明的危机》等。

1861年5月7日，拉宾德拉纳特·泰戈尔出生于印度加尔各答一个富有的贵族家庭，13岁即能创作长诗和颂歌体诗集。1878年赴英国留学，1880年回国专门从事文学活动。1884至1911年担任梵社秘书，20年代创办国际大学。1913年，他以《吉檀迦利》成为第一位获得诺贝尔文学奖的亚洲人。1941年写作控诉英国殖民统治和相信祖国必将获得独立解放的遗言《文明的危机》。

【作品简介】

《戈拉》是泰戈尔编写的一本歌颂新印度教徒反对殖民主义压迫、热爱祖国的思想批判现实主义小说。此本小说围绕主人公戈拉展开，通过描写戈拉由一个激进的爱国主义青年到发现自己不是印度种族的人而做出的自我改变的故事，反映了作者作为激进主义人士对维护种姓制度、遵守印度教各种腐朽传统的错误做法的批判。

【创作背景】

这部批判现实主义的重要作品以19世纪70至80年代的民族解放运动为背景，反映了印度人民反帝反封建的斗争、梵教徒和新印度教徒之间的矛盾以及印度近代先进人物摸索民族

解放道路的艰苦历程。英国殖民主义者在镇压了1857年的印度民族起义之后，巩固了它在印度的殖民统治，但印度的民族资产阶级和无产阶级两个新兴的阶级也开始出现并逐渐成长。

到了19世纪70年代，阶级矛盾和民族矛盾都日趋尖锐，被压榨得走投无路的农民纷纷地自发起义，人数众多的小资产阶级知识分子阶层处已形成，其中不少人已经认识到英国殖民统治给印度带来的灾难，于是民族解放的要求愈来愈强烈。在他们中，思想化主要分为两派。一派主张改革印度教，吸收欧洲文化，争取较大的政治权利。参加这一派活动的有梵社。但到了60年代，这个团体的部分教徒过多地吸收了基督教的观点，轻视本国文化。1865年分裂为两派，一派是印度梵社，一派是元始梵社。泰戈尔在《戈拉》里没有涉及元始梵社的活动，提到的是印度梵社，并且恰如其分地批判了它轻视本国文化的缺点。在印度的民族解放运动中，代表知识分子另一种思潮的是新印度教。这一派主张发展民族文化，恢复民族自尊心，反对崇洋媚外，反对殖民主义者对印度人民的残酷压迫。但他们认为要恢复民族自尊心就得严格遵守印度教的一切传统，甚至是腐朽的传统。

【思想主题】

泰戈尔通过《戈拉》这部作品歌颂了新印度教徒反对殖民主义压迫、热爱祖国的思想，同时也批判了在英国人统治印度的时代他们维护种姓制度、遵守印度教各种腐朽传统的错误做法。戈拉，一位出身爱尔兰高贵种姓的年轻人，决心拯救民族，唤醒民众，维护印度古老的宗教，并认为这才是唯一的道路。他的朋友维纳耶认识了梵社帕勒席先生一家，戈拉与维纳耶同帕勒席先生的女儿苏查丽和拉丽妲产生了真挚感人的爱情。在历史、社会等各种因素的影响下，这两对年轻人分别走过了曲折的道路，最后有情人终成眷属，并且找到了人生的真谛。

【写作特色】

①人物对话富有论辩性。父女之间、母子之间、姐妹之间、情人之间和朋友之间的种种争论有助于揭示人物性格，刻画人物形象，反映人物的思想倾向及内心世界。

②人物形象对比鲜明。正面人物之间，正面人物与反面人物之间，均互为映衬，互为对比，层层对比之中，勾勒出一个个栩栩如生的人物形象。

③小说具有优美的抒情格调，

在写景、状物、叙事、摹人中，往往伴随着作者强烈的抒情，动人心弦。

【主要人物】

戈拉： 小说主人公戈拉是一个尊崇祖国的传统，愿意为印度而献出自己的一切，并以自己的坚定信心去感染身边的知识分子，唤醒麻木中的广大民众的爱国主义者。他身上具有其他人所不具有的品质：其一，是他的牺牲精神和阔大的胸怀。戈拉为了印度的独立解放，可以牺牲自己的一切，大学毕业后他全身心投入祖国的解放事业。他深入农村了解民间疾苦，为同胞伸张正义，不惜坐牢吃苦。其二，他有执着的信念和坚强的意志。戈拉的爱国热情来源于他内心深处的信念，他知道印度不仅有伟大的过去，也会有光明的未来。尽管现在的印度贫困、落后、愚昧、迷信，但他深信“另外还有一个真实的印度，一个充实而富足的印度”。其三，他感觉敏锐，以小见大，他有一种整体性思维。戈拉看问题不是就事论事，往往是通过现象把握本质，从事物间的普遍联系中看待事物的价值和意义。

毕诺业： 毕诺业和戈拉是完全不同的人。毕诺业是性情中人，感情细腻，也容易感情用事。大学时，毕诺业成绩特别好是个学者型的人物，并不适合搞政治，或者做社会战士。但是他从小和戈拉一起长大，深受戈拉的影响甚至控制，他接受戈拉的全部思想，参加了戈拉创建的爱国者协会并担任秘书，也像戈拉一样，遵守印度教的一切古老习俗。为了自己和戈拉的深厚友谊，他一直压抑自己的个性。毕业后因为接触到圈外的人，毕诺业改变了自己先前没意识到的偏激思想，才开始发现了真实的自己。他主要由自己的心来支配，不像戈拉那样，主要由原则支配。他最渴望的，是人的陪伴和爱。拯救国家和捍卫自己教派的责任，对他来说显得空洞和虚假，而戈拉则把那些责任看得高于一切。毕诺业感到自己没有戈拉那么强烈的信仰，一离开戈拉，他的信仰就开始动摇了，最后经过内心的挣扎，毕诺业终于以真实的自己和一向坚持真实自己的罗丽妲结合了，不再惧怕社会的指责和惩罚。当戈拉对他和信梵教的人通婚表示不满时，他告诉戈拉，他不能再容忍一个需要成员每天做自我牺牲来维持的社会团体。如果一个社会团体拒绝把他当作一个人，而只是木偶和机器，他就不再尊重它，只把它当枷锁。

苏查丽妲：和毕诺业一样，苏查丽妲也习惯服从责任。因为哈兰在梵教社团内威信很高，苏查丽妲就把自己和哈兰的关系看成自己应为梵教尽的责任。而苏查丽妲受到戈拉的爱国热情感染，并受到他的人格魅力吸引。尽管如此，苏查丽妲还是同意了哈兰提出的订婚请求，她决心要通过与哈兰结合来为梵教服务，所以准备和哈兰一起阅读关于宗教的英文文章，以便把自己的生活塑造得符合哈兰的看法。幸亏苏查丽妲有个明智的父亲，帕瑞什先生一再要女儿慎重考虑，也一再拖延订婚仪式。后来，苏终于奋起反抗哈兰，她脱离哈兰的控制后，戈拉又试图塑造她。后者主要想使她变成自己志同道合的战友。苏查丽妲早就受到他的爱国热情感染，此时更下定决心，要尽最大努力，为使自己国家变得伟大而奋斗。但是，她并不认同戈拉走极端的宗教行为。虽然她深爱戈拉，但她感到戈拉的个人意志有种狂暴的性质。她赞赏的是他养父那种不露锋芒的、藏在灵魂深处的力量。苏查丽妲知道，戈拉不赞成她去参加毕诺业和罗丽妲的婚礼，可她毅然前去帮助罗丽妲准备婚礼。这里可以看到苏查丽妲的明显变化，从尽量适应自己并不喜欢的哈兰，到对自己深爱的戈拉不盲目服从，苏查丽妲的性格和思想都变得更加成熟，也找回了真实的自己。

帕瑞什先生：帕瑞什先生是苏查丽妲的养父。他一向鼓励女儿们和持有不同思想的人接触，并保持自己的独立思考能力。对于坚持真实的自己、勇敢无畏的罗丽妲，他精心呵护。为了支持毕诺业和罗丽妲的婚事，他遭到自己社会圈子的谴责甚至唾弃，但是他没有丝毫动摇，他视他们的结合为超越社会局限的行为。他安排苏查丽妲和她姨妈同住，并不担心她会受姨妈那种过度偏激的印度教思想影响。小说让我们看到，越是让子女摆脱束缚，接触外部世界，越能锻炼他们的坚强性格和独立自主能力，而独立思考能力正是保持真实自己的必要前提。

哈兰：哈兰是一个偏激狂热的梵教徒，极端排斥印度教教徒，喜欢对戈拉横加指责。曾经是苏查丽妲的未婚夫，一度企图控制苏查丽妲的思想。

【名家点评】

戈拉就像是渴望自由、愤怒地为反抗自己的社会和政治上处于奴隶地位而斗争的印度心灵的化身。泰戈尔通过戈拉，明确地说明了他反对帝国主义、反对复古主义和种姓制度的主张。

——印度评论家S.K.班纳吉

《戈拉》中泰戈尔借正统派印度教徒和梵社成员间的矛盾斗争揭露和批判两大教派的弊端和偏见，引导先进知识分子对印度传统文化进行反思，希望他们在为印度谋求现代化的发展道路上应批判地对待传统文化和外来文化，努力实现一种以传统文化为基础的和谐。

——王转先（山西大学文学院）

【作品影响】

《戈拉》揭发了殖民主义的罪行，激发起人民的爱国热情。同时，它还批判了那些崇洋媚外的洋奴和不肯脚踏实地、切实工作的知识分子，批判了种族主义、复古主义和歧视妇女的错误思想，而且深刻、全面地反映了一个重要的历史时代孟加拉社会的风貌。《戈拉》特别关注印度传统在现代化进程中的作用及地位，对种姓制、歧视妇女和崇古主义这三大印度现代化障碍性问题的激烈争论和现实探讨，鼓励印度知识分子自觉地把自身的命运与印度的命运联系地一起，以强调“整体”和“同一”的东方精神去勇敢面对新的挑战。

【作者小趣闻】

爱好体育的泰戈尔

从青少年时起，泰戈尔就有多种体育爱好。泰戈尔喜欢旅游，从1890年起，他常常乘船周游各地，每到一个地方，他又去徒步旅行，观赏各地的景物、风土人情。有时，他也坐下来，听农民、村妇、泥瓦匠和石匠演唱民间歌谣，或听他们讲述民间传说、神话故事和生活中发生的趣事。

泰戈尔喜欢爬山，常常有人看到，他一个人手撑着铁尖手杖从一个山头爬到另一个山头。爬累了，就在路边的石头上坐一坐，偶有行人路过，便和他交谈。他什么都问，什么都感兴趣，也许，这正是一个诗人的本色。

摔跤也是泰戈尔喜欢的一种体育锻炼方式，青少年时，他常常天不亮就赶到摔跤场练习，开始练时，由于技不如人，常常被人摔倒，惹得场边的观众哈哈大笑。但他毫不气馁，也不在乎别人的嘲笑，马上爬起来又练。

游泳、打猎、洗冷水浴都是泰戈尔常常坚持的体育锻炼项目。他有时也遇到伤心的事，或种种烦恼，怎样排遣这些不该有的情绪？

一是写诗；二是演奏乐曲或唱歌；三是走出门去，和人交谈，听他们说说话，讲一讲有趣的事情，回家时，泰戈尔便忘记了心中的烦恼。

【常考知识点】

1.简述《戈拉》的思想内容。

围绕主人公戈拉展开，通过描写戈拉由一个激进的爱国主义青年到发现自己不是印度种族的人而做出的自我改变的故事，反映了作者对维护种姓制度、遵守印度教各种腐朽传统的错误做法的激进主义人士的批判。

2.简述《戈拉》的艺术特色。

①人物对话富有论辩性。父女之间、母子之间、姐妹之间、情人之间和朋友之间的种种争论有助于揭示人物性格，刻画人物形象，反映人物的思想倾向及内心世界。②人物形象对比鲜明。正面人物之间，正面人物与反面人物之间，均互为映衬，互为对比，在层层对比之中，勾勒出一个个栩栩如生的人物形象。③小说具有优美的抒情格调，在写景、状物、叙事、摹人中，往往伴随着作者强烈的抒情，动人心弦。

3.《戈拉》是泰戈尔编写的一本歌颂新印度教徒反对殖民主义压迫、热爱祖国的思想批判现实主义小说。

4.分析戈拉的人物形象。

戈拉是印度青年爱国知识分子的一个典型。他身为印度爱国者协会主席、印度教教徒青年们的领袖，刚直不阿，一身民族正气，不去逢迎英国县长以求怜悯或饶恕。戈拉身上有着明显的宗教偏见，他严格遵守印度教一切清规戒律，甚至为种姓制度辩护，他行触脚礼，不喝异教徒拿过的水，反对与异教姑娘谈恋爱，一种高尚的爱国思想于是蒙上了狭隘的民族情感的色彩。现实与他的宗教思想发生了矛盾，他的宗教思想发生了改变。

《百年孤独》

加夫列尔·加西亚·马尔克斯

名著导读

【主要故事情节】

①家族第一代：何塞·阿尔卡蒂奥·布恩迪亚是西班牙人的后裔，住在远离海滨的一个印第安人的村庄。他与乌尔苏拉新婚时，由于害怕像姨母与叔父结婚那样生出长尾巴的孩子，乌尔苏拉每夜都穿上特制的紧身衣，拒绝与丈夫同房，因此他遭到村民的耻笑。何塞·阿尔卡蒂奥·布恩迪亚在一次斗鸡比赛胜利后杀死了讥笑他的普鲁邓希奥·阿基拉尔，从此，死者的鬼魂经常出现在他眼前。鬼魂那痛苦而凄凉的眼神，使他日夜不得安宁，于是何塞·阿尔卡蒂奥·布恩迪亚带着朋友及其家人离开村子，外出寻找安身之所。经过了两年多的跋涉，他们来到一片滩地上，由于受到梦的启示，决定定居下来，建立村镇，马孔多·布恩迪亚家族在马孔多的历史由此开始。何塞·阿尔卡蒂奥·布恩迪亚是个极富创造性的人，他从吉卜赛人那里看到磁铁，便想用它来开采金子；看到放大镜可以聚焦太阳光，便试图研制出一种威力无比的武器；从吉卜赛人那里得到航海用的观像仪和六分仪，通过实验认识到“地球是圆的，像橙子”。因为马孔多隐没在宽广的沼泽地中，与世隔绝，他决心要开辟出一条道路，把马孔多与外界的伟大发明连接起来。他带一帮人披荆斩棘干了两个多星期，却以失败告

终。后来他又沉迷于炼金术，整天把自己关在实验室里。由于他的精神世界与马孔多狭隘、落后、保守的现实格格不入，他陷入孤独之中不能自拔，以至于精神失常，被家人绑在一棵大树上，几十年后才在那棵树上死去。乌尔苏拉成为家里的顶梁柱，去世时的年龄在115至122岁之间。

②家族第二代：布恩迪亚家族的第二代有两男一女：老大何塞·阿尔卡蒂奥是在来马孔多的路上出生的，他在路上长大，像他父亲一样固执，但没有他父亲那样的想象力。他和一个叫庇拉尔·特尔内拉的女人私通，有了孩子，但在一次吉卜赛人来马孔多表演时又与一名吉卜赛女郎相爱，于是他选择了出走，后来他回来了，但是性情捉摸不定。最后他不顾家人的反对，与丽贝卡结婚，但被赶出家门，最后在家中被枪杀。老二奥雷里亚诺生于马孔多，在娘肚里就会哭，睁着眼睛出世，从小就赋有预见事物的本领，少年时就像父亲一样沉默寡言，整天埋头在父亲的实验室里做小金鱼。长大后爱上马孔多年幼的里正千金蕾梅黛丝，在此之前，他与哥哥的情人生有一子，名叫奥雷里亚诺·何塞，他美丽的怀有双胞胎的妻子被阿玛兰妲误杀死去。后来他参加了内战，当上上校。他一生遭遇过14次暗杀，73次埋伏和一次枪决，均幸免于难，当他认识到这场战争是毫无意义的时候，便与政府签订和约，停止战争，然后对准心窝开枪自杀，可他奇迹般地活了下来，与17个外地女子姘居，生下17个男孩。这些男孩以后不约而同回马孔多寻根，却被追杀，一星期后，只有老大活了下来。奥雷里亚诺年老归家，每日炼金子做小金鱼，每天做2条，达到25条时便放到坩埚里熔化，重新再做。他像父亲一样过着与世隔绝、孤独的日子，一直到死。老三是女儿阿玛兰妲，她爱上了意大利钢琴技师皮埃特罗，在情敌丽贝卡放弃意大利人与何塞·阿尔卡蒂奥结婚后与意大利人交往，却又拒绝与意大利人结婚，意大利人为此自杀。由于悔恨，她故意烧伤一只手，终生用黑色绷带缠起来，决心永不嫁人。但她内心感到异常孤独、苦闷，甚至和刚刚成年的侄儿厮混，想用此作为“治疗病的临时药剂”。然而她始终无法摆脱内心的孤独，她把自己终日关在房中缝制殓衣，缝了拆，拆了缝，直至生命的最后一刻。

③家族第三代：第三代人只有何塞·阿尔卡蒂奥的儿子阿尔卡蒂奥和奥雷里亚诺的儿子奥雷里亚诺·何

塞。前者不知生母为谁，竟狂热地爱上自己的生母，几乎酿成大错，但又因生母的引见，爱上了桑塔索菲亚·德拉·彼达，后来成为马孔多的从未有过的暴君，贪赃枉法，最后被保守派军队枪毙。后者过早成熟，热恋着自己的姑母阿玛兰妲，因无法得到满足而陷入孤独之中，于是参军。进入军队之后仍然无法排遣对姑母的恋情，便去找妓女寻求安慰，借以摆脱孤独，最终也死于乱军之中。

④家族第四代：第四代即阿尔卡蒂奥与妻子桑塔索菲亚·德拉·彼达生下的一女两男。女儿美人蕾梅黛丝楚楚动人，散发着引人不安的气味，这种气味曾将几个男人置于死地。她全身不穿衣服，套着一个布袋，只是不想把时间浪费在穿衣服上。这个独特的姑娘世事洞明，超然于外，最后神奇地抓着一个雪白的床单乘风而去，永远消失在空中。她的两个弟弟阿尔卡蒂奥第二和奥雷里亚诺第二是孪生子。阿尔卡蒂奥第二在美国人开办的香蕉公司里当监工，鼓动工人罢工，成为劳工领袖。后来，他带领三千多工人罢工，遭到军警的镇压，三千多人只他一人幸免。他目击政府用火车把工人们的尸体运往海边丢到大海，又通过电台宣布工人们暂时调到别处工作。阿尔卡蒂奥第二四处诉说他亲历的这场大屠杀揭露真相，反被认为是神志不清，他无比恐惧失望，把自己关在房子里潜心研究吉卜赛人留下的羊皮手稿，一直到死他都待在这个房间里。奥雷里亚诺第二没有正当的职业，终日纵情酒色，弃妻子费尔南达于不顾，在情妇佩特拉家中厮混。奇怪的是，每当他与情妇同居时，他家的牲畜迅速地繁殖，给他带来了财富，一旦回到妻子身边，便家业破败。他与妻子生有二女一男，最后在病痛中与阿尔卡蒂奥第二同时死去，从生到死，人们一直没有认清他们兄弟俩谁是谁。

⑤家族第五代：布恩迪亚家族的第五代是奥雷里亚诺第二的二女一男，长子何赛·阿尔卡蒂奥儿时便被送往罗马神学院去学习，母亲希望他日后能当主教，但他对此毫无兴趣，只是为了那假想中的遗产，才欺骗母亲说他在神学院学习。母亲死后，他回家靠变卖家业为生，后发现乌尔苏拉藏在地窖里的7000多个金币，从此过着更加放荡的生活，不久便被抢劫金币的歹徒杀死。大女儿雷纳塔·蕾梅黛丝（梅梅）爱上了香蕉公司汽车库的机修工马乌里肖·巴比伦，母亲禁止他们来往，他们只好暗中在浴室

相会，母亲发现后禁止女儿外出，并请了保镖守在家里。马乌里肖·巴比伦爬上梅梅家的屋顶，结果被保镖打中背部，终日卧病在床，被人当成偷鸡贼，孤独中老死。梅梅万念俱灰，她母亲认为家丑不外扬，将怀着身孕的她送往修道院，终生一言未发。小女儿阿玛兰妲·乌尔苏拉早年在布鲁塞尔上学，在那里与飞行员加斯通交往，之后二人回到马孔多，见到一片凋敝景象，决心重整家园。她朝气蓬勃，充满活力，仅在三个月就使家园焕然一新。她的到来，使马孔多出现了一个最特别的人，她的情绪比这家族的人都好，她想把一切陈规陋习打入地狱。她决定定居下来，拯救这个灾难深重的村镇。

⑥家族第六代：布恩迪亚家的第六代是梅梅送回的私生子奥雷里亚诺·布恩迪亚，他出生后一直在孤独中长大。他唯一的嗜好是躲在吉卜赛梅尔基亚德斯的房间里研究各种神秘的书籍和手稿。他能与死去多年的老吉卜赛人梅尔基亚德斯对话，并受到指示学习梵文。他一直对周围的世界漠不关心，但对中世纪的学问了如指掌。他和何赛·阿尔卡蒂奥拒绝收留奥雷里亚诺17个儿子中唯一幸存的老大，导致其被追杀的人用枪打死。他不知不觉地爱上了姨母阿玛兰妲·乌尔苏拉，并发生了乱伦关系，尽管他们受到了孤独与爱情的折磨，但他们认为他们毕竟是人世间唯一最幸福的人。后来阿玛兰妲·乌尔苏拉生下了一个男孩，“他是百年里诞生的布恩迪亚当中唯一由于爱情而受胎的婴儿”，然而，他身上竟长着一条猪尾巴，阿玛兰妲·乌尔苏拉也因产后大出血而死。

那个长猪尾巴的男孩就是布恩迪亚家族的第七代继承人，他刚出生就被一群蚂蚁吃掉。当奥雷里亚诺·布恩迪亚看到被蚂蚁吃的只剩下一小块皮的儿子时，他终于破译出了梅尔基亚德斯的手稿。手稿卷首的题词是“家族中的第一个人将被绑在树上，家族中的最后一个人正被蚂蚁吃掉”。原来，这手稿记载的正是布恩迪亚家族的历史。在他译完最后一章的瞬间，一场突如其来的飓风把整个马孔多镇从地球上刮走，从此这个村镇就永远地消失了。

【作者简介】

加夫列尔·加西亚·马尔克斯（1927年3月6日—2014年4月17日），是哥伦比亚作家、记者和社会活动家，拉丁美洲魔幻现实主义文学的代表人物，20世纪最有影响力的作家之一，1982年诺贝尔文学奖得主。作为一个天才的、赢得广泛赞誉的小说家，加西亚·马尔克斯被誉为“20世纪文学标杆”，他将现实主义与幻想结合起来，创造了一部风云变幻的哥伦比亚和整个南美大陆的神话般的历史。代表作有《百年孤独》（1967年）、《霍乱时期的爱情》（1985年）。

【作品简介】

《百年孤独》是哥伦比亚作家加西亚·马尔克斯创作的长篇小说，是其代表作，也是拉丁美洲魔幻现实主义文学的代表作，被誉为“再现拉丁美洲历史社会图景的鸿篇巨著”。

《百年孤独》写的是布恩迪亚一家七代人充满神奇色彩的坎坷经历和马孔多这个小镇一百多年来从兴建、发展、鼎盛及至消亡的历史。作品内容复杂，人物众多，情节离奇，深刻反映了哥伦比亚乃至整个拉美大陆的历史演变和社会现实。

何塞·阿尔卡蒂奥·布恩迪亚是西班牙人的后裔，住在远离海滨的一个印第安人的村庄。成人后，他与乌尔苏拉结婚了，由于害怕像姨母与叔父那样生出长尾巴的孩子，乌尔苏拉每夜都穿上特制的紧身衣，拒绝与丈夫同房，二人因此遭到邻居阿基拉尔的耻笑。霍塞杀死了阿基拉尔，从此，死者的鬼魂经常出现在他眼前，鬼魂那痛苦而凄凉的眼神，使人日夜不得安宁，他们只好离开村子，外出寻找安身之所。经过两年多的奔波，他们来到一片滩地上。受到梦的启示，二人决定在此定居。后来又有许多人迁移至此，建立村镇，这就是马孔多。布恩迪亚家族在马孔多的历史从此开始。

【创作背景】

从1830年至19世纪末的70年间，哥伦比亚爆发过几十次内战，数十万人丧生。该书用很大的篇幅描述了这

方面的史实，并且通过书中主人公带有传奇色彩的生涯集中表现出来。政客们的虚伪，统治者们的残忍，民众的盲从和愚昧等等都写得淋漓尽致。

【思想主题】

作家以生动的笔触刻画了性格鲜明的众多人物，描绘了这个家族的孤独精神。在这个家族中，夫妻之间、父子之间、母女之间、兄弟姐妹之间没有感情沟通，缺乏信任和了解。尽管很多人为打破孤独进行过种种艰苦的探索，但由于无法找到一种有效的办法把分散的力量统一起来，最后均以失败告终。这种孤独不仅弥漫在布恩迪亚家族和马孔多镇，而且渗入了狭隘思想，成为阻碍民族向上、国家进步的一大包袱。作家写出这一点，是希望拉丁美洲民众团结起来，共同努力摆脱孤独。

所以，《百年孤独》中浸淫着的孤独感，其主要内涵应该是对整个苦难的拉丁美洲被排斥在现代文明世界的进程之外的愤懑和抗议，是作家在对拉丁美洲近百年的历史，以及这块大陆上人民独特的生命力、生存状态、想象力进行独特的研究之后形成的倔强的自信。这个古老的家族也曾经在新文明的冲击下，努力地走出去寻找新的世界，尽管有过畏惧和退缩，可是他们还是抛弃了传统的外衣，希望融入这个世界。可是外来文明以一种侵略的态度来吞噬这个家族，于是他们就在这样一个开放的文明世界中持续着“百年孤独”。作者用一种精神状态的孤独来批判外来者对拉美大陆一种精神层面的侵略，以及西方文明对拉美的歧视与排斥。“羊皮纸手稿所记载的一切将永远不会重现，遭受百年孤独的家族，注定不会在大地上第二次出现了。”作者用一个毁灭的结尾来表达了自己深深的愤懑。

【写作特色】

①魔幻现实主义。加西亚·马尔克斯遵循“变现实为幻想而又不失其真”的魔幻现实主义创作原则，经过巧妙的构思和想象，把触目惊心的现实和源于神话、传说的幻想结合起来，形成色彩斑斓、风格独特的图画，使读者在“似是而非，似非而是”的形象中，获得一种似曾相识又觉陌生的感受，从而激起寻根溯源去追索作家创作真谛的愿望。魔幻现实主义必须以现实为基础，但这并不妨碍它采取极端夸张的手法。

②神话、典故的运用。印第安

传说、东方神话以及《圣经》典故的运用，进一步加强了本书的神秘气氛。如写普鲁邓希奥·阿基拉尔的鬼魂日夜纠缠布恩迪亚一家的片段，便是取材于印第安传说中冤鬼自己不得安宁也不让仇人安宁的说法；有关飞毯以及美人儿蕾梅黛丝抓住床单升天的描写是阿拉伯神话《天方夜谭》的引申；而马孔多一连下了四年十一个月零两天的大雨则是《圣经·创世记》中有关洪水浩劫及诺亚方舟等故事的移植。拉丁美洲的民间传说往往带有迷信色彩，作家在采用这些民间传说时，有时把它们作为现实来描写：如好汉弗朗西斯科“曾和魔鬼对歌，击败了对手”；阿玛兰妲在长廊里绣花时与死神交谈；等等。有时则反其意而用之，如写尼卡诺尔神父喝了一杯巧克力后居然能离地12厘米，以证明“上帝有无限神力”等等，显然是对宗教迷信的讽刺和嘲笑。

③独创新颖倒叙手法。另外，作家还独创了从未来的角度回忆过去的新颖倒叙手法。例如小说一开头，作家就这样写道：“许多年之后，面对行刑队，奥雷里亚诺·布恩迪亚上校将会回想起，他父亲带他去见识冰块的那个遥远的下午。”短短的一句话，实际上容纳了未来、过去和现在三个时间层面，而作家显然隐匿在“现在”的叙事角度。紧接着，作家笔锋一转，把读者引回到马孔多的初创时期。这样的时间结构，在小说中一再重复出现，一环接一环，环环相扣，不断地给读者造成新的悬念。最后，值得注意的是，本书凝重的历史内涵、犀利的批判眼光、深刻的民族文化反省、庞大的神话隐喻体系是由一种让人耳目一新的神秘语言贯穿始终的。有的评论家认为这部小说出自8岁儿童之口，加西亚·马尔克斯对此颇感欣慰。这是很深刻的评判目光，因为这种直观的、简约的语言确实有效地反映了一种新的视角，一种落后民族（人类儿童）的自我意识。当事人的苦笑取代了旁观者的眼泪，“愚者”自我表达的切肤之痛取代了“智者”貌似公允的批判与分析，更能收到唤起被愚弄者群体深刻反省的客观效果。

【主要人物及其事件】

何塞·阿尔卡蒂奥·布恩迪亚： 布恩迪亚家族的首要人物，是他和他的妻子乌尔苏拉创建了马孔多镇。他也是一个幻想家、实践者和发明家，他对任何事物都充满了想象和创造的欲望，包括他的子孙们，因此他成就

了这部布恩迪亚家族史。他是一个信念坚定的人，有着一种不达目的誓不罢休的精神。

乌尔苏拉·伊瓜兰：何塞·阿尔卡蒂奥·布恩迪亚的妻子。乌尔苏拉是串联全书最主要的人物，是她和她爱幻想的丈夫创建了马孔多镇，她足足活了一百几十岁，正因为有了她，布恩迪亚家族的血脉得以延续，无论从种族和道义上讲，她都应该是布恩迪亚家族灵魂的化身，可以说没有乌尔苏拉就不会有《百年孤独》。马尔克斯在她身上寄托着自己的某种理想和信念。

何塞·阿尔卡蒂奥：乌尔苏拉的长子。何塞·阿尔卡蒂奥是布恩迪亚家族生殖力的象征。少时随吉卜赛人出走，长大后又回到马孔多。出走前，他曾使庇拉尔·特尔内拉怀孕并生下阿尔卡蒂奥，回到马孔多后，充满欲望的他不顾家人反对，与丽贝卡结合。

奥雷里亚诺·布恩迪亚上校：乌尔苏拉的次子。年少时，奥雷里亚诺·布恩迪亚和父亲何塞·阿尔卡蒂奥·布恩迪亚一起制作小金鱼，后来他成为自由派军官，为反对保守派南征北战，共打过大小32次战役，均以失败告终，最后又回到马孔多制作小金鱼，直至死在自己的实验室里。他的真正妻子是蕾梅黛丝，当时蕾梅黛丝只有14岁。他在战争期间，共与十七个女人生下十七个儿子，后来被保守派一一暗杀。他曾与庇拉尔·特尔内拉有染，生下奥雷里亚诺·何塞，由蕾梅黛丝认为长子。奥雷里亚诺·布恩迪亚上校是贯穿全书的主要人物。

阿玛兰妲·布恩迪亚：乌尔苏拉的女儿。阿玛兰妲和阿尔卡蒂奥、丽贝卡一起长大，进入少女时代后阿玛兰妲喜欢上家里的琴师皮埃特罗·克雷斯皮，但克雷斯皮与丽贝卡已经订立了婚约，处于嫉恨中的阿玛兰妲想方设法阻止这场婚约，最终的结果是她的咒语害死了蕾梅黛丝。何塞·阿尔卡蒂奥回到马孔多后，丽贝卡和他结合，并离开了布恩迪亚家族。此时，本来可以享受爱情蜜果的阿玛兰妲却拒绝了克雷斯皮，致使皮埃特罗·克雷斯皮割腕而死。自由派军官赫里内勒多·马尔克斯上校也曾深爱阿玛兰妲，但她依然对其进行了情感折磨。她曾亲手抚养长大的侄子奥雷里亚诺·何塞也曾深爱过她。后来，阿玛兰妲又将小何塞·阿尔卡蒂奥抚养长大，她依然成为后者的爱恋对象。按照乌尔苏拉临终前的解释，阿玛兰妲其实是布恩迪亚家族中最富柔情的女人，她拒绝爱她的人，不是因为她不爱他们，而是因为她更爱他们，以至于害怕受到这种爱的伤害而终身处于恐惧之中。阿玛兰妲一生最大的敌人是和她一起长大的丽贝卡。

阿尔卡蒂奥：乌尔苏拉的长孙。何塞·阿尔卡蒂奥与庇拉尔·特尔内拉的私生子，由乌尔苏拉抚养长大，后来成为马孔多的统治者。他曾疯狂思念过梅尔基亚德斯，最终被政府军杀害。

奥雷里亚诺·何塞：乌尔苏拉的次孙。奥雷里亚诺·布恩迪亚上校与庇拉尔·特尔内拉的私生子，其妻蕾梅黛丝将奥雷里亚诺·何塞认作长子。蕾梅黛丝去世后，由阿玛兰妲抚养长大，后随父亲奥雷里亚诺·布恩迪亚上校从军，因思念阿玛兰妲做了逃兵回到马孔多，最终死于政府军上尉阿吉莱斯·里卡多上尉枪下。

美人蕾梅黛丝（亦称蕾梅黛丝·布恩迪亚）：乌尔苏拉的曾孙女。阿尔卡蒂奥与桑塔索菲亚·德拉·彼达所生。美艳惊人，但无感情，后来乘飞毯升天。按照书中所说："事实上，美人蕾梅黛丝不属于这个世界。"她二十岁时还只会说一些简单的话，她有时赤身裸体行走于家中而无视家人的存在。所有读过《百年孤独》的人几乎都被蕾梅黛丝的美所倾倒，马尔克斯把这样一个人物呈现给我们，大约有自己的一种幻想存放其中。

【名家点评】

马尔克斯在《百年孤独》中"创造了一个独特的天地，即围绕着马孔多的世界"，"汇聚了不可思议的奇迹和最纯粹的现实生活"，因而授予他诺贝尔文学奖。

——瑞典文学院

他（马尔克斯）是"继塞万提斯之后最伟大的语言大师"。

——智利诗人巴勃罗·聂鲁达

《百年孤独》是继《创世记》之后，首部值得全人类阅读的文学巨著。

——《纽约时报》

【作品影响】

《百年孤独》刚一面世即震惊拉丁美洲文坛及整个西班牙语世界，并很快被翻译为多种语言。马尔克斯也一跃成为名噪一时的世界级作家。《百年孤独》可以说是拉丁美洲历史文化的浓缩投影，被公认为魔幻现实主义最具代表性的作品。被称为"20世纪用西班牙文写作最杰出的长篇小说之一"。

【作者小趣闻】

著名作家加西亚·马尔克斯早时曾避难巴黎，当时身无分文，且不大听得懂法语，四处流浪，靠卖旧报纸过活。

初冬，马尔克斯带着一摞报纸踱进一家旅馆。老板娘见他衣衫破烂，当即要驱赶他，老板拉克鲁瓦见状，责怪了老板娘一句话，便把马尔克斯领到了旅馆楼梯下的储物间。就这样，马尔克斯借住下来，继续靠卖旧报度日，老板娘常来催租，没收到钱便想撵他走。每次，老板拉克鲁瓦总是及时出现，反复用当初收留他的那句话进行劝阻。孰料，马尔克斯的境况越发糟糕，老板娘彻底失望了，虽不再催逼，但终日能听到老板娘的责骂声和老板的劝慰声。多日之后，马尔克斯觉得不好再继续住下去了，便在一个深夜推门而出……

1967年，马尔克斯发表了著名小说《百年孤独》，迎来了人生转机。他记起当年的救助，便前往那家旅馆清还欠债。此时老板拉克鲁瓦已经去世，老板娘难以置信地望着马尔克斯，怎么也无法把眼前这位绅士和当年那个邋遢的流浪汉联系起来。马尔克斯答谢了一番，忍不住问："当年拉克鲁瓦多次劝你把我留下，他到底说了什么？"老板娘愣了愣，笑着说："那大傻瓜！他每次都劝我，看人得看神，一个没饭吃、没衣穿的人，还在读报纸，迟早会有大出息！"

【常考知识点】

1.《百年孤独》的作者是哥伦比亚最著名的作家马尔克斯，也是魔幻现实主义文学的杰出代表。作品中描写了布恩迪亚家族7代人的坎坷命运，反映了拉美近百年的历史和社会现实。

2.马尔克斯的主要作品有（　AC　）。（多选题）

A.《百年孤独》

B.《家长的没落》

C.《霍乱时期的爱情》

D.《迷宫里的将军》

3.试着论述《百年孤独》中"孤独"主题。

《百年孤独》中"孤独"主要表现为个体的孤独、家族的孤独和社会的孤独三个层面。造成孤独的表层原因是殖民者的经济掠夺和文化入侵，深层原因在于拉美地区独特的民族精神意识，此外，理想与现实的巨大差距使个体看透理想的虚无本质回归无作为的孤独状态，道德和欲望的矛盾导致了家族的孤独甚至于毁灭。“孤独”不仅是拉美民族历史境遇的象征，也是现代精神意识的体现，而且，孤独是人类生命的本能，其中的积极因素甚至能够成为拉美民族走向未来的崭新的精神力量。

4.为什么说《百年孤独》是魔幻现实主义作品？它体现在什么地方？

魔幻现实主义是用丰富的想象和艺术夸张的手法，对现实生活进行“特殊表现”，把现实变成一种“神奇现实”。魔幻现实主义文学在体裁上以小说为主，这些作品大多以神奇、魔幻的手法反映拉丁美洲各国的现实生活。“把神奇和怪诞的人物和情节，以及各种超自然的现象插入反映现实的叙事和描写中，使拉丁美洲现实的政治社会变成了一种现代神话，既有离奇幻想的意境，又有现实主义的情节和场面，人鬼难分，幻觉和现实相混”，从而创造出一种魔幻和现实融为一体、“魔幻”而不失其真实的独特风格。比如《百年孤独》中写马孔多的居民们在失眠病毒蔓延之后都失眠了，不久又患上了健忘症，连日常的生活用品的名字都忘了，于是只好在每件物品上贴上标签，注明名称、用途等。这个情节的象征寓意是耐人寻味的，它在告诫拉丁美洲人民，民族的历史和文化正在被人遗忘，这是何等危险啊！而且，这个经历了许多沧桑变化的马孔多小镇，不正是——百多年来孤独而又多灾多难的拉丁美洲大陆的象征吗？

5.《百年孤独》的艺术特色是什么？

《百年孤独》是魔幻现实主义的经典作品，作者遵循“变现实为幻想而又不失其真实”的创作原则，把触目惊心的现实和源自神话传说的幻想结合起来，使读者从这种色彩斑斓、风格独特的画面中，获得一种“似真非真，似假非假”的艺术感受。小说艺术特色主要表现在两个方面：①现实主义和现代主义相结合。作家把神话、传说、梦幻杂糅在奇谲多变的情节发展之中，打破客观世界与主观世界、人间与鬼蜮的界限，置人物于更广阔的天地中，使人物、事物具有跨时空的更大容量。小说写出了拉丁美洲与世隔绝、愚昧落后的历史真实。②象征、暗示手法的大量运用。如全村得健忘症，为

了生活，人们不得不在各种物品上贴上标签。这类例子很多，作家这样写的目的是暗示大家要牢记容易被人遗忘的历史。

6.马尔克斯的《百年孤独》是（ B ）文学的代表作。

A.黑色幽默 B.魔幻现实主义 C.现代主义 D.存在主义

7.魔幻现实主义文学从本质上看，所表现的并不是魔幻而是现实。“魔幻”只是手法，反映现实才是目的。

8.魔幻现实主义的经典作品是（ C ）。

A.《家长的没落》 B.《周末后的一天》

C.《百年孤独》 D.《总统先生》

9.《百年孤独》的主题是什么？

包括两方面的含义：“百年”指历史。作者虚构的马孔多是哥伦比亚乃至拉美的缩影，作者描写的布恩迪亚家族和马孔多百年历史，是一个循环反复过程。作者用意表明：拉美的百年历史并没有摆脱贫困落后和愚昧的困境，循环意味着停滞，拉美人民面临历史使命是寻找新的出路。“孤独”指主题。马尔克斯在写拉美历史时，更注意挖掘和表现拉美人民的精神生活。造成拉美人民的不幸和灾难，有外来的因素，也有本身存在的内部根源，尤其是人们精神上的原因。他把这种精神生活上的普遍存在的问题归结为孤独。

《安徒生童话》

汉斯·克里斯汀·安徒生

名著导读

【主要故事情节】

《海的女儿》：小人鱼为了能和自己所爱的陆地上的王子在一起，用自己美妙的嗓音和三百年的生命换来了巫婆的药酒，于是，她有了一双美丽的脚，每走一步就像走在碎玻璃上一样疼痛。眼看着王子和别人结婚，她宁可牺牲自己的生命，也要为王子祝福。

《丑小鸭》：丑小鸭历经千辛万苦、重重磨难之后变成了白天鹅，那是因为它心中有着梦想。

《屎壳郎》：皇宫马厩的一只屎壳郎竟然要求和皇帝的战马享有一样的待遇——钉上金掌。为此，他不惜游历一番，以证明自己和那匹马一样，是个不可小看的人物。在他最为得意，认为梦想成真的那刻，却被皇帝压在马鞍底下。

《野天鹅》：这是一场善与恶的斗争。艾丽莎是个柔弱的女子，但她战胜了比她强大得多、有权有势的王后和主教，救出了被王后的魔法变成天鹅的十一位哥哥。她可以成功靠的是她的勇气、决心和毅力，面对荨麻的刺痛和一年不能说话的痛苦，这需要多大的勇气去面对啊。即使面对主教对她的诬陷和把她烧死的惩罚，她也没有放弃，一直坚持到最后一分钟，终于完成了她的工作。

《夜莺》：夜莺那曼妙的嗓音赢得了全世界博学之士的推崇，也赢得了中国皇帝的眼泪。在皇帝弥留之际，夜莺再次来到皇帝的身边为他歌唱，阎王使者潸然泪下后飘然离去，皇帝的生命得到了延续。

《雪人》：一个刚刚诞生想知道爱情是什么的雪人，竟然神魂颠倒地爱上了房子里的炉子。它们彼此相爱，白天深情相对，晚上翩翩起舞，度过了一个美丽的冬天。其间虽有短暂的挫折，却表明了雪人对炉子的真挚爱情，最后雪人融化在爱人的怀抱里。

《打火匣》：一个士兵娶到了公主，并成为国王。

《瓶颈》：一只不断梦想着到皇宫酒窖的香槟酒瓶子被普通人买去，并漂洋过海，升到高空，装过药酒，装过种子，最后却摔破成了一只瓶脖子。可它最后那么快乐，那是因为它终于领悟到，原来自己身边的一切才是对自己最为重要的。

《拇指姑娘》：有一位老婆婆非常渴望有一个美丽的小孩子，巫婆帮助她实现了这个愿望，让她得到了漂亮、善良的拇指姑娘。可有一天，拇指姑娘被一只癞蛤蟆偷走了，从此，她开始了惊险、梦幻般的旅程。在拇指姑娘的旅程中，癞蛤蟆和鼹鼠都要娶拇指姑娘，但拇指姑娘最后嫁给了花世界的国王。

《园丁与主人》：拉森是一个忠诚的、有天赋的园丁，他一生都在照顾主人的园子。但是，主人对他的天才园艺视而不见，只有不停地抱怨。在经历一场暴风雨后。主人终于认识到了拉森的忠实和聪明。

《冰雪女皇》：冰雪皇后为了解除下在自己身上的咒语，带走了可伊，小格尔达历经千辛万苦，找到了冰雪皇后的宫殿，救出了自己的朋友，回到了日夜思念他们的奶奶的身边。

《小猪倌》：年轻的王子为了赢得邻国的一位公主的芳心，乔装打扮成皇宫里最卑微的猪倌。他发挥才智做了一个能够演奏舞曲的拨浪鼓，并提出只有公主的一百个吻才能交换。为了得到它，公主答应了他的要求。王子亲吻时却被皇帝撞见了，公主因此被赶出了皇宫，这时候王子也看清楚了公主的真实面目扬长而去。

《笨蛋杰克》：一位国王想为女儿挑个好丈夫，然而公主厌倦了身边的王公贵族，因为他们只是一些会阿谀奉承的家伙，于是国王决定从贫民中为女儿选择爱人。来求婚的人不计其数，他们都穿着考究的制服，装出一副有学问的样子，可是当他们走进宫殿时都丑态百出，公主感到厌恶至极。最终，骑着山羊闯进皇宫的杰克给公主带来了欢笑，也赢得了公主的爱情。

《豌豆上的公主》：古时候有个王子，想要一位真正的公主为妻，一日深夜，一名自称是公主的女子来借宿，为了弄清女子是不是真正的公主，王后在她的床板上放了一粒豌豆，然后垫上二十层床垫和二十层鸭绒被。次日早上，公主说自己被床上不知道有个什么东西硌得浑身发疼一晚上没睡。王子终于找到了他心爱的“真正的公主”，一个真正的公主，才会拥有那么娇嫩的皮肤，因此才会通过豌豆的考验。

《坚定的锡兵》：哈迪和其他的玩具锡兵不太一样，他只有一条腿，但是他有一颗勇敢、坚定、充满爱的心，这弥补了他身体的残缺。哈迪深爱着一位纸做的跳舞娃娃，但是他们要想在一起很难。经过几次悲惨的遭遇后，哈迪被扔进火炉，虽然四周烈焰熊熊，他仍热切地凝望着心爱的跳舞娃娃。接着刮起一阵风，跳舞娃娃被吹进了火炉，来到锡兵的身边。

《肉肠签子汤》：在厨房的地下室里，耗子们正在用发霉的面包、熏咸肉和馊牛奶举办一年一度的宴会。耗子太后给耗子国王下了最后的通牒，必须从7位公主里选择一个做皇后。国王深思熟虑后宣布，谁能给他带回肉肠签子汤的制作方法，谁就能成为他的新娘。最后，出乎意料的是，聪明、机智的耗子厨娘赢得了胜利，当上了皇后。肉肠签子汤是丹麦的一句谚语，寓意为言之无物的谈话或文章。

《老爹做的事总是对的》：在不同的人那里，对快乐的看法是那么不一样，而在对快乐看法一致的人那里，生活在一起真是一种幸福。老爹用一匹好马换来了一头奶牛，又用奶牛换回了一只鹅，用鹅换了鸡，最后用鸡换回了一麻袋苹果，老伴竟对老爹的做法非常认同并亲吻了他。和老爹打赌老伴会生气的两位绅士输了，意识到他们是真的非常幸福，由此改变了看法。

《飞箱》：爱讲故事的斯文继承了他父亲的所有财产后，便开始挥霍了，终于有一天，他变得一无所有，剩下的全部财产就只有一只旧箱子，但这只神奇的旧箱子竟然能飞。飞箱把斯文带到了他梦中的公主身边，斯文想尽一切办法娶公主，但最后斯文发现，原来他爱的不是金钱，也不是公主，他爱的是讲故事。

【作者简介】

汉斯·克里斯汀·安徒生（1805—1875），丹麦19世纪童话作家，被誉为“世界儿童文学的太阳”。安徒生的代表作有《小锡兵》《海的女儿》《拇指姑娘》《卖火柴的小女孩》《丑小鸭》《皇帝的新装》等。安徒生出生于欧登塞城一个贫穷的鞋匠家庭，童年生活贫苦，父亲是鞋匠，母亲是用人。他早年在慈善学校读过书，当过学徒工，受父亲和民间口头文学影响，他从小爱文学。11岁时父亲病逝，母亲改嫁。为追求艺术，他14岁时只身来到首都哥本哈根，经过8年奋斗，他终于在诗剧《阿尔芙索尔》中展露才华，因此被皇家艺术剧院送进斯拉格尔塞文法学校和赫尔辛欧学校免费就读，历时5年。1828年，升入哥本哈根大学，毕业后始终无工作，主要靠稿费维持生活。1838年获得作家奖金——国家每年拨给他200元非公职津贴。安徒生文学生涯始于1822年的编写剧本。进入大学后，他的创作日趋成熟，曾发表游记和歌舞喜剧，出版诗集和诗剧。1833年出版长篇小说《即兴诗人》，为他赢得国际声誉，是他成人文学的代表作。他的作品《安徒生童话》已经被译为150多种语言，在全球各地发行和出版。

【作品简介】

主要写了安徒生对这个黑暗社会的无奈，因此用童话生动地表达了出来。主要内容是将当时社会上的恶俗现象和封建的皇帝官员编写成故事等，意在讽刺，但充满梦幻和童真，吸引读者，公主与王子的爱情故事，丑小鸭变成天鹅等，都在告诉我们一些道理。

【创作背景】

在安徒生所处的时代，丹麦仍是一个君主专制主义社会，自中古以降，社会生活一直极少受到触动。进入19世纪以后，则出现一系列重大历史变动，拿破仑战争造成的国力虚耗，在挪威问题上的失败，20年代的经济衰退，国王由保皇立场转向独裁，中产阶级谨小慎微、委曲求全，这些都使社会基本处于政治压迫和文化愚昧状态。在安徒生的作品中，我们也处处感到这个时代的灰色和压抑。安徒生将童话作为一种现代表达方式来进行创作，他借用童话的“儿童”视角透视现代人的复杂生活。安徒生让童话超越了民间文学范畴的传奇想象，成为一种鲜明的个体写作和现代技巧探索。

【思想主题】

安徒生童话的题材很广，在他众多的童话中，悲剧性故事占有相当分量，从他中期创作的《海的女儿》到其晚期创作的《老约翰尼讲的故事》，悲剧无所不在。这些作品以人对理想生活和美好爱情希冀的破灭，人的精神追求的失败，美的心灵被践踏，还有善良的劳动者的被迫害或被奴役为结局，在这些作品中，美的、有价值的东西被毁灭了。然而在作者所书写的形形色色的悲剧人生中，读者感受到这位伟大的作家用美的颜色为悲惨的人生、痛苦的心灵印上一层柔美、隽永而典雅的色彩。悲剧为之在安徒生的世界里显得不一般，无论是对为理想而献身的小人鱼《海的女儿》，对一生探求而由崇高的母爱而放弃孩子现实生命的母亲《母亲的故事》，抑或是对那些处于困境，向往追求美好生活，追求爱情但最终被黑暗社会所吞噬，被命运所不公的劳动者和忠于爱情之士（如《卖火柴的小姑娘》《柳树下的梦》《没有画的画册》《第三夜》《她是一个废物》《老约翰尼的故事》《依卜和小克里斯汀》），安徒生都寄托了自己对他们的同情、理解、挚爱、尊重和歌颂，这份情感在其作品中的表现是绵长。

【写作特色】

安徒生的文笔诙谐而又柔和，灵动轻巧又饱含浓重的忧伤和哀挽。他的许多技巧精致而不矫饰、主题深刻而不刻板。他能让文学传统中那些浪漫、古老、深情和微弱的成分与那些现代、飞速、冷漠和随意的情绪发生联系和产生磁场，比如《拇指姑娘》和《老爹做的事总是对的》这样的故事，就让单纯的心、朴素的想法、古老的生活原则在现代生活的氛围里散发出扑面而来的、令人产生乡愁的愉快和伤感。安徒生世界中诸多悲剧性叙事昭示了这样一个事实：作者以不同题材的悲剧故事，尽显人的美和善，尽显着悲剧人物对希望、对生活、对爱情、对幸福的向往和追求。

【名家点评】

“安徒生以孩童的眼光和诗

人的手笔写下了文学世界中的极品。”

——中国作家周作人

“半年之前，我读安徒生的作品，没有读懂。半年之后，我重读，这一次我读懂了。安徒生很孤独，强烈的孤独。”

——列夫·托尔斯泰

“安徒生童话在全世界的发行量仅次于《圣经》，《圣经》发现的是神，而安徒生发现的是人，神最终要归结到人，而安徒生是直接从人到人。”

——翻译家林桦

【作品影响】

安徒生是世界级的童话大师，无论是从他的影响还是从他的地位来看都是后人无法超越的。他在童话中描写了下层的民众，描写了上层的国王、公主。有对动物的描写，也有对毫无生命的物体拟人化地描写，在安徒生的童话中任何的物体都是有生命的。安徒生以儿童的眼光来审视世界，当儿童在现实生活中的愿望无法实现时，就会借助于想象，从而实现自己的愿望，安徒生正是借助于儿童的这个特点，在童话中运用了大胆的想象，丰富了儿童的内心世界。同时安徒生童话也是充满了幽默，符合孩子们天真无邪的特点。儿童在品读安徒生童话的同时，就像是在读一首诗一样，充满了诗意的语言。安徒生在写童话的同时，并没有脱离现实进行凭空的捏造，而是紧扣当时的社会，对社会的现实进行尖刻的描写。安徒生从小就失去父亲，母亲一人艰苦地把他养大，他从小就和劳动人民接触，了解他们的生活，所以在创作童话的同时也倾注了他对劳动者的同情，对昏庸的统治者尖刻的批判。

【作者小趣闻】

个人生活

安徒生一生未结婚，他将自己毕生的时间都耗费在了童话上，他不愿意去接触外人，他十分自卑，认为自己不仅相貌丑，还穷。在临终前不久，安徒生曾对一位年轻作家说：“我为自己的童话付出了巨大的，甚至可以说是无可估量的代价。为了童话，我拒绝了自己的幸福，并且错过了这样一段时间，那时，尽管想象是怎样有力、如何光辉，它还是应该让位给现实的。”

【常考知识点】

1.《安徒生童话》是丹麦作家安徒生创作的童话集，共由166篇故事组成。

2.《卖火柴的小女孩》中的小女孩最后在亮光中看到了（ C ）。

A.烤鹅　　B.圣诞树

C.奶奶　　D.糖果

3.《皇帝的新装》中，“皇上什么也没有穿”是（ A ）说的话。

A.一个小孩　B.大臣

C.围观的人　D.骗子

4.小意达是哪个故事中的主人公？

《小意达的花儿》

5.安徒生是（ C ）国著名的童话作家，世界文学童话创始人，被世人公认是“童话之王”。

A.中国　B.美国　C.丹麦

6.《海的女儿》中的小公主最后化成了（ A ）。

A.泡沫　　B.海水

C.海草　　D.小精灵

7.判断题。（正确的打“√”，错误的打“×”）

（1）《海的女儿》中王子最后娶了美人鱼。（ × ）

（2）《皇帝新装》中，最终一个孩子说：“皇帝什么都没穿。”（ √ ）

（3）《丑小鸭》一文中，丑小鸭最终变成了美丽的白天鹅。（ √ ）

（4）《海的女儿》中，小公主最喜欢听祖母讲人间的故事。（ √ ）

（5）《卖火柴的小女孩》中的小女孩在大年夜冻死了。（ √ ）

8.连线题。

一颗好的心是永远不会骄傲的。　《夜莺》

比起您的王冠来，我更爱您的心。　《丑小鸭》

为了别人而忘我——这是一桩幸福的事情。　《老路灯》

凡是我们不能跟别人共享的快乐，只能算是一半的快乐。　《茶壶》

9.在《海的女儿》这篇童话中，小美人鱼为什么没有了声音？

小美人鱼歌声很好听，巫师以小美人鱼的歌声为条件，给了小美人鱼双腿，因此夺走了她的声音。

《伊索寓言》

伊索

名著导读

【主要故事情节】

第一卷：狐狸和葡萄、狼与鹭鸶、小男孩与蝎子、掉在井里的狐狸和公山羊、寡妇与母鸡、徒劳的寒鸦、站在屋顶的小山羊与狼、山震、善与恶、老猎、蚂蚁与屎壳郎、公鸡和宝玉等；第二卷：口渴的鸽子、小蟹与母蟹、骆驼与宙斯、一只眼睛的鹿、朋友与熊、牛栏里的鹿、烧炭人与漂布人、狮子等。

伊索

【作者简介】

伊索，公元前6世纪的希腊寓言家，弗里吉亚人，2500多年前出生在希腊。他与克雷洛夫、拉·封丹和莱辛并称世界四大寓言家。伊索童年时期是一个哑巴，而且长得很丑，但他的母亲非常爱他，时常讲故事给他听。他曾是萨摩斯岛雅德蒙家的奴隶，被转卖多次，但因知识渊博、聪颖过人，最后获得自由。自由后，伊索开始环游世界，为人们讲述他的寓言故事，深受古希腊人民的喜爱。母亲去世后，伊索跟着曾照料过他的老人离家到各地去漫游，因此学到了许多有关鸟类、昆虫和动物的故事。伊索并没有写下他的寓言，他完全凭记忆口授，其形式简洁精练，内容隽永，含义深奥，于浅显生动的语言中，颇耐人寻味。现在常见的《伊索寓言》是后人根据拜占庭僧侣普拉努得斯搜集的寓言以及后来陆陆续续发现的古希腊寓言传抄本编订的。

【作品简介】

《伊索寓言》通过简短的寓言故事来体现日常生活中那些不为人们察觉的真理，这些小故事各具魅力，言简意赅，平易近人。不但读者众多，在文学史上也具有重大影响，作家、诗人、哲学家、平常百姓都从中得到过启发和乐趣。许多故事真可以说是家喻户晓，如“龟兔赛跑”“狼来了”等等。

伊索寓言大多是动物故事，其中的一部分如《狼与小羊》《狮子与野驴》等，用豺狼、狮子等凶恶的动物比喻人间的权贵，揭露他们的专横、残暴、虐害弱小的罪行，反映了平民或奴隶的思想感情。《乌龟与兔》《牧人与野山羊》等，则总结了人们的生活经验，教人处世和做人的道理。

【创作背景】

《伊索寓言》应该是古代希腊人在相当长的历史时期内的集体创作。随着时间的推移，书的内容更加丰富，这部作品中又加入印度、阿拉伯及基督教故事，也就形成了现在的三百五十多篇。所以，严格地说，这部作品应该是古希腊寓言的汇编。

【思想主题】

映射当时的社会现实，揭露统治者的蛮横，是《伊索寓言》的一个重要内容，如《欠债人》《狼和小羊》等。《狼和小羊》讲的是：狼来到小溪边，看见正在那儿喝水的小羊，狼很想吃掉小羊，就故意找借口，一会儿说小羊把他的水弄脏了，一会儿说小羊去年说他的坏话。小羊老老实实地为自己辩解，最后，狼无话可说，直接露出凶狠的嘴脸，将小羊吃掉了。在这个故事里，狼代表着具有权威的统治者，他们用强权压榨着一些像小羊那样弱小的人，不给他们说话的机会，揭示出统治者的残暴和虚伪。

此外，表现劳动人民生活经验与智慧的内容也占大部分篇章。最著名的要数《口渴的乌鸦》，一只口渴的乌鸦看到一个大水罐，水罐里的水不多，乌鸦想了很多办法，怎么也喝不到水，后来，乌鸦想到了将石子投到水罐里这个办法。最后，随着石子的增多，水罐里的水慢慢地升高了，乌鸦终于喝到了水。这个故事告诉我们：遇到事情时不要蛮干，要多多动脑筋，想办法，就会有另外一条出路。此外，《乌龟和兔子》《狐狸和山羊》《蝮蛇和水蛇》等故事，则是告诉了读者一些为人处世的道理。

《伊索寓言》里的故事，除极少数例外，均以篇末的寓意作结。多数寓意与故事情节切合无间，具“画龙点睛”之效，少数寓意失之穿凿牵强，有“画蛇添足”之嫌。《伊索寓言》反复申述的一个命题，即“知足常乐，贪多必忧”，甚具现实意义，催人猛省。此外，主张诚信待人、宣扬劳动致富、强调分清敌友、提倡教子有方等等寓意，都能在书中觅取相应的例证。

【写作特色】

①生动有趣的故事情节。伊索寓言主要是动物故事，同时也有一些植物故事、神话传说故事和反映人们的日常生活的寓言故事。故事涉及的面很广，反映了作者对相关的动物的生活及其相互关系和人们的各种日常生活场面的入微观察、精细体会。这些故事都是对那些观察和体会的进一步的人为虚构、杜撰，它们构思得如此巧妙，令人觉得如此逼真，展现的侧面犹如现实生活中的真实场景一样，读来有身临其境之感。

②个性突出的语言表达形式。《伊索寓言》的文字表达的一个重要特点是故事本身的表达不注重人物形象的塑造和环境的描述，而着意于对动作过程的交代，以求构成一个简洁的故事框架。事件或场面多用客观直叙，很少采用对话形式，往往只是在故事末尾用一句直接引语，以突出主题。语言简明扼要，很少做美化修饰，从而给读者留下了丰富而广阔的想象空间。

《伊索寓言》具有高超的叙述语言技巧。一是《伊索寓言》中的故事采用了拟人化的语言。比如赋予故事中的每一种动物以人的个性，牛是忠实，狐狸就是狡猾，狼就是奸诈，特别是作者借这些动物来讽刺社会中的某些人及某些人身上的弱点。因为伊索的身份限制，他要用这样的方式来写寓言，搜集的也是流传在奴隶中间的故事，都是以物喻人。所以伊索寓言还被称为“奴隶的语言”。二是善于通过对话表现人物的性格，让读

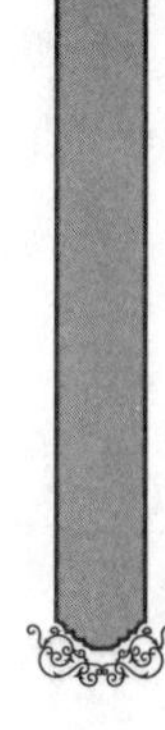

者在幽默的语言中明白故事的寓意。比如《赫耳墨斯和雕像者》一则就是通过对话描写展示情节发展，告诉读者丰富的寓意。

这里需要说明的是《伊索寓言》产生于古代，内容必定含有那个时代的社会影响，特别是故事后面附的“教训”，有的很好，很切题，但也有一些显得牵强附会，与故事本身的内容不尽相合，读者只可以把它们作为一种古代材料去阅读。不过这些并没有妨碍各个时代的不同读者去阅读和接受这些寓言本身。

③有趣的故事形象。将动物人格化，借此来嘲讽人类的缺点是《伊索寓言》又一大特点。如《狐狸和葡萄》：一只狐狸饿了，看见葡萄架上挂着晶莹剔透的葡萄，口水直流，想要摘下来吃，但他尝试了各种办法，就是摘不到葡萄。最后，狐狸无奈地走了，边走边安慰自己说：“这葡萄没有熟，肯定是酸的。”这故事告诉我们，有些人明明是因为自己的能力小，做不成事，却偏偏要找一些借口。再如《寡妇与母鸡》：寡妇养了一只母鸡，母鸡每天都会下一个蛋。寡妇想着多给鸡喂些大麦，让它每天下两个蛋。寡妇就这样不停地喂着，结果母鸡越长越肥，每天一个蛋也不下了。这个故事告诉我们，有些人总是十分贪婪，希望得到更多的利益，结果却连自己已经拥有的都失去了。

【作品影响】

《伊索寓言》被誉为西方寓言的始祖，它的出现奠定了寓言作为一种文学体裁的基石。两千多年来，《伊索寓言》在欧洲文学发展史上产生过极其深远而广泛的影响，一再成为后世寓言创作的蓝本。

【常考知识点】

1.《狐狸和葡萄》是说，有些人能力小，做不成事，就借口说时机未成熟。

2.《猫和鼠》这个故事说明，聪明人吃一堑，长一智，不会再受伪装的欺骗了。

3.《伊索寓言》是世界文学史上流传最广的寓言故事集之一。

4.《掉在井里的狐狸和公山羊》是说聪明的人应事先考虑清楚事情的结果，然后才去做。

5.用一则成语来概括《骄傲的蚊子》的寓意，恰当的一个是骄兵必败。

6.寓言是文学作品的一种体裁，是带有讽刺或规劝性质的故事，在创作上常常运用拟人等表现手法。

7.《伊索寓言》是世界上最古老的一部寓言故事集，相传为公元前6世纪古希腊（国家）的伊索（作者）所写。

8.《伊索寓言》原书名为《埃索波斯故事集成》，它是欧洲最早的寓言集，在欧洲文学史上奠定了寓言创作的基础。

9.《伊索寓言》大部分是动物寓言，少部分以神或人为主人公，往往客观的叙述一个故事，最后以一句话画龙点睛地揭示蕴含的意义。

10.《伊索寓言》的动物寓言部分，广泛采用拟人手法，表现动物各自的习性。诸如豺狼的凶残，狐狸的狡猾，狮子的威猛，山羊的怯懦，等等，都刻画得栩栩如生，给人留下深刻的印象。

《天方夜谭》

阿拉伯民间故事

名著导读

【主要故事情节】

相传古时候，在古阿拉伯的海岛上，有一个萨桑王国，国王名叫山努亚。有一天，山努亚和他的弟弟萨曼来到一片紧邻大海的草原，当他们正在一棵树下休息时，突然海中间冒起一个黑色的水柱，一个女郎来到了他们身边，并告诉他们天下所有的妇女都是不可信赖、不可信任的。国王山努亚和弟弟萨曼回到萨桑王国后，发现王后行为不端，他们便杀死了王后。从此，山努亚因为深深地厌恶妇女便又杀死宫女。他存心报复，又开始每天娶一个女子来过一夜，次日便杀掉再娶，完全变成了一个暴君。这样年复一年，持续了三个年头，杀掉了一千多个女子。

宰相的女儿山鲁佐德对父亲说她要嫁给国王，她要试图拯救千千万万的女子。山鲁佐德进宫后每天晚上都给国王讲一个故事，而且只讲开头和中间，不讲结尾，国王为了听故事的结尾，就把杀山鲁佐德的日期延迟了一天又一天。就这样，山鲁佐德每天讲一个故事，她的故事无穷无尽，一个比一个精彩，一直讲到第一千零一夜，终于感动了国王。山努亚说："凭安拉的名义起誓，我决心不杀你了，你的故事让我感动。我将把这些故事记录下来，永远保存。"于是便有了《天方夜谭》这本书。

【作者简介】

《天方夜谭》属于阿拉伯民间故事。

【作品简介】

《天方夜谭》是阿拉伯民间故事集，又名《一千零一夜》。相传古代印度与中国之间有一个萨桑国，国王山努亚生性残暴嫉妒，因王后行为不端，将其杀死，此后每日娶一少女，翌日晨即杀掉，以示报复。宰相的女儿山鲁佐德为拯救无辜的女子，自愿嫁给国王，用讲述故事方法吸引国王，每夜讲到最精彩处，天刚好亮了，使国王爱不忍杀，允她下一夜继续讲。她的故事一直讲了一千零一夜，国王终于被感动，与她白首偕老。这本书因内容丰富，规模宏大，故被高尔基誉为世界民间文学史上“最壮丽的一座纪念碑”。

【创作背景】

《天方夜谭》是阿拉伯帝国创建后阿拉伯民族精神形成和确立时期的产物。穆罕默德公元7世纪创立了伊斯兰教并统一了阿拉伯半岛，之后阿拉伯帝国不断向四周扩张，并四处弘扬伊斯兰教义。

《天方夜谭》有三个故事来源：一是波斯故事集《赫左儿·艾夫萨乃》；二是伊拉克即以巴格达为中心的阿巴斯王朝时期流行的故事；三是埃及支马立克王朝时期流行的故事。这本身就显示了阿拉伯民族极强的开放性和包容性，然后经过加工整理，让这些故事中融入阿拉伯民族精神，汇进阿拉伯精神文化体系。这也从侧面反映了阿拉伯民族的扩张的野心。从《天方夜谭》中一次次对遥远的中国的描述，许多商人不畏艰险地从事商业贸易活动，也可以看出阿拉伯民族是一个极具探险精神的民族，他们在故事中热情的讴歌和赞扬了那些勇敢、机敏、敢于探险的人。这本书其实并不是哪一位作家的作品，它是中东地区广大市井艺人和文人学士在几百年的时间里收集、提炼和加工而成的，是这个地区广大阿拉伯人民、波斯人民聪明才智的结晶。《天方夜谭》的故事很早就在阿拉伯地区的民间口头流传，约在公元八九世纪之交出现了早期的手抄本，到12世纪，埃及人首先使用了《一千零一夜》的书名，但直到15世纪末16世纪初才基本定型。《天方夜谭》的故事一经产生，便广为流传，在十字军东征时期就传到了欧洲。

【思想主题】

《天方夜谭》中有不少故事揭露了中世纪阿拉伯社会的黑暗与不幸，描写了广大人民群众的疾苦，反映了他们对于现实生活的不满，在某种程度上再现了当时的历史真实，这正是故事集现实主义表现手法的体现。在暴露社会的黑暗与不公平方面，《天方夜谭》没有停留在仅仅描写广大人民群众疾苦或反映他们对于现实生活不满的情绪上，而是把矛头指向了帝国的统治者——哈里发，对他们的昏庸无道、专横跋扈和欺诈成性痛加揭露，无情鞭挞。

《天方夜谭》中的大多数故事都是围绕统治者展开的，君王的称呼有国王、苏丹、哈里发和执政者四种，对君王修养及其行为准则有大量篇幅的描述。文中所阐述的权力观实际上是建立在一种政本位文化基础之上的，限定在社会政治价值及其相关的道德伦理价值，即所谓的"明主仁政"。

【写作特色】

这部作品的主要成就在于它朴素的现实描绘和浪漫的幻想互相交织的表现手法，生动地反映了广大人民群众对于美好生活的憧憬，他们的爱憎感情和淳朴善良的品质，这也是作品具有人民性的标志。语言丰富优美，通俗流畅，生动活泼，有声有色，充分体现了人民口头创作的特点，在手法上充分运用了诗文并茂的表现手法。叙事写景以通俗易懂的白话文为主，又辅以故事人物的吟歌和吟诗来进一步突出主题思想。民众口头语言和谚语使语的运用，使生活气息浓厚。在词汇丰富、生动流畅、极富感染力的口头语言中融入一些叙事传情的诗歌和散文无疑给作品平添了许多抒情色彩，同时也使行文显得活泼多姿。

许多故事善于运用象征、比喻、幽默、讽刺等语言手段来加强作品的艺术感染力。其中一些故事在叙述情节的过程中往往还插入一些警句、格言、谚语和短诗等，这就使故事的内容更为丰富多彩，引人入胜。这种诗文并茂、相得益彰的手法是对阿拉伯古典文学传统的继承发扬和创新。

【主要人物及其事件】

山鲁佐德：宰相的女儿。她每天夜晚讲述各式各样的新奇故事给国王听，来安慰国王丧失王妃后的寂寞。她是一位富于机智、年轻貌美的少女。

阿里巴巴：《阿里巴巴和四十大盗的故事》中的主角。他本来出身贫贱，后来因为一个偶然的机会，知道了出入盗贼宝库的咒语，又由于女婢马奇娜的机智，很巧妙地把贼党杀尽，发了大财，过上了幸福的生活。

辛巴达：《航海家辛巴达的故事》中的主角。他生性爱好冒险，时常航海旅行。虽然屡次碰到几乎丧失生命的危险，但他绝不失望，后来终于获得了财富。

阿拉丁：《阿拉丁和神灯的故事》中的主角。他满怀着希望到巴格达去经商，哪晓得却碰到意外的大灾难，被人诬告，逃亡远方，直等坏人被捕以后，才被宣告无罪。

【名家点评】

《一千零一夜》是民间口头创作中“最壮丽的一座纪念碑”。

——高尔基

我读了《一千零一夜》四遍之后，算是尝到故事体文艺的滋味了。

——法国启蒙学者 伏尔泰

【作品影响】

《一千零一夜》对后世文学产生了深远的影响。18世纪初，法国人加朗第一次把它译成法文出版，以后在欧洲出现了各种文字的转译本和新译本，一时掀起了“东方热”。

它促进了欧洲的文艺复兴和近代自然科学的建立，对世界文化的发展功不可没，对世界文学和艺术具有极其重要的影响。早在十字军东征时，它的一些故事就曾被带回欧洲，在18世纪初，研究东方文化的加朗首次把叙利亚的一些故事译成法文出版，并由此对法国、英国、德国、俄罗斯、西班牙、意大利和中国等国家的文学艺术产生积极作用，世界文学巨匠伏尔泰、司汤达、拉封丹、薄伽丘、歌德、乔叟等人，都曾不止一遍地阅读《一千零一夜》并从中喜获启迪。同时，它还激发了东西方无数诗人、学者、画家和音乐家的灵感。甚至于格林童话、安徒生童话、普希金的童话故事，都不同程度地受到它的有关内容的影响，中国少数民族哈萨克黑萨故事中，有些是与它雷同的。

【常考知识点】

1.《天方夜谭》是阿拉伯民间故事集，又名《一千零一夜》。

2.《渔夫的故事》中，老渔夫靠打鱼维持一家人的生活，他每天只撒四次网，不多也不少。

3.《天方夜谭》故事里最终勇敢地嫁给国王山努亚的姑娘是（ C ）的大女儿。

A.农夫　　B.邻国国王　　C.宰相

4.《天方夜谭》中，阿里巴巴在森林里发现了什么？为什么要躲起来？

阿里巴巴正在森林中砍柴的时候，发现了一队强盗，他来不及逃出森林，为了安全，他把毛驴赶到附近的丛林里，自己迅速爬到树顶。

5.《天方夜谭》中，卡西姆得到财宝了吗？结果怎样？

贪得无厌的卡西姆没有得到财宝，他拿了许多珠宝和金币，但是忘了打开山洞的咒语，结果他被强盗发现并杀害了。

6.《天方夜谭》是阿拉伯民间故事集。

7.山鲁佐德连续给国王山努亚讲了一千零一夜故事，终于感动了国王。

8.《天方夜谭》的《驼背的故事》中，驼背是一个（ D ）。

A.裁缝　　B.御厨主管　　C.商人　　D.侏儒

9.判断题。（正确的打“√”，错误的打“×”）

（1）在《天方夜谭》故事里是国王山努亚的随从杀死了皇后。（ × ）

（2）在《天方夜谭》的《第二个老人和猎犬的故事》中，老人的儿子被变成了猎犬。（ × ）

（3）在《天方夜谭》的《渔翁的故事》中，魔鬼带渔翁来到一个湖边，渔夫每次都能打到许多鱼。（ × ）

（4）在《天方夜谭》的《着魔王子的故事》中，是魔鬼将王子的下半身变成了石头。（ × ）

（5）在《天方夜谭》的《驼背的故事》中驼背是一个专供皇帝取乐的侏儒。（ √ ）

10.《天方夜谭》中，阿里巴巴发现了强盗的什么秘密？

阿里巴巴发现强盗们把抢来的珠宝都藏在一个隐秘的大山洞里，还发现了打开宝库和关闭宝库的咒语。

《万花筒》

依列娜·法吉恩

名著导读

【主要故事情节】

长大以后，安绍尼回到童年的家，在那里等待着他的是童年的记忆：跳来蹦去的大娘、听树生长的人和特别会找蘑菇的傻别列……磨坊池塘保存着安绍尼过去生活的片段，就像一个万花筒。那里还有安绍尼一生追寻的东西……

【作者简介】

依列娜·法吉恩，出生于1881年的1月13日，这个可爱的女孩子出生在英国一个文人家庭中，作家、诗人和剧作家。依列娜·法吉恩是1956年国际安徒生奖获得者，她自8岁起就一直戴副眼镜，个子矮小，总是害羞而安静。依列娜·法吉恩的父母称依列娜为“耐丽”，童年时的耐丽有三个兄弟：哈里·法吉恩（作曲家），约瑟夫·法吉恩和赫伯特·法吉恩（两人都是作家）。她家里的小阁楼上堆满了书籍，和当时一般小孩不同的是，她没有正式进入学校进行学习，只是接受了一些家庭教育，而她童年的很多时间就消磨在这个小书房里，而她也给后来的一部作品集命名为“小书房”，并以此得了国际安徒生奖。也许正是因为小书房中常年累积的灰尘，使得她经常感冒和头疼。5岁的时候父亲就鼓励依列娜写作，但后来她的母亲一直生病，于是小耐丽一直照料病重的母亲将近十二年，直至母亲去世，这对她而言是一段彷徨而痛苦的岁月。十八岁时，依列娜的哥哥开始创作一部歌剧，她得以为哥哥作的一首曲子写了歌词，于是自此开始了她写作歌词的一段生涯。

依列娜终身未婚，除了她的两位爱人，她还和英语教师乔治·俄尔保持了三十年的莫逆之交。乔治死后，她最好的朋友是演员丹尼斯·布莱克洛克，后者在1966年出版了回忆录《法吉恩的画像》。

依列娜·法吉恩在1965年6月5日逝世，享年84岁。

【作品简介】

这是一本很神奇的书，它是一本长篇散文，但又像童话，像小说，像传记。主人公安绍尼住在一个美丽的山区里，他爸爸称那地方为地球的眼睛。安绍尼最喜爱的地方就是磨坊池塘，有一天他得了一个万花筒，他觉得磨坊池塘也是一个万花筒。那里还有安绍尼一生追寻的东西……

【创作背景】

依列娜的父亲，本杰明·里奥普德·法吉恩自己就是个成功的作家和小说家，对生活充满激情。母亲玛吉·法吉恩是美国知名演员之女，其祖父、曾祖父也是演员。父母的爱好对她最终成为作家以及诗人功不可没。正是依列娜特有的家庭背景、家庭成员职业爱好的多样性，加之早年丰富多样的生活经历，以及家人给予的爱与关怀，使得依列娜创作出最温暖感人的动物小说，传递着爱与家庭的真谛。

【思想主题】

世界就是一个万花筒，只要你细心观察。正如法国著名雕塑家罗丹所说：“美是到处都有的，对于我们的眼睛，不是缺少美，而是缺少发现。”巴斯德说：“我们要给自己的热心找一个不可分离的伴侣，这个伴侣就是严格地观察。”是的，观察对我们来说是很重要的。

【写作特色】

一个小男孩的故事和他的梦，普通日常生活以孩童的语言来讲述，仿佛流淌着甘甜的清泉。这份纯真的情趣给予人超乎理智的体验，为喧嚣之中焦虑不安的心提供短暂的庇护。

奇妙的想象力，骨子里有和彼得·潘一样悲伤。这是写给小孩子看的，也是写给大人看的，大人们都忘了自己曾经也是小孩子，而孩子们很多童趣的想法其实也没有必要去纠正，就像书中安绍尼那样在想象和梦境中驰骋，这才是快乐的童年啊！

【主要人物及其事件】

安绍尼：主人公安绍尼是一个敏感、感情丰富并有很多幻想的小孩。安绍尼住在一个美丽的山区里，他爸爸称那地方为地球的眼睛。安绍尼最喜爱的地方就是磨坊池塘，有一天他得了一个万花筒，他觉得磨坊池塘也是一个万花筒。他跟家乡的许多人打交道都能在他们身上发现一些神奇的地方，于是就在他的脑子里出现了一个个美丽动人的故事。等到他年纪大了才发现生活就是一个万花筒，它是那样美，人们所追求的东西就在这个万花筒中……

【作品影响】

依列娜一生为孩子们创作了三十多部小说。她的故事想象力天马行空，让我们得以再次用孩子般纯真的心灵去看身边的世界。本书作者获1956年国际安徒生大奖。

【常考知识点】

1.《万花筒》的作者是依列娜·法吉恩，它是一本长篇散文。

2.《万花筒》的作者是1956年国际安徒生奖获得者依列娜·法吉恩，她还是诗人和剧作家。

《窗边的小豆豆》

黑柳彻子

名著导读

【主要故事情节】

《窗边的小豆豆》的作者是日本作家黑柳彻子，这本书讲述的是作者上小学时的一段真实经历。主人公小豆豆因性格古怪，天性好动、淘气，导致一年级就退学了。退学以后的小豆豆来到了巴学园，可那里的一切令小豆豆大吃一惊：校门是两棵大树，教室是废弃的电车，学生人数也不超过六十人，就连教学方式也是迥然不同……但在那里，小豆豆非常幸运地遇到了改变她一生的巴学园校长——小林宗作先生。小林宗作先生确实是一位非常好的校长，他以“海的味道，山的味道”这种独特的方式使孩子们不挑食；他以不穿泳衣游泳的方式教育孩子们无论怎样的身体都是美丽的；他可以耐心地听一个七岁的孩子乱七八糟地诉说她经历过的事……小豆豆也幸运地认识了许多朋友：泰明、朔子、大荣君、阿泰、美黛、惠子……他们天天在一起嬉戏玩耍，无忧无虑。但一个不幸的日子到来了，因为战争，巴学园被炸毁了，孩子们的欢笑声、歌声消失了。平日里载着孩子们奔跑的电车教室，孩子们最爱的图书馆，孩子们的游泳池都被熊熊烈火包围着，吞噬着……小林宗作先生、孩子们、老师们以及小豆豆也不得不分开。但在分别时，小豆豆嘴里依然念叨着：“还会再见面的，一定会再

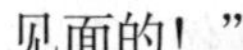

见面的！”

【作者简介】

黑柳彻子，女，日本著名作家、NHK著名电视节目主持人、畅销书作家，最受欢迎的电视人物之一，联合国儿童基金会亲善大使，“社会福利法人小豆豆基金”理事长、“社会福利法人小步的箱子”理事、“日本文学俱乐部”会员、“世界自然保护基金”日本理事、“岩崎画册美术馆”馆长。1984年2月，她被任命为联合国儿童基金会亲善大使。代表作品有《窗边的小豆豆》《彻子的房间》，自传《窗边的小豆豆》印刷数量累积超过750万本。

【作品简介】

《窗边的小豆豆》讲述了作者上小学时的一段真实的故事：小豆豆因淘气被原学校退学后，来到巴学园。小林校长却常常对小豆豆说：“你真是一个好孩子呀！”在小林校长的爱护和引导下，一般人眼里“怪怪”的小豆豆逐渐变成了一个大家都能接受的孩子，并奠定了她一生的基础。“巴学园”有着与众不同的校长，第一次见小豆豆，校长就微笑着听小豆豆不停地说了四个小时的话，没有一丝不耐烦，没有一丝厌倦。“巴学园”有着与众不同的午餐，每到午餐开始的时候，校长就会问：“大家都带了‘海的味道’和‘山的味道’来了吗？”“巴学园”还有着与众不同的教育方法，每一天的第一节课，老师就把当天要上的课和每一节课的学习重点都写在黑板上，于是小朋友就从自己喜欢的那门课开始，慢慢地老师就会知道每一个学生的兴趣所在。

【创作背景】

《窗边的小豆豆》作者黑柳彻子也就是小豆豆在成年后经常想起巴学园、小林校长对她的影响，在某一天晚上就总是在想这些，然后半夜她从床上跑下来，她就忽然想起要写一本关于巴学园，关于小林校长的书，于是在那个夜晚奋笔疾书，写了满满几页三百格，写成了《窗边的小豆豆》的第一章《第一次来车站》。

“巴学园”有着与众不同的校门，它是由两株矮树组成的，树上还长着绿油油的叶子，用小豆豆的话就是“从地上长出来的校门呀”。“巴学园”有着与众不同的教室，它们是一个个废弃不用的电车车厢，是小豆豆的电车教室。

【写作特色】

在文学作品中，作者常常通过描述和刻画典型环境中的典型人物来表达整部作品的内容和中心，儿童文学作品也不例外。黑柳彻子在其儿童文学作品《窗边的小豆豆》中，以自己的童年往事为素材，细腻生动地在作品中塑造了小豆豆、小林校长和其他与小豆豆或巴学园相关的人物角色，并通过在文学作品中对于这些人物形象的刻画来充实作品内容，直接或间接、正面或侧面的表现作品的主要内容和中心思想。其中在《窗边的小豆豆》中，对于小豆豆和小林校长的人物角色的刻画生动形象，极为准确地描绘了以“小豆豆”为代表的“顽劣”的学生以及“因材施教”、具有新现代教育理念的小林校长。对于这两个主要人物角色的刻画，作者黑柳彻子从人物的语言、行为等各个方面进行细致的描绘，使人物形象具有真实性和典型性的特点。例如，在《窗边的小豆豆》中，为了表现小豆豆与众不同的“顽劣”表现，作者在作品的开篇并没有直接交代小豆豆的种种异样的行为而是通过妈妈对小豆豆的担心以及妈妈对之前与小豆豆班主任交谈情节的回忆，来引出小豆豆在原来就读的学校中的种种“恶行”。比如，班主任明确地对她说：“有府上的小姐在，整个班里都不得安宁。”随后班主任一一列举了小豆豆接二连三的异常举动，并以此来宣泄对于小豆豆的不满。又如，当妈妈带着小豆豆来到新学校的时候，小豆豆欢喜地表示：“我可喜欢这个学校啦！”而妈妈担心的是校长是否喜欢小豆豆。足以见得小豆豆的行为有悖于社会上约定俗成的“好孩子”的标准。然而，也正是因为作者对小豆豆与众不同的思维方式、行为举止等方面的生动活泼的描绘，小林校长这一人物角色才可以更加形象地表现出来。例如，初次见面，小豆豆好奇地问“您是校长先生，还是电车站的人呀？”在妈妈还没来得及为小豆豆解释的时候，校长就已经“抢先笑着答道：‘我是校长啊’。”在《窗边的小豆豆》中，作者正是通过这些正面或是侧面描写来刻画各个人物形象，以表现作品内容和中心主旨。

【主要人物及其事件】

小豆豆：原名彻子，由于太淘气，小学一年级就被开除，但很幸运遇到后来的“巴学园”的校长，开始了愉快的小学生活。

小林宗作先生：巴学园的校长，去过欧洲，访问过许多教育家。

小豆豆的妈妈：一位善解人意的好妈妈。

洛克：小豆豆家里养的一只小狗。

山本泰明：小豆豆在巴学园的好朋友，从小患有小儿麻痹，走路不方便。

美代：巴学园的学生，校长的三女儿。

高桥：从大阪来的同学，身体有残疾，圈腿，长不高。

【名家点评】

小林先生在他的教学园地实现了对童年秘密的尊重，非常了不起。

——梅子涵（儿童文学作家）

此书令人惊讶地证明了童年是永恒的，是超越时空的，是有独特价值的。实际上，黑柳彻子对童年的发现与证明，不亚于爱因斯坦发现相对论。

——孙云晓（教育专家）

《窗边的小豆豆》里的故事就是原来的故事，这里没有编制，甚至没有虚构、构思，按照生活原来的样子写。

——曹文轩（作家）

如果把《窗前的小豆豆》作为一面镜子，就会发现今天家庭和学校教育遇到所有困惑和痛苦的根源，也会发现成人自身的问题。

——徐国静（教育专家）

该书不仅是适合小孩子们阅读的优美的儿童小说和成长故事，同时也是写给全天下的父母亲、教师和教育工作者们的“教育诗”。

——徐鲁（儿童文学作家）

《窗边的小豆豆》能够引起无数人共鸣，在儿童教育的方式上，给成人提供了深刻的启示。

——新华社

读小豆豆，更加感受到一份童真和不带世俗的纯净。

——人民日报

《窗边的小豆豆》不仅是关于童年生活片段的回忆，更是一种教育方法的实例展示，而且这是一本全天下父母都应该去读的好书。

——《语文报》

读完这本书，人们不仅记住了一个由六辆电车改成教室的学校，校名叫“巴学园”，更读到了一个儿童成长的旅程，这个旅程是创造力的形成和社会适应的过程，是人与人之间相互理解和尊重的过程。

——中国教育报

这是一本所有母亲、所有老师、所有识字的孩子和所有曾经是孩子的人都应该一读的书。

——中华读书报

“小豆豆”在成长的话题上显示出了她独有的意义。

——北京晚报

孩童在成长过程中所有可贵的天真特质也都是被漫不经心地遗失和随意处置的，没有多少人能像小豆豆一样长大，“小豆豆”在成长的话题上便显示出了她独有的意义。

——北京青年报

《窗边的小豆豆》以及许多优秀的儿童文学作品，不仅仅是儿童需要读的，其实更应该读的是老师、家长。

——新民晚报

《窗边的小豆豆》其价值因教育思想丰富而独树一帜，其纪实魅力让任何虚构文字无法追及。《窗边的小豆豆》值得每一位教师和父母珍藏和精读。

——羊城晚报

巴学园是一个理想的校园，小豆豆的童年就是在这里度过，正是因为这样一个如梦似幻般的地方，使小豆豆的童年充满了美好韵律，也使她从曾经的调皮、淘气，成长为一个可爱、懂事、善良、快乐的好孩子。

——楚天都市报

巴学园是畅销书《窗边的小豆豆》的学校，一个儿童的理想国。

——华西都市报

【作品影响】

该书英文版仅在日本国内就销售超过70万册，中文繁体版销售超过10万多册，中文简体版连续72个月登上全国畅销榜，销售超过200万册。

2009年7月，《窗边的小豆豆》荣登半年度少儿类TOP10榜首。

2008 年，《窗边的小豆豆》成为销售最好的少儿文学类图书，也是少儿类畅销书排行榜的榜首书。

2008年9月，《窗边的小豆豆》销量超过《淘气包马小跳——侦探小组在行动》，跃居榜首。

2007年上半年销售成绩最好的单本少儿书仍然是《窗边的小豆豆》。

2005年“全国图书零售销售排行榜”前5名为《窗边的小豆豆》等。

2004年12月，《窗边的小豆豆》首次登上“全国图书零售销售排行

榜”第1名。

2004年，全国引进版少儿图书前10名中，《窗边的小豆豆》高居第2名。

2003年5月，《窗边的小豆豆》首次进入“全国图书零售销售排行榜”。

【常考知识点】

1.《窗边的小豆豆》是日本著名作家黑柳彻子写的，作者谨将本书献给已逝的小林宗作老师。

2.黑柳彻子是联合国儿童基金会亚洲历史上第一位亲善大使。

3.小豆豆的真正名字是彻子。

4.小林校长的第三个孩子叫美代。

5.由小林校长设计的运动会特别比赛项目有钻鲤鱼、找妈妈、拔河、全校接力赛。夺取全部项目第一名的竟是个子最矮、手脚最短的高桥君。

6.巴学园整个学校只有（ C ）名学生。

A. 三十　B. 四十　C. 五十

7.巴学园的“巴”徽记表达校长希望孩子们在（ B ）两方面得到和谐发展。

A. 品德和智力　B. 身体和心灵　C. 身体和智力

8.巴学园的孩子，每天都有学习韵律操的时间。韵律学的创始人是（ B ）。

A. 达克罗兹　B. 小林宗作　C. 斋腾秀雄

9.判断题。（正确的打“√”，错误的打“×”）

（1）小豆豆后来成了巴学园的老师。（×）

（2）《窗边的小豆豆》讲述了黑柳彻子上小学时的一段真实的故事。（√）

（3）运动会都在每年的十一月三日举行，奖品都是蔬菜。（√）

（4）大冒险中小豆豆和泰明有个约定，那就是去温泉旅行。（×）

（5）小林校长经常对小豆豆说的一句话是“你是一个好孩子”。（√）

《猜猜我有多爱你》

山姆·麦克布雷尼

名著导读

【主要故事情节】

这本图画书里有一只像孩子的小兔子和一只像爸爸的大兔子。小兔子像所有的孩子一样爱比较，它们俩在比赛谁的爱更多一些，大兔子用智慧赢得了比赛和小兔子稍微少一点的爱，可小兔子用它的天真和想象赢得了大兔子多出1倍的爱，两只兔子都获胜了。小栗色兔子该上床睡觉了，可是他紧紧地抓住大栗色兔子的长耳朵不放，他要大兔子好好听他说。“猜猜我有多爱你。”他说。大兔子说：“哦，这我可猜不出来。”“这么多。”小兔子说，他把手臂张开，开得不能再开。

大兔子的手臂要长得多。“我爱你有这么多。”他说。嗯，这真是很多，小兔子想。“我的手举得有多高我就有多爱你。”小兔子说。“我的手举得有多高我就有多爱你。”大兔子说。这可真高，小兔子想，我要是有那么长的手臂就好了。小兔子又有了一个好主意，他倒立起来，把脚撑在树干上。“我爱你一直到我的脚趾头。”他说。大兔子把小兔子抛起来，抛得比自己的头顶还高：“我爱你一直到你的脚趾头。”“我跳得多高就有多爱你！”小兔子笑着跳上跳下。“我跳得多高就有多爱你。”大兔子也笑着跳起来，他跳得这么高，耳朵都碰到树枝了。这真是跳得太棒了，小兔子想，我要是能跳这么高就好了。“我爱你，像这条小路伸到小河那么远。”小兔子喊起来。“我爱你，远到跨过小河，再翻过山丘。”大兔子说。这可真远，小兔子想，他太困了，想不出更多的东西来了，他望着灌木丛那边的夜空，没有什么比黑沉沉的天空更远了。“我爱你一直到月亮那里。”说完，小兔子就闭上了眼睛。“哦，这真是很远，”大兔子说，“非常非常远。”大兔子把小兔子放到用叶子铺成的床上。他低下头来，亲了亲小兔子，对他说晚安。然后他躺在小兔子的身边，微笑着轻声地说：“我爱你一直到月亮那里，再回到你身边。”

山姆·麦克布雷尼

【作者简介】

山姆·麦克布雷尼，1945年出生于爱尔兰的贝尔法斯特。他在爱尔兰的著名学府都柏林主日学院求学多年，原本只是位教师，却在为患有阅读障碍的学生创作故事的同时，喜爱上了故事里丰富的想象力，进而陆续创作了数十本童书，包括《JUST ONE!》《你们都是我的最爱》以及全球销售超过一千五百万本的《猜猜我有多爱你》。

山姆原本是个教师，喜欢为患有阅读障碍症的学生写故事，他一生创作了50多部作品，《猜猜我有多爱你》是他创作的第一本书。而这个“两只兔子的对话”居然还是真实的，其实这源自他和儿子的真实经历。在他小的时候，他和儿子讨论有多爱对方，就用手比画着，爱你到门那边啊，爱你到外面的花园啊。后来要画绘本了，就用了自己的这个故事。山姆还透露了一个细节，最早根本没有想到要用月亮来衡量爱的，实在是能表达的肢体语言都用完了，只好用更庞大的星体位置来表达，是个巧合而已。

【作品简介】

绘本《猜猜我有多爱你》讲述了兔宝宝和兔爸爸一起比赛，看谁的爱更多。大兔子前一局获胜，而小兔子最后用丰富的想象力赢得了比大兔子更多的爱。绘本结局是两只兔子都获胜。这本图画书里有一只像孩子的小兔子和一只像爸爸的大兔子，小兔子像所有的孩子一样爱比较。它们俩在比赛谁的爱更多一些，大兔子用智慧赢得了比赛和小兔子稍微少一点的爱，可小兔子用它的天真和想象赢得了大兔子多出一倍的爱。两只兔子都获胜了。整个作品充溢着爱的气氛和快乐的童趣，小兔子亲切可爱的形象、两只兔子相互较劲的故事构架以及形象、新奇的细节设置都对孩子有着极大的吸引力。

【思想主题】

孩子总喜欢和别人比较，在《猜猜我有多爱你》这本图画书中的小兔子就是个典型的例子。小兔子认真地告诉大兔子“我好爱你”，而大兔子回应小兔子说：“我更爱你！”如此一来，不仅确定大兔子很爱自己，更希望自己的爱能胜过大兔子的爱。它想尽办法用各种身体动作、看得见的景物来描述自己的爱意，直到它累得在大兔子的怀中睡着了。

【写作特色】

书中，小兔子想尽办法用各种身体动作、看得见的景物来描述自己的爱意，直到它累得在大兔子的怀中睡着了。整个作品充溢着爱的气氛和快乐的童趣，小兔子亲切可爱的形象、两只兔子相互较劲的故事构架以及形象、新奇的细节设置都对孩子有着极大的吸引力。

【作品影响】

《猜猜我有多爱你》是世界性的经典图画书，全球销量高达1800万册以上，美国图书馆协会年度最佳童书，美国《出版者周刊》年度最佳图书。

1996年获美国书商协会年度最佳图书奖童书奖；入选美国收录44部20世纪最重要的图画书的《20世纪童书宝典》；美国全国教育协会推荐的100本最佳童书；美国全国教育协会“教师们推荐的100本书”；美国全国教育协会“孩子们推荐的100本书”。

【常考知识点】

1.大兔子把小兔子放到用棉布铺成的床上低下头亲了亲小兔子，对他说晚安。

2.小兔子通过各种动作表达他非常非常爱大兔子。

3.小兔子看见大栗色兔子跳得<u>耳朵</u>都碰到树枝了。

4.大兔子说："我爱你，远到跨过<u>小河</u>，再翻过山丘。"

5.绘本《猜猜我有多爱你》的作者山姆·麦克布雷尼是（ A ）。

A.德国人

B.爱尔兰人

C.美国人

6.故事里有（ A ）位小主人。

A.2　　B.3　　C.4

7.第一次小兔子用（ C ）的动作表示他多爱大兔子。

A.说话　　B.跳高

C.把手臂张开，开得不能再开。

8.第二次小兔子说："（ B ），我就有多爱你。"

A.跳高　　B.我的手举得有多高　C.跑步

9.第三次，小兔子（ C ）说："我爱你一直爱到我的脚趾头。"

A.跑步　　B.跳高

C.倒立起来，把脚撑在树干上

10.睡觉时小兔子让大兔子猜（ C ）。

A.明天我们到哪里玩

B.明天我们到姥姥家

C.猜猜我有多爱你

埃德加·斯诺

名著导读

【主要故事情节】

第一章 探寻红色中国

讲述作者对红色世界的好奇，开始深入苏维埃红区的冒险，去探究苏维埃共和国、红军、共产党的秘密。并且讲述了张学良和杨虎城与共产党达成一致抗日协议的原因和经过。

第二章 去红都的道路

讲述在进入红区的路途上被白匪追逐的经历，并讲述了国民党通过“民团”这一组织对地方的统治和镇压政策。介绍了周恩来及贺龙的人生经历以及他们独特的个人魅力，介绍了许多年轻的红军战士们因为被剥削被压迫的命运而参加红军、热爱红军的故事。

第三章 在保安

讲述了共产党领导人毛泽东给作者的初步印象：健康、质朴、纯真，有幽默感、精明、精力过人，是一个颇有天赋的军事和政治战略家。谈到了共产党的基本政策是反帝反封，红军大学开展的各项课程以及红军剧社开展的宣传工作。

第四章 一个共产党员的由来

本章讲述了共产党领导人毛泽东的人生经历、思想变革以及成长为红军领导人的过程。

第五章 长征

讲述了红军长征的艰难过程。着重记叙了第五次大“围剿”，以及

长征中强渡大渡河、过大草原等艰难英勇的事迹。

第六章 红星在西北

讲述了刘志丹开创西北苏区的历程，西北大灾荒和苛捐杂税给人民带来的苦难，苏维埃社会、政治、经济、文化、货币各方面政策。

第七章 去前线的路上

讲述了普通农民对红军的拥护，对苏区工业的繁荣以及苏区工人身上具有的乐观活泼的社会主义工业精神。

第八章 同红军在一起

讲述了作者深入真正的红军内部，了解他们年轻、精神饱满、训练严格、纪律严明、装备出色、政治觉悟高，才使得他们成为铁打的军队。并且讲述了促使司令员彭德怀走上革命道路的悲惨童年经历，以及他独特的个人魅力，以及红军采用游击战术的原因和策略，红军战士健康丰富的生活。

第九章 同红军在一起（续）

讲述了共产党军事领导人徐海东的人生历程以及中国残酷的阶级战争给老百姓带来的杀戮和苦难。讲述共产党团结回族人民抵抗压迫者的策略。

第十章 战争与和平

讲述红色中国的少年们耐心、勤劳、聪明、努力学习，代表着中国的希望，讲述共产党为建立统一战线所做的努力以及革命领导人朱德极其杰出的领导才能和个人魅力。

第十一章 回到保安

讲述了在敌人封锁下的保安地区红军丰富多彩的生活，讲述了俄国对于红色中国的影响以及德国顾问李德指挥作战时出现的失误及其原因。

第十二章 又是白色世界

详细记述了“西安事变”的具体经过、结果，以及对形成抗日民族统一战线的积极影响，并分析了中国社会革命运动的复杂社会背景、面临挑战及其终将取得胜利的原因。

埃德加·斯诺

【作者简介】

埃德加·斯诺（1905年7月11日—1972年2月15日）生于美国密苏里州，美国著名记者。他于1928年来华，曾任欧美几家报社驻华记者、通讯员。1933年4月到1935年6月，斯诺同时兼任北平燕京大学新闻系讲师。1936年6月，斯诺访问陕甘宁边区，写了大量通讯报道，成为第一个采访红区的西方记者。抗日战争爆发后，又任《每日先驱报》和美国《星期六晚邮报》驻华战地记者。1942年去中亚和苏联前线采访，离开中国。中华人民共和国成立后，曾三次来华访问，并与毛泽东主席见面。1972年2月15日因病在瑞士日内瓦逝世。遵照其遗愿，其一部分骨灰葬在中国，地点在北京大学未名湖畔。

【作品简介】

《红星照耀中国》是一部文笔优美的纪实性很强的报道性作品。作者真实记录了自1936年6月至10月在我国西北革命根据地（以延安为中心的陕甘宁边区）进行实地采访的所见所闻，向全世界真实报道了中国和中国工农红军以及许多红军领袖、红军将领的情况。毛泽东和周恩来是斯诺笔下最具代表性的人物形象。

【创作背景】

作者于1936年6月至10月对中国西北革命根据地进行了实地考察，根据考察所掌握的第一手材料完成了《西行漫记》的写作，斯诺作为一个西方新闻记者，对中国共产党和中国革命做了客观评价，并向全世界做了公正报道。斯诺同毛泽东、周恩来等进行了多次长时间的谈话，搜集了二万五千里长征第一手资料。此外，他还实地考察，深入红军战士和老百姓中，口问手写，对苏区军民生活，地方政治改革，民情风俗习惯等做了广泛深入的调查。四个月的采访，他密密麻麻写满了14个笔记本。当年10月底，斯诺带着他的采访资料、胶卷和照片，从陕北回到北平，经过几个月的埋头写作，英文名《Red Star Over China》，中文译名为《西行漫记》或《红星照耀中国》的报告文学终于诞生。

【思想主题】

《红星照耀中国》的主题思想是描绘了我党和红军战士坚韧不拔、英勇卓绝的伟大斗争，以及他们的领袖人物的伟大而平凡的精神风貌，探求了中国革命发生的背景、发展的原因，其判断由于中国共产党的宣传和具体行动，使穷人和受压迫者对国家、社会和个人有了新的理念，有了必须行动起来的新的信念。革命事业犹如一颗闪亮的红星不仅照耀着中国的西北，而且必将照耀全中国，照耀

全世界。

【写作特色】

①实地采访，用真实而生动的笔调描写了诸多红军领袖及将领非凡传奇的人生经历，其中尤以毛泽东、朱德、彭德怀、贺龙最为生动且极具代表性。

②表达了红色中国的热情、魅力、气质、青春、活力。

③语言诙谐幽默，读来生机盎然。

【作品影响】

《红星照耀中国》不仅在政治意义上取得了极大的成功，而且在报告文学创作的艺术手法上也成为同类作品的典范。人物刻画、环境描写以及叙事的角度几近出神入化的程度。《红星照耀中国》中译本出版后，在中国同样产生巨大的反响，成千上万个中国青年因为读了这本书，纷纷走上革命道路。

1937年10月，《红星照耀中国》首先在英国出版，一问世便轰动世界，在伦敦出版的头几个星期就连续再版七次，销售10万册以上。世界舆论普遍认为这是一个杰作，标志着西方对中国的了解进入一个新时代。美国历史学家哈罗德·伊萨克斯的调查说明，作为美国人对中国人印象的主要来源，《红星照耀中国》仅次于赛珍珠的《大地》。《大地》使美国人第一次真正了解中国老百姓，而《红星照耀中国》则使西方人了解中国共产党人的真实生活。从某种意义上说，一代美国人对中国共产党人的知识都是从斯诺那里得来的。

在《红星照耀中国》中，斯诺探求了中国革命发生的背景、发展的原因，他判断由于中国共产党的宣传和具体行动，使穷人和受压迫者对国家、社会和个人有了新的理念，有了必须行动起来的新的信念。由于有了这一种思想武装，一批青年能够对国民党的统治进行群众性的斗争长达十年之久。他对长征表达了钦佩之情，断言长征实际上是一场战略撤退，称赞长征是一部英雄史诗，是现代史上的无与伦比的一次远征。斯诺用毋庸置疑的事实向世界宣告：中国共产党及其领导的革命事业犹如一颗闪亮的红星不仅照耀着中国的西北，而且必将照耀全中国，照耀全世界。

《红星照耀中国》的另一魅力，在于描绘了中国共产党人和红军战士坚韧不拔、英勇卓绝的伟大斗争，以及他们的领袖人物的伟大而平凡的精神风貌。他面对面采访了毛泽东、周恩来、彭德怀、贺龙等中国共产党的领导人和红军将领，结下了或浅或深的交情，其中最重要的无疑是毛泽东。斯诺准确地把握到毛泽东同以农民为主体的中国民众的精神纽带，没有人比毛泽东更了解他们，更擅长综合、表达和了解他们的意愿。这将深刻地制约着以后数十年中国现代化的进程，包括其成功和曲折。

这样，斯诺对中国的认识达到了一个前所未有的高度。他发现了一个“活的中国”，对普通中国百姓尤其是农民即将在历史创造发挥的重要作用做出了正确的预言，他发现了隐藏在亿万劳动人民身上的力量，并断言中国的未来就掌握在他们手中。

【常考知识点】

1.《红星照耀中国》的作者是美国记者斯诺。《红星照耀中国》为了在国民党统治区出版方便，曾易名《西行漫记》。

2.美国记者埃德加·斯诺在《红星照耀中国》一书中写道：在某种意义上讲，这次大迁移是历史上最大的一次流动的武装宣传。文中的“武装宣传”指（ C ）。

A.国民革命军出师北伐，扩大了革命影响

B.太平天国北伐、东征，打击了中外反动势力

C.工农红军的万里长征，成为“革命的播种机”

D.刘邓大军千里跃进大别山，开辟了革命根据地

3.他惊奇地发现，在贫瘠的中国西北部，竟聚集了中华民族的精华。作为美国的新闻记者，他在华采访的主要地点应是（ D ）。

A.西安　B.吴起镇　C.瑞金　D.延安

4.《红星照耀中国》中“红星”的含义是什么？

答：中国共产党及其领导的红色革命犹如一颗闪亮的红星，不仅照耀着中国的西北，而且必将照耀全中国。

5.列出苏维埃政府对农民最有重要意义四项举措。

答：①重新分配土地；②取消高利贷；③取消苛捐杂税；④消灭特权阶级。

6.苏维埃政府对春耕工作做了怎样的批示?

答:进行广泛的宣传,争取农民自愿参加,不要有任何强迫命令。

7.苏维埃革命委员会的权利有哪些?

答:它有决定选举或改选权,同共产党合作紧密。乡苏维埃下面设教育、合作社、军训、政训、土地、卫生、游击队训练、革命防御、扩大红军、农业互助、红军耕田等等委员会,由乡苏维埃指派。苏维埃的每一分支机构中都有这种委员会,一直到负责统一各项政策和做出全国性决策的中央政府。

8.苏维埃政府下的地主是怎样定义的?

答:根据共产党的(大大简化了的)定义,凡是大部分收入来自出租给别人种的土地而自己不劳动的人都是地主。

9.在来到中国进行国际援助的众多国际友人中最杰出的三位美国记者是谁?他们记录中国历史的著作是什么?

答:埃德加·斯诺:《西行漫记》;尼姆·威尔斯:《续西行漫记》;哈里森福尔曼:《北行漫记》。

《假如给我三天光明》

海伦·凯勒

名著导读

【主要故事情节】

《假如给我三天光明》主要写了海伦变成盲聋哑人后的生活。刚开始的海伦对于生活是失望的，用消极的思想去面对生活，情绪非常暴躁，常常发脾气，她感觉现实生活中没有了希望，她是多么期待能重新得到光明。在她父母的寻求下，帮海伦找到了一位老师——安妮·莎莉文，这位老师成了海伦新生活的引导者，使海伦对生活重新有了希望，有了向往。在莎莉文老师耐心的指导下，海伦学会了阅读，认识了许多的字，也让她感受到了身边无处不在的爱。随着时间的推移，海伦在老师和亲人的陪同下，体会到了许多“新鲜”事物，和家人一起过圣诞节、拥抱海洋、“欣赏”四季……海伦渐渐长大了，在她的求学生涯中，遇到了许多的困难，但同时她也结识了许多的朋友……海伦在学习中，由于她不屈不挠的精神，她学会了说话、写作。虽然在这过程中海伦遇到了一些不开心的事情，但她并没有放弃。终于，她的努力得到了回报，用自己的汗水实现了大学梦想，进入了哈佛大学。因为生理有的缺陷，所以繁重的功课中使她非常吃力，在老师的帮助和她的努力下。最终她以优异的成绩大学毕业，还掌握了英、法、德、拉丁和希腊五种文字。但大学毕业后她遇到了悲伤的事——慈母的去世。书中还介绍后来海伦在生活中遇到的一些伟人，像爱迪生、马克·吐温……同时也介绍她体会不同的丰富多彩的生活以及她的慈善活动。

【作者简介】

海伦·凯勒（Helen Keller，1880年6月27日—1968年6月1日），美国著名的女作家、教育家、慈善家、社会活动家。在19个月时因患急性胃充血、脑充血而被夺去视力和听力。1887年与莎莉文老师相遇。1899年6月考入哈佛大学拉德克利夫女子学院。1968年6月1日逝世，享年87岁，却有86年生活在无光、无声的世界里。在此时间里，她先后完成了14本著作。其中最著名的有：《假如给我三天光明》《我的人生故事》《石墙故事》。她致力于为残疾人造福，建立了许多慈善机构，1964年荣获“总统自由勋章”，次年入选美国《时代周刊》评选的“20世纪美国十大偶像”之一。

【作品简介】

《假如给我三天光明》主要写了海伦变成盲聋哑人后的生活。刚开始的海伦对于生活是失望的，用消极的思想去面对生活，情绪非常暴躁，感觉现实生活中没有了希望。但在遇到她的老师安妮·莎莉文之后，使海伦对生活重新有了希望。海伦逐渐学会了阅读、学习和身边无处不在的爱。终于，她的努力得到了回报，用自己的汗水实现了大学梦想。

【创作背景】

海伦·凯勒出生时，本是一个健康的婴儿，却在19个月大时被一场突如其来的疾病夺去了视觉和听觉。突然变成聋盲人的海伦由于对外界的恐惧变得狂躁不安，脾气越发暴躁，直至遇到了改变她一生的家教——安妮·沙莉文。海伦在沙莉文老师的帮助下，凭借自己顽强的意志，最终顺利从哈佛大学毕业。这本被誉为“世界文学史上无与伦比的杰作”的《假如给我三天光明》，就是这位美国著名聋盲女作家的代表作。该书以自传体散文的形式，真实记录了这位聋盲女性丰富、生动而伟大的一生。在书中，海伦·凯勒完整地描述了自己富有传奇色彩的一生，以一个身残志坚的柔弱女子的视角，去告诫身体健全的人们应珍惜生命，珍惜造物主赐予的一切。

【思想主题】

《假如给我三天光明》是海伦·凯勒女士的自传。她仅仅拥有18个月的光明。假如给她三天光明，她第一天想看让她的生命变得有价值的人，第二天想看光的变幻莫测和日出，第三天想探索与研究。以一个盲人的身份想象如果自己能够有三天的时间看到世界，将会去做哪些事——包括去看看帮助过自己的人，以及去感受自然，品味艺术世界。通过自己面对不幸的命运仍然不放弃希望的经历。鼓励更多的人勇敢地面对不幸。

【写作特色】

本文最大的特点是运用了丰富的想象。本篇散文所描述的都是虚拟的、想象的，叙事也是非现实的，却使读者感到了更高境界的真实；这是一种立志高远，力求进取的情感的真实。这种真实丰富而又朴实，以至情真意切的力量足以打开读者的心扉。

其次，文中表述生活态度时，处处用视听健全的人来和自己对比。使不同生理条件下的不同生活态度形成强烈的反差。另外，在表达方式方面，叙述、议论、描写、抒情相结合，多种方式融为一体。特别对想象去观看的内容情景描写得细致、生动，给人身临其境之感。

【主要人物及其事件】

海伦·凯勒：海伦虽然身患残疾，但她的品性、人格是美好的。虽然面对种种在他人看来难以克服的困难，但以微笑面对厄运，以顽强的毅力克服困难，以杰出的成就显示一个残疾人的生命价值。像海伦这样身残志坚，做出了一个健全的人所没有做出的巨大成就，这样的例子在我们人类还有很多。从他们身上，我们悟出了生命的真谛：奉献、创造和奋斗。

莎莉文：莎莉文的性格和蔼可亲，有责任心善良，她不嫌弃身体有缺陷的小孩子，她很善良，也很宽容，她容忍海伦对她发脾气，她还懂得为人着想，乐于助人、了解儿童心理，讲究教育方式，教学循序渐进，善于启发引导，热爱教育对象。

海伦母亲：慈爱，有智慧，发明了一些动作，很宽容，使她在那漫

长的孤独中体会到最大的温暖。

【名家点评】

一本好书是一个艺术大师宝贵的血液，是超越生命之外的生命，是可以铭记和珍藏的血液。

——约翰·弥尔顿（英国诗人、《失乐园》作者）

没有事情能比阅读古人的名著给我们带来更多精神上的乐趣，这样的书即使只读半小时也会令人愉快、清醒、高尚、刚强，仿佛清澈的泉水沁人心脾。

——叔本华（德国著名哲学家）

大师们的作品在我们心灵扎根，诗人们的佳句在我们血管中运行。我们年轻时读了书，年老了又把它们记起。

——亨利·赫兹利特（美国20世纪最重要的经济专栏作家）

拜读名家大作，可造就雄辩之才。

——伏尔泰（法国启蒙思想家、文学家、哲学家）

【作品影响】

海伦·凯勒以一个身残志坚的柔弱女子的视角，告诫身体健全的人们应珍惜生命，珍惜造物主赐予的一切，她的作品影响了整个世界。凯勒被认为是20世纪最富感召力的作家之一，美国《时代周刊》把她列为20世纪美国十大英雄偶像。

【常考知识点】

1.在《假如给我三天光明》一书中，海伦的家庭女老师是在她六岁的时候走进她的生活的。

2. 可爱的读书大王，这部名著中告诉我们，海伦父亲的职业是舰长。

3.在《假如给我三天光明》一书中，海伦在德克利夫学院的一年级作文被集成为《少女时代》。

4.在《假如给我三天光明》一书中，除了贝利和莎莉文老师以外，海伦最尊敬的人是（ D ）。

A.海明威　B.但丁　C. 巴尔扎克　D.马克·吐温

5. 在《假如给我三天光明》一书中，海伦经常自勉的一个目标，以宗教说法表示就是（ A ）。

A.带笑背负起自己的十字架　B.博爱　C.上帝保佑所有人　D.坚强

6.在《假如给我三天光明》一书中，莎莉文的弟弟叫（ A ）。

A.吉米　B.贝利　C.安拉　D.杰夫

7.海伦·凯勒最后毕业于（ A ）。

A.哈佛大学　B.纽约大学　C.剑桥大学　D.波士顿大学

8.在《假如给我三天光明》一书中，如果给海伦三天光明，她第二天早晨想看到的是（ C ）。

A.花朵　B.露水　C.黑夜变为白昼　D.小草

9.在《假如给我三天光明》一书中，海伦认为打开美的钥匙是（ B ）。

A.艺术　B.博物馆　C.人的心灵　D.人的眼睛

10.判断题。（正确的打"√"，错误的打"×"）

（1）《假如给我三天光明》是海伦·凯勒的散文代表作。（ √ ）

（2）海伦·凯勒的最后一部作品是《乐观》。（ × ）

（3）海伦·凯勒把一生献给了盲人福利和创作事业，赢得了全世界人民的尊敬。（ × ）

（4）海伦·凯勒的成功被称为"教育坛上最伟大的成就"。（ √ ）

（5）《假如给我三天光明》一书是以第三人称写的。（ × ）

《总有一天会长大》

托摩脱·蒿根

名著导读

【主要故事情节】

《总有一天会长大》讲的是一个名叫约根的小男孩的故事。约根自卑又胆小，他像个女孩，不喜欢手枪、汽车，却喜欢洋娃娃。玛丽亚是他最要好的朋友，胆子很大，喜欢玩男孩们的东西。书里还有马丁、西里、卡琳、埃尔泽、安妮、埃娃等人物，马丁总是欺负约根，也看不起女孩子。直到有一天，玛丽亚和约根帮他找到了丢失的自行车，他才接纳了他们。故事的最后，玛丽亚和约根爬上了一座巨大的岩石，约根看到太阳从地平线上升起，他坚信自己总有一天会长大。

托摩脱·蒿根

【作者简介】

托摩脱·蒿根（1945—2008），挪威著名儿童文学家，翻译家。蒿根早年在奥斯陆大学学习德语、文学和艺术史，1973年涉足文坛，以《并非和去年相同》奠定了自己文学生涯的基础，1990年更以《夜鸟》一书荣获

"国际安徒生奖"。1984年蒿根成为史上第一个被北欧理事会文学奖提名的儿童文学作家。其创作的《总有一天会长大》也是著名的作品之一。

蒿根一生著述丰厚，除《夜鸟》外，《保守秘密》《总有一天会长大》《荒芜之地的梦》《危险的旅行》《飞艇》以及《沙皇的珠宝》等等都是蒿根很有代表性的优秀之作。蒿根的作品已被翻译成二十四种语言行销全球，他一生获奖无数，除"国际安徒生奖"（1990）外，更荣膺"德国青少年文学奖"（1979）、"挪威影评人奖"（1979）、"巴斯蒂亚奖"（1988）以及"挪威童书大奖"等殊荣。

【作品简介】

约根是一个瘦小的小男孩，他很敏感，十分胆小。夏天来了，他却不肯换下冬衣，生怕别人嘲笑他的胳膊、腿太细。他不喜欢手枪、汽车，却喜欢洋娃娃。他像女孩一样，却和一个假小子玛丽亚最要好。他长得很慢，最怕别人评头论足，自己心里也是很着急。后来玛丽亚鼓励他一起登上大岩石，使他终于克服了内心的胆怯，也深信自己总有一天会长大的。

【思想主题】

成长中的约根战胜了自我，突破了困扰，一切的一切终会过去，因为我们总有一天会长大。

【写作特色】

将挪威的古老童话和神奇传说与儿童文学的经典传统巧妙地结合起来，在他的众多创作中有一个不断出现的主题，即孤独孩童的情感与愿望总是被周遭的大人所忽略，而这些孤独的孩子们总是对周遭的一切不知所措……

【主要人物及其事件】

约根：自卑又胆小，喜欢洋娃娃，害怕探险，在其他孩子的嘲弄下长大。约根有两只又大又蓝的眼睛，嘴巴有点歪，笑的时候也感觉在哭。住在这里的马丁经常嘲笑他是胆小鬼、鼻涕虫。

玛丽亚：约根最好的朋友，胆子大，喜欢玩男孩们的东西。

马丁：总是欺负约根，看不起女孩子。

【常考知识点】

1.《总有一天会长大》的作者托摩脱·蒿根是（ D ）的。

A.英国　B.美国　C.德国　D.挪威

2.是（ A ）鼓励约根一起登上大岩石，使他终于克服了内心的胆怯，也深信自己总有一天会长大的。

A.玛丽亚　B.马丁　C.圣约翰　D.小布头

3.读了《总有一天会长大》这本书你有什么感悟？

不要去嘲笑或者看不起比自己弱小的小朋友，要尊重别人，友善地对待他人，他有时候也会帮助你。而且我还明白了：不要老是看不起自己，要对自己有信心，有迎难而上的勇气。我们应该突破自我，战胜自己，这样才会真正长大。“总有一天会长大”中的“长大”不是指身体，而是心灵，总有一天我们每个人都会长大。

《随风而来的玛丽阿姨》

帕·林·特拉芙斯

名著导读

【主要故事情节】

《随风而来的玛丽波平斯阿姨》是特拉弗斯写的六本以玛丽·波平斯阿姨为主角的童话中的第一本，发表于1934年在这部童话中，特拉弗斯以她丰富的想象力塑造了一个超人形象：玛丽·波平斯阿姨。这可以说是这部作品的最成功之处。

玛丽·波平斯阿姨在外表上与普通的家庭教师别无二致，她有着瘦高的身材，挺括的黑头发，严肃的黑眼睛，粉红色的脸颊，荷兰玩偶似的翘鼻子，常带着一把鹦鹉头的伞和一个毯子缝成的手提袋。但实际上，玛丽·波平斯阿姨不是普普通通的人，她是一个有着无边的神力的超人，她有许多魔力，比如，她的手提袋是空的，但可以取出肥皂、牙刷、香水、折椅等无数东西，她那个写着“睡前一茶匙”的瓶子，能倒出来草莓汁儿、橙汁、牛奶、糖酒。

但凡神人都有宝物，玛丽·波平斯阿姨也不例外，她有一个奇妙的指南针，转动它就能带着孩子们瞬间环游世界，一会儿置身于北极爱斯基摩人的冰洞，一会儿又到了南方热带的棕榈沙滩，眨眼之间又能来到东方礼仪之邦的纸房子和西部印第安人的帐篷。作者正是通过简和迈克尔等几个孩子跟随他们的家庭教师玛丽·波平斯阿姨生活的经历，向人们展现了一个色彩斑斓的童话世界，从而给人们以启迪和乐趣。

【作者简介】

帕·林·特拉芙斯（1899—1996）出生于澳大利亚，在一个甘蔗种植园里度过了她的童年时代，20多岁时在家乡当过舞蹈演员、记者、后移居英国。1933年她在英国的苏塞克斯开始创作奇幻文学作品《随风而来的玛丽阿姨》。该书于1934年出版，并很快在英国和美国取得了巨大的成功。随之，玛丽阿姨在欧美国家成了家喻户晓的人物形象。自1935年到1988年，她又先后出版了7部以玛丽阿姨为主人公的系列文学作品。

特拉芙斯是20世纪具有世界影响力的奇幻文学作家，她的作品以其丰富的想象力和强烈的幽默感而著称。她笔下的玛丽阿姨是在世界儿童文学史上占有重要地位的、为数不多的人物形象之一。玛丽阿姨是个神通广大、心地善良的保姆，她撑着一把伞从天而降，来到班克斯家。此后她不停地创造孩子们只有在梦中才能见到的奇迹。

【作品简介】

玛丽·波平斯阿姨在外表上与普通的家庭教师别无二致，她有着瘦高的身材，挺括的黑头发，严肃的黑眼睛，粉红色的脸颊，荷兰玩偶似的翘鼻子，常带着一把鹦鹉头的伞和一个毯子缝成的手提袋。但实际上，玛丽·波平斯阿姨不是普普通通的人，她是一个有着无边的神力的超人，她有许多魔力，比如，她的手提袋是空的，但可以取出肥皂、牙刷、香水、折椅等无数东西，她那个写着“睡前一茶匙”的瓶子，能倒出来草莓汁儿、橙汁、牛奶、糖酒。但凡神人都有宝物，玛丽·波平斯阿姨也不例外，她有一个奇妙的指南针，转动它就能带着孩子们瞬间环游世界，一会儿置身于北极爱斯基摩人的冰洞，一会儿又到了南方热带的棕榈沙滩，眨眼之间又能来到东方礼仪之邦的纸房子和西部印第安人的帐篷。作者正是通过简和迈克尔等几个孩子跟随他们的家庭教师玛丽·波平斯阿姨生活的经历向人们展现了一个色彩斑斓的童话世界，从而给人们以启迪和乐趣。

【创作背景】

帕·林·特拉芙斯在澳大利亚一个种植园里长大，天性不喜张扬。她曾经做过秘书、舞蹈演员、演员和记者，写作是她最大的爱好。玛丽·波平斯的故事是在她一次大病痊愈后写的，拿她的话说是为了“消磨时间，也是把脑子里面存了许久的东西写下来”。后来，有很多人想了解这个神秘的玛丽阿姨到底是怎样被创造出来的。特拉弗斯经过思考后，强调：“玛丽·波平斯不是我创造的，但我也不知道她是从哪里来的。”

【思想主题】

《随风而来的玛丽阿姨》虽然幻想奇特，但又植根于现实生活。这篇童话在超越现实的同时又反映现实，具有深刻的思想内涵。作者通过一些幻想的情节表达了自己对社会现实的认识、思考与批判。如“拉克小姐的安德鲁”一章就表达了作者对富人的愚蠢无聊的嘲笑，而在“月亮圆了”这一章中，通过描写动物园里人驮着动物，动物观赏和喂养笼子里的人，以及动物界里的眼镜蛇和北极鹅、狮子和鸟、老虎和小动物这些天敌和平友爱相处，而人显得贪婪、凶恶、庸俗等人兽颠倒的怪诞情节，表明了作者对现实的批判态度。由此，这篇童话具有了深刻的思想意义。

【写作特色】

《随风而来的玛丽阿姨》采用了很典型的双轨式结构来展开故事情节。作者把现实和幻想两条线索交织起来，展开亦真亦幻的故事情节。两条线索结合得自然巧妙，作为现实中的平常人的玛丽·波平斯阿姨和普通人一样，有其自立独特的个性。她有教养，神态高贵、自傲，爱时髦，喜欢给人看到她最漂亮的样子。

作者在描写现实中的玛丽·波平斯阿姨和幻境中的玛丽·波平斯阿姨时，使用了不同的笔法。对于前者，特拉芙斯采用了写实的细腻笔调来描写，使形象显得平凡而真切。而表现玛丽的魔力时，则用夸张粗犷的笔调，使形象显得神奇而又神秘。二者和谐地统一起来，玛丽·波平斯的形象由此获得了奇妙的魅力和活泼的生命力，成为一个风貌独特的超人形象。这可以说是这部童话的又一成功之处。

作者在塑造玛丽·波平斯阿姨形象的同时还描写了一大批古里古怪的人物：如贾透法先生、鸟太太、科里太太等。最神奇的是科里大大，她竟能掰下自己的两个指头变成麦芽糖送给孩子们吃，而她指头掰掉的地方又能马上长出了指头。作品中像这样神奇的事件比比皆是，有力地增强了这部童话的趣味性和童话意境。《随风而来的玛丽阿姨》情节起伏，幻想诡异。全篇都是由各式各样的奇特的幻想串联而成，有会跳舞的红母牛，有听懂人话的小狗安德鲁，有能把天上的星星变成姜饼上的金星，而又能把姜饼上的金星贴到天上变成星星的科里大大，还有人驮着动物行走的动物园等等，整部作品没有一个连贯完整的故事，这些幻想情节之间也无严格的逻辑顺序，只是靠玛丽阿姨和孩子们串联而成。

【主要人物及其事件】

玛丽·波平斯：特拉芙斯笔下的玛丽·波平斯阿姨是个非常传统的英国人。在外表上与英国普通的家庭教师毫无二致，她有着瘦高的身材，严肃的黑眼睛，粉红色的脸颊，玩偶似的翘鼻子，常带着一把雨伞和一个毯子缝成的手提袋。说话很够人一呛。但在书里，这些大大小小的人就是吃她这一套；当然更为奇特的是她所拥有的魔力。比如说在迈克尔一家最需要保姆的时候，一阵狂风刮过，玛丽阿姨就随风而至了。

【作品影响】

该书于1934年出版，并很快在英国和美国取得了巨人的成功。1964年，美国迪士尼公司将她的作品搬上了银幕。随之，玛丽阿姨在欧美国家成了家喻户晓的人物形象。自1935年到1988年，她又先后出版了7部以玛丽阿姨为主人公的系列奇幻文学作品。她笔下的玛丽阿姨是在世界儿童文学史上占有重要地位的、为数不多的人物形象之一。玛丽阿姨是个神通广大，心地善良的保姆，她撑着一把伞从天而降，来到班克斯家。此后她不停地创造孩子们只有在梦中才能见到的奇迹。

迄今为止，特拉芙斯的玛丽阿姨系列作品已被翻译成24种语言在世界各地出版，并已售出上千万册。

【常考知识点】

1.玛丽阿姨是随风而来的，那是随什么风而来的呢？（ A ）

A.东风　B.南风　C.西风　D.北风

2.玛丽阿姨有一个百宝箱，里面的宝物应有尽有，它是什么？（ A ）

A.大口袋　B.手提袋　C.轮箱　D.宝盒

3.玛丽阿姨生气时会（ A ）。

A.吸吸鼻子　B.照照镜子　C.唱唱歌儿　D.跳跳舞蹈

4.拉克小姐的安德鲁是（ B ）。

A.一只猫　B.一条狗　C.一位朋友　D.一头牛

5.玛丽阿姨的指南针能环游世界，只是说了声“西”，他们就遇到了（ C ）。

A.因纽特人　B.黑人　C.印第安人　D.中国人

6.科里太太她们贴在天上的星星本来是放在什么食物上面的？（ B ）

A.麦芽糖　B.姜饼　C.薄荷糖　D.鲜鱼

7.简给双胞胎买了一本书，这本书叫（ C ）。

A.《快乐王子》　B.《安徒生童话》

C.《鲁滨孙漂流记》　D.《一百条裙子》

8.玛丽阿姨留给简的礼物是（ C ）。

A.指南针　B.手提袋　C.画　D.书

9.玛丽阿姨是随风而去的，那是随什么风而去的呢？（ C ）

A.东风　B.南风　C.西风　D.北风

10.谁能听懂安德鲁的叫声所表达的意思？（ B ）

A.安德鲁的主人拉克小姐　B.玛丽阿姨　C.布姆海军上将　D.简和迈克尔